路翎全集

第五卷 下

长篇小说 1948

财主底儿女们（第二部）

復旦大學出版社

财主底儿女们(第二部)

《财主底儿女们(第二部)》,上海希望社1948年2月初版,据此排校。

第一章

七月七日是一个浪潮，八月十三日是一个更大的浪潮，于是开始了民族战争底洪流。战争，是在死伤了数十万人，流徙了数百万人之后才固定；这个强大的浪潮祛除了笼照着全中国的各种怀疑。这数十，数百万人，从各个社会层，各个家庭——各样的环境出来，接受了为他们所期待，亦为他们所恐惧的命运，于是全国的生活强烈地变动，而战争强固了。代价是无比的庞大，所以战争将持久，直到获得了这个民族所愿望的结果。

战争将是桥梁，这个民族要从此岸达到彼岸。虽然这个彼岸，在开始的时候，是蒙眬地①只存在于这个民族底愿望中。正如人过桥的时候，彼岸是蒙眬的，但由于情热和痛苦，这个人心中有光明照耀：他是逐渐地看清了彼岸。果实成熟，就会落下来。

上海撤退以后，江南平原上的空前的大溃败巩固了这个民族底信心：这个民族知道了它所承担的是什么，毁灭了后退的路，上了桥。

秋末，中国军退出上海，在南京和上海之间没有能够得到任何一个立脚点，开始了江南平原上的大溃败。十一月末，敌军进入南京近郊。

蒋纯祖和朋友们在上海战线后方工作。上海陷落时，军队混乱，蒋纯祖和一切熟人失了联络，疾速地向南京逃亡。蒋纯

---

① 原文为“蒙眬的”，据原版书后附勘误表更正为“朦胧地”。

祖，是像大半没有经营过独立的生活，对人生还嫌幼稚的青年一样，在这种场合失去了勇气，除了向南京亡命以外没有想到别的路。他是没有一点能力，怀着软弱的感情，被暴露在这个各人都在争取生存的残酷的世界中。

最初，蒋纯祖跟随着一支军队。这支军队给了他以大的经验：他底热情的倚赖是遭受了可怕的打击。在发觉这支军队可能拿他当作牺牲时，他单独地转向南方。随后他遇到了另一支军队，这支军队较整齐，答应他一个工作；但在敌人越过苏嘉线时，这支军队向江边移动，蒋纯祖怯懦地从它逃亡。在镇江附近，他加入了难民们底团体。

敌人是跟随在他们后面，差不多和他们同时到达南京外围的。蒋纯祖饥饿，褴褛，极度疲惫，在十二月初，到达了南京城。蒋纯祖逃入大姐夫傅蒲生底住宅，打破窗户逃进房，在整齐地铺着的床上倒下——傅蒲生夫妇，像大半的南京人一样，是以为不久便可以回来，而没有来得及把一切东西都搬走的——很可怜地睡着了。直到第二天黎明，他才被敌机投弹的大声惊醒。

蒋纯祖醒来，寒冷而饥饿，被一个月来的可怕的逃亡和眼前的孤独所惊骇，恐怖而哀怜，哭了。蒋纯祖，是用这个伤心的哭泣，来结束了他在投向世界的最初的经验：这个世界是过于可怕，过于冷酷，他，蒋纯祖，是过于软弱和孤单。

他绝望地走到街上去找寻食物。他看见，一个兵士，吃了面饼没有给钱，并且打那个要钱的小贩，接着他看见，另一个兵——这个兵褴褛而矮小——，目睹了这场行凶，走近来，替那个行凶的家伙付了钱，阴沉地走开去。蒋纯祖，对行凶的兵和给钱的兵同样怀着敬畏，站在冷风中。那个给钱的兵看了他一眼，向他说，敌人已经占领淳化了。他点头，表示明白，他听见远处有爆炸声。

于是他吃了面饼，从那个给钱的兵，感染了那种阴沉——他觉得阴沉可以拯救他底软弱的生命——走回来。那个褴褛的兵士在荒凉的街道中和在周围的爆炸声中走开去的情景，以后他永远记得。

在平常，如此荒凉的景色，和那个在荒凉中不动声色地走开去的褴褛的，矮小的兵——蒋纯祖觉得他是在走向爆炸声，走向死亡——是会叫蒋纯祖极端凄凉的，但现在蒋纯祖不敢有感情。他看着这个兵转弯，然后看见一辆疾驰的军用汽车，淡漠地想到在他们面前和自己面前等待着的是流血和死亡，走了回来。

傅蒲生家底邻居已搬空，侧门敞开着，蒋纯祖就从这侧门出入。院落里，是狼籍着字纸，破絮；在垃圾中有一只雏鸡底尸体。天阴沉，无风，然而寒冷。院落和墙壁，因为寂静，呈显出单调的灰色。蒋纯祖站下，看大姐底家屋，并看自己从那里出入的那个窗户。他想到，就在三个月前，这里还有着眼泪，责备，抚慰；就在三个月前，他带着幻想和雄心出发，认为自己决不回顾这个家屋。于是他想到，他底那些绝对的愿望，是不再有实现底可能；他是被遗弃了。

在蒋纯祖离开的时候，南京是兴奋而热烈，而且，蒋纯祖觉得，很安静；在他带着可怕的经验回来的时候，它，南京，是加深了他底经验。南京是在敌人炮火底射程内，街道和住宅荒凉，像蒋纯祖所看到的那个兵士一般阴沉。蒋纯祖觉得一切是进展得太快——他决未想到南京会在敌人炮火底射程内——而自己是生活得太疾速：他决未想到他会在三个月内便完全丢弃了往昔的一切，而学习到那种阴沉，被迫接受新的命运。

蒋纯祖是觉得这个世界底速度太可怕，像以前觉得这个世界太迟笨一样。这个世界，是越过了他底热烈的，年青的心灵所要求的：如人们所看见，如他自己所知道，他底心是并不曾准备这样冷酷的毁灭的，虽然在离开南京的晚上，他祈祷毁灭。在那种浪漫的，停顿的感情遭受了打击后，蒋纯祖是被迫明了了自己。因为这，他对那个矮小的兵士底态度留下了深刻的印象。

蒋纯祖虽然短促地想念往昔，哭了起来，却并不真的想往昔回转的。纵然在如此的绝望中，他也感觉到他心里是有了新异的宝贵的东西，并觉得将要领导他走更艰苦的道路的，正是这种东西。蒋纯祖,是像大半青年一样,毫无疑议地顺从了他目前所处的世界,即战争的毁灭的世界。像他在三个月前顺从那个浪漫的,热烈的世界一样。

他未考虑他此刻应该怎样;他只是在不意识中,对他自己和他所处的环境作了一种紧张的精神活动。他是理解了这个环境底本质,即无情而阴沉。于是这个感情丰富的,多幻想,软弱的青年,在某种努力下,被所谓阴沉这种东西伪装了。他想,在此刻,一切人都是可怕的,自己也是可怕的;一切善良,像一切恶意一样,是可怕的。蒋纯祖,没有像[1]平常一样经过那种道德底激动,在哭泣后,在遇见那两个兵士以后,便信仰一切人都应该罪恶,或应该被罪恶伪装了。他认为那个矮小的兵底给钱,并不是一种善行;而那粗暴的兵士底行凶,并不是一种恶行:正像他在途中所经验的,那两个兵士,是由于某些偶然的机缘,便会毫无保留地掉换位置的。人类底情操,是变动得像江南平原上的战争一样快;或者说,人类底情操,是不变的:罪恶和善良总是那么多,而一切人都倾向利己,在毁灭中便倾向残酷。

这种内心底思索,对于蒋纯祖,是比他此刻将如何这个问题更重要。蒋纯祖是那种诚实的青年:在这个时代底教养下,诚实于他认为对于生命是重要的东西。现在,在远处的爆炸声中,在冷风中,在绝望中,他认为这个世界底善与恶的问题是最重要。他认为,正是因为没有理解这个问题,他底某些行为才那样可耻,正是因为不明白善与恶,他底心才如此绝望。

他是站在这座荒废了的住宅中,不感觉到形势底急迫,思索着善与恶。他是从凄凉中站了起来,怀着奇特的戒备凝视着面前的门窗,想到在这些门,这些窗户中,在几个月前,是怎样地充满了生活底纷扰,充满了公开的笑声叫声和秘密的眼泪,充满了蒋淑珍底慈祥而悲苦的努力和傅蒲生底酒醉的喧嚷——他是在想到这些的时候,想着善与恶。他觉得他以前毫未理解到这种

---

① 原文为“没像”,据原版书后附勘误表更正为“没有像”。

生活底善与恶。他想到,蒋淑珍底慈祥与爱护,不但丝毫不能影响他底命运,并且徒然地增加他底苦恼,——他是想得很冷静,虽然他刚才还为这些啼哭——所以,对于他,不是善行也不是罪恶。而对于那个比他还要利己的大的世界,更不是善行或罪恶。但对于蒋淑珍自己,他冷静而遗憾地想,是善,也是恶。

听到远处的飞机声和爆炸声,他想到,在他前面布置好了的,是流血或死亡。他想,在毫无牵挂的时候,为这个民族而死,和敌人战斗而死,是应该的,但不是善或恶。对于这个民族,将是善,但对于得不到光荣——即使在绝望中,蒋纯祖还是有对光荣的渴望——的自己,却不是善。蒋纯祖想,人们首先只能感觉到自己,在死亡的时候,更是只感觉到自己:人们必须安慰自己,那安慰,必须得自光荣。

“但是刚才的那个兵,他在火线上,也想到光荣吗?不,他是阴沉,他是仇恨,”蒋纯祖痴呆地想,倚着窗口,站在冷风中。“但仇恨就是光荣,觉得自己是为了什么,就是光荣!觉得身后有很多,很多的人!虽然这很多很多的人有时候也是仇人!”他嗅鼻子,用冻裂了的脏手揩鼻涕,“但是我为了什么?难道真是自私地为了光荣!我怎么感不到在我后面有很多很多的人!”他痛苦地想,发呆地望着前面。

有钝重的爆炸声传来,他紧张地谛听。

“啊,对了!他们在抵抗!我们在抵抗!那么我现在感到很多的人了!”他想,幸福的微笑出现在他底发红的眼睛里和冻裂了的唇边。

他继续听见爆炸声。他独自寻乐似地抖了一下身体。然后他不动,望着前面。

“啊,我现在多么安静,等着敌人来吧,我多么安静呀!”

觉得自己不再胆怯,觉得自己已补偿了以前的一切怯懦,蒋纯祖有短促的幸福。在那种心灵底紧张的反省后,蒋纯祖觉得一切都安排好了,感到幸福。他觉得他底从上海逃到南京来,是对的,因为只有在逃亡后,他才有这幸福和认识;虽然在这个逃亡里是充满了可耻的怯懦。

他忽然听见街上有紧张的骚动声。他跑到门口，看见了通过街道的散兵和难民。教导总队底骑兵驰过，难民们拥到街边。

那一小队骑兵，是戴着钢盔，露出冷酷的面容——蒋纯祖觉得那些钢盔是特别的沉重，觉得他从未见过比这更冷酷的面容——马腿上有泥泞，像快艇分开江波似地，分开难民们和散兵们，发出一种可怕的声响，在冻结的石块路上急速地驰了过去。寒冷和静肃中马蹄底尖锐的声音，给予了严肃的，严重的印象。而在这种严重中，蒋纯祖觉得这一队骑兵，冷酷的人类与泥泞的马匹，是有一种特殊的、无上的美丽；他觉得，正是为这美丽，人们践踏别人，并牺牲自己底生命。

骑兵过去后，有四辆战车发出轰声，迫切地通过街道；它们把石块路压陷下去。难民们在屋檐下偷偷地溜去。有爆炸声，远空有浓烟在舒卷。接着有轰炸机底沉重的声音和附近地面上的机关枪声。从难民们中间，叫出了一声尖锐可怕的声音，于是所有的人，原来呆呆地站着的，都逃跑起来。有两个男子逃到蒋纯祖所站的门内来。

蒋纯祖觉得一切是严肃而动人，没有什么可怕！他很懊悔，在上海的时候，没有这种勇敢的心情。他未注意到有人溜进门。但他听见了一声愤怒的、野兽的叫声。

他回头，看见一个穿得特别厚重的老太婆——蒋纯祖认识这个房东老太婆，并理解她为何穿得如此厚重——飞速地蠢笨地在院落里奔跑，举着木棍向那两个闯入者奔来。她用可怕的声音吼叫着，暴跳着，在沉重的炸弹声中凶恶地保卫着她底祖传的家产。那两个穿短衣的，商人模样的男子，像惧怕猛兽似的迅速地逃了出来。

蒋纯祖，无故地感到荣耀，走进门。老太婆向他冲来，他露出严肃的笑容，站住不动。

这个老太婆，是此刻南京底无数的家产保卫者之一。她认出蒋纯祖的时候，便站住，但她并不奇怪，并不希奇他底狼狈的服装，面孔，头发，和其他一切不幸底表征。她是显得非常平淡，她摇了摇手，接着她叫起来，责问蒋纯祖为何打开门。蒋纯祖严肃地笑着，未及回答，敌机已越过低空，而在一种可怕的嘶声中，一颗炸弹在近处爆炸。蒋纯祖伏倒，觉得瓦砾和木片，甚至弹片，落在自己身上，蒋纯祖，觉得弹片落在自己身上，嘴边露出轻蔑的笑纹，但同时他蒙眬地看见，那个房东老太婆在尘砂飞扬中依然不动地站立着。敌机过去，蒋纯祖迅速地站起来，未及检查自己底身体，看见那个穿得特别厚重的老太婆在尘砂飞扬中僵硬地倒下去了。

蒋纯祖跨过去，蹲下来。蒋纯祖突然伸手摸老太婆底表情恐怖的脸，发觉她死了。同时他觉察，右边的墙壁粉碎，从墙壁外面，有浓烟挟着火焰升起来。

院落里顿时充满了辛辣的浓烟。蒋纯祖又摸触了一下那个可怜的老太婆——他想起，她是异常刚愎，时常无端地干涉蒋淑珍底家政的；她总是大声伸诉。这样好，那样不好，他记得，大姐总是焦燥地笑着，听着她——在浓烟中跳进窗户。

他用尽他自己吃惊的大力打碎了一口箱子，检查里面的东西，终于他选了傅蒲生底一件黑呢大衣，脱下自己底破烂的棉大衣，穿了起来。他跳出窗户，在浓烟和燃烧的炸裂声中注意地绕过老太婆底尸体跑出门。

蒋纯祖跑到大街上。这是十二月六号，在淳化各处已开始了残酷的争夺战。中国军底司令部遗弃了，或失去了，南京外围底大部份重要的据点，囤兵于城内，这些军队将除长江以外无退路。指挥不统一，南京是在可怕的混乱中；然而走到太平路上，蒋纯祖发现南京是在阴沉中：一切力量都发露了出来，在大街上阴沉地流动。

各处有火焰，远处有联续的爆炸声，近处有高射炮底孤军射击。浓烟弥漫了天空，浓烟在强劲的冷风中飘荡，房屋瓦砾场和道路呈显着特殊的灰色；每一扇门都紧闭，呈显出特殊的萧条和阴沉。在太平路上，有大群黑的褴褛的军队和军用卡车向中华门底方向走；有难民们底凄惨的乌合群向挹江门或水西门底方向走。而有一些和逃亡的心理搏斗着的，无处可去的男子们，则从家中出来，大街小巷地紧张地乱走：他们为什么要这样走，谁也不能说明。

而这一切流动，都是静悄悄的；在各种炮火底声音下，更显得是静悄悄的。在各种人们中间，是混杂着一种特殊的人物，那是卖食物的穷苦的小孩和男子们，间或也有妇女；他们是冷酷而决断：他们是，以生命做本钱，索取高的代价。他们表明：无论经过怎样的炮火，他们是还要活下去的，南京，是还要活下去的，一如它曾经活过来。

大量的军队，大部份是狼狈不堪的，河流一般在街道上流动；他们是走向和人民们相反的方向。他们是特别地阴沉。蒋纯祖好久在街边站着，等军队通过。在看见小小的，标明着龙或虎的战车时，他总有激动：他记得，在城外那个中学读书的时候，他时常看见这些战车在公路上行驰，在黄土路上印出深深的轨迹；他每次总激动，想到这些战车底前途。现在他是像看见了这种亲密的朋友一般，这个朋友悲壮地向他表明了自己底现在的，和将来的处境，并使他想到他们往昔在乡野中的凄凉的友谊。

蒋纯祖是昨天从下关进城的，经历过那里的困难，所以现在向水西门走。但道路时常被阻塞：有时被火焰阻塞，有时被军队阻塞，有时被从难民们中间发生的恐怖阻塞。这样一直到晚上，蒋纯祖疲倦，饥渴，昏迷，挤在无尽的难民和车辆中间出了水西门。

夜里依然行走。背后是南京城底鲜明的火光。第二天黎明，蒋纯祖无力，和很多人一样，在离南京三十里的一个村庄里，在一家屋檐下睡了下来。醒来的时候，天在落雨，他继续行走。那无穷的难民，是像决堤的水流浸到旷野里去一样，在各个道路上分散，在第二天的行程里便显得稀薄了。第二天下午，剩下来的人们遇见了溃乱的兵群，在恐怖中向各个方向逃奔，有的妇女们就在地上睡下来，声明再也不走了。蒋纯祖，在昏乱中——他是开始了他底求生的长途，除求生外再无别的意念——想到和人群一起逃奔是不好的，独自向荒野逃亡。晚上他到达江边，在江岸上绕了一圈，没有力气再走，在江边的一个荒凉了的村庄中停了下来。在仔细地察看了周围，掩藏了自己底身体以后，他便睡着了。他是睡在潮湿的稻草堆中，他是像所有的人一样，明白自己底生命底可贵，而显出人类和野兽所共有的简单的求生本能来。

一个软弱的青年，就是这样地明白了生活在这个世界上的自己底生命和别人底生命，就是这样地从内心底严肃的活动和简单的求生本能的交替中，在这个凶险的时代获得了他底深刻的经验了。一个善良的小雏，是这样地生长了羽毛了。现在他睡去了，睡得很安宁。冷雨在夜里落着，飘湿了稻草堆；他深藏在稻草中。

深夜里，村里有激烈的犬吠，他醒来，偷偷地爬起来。他看见擎着火把从村中匆匆通过的一群散兵。这些兵一律破烂可怕，在阴惨的火把下，显出他们底疲惫乖戾的脸和燃烧的眼睛。……

散兵们通过后，蒋纯祖悄悄地走出稻草堆，走到村外，看见了灰白的江流，听见了水流声。他向南京底方向凝视，周围是凶险的寂静和荒凉，他看见了南京天空上的暗红的，阴惨的火光；他并且看见，在地平线后面，有两股细瘦的火焰笔直地竖立着。

他长久地凝视火光和火焰，在最后，遵照着这个时代底命令，他露出了轻蔑的，严厉的笑容。他是像这个时代的大半青年一样，只要有力量，是总在责备着他底祖先，他底城市的。

"毁灭！好极了！"他说，笑了一声。

蒋纯祖是即刻便明白，这种毁灭是如何的澈底了；而在以后数年，便明白，这种毁灭，在中国是如何地不澈底，以及不澈底的可怕，以及没有力量再忍受毁灭的可怕了。

第二天，蒋纯祖沿江岸孤独地走去：他是惧怕着任何人。他底样子是异常狼狈。他是像囚徒一般满头长发，在肮脏的脸上有不短的，柔软的须毛。对于胡须，他是没有经验的，因此在摸到这些不短的须毛时，他有近于恋爱的激动。他是穿着傅蒲生底旧呢大衣，弄得满是泥水；在里面，是穿着一件生虱子的红色的毛线衣——这是在他过十七岁的时候，蒋淑华送给他的礼物——和一条破烂的军裤。他是赤着脚：鞋子是早就抛弃了。

他是怀着恐惧，走得非常快。他沿江边行走，雨止歇，积雪溶化，有惨白的阳光照射在荒凉的，宽阔的江流上和两岸的荒凉的旷野上。在旷野和丘陵上，时常有庄院或村落从冬季的林木或明亮的小河后面显现出来，强烈地打动他：时常有看来没有恶意的行人或难民出现，以他们底苦难和努力安慰他。他觉得他也同样的安慰了别人，感到哀矜的慰藉。于是渐渐地，那种单纯的，热烈的幻想又在他心里烧燃起来了。在这种发作里，他是突然年轻，可爱，具有敏锐的柔弱的心。

他走过一个横在澄清的小河上的独木桥，走进一个他在远方看来像是非常温暖而人烟麕集的，荒凉的村落。这个村落是刚被兵士们蹂躏过。他在走进去以前，是带着一些非常可笑的心愿——常常的，正是这种心愿，使他在事后经历到难以忍受的凄凉。潮湿的石板路上走着他先前看到，并从他们感到温暖的那一对成为难民的夫妇，男的抱着小孩，女的，显然在生病，裹在一条大的线围巾中，扶在丈夫底肩膀上。这一对夫妇，是走得非常之迟缓，他们好像不再希望到达什么地方了。那种可怕的不幸，是表示他们再无建立生活的能力了。蒋纯祖悄悄地走近，发现那个女的在啜泣。那个男子站了下来，以一种静止的迟钝的眼光可怕地看着他底妻子，没有觉察到蒋纯祖底走近。

街道是狭窄，潮湿，荒凉；从层云中，冬季的太阳向这个村落投下惨淡的光线来。在这种光线下，那个女子底微弱的啜泣，那个男子底可怕的注视，以及那个睡着了的小孩，给予了鲜明的，深刻的印象。蒋纯祖是怀着阴沉的情绪，停留了一下，而后走进巷口的一家半开的面食馆。

他很快便出来,在他底每个衣袋里塞满了面饼。在他走出来的时候,一颗戴小帽的,微小的头颅跟着从门里伸了出来,以一种警戒的脸色张望了一下,而后缩了进去。同时,面饼铺关上了。

蒋纯祖走过去,发现那一对夫妇在附近的墙壁下;男的坐着,女的则倚在他底腿上,躺在泥泞中。蒋纯祖站住,考虑是否要送他们一些面饼。

"也许我会饿死,也许他们有比我更多的钱!"他突然想。

蒋纯祖,是懂得了此刻这个世界底残酷无情的。并且,为了自己底生存,立意和一切另外的生命作激烈的竞争:他是冷酷地思考了善与恶。但当他看见了这对不幸的夫妇,而有了上面的思想的时候,他心中是有了激烈的痛苦:他觉得自己有罪。于是,他心中重新有了在他走进村口以前的幻想;他是突然年轻,可爱,具有敏锐的柔弱的心。

蒋纯祖,带着生慎的神情摸出四个面饼来,向那男子笑了一笑,走近去。但因为那个男子看他,用同样静止的,迟钝的,可怕的目光。他有了新的不安:人们,在亲善的笑容未得到回答的时候,便常常有这种不安。蒋纯祖突然觉得,他是不该为自己底心而侮辱别人的!但他还是递过面饼去,同时又笑了一笑。

那个男子底可怕的脸,在灰白的阳光下露出一种近于笑容的酸苦的纹路来了。他伸出打颤的手,接了这个布施,并用几乎听不见的小声说谢谢。

蒋纯祖有眼泪。不能说什么,向村口走去。回头望了一下,明白自己会永远记得这一切,走出村落。

蒋纯祖,觉得对善与恶有了新的理解,增长了勇气;主要的,因为觉得别人比自己更不幸,增长了勇气。他沿江岸行走。黄昏前,在恐惧强大地增长的时候,他在江边的一个水湾里发现了一只大木船;这只木船标着参谋本部底旗号,上面站着卫兵,孤独地泊在小湾里。

蒋纯祖是异常恐惧——在下午的路程里,他两次遇见散兵,并看见长江里有上驰的汽轮，从舱顶上向江岸放枪——所以不再犹豫，在泥水中跑近这只木船。

那个穿着棉衣的高大的哨兵厉声吼叫，并举起枪来。但蒋纯祖继续跑近，不相信这个兵士会射击：在绝望中，他只能相信自己底软弱和人类底善良。

一个穿毛领灰布大衣的，瘦削的军官从船舱里跳了上来，走到船头，看见往这边跑的只是一个人，脸上便显出厌恶的，疲惫的表情，并且垂下了眼睑。显然他已奋斗得过于疲劳，显然他刚才是在舱中昏沉地打瞌睡。蒋纯祖站在泥水中惧怕地看着他，与其是怀着对失望的恐惧，宁是怀着对冷淡的陌生人的恐惧。一切青年，在遇到那些冷淡的，生活经验丰富，并且具有独特的世界的陌生人时，总要有这种恐惧。

上尉徐道明——蒋纯祖后来知道了他底阶级和名字——冷淡地看了蒋纯祖一眼，显然未听蒋纯祖底恳求的诉说，摇头，走到船舱里面去。蒋纯祖像小孩，恐惧地沉默着，站在冰冷的泥水中。蒋纯祖在热情发作中，是发觉自己再也不能走一步，再也不能单独继续这个可怕的，难于想像的长途了。他很明白，不达到目前这个目的，他必定会哭出来。他是像小孩，在热情发作中，觉得不得到那块蛋糕，便必定会哭出来，于是准备哭出来。

江上有膨胀的冷风，天色逐渐灰暗。蒋纯祖在泥水中站着，想着怎样才能打动那个陌生的，可怕的军官，想到在灰暗中吹刮的江上的冷风或许能够打动这个军官，一面制止着哭泣的冲动。那个站在船头的庞大的兵，是在用一种迟钝的，不经心的眼光长久地看着他。蒋纯祖，突然发觉这个兵士在看他，向这个兵士匆促地笑，温柔的，亲爱的笑；口渴般动着嘴唇，眼里有眼泪。

这个面容刚强的兵缩在棉大衣中严厉地看着他，好像很忌讳蒋纯祖底这种亲爱和温柔。

“这些人多么可恨！多么骄傲！自己很快乐，一点都不懂得别人底痛苦！”蒋纯祖想，想到自己对那一对不幸的夫妇的帮助。

“你是哪里的？”这个兵含着显著的敌意问——蒋纯祖觉得

如此。

蒋纯祖情急地说了自己底情形，拉了一些他自以为重要的军队关系。这个兵带着那种淡漠的表情看着他，不等他说完，掉开头去，望着江流。蒋纯祖沉默，追寻他底视线，望着江流。

“你们可能帮一点忙吧，同志！我一点都不妨碍的，大家都不幸……”

蒋纯祖未说完，那个庞大的兵士掉过头来，皱起眼睛，歪嘴，并以手指舱内。蒋纯祖感激，含泪看他。

“同志！同志！”蒋纯祖向舱内恳求地大声喊。

疲惫而阴沉的徐道明重新走了上来，未再问什么，吩咐兵士放下跳板去。蒋纯祖移动在冷水中冻木了的脚，爬了上来，然后转身撤跳板；为表示自己殷勤，并为了防备会有另外的人跟随他上来，以致妨碍他，他转身撤了跳板。

“谢谢你们！”蒋纯祖以打颤的低声说。想到他还是第一次说这句话，想到他未曾向任何朋友说过这句话，未曾向哥哥姐姐们说过这句话，想到，在某次宴会里，蒋淑珍曾因为他底唐突无礼而啼哭——他眼里又有眼泪，同时他呈献了一个亲爱的，有罪的微笑。但他因弯腰而眩晕，扑倒在船板上了。

醒来的时候，蒋纯祖接触到灯光，鼾声和朦胧的人影，感到温暖。他是躺在船舱底角落里，覆着一件大衣；他发觉这件大衣就是那个在船头上向他作那种严厉的注视的兵士的：他认识它上面的破洞。他惶惑地张望，发觉那个兵士正睡在他对面，裹在一件军毯里！暗淡的灯光照着这个兵士底平静的表情。于是，在感恩的情绪之外，加上那种这个时代的青年们对兵士所有的敬畏的情绪，蒋纯祖站了起来，把大衣覆到他身上去。他注意到舱内一共睡着六个人。他发现在后舱有一双明亮的，异样的眼睛向他注视。他停住不动，畏惧地看这双眼睛。周围有恐怖的风声和浪涛声，船在颠簸。

徐道明坐在后舱，无表情地长久凝视蒋纯祖；因为他底眼光明亮，含着异样的沉思，并因为他底背后照耀着马灯底微弱的光明，蒋纯祖好久都不能认识他。徐道明显然这样坐了很久，因为他眼里的那种沉思，是显然从长久的，严肃的内心活动获得的。因此在蒋纯祖认出了他的时候，就想到这个人底身世，希望和情感——这个人显然是在思索这些——而增强了自己底敬畏。深夜里的涛声和风声使蒋纯祖觉得这个人底内心是神圣而不可侵犯的。

徐道明，发觉到蒋纯祖底敏锐的注意，便移开眼睛，凝视着舱棚。

徐道明，因为风向，因为必须的戒备，天黑的时候便把船驰到对江来，而泊在稠密的芦苇丛旁边。这只船是从福山装载了八吨要塞器材撤退的；奉命到马当，已在长江里颠簸了半个月。徐道明是那种无思虑地抛掷青春，过了三十岁依然无所成就无所依托的军人之一。这种军人，他们是熟悉一切豪奢放逸，而具有为他们底生涯所必需的气魄的。这种军人，是常常具有一颗被军人底豪爽与骄傲掩藏得很周密的柔弱的心灵。在年轻的时候，他们满足于放逸，毫无职位的雄心，但年轻时代过去，并且遭受了突然的毁灭，他们便有了对自己底身世的顽强的思索，而堕入忧郁了。这种忧郁，是只有在军人中间能够看到。他们便对以前所踢开的职位底诱惑悔恨起来了；并且对某一位女子底爱情悔恨起来了。在上海，人们是在舞场与酒店里面穿梭，而糟蹋了一切。

于是，《红楼梦》里面的那种感伤主义，以前是当作放逸底点缀的，现在便刻毒地纠缠着徐道明。人们常常看到军人们底性格底多重；他们是能够同时接受各种相反的思想，而深沉到他们底人生原则里面去的。徐道明，是和澈底地认为人生虚无，而自己底身世可哀同时，精密地作着功利的打算。并不是因为觉得人生虚无才作功利的打算，而是他诚实地认为，假若功利底打算成功了，人生便不虚无。这两种哲学，是像老虎和兔子底奇特的友谊一样在此刻的徐道明心中结成了奇特的朋友，而给予一种感伤的鼓励。

战争开始的时候，徐道明，是和大半军人一样，希望献身的。但后来便有些沮丧。这沮丧不是因为战事底失利。而是因为得不到满意的工作。他没有接触到敌人，被调到昆山又被调到江阴；然后被调到福山。特别在走上这只笨重的木船后，他觉得他底精力和才能全被浪费了。

但他是很豪爽的，像一个把功名看得很淡的人一样，有气魄地接受了他底新的职务。不过，因为对人生的那种觉悟，在战争底印象渐渐地淡下来的时候，在荒凉的江上，他便感慨，而做着精密的功利打算了。他想到，假若顺利地到达马当，他便设法去武汉活动，那么，三年以后，他便是上校阶级，至少是团长了。同时他想到，生命是不必看重的；假若这个目的达不到，生命便更不必看重。他是在对过去的悔恨里频频地思索着这些，认为自己现在是为了这个目的而生活。他严肃地想到他个人底利益并不和民族底利益相冲突；因为在一个民族里，是总有一些人显赫，一些人微贱的，而凭着他，徐道明底精力和才能，他是应该显赫的。

在他反复地想着这些的时候，蒋纯祖是在敬畏地偷看着他。他忽然移动身体，笑了一声。

"身体恢复了吗?"他问。

他站起来，小心地跨过睡着的人们——兵士和船伕——伸头到舱外看了一看。接着他以一种优美的姿势倚在棚柱上，微笑着看着蒋纯祖，向蒋纯祖讲了这只木船底情形：这只木船，没有风，就不能行驰，所以他们停在这里；明天也许还要停在这里。

蒋纯祖向他讲南京底情况；在讲话中间热烈起来，从口袋里掏出了两个僵冷的大饼。徐道明微笑着摇头，有趣地看了他一眼，然后接了一个。

徐道明，在蒋纯祖底热烈底影响下，并在自己底思想底安慰下，露出了人们在温暖的房间所有的安适的，优美的态度。蒋纯祖向他说南京底战事，但由于蒋纯祖底热烈和夸张，他显得对战事不关心。而在蒋纯祖表示了对军人底崇敬后，他便兴高彩烈地讲起上海底豪奢的生活和他底各种有趣的闲事来了。

徐道明，对于上海底物质享受，是极端赞美的；他认为那种种东西以及那种种人类底形态，是人类文明底最高成就。徐道明带着一种鉴赏家的态度讲述着他们，而在讲述中间愤怒地批评了中国人。他说，在那一个咖啡所里，一共有两百个座位，但寂静得连一根针掉在地下的声音都听得见。这就证明，那一个社会，那一种民众，是受了怎样高的教育；而中国人，是永远无法教育成功的。一个中国人，在走进大光明电影院的时候，便变得和外国人一样雅静了——他不敢说话——但一走进低级的电影院，他便仍然只是一个中国人；他便叫嚣，放纸箭，任意吐痰和抛掷果皮。徐道明说：这便是奴才根性，和国家衰弱的根本原因。

徐道明，在讲述这一切的时候是具有放逸的，军人的，甚至流浪者的气度的。但蒋纯祖认出来他是可亲近的；蒋纯祖朦胧地感到这个人，是并没有那种创痛的灵魂底凝炼的大的气魄的；蒋纯祖觉得，一个勇敢的灵魂，是必会在徐道明所讲述的这一切里受伤，因而不会讲述这一切，至少要在另一种态度里讲述这一切。在对这个人的这种发现里，蒋纯祖是自觉优越，感到欣慰了。

徐道明活泼而优美，在发现角落里的那个盖着大衣和军毯的兵士坐了起来，向他凝望时，他便向他讲述了一段，争取他底同意。这个兵，对上海底豪华，是朴素地笑了笑。蒋纯祖注意到军官和兵士间底这种友谊，并注意到这个微笑，不知何故认为这个微笑对于徐道明是致命的。

那个兵站了起来，说他对于自己在上海底战争里没有受伤，觉得遗憾。

“你要看见那四面全都是大火啦！”这个河北人说。“对于咱们中国人，唉，没得说！”

这个河北人就站住不动了，望着昏暗的马灯。这种深沉的凝视，对于他底祖国和人民，是表露了一种袒护和忧郁，表露了一种意志。徐道明严肃起来，以明亮的眼睛望着他底下属，好像有些戒备，又好像有些爱惜。

随后徐道明轻轻地叹息。有长久的静寂。船底颠簸重新可以感到；特别因为徐道明底叹息，江上的风景显得更猛烈。

从黑暗的天际，风暴无阻拦地刮过平原，在江上扑击，掀动江浪。风暴膨胀，潮湿，完满精力；在黑暗中它底自由无限。天际有深沉而强劲的声音：近处有波涛底沉重而粗野的声音。在这两种巨大的力量和声响之间，稠密的芦苇丛发出无力的呼号了。

天际的声音向江面奔驰，好像倾倒的大厦。大家等待这个声响近来：在黑暗中的人类等待着毁灭或奇迹。那个巨大的精灵，伴随着它底单调的音乐，落在江面上。于是波涛愤怒地翻腾，给予可怖的回答。渐渐地寂静了，人类恐怖地谛听着。于是又一个强劲的，庞大的，咆哮的精灵从天际奔来；波涛在短促的寂静中作着可怖的等待……

船内照着昏暗的灯光。兵士们和船伕们全醒来了；坐着或站着，严肃地屏息着。而在他们各个底心中，从恐惧和悲壮的感情里，生出力量和意志来。人们感到共同的患难是什么了。此外，人们感到，随着风暴底壮烈的呼吼，一种特别严肃，特别亲切的东西走近来，而贴在跳动着的心上。人们感到，每个城市和乡村都在火焰中，而他们底兄弟们在流血。人们是从风暴中听到了他们底兄弟底呼唤：没有任何字眼可以说明在一九三七年冬季流动在中国底旷野上的这种感情。在这只孤零的木船里，是站着军官，兵士，船伕，和一个陌生的青年，他们现在是因风暴而燃烧了想像，他们都身受着这种苦难，他们是以最高贵的情操，赤裸了整个的灵魂，而对他们底燃烧的城市和流血的兄弟们敬礼了。

在一阵风暴过去后的短促的寂静中，大家听见船头上有说话声。另一阵风暴降临，说话声便被消灭。徐道明从衣袋里摸出手电掀开军毡，走出去。蒋纯祖跟着走出去。在看见被电光照着的一个穿宪兵制服的矮小人的时候，一种嫉妒的感情便在蒋纯祖心中燃烧了起来——蒋纯祖，像一切青年一样。本能地不愿别人加入他们底亲密的集团——使蒋纯祖痛苦。

但这人底温和的，抑制的，疲乏的说话声使蒋纯祖改变了情绪。这个矮小的，有些阴沉的宪兵，最初和哨兵说话，然后和徐道明说话，用同样安静的态度，同样的抑制的，温和的声音，特别因为他底安静与温和，蒋纯祖想到他在风暴和黑暗中所走的路程，感到敬畏。

这个人不笑，不焦急，蒋纯祖觉得他有些阴沉。这个人底态度表示，假若被拒绝，他仍然可以孤独地行走，但他相信不会被拒绝。这种态度令蒋纯祖敬畏。

徐道明同样感到这种尊敬，很慷慨地使这个人到船上来。这种慷慨又使蒋纯祖嫉妒。蒋纯祖，是在结识了徐道明之后，连他底爱情也要的。因此蒋纯祖希望迅速地结识这个宪兵，而领有徐道明在这个宪兵身上所领有的感情。

但在徐道明和宪兵进舱后，为了考验自己，或者为了年青人底那种精神上的示威，蒋纯祖改变了主意；蒋纯祖在一阵狂风里走到船头，站在哨兵身边，凝视黑暗的江流。

“你们这些人，是和我不同的，那么我多可羞，但是今夜底风暴，今夜底长江会证明我底心！我底祖国在危险中啊！”蒋纯祖想，想着是对徐道明和那个宪兵说话。

“同志，你冷吗？”他向哨兵说，哨兵没有回答。他踌躇了一下，走进舱。

舱内空气紧张，大家在听那个新来的人说话。从最初听到的两个字里，蒋纯祖明白南京已经陷落，或者快要陷落：就是这种紧张的空气统治着全舱。徐道明倚着棚柱（好像他是在一种强烈的情绪里倚到棚柱上去的），含着一个凄楚的笑容。朱谷良——蒋纯祖从徐道明底最初的回话里知道了这个新来的人底名字——站着，看着大家，以和缓的严肃的声音讲述南京底战事。

蒋纯祖后来知道，朱谷良并非宪兵，他是上海底工人。他是从十二岁起便进入一所中日合办的炼铁厂的；在鼓风炉旁消磨了二十年。最初十年，对于朱谷良，是黑暗的长夜；后来十年，朱谷良被卷进了求生的猛烈的潮流，而以他底对人类的特出的智慧获得了某些胜利，成为一颗发亮的星。在某几个震动上海，甚至震动全中国的大的运动里，朱谷良以强烈的，阴沉的力量获得了胜利，正如人们对他所期望的。在一·二八战争里面，他是义勇军底组织者之一：他到了前线，经历了一个中国人所能经历的，在腹部带着创伤回来。被工厂开除后，他就从上海消失到看不见的处所去了。在连续的打击里，他底家庭是毁灭了；剩下的一个儿子，也在一·二八以后的一年死在猪鬃厂底废毛堆里。朱谷良，是在上海底阴暗的地底下，成了一个孤独的人，具有孤独的人所有的一切偏执如[①]严刻。在他心里，是有着对人类的痛切的憎恨，和那种对一切人隐藏着的，对人类的可怕的野心。

像所有的人一样，朱谷良是带着爱情走进世界，希望以爱情获胜的；虽然对于他，所谓爱情始终是奇特的东西。但中国人，生活在上海，怎样被教育起来，是全世界都知道的。可以说，朱谷良是强硬的，能够忍受的，但从这种忍受，从忍受者底特殊的冷酷，朱谷良是获得了独特的经验：他底结论，是相当可怕的。朱谷良是制造过阴谋，为人类底野心出卖过朋友，而走在这条艰苦的大道上。人们不能明白，在这一切里面，爱情和其他各种善良的，平凡的情感，所占的位置，所以人们只能说朱谷良是从特殊的智慧获得了胜利。

有些人们，特别是这种人里面的弱点较深的人们，是时常谈论热爱，光明，和理性的。但朱谷良，对自己和对别人一样，都是诚实得可怕。朱谷良被埋葬在地下，失去了一切，看着同伴惨死——各种样的惨死——因此不懂得，不信仰热爱，光明，和理性。他是曾经信仰过这些。但现在他只仰信力量。而因为憎恨和胜利的快感，他是在心里深藏着压伏人类的野心。

---

① 原文如此。

他是走上了这条艰苦的道路：较之带着理想，宁是带着毁灭。强烈的精神，在黑暗中生活，和周围的一切搏斗，是较之理想，更能认识现实的经验的。现实的经验常常等于理想，但朱谷良底强烈的偏执，像一切人底偏执一样，使他底经验成为独特的。于是渐渐地，朱谷良，失去那种纯洁的理想，并厌恶一切理想的说教了。而且，在愈来愈深的偏执里，朱谷良是否认一切人底经验了。假如理想和共通的经验只是战斗以求光明的生活，朱谷良是承认的；但对于怎样是光明的生活。特别在深埋在黑暗中，而心中又领有力量的人，是有各样的理解的。有的人认为衣食富裕，行动自由，是光明的生活；有的人认为高踞一切人之上是光明的生活；有的人认为消灭了敌人，占据了世界上的一切，是光明的生活。但深埋在黑暗中，为战争底胜利而出卖过朋友，失去了一切，蒙受了心灵底毁灭的人，是不再能适应这些种类的光明的生活了。朱谷良不能想像他会满意于一切平常的经营，虽然这条道路底终结正是这个，正如一个凶悍的老兵不能想像自己会满意于回家种田的生活，虽然战争底目的正是这个。朱谷良，在这一切之外，在这一切之上，是还求要着一种难以说明的，强烈的东西，正如很多人要求着这种东西。因此朱谷良是充满罪恶和不幸，永远不曾得到胜利。

朱谷良，是过着尖锐的生活，而训练出气魄来的。朋友转瞬间变成敌人，在他，是平常的事；用那种轻蔑的面容掩饰内心的友情底痛苦，并决裂得更澈底以证明他是对的，在他，是平常的事。他是走了一步，不得不走第二步，明白自己不能回头了。惯于用真理底力量扑杀敌人，惯于相信自己就是真理，但又明白自己底罪恶的诚实的人，他底灵魂，是在过着一种激烈的生活。但他底外貌，却永远安静，抑制，平淡，恰如那种对人类具有深澈的认识的人。

朱谷良参加了八一三底战事，和朋友们共同逃亡，中途失去了联络，孤单地到达南京。他留在南京一共三天，企图找到一个熟人。光华门城破的时候，他逃开南京。

正是光华门争夺战最激烈的时候。炮火笼罩南京，街上充满军队；而躲藏着的，留恋财产的数万南京市民被可怖的炮火从各个住宅里震撼了出来，向挹江门逃亡。于是中山路上充满了难民，箱笼，车辆。这些人首先失去了信心，其次是军队失去了信心，于是开始了十二月十日的惨痛的，可怖的局面。

南京已被包围，除长江以外无退路，挹江门奉令封锁，难民们无法出城。在最危急的时候，挹江门开放，但难民们依然无法出城，因为他们太可怕，而城门太小。有人爬城墙过去，有人从阴沟洞钻出去，但这究竟是少数：从城门到道路底远处，拥满了求生的，可怕的人们。

炮火和相互的践踏时常使这些人们里面少去几个或几十个。是严寒的，冻结的天气。人们像可怕的水流，永远在箱笼，车辆和尸体的礁石上冲击。在礁石四围形成可怕的旋涡，卷去倒下的不幸者，倒下去的人，是像堕入深渊一般，从平面上永远消失。情形渐渐更可怕起来了，加入了散兵们，他们徒然地用手榴弹和刺刀开辟道路。而在军队宣布撤退的时候，情形就更可怖了。那些疯狂的兵，是用他们底武器攻击人群，在血底河流尸体底山丘上面咆哮，那些辆剩余的战车，是从人们底身体上颠簸着驰了过去……

朱谷良从一位军官底尸体上得到了一只手枪，被卷到这可怖的场面里来了。有三次他几乎覆没。他是保持着他底沉静和坚定。但在散兵们放枪射击的时候，他便猛烈地冲击起来了。一个浪潮使他两脚腾空，异常傲倖地把他冲近城门。趁着这个力量，朱谷良向天空放枪，而爬到人们底头顶上，迅速地爬了出去。尸体是堆积得那样高，以致他底头只离门顶数尺。他刚刚爬出门，一辆战车便驰了过来，压碎了他从他们肩上爬过来的那些疯狂的，不幸的人。这辆染着血的战车底行为是惹起了一种可怕的静默的愤怒；在负伤的人们底呻吟声上面，统治着这种愤怒。于是一颗手榴弹从城墙上面掷了下来，准确地落到战车里面。在一声沉闷的爆炸之后，弹烟冒了出来，这辆染着血的战车便停止了。

城洞里面的未死的人们，对于这个复仇，喊出了一种兴奋的声音。朱谷良为这声音站住，他是突然懊悔自己从这些人们身上爬了出来：这些人们是已经死去了。但同时，他对这辆战车有一种深刻的同情。他底地位是奇特的，可以是那些死去了的人们，可以是这辆战车。但一瞬间，对于这一切，他有一种深刻的悲哀。他想到，不知因为什么缘故，这一切人和自己都成了软弱的东西，赤裸裸地交付给命运。但他永远记得那种静默的愤怒和随后的那一声喊叫。人们在软弱中和不幸中的相爱使他涌出眼泪——在这里，英雄的朱谷良是赤裸了——但同时他感到一种渺茫的恐惧。

他是穿着破烂的短衣，抓着手枪，站住不动，眼里有眼泪，凝视着冒烟的战车。朱谷良，是凭着他底诚实，他底坦白的心胸，站在这里；正如凭着他底证实的友爱和阴谋站在人类底另一些场所；凭着他底掩藏，恶毒的锋芒和对人类的野心站在又一些场所一样。

江边的情形，是和城内的情形同样可怕。为争夺仅有的船只，军队互相开火。各处有枪声，近处有炮声，显然敌人底攻击是迫近了。绝望了的难民们和兵士们在抱着木柱或木板往江里跳，有的妇女也采取了同样的行动。江水显得特别汹涌，江上的小舟、木板，和时出时没的无数的头颅，在灰白而沉默的天空下，给予了凄惨可怕的印象。

朱谷良是看见，为了求生，人类濒于疯狂。朱谷良是看见，由各种原因而致衰病的民族，得到这种惩罚，向无言的历史呈献了空前的牺牲。朱谷良好久站在江岸上，感觉到他底仇敌底一切压力，企图在决定怎样做之先先使自己获得安静。他是被面前的景像骇住，站在痴呆的沉思中。在他左边不远的地方，一只负载过多的囤船，因为人们继续从江里向上爬，并且互相恶斗的缘故，覆没了；在灰暗的江面上，发出了一种可怕的喊声。随即朱谷良看见，一个衣裳破烂，肩部流血的女子，默默地把她底婴儿掷到水里去，然后自己跳到水里去了。朱谷良，从她底冷酷的，阴惨的面容，想起很多这样的面容来。朱谷良是遇见过很多和这同样可怕的事。在那些事件里，他是冷酷的，因为他是仇恨着；但现在这件事使他震动，因为现在的世界是过于庞大，并且那个投水的女子是蔑视一切。朱谷良看着她投下婴儿，希望她从恐怖中向他发出什么声音来。明白这个希望底不可能时，朱谷良心中便突起热望，向前奔去。但这位女子已沉没了。

朱谷良看见这位女子在江波中浮起，并且随着江波向远处荡去。朱谷良凝视着。那种仇恨那种痛切的热望是在他心中燃烧。于是，关于他自己，关于他底民族，他作了短促的，强烈的思想。他想他是无可责难的，他底活着，是有益的，因为他知道这个民族比一切人更多——朱谷良，凭着他底各种创痕，是有权利这样自信的人——而他以后的事业，便是，确定他内心底种种热望——南京底这一切，是强烈地启示了他——在苍天之下，替这个跳水的女子复仇。

想了这个之后，他便毫无顾虑地跳到水里去了。他向一根漂流着的电杆泅去。他抱住了这根电杆，顺着江波向江心荡去；波浪不时把他覆没，以致到了江心的时候，他便除了紧抱电杆以外失去一切知觉了。

他到达对江时已经黄昏。他扑倒在沙岸上。在他初有知觉时，他首先想到的，便是那个跳水的女子，并且在想到的时候，他心里有沉静的，尊敬的感情。他凝视着灰白的，膨胀的，沉默的天。他发见，那个伟大的天宇，对于他底思想和感情抱着尊敬。

他向一个船家求助，而被收留了。晚上，对江的炮火更猛烈，渡了江的兵士们通过这里向江北逃亡。深夜的时候，一个宪兵叩门，慌张地要求一套便衣。朱谷良，从他底草堆中出来，对这个兵士底懦弱表现了一种轻蔑，脱下了自己底潮湿的衣裳，而取得了宪兵底制服和手枪，成为蒋纯祖们看见他时的那个样子。

于是，天亮以前，朱谷良向西走。南京城底升在空中的火焰照亮了他底道路。而在第二天深夜里，在可怖的风暴中，他便遇到了这只木船。

他所能告诉徐道明的，只是南京所处的情况。他用一种低缓的，抑制的声音叙述挹江门和江边的可怖的局面，而没有提及他自己。他没有说明他究竟是不是宪兵，而在可能触及这个疑问的时候，他用一种安静的，不可透渗的，大胆的视线探入对方底眼睛。他底谈话中间的那一种沉思，是和他底视线一样不可渗透。这个人，对于人类，是怀着深刻的戒心，但决不因这戒心而不安；别人是看不出他底戒心来的，他在说话的时候，是一种冷静的，诚恳的态度，具有奇特的魅力，不容怀疑。

特别因为这个矮小，面孔丑陋的人底确实的，安静的态度，舱内是统治着极端的严肃。大家在想像着在可怖的炮火下挣扎着的南京。蒋纯祖是长久地，严肃地凝视着这个人。

“那么，你们底部队原来是担任什么职务？”徐道明，希望更明白南京——提到部队，那种深挚的感情便在他心中激动——问。

朱谷良用他底明亮的眼光看入徐道明底眼睛，然后轻蔑地笑了一笑。

朱谷良，是在谈话开始不久，便注意了所有的人，而明白了他们——没有人注意到他底这件工作——对于徐道明这种风度漂亮，注重享受的军官（朱谷良觉得是如此），他底感情是淡漠的；可以说，有一种仇恨。但他现在却用他底眼光和笑容在徐道明心里唤起一种友爱的感情来。

“同志，还是不谈这些罢，各方面都是一样。”他说，沉思地微笑；“中国人生命底价值，是很明白的。”他说，使人们感到，他是常常说这句话的。

徐道明叹息。从遥远的空际，风暴呼吼着，奔驰近来……

“唉唉，南京啊！南京啊！”那个北方人喊叫，“南京——啊！”他叫，然后突然发出一种非哭非笑的声音。大家看着他。他低下头，小孩般尽情地啜泣起来。

第二天黎明，风暴静止，风向良好，木船向上游行驰。它是武装了起来，因为它需要随时防备从岸上或江心来的谋杀。整整一天里，它逃过了四次这样的谋杀；其中有一次是从江心来的：一只载重过度的小汽船驰过，无故地向木船射击。木船没有还击；一个船伕受伤。

夜晚依然有良好的风向，木船继续行驰。徐道明，是表现出那种精明和能耐，镇静地统治着这只木船。他整天没有说一句闲话，全心注意着他底途程。全船是统治着阴沉的空气，令蒋纯祖时常恐惧。而且，他底接近朱谷良的企图——他认为这是一个不小的企图——是失败了。朱谷良整天没有说话，躺在角落里，陷在阴沉的思索中。蒋纯祖带着那种小孩般的感情——这种感情，是表示了这个青年底对人类的企图的——送给朱谷良一个面饼，但朱谷良点头道谢，接过去吃了，没有给出丝毫的温暖。

天黑以后，木船未点灯，继续行驰。徐道明站到船头去，凝视着模糊的水平线，不时向船尾发出警告的喊声。这个军人，是像一切军人一样，严肃地沉浸到他底艰巨的职务里去了。在这种严肃里，他是淡忘了他底功名心，淡忘了他底身世感伤，而露出一种安静的高贵的态度来。

他是安静，严肃，凝神，站在寒冷的船头上，凝视远处。木船深夜时驰近芜湖江面。徐道明眺望芜湖，在灰白色的微光下，看见无灯火的，黑暗的，密集的茅屋。宽阔的江面和模糊的水平线是一种荒凉，黑暗的，密集的沉默的城市又是一种荒凉。徐道明带着深挚的情感眺望芜湖，想起往昔在芜湖度过的岁月，并想起脸色疲乏的芜湖的人们。这种想念，和他现在所处的地位，给他一种大的静穆；他感到自己是恰如一个男子站在天地间。

他想到，在不寻常的深夜里，静静地通过自己在那里面生活过的城市，对于人生，是一种启示，一种悲凉，一种慰藉。他想到，人生常常需要悲凉，悲凉是一种救济。想到自己是孤独而英勇地站在荒凉的天和水之间，通过这个沉默了的，黑暗了的城市，向它致一种慰问，一种盟誓，他感到骄傲。他充份地感到，这种骄傲，是因为在如此广阔的天地间，他还有未来。徐道明在此刻的静穆中是充份地感到天地广阔，正如一个军人所感到的，灰白的天宇和荒凉的大江证实了他所感到的。冷风是扑击着他，在他耳边吹出一种声音；他觉得这是雄伟的人生所吹出的声音。

但在渐渐驰近芜湖时，他看见江岸上有黑色的，蠕动的，密集的人群，有了怀疑。他想到芜湖可能已被敌人占领。正在他迟疑的时候，他看见有火焰突然从芜湖街上冲了上来，升到天空。这是一朵特别伟丽的火焰，它娇媚而雄劲地舒卷，照亮了芜湖全市，并映在江里。徐道明发出喊叫——徐道明，是在镇静中获得了英勇，大胆地做了决定，发出喊叫，命令全体兵士和船伕起来协力划船，冲过芜湖。但同时，从右岸向左岸射出了重机关枪底猛烈的火焰。

徐道明扑倒，兵士们跑出舱，其中有朱谷良，大家扑倒。右岸底第二架机关枪开始射击，它底火线仅离这只木船五丈远。从左岸，有几只小木船驰向江心，从岸上，从木船上，开始还击。步枪底火花和机关枪底猛烈的火焰在江面闪灼，在阴沉的江水中投掷着严肃的，激动的，强烈的光彩和颜色。在咆哮的枪声之下，有了人类底喊声，从左岸驰出的一只木船在右岸的机关枪底火力下倾覆。徐道明在船板上爬走，命令收帆。

朱谷良，听到这个命令，向舵楼冲去。那个船主，是在舵楼里战栗着，忘记了怎样收帆。朱谷良解下绳索，但不能拉动；枪火是已经在帆蓬间穿梭。朱谷良收紧绳索，但徐道明冲了过来，猛力推开他，使绳索放松。绳索从柱上解脱，于是帆蓬大声落下，而木船疾速地顺水后退。

朱谷良转身进舵楼；或许正因为徐道明以那种优越的信心那样地对付了他，他跨进舵楼，推开恐怖得战栗的船主——这个独眼的家伙，发出一种求饶的声音——而抓住了舵柄。他以一种狞猛的眼光凝视前方，猛力弯转舵柄，对于驾船，朱谷良是有着知识的，但因为对那个无用的船主的愤怒，他没有能如意地放下帆来，现在他使船打转，在危险的江上，企图获得全体人类的景仰——朱谷良是淡泊得可怕，但对于这个，却终于无法征服，——而猛烈的，带着那种阴沉的热望，凝视江上的稠密的枪火。人们会感到，朱谷良，是专为在人类底一切危险的场合里逞雄而诞生的。

有枪火迎击这只打转的木船。徐道明布置了兵士，但命令不还击。枪火连续地射过舱棚，发出各种尖锐的，细碎的，可怕的声音。那个船主，被朱谷良推在舵楼角落里，不停地哭着，并呼唤他底藏在舱里的两个儿子。他底家庭和他底家产，遭遇这种厄难，于他是极可怕的。大家曾经认为他是漂流大江的好手；但现在大家看见，对于家庭和家产的焦心，对于给予爱情并给予生涯的寄托的事物的焦心，是怎样的陷一个漂流的好手于不幸了。

蒋纯祖，在枪火最繁密的时候，和几个船夫一同伏在舱里，而以虔诚的感情祷告神明，木船打转后，他爬出舱来，英勇地下了决心，要求徐道明给他一只枪。徐道明愤怒地向他挥手。

"我已经决心抛弃我底一切！"蒋纯祖以打颤的低声说；他明白抛弃一切是什么意思。

一颗枪弹射过舱棚，发出破碎的，短促的声音。同时，大家听见江里有求救的，凄惨的喊声。木船疾速地顺水流走，那种求救的喊声，最初是数个，最后是一个，在后面追逐。那个落水的人逐渐地泅近了木船，大声喊叫救命。听出是自己祖国底声音，徐道明命令放下竹篙和绳索去。

这个不幸的家伙被捞起来，沉重地倒在船板上；随即爬起来，战抖着，不停地向他底恩人们叩头。这是一个矮小的，萎缩的四川人。

因为这个被救的兵士——他显然是从左岸落水的——这个战争对大家便显得奇异难解。左边的，企图渡江的假若是中国兵，那么右岸，右岸底敌人们，是谁呢？日本军队怎么会首先占领右岸呢？

木船是脱出了枪火底射程。那个战争，是依然在芜湖底江面上继续着。江面上有稠密的枪火闪灼，并且传来凶猛的喊声，这种气焰，这种猛扑，是发生在那些死敌们之间的。有尸体和破船在离木船很近的江面上漂浮着。并且，芜湖市底火焰，是显得更威猛了，江面上有着火焰底鲜明的投影。在那种红光里，小的渡江的木船漂浮着向左岸还击，闪出孤军底英勇的枪火来。

大家站在尾梢的船板上，凝视着芜湖。那个被救的兵，因为寒冷，在船板上呻唤。徐道明精密地观察了两岸，命令船夫弯向右岸。

这只木船，是无望了；它并且不能明白自己底处境，不能分辨谁是敌人。徐道明命令在离岸五十米远的地方停住，开始审问那个被救的兵士。

徐道明在战争中，像一切军人或一切有魄力的人一样，厌恶怯懦。他认为，这种怯懦，是对军人和祖国的侮辱。在这些危急的场合，徐道明是充份地感觉到他底祖国；比一切更不能原谅的，是怯懦。因此这个被救的兵士底叩头和呻吟令他厌恶。他走向这个兵，拿出一种严冷的态度来；他感到，无论如何，他要以被侮辱的祖国底名教训他。徐道明走向这个兵，在严冷的外表下，是藏着对祖国的神圣的感情。

这个兵叩头，告诉徐道明说，他叫李荣光，是夏天从四川开出来，家里有老母，女人，和两个小孩，求徐道明放生。这个兵，是把徐道明归入了右岸的敌人底一类，而说了这些话的。

“我并不问你这些。”徐道明说。

于是这个兵，更确信徐道明是敌人，哭泣了起来。随后他说，他们是奉到命令撤退过江的，他并不晓得他们所奉到的这个命令是不对的。

徐道明没有听懂，但替被侮辱的祖国愤怒，——他觉得是如此——尖叫了一声，用力踢了这个兵两脚。这个兵，是像一只狗一般叫着滚到舱边去。

“混帐东西!”徐道明，拿出捍卫祖国——在一切方面捍卫祖国——的军官底态度来，叫；这种叫声，是在军队里时常可以听到的。随即，徐道明问了几个问题。

于是李荣光哭着说，在他们后面的，是日本人；在河那边，向他们开枪，不准他们过河的，是中央底军队。

"那么，中央有命令给你们，叫你们死守芜湖吗？——说！"

"老爷，我一点都不知……"

于是徐道明下颔打抖，以一个辛辣的姿势转身向芜湖，凝视燃烧的芜湖。随即，一声轻微的叹息从他底胸膛里发了出来。一个军人，是在这里感到了莫大的悲痛，并感到了对祖国的深挚的爱惜；这个真正的军人，充满悲痛的感情，站在大家底前面，不再有另外的思念，除了为他底祖国献出生命。

朱谷良，以一种平静的，沉思的眼光看着徐道明。首先他对徐道明对待兵士的态度觉得一种反感，于是他锐利地从这个人身上看出某种矫作来；对这种矫作，他是不留情的。而在这种思索后，他发觉自己对于徐道明所表示的——他认为是带着矫作表示的——对祖国的悲痛，是异常淡泊的，于是有些吃惊，并感到苦恼。朱谷良，是被他底生活训练出一颗对人类的敏锐的心来，但对于徐道明从他底华丽的姿势所认识的祖国，却是淡漠的。那种对人类的敏锐的，宽阔的心胸，有时候是变成了一种利己的计较；因此，他是发现了徐道明底矫作；但面前的战争火焰，和祖国底沉痛，却提示他看见了自己底利己心，使他感到苦恼，并对自己底冷酷吃惊。

他想到，他底以前的经验可能是错了。随即他想到，从此刻开始，他们应该怎样认识和他们不同的人。因这些疑问，他底心灵一瞬间活泼了起来。但他即刻便又征服了，因为他是顽强地具有这种征服的习惯：地窖底暗影立刻便掠到他底心上来，使他严厉地想到他对这个世界所负的使命。

徐道明命令把船驰近江岸。大家开始忙碌。木船在擦着芦苇的时候搁浅了。

徐道明走向船头，凝视芜湖底火光。枪声是已经止歇了。明亮的火焰默默地升在空中，在普遍的荒凉中造成了威胁的印象。

蒋纯祖严肃地走到徐道明身边。

"你刚才说你决定抛弃一切,是什么意思?"徐道明含着温和的微笑问。

蒋纯祖羞耻地笑了一笑。

"没有,……没有什么意思。"他说,凝视火焰。

沉默很久。

"我知道你是什么意思。"徐道明说,在火光底微弱的映照下,从有须的唇边浮上一个悲哀的,然而嘲讽的微笑。

"是的,是的。"蒋纯祖回答,看看火光。

徐道明以温柔的,几乎是女性的视线看他很久——他愿意想起平常的生活,并愿意唤起往昔的各种印象——然后说,他希望和他做朋友。随即他加上说,这只木船一时无法行走,且危险太多,他们——朱谷良和蒋纯祖应该上岸行走。

蒋纯祖是在感动中,没有考虑,回答说他愿意留在船上,不管怎样困难。

"年青人啊,以后再见罢。"徐道明,因为自己底某种决心而愉快起来,拍蒋纯祖底肩膀,大声说,然后走到船头。

"大家听好!"他向兵士们以严肃的,有力的大声说,"现在这只船已经搁浅,并且又没有了顺风,同时芜湖一带已经出现敌人,我们是在敌人底炮火下面,"他提高声音说;显然这句话很使他感动;"但是,不管怎样,我们底任务是运这船里的东西到马当,不使它落在敌人手里!我们要一直到最后,我们所奉的命令是这样,我们决不懦弱,决不退后!大家要明白我们底任务底重大!我们无路可退!今天芜湖底事情是我们底国家底奇耻大辱!我们要坚定我们底信心!……大家听到了没有?!"

"听到了!"兵士们以沉重的大声回答。

徐道明愉快地,严肃地环顾。于是蒋纯祖便明白这个人刚才的悲哀的,嘲讽的微笑,和温柔的女性的视线是什么意义了。这个军官,在对往昔的生活作了一种温柔的,无碍的回顾之后,便率直地表现了他底献身了。

徐道明，到了现在，便决定抛弃一切了。所以他刚才问蒋纯祖这句话是什么意义。对于他这句话底意义便是，功利的打算和身世感伤对他已完全淡漠，现在他是充份地感觉到他底祖国，而站在自由的严肃中。因此，他并没有抛弃什么。当人们理解了他们底事业是什么，并献身于这个事业时，人们便在那种庄严的情感中获得自由了。

徐道明严肃而愉快地向朱谷良和蒋纯祖指示路程——他熟悉这一带的道路——并告诉他们怎样才不危险，劝他们离开。朱谷良，在徐道明向兵士们说话的时候，是严肃地，凝神地听着的。他不再能从这个人发现华美的动作和矫作，并且没有想到这个；他是被这个人底无伪的忠心和自由的，严肃的态度感动了。对人生的这种感情，是朱谷良很少看到的；它底价值，是他很少承认的。但现在，徐道明是把这个阴险的朱谷良征服了。因此，在徐道明指示路程的时候，朱谷良便显出一种愉悦的，受宠的，单纯的态度来。这种态度，大家第一次从他身上看见。

"那么，你们呢？怎样办？"朱谷良关切地问。

徐道明沉默着，不回答。

"我知道你们底责任……"朱谷良单纯地，特别谦逊地笑着说，显然活泼了起来，要说什么劝慰的话了，但徐道明打断他。

"同志，我们是军人！"徐道明严肃地低声说，看定朱谷良，使他明白他是在说一句神圣的话："没有什么人能够明白军人啊！"他向蒋纯祖说；"不知道军人底生活，不知道军人也是人，需要这个世界上的一切东西！大家觉得我们是可怕的，我们自己也觉得自己是可怕的！"他沉默。"你能设想到中国底一切奇奇怪怪的事么？你能设想，一个人，他底半生牺牲在这些奇奇怪怪的事情里面，他底失望，他底苦恼么？那么你不能！是的，我说你不能！你有你底才干，你底志愿，你底雄心，我们在年青的时候都是如此，后来我们便有些灰心了，在突然觉悟的时候，你便发觉你仍然孤零零地站在世界上，有一些社会关系，但是啊，因为你底性格——你没有那么下贱，你不能利用起来！我愿意向你说这个，在这种时候说这个，年轻人呵！”徐道明沉默。他是激动起来，而发泄他底忧郁了。他沉默，意识到他底生涯的各种影象和幻象，感到一种甜蜜。他们是站在芜湖底火光底微弱的映照下。冷风从江面起来，搜索着芦苇丛，吹扑着他们。他底几位兵士，是围在他们旁边，听着他；他底依照军人底习惯用演讲的方式开始的奇特的倾吐，是引导大家进入深湛的人生里面去了。

“是的，我向你说，年轻人！”他说，望着蒋纯祖底小孩的明亮的眼睛。“我们都希望这一个战争啊！但是，对于这一项职务，我是相当灰心的，我坦白地向你说，我是很自负的！同志，在上海那种生活里，我没有堕落……”他以诚恳的，打颤的声音说；从这种声音，人们理解到他底这句话所包含的各种可怕的东西了。“虽然对人生灰心，对人事灰心，对职务灰心，但是我总是在等待着；在我心里有一种东西，就是它使我没有堕落，这种东西，是随时在等待一个命令！而直到今天，我是在到芜湖的时候抱着一种感情，我是在后来替我底国家羞耻！我是痛恨啊！同志，为什么？谁的罪过？无数的人，不是都有希望，都要生活吗？但是我心里却又特别软弱，你们不知道的！我极严重地想，假使我在那个时候牺牲了，是应该的吗？我是军人，是应该的，为什么要儿女情长呢？我这样想——人生底一切都是偶然，但人群底一切都是必然！于是我得到了我底命令了！”他顿住。“我不是向你们夸张……”他用干燥的小声加上说，于是很久地沉默。“同志，假若我们以后都活着，我们做朋友啊！”说到这里，他看了朱谷良一眼；这个眼光，是表露了他对朱谷良的某种不明确的戒心。

朱谷良理解这个眼光，浮上一个谦逊的微笑（在某些时候，朱谷良是具有着可惊的谦逊；至少在外表是如此。但这种外表，却唤起一种真实的感情来）。朱谷良，是被这种人生的感情感动了，但却在这种感动上面思考着这种人生感情究竟有什么利益；为人们所看到，朱谷良，是站在他底立场和他底诚实上成了一个锐利的功利主义者。他蒙眬地感到这种感情底力量——，这个徐道明，靠着这种感情，站在这里——于是有了一种畏惧，正如艰苦营生的人们看到了美丽的爱情时所感到的一样；假若这个艰苦营生的人无力否认这种爱情在世界上的地位——这种爱情底美丽，是太显然了——并且不愿授苦自己[1]，而跌进可怕的深渊的话，那么他便会有一种谦逊的态度，正如朱谷良所表露的。

“是的，同志！”朱谷良以一种诚恳的，谦逊的态度说。他底眼睛，是闪着一种严肃的，奇异的光辉。这种表现是令感动着的蒋纯祖畏惧。不理解朱谷良的人，是要对朱谷良抱一种疾恨的感情的；这种感情在蒋纯祖心里生长了起来。

“那么，再见，我们走罢。”朱谷良干燥地说。他底声音惊醒了沉在痴想里的徐道明。

徐道明看了一下蒋纯祖，严冷地，不可亲近地走到船边。

“老爷啊，感恩戴德，放了我吧！”李荣光在舵房前喊叫了起来。

“好，你去吧？”徐道明简单地说，一面用竹篙探水。“这里三尺深。”他说。

朱谷良用眼光测量了水面，攀着船缘跳到水里去。朱谷良没有回头，在水里艰难地向前走去。蒋纯祖走到船边，看着徐道明，想说什么。但徐道明以严冷的目光看着他：这个刚才还激动地倾诉，要求和他做朋友的人，现在以一种严冷的目光看着他。

“谢谢你……”蒋纯祖低声说。

“我多么可耻！”他痛苦地想，咬着牙齿跳到水里去。

随即，李荣光跳下水，发出大声。

蒋纯祖在冷水中寒战，回头，看见徐道明和兵士们站在船缘上。徐道明高举右手，表示告别。在他们身后的天空里，辉照着芜湖市底暗红的，沉默的威胁的火光。

“再见！”蒋纯祖拨开芦苇，叫，有了眼泪。

---

① 原文如此。

然后他向前看；听不见声音，在稠密的芦苇丛中，看不见朱谷良。

“同志，你在哪里？”他失望地大声喊。

没有回答。身后有李荣光拨水的声音。有风尖锐地吹过芦苇。

“朱谷良，你在哪里？”在那种亲切的，失望的情绪底冲动下，蒋纯祖大胆地喊。在无告中蒋纯祖唯有相信自己底爱情和人类的爱情。

“我在这里！”朱谷良大声回答。

听出这个声音是亲善的，蒋纯祖叹息像小孩。

“朱谷良，离岸有多远？”他拨开面前的芦苇，高声叫，为了延长这种亲善所给予他的无上的幸福。

“看不清楚；快要到了！”朱谷良大声回答。

于是朱谷良被这种亲善，尤其是，被蒋纯祖底亲善的努力感动，初次地接近了这个年青人底无邪的心灵，他回头观看。朱谷良在黑暗中感动，没有人看见这种深刻的感动；在黑暗中生活过来的朱谷良，初次地进入了一个年青人底柔弱的，光明的心灵，感到自己心中有严肃的渴慕在颤动，感到爱情。于是朱谷良忘记了水冷，站了下来，等待蒋纯祖。

“啊，你！”蒋纯祖拨开芦苇，喊。“喂，那位同志，（李荣光在水中跌扑）你怎么了！好的，这里，我们在这里，快一点！”他喊，竭力压制自己底骄傲和对李荣光的优越感。蒋纯祖在冷水中运动，浑身发烧，感到江面的冷风新鲜、舒适、甜畅；并感到火光，船影，江流，水声，芦苇以及自己底开放了的生命美丽如诗。

第二章

一

朱谷良，蒋纯祖，和李荣光，依照着徐道明底指示行路，天亮的时候到达了一个村镇。天寒冷，枯黄色的丘陵上大雾弥漫。丘陵上的那些杂乱地生长着的黑色的松柏树是静悄悄地隐藏在雾中，雾气在树杆间轻轻地舒展，漂浮；人们走过的时候，发觉有水滴从树枝上落下，滴在枯草里。广漠的丘陵上的这种唯一的响动是给从战火中逃亡的疲惫了的人们暗示了一种和平的梦境。

浓厚的雾在这片旷野上漂浮着。各处的田地里，是完好地生长着小麦和豆类；在田地中间的各个池塘，是呈显出一种神秘的安宁的气象。这一切环绕了这个藏在大雾中的，无声息的，房屋稠密的村镇。在长江两岸的富庶的平原上，是随处可以发现这种村镇，好像它们是那些人民们，在某一天里突然互相同意，结成了同盟，在旷野中飞翔，任意地降落在各个处所，而建设起来的。人们走在平原上，就有一种深沉的梦境。那样的广漠，那样的忧郁，使人类底生命显得渺小，使孤独的人们处在一种恍惚的状态中，而接触到虚无的梦境：人们感觉到他们底祖先底生活，伟业与销亡；怎样英雄的生命，都在广漠中消失，如旅客在地平线上消失；留在飞翔的生命后面的，是破烂了的住所，从心灵底殿堂变成敲诈场所的庙宇，以及阴冷的，平凡的，麻木的子孙们。在旷野中行走，穿过无数的那些变成了奇形怪状的巢穴了的村镇，好象重复地，固执地唤起感情一样，重复的，固执的人类图景便唤起一种感情来；而在突然的幻象里，人们便看见中国底祖先了；人们便懂得那种虚无，懂得中国了。和产生冷酷的人生哲学同时，这一片旷野便一次又一次地产生了使徒。

朱谷良们，是怀着戒备，在这一片旷野中行走的。对于和平的生活底毁灭，人们已再无惋惜，虽然蒙在浓雾下面的大地以它底神秘的，庄严的声音和动作在表露着它底宁静的渴慕。这片大地是就要获得新的经验；人类底各种战争，是随处在爆发。

在朱谷良心里就藏着这种战争：朱谷良，从昨夜离开木船时起，便在心里发生了对他底年轻的伙伴的精神上的企图；人们底生活，是总在突进着，虽然能够建设起来以成为子孙们底住所的，始终很少。因为这种精神上的企图，朱谷良对蒋纯祖严肃，关切；在外表上，有时露出一种家长的态度，有时则显得漠不关心。而蒋纯祖，是畏惧地把这一切都接受了；随着这种熟悉，他底情感便渐渐放任起来。

李荣光，对于朱谷良和蒋纯祖，是一直在戒备；除了戒备，没有做别的什么。他是要以这种戒备保卫自己，而走完他底途程：他希望逃回故乡。朱谷良和蒋纯祖，因为互相作着战，在自尊心，妒嫉，厌恶和爱情里面纠缠的缘故，冷淡了他。

他们是疲惫，狼狈而阴沉，在大雾中走进了这个村镇。

破旧低矮的房屋，石碑和赤裸的树木都被雾浸湿；雾在各个物体间悄悄地漂浮。有狗在浓雾深处激烈地吠叫。在它们底激烈的声音之间，传出了雄鸡底从容不迫的啼鸣。屋檐和树木在滴着水。

朱谷良们，是希望在这个村镇里得到一点救济的。在不幸中，人们认为得到救济是一种权利。浓雾和犬吠是使他们焦燥了起来。他们无法知道，这个镇是处在怎样的情况中。

朱谷良首先站了下来，很随便地从衣袋里摸出了他底手枪。蒋纯祖底面色突然严重。但朱谷良随便地检查子弹，好像检查烟盒，以至于蒋纯祖露出一种安慰的笑容看着他。

“你们等一下。”朱谷良说，转身走进村镇。

于是蒋纯祖骇怕起来了，悄悄地跟着。但朱谷良即刻便停止，因为看见一个蓬头的，抱着手臂的妇人疾速地从前面不远的街上跑过。随即，一个沉思着的青年拖着一头小牛从旁边的巷子里走了出来。耕牛跨着怠慢的脚步，它底臀部在因寒冷而不住地打颤。因为这条耕牛，这个村镇底情况便明白了。蒋纯祖感到羞耻；于是诞生了那种年青人的胡涂的勇气。

但那个拖牛的青年，在发觉这些奇异的人们之后，便恐怖地拖着牛回到巷子里去了，隔了一下，在浓雾中，传来了一个尖锐的喊声：这个青年在报警了。于是村镇寂静，而狗吠更激烈。

朱谷良，浮上一丝轻蔑的微笑，站在雾中。

那个青年，是报了警。在危险的岁月，一切陌生人都可怕，人们易于夸张和轻信。这个村镇，是已经历过一批陌生的人们，而因为他们是不到最后决不离开他们底家业的，他们便戒备了起来，而结成相依为命的集团了。这个集团，是以一种奇特的热情夸张了朱谷良他们底来临。没有几分钟，大家便相信大队的日本兵已开到镇里来了。

因此这个村镇便好久地寂静着，等待事情发生。但在终于发现只是少数几个人的时候，他们便在墙壁和窗户之间传进消息和意见，商量起对策了：他们究竟应该怎样对付这几个可怕的日本人？

朱谷良们焦灼地在雾中走动，终于敲起一家店铺底门来；多年的繁荣的经营，是把这家小酒馆底板门染成了油腻的黑色。但敲门这个行动被当做是抢劫底开始，于是一只准备好了的鸟枪便从浓雾中间射击了出来。

李荣光尖叫了起来。他们扑倒了。第二枪射了出来，小的铅弹打在店铺底门板上。于是他们看见，在对街的庄院底篱笆后面，一个模糊的人影在移动。朱谷良突然跳起，发出一个狂怒的叫喊，冲了过去。

那个放鸟枪的人，很明显的，因为恐惧的缘故，开始的时候是过于相信他底武器了。在朱谷良底这一声狂叫之下，看见了朱谷良底可怕的手枪，他便露出恐惧的微笑，端着他底武器，在他底财产——他底房屋和家庭——面前站住不动，战抖了起来。他底舌头卷屈着伸了出来，那个微笑好久留在他底干枯的，苍白的，尖削的脸上。

“你是干什么？”隔着篱笆，朱谷良愤怒地低声问。

于是，听见是中国话，这个放枪的人脸上的恐惧的微笑，便被惭愧的微笑代替了，这个微笑，像一道光明似地透露了出来，证明这个奇怪的人物底血液是在怎样地流动。但这个微笑立刻便消失了；而一个可怕的黑夜，在那张小脸上透露了出来。那个眼光，是呆钝了，注视着面前；那两片嘴唇，是轻蔑地而又柔弱地扭屈了起来，在微弱地抽搐。

那个凝聚的，呆钝的眼光好久地凝视着前面；显然假如不被惊动，它便会永远凝视下去。一切感觉和意念，是在这个人里面突然消失了，他是凝视着黑夜。从这种神经失常的状态，朱谷良便看出了这个人底生涯里是有着可怕的不幸；并看出了这个人底放枪的动机。

“请你开一开门，我们买点吃的。”朱谷良因为同情的缘故，温和地说，而心里有悲痛，耽心这个人不再能听懂人类底语言；并且有不安，希望从这种不幸走开。

听见没有回答——这个人依然站在原来的姿势中——朱谷良便又抬起手枪；因为他耽心那只鸟枪会突然地又发射起来。

这时正面的门轻轻打开了，一个肥胖的女子走了出来。这个女子，虽然头发弄得很乱，脸上涂着作为掩饰的黑污，并且带着那种镇定的神情，却依然显出青春，显出少女底姿态来。显然她是在门内听了很久，而下了决心的。

她是笨重的；她底眼睛阴暗而悲苦。这个少女，和她底失常的父亲住在一起，显然没有幸福。而因为关闭的生活，那种羞耻心是特别强烈。但现在她却为了拯救父亲，敢于暴露在危险的兵士们面前了，为了拯救不幸的父亲，她是决心不再顾忌一切：唯有人类底善良可以拯救她，因为唯有人类底善良可以信仰。而一走出门，在大雾里暴露在陌生人面前，她便脱开了她底恐惧，获得了极端的严肃。她沉默地，迅速地走下台阶，走到篱笆前。

她正要说话，她底那个怀疑地注视着她的父亲便露出野兽的表情；随即跳跃了起来，拿鸟枪对准她。

“替我进去！”他用一种尖细的声音喊。

但女儿做出了一个严厉的姿势。

“各位老总，我父亲有病，请各位原谅。”她哀恳地笑着说；向企图干涉的父亲看了一眼，同时打开篱笆门。“各位请进来坐。实在是我父亲有病，不相信……”

她垂下头，恐惧地等候结果。

她底那个父亲，在她说话的时候，是紧张地看着朱谷良底眼睛，显然的，假如朱谷良底眼睛不正当，他便又要放射鸟枪了。这个父亲是可怕地守卫着女儿。

朱谷良已经放下了他底武器。在父亲向女儿咆哮，而女儿回答出严厉的姿势来的时候，他便看出了在这中间有不寻常的，值得尊敬的东西。于是他放下了手枪，严肃地看着说话的少女。

“我们决不会骚扰你们的，我们也是逃难，请你们放心。”蒋纯祖单纯地说。显然觉得欢喜，准备进去了。和朱谷良所感到的相反，正如好多年青人一样，面前的父女间的悲痛令他感到亲切。对那个女儿，他是有了一种景仰。他预备进去，以美好的态度安慰他们。

但朱谷良严厉地看了他一眼，使他怀疑起自己来。

同时，那个父亲，因为门已打开，便想到他们是非进来不可的了。在这个简单的思想下，他就灵活了起来。那种可怕的，惊震的，热情已经过去，这个人便开始使用心机，而非常夸张地表现了出来。他看了他底宝贵的女儿一眼——她是依然垂头站着，——走到门边，鞠躬，向门内伸手，并露出卑屈的，特别卑屈的笑容。

“请啊，老总，请！早知道是中国人么，唉！……”他笑着鞠躬。

朱谷良客气地笑了一笑，然后严肃地看他。他底这一切，是在朱谷良心上投下了暗影。

那个女儿红着脸抬起头来，眼泪流下她底肥胖的，涂黑了的面颊；于是非常笨重地摇动身体，跑进去了。

“请！”

朱谷良下颔打颤，在浓雾中走进院落。

李荣光悄悄地走了进来，向屋内张望。但蒋纯祖却疑怀地站着不动。

“别人既然痛苦——她哭了！——为什么要勉强别人呢？”他矜持地痛苦地想。

“请！”那个父亲挟着鸟枪，鞠躬说。

朱谷良回头，在冷气中耸起肩膀，用猜疑的眼光看那个父亲，然后露出疲惫的表情，严肃地看着蒋纯祖。

“是的，这个家伙！”他想。

“进来再说啦！”他皱眉，说。

“你疲倦么？”走上台阶时，他关切地问神情灰黯的蒋纯祖，并意外地浮上一个慈和的，光明的，悲哀的笑容。“要当心。”穿过堂屋时，他迅速地向蒋纯祖小声说。

这栋房子——两父女底这个坚牢的洞穴——是异常阴暗的，虽然门前有一块谷场，两栋房子之间有一个大的院落。房屋很宽敞，但旧朽。房间里和院落里是堆满了坛子，罐子，木桶，树杆，木材，稻草，麦稭，以及其他无数说不出名称来的，但人们看见就明白，并从而感到一种烦厌的同情的奇奇怪怪的东西。各样东西，在这个阴湿的王国里，是紧密地，无秩序地堆积着，被稻草包裹着或塞满着；发出一种浓厚扑鼻的，陈旧的腌菜坛子底酸气来。在大院落底左端，是堆积着同样长短的，发黑的木板；另一处堆积着木桩；木桩后面，则是说不出名称来的，有着破布和废铜底颜色的，霉烂的堆积，一头秃了肚皮的狗萎缩地躺在那上面。当主人通过的时候，这头狗便伸出头，表示出对义务的认识，站了起来，而在考虑了一下之后，向生客们发出了一种险沉的哮声。但不知什么缘故，主人被触怒了，用着妇女们一般细小的脚步跑了过去，拾起一根柴棍拦着它底衰弱的头敲打了起来。

这只狗并不后退，用脚抵牢地面，阴沉地哮嚎着；而主人露出了一种狂热来。显然这种战争在这个国度里是常见的，这只忠心的牲畜是习惯于牺牲它底皮肉了。它是快要死了，但仍然忠实地履行它底义务。于是这场战争，发出击打声和人和狗底哮嚎声，在浓厚的雾中久久继续着。那个主人，是在他底狂热里，围着他底狗奇形怪状地跳跃着。无疑的，他是喜爱这只狗，不能缺少它；这场战争，或许是由于他底那种奇特的，猛烈的妒嫉；人们看出来，他是常常用和这相同的方式对待他底可怜的女儿的。

不愉快的客人们站在各种堆积物中间的狭小的通路上等候着他。蒋纯祖觉得事态严重，替那只狗愤怒，皱着眉毛。朱谷良是露出厌恶的，疲惫的表情。但那个李荣光，在那只狗跟着它底主人转动身体的时候，却粗憨地笑了：他是对这些顶熟悉，他是好像走到了故乡，而天真地感到乐意。

终于那只老狗心安理得地蹲伏了下来，埋头在腿中。于是那个主人便同它高声地说了几句关于人生道德的话，丢下棍子，从狭小的道路上满足地走了回来。他揩着汗，在发红的脸上，露出了一个快乐的，天真的笑容，望着客人们，好像他们是亲密的朋友。人们看出来，他是经历了极大的艰苦才得到这个笑容，而用这个笑容，这种天真与亲密来保卫自己。他是觉得他把他底家庭里的一切全展览出来了，因而他觉得可以安心了。

他领客人们走进屋子。然后他走进房去。那个女儿，是伏在后房的床上，埋在枕头中悲泣着。他走过去，焦虑地、慈爱地悔罪地笑着，摇撼她，继而向她热切地耳语，安慰她，向她灌输他底人生哲学。

他扶女儿坐了起来，像一个母亲一样，理了女儿底头发。然后，为了使客人们听见，他走到门边，向女儿发出愤怒的喊叫。

"我跟你说过那个高头有米！我跟你说过还有两升，混帐东西！"

吃了饭之后，他便领客人们到一间潮湿的房间里，跨过一些坛子和罐子，声明这是他自己底房，请客人们安息。大家都非常疲惫，就睡了。朱谷良对这个主人是存着戒备的，但他终于无法抵抗疲惫。

那个主人，是好久地在窗子外面站着，从一个小洞里监视着他们。他是觉得人类太可怕了；狂热地保卫家庭和财产，便成了他底英雄的伟业，恰如狂热地建筑村落，是他底祖先们底伟业一样。从这里，人们便找到中国底虚无主义了。这个主人和父亲，静悄悄地站在寒冷的窗外，保卫着他底物质的家产和精神的财富，是像一切英雄一样，有着正直的，英勇的心灵；人们是可以从他底穿着破烂的，厚重的衣服的瘦小的躯体上，看出中国底英勇的姿态来。

有几个大胆的邻人敲了后门，向他探问消息，并向他表示那种非常的耽忧：这种耽忧，是因为他底财富，他底狂热，和他底对女儿底爱护。在村庄里，他底身上是堆满憎恨和恶毒的嘲笑的，但此刻，他是得以在同情的河流里洗澡了。大家偷偷地看了睡着了的客人们，研究了他们，而对他们怜悯了起来。有一个年老的私塾先生，就在院落里高声叫起来了。

"大家都是中国人！在这个时候，只有中国人救中国人！你底鸟枪呀！"他愤激地叫，"所以我晚上请他们！所以我要向他们请教！"

随即有第二批人，其中有年龄较大的妇女们，来看这几个不幸的人——大家都明白了他们是不幸的人——而在这个父亲和主人底屋子里泛滥着同情和议论底潮流。大家决心要向这几个人问一问战争底情况了。但当大家谈及他底女儿底勇敢的时候——她是依然藏在房里——这个父亲和主人变异了。他是突然阴沉了起来，落到一种直觉和一种梦境里，就像在门外一样；随即他表露了阴沉的态度——他是害怕着邻人们到他底屋子里来，认清他底各种堆积物的——而消灭了向他涌来的同情。

下午，雾散，天晴朗，旷野中有枪声。于是这个村落便被恐惧压倒，而归于死寂。有钱的家庭，尤其是有着年青的妇女的家庭，认为已经到了最后，便开始向更荒僻的乡下迁徙了。

但这个主人，为人们所看到的，是有着一种仇恨和热狂的；他是信仰着自己，而不愿迁徙的。他是永远不会离开他底洞穴的了；为了保护他底女儿，他是拿出疯狂的信心和勇气来，英勇地准备为全人类作战。

于是，他坐在他底大方桌旁边，冷酷地注视着前面。在油污的方桌上，是放着他底鸟枪；对这个武器，他是又有着信心了。像一切英雄一样，他是对他底所爱有着永恒的信心。

客人们一直睡到晚上；他们是过于疲劳。李荣光最先醒来，发觉没有人注意，便动了心，在黑暗中烦扰了起来；这种烦扰，像年青人底，恋爱的烦扰一样，在李荣光心中，是强烈的。这个年轻的简单的家伙是在黑暗中惊心动魄地站着，面孔发烧了。于是他便在坛子和罐子中间摸索了起来。他企图打开壁前的那口橱，弄一点可以卖钱的东西。什么东西好卖钱，在世界上总是总归一样的，他想。他咳嗽了一声。……

听到了咳嗽声，那个主人便溜到门前来。听到壁橱底响动声，他便咳嗽了一声。

这个从黑暗中发出的阴冷的声音使李荣光恐慌得发抖。他退了一步，而在一个凳子上绊倒了。但对于自己是一个兵，他却是意识到的，于是他发出小孩般的尖细的，愤恐的叫声来。

那个主人溜开了。立刻便转来，掌着灯，脸上有卑屈的，甜蜜的微笑。

"什么事？什么事，啊？"

"混蛋，混蛋，混蛋！"李荣光在裤子上擦手，叫。

朱谷良猛烈地跳了起来，同时摸出手枪。看见李荣光底因得势而蛮横的情形，看见打开着的衣橱和翻倒了的凳子，朱谷良便明白了一切。蒋纯祖惊骇地坐了起来。

李荣光继续叫骂，暴怒地跳到门前。主人发觉朱谷良于自己有利，便看着朱谷良，准备控诉。发觉了这个，李荣光便举起拳头来了。但显然的，他是还需要朱谷良底许可。

李荣光举起拳头的时候，朱谷良是阴沉地注视着。

“喂!”他喊。

李荣光回头，于是放下拳头，狠狠地看了主人一眼沉默了。朱谷良坐了下来，手臂支在脸上，捧着头，静静地透明地注视着前面。在众人中间的优越，是引起他一种深刻的苦恼来了。那种在人间猛烈地追求，而终于无所获的苦恼，是在袭击着他。于是他不再注意周围的一切，而想起上海底一切，想起朋友们来。他想到，人类底弱点是这样深沉，他是对朋友们过于苛刻。他想到，假如他略微退让一点，他便不会如此孤独。

但即刻他想到他不该有悔恨，而孤独正是他所需要的。在这个人间，能够找到更好的东西么？于是他迅速地站了起来，抱着手臂，以明亮的，微笑的眼光注视着陷在沉思中的蒋纯祖。

蒋纯祖惊异地抬头看他。

但朱谷良即刻便露出淡漠来了。那个明亮的微笑是像一道光明似地闪过去。朱谷良，在那种兴奋里，意识到自己底英雄的生涯，同时生动地发现了这个单纯的年青人底可亲处，心里便有了甜美的爱慕，企图亲近这个年青人，而向他表露自己。这种亲近和爱慕，对于朱谷良，是成为一种显著的需要了：它将弥补往昔的错失。人生底阴沉的潮流，在这里便要形成光明的波浪了。但朱谷良即刻便打消了它而对于自己觉得怀疑。

蒋纯祖惊异地注视着他。蒋纯祖是完全不能明白那个微笑和随后的变异底意义。

“我们要走吗?”蒋纯祖问。

“明天走吧。”

“要不要给他钱?”

“你有吗?”

“我有。”蒋纯祖温柔地回答。

朱谷良沉思了一下。

"也可以不给的。"他说。

"李荣光，我告诉你！"朱谷良突然严厉地说，看着李荣光——他无聊地坐在凳子上，"对于老百姓，要敬重！拿老百姓底东西，要给钱！……你不也是老百姓吗？"他用深沉的低声说，眼里含着严肃的微笑。

在这里，是显出了人类底等级。朱谷良视蒋纯祖为同类，向蒋纯祖说无需给钱；觉得李荣光不属于自己底精神领域，向李荣光说要给钱。这种等级，如人们从事实深处所看到的，是真实的，因此朱谷良毫未觉察到自己是说了相互矛盾的话。但蒋纯祖注意到这个，他心里有光荣，诚恳地看着李荣光，希望李荣光同意。并且李荣光也注意到了这个。因此无论李荣光怎样迟钝，无论朱谷良底微笑和声音如何严肃，李荣光都要感到这种等级，而不能接受朱谷良底话。很短促地，在李荣光心中发生了自尊心底痛苦。人类底尊严，在这个奇特而又平凡的场合，是短促地闪灼了起来。李荣光皱眉，看着旁边。显然的，这种刺戟底结果，是恶意底增强。

吃晚饭的时候，主人就和朱谷良交际了起来，希望从他得到保护；夜晚的村镇沉静着，各处有犬吠，人们感到危险底迫近。这个主人拿出了酒和腊肉，殷勤地对待他底客人们：劝了酒之后，他便露出一种神异的表情，使人意外地谈起了四海一家底大义。往昔的生活，不幸，家业底惨淡经营，以及目前的危险是在突然之间给了他一种狂奋，使他露出那种孤注一掷的，愤激的可怕的表情来。

他表示，对于家业，女儿，自己底生命，他是可以完全不顾的；为了友情和正义，他在年轻的时候牺牲过自己，现在当也为友情和正义牺牲自己。在说这些话的时候，他底小眼睛燃烧着；和极度的亲善的表示同时，他底表情和声音里是藏着可怕的威胁。

"我张某，我张某！是的，我张某！"他高声叫，拍胸膛；"当着各位底面，我张某就割下自己底头来！当着各位正直的朋友，我张某可以马上就死！”他突然沉默，威胁地看着大家。

喝了酒的蒋纯祖以闪灼的，不瞬的眼睛看着他，而在他底热切的倾诉和凶恶的叫喊里奇特地感到对周围底一切的亲切，感到对杯盘、桌椅、墙壁、房间、灯光，和黑暗的院落的甜美的亲切，好像这里是自己底家。他未感到对这个人的亲切，因为他对这个人底亲热和凶恶是同样地惧怕；但这种惧怕，是人们对于自己底年老的亲戚的惧怕：在这种惧怕中——这种惧怕带来了对周围的一切的甜美的亲切——蒋纯祖是陶醉了。蒋纯祖，是像一切青年一样，在自己底祖国的浓厚的气氛里——这一切是痛切而深沉——堕入小孩们所有的痴呆和梦幻里去了。

有短促的沉默。蒋纯祖底梦境——他底年老的可畏的亲戚，他底甜美的家，他底儿时，他底纯洁——继续着。李荣光，被沉默烦扰，停止了咀嚼。蒋纯祖底梦境深沉，眼睛明亮。但朱谷良底冷静的声音惊醒了他。

朱谷良含着温和的微笑简单地向主人说，请他放心，他们是够朋友的。

“我请你替我写张告示，说里面住兵，贴在大门口，好吧？”主人软弱了下来说。

“那是没有用处的呀！”朱谷良回答，笑出声。

蒋纯祖，整个地从梦境里醒来，笑出声音。但即刻便屏息，因为那个主人阴沉起来了，显然地露出了敌意。随即他就痛苦地，焦灼地哭起来了。

朱谷良皱眉，反抗那种难以说明苦闷的感觉，站了起来，以一种暗示的，解释的，同情的眼光，看着蒋纯祖。而蒋纯祖，是像恋爱中的女孩一样，回答了一个有些羞怯的，明白的微笑。人类对于他们底因数底苦痛[①]无法给予更多的帮助或安慰——有时

---

① 原文如此，据原版书后附勘误表更正为“他们底同类的无”，疑应为“他们底同类的苦痛”。

甚至敌视——因为他们是带着各样的色采，而要继续生活下去的。

这样，是只有那个献了身的女儿来挽救这个牺牲了酒食的痛苦的父亲了。那个女儿始终在门内窥探着，替她底不幸的父亲耽忧。她走了出来；她看着父亲，皱起嘴唇，脸上有悲苦的，柔弱的，特殊的表情。

“爸爸！”她伸手到父亲肩上，小声唤。同时她底脸兴奋地打抖。

那个父亲在这种呼唤里颤抖了一下，随即便转过头来，忘记了客人们在旁边，向女儿报答了一个柔弱的，甜蜜的笑脸。

“啊，小姑啊！”他用那种从厄难里脱出而回到爱人身边的人们所有的幸福的，动情的，温柔的声音叫。

女儿沉思了一下，发痴地看着油灯。

“请各位里面坐。”她勇敢地抬起头来，说。她脸红，嘴边有痛苦的笑纹。

这种图景是感动了那个淡漠的朱谷良了，因此他站着没有动。朱谷良底心突然地软下来，而感到烦恼的，有罪的情绪。他踌躇地看着父亲和女儿。

“请你们放心。”他突然用温柔的，确实的，有力的声音说，以致于蒋纯祖惊异地看着他。“我相信除了日本人，你们都不必怕。因为，中国人……”他说，眼里有光辉的微笑。从这几句话，他是理解到在他心里存在着的对他底祖国的深切的感情。在这种光明的火焰里，他感到他是站立在所有的中国人底眼光下，和他们一致地取得了对人类底善良的理解，而明白了各种生活。

他们回房睡下，因为疲劳尚未恢复，并且又喝酒的缘故，立刻便睡熟。

但那个主人却不能睡去。他是对一切都怀疑，晚饭时候的可怕的失望使他加深了对客人们底戒备。深夜里，他熄去了灯火，关闭了他底女儿，挟着他底鸟枪在各处巡逻。他底老狗殷勤地跟随着他，向各种东西发出它底阴沉的哮声。

他不时走近客人们所住的房间，向里面谛听，张望。而在极度地疲惫，不能支持的时候，他便想起了一个他认为是极好的主意。他把客人们底房门锁了起来。然后——雄鸡开始在黑暗的浓雾中啼叫——他就获得安慰，带着自信回房睡觉了。

大雾在黑暗中笼罩了村镇。雾中有狗们底狂奋的，怀疑的，逞雄的吠声和雄鸡底悠长的啼鸣。屋檐开始滴水，发出寂寞的声音；空气寒冷。黎明以前，有溃败的兵群进入村镇。他们是带着颓衰的，凶恶的感情。在碰到这个村镇底顽强的沉默和封锁的时候，这些求生的人们便嫉愤和平和完整，走上毁灭的道路了。

各处传出打门声和喊声。没有多久，一道火焰便在浓雾中抬起头来了。人们是走上了毁灭的道路；就是用这样的力量，战争摇撼着世界。

这家底坚牢的大门是被兵士们掀了起来。打着火把的狼狈的兵士们在浓雾中穿过院落。主人被惊醒，抓着他底鸟枪往外跑，即刻便被兵士们捉住，反绑了起来，在嘴里塞上破布。兵士们照着火把回进房去。那个女儿，是已经被惊醒了，在房间里恐怖地乱跑。这个房里，是藏着这个家庭所有的一切贵重的财物；这是这个不幸的主人数十年来凶猛地在人间战争的结果。

被锁着的客人们醒来，紧张地走到门边。他们从门缝里看见兵士们和被绑着的主人：他是在地下打滚抽搐。那头老狗在门槛上凶恶地，悲惨地吠叫着。充满浓雾的院落里，是映照着街上的火焰底红光。

朱谷良拉门，没有拉开；同时蒋纯祖恐惧地伸手制止他。但在听到那个女儿底一声悲惨的呼号的时候，朱谷良就打起门来了。那一声悲惨的呼号是激动了这个人，他是愤怒而勇敢。

这些行动的兵士，是显然有一个领袖的，因为在朱谷良打门的时候，一个兵士跑过来，随即又跑了过去，喊出一个粗而矮的，脸上有血痕的家伙来。这条血痕表明了那个女儿底抵抗。

这个粗矮的兵士站住向锁着的门望了一下，面颊可怕地抽搐;另一个还是小孩的兵士高举着火把,脸上是奇特的严肃。这些兵士是都还穿着单衣,它们是完全破烂了,捆着草绳或布带。

在这个时间,那个穿着被撕破了的内衣的女儿乘机逃出来了,显然是想逃到街上去。那个粗矮的家伙转身,正站在她面前,以一种阴险的目光看着她。她站住,因寒冷和恐怖而颤抖着,而那个父亲在地下激烈的打滚。

有两个兵士从她底背后走了出来,一个裹着一件棉袄,掌着灯,一个则裹着一条红色的棉被,虽然如此,还是在颤抖着。他们都看着这个粗矮的家伙,他底目的是这个女儿。

于是他冲上去了。那个女儿发出了一声狂叫……

他退了下来,做了一个姿势,于是那个小孩畏怯地走了上去,接着那个裹棉被的兵,强烈地颤抖着,向女儿伸手。但那个女儿突然喊叫起来,冲向锁着的门。

"官长!官长!"

粗矮的兵士追了上来,把她摔倒;同时他底伙伴跑过来捉住她底四肢。她继续喊官长,拼命挣扎。那个裹着棉被的兵士举着灯,露出一种厌恶的,愁惨的表情。那个父亲拼命地滚到女儿身边,挨了致命的一踢,沉寂了:那头老狗也沉寂了,悄悄地观望着。

锁着的门沉寂了一下。接着便被从里端抬开,朱谷良走了出来。

朱谷良,在开门以前,向蒋纯祖说了他们应持的态度,即应该安静而理智,然后吩咐蒋纯祖和李荣光和他一同走出。他们显露在灯光下。朱谷良表情阴冷,含着奇异的笑容,右手插在衣袋里。他是提着武器,含着这种阴冷的表情;他短促地想到他在饭后向主人说话时所有的感情——他明白各样的生活,和他底同胞们趋向人类底最美的目标——浮上那个奇异的笑容。

现在是无比的冷酷和仇恨。现在是,假如可能,他便把这些兵士杀死,不能有别的。

那种优越于全人类——在人类中间,最优秀的,是他底伙伴——的意识，使朱谷良冷静地站在这个邪恶的场面里。朱谷良，拥有广漠的生活，在这些场合里，是要站出来执行人类底法律的。

朱谷良们底出现，使那个粗矮的兵士放弃了那个女儿，站了起来。

"你是谁？"这个兵凝视了一下，问。

"你们撤退下来了吗？"朱谷良温和地问。

"当然撤退了！"这个兵轻蔑地大声说。

朱谷良满意这个回答。他看出这个兵底险恶是已经被他消灭了一半了。由于那种保卫自己的本能，并由于这个兵底这句回答，朱谷良心里忽然有了温暖的，诚恳的感情。在这种场合里出现的这种感情他是熟悉的。

朱谷良简单地笑了笑。

"同志，我看算了吧！"他忽然用有力的，诚恳的，然而威胁的声音说，笑着。

"你是宪兵？"那个兵想了一想，简单地问。

"同志，我是宪兵。"朱谷良用同样的声音说，表示威胁，同时表示对于宪兵之类，他自己是毫不看重的。

"是的，同志！"那个兵狠狠地说，然后以明亮的眼睛环顾——那个女儿蹲在地上，看着他们——"不过，这个地方不是你底吧？我们要拿点东西，行不行？"他戏弄地问。

朱谷良不答，看着门外，意识到事情已经完结，意识到自己底优越，就露出冷酷的表情来。

"你们东西拿好了没有？"那个兵回头说。"那么走！"他挥手。

"慢点，"他又说。"同志，你们先一步来了！一路走吗？"他威胁地问朱谷良。显然他不能如此不光荣地离开。

朱谷良淡漠地看自己伙伴——这种眼光使蒋纯祖畏惧——发觉到李荣光底踌躇，看着李荣光。

"你要和他们一路吗？"朱谷良问。

"来吗?"那个兵多得意地笑着说。

李荣光看着朱谷良,颤栗了一下。露出卑怯的,小孩般的,恳求的神情:他感觉到这些兵士才和他是真正的同类,他渴望自由。

"去吧。"朱谷良说,笑了一笑。

李荣光生硬地走了两步,好像不会走路。

"同志,我道谢啊!"他回头,突然大声说。

那个粗矮的兵发出得意的,快乐的笑声,走出门。火光照着浓雾,兵士们从浓雾中走去。

"无耻的东西!"朱谷良骂,不知何故感到失败的严重的苦恼。

而在这个瞬间,那个女儿站了起来。溜进房去了。朱谷良,在解开了主人之后,便在桌边站着不动,沉思了起来。他是明显地看出自己底屈辱来了。于是,他开始痛苦地谴责自己刚才的诚恳和温和,认为这是由于自己底怯懦。像很多人一样,虽然这种感情是他经历过无数次的,虽然它们在当时是很明白地使他胜利的,他还是要为它们痛苦。人们从现实里,由现实的感情行为而得到的胜利,是永不能满足在事先和事后所有的精神上的纯洁的,宏大的企图的。

"难道我承担不起我底信仰吗?"朱谷良想,于是决定复仇。

那个主人,是被扶在椅子上,微微地喘着气。蒋纯祖忧郁地看着他,看着朱谷良。街上的火灾蔓延了开来,发出爆炸声和倒塌声;大火照红了院落。寂静统治着这间屋子;在这间屋子里,没有人想到做一个动作——似乎是不可能做一个动作。房屋燃烧的响声,街上的紧张的动作声,以及这个屋子里的这种寂静,使蒋纯祖觉得像在做梦;一种安宁的、有力的感觉突然被他意识到,于是他有了短促的幸福感觉得一切都神圣。这是年轻的人们底那种神奇的感觉:蒋纯祖觉得目前的犯罪,反抗,濒死的挣扎,野性的呼号,以及——这是他所亲切地明白的——人们在这中间所做的思想都神圣。

于是蒋纯祖感觉到自己在目前的一切里所处的地位了。他走近朱谷良，稍稍地叫了一声，使朱谷良从深沉中惊起。

“我们走吧。”朱谷良坚决地，迅速地说。

“好的——他们呢？”

但在他说这句话的时候，朱谷良便已经把主人扶起来了。这个主人是完全软弱了。眼睛可怕地睁着，垂着头流下口沫来。朱谷良和蒋纯祖扶他进房……

他们都同样地耽心着一件事：耽心那个女儿会为了她底父亲而哀恳他们。这是很显然的，因此他们有些惧怕。到了现在，人们是再也无力承担那些较为软弱的感情了：人们是焦急地渴望走上他们自己底路程。但一走进房门，他们便被骇住了：那个女儿是穿着她底被撕破了的衣裳，高高地悬挂在床柱上。在那个可怕的羞辱后，她是完全绝望，不再记挂她底这位给了她这么多辛辣的痛苦和怪诞的溺爱的父亲，离弃了她底生命了。乡下的愚昧的女儿，是在那种极简单的绝望的思想里——任何人都难于脱出这种思想，在这种思想笼罩着他们的时候——为这个世界做了牺牲。

朱谷良底第一个思想，便是把这个父亲赶快拖出来。但那种短暂的奇异的停顿已经把这个人惊动。他抬头。看见了悬在床柱上的女儿，他底身躯便突然伸直。显然是更大的不幸使他获得了这种力量。

他迅速地，轻捷地向前走了两步。因为他底可怕的力量——较之实在的力量，更是梦魇的力量——朱谷良和蒋纯祖放开了他。

但朱谷良立刻跑过他，跳到床上，抱那个女儿从绳索中拖了出来。那具尸体倒在朱谷良肩上，主人迅速地跑过来，它便倒到主人底手臂里去了。这双手臂像是极坚强的，因为它没有颤抖，准确地抱住了这具尸体。

主人弯腰，凑近形状可怕的女儿，用自己底嘴唇和面颊贴住女儿，然后摸女儿底额角，染血的头部和胸膛。这些动作是静悄悄地做出来的：确实，迫切，像一个医生所做的一样。

朱谷良和蒋纯祖沉默地站着。油灯因油干而昏暗，火焰照进房来。

在那种神奇的，梦魇的力量底支配下，纯粹由于外表的反应，主人理智地做着那些动作。他底心是被压紧，沉默着。显然这一切是由于希望。显然的，这个到了最后的人假如还有力量的话，那这种力量便是从微微的希望——他必需证明他是否真的到了最后——和求生的本能——那是强烈可怕的——反射出来的。那些沉默的，精密的，迫切的动作，是可怕的。

终于，朱谷良和蒋纯祖带着大的恐惧和失望看见：那个女儿沉重地倒到枕头上去，而这个父亲转过身来了。他颤抖着，严重地重新软了下去。他以那种迟钝的眼光看着客人们，他底脸上，是迷晕的，柔弱的，求生的表情。而在朱谷良来得及抱住他以前，好像被什么巨大的力量摔倒一般，他转过身体去，发出一声尖细的声音，扑倒在女儿身上。……于是这个人便结束了他底一生。

朱谷良和蒋纯祖在寂静中恐惧地站了很久，不知应该做什么：火焰照进房来。

他们互相看了一眼。一切是过于可怕，他们希望离开，但没有力量离开。朱谷良走向主人，摸了他底胸口。但蒋纯祖模糊地觉得他底这个行为是虚伪的。同时他模糊地觉得，这种虚伪正是他，蒋纯祖所希望的。人类对他们同类的责任，常常只是如此。

蒋纯祖觉得朱谷良底那个行为是虚伪的，因为他知道朱谷良和他一样明白这个人已经无救，因为他知道朱谷良是和他一样希望从这种漠然的恐惧中离开。但显然的，不做什么，他们便无力离开，因此蒋纯祖觉得这种虚伪正是他所希望的。

他们互相看了一眼，于是悄悄地朝外走。但突然他们寒战，软弱，他们觉得自己是在犯罪。他们走出，轻轻地拉上门。

他们走到街上——他们因内心底特殊的感情而毫不戒备

地，迅速地走到街上。火光照亮街道，新的难民们，妇女，老人，和小孩抱着棉被和衣物在街上奔跑；一个女子悲切地呜咽着，疾速地从朱谷良和蒋纯祖逃开。蒋纯祖看见朱谷良底丑陋的脸上——这脸，对于蒋纯祖，是动人的——有冷酷的表情。在此刻，蒋纯祖是理解了，并且信仰了朱谷良底这种表情……

走出村镇，在大雾中，蒋纯祖悄悄地——避免朱谷良发现——回头观看。已经是黎明。从浓雾中传出村民们底凄惨的声音和迫切的声音，显然他们在抢救火灾。火焰在浓雾中升起，无光辉，但有着可怕的红色。蒋纯祖悲痛地想到那位父亲和他底女儿。

"看我们是这样地生活着，我们除自己以外再无需要，所以你们不该来；既然来了，你们就不该离开……这样的离开……"那位父亲和他底女儿，以及这个燃烧着的村镇向蒋纯祖说：在年青人底对各样的人生的无上的虔敬中，蒋纯祖觉得他们向他这样说。

二

这样的道路，是艰难的。中午有阳光，但下午便刮起冷风来，天开始落雨。他们在黄昏前到达了另一个村镇：这个村镇位置在地势徐缓的，赤裸的山沟中。

他们已全身淋湿；蒋纯祖凄凉地耽心着自己就会病倒，而死亡在荒凉的旷野中。走近这个村镇时，蒋纯祖心中是燃烧着这种销毁的，软弱的热情。他想，自己假若死去的话——这是无疑的，他凄凉地想——那么朱谷良便必定会带着冷酷的面容从他底尸身走开，像走开那位父亲和他底女儿一样。在夜里刮起大风来的时候，他底尸体像一切尸体一样，躺在旷野中，而野狼在旷野中奔驰。没有人知道他是谁，没有人知道他是曾经那样宝贵地生活过。他来了，又去了，从摇篮到坟墓的路程很短，他在人间不留遗迹。黑暗的旷野中，是刮着冷风；没有人迹，野兽奔驰。而在遥远的天边的某一盏灯光下，有某一位女子——他底姐姐，或者谁——底悲哀的眼泪……于是他，死在旷野中的蒋纯祖，开始替冷酷地从自己走开的朱谷良祝祷，祝他成功，幸福，有光明的途程。

走进村镇的时候，被这种幻想陶醉，蒋纯祖是对什么都不注意，销沉而疲惫。这个村镇更荒凉，门户紧闭，冷雨在昏暗中悄悄地飘落。但在他们走过一个狭窄的巷口时，从巷内传来了妇女底尖锐的喊叫声。他们站住。朱谷良脸相凶恶，面颊打抖。

朱谷良迅速地看了蒋纯祖一眼——蒋纯祖记得，在整整一天里，朱谷良只看了他两次——向巷内走去，但即刻又站住，露出踌躇来。

这样的喊声，对于朱谷良，是一种呼唤。这样的喊声，是一个受难的弱者对人类所发的呼唤。朱谷良底敏锐的强烈的心灵，是永远向着它的。在朱谷良里面，是有着不平凡的骄傲。但常常的，在这种时候，由于从这个世界的各种罗网和墙壁所得到惨痛的教训，激发了保全自己的本能，那种光明的良心立刻便萎谢；这种良心所结的果实，比起它在人类里面所诱惑出的怯懦来，是要少得多，只有那种从非常的生活里出来非常的野心能够控制这一切：朱谷良常常能够控制这一切。但特别因为昨夜所遭受的屈辱和苦闷——那种保全自己的，温暖的感情使他屈辱——朱谷良在此刻便有了踌躇了。

他看蒋纯祖，蒋纯祖脸上是有着骇怕的表情，他底面颊便又打抖。他们又听见了一声喊叫。朱谷良痛切地感到必需洗刷昨夜的污点，于是走进巷子去了。这个人是永远在各种危险的场所里出现；假若不是由于那种显著的意志，那么对于复杂纷纭的人世，他底心便单纯得像小孩。

他在转身之前，意外地向蒋纯祖笑了一个苦楚的微笑——对于一切弱点，他都了解——这个微笑甚至是温柔的，好像向亲爱的朋友告别。蒋纯祖看着他底身影，同情地忧伤地叹息，好像大人看着小孩。虽然在这样紧张的环境里，蒋纯祖底幻想的丰富的感情依然被朱谷良底这个微笑激动了起来。蒋纯祖站了一下,不再有恐惧,安静地跟着朱谷良走进这条狭窄的,发臭的小巷。在这样的环境里表现出来的他们底相爱,是感动了他们自己,而带来了奇异的勇气。蒋纯祖是成了幸福的了。

巷外是一块空地,喊叫声就是从那里传来的:一个低级军官在猪圈旁边的稻草堆上强奸一个女子。朱谷良走到巷口,张望了一下,正要走出去,站住了。

他看见一小群兵士从房屋后面跑了过来:显然是听见了喊叫的缘故。他看见跑在最前面的,是昨晚所遇到的那个粗矮的兵,并看见了李荣光,因此站住。

那个粗矮的兵,叫做石华贵,是中国所养育出来的最好的流氓之一,是这一群底领袖:他已穿上了一件黑缎子的皮袄,在他底胸前,是挂着两颗手榴弹。在目前的这个世界里,他们是当然的统治者和立法者。听到这种悲惨的呼号,他们跑过来了。

在昨夜他们是强奸妇女的,但此刻的景像却唤起这个石华贵底愤怒来。理由很简单:昨夜他不曾看见,现在,他看见了。他底法律,是依照着他所能够感到的而制定的。他跑到空地边上,站住,投出愤怒的视线。那个低级军官愤怒地站了起来,于是石华贵底仇恨燃烧:他要残酷地击倒这个拦在他底进路上的人。

因为这个低级军官——他穿着破烂的呢军服——底权威的,轻蔑的,粗野的表情,石华贵便明显地感到他是拦在自己底进路上,石华贵是不能容许在目前的这个世界上有另一个强者的。

那个低级军官取出手枪来。同时,石华贵掷出了手榴弹。

手榴弹,因为太用力的缘故,落在猪栏里去了;掀起污泥木片、和碎砖,没有击中任何人。那个低级军官迅速地向前奔去,但因为跑得太快的缘故,没有击中石华贵而杀死了那个小孩般的,裹着破军毡的士兵。他跑到距石华贵三步远的地方站住不动了;他底手枪对准了石华贵底胸膛。他是胜利了,在寂静中延长着他底胜利,享有无上的权威。他嘴边有轻蔑的笑纹。石华贵空空地看着他而慢慢地举起手来。那个被击倒的小孩兵士在潮湿的地面上作着最后的抽搐。

朱谷良和蒋纯祖站在墙后观看着。但这个瞬间朱谷良突然地取出了手枪。

“他要打谁?”蒋纯祖紧张地想。

朱谷良要打谁,是很明显的。在最初,他立意不参加这个战争。在军官向石华贵跑去的时候,他希望石华贵——他底仇敌;他很明白他是他底仇敌——被杀。但在小孩兵士倒下,而石华贵在可怕的寂静中举起手来的时候,朱谷良便意外地感到失望。这种失望使他疾速地取出枪来,未加考虑,疾速地跑了出去;于是在枪声中,那个军官恐怖地跳跃,转身抱着头部沉重地倒下了。鲜血从头部流出,他底武器落在血泊中。

朱谷良感觉到他身上的光辉,从容地拾起了军官底手枪,然后安静地,严肃地,不可渗透地看着石华贵。这个凝视继续了很久,石华贵无力动弹。

朱谷良就是这样地征服了他底感情上的仇敌,而洗刷了昨夜的污点。在他底为正义复仇的冷酷里,他是希望那个官和石华贵一同灭亡的;在他底心灵深处,他是悲痛着人类底愚昧和堕落;在他底使徒的虔敬里,他是希望饶恕他们。但在他底直接的感情里,他是不可能饶恕他们,也不可能使他们一同灭亡——由这种感情他感觉到他底信仰,于是那种信仰常常地等于他自己——他必须杀却他们中间他认为最卑劣的,而留下他们中间他所仇恨,因此他所希冀,他认为可以从他感受到他底光荣的信仰的。

这些动机,是含着一种英雄的阴谋。蒋纯祖是深切地体会到这个人底某一些坦白有为,和那种为理智所控制着的侠义的,但同时他感到在这个人底特殊的深沉里是有着一种危险的东西。蒋纯祖是看出了他底高傲的企图,渴望同意他,而不能同意。在此刻,蒋纯祖是还没有能够理解到这种高傲的企图底必要;在跑出来的时候,他是极端兴奋,沉浸在朱谷良所赐予的英雄的快感中,但在随后的这个沉默的瞬间,看见朱谷良底那种不可渗透的，不可亲近的表情，看见那个小孩兵士和那个军官底临终的苦闷——他们在血泊中微微地抽搐着——蒋纯祖便冷静了。立刻他底思想便改变了。他不能不觉得，朱谷良，是因了自身底骄傲的感情，而无视了别人底生命；而不能理解别人底生命底意义。

于是蒋纯祖突然感到孤单。但他不能不对朱谷良底安静的，不可渗透的表情——他觉得这是无人性的骄傲——感到极端的嫌恶。他觉得这张脸是丑陋的；并且他从这张脸上苦闷地看出那种动物底性质来。

在短促的寂静中冷雨飘落着。朱谷良是骄傲，冷酷，注意，看着石华贵：虽然他竭力抑制这种骄傲。朱谷良是丝毫没有想到，在他底身边，有两个人在死亡；他底唇边有轻蔑的纹路，他底眼睛幽暗发闪。石华贵，在那种对朱谷良底感激，惊异，到随后的漠然的仇恨里，叉腰站着不动。于是朱谷良抱着手臂，继续他底征服者的凝视。

石华贵不能接受太多的傲慢，露出了冰冷的笑容。看见这个笑容，明白它底意义，这个征服者从傲慢中醒来了：他感到这种傲慢底不利，并感到这种傲慢可耻。

看见石华贵底冷笑，朱谷良，好像感到一种深的忧郁，垂下眼睑，轻轻地叹息。他是感到了在那个更大的世界里的自己底渺茫，多重的诱惑和困难，以及个人底生命底渺小，而轻轻地叹息。但显然的，他是企图使石华贵明白他所表现的这一切，而放弃那种恶毒的感情。在叹息中，朱谷良感到无上的内心甜蜜，而眼睛潮湿。

于是那个豪爽的石华贵便露出牙齿，生动地笑起来了。随即，他露出一种强烈的表情，沉重地向朱谷良走来，而诚恳地伸手到朱谷良肩上。

“你救了我！”他清楚地大声说。

“我本意并不想救你……是的，我们要说老实话，啊！”朱谷良轻蔑地笑着，用一种尖细的小声说。但正是这种轻蔑的表现在他自己底心里和石华贵底心里激起了一种友爱的感情。这种轻蔑，是骄傲的心灵底一种装饰，是毫无敌意的。石华贵有趣地责弄地笑了起来。

那些兵站在他们旁边：在他们脚下，是倒着两具尸体；那个军官还没有能完全死去。有两个乡民从屋子里溜了出来，救护了那个女子，然后站在手榴弹所掀起的瓦砾旁，呆呆地看着他们。

蒋纯祖注意着一切。对于朱谷良底那些困难的，不坦直的表现，他感到强烈的不满。当那个年老的乡人鼓着勇气跑过来感谢兵士们，并请他们到他家里去歇息的时候，朱谷良严肃地，冷淡地向前走，蒋纯祖便突然——他自己来不及知道是为了什么——蹲下去，庄严地，冷淡地摸触那个军官底胸口，企图使大家看到，在这里躺着的，是人类底傲慢与偏狭底牺牲者。在那种和妒嫉相似的不满里，他认为朱谷良底行为完全是由于傲慢与偏狭。于是在这里，和大半青年一样，蒋纯祖渴望独立的光荣，敢于向他所惧怕，他所希冀的人宣战了。他认为朱谷良是无知识的；无人性，并且无灵魂。当朱谷良回头看他的时候，他便感到无比的骄傲，一面更庄严，更冷淡……

朱谷良转身，看着他；于是大家看着他，这些视线使他极端地矜持起来，但同时他便突然感到这个死去了的军官在活着的时候所有的爱情和希望了。

“他是被人爱过，也爱过别人！他曾经希望过；他是很勤劳的。一时的堕落，他就牺牲了！没有人知道他是谁，但是我知道他是谁：他是一个人！”蒋纯祖迅速地想；在朱谷良向他走来的时候，他便静止，含泪凝视死者底痛苦的，打皱的脸，向死者致敬。

朱谷良是很快地便看清楚了蒋纯祖底感情；因为这种感情正是他刚才所有的——他是想矜持地对付石华贵，并且从死人们离开——他便有了妒嫉。他觉得蒋纯祖底困难的，不坦直的表现是可恨的。——朱谷良和蒋纯祖，在某些点上，是同样的诚实，同样的虚伪——他露出一个恶意的冷笑，好像蒋纯祖是他底敌人，走了近来。

但蒋纯祖，因为被激起的悲伤过于强烈的缘故，已经忘记了矜持。他向朱谷良抬头，严肃而温柔。

朱谷良看死者，看蒋纯祖，下颌打颤。

“我真不知道你……”他皱着眉头说，突然沉默。他严肃地凝视蒋纯祖。

蒋纯祖站了起来，因朱谷良底严肃的目光而意识到自己底某些虚伪感到羞恶。蒋纯祖悲愁地叹息，不看朱谷良，向前走去。

那个年老的乡人邀请大家到自己家里去，诚恳地，再三地致了谢意——被强奸的，是他底媳妇，他底儿子是早晨便逃走了——然后拿出酒和菜来。兵士们很快地便大醉，倒到稻草铺上去了。朱谷良和蒋纯祖同样喝醉了。朱谷良站在桌边凝视黑暗的门外很久，然后突然快乐地笑起来，活泼地走向主人，向主人要一根烟。

朱谷良燃着烟重新走回桌边，依住桌子，不停地吸烟，凝视门外。蒋纯祖坐在他对面，昏沉地抱着头：他还没有喝得这样醉过。

朱谷良是贪酒的；除了喝醉，他不能从各种阴沉的思想里出脱。从这种贪酒，人们看出来，朱谷良对将来是和对过去一样存着某些畏惧。酒醉的时候的那种逸脱，那种甜蜜的胸怀，那种身体上面的各种力量底浪漫的，无限的扩张，是成了这个人底最大的，唯一的享乐。昨夜他遇到过酒，但竭力抑制住了，因为那个主人要使他特别阴沉。现在却无论如何也抵御不住这种诱惑了。因为今天过于激动，因为那两个死者，并因为蒋纯祖给了他以不小的刺激，所以他便抱着孤注一掷的思想和凶恶的石华贵对喝了起来。

这个喝酒，所以含着这些严重的思想，是因为这一片旷野过于危险的缘故。但立刻人们便造成了一个缥缈的世界，而各种创伤便被内心底甜美的歌声淹没。朱谷良在酒醉里任意地赤裸了自己，显出那种梦想的，单纯的快乐来。门外的落雨的，寂静的夜晚是给了他以甜美的诗歌。他想到，在年青的时候，一个春天底深夜，他怎样跑过河堤；远处有灯火，黑暗中有波光，而他，朱谷良是年轻而有力。

“是的，我都记得，我一切都记得，所以多么好啊！”朱谷良微笑着凝视门外，想，“这样我才是活着，多么简单呢！……所以我是没有罪的！所以我们要达到目的！我不愿意再想那些痛苦！”他皱眉，想。觉得身上有大的力量无限地扩张了开来。这种力量使他严厉。甜蜜的氛围，安宁逸乐，围绕着他。他觉得是有虹采围绕着他；他觉得自己是宽舒而庄严的站在人类底最高峰上——他底生活，思想，和行为是给了他这种高贵的享受——躺在草堆上的兵士们发出鼾声来了。蒋纯祖昏沉地抱着头，睁大着眼睛，痴痴地瞧着前面。

石华贵跳起来喝水；在喝了水之后，才发觉这两个人没有睡。于是叹息了一声，善意地，快乐地笑着看他们。

“你们不要睡吗？好冷啊！挤着，就暖和……”他说，无故地发笑，他底线条粗暴，脸上有了灿烂的光辉。

“我们就要睡。”蒋纯祖低声说；显然在想着什么。

“是的，老乡！叙一叙吧！”他突然拖椅子坐下来，把腿搁在桌子上向朱谷良大声说。“老兄府上是？……”

“无锡。”

石华贵狡猾地，快乐地眨眼睛。

“府上是住在无锡吗？”

朱谷良摇头，冷淡地说，他活在世界上，只是一个人。

石华贵放下腿，俯在桌上，托着腮，严肃地看着他。

“宪兵这一行生意，还可以干吧？”他暧昧地问。

“不是人干的啊，老兄！”

“对了。”石华贵说，显然不再有嘲弄的意思，沉思了起来。“老兄，我是吉林人，是张大帅的部下啊！”他大声说，望着灯光。

那种身世感慨的凄凉的感情，是获住了他。在那种短暂的沉思里，这个人是充份地感到了自己在人世的孤零，而无条件的需要起一个朋友来。朱谷良以后就知道，和这个人做朋友，是怎样一回事了。这个人，是这个大地上的无数的漂泊者之一，是一切全毁掉了，除了漂泊者底豪宕的胸怀和使自己得以生存下去，并满足地逞雄于人间的种种恶行。漂泊者底广漠的经验和辛辣的感情是使这个人无视一切，除了他所最尊重的，那就是张大帅和他自己底共患难的兄弟们和弱小者对他底意志的服从了——在这种对他的服从里，他是感到一种爱怜的。因了他底快乐的天性，在一切恶行里，他都觉得自己无罪。有一次他几乎被他底张大帅枪毙，虽然在当时，那种和失恋相似的感情，是使他很痛苦的，但到了后来，他便把这看成一种光荣，而感到无比的亲切了。这个灵魂，在这些地方，在这种怀乡病里，是柔弱的，因此它只能这样不可收拾地漂泊下去，一直到最后。上海的战争使他们溃散了，而因为多年来的对内地的嫉恨和对复仇的失望的缘故——他们底对敌人的复仇被单搁到现在，并且被布置在不利的环境中，他们是感到嫉恨的——他们这些漂泊者便自暴自弃起来了。仇恨和友情，是带着漂泊者底气焰，分明地，顽强地燃烧在石华贵心中。对宪兵们底仇视，不是没有缘故的。所以，虽然他现在无条件地需要一个朋友，却不能不在感慨和愤激里带着一种矜持。

“我石华贵是在黄河南北漂流了二十年，什么都见过!”他说，因兴奋而颤抖，矜持地看着朱谷良。这种兴奋和矜持是使他吹起牛来了。“我们这些人身亲经过的事情，我敢说是比任何人都多!”违背他底对朱谷良友善的本意，挑战的态度出现了。

朱谷良严肃地看入他底眼睛。他底悲伤、矜持、和挑战是使朱谷良奇特地感到怜恤和友爱的。在这种怜恤里——时常是对于自己的怜恤——人们是常常地软弱下来。于是朱谷良便感到，对这个人底心，他是有着迫切的需要了。

“老兄，我们都是一样的啊!”他生动地笑着说。

“是的，是的，一样的。”石华贵疾速地点头，因为这种友爱使他意外地感到妒嫉。他沉默很久，然后他叹息。“老兄，不瞒你说，”他看了朱谷良一眼，“我是不信仰什么的，人生痛苦，我石华贵毫无目的！”他说，注视着桌面。这种表现给了他以强大的内心力量，好像一种愉快的愤怒，在这种愤怒里，人们感到自己是在为正义而斗争。“我石华贵对于自己所做过的事，是决无后悔！我决不是那种欺世盗名的家伙！我高兴我自己一无所成，我是干干净净的！我是已经看破那些家伙，他们是用老百姓底血爬起来的啊！吓！”他轻蔑地看着灯火，奇怪地颤动着身体，无声地笑了很久。

蒋纯祖是迷糊，好奇，严肃，看着这两个人，感觉到他们中间的含着敌意的彼此的友爱，或需要；但他始终不能明白朱谷良为什么会需要石华贵，因此感到不满。他看见了朱谷良脸上的善意的，了解的微笑，因这微笑而痴迷。

“我们都是这样，老兄。”朱谷良笑着说，显出某种思虑，然后笑得更欢欣。他底这种表现好像说：“我是说不来这些的，因为我对自己忠实；但我明白你，而为了满足你，我愿意这样说！并且我愿意想一想——我是喝得太多了——我自己究竟是不是一个漂泊者？”

石华贵突然收敛了他底轻蔑的，无声的笑，抬头，以透明的大眼睛看着朱谷良。

“你才不是这样啊！”石华贵以愤激的大声说，“老兄，天在头上，我们今后同路，要以赤诚相见，我不会连累你的啊！”他看了蒋纯祖一眼，活泼地笑出声音来，“要是不愿意，那么马上就拆伙！你们是会发财的！”石华贵蛮横地，坚决地说。

对于朱谷良底拯救，石华贵是感激的，而这种人，是有着蛮性的自尊，害怕这种屈服的，因此那种敌意便愈来愈显著。显然的，正因为朱谷良底拯救，他不会放松朱谷良了。石华贵必需任何时候都觉得自己是无负于全世界：他是替他底敌意逐渐地找到了理由。他希望再看一看朱谷良底那种使他痛心的抚爱的笑容，他认为它是虚伪的——，而发出他底轰击。在短暂的沉默之后，因为这种企图，他怪异地笑了起来，把手平放在桌上，看着朱谷良。

朱谷良，因为意识到自己底优越的世界，对他持着谦让的态度。

“你想想啊，这个人世是如何的荒凉，饱经风霜的像我这样的人，是如何的辛酸！”因为敌意的企图，石华贵以悲伤的，销沉的，动人的声音说，虽然这是很奇怪的。这个老练的漂泊者，在这种斗争里，是有着特殊的表现力；于是蒋纯祖底想像就被他带到黑暗的，落着冷雨的旷野上去了。“我是十六岁就离开家乡，到现在是整整二十年，”石华贵继续说，手平放在桌上，向蒋纯祖凄凉地微笑，“像今天这样的夜里，老弟，我就想起我一生里的所有的事情来了！”他亲切地看着蒋纯祖。“这样冷，这样落雨，这样荒凉啊！一个人，没有家，没有归宿，没有朋友，就像影子一样啊！老弟，年轻的时候，是要奋斗，要向上的呀！是要不动摇，是要爱护自己，也爱护别人！对于我自己，我是觉得很惋惜的呀！我底大伯向我说：‘吓，这个小子很有才！’那是我十五岁的时候，到处讨人喜的呀！但是现在我才看得清楚，人，是要走一条血淋淋的路，是天老爷在冥冥中注定的啊！”他闭嘴，点头，他底眼睛甜蜜地笑着。他专向蒋纯祖说话，好像朱谷良不存在。朱谷良是严肃地看着他。“所以，老弟，毕竟说来，我们这些渺小的人是不负责任的！我们是在黑夜里——啊，外面的雨落大了啦！”他停顿。蒋纯祖感到一阵寒凉，听到雨声，“我们是在黑夜里面啊！”他甜蜜地继续说，他底这种精力底效果，是完全地感动了蒋纯祖。即使是明白了起来，戒备着的朱谷良，也感到黑夜，风雨，人底凄凉愚昧的一生，而觉得自己是广漠的大地上的一个盲目的漂泊者了；是那种信仰，使他成为一个英勇的行进者，但有时他觉得，这种行进，他自己底半生，无非是痛苦的漂泊。而常常的，这种凄凉的胸怀激起了一种热情，养育了他。

“是的，兄弟们，”石华贵，在那种天才的沉迷里，甜蜜地，柔和地笑着说，以手托腮，“黑夜里面的冷雨，是听得多么清楚啊！一滴，又一滴，你觉得你是孤零零的，而你底朋友是漂零在天边，他们把你忘记了！你是靠什么活着的呢！人生底创伤啊，你底心是变冷了！到今天为止，你仍旧是你父母送你到世上来的时候那样赤裸，那么，你就赤裸裸地死去，被埋了吧！别人是会在你身上盖宫殿的！所以我不能算是害人的人啊，要是那回大帅把我送终了的话……”他特别甜蜜，特别郑重地顿住。蒋纯祖迷胡地看着他底漂亮的脸，听到了门外的风雨声。

“老兄，你，以为如何呢？”石华贵柔和地问朱谷良，在他底仰了起来的发光的脸上，是有着显著的狡猾和感动的混合。

蒋纯祖寒战，好像很吃惊，回头，亲切地看着朱谷良。他希望表示，他总在记着朱谷良，而站在他底一边的。

“各人的命运，是各人自己负责的，老兄。”朱谷良说，显然惧怕被感动，露出疲惫的，淡漠的神情，脸打抖。

石华贵看着他凝想了一下，然后站起来，显然故意地，使椅子翻倒，笑出干燥的声音。

“睡吧，老兄。”

“我去解个手。”朱谷良说，开门走出。

石华贵回头看了一眼，然后躺下，即刻便打起鼾来。蒋纯祖悄悄地走出，带上门，找寻朱谷良在冷雨中跑过旷场。

“朱谷良，你在哪里解手？”他大声，企图使石华贵听见。

“这里，蒋纯祖。”朱谷良大声回答。

朱谷良是蹲在草堆旁边。他迅速地站了起来，看着蒋纯祖。蒋纯祖站着不动，眼睛明亮；他底感情，是从各种困难里逃出来幽会的爱人们所有的。冷雨扑打着他们。

朱谷良沉默地站着，显然兴奋了，看着透出灯光来的门缝。他是感到了周围的深沉的寒冷的黑夜，即刻便沉入这深沉的，寒冷的黑夜；在他胸中是激动着被今天底凶杀和争斗所引起的漂泊者底悲壮的感情。

朱谷良在冷雨中静静地站着，兴奋，悲凉，短促地作着对过去的沉思。于是，像过去很多次一样，他便看清楚他底道路了。在这个荒凉的黑夜中，怀着辛辣的，悲壮的感情，想到远方有兄弟们底战斗，城市，和灯火，像一切人一样，朱谷良便脱出了自己底理智的，实际的思想，投到浪漫的，英雄的，强烈的思想里面去，而看清楚了自己底道路。凶杀和斗争是保证了他底信心：朱谷良不再感到这个黑暗的夜是危险的，并不再感到在那间破烂的屋子里有着他底宿命的仇敌；对于朱谷良，黑夜是变成绝对宁静的，那种深邃的，广漠的黑暗，证明了他心中的最高的，最善的感情。

于是他赤脚站在石泥水中，以燃烧的目光看着蒋纯祖。

蒋纯祖，被从悲伤的冥想里惊醒，看着他。而一种狂喜使这个年轻人颤栗起来。

“你以为我是宪兵么?”朱谷良以轻蔑的，兴奋的声音问。常常的，惯于抑制自己的人，因为悲伤，或者因为过度的狂奋，发作起来，对他们所喜爱的人显露出他们底弱点，比简单的人们更赤裸。朱谷良，在长期的抑郁和不寻常的处境里，发作起来像小孩。

“蒋纯祖啊！你知道我是做工的!”他说，善良地笑着。“你是学生：我问你，你对于我们遇见过的这些事怎么想法？我问你：你对于那个家伙刚才说的话有什么感想？啊!”他问，笑出嘲讽的，愉快的声音来。

“我觉得他很伤心。”蒋纯祖老实地回答。

“是伤心吧！不过要当心这个伤心哩!”

蒋纯祖崇拜地看着他。

“我觉得，”蒋纯祖说，呼吸急迫了，“我觉得，看一个人，要同情，不是，我说……”他沉默，激动地涌出了眼泪，“朱谷良，你听我说，我不知道怎样说是好：我们永远，不要离开!”他说，依恋而羞耻。

朱谷良感动地沉默着。

“进去吧!”他说，跨过水塘；“蒋纯祖，我从前也像你一样，”

他说，在冷风中兴奋地回过头来，“你还是不懂得真正的痛苦啊！”他说，流出眼泪来。

这甜蜜的声音使蒋纯祖哭了。

“是的，我不懂。”他大声说，蹲在水塘里。

第三章

一

蒋纯祖,像一切具有强暴的,未经琢磨的感情的青年一样,在感情爆发的时候,觉得自己是雄伟的人物,在实际的人类关系中,或在各种冷淡的,强有力的权威下,却常常软弱、恐惧、逃避、顺从。每一代的青年生长出来,都要在人们称为社会秩序的那些墙壁和罗网中做一种强暴的奔突,然后,他们中间底大多数,便顺从了,小的一部份,则因大的不幸和狂乱的感情而成为疯人,或由冷酷的自我意志而找到了自己所渴望的,成为被当代认为比疯人还要危险的激烈人物,散布在祖先们所建筑,子孙们所因袭的那些墙壁和罗网中,指望将来,追求光荣,营着阴暗的生活。大的社会动乱,使得这一代的人们底行进、奔突或摸索成为较容易的了;他们底光荣的前辈是给他们留下了不少有利的东西。尤其在这片旷野上,蒋纯祖便不再遇到人们称为社会秩序或处世艺术的那些东西了。但这同时使蒋纯祖无法做那种强暴的蹦跳;他所遇到的那些实际的、奇异的道德和冷淡的、强力的权威,是使他常常地软弱、恐惧、逃避、顺从。在这一片旷野上,在荒凉的、或焚烧了的村落间,人们是可怕地赤裸,超过了这个赤裸着的,感情暴乱的青年,以致于使这个青年想到了社会秩序和生活里的道德、尊敬、甚至礼节等等底必需。于是这个青年便不再那样坦白了。

那种自我保存的本能,是使得蒋纯祖虚伪起来了,即使对朱谷良也虚伪起来了,因为朱谷良,由于某些愿望和需要,决定和石华贵同行,并和石华贵缔结了奇奇怪怪的同盟的缘故。对于这一点，蒋纯祖是觉得非常痛心。经历了这样的变化，蒋纯祖便脱开了他底单纯的依赖和顺从，在朱谷良面前，表露了对石华贵的不满；在石华贵面前，则表露了对朱谷良的不满了。单纯的人们虚伪起来，是比旁的人们更可怕的，因为他们是他们底目的的坚决的信仰者。为了替自己底犯罪意识辩护的缘故，蒋纯祖在内心就对朱谷良持着反抗的态度了。

因为蒋纯祖底外表是那样单纯，朱谷良便难于发现这些。而因了沉重的苦难的缘故，朱谷良就对蒋纯祖异常冷淡。但渐渐地，他便感到这个年青人底心是深不可测的了。在一种奇妙的憎恶里，他就轻蔑地判断这个年青人是软弱、狂热、卑怯、属于他所习见的种类。而对于卑怯，他是不能忍受的，他心里的可怕的创伤便是证明。特别在现在，朱谷良认为一切都应该理智。假如不是深深的怜恤，在这种颇为痛苦的内心交战底支配下，他便要使这个胡涂的青年吃一些苦了。并且在他准备这样做的时候——他是在苦恼中，他从未想到会有和这样一个年青人勾心斗角的可能——石华贵对他的锐利的态度又阻止了他。在险恶的石华贵面前，他是本能地必需保护蒋纯祖的。

这一群人，是破烂、狼狈、疲惫而狂热，扫过每一个村庄，那些村庄是荒凉了，房屋倒塌，街上和空场上有尸体，野狗在奔驰。兵士们是裹着军毡、被单、以及农人底衣裳，在胸前挂着手榴弹。在每个村庄外面抛掷一颗手榴弹，然后进去搜索食物。这样地流浪了三天。第四天，他们重新到达江边——天晴，阳光照耀下的宽阔的，浩荡的江流，给了他们一种光明的、雄壮的感觉——意外地找到了一只小的木船。

他们把木船底倒塌了的舱棚捆好，沿江边向上游划行。他们中间，丁兴旺是能够划船的。这是一个多话、粗卤、活泼的年青人；因为失掉了门牙，他底脸上便增加了一种固执的、阴暗的线条，而在这种线条底衬托下，他底眼睛便有着特殊的明亮。蒋纯祖知道他曾经做过船夫。蒋纯祖并且知道了另外的五个兵士底身世和性情，以后则更知道他们。对于他们，蒋纯祖是迫切地、戒备地注意着的。他觉察到了朱谷良对这几个人的什么一种企图,并觉察到石华贵对他们的偏袒和奇怪的态度。

逃亡到这样的荒野里,他们这一群是和世界隔绝了——他们觉得是如此。在最初,他们都以为很快地便会到达一个地方;虽然不知是什么地方,却知道那是人类在生活着的、有他们底朋友和希望的地方。在这个共同的希望下,他们结集了起来。但在三天的路程里,由于荒凉的旷野,并由于他们所做的那一切破坏,他们底感觉便有了变化。他们觉得他们已经完全隔绝了人世;他们是走在可怕的路程上了,不知道自己是从什么地方来,也不知道要到什么地方去。唯一知道的,是他们必得生存,而一切东西都可能危害他们底生存。在这种漂流里,人们底目的,是简单的,但在各种危害他们,以及他们认为是危害他们的事物面前,尤其是在暧昧的、阴暗的事物面前,各人都企图使一切事物有利于自己,他们底行为便不再简单;而他们从那个遥远的世界上带来,并想着要把它们带回到那个遥远的世界上去的一切内心底东西,一切回忆、信仰、希望,都要在完全的赤裸和无端的惊悸中,经受到严重的考验。在一切人中间,朱谷良最明白这种考验。

好像是,他们是在地狱中盲目地游行,有着地狱的感情。那一切曾经指导过他们的东西,因为无穷的荒野,现在成了无用的。石华贵是失去了他底乐天的、豪放的性情。蒋纯祖是失去了他底对善良的自然的信念。朱谷良,某些瞬间,在那种无端的惊悸里,想到他底信仰所寄托的那个亲密的人群是从地面上消失了;并且永远消失了。人们底回忆模糊了起来;回忆里的那一切,都好像是不可能的。但他们心中是确实地存在着他们各自底感情,希望,和信仰。是这些感情,希望,和信仰在战栗。在赤裸荒野中,人们竭力掩护自己,因而更赤裸,经受着严重的考验。

人们是互相结集得更紧,同时互相戒备得更凶。那几个兵士们,发觉到朱谷良和石华贵之间的阴险的竞争就踌躇了起来。在石华贵底骄横的统治下——因为朱谷良的缘故,石华贵统治得更骄横，表示他底权威是天定的，他是什么都不怕——兵士们便渐渐地倾向于冷淡的、但温和的朱谷良了。在那种骄横里，石华贵是相当疏忽的；他是常常疏忽的。发现了他底群众底这种叛变，他便个别地恐吓他们，使他们沉默。同时他便使出江湖上的人们所有的老练的手腕来，在一些奇怪的感情和表现里，使朱谷良知道他是他底朋友。但在这片赤裸的荒野中，他底老练的手腕，是变得幼稚、露骨，一看便明了。

在发现木船的前一天，一个兵士病重，跌倒在路上了。大家轻轻地遗弃了他。大家都想到，和这同样的命运，是在等待着他们每一个人。

木船行走了一天，下午搜索了一个村镇，他们底财富便增加起来了，有了粮食、酒肉、木柴、棉被、以及鸡鸭。大家都为这种收获欢喜，于是在他们之间便有了未曾有过的亲善的感情。这种空气，是和一个家庭里面所有的空气相似，而且，在旷野中——这时候，他们底仇敌，是他们以外的企图危害他们的一切——他们结合得更紧。看到朱谷良对石华贵所表露的那种真实的亲善——朱谷良，微笑着，用很低的声音请石华贵把一床花布被单递给他，以便使他把舱棚上的破洞塞起来——蒋纯祖和年青的兵士们是感到无上的幸福，他们甚至不想隐瞒这种幸福。朱谷良底温和的、愉快的声音和石华贵所回答的快乐的大声，在阴惨的旷野中给予了无比的光明。

黄昏时，木船在荒凉的沙岸旁停泊。天色阴沉。严寒，沙岸冻结。江流在不远的地方弯屈，江身狭窄起来，水流急湍。沙岸后面是险峻的土坡，上面有大片的杂木林，木船停泊时，有大群的乌鸦飞过江流，发出轻微的、谨慎的拍翅声，投到那些高而细瘦的、赤裸着的树木里去。

丁兴旺抱着木柴到滩上去生火，石华贵不同意，向他咆哮，他发出兴奋的笑声。这个年青的兵士，在兴奋中，有了快活的感情，并且丰富地想像到，在这个晚上，什么是最美好的。他专心，沉静，生着了火，拍手招唤他底伙伴们。大家钻出舱，立刻感到，在这个晚上，火焰是最美好的。丁兴旺叉腰站在火旁，以明亮的、含笑的眼睛看着他们。

大家抖索着——显然是故意抖索着——拥到火旁。火焰明亮，浓烟在无风的空中上升，寒气解消。大家轮流地、沉默地饮酒；大家注视着饮酒的人。丁兴旺躺下来，两手托腮，向着火。在大家底沉默中，觉得沉默是赞许，丁兴旺开始唱歌。

他用沉静的、柔和的声音唱歌。他脸上的那种固执的、阴暗的线条溶解。在歌声间歇的时候，大家沉默着，他无声地发笑，他底失落了门牙的嘴甜美如婴儿。

从各种危险里暂时解脱，人们宝贵这种休憩。在沉静中发出来的歌声保护了人们底安宁的梦境。人们觉得，严寒的黑夜是被火焰所焦燥，在周围低低地飞翔，发出轻微的、轻微的声音。歌声更柔弱，黑夜更轻微，而火焰更振奋。歌声静止，火焰落寞，黑夜怀疑地沉默；人们回头，发现了黑暗的沙滩、土坡、林木、和闪着白光的汹涌的江流。

歌声再起来，黑夜底轻微的动作再开始，江流声遥远，火焰振奋。人类是孤独地生活在旷野中；在歌声中，孤独的人类企图找回失去了的、遥远了的、蒙眬了的一切。年青的、瘪嘴的兵士是在沉迷中，他为大家找回了温柔、爱抚、感伤、悲凉、失望和希望，他要求相爱，像他曾经爱过，或在想像中曾经爱过的那样。显然的，唱什么歌，是不重要的。朱谷良和蒋纯祖，尤其是蒋纯祖，是带着温暖的、感动的心情听着那些他们在平常要觉得可笑的、在军队中流行的歌曲。他们觉得歌声是神圣的。他们觉得，在这种歌声里，他们底同胞，一切中国人——他们正在受苦、失望、悲愤、反抗——在生活。

"记得呀，在从前，"丁兴旺唱。他停顿，无声地发笑。

"起来，不愿做奴隶的人们……"他用同样的梦幻的小声唱，改变了原来的调子，脸上有严肃的、温柔的表情。

"洪水侵西南，猛兽困东北……太阳空气水，蒋委员长说它是三宝！"他唱，然后向火焰无声地发笑。

"蒋委员长说它是个宝!"石华贵突然大声唱,面孔无表情,以至于大家不能明白他是否在讥讽;他是一直在定定地看着火焰的。他从火焰移开眼睛,看着丁兴旺,并发出干燥的、奇怪的笑声,企图补充他底讥讽。但他突然沉默,环顾黑夜。

"人生呀,谁不惜青春……"丁兴旺未看石华贵,严肃地笑着,又改变了曲子,小声唱。

朱谷良躺在蒋纯祖身边,支着头,面向火焰,嘴里在认真地吸着一根草棒,脸上有安宁的、和悦的表情。他把草棒咬成无数节,拾起来再咬;他底全部精神是集中在冥想里;他底心灵愈深沉,他底咬嚼便愈专心。在石华贵唱出大声来并且发笑的时候,他看了石华贵一眼,并露出简单的微笑。蒋纯祖专心地看着火焰,不时挤动,为了坐得更舒适,更能专心;并不时环顾黑夜。

"可怕啊!"蒋纯祖突然大声叹息。

"你说什么?"朱谷良抬头,问。

蒋纯祖惊异地看着他,然后看大家,好像问:"我说什么?"

朱谷良重新看着火,咬着草棒,好像他并未发问。

"好凄凉啊!谁知道我在这里呢?"蒋纯祖想。

"是的,是的,一切为了将来,一切为了坚强,一切为了生活,但是不得不抛弃这些!"朱谷良想,指他刚才所有的温柔的、感伤的、恋爱的感情。"但是他们在哪里呢?他们活着没有呢?我们活着,是的,完全都活着,永远生长的!但是,谁是最忠实的?过去究竟谁有罪过?谁不错?我们多么容易错啊!"他努力咬断重叠的草棒。"人生有时候多灰暗,多凄凉啊!……但是,哪个是最忠实的?"他想,有了轻蔑的微笑,磨动下颔。朱谷良是常常为了摆脱人生里的较为柔和的感情,成为一个冷酷无情的、英勇的人物而工作。但他底经验常常证明这是不可能的。对最高的命令的绝对的服从,使他只能在这种方式——他认为这些感情都是有害的,必需消灭——里认识这些感情。

现在,在这种忧伤中,在这种为他所必需的失败的、悲凉的心情中,朱谷良,在想起自己底身世、爱情、以及毁灭了的家庭来的时候，就发起狠来，想到谁是最忠实的。他清清楚楚地看见，他是最忠实的。

朱谷良突然翻身，坐了起来，严厉地皱眉，伸手向火。石华贵翘脚靠近火，含着挑弄的微笑看着他。在那个突然的歌唱和笑声之后，石华贵感到一些狼狈；随即他就不再感到歌声，而沉思了起来。他是很疏忽的——他是过于相信自己——但假若想到什么，便即刻实行。这个人，在那种粗野中，是有一种无畏的精神。做一件侠义的事，和做一件卑劣的事，他是同样无畏的。

他想到，改变了伙伴们的对他的态度的，是朱谷良；而最能打击朱谷良的，是侮辱蒋纯祖。他底思想就是这样简单，但在这个思想里，他是瞥见了他底在旷野上的英雄的统治的。在这种感动里，他亲切地扫了伙伴们一眼，而向朱谷良发出那种厚重的、无声的、亲密而又威胁的笑。他伸腿向火，笑着。朱谷良在沉思中迅速地瞥了他一眼。

李荣光，很简单地因为人多的缘故，不再惧怕朱谷良。石华贵底这种笑容，是给了他一种启示。他凝视石华贵很久，然后单纯地发笑，挤他身边的丘根固，这是一个年岁较大的，善于保护自己的兵士。

"不要挤！"丘根固说，因为痛恨李荣光底对目前的情境的无知，激怒地望着李荣光，露出牙齿。

"龟儿子哟，你看我底腿！"李荣光快乐地说，吃力地挣出腿来，然后快乐地伏到丁兴旺底肩上去。

有尖利的，单薄的冷风从江面袭来，轻轻地吹扑火焰。冷风底短促的扑击后，江流声增大，好像在遥远的地方，有野兽在呼号。丁兴旺阴郁地凝视着火焰，未改变阴郁的表情，重新开始唱歌。

"老兄！"石华贵向朱谷良说，收敛了那个无声的、有力的、喘息般的强笑，露出快乐的微笑。"我和你商量一件事呢，老兄……不要唱！"他愤怒地向丁兴旺说。

丁兴旺沉默，托腮，看着他，露出阴郁的、执拗的、悲苦的表情。那些可怕的皱纹在他底瘪嘴底周围出现。

朱谷良看着石华贵。蒋纯祖替朱谷良耽心,皱着眉头坐了起来,以一种畏惧的眼光看着挂在石华贵胸前的那颗手榴弹。大家看着石华贵。尖利的、轻悄的江风吹扑火焰。

丘根固投柴到火里去,为了不妨碍石华贵,动作得很轻。他是竭力地露出对目前的事态的不关心来;显然的,他是在激动着。

石华贵环顾黑夜。

"老兄,我们做一个商量如何?"石华贵矜持地大声说,"既然是朋友,你有两只枪,给我一只吧!"

朱谷良底丑陋的、无表情的脸变化了。他露出强烈的、战栗的表情,脸打抖,笑出尖锐的、奇怪的声音,瞥了石华贵一眼,掏出一只手枪。

他底对石华贵的一瞥,是令人战栗的。显然这里不是交出手枪与否的问题;显然的,这里是一个正直的人坚持到底以求光荣或屈服而堕入羞辱底可怕的深渊的问题。朱谷良,在那种尖锐的、激动的笑声中,掏出了一只手枪,毫未想到这只枪是可以杀却他底敌人的,在短促的迷茫中,把这只枪抛了过去。

他做了一个豪迈的动作,以图补救。

石华贵快乐地、喘息似地笑着,抚摩手枪,打开枪膛,倒出子弹来。朱谷良冷酷地看着他。蒋纯祖,明白地看出朱谷良底激动,以为战争要爆发的,现在感到极端的同情,看着朱谷良。蒋纯祖毫未觉察到,自己底处境,大声叹息。

石华贵迅速地、可怕地瞥了蒋纯祖一眼。被石华贵底眼光提醒,朱谷良看着蒋纯祖。这个年青人底激动的、扰乱的、逃避的表情唤起了他底怜恤,他伸手向火,安静地微笑着。

"老兄,我够朋友吧。"他说,安静地微笑着。

"当然……你有几颗子弹!"石华贵大声说。"怎么这里只一颗?"

"我也只有一颗。……我们两个人一共只有两颗,要仔细地用啊!”朱谷良清楚地、有力地低声说,在那种强大的自制里向火焰微笑。这是从羞辱底深渊中站了起来——那种清楚的怜恤使他站了起来——而发出来的复仇的宣言。石华贵,满足地快乐地发笑。

朱谷良轻轻地站了起来,凝视着闪着钝重的、白光的、浩荡的江流。

朱谷良最先回船去。风从空中吹来,强劲而疾速。旷野中有嗯啸的声音,火焰暗淡,人们在寒冷和恐惧中战栗着。大家回船,但石华贵阴郁地站在火边。

那些燃烧着的木柴和灰烬被疾风扫开,在沙滩上疾速地滚动,直到远处。石华贵披着军毯站着;这个旷野中的英雄,被刚才的小的胜利刺激,有着阴郁的、险恶的思想。

蒋纯祖在大家完全上船后留在滩边小便,回头看着在沙滩上滚动的火焰,而在震吓中,看见披着军毯的石华贵底可怕的形体向他走来。石华贵走到他底面前,他恐怖地、沉默地看着他。狂风在旷野中怒吼。

“跟我来!”石华贵险恶地说,拍他底肩膀,向沙滩中央走去。

蒋纯祖,好像铁针被磁力吸引一样,在狂风中踉跄,跟着这个可怕的形体。那条很长的军毯是在他面前不远的地方在狂风中飘动着。

“我完了!”蒋纯祖流泪,想,“告别啊,一切亲爱的人,还有不幸的中国!”

“学生!”石华贵站下,看着他,说。“你怎么会跟着那个家伙走的?”

“我们在路上遇着的。”蒋纯祖可怜地回答。

“你知道他是什么人?”

“我不知道。”

“吓!你知道我么?”

“我……我不知道;同志,我知道你是一位中国底军人,中国在危险，……我尊敬你们!”蒋纯祖，在那种迫切的热情里，说，企图表现自己底善良，而以伟大的、悲苦的中国感动这位旷野中的英雄。“我对你和对他全是一样的，我还更尊敬你，因为你为中国受了这么多的苦，你那天晚上自己说的……中国是在危险，我知道我自己没有价值，但是你，同志啊!”蒋纯祖哽住，呼吸频促，看着石华贵。

“算了吧!”石华贵冷笑。“真是学生！学生!”他轻蔑地说。“快把你身上的东西交出来!”

“我有救了!”蒋纯祖想，信仰着祖国底热情底结果。他摸出所有的钱和那只包得很密的金戒指来，这是蒋淑珍在那个最后的瞬间交给他的。

“没有了吗?”

“真的，你搜，同志。”蒋纯祖安静地回答。

“好的，这才是学生!”石华贵发笑。

“我是在试探你，老实说，要是你告诉朱谷良，我就要你的命!”石华贵狠恶地说。

朱谷良回舱后，就裹紧棉被，躺到自己底位置上去，忧郁地思索起来。渐渐地，朱谷良有了一种悲凉的情绪。朱谷良，未注意到进舱的兵士们，听着呼吼的寒风，想着夜里一定要落雪。这个思想是很简单的，然而悲凉：雪，是落在旷野中，他，朱谷良，已离开了他在那里经受过劳苦、牺牲、衰亡、以及光荣的那个城市。于是，像常有的情形一样，挫折和失败携来了那种甜美的、亲切的忧伤，指导着人们底生活的那种理想，那种光明，便从阴沉的云雾中亲切地透露出来了，抚慰那些创伤，使创伤获得光荣。朱谷良是柔和地进入了这个怀抱，以他底明亮的、凝静的眼睛注视着黑暗。小的木船在寒风中猛烈地摇荡着。

但他突然想到蒋纯祖不在身边。他迅速地坐了起来，从衣袋里摸出火柴，划了一根。兵士们从他们各自底位置里怀疑地看着火柴。火柴尚未熄灭，石华贵掀开了舱口的布篷，而从他底身边，蒋纯祖带着悲苦的表情钻了进来，蒋纯祖向亮光冷淡地看了一眼。

石华贵怀疑地威胁地看着朱谷良。

“下雪了吗?”朱谷良冷淡地问,抛开火柴。

“下雪了!”蒋纯祖用冰冷的声音回答。在他底对自己的感动里,他对石华贵和朱谷良同样嫉恨。

“是了,是这样!这是我们底路!”朱谷良,愤怒地想——对石华贵和蒋纯祖同样愤怒——睡了下去,在黑暗中睁着眼睛,感到风暴是猛烈地在他底身上扑击。

二

因为落雪的缘故,木船走得很慢,而且午后便停止。大家在船内设法生了火,坐着打盹睡。朱谷良撩开布蓬,看见了迷茫的旷野。大家都焦灼,每一个人都觉得自己孤独;人们是看不见这个途程底终点了。年轻的人们,是特别焦灼的。蒋纯祖,怀着对目前的一切的顽强的敌意,想着自己底过去,而寻求骄傲和安慰。这种虚荣的骄傲,在蒋纯祖这样的年青人,是一种绝对的需要,由此他对目前的一切怀着敌意,丁兴旺[1],在大家不注意的时候,轻轻地撩开布蓬,走了出去。

那种对自己底命运的痛苦的焦灼使丁兴旺走了出去。他悲伤地觉得自己是孤独的,企图到落雪的旷野中去寻求安慰,或更燃烧这种悲伤的渴望。落雪的旷野,对于自觉孤独、恐惧孤独的年青人是一种诱惑,这些年青人,是企图把自己底孤独推到一个更大的孤独里去,而获得安慰,获得对人世底命运的澈底的认识的。丁兴旺是有着感情底才能的,习于从一些歌曲和一些柔和的玩具里感觉、并把握这个世界;这样的人,是有一种谦和,同时有一种奇怪的骄傲。在痛苦的生活里,这种感情底闪光是安慰了他,但同时,这种感情便使他从未想到去做一种正直的人生经营。他是从他底家乡底那个优美而丰富的湖泊,从他底随随便

① 原文如此,据原版书后附勘误表更正为“敌意。同时,丁兴旺”。

便地生活着的父亲和几个善于游乐的年青的朋友们得到这种教养的，他是非常的懒惰，不惯于这几个月来的兵营生活。这样的年轻人，在逞强的热情消磨掉了以后，是恐惧着这个战乱的世界，而有深的忧伤。失去了的那个湖泊，那个家庭，以及那些朋友们，是使他顽强地感到自己是人世底一个漂零者。初入伍的时候从那个班长所挨的那一顿毒打是使他失去了门牙；而从此，他便有了那种滞涩的、执拗的、阴暗的表情了。在这个战乱里，丁兴旺也是一个初生的青年，由于各种原因，他便失去了那种企图在这个世界上占一个位置的意志了。他是确定他在这个世界上只是一个被凌辱的漂零者，他是渴望回到那个湖泊里去。由于这种销沉和耽溺，丁兴旺便不能尊重这个世界，不能考验自己底感情。这个人，是软弱地处在各种冲动中，而顺从自己底感情的。他在这一群里面的位置，是很明白的；他看出来他是被当做一个牺牲者，因此他执拗地拒绝了从任何一方来的亲善。他是能唱很忧伤，很甜美的歌。

因此，这个年青人，便在这片落着雪的、迷茫的、静悄悄的旷野上，穿着奇奇怪怪的破衣，慢慢地行走，露出孤独者底姿态来。他在沙滩上慢慢地走过去，望着面前的地面，听着他在积雪上所踩出来的清脆的声音。这种声音给他一种娱乐，在寒风里，他底身体发烧。

他拢着衣袖。他是用他底执拗的、阴暗的眼睛望着面前的洁白的地面。在这种散步里，他觉得，在这个世界上，他是被安慰了；他是什么也没有的，但除了他心中的那个蒙着雪的故乡底村庄和湖泊以外他也再无需要。他想到，现在正是快要过年的时候，在故乡底蒙着雪的村庄里，有喜悦的鞭炮声；在积雪上面，是漂浮着暗蓝色的烟雾；在街道上，有小孩们底尖锐的、喜悦的叫声。这种回忆和目前的各种意识相纠缠，使他战栗了一下；他站住，望着前面的覆雪的乱石，收敛了他底温柔的、梦幻的笑容。

他长声叹息，摇头，继续行走。在沉寂的旷野上，雪悄悄地、迷茫地降落。

一个年老的女人艰难地走下土坡，站住环视，然后向丁兴旺走来；但突然又转身逃跑。显然的，无论她怎样希望援助，她害怕兵士。丁兴旺，被这旷野上的唯一的人类触动，和这个年老的女人相比，意识到自己底权威，没有想到要做什么，愤怒地吼叫了一声。

那个老女人站住了；竭力镇定，以那种怀疑的、戒备的眼光看着他。一条蓝色的大布巾包住了她底头部，从蓝布巾底环绕里，她底特别明亮的眼睛和尖削的、顽强的嘴——她是在用她底全部力量和敌对着她的这个世界做着生死存亡的斗争——刺眼地显露了出来。

这个老女人，是从附近的村庄出来的，为了寻找她底失踪了两天的儿子。

"你跑什么?"丁兴旺愤怒地问。他意识到，这个老女人底逃跑，是触犯了他底尊严。在这种意识下，这个软弱的青年便明白了他底在这个世界上的位置，而企图尝试一下那种权威了。特别是弱小的人们，由于生存的渴望——没有或种权威，人们是感不到自己底生存的——喜欢欺凌那些比自己更为弱小的人们。在这句问话下，丁兴旺就强烈地颤栗起来；为了抑制自己，他撩开衣服，做出英勇的姿势。并且他露出那种冷笑，显然的，他毫未想到在他面前的是怎样的一种对象：在权威底发作里，这是无关的。

老女人凝视着他；突然握紧右手击打左手心，发出一串诉苦的、然而激烈的声音来。她说得很详细；年老的女人们，想像不到和自己底世界相异的世界底情况，——她们是生活得太固定了——有着激燥的感情，是喜欢详细地描述的。丁兴旺，由于本性底软弱，开始去听她，但即刻便意识到这种行为是和权威底原则相冲突的。

"我问你，你跑什么?"他露出愤怒来，尖声地问。在这个地面上寻找生存，人们是陷到这种可悲的罗网里去了。丁兴旺是愤怒地、蛮横地喘息着。这个老女人也爱她底故乡和亲人，在现在他是决不会想到的。那种可怜的精神需要，是驱使着他拿旷野中的这个唯一的弱者来当作牺牲了。

“我找我底儿子呀！先生！”老女人投出可怕的眼光，拍着拳头，激躁地叫。

丁兴旺，不知道怎样做才好，并意识到自己是不对的，有了暂时的苦恼。雪密密地、悄悄地降落。

“我不管你底儿子不儿子！”丁兴旺大声说，确定了没有别人会看见他，并确定了，在这片旷野上，是没有道德，没有对与错的。他决定劫掠这个老女人，于是他重新强烈地颤栗起来了；而这种痛苦的颤栗使他无疑地相信是这个老女人侮辱了他。“她居然以为我会抢她！混帐东西！”他，这个准备抢劫的人，想，虽然这是很奇怪的。他底脸苍白，那种颤栗是那样的强烈，以至于他说不出话来了，于是他更确定是这个老女人侮辱了他。

“我是强盗！我是强盗！”他疯狂地想，于是他能够说话。

那个老女人，在繁密的雪花下站着不动，以老年的女人所特有的精灵的、明亮的眼光看着他。

“把你底钱拿出来！”丁兴旺，这个强盗底学徒，冷酷地说。

老女人底脸上起了一阵颤栗。她底眼光是可怕的。但立刻她谄媚地、哀求地笑起来了。

“先生……”她说。

“混蛋！”

“先生……我是穷人呀！先生，我给你一块钱。”她说，于是从怀里摸出一个布包来，以媚悦的笑脸为防御从很多破烂的纸票里取出了一块钱。

丁兴旺，被她底媚悦的笑脸骗倒了，痴痴地接住了这一块钱。但在老女人乘机向乱石堆逃跑的时候，他底心便强烈地刺痛了起来；他是没有得到权威，反而蒙受羞辱了。于是他叫喊了一声，追赶起来。老女人绕过乱石，盲目地向江边逃跑。

“先生，救命呀！”她突然喊，显然看见了另外的人。

“我要打死她！”丁兴旺狂怒地想，跳过石块。但立刻站住，看见了向这边走来的两个荷着步枪的兵士。江畔有一只小船，在船头上，站着一个披着深黑色斗蓬的、高瘦的军官，冷酷地向这边看着。

丁兴旺恐怖了。于是转身逃跑。但在一个强大的喊声下站住。

这只小船载着一位从前线撤退下来的团长，他是从残酷的战争中偶然地生还的。他是下了为军人底光荣战死的大的决心的。这样的一个偶然生还的人，他底生命，是在一种严厉中感觉着他底国家底一切；感到他就是他底国家。所以，在目前的这一片旷野中，他感到他就是主人。在精神上，他是有着无限的正义，无限的权力。

在他底正义感里，他是冷酷而愤怒。他底兵士把丁兴旺押到他底面前来。他不看丁兴旺，他用一种抑制的低声吩咐老女人说话。他底这种简单的表现，就是他底庄严的祖国底表现。庄严的祖国，是露出了一种爱护民众的崇高的神情来了，虽然它总是遗忘，并欺凌他们。

老女人机敏地在雪地上跪了下来，开始啼哭，控诉兵士行劫。丁兴旺恐怖地颤栗着，感觉到这个跪在雪地上的，是一个可怕的、冷心肠的动物。

丁兴旺开始流泪，昏迷地看着这个冷心肠的动物，于是突然地他开始说话了。

“老太太！老太太！你没有听清楚我呀！……我不是要你给我这一块钱！”丁兴旺大声嚎啕，把一块钱抛到地上。“你这样说，我是终生要恨你啊！你想想你是找你底儿子的啊！”

“不，不，老爷！他抢我！”老女人坚决地说。

丁兴旺，在恐怖的、悲痛的心中咀咒这个冷酷的动物。

“说完了吗？”那个团长冷淡地问，声音打抖。

老女人沉默。团长，看出了老女人底对于丁兴旺底悲痛的冷酷，露出了一个几乎不可觉察的冷笑。团长凝视雪上的纸币。

“检起来！”

老女人把纸币检了起来，而以一种从梦中醒来的疑惑的神情看了团长和丁兴旺一眼。而在团长以闪电般的目光看了丁兴旺一眼，在那种直诉他底祖国的正义的、庄严的感情里抬起苍白的脸孔来的时候，她就又跪了下来。

"老爷，你饶了他……"

"老妈妈！你是我底恩人啊！"丁兴旺哭着大声叫，而从这个老女人底面孔、衣服、和动作，感到那种悲痛的爱情，感到她是仁慈、怜悯、是他，丁兴旺底母亲了。

"你，一个中国底兵士，有话说吗？"团长冷淡地问，撩开斗蓬。

"官长，我是好人家底儿女啊！"丁兴旺跪下来，哭着说。

团长笑了一笑。

"你是一个中国底军人吗？"他以打颤的声音问。

"有话说吗？"他问，然后看着他底兵士们，命令他们了解怎样才能是一个中国底军人。

"饶命……啊！妈妈，你说话，你救我，我底妈妈啊！"

"枪决。"团长，在短促地凝视了丁兴旺之后，向他底兵士们做了一个简单的手势，说。

丁兴旺疯狂地、恐怖地叫了一声，站了起来，在短促的寂静中迷乱地环顾周围。想到了他底伙伴们，他就又叫了一声，响澈旷野。

又是短促的、绝对的寂静。雪花在江上密密地降落。

"我多么可怜！"丁兴旺柔弱地想，觉得那个阔脸的兵士抓得他太不舒适，从手臂上推开了这个兵士底手。他底脚在机械地互相摩擦，好像企图得到温暖。他以呆钝的眼睛凝视旷野。在生命底最后，他是整个地凝聚了起来，在大的迷惑中寻找什么一种重要的东西，而企图把它从人世带走。一个大的轰响在他脑后暴发的时候，他重新想到求救。他倒下，扑在雪地上，抽搐着，而他底汹涌的鲜血浸渍了积雪。

是绝对的寂静，雪花在江上飘落。那个团长，祖国底代表者，冷酷地看着抽搐着的丁兴旺。那两个兵士，持着枪，无表情地站着，对于目前的这一切，他们不愿有任何判断。那个老女人站在痴呆中。

"中国不需要这种败类……"那个团长说，奇异地笑着，显然地是在替自己辩护。并且显然因为他觉得他底兵士们看出了他底不安，他才说出了这个辩护，然后他以一种异常冷淡的、几乎是敌视的眼光看那个老女人。

"看见了吧！"他冷酷地说。"不要专门责备当兵的，你们自己也要负责！"他说。

那个老女人看了他一眼，不敢说什么，悄悄地、迅速地在大雪中走开去了。

"不过是一块钱啊！只是一块钱！该死，我是有儿子底人啊！"她突然站住，小孩般哭出声音来。然后她恐怖地看了手里的那一块钱一眼。她拼命抖擞手臂，好像抖掉什么发烫的东西，把那一张纸币丢在雪上。

丁兴旺底那一声可怕的叫喊和随后的那个在旷野中孤独地震响的锐利的枪声，惊动了栖息在木船上的人们。他们同时抬头，谛听，同时站了起来，未说任何话，涌出木船。

他们站在一起，站在大雪中，注视远处。那些孤独的、焦灼的、彼此怀着厌恶的个人是在仇敌出现的时候团结起来了。这个仇敌是杀害了他们底伙伴，威胁着他们底生存的。他们站在一起，好像兄弟，在短促的，绝对的沉默中凝视远处。他们是只有七个人，但他们觉得他们是强大的存在。在这种结合中，光荣的意识使每一个人露出了英勇的神情，企图第一个做那种英勇的行动。

被杀害的是谁，是不重要的：被杀害的，是他们底血肉底一部分。但在光荣的要求中，他们却需要表露自己底对这个被杀害者的深切的感情，而作为一种高贵的动机。

"丁兴旺！"石华贵短促地说，站着不动。

对伙伴的友情是在对敌人的仇恨之先爆发。丁兴旺，是年青、诚实、会划船，在那样的晚上，会唱歌的。友情里面，有着幸福的、动人的竞争。丘根固面孔颤栗，在那种极其悲苦的表现中，解下了他底手榴弹。大家看他；凝视前面，感到光荣。

李荣光、刘继成和张述清同时解下了手榴弹。石华贵开始奔跑了。朱谷良，在强烈的感情下，不理会自己底理智底某种反抗，开始奔跑了。这一群人在大雪中疾迅地奔跑了过去。蒋纯祖跟着奔跑，但在枪响时惊骇地站住，明白自己没有武器。他想到，假若有武器，他便一定不会落后，他是有着那样的热情，他不能失去那种光荣——在雪上伏倒。他失望地看见，在他底奔跑着的伙伴们中间，有一个人倒了下来。假若是他，他便必不会倒下来，他想。

"多么紧张啊！"蒋纯祖在雪中颤栗，想，"多么意外，多么特别的时间啊！要是我有一只枪，就什么问题也没有！而三个人是多么容易消灭！"他兴奋地、狂妄地想。因自己和那些为了替伙伴复仇而奔跑着的英雄们有着无上的友情而感到光荣和幸福。面前的残酷的战斗，对于他，是美丽的、迷人的图景。他颤栗着——开始在雪中向前爬行。一颗枪弹锐声飞过，他惊异地盼顾。他看见他底那些英雄们奔近了乱石滩，而一些碎石在乱石中间喷到空中。他笑出狂喜的声音，颤栗着，重新伏倒。

他看见他底那些摆脱了披在身上的军毡或被单的、穿着单薄的破衣的英雄们。迅速地冲进了乱石滩。他看见有碎石从地面喷起，并听见了爆炸声。落雪的旷野中的强大的爆炸声给了他以狂喜的、兴奋的印象。年青人，被友情和光荣底需求支持着，不明了世界，是有着这种奇异的、狂妄的心情。他觉得他们是胜利了，他希望这胜利永不结束。

"要是我能够为你们而死去啊！"蒋纯祖，在雪中颤栗，想。

但旷野寂静了。蒋纯祖不再看得见他底荣耀的英雄们；他们是被乱石遮住了。天色灰暗，大雪悄悄地落在旷野中。蒋纯祖惊愕地感到大雪是悄悄地落在旷野中。

他站了起来，看见了在面前不远的地方躺着李荣光底尸体。他怀疑地走了两步，而一声短促的、轻脆的枪声使他站住。在迷茫的大雪中，面前是尸体，这一声短促的、轻脆的枪声他永远记得。

朱谷良底心里是有着理智的反抗，因为他觉得自己不应该不明了敌人是谁便去行动。但他底团体底那种强大的力量使他明白了敌人是谁。他是荷着他底理智所给他的深沉的痛苦和大家一路向前奔跑，而完成了他底行为。

李荣光被那个团长底兵士射倒的那个瞬间，一种强大的敌忾在他们中间发生了，他们疾速地向前奔跑，明白自己必会胜利。在这个瞬间，朱谷良是突然地脱出了他底理智所加给他的重荷，而感到一种甜美的友情，这是他从未在这一群人中间感到过的。他觉得他底任务是从盲目中拯救他底伙伴们，从仇恨中拯救他底敌人们，不管这敌人是谁。他是有了一种悲悯，觉得这个战争是不必需的；在他底强大的激动中，他觉得，这个世界是必定可以为和谐与光明所统治。是他底团体底那种团结和友情底表现使他觉得这个世界必可为和谐与光明所统治。因此他猛烈地向前奔跑。石华贵底第一颗手榴弹是把那个团长底唯一的两个兵士炸碎了。朱谷良和石华贵一同奔进乱石堆。那个团长，看见了自己底失败，镇定地从石块后面站了起来，握着手枪，以凛冽的神情暴露在他底仇敌们，他底祖国底仇敌们面前。迅速地看见了这个，尊敬的感情便来到朱谷良心中。朱谷良站下，于是石华贵站下。

那个团长，站在乱石中间，在迷茫的雪花中冷酷地凝视着他底敌人们。朱谷良是握紧了他底手枪的，但不知为什么他觉得他不能射击；而假如这个凛冽的军官向他射击，他不能反抗；而他所得到的死亡将是他所希望的那种英勇的献身，虽然他从未想到他会在这种样式里作他底英勇的献身。朱谷良和平而安静；握着手枪看着团长。

石华贵向前走了一步，但团长底严厉的吼声使他站住。

"放下你们底枪!"团长以严厉的、激越的声音叫。"你们,你们也是中国底军人?"

常常是,在这个以枪枝相对的严重的瞬间,谁先开口说话,谁便被击中;说话是常常解除了仇敌那一面底那种沉重的凝静,使他意识到必要的动作的。但这个团长说话了,而石华贵并未开枪。朱谷良觉得,他是遇到一种神圣的东西了。

"也许我会被他打死,但是这是很简单的!"朱谷良想,"这个军人能做到的,我也能做到,我们底信仰是神圣的!"

"放下你们底枪!"团长厉声叫。

朱谷良偶然地瞥见了石华贵底脸上底惶惑的神情,被这神情所惊动,想到石华贵是已经被征服了。在一种快意底下,朱谷良对石华贵同情起来,想到要解救他。但朱谷良仍然站在那种可怕的紧张中。伙伴们分散地站在他们后面。天色昏暗,大雪迷茫。

团长第三次命令他们放下武器。他站着不动,坚定地握着枪,相信正义必会胜利。

"是的,他能做到的,我已经做到了!"在团长吼叫的时候,朱谷良想。朱谷良,觉得他是已经向那件神圣的东西顶礼过了,而事实证明了他是同样的神圣。于是,对于伙伴们底同情,和那种大的骄傲,使他,朱谷良在团长严厉地命令的时候做了一个简单的、必要的动作。这就是蒋纯祖所听见的那一声短促的、轻脆的枪声。

团长倒到石块上去,做着惨痛的挣扎。石华贵奔上前,迅速地踢落了他底手枪。

"你们! 对不住中国啊!"这个临死的军人惨痛地叫,扑倒在雪地上了。

朱谷良垂着手,眼里有异样的光辉,看着这个临死的军人:他是已经和他较量过了;在这片落雪的旷野上,朱谷良是实现了他底人格了。但这个惨痛的、临终的、作为一种高贵的遗嘱的叫声使朱谷良有了眼泪,嘴边露出凄惨的笑容来。

石华贵检查了那只手枪，发现没有子弹，疑惑地看着倒在雪地上的团长。

“你弄什么？”朱谷良厌恶地问。

“他没有子弹，我也没有子弹。”石华贵惶惑地笑着说，走近来。

石华贵注意到，听见了他底话，朱谷良底灰白的脸打抖，泪水流在面颊上。

“老兄，人已经死了！”石华贵轻蔑地笑着说。

朱谷良看了他一眼，然后环顾迷茫的、灰暗的旷野。朱谷良，不知为了什么缘故，感到自己在人世是孤单的。朱谷良以怜恤的目光凝视站在乱石和尸体中间的兵士们。蒋纯祖带着迷乱的、惊愕的神情走近来，朱谷良怜恤地凝视着蒋纯祖。

蒋纯祖，在惊愕中，以一种黯淡的、悲伤的视线看着朱谷良。不知自己为什么，蒋纯祖流泪了。

“李荣光死了！”他说，摊开手，手上有血污。显然他在迷乱中染了李荣光底血污。

蒋纯祖含泪看了团长和兵士们底尸体，然后凝视江岸上的丁兴旺底尸体。兵士们在迷茫的大雪中环顾，他们，对于目前的这一切，不愿有任何判断。丘根固底眼睛是特殊地明亮，蒋纯祖觉得它严厉。石华贵想说什么，但又抑住。矮小的、瘦削的朱谷良站着不动。

朱谷良静静地、梦幻般地开始行走。大家走动，跨过尸体、弹穴、和乱石，走到荒凉的、宽阔的沙滩上。在绝对的寂静中，大雪从灰暗的天幕飞落。

他们在雪中静悄悄地、沉重地行走，重新裹起了他们底破烂的军毡和被单。他们乐于记起，向这个战场出发的时候，他们是团结于空前的友爱精神和光荣底感情中的。他们乐于记起那种献身的勇敢和强大的激动，并乐于记起，在大雪中，那个临终的军人底惨痛的呼号。

他们现在是颓丧、沉重，在大雪的、昏暗的旷野中，好像囚徒。他们从未想到，在这一片旷野中，会有这样的生活。他们是和人世隔绝了，这种生活给他们加上了沉重的锁链。

三

第二天，在大的恐惧中，他们抛弃了那只小的木船。他们抛弃了他们底家，抛弃了他们艰苦地经营起来的一切，抛弃了棉被、酒食、木柴、以及鸡鸭，疾速地离开了江岸。各种戒备和敌意又在他们中间发生，他们都觉得自己是特殊地孤单的。

旷野铺着积雪，庄严的白色直到天边。林木、庄院、村落都荒凉；在道路上，他们从雪中所踩出的足印，是最初的。旷野深处，积雪上印着野兽们底清晰的、精致的、花朵般的足印。林木覆盖着雪，显出斑驳的黑色来。澈夜严寒，黎明时雪止了，在寒冷的、透明的空气中，有酸苦的、清淡的气息。小的疾风在各处卷起积雪来，雪块从弯屈的树枝落下，随处可以听见那种沉静的、深沉的坠落声。

人们底脸孔和四肢都冻得发肿。脚上的冻疮和创痕是最大的痛苦。在恐惧和失望中所经过的那些沉默的村庄、丘陵、河流，人们永远记得。人们不再感到它们是村庄、丘陵、河流，人们觉得，他们是被天意安排在毁灭的道路上的可怕的符号。人们常常觉得自己必会在这座村落、或这条河流后面灭亡。不知怎样，蒋纯祖忽然惧怕起那些弯曲的、水草丛生的、冻结的小河来，他觉得每一条河都向他说，他必会在渡河之后灭亡。朱谷良相信，在那些荒凉的、贫弱的、发散着腐蚀的气味的林木后面，他便必会遇到他底艰辛的生命底终点。朱谷良是在心里准备着穿过林木。人们底变得微弱的理智，不能和这些林木和小河相抗。假若旷野底道路是无穷，那么人们底生命便渺小而无常。

人们是在心里准备着渡过河流和穿过林木。石华贵严肃地想到，他是曾经几乎被张大帅枪毙；无数的枪弹曾经穿过他底头项，他是不该期待比那条河流后面的毁灭更好的终点的。丘根固，这个笨拙的、沉默的兵士，这个在和平的岁月，是一个严刻的兄长的人，是抱负着人们在荒凉的农村里常常遇到的那种虚无的感情，而一面用一种兵士底态度冷淡地想到他底穷苦的家。那两个年青人，刘继成和张述清，是在一种迷胡中想到死去是不可避免的，而凄迷地在想像中逃入他们底亲人底怀抱。蒋纯祖，同样地逃入了他底亲人底怀抱，但同时想着，在这个世界上，他是再不能得到爱情和光荣了。人们是带着各自底思想奔向他们所想像的那个终点。这个终点，是迫近来了；又迫近来了；于是人们可怕地希望它迫近来。旷野是庄严地覆盖着积雪。

下午，他们在一个村庄里歇息了下来。被房屋和狗吠声振作起来的石华贵领导着兵士们去寻觅食物，留下朱谷良和蒋纯祖坐在一家门前的台阶上。朱谷良，仍然有旷野中的那些思想，缩着身体坐在台阶上，凝视着空中。

"你不饿吗?"蒋纯祖问。蒋纯祖希望被安慰。

朱谷良看了他一眼，未回答。蒋纯祖轻轻地叹息。

"我宁愿在这种荒凉中死去……我想到，我，我，"蒋纯祖哑声说，突然辛辣地哭出来。朱谷良以冷淡的、疲倦的、幽暗的眼睛看着他，他哽咽，蒙住脸。他底肩膀抽搐。朱谷良，在恶劣的心情中，被蒋纯祖激怒。因为蒋纯祖把那种绝望露骨地表露了出来，朱谷良——他已经和这种绝望坚持到最后——可怕地激怒了，露出狞恶的表情。

"无耻的东西!"朱谷良锐声咀咒。蒋纯祖沉默，站起来，疾速地走到空场中央站住。

"你有什么价值！愚蠢的、麻木的东西!"蒋纯祖愤怒地想，像一切青年一样，迅速地有了雄壮的、无畏的思想。"你这样对待我，我必定这样对待你！你总是伤害我底心，我必定千百倍地伤害你底心，在我底将来!"蒋纯祖想，露出了冷笑。

朱谷良看着蒋纯祖，觉得自己有错；不了解这种感情为什么发生，有了苦恼。

"刚才我想，无论如何，人生是渺茫的，我们既不能明白自己，又不能明白我们底朋友，更不能明白谁才是我们底朋友，我们都是为自己的！每一个人都如此！那么，为什么我们不能在眼前就相爱呢？”朱谷良想，“我们还有多少时间可以活呢？那么为什么不活得简单一点呢？简简单单的，每一个人，都是我们心里需要的，都是朋友……，为什么互相残杀呢？”

这个最明了人们为什么互相残杀的、惯于从这种互相残杀中寻求道路的人，在失望中，在一个小的苦恼里面，纯洁地怀疑起这种互相残杀来了。这个人，是有了人们常常以为只有妇女们才有的思想；他是有了那种隐密的、苦恼的渴望。他站了起来，简单地笑了一笑，预备走到蒋纯祖面前去。但蒋纯祖转身；看见了蒋纯祖底矜持的、冷淡的面容，他便站住不动。

“我们去看看吧。”他轻轻地说，在为蒋纯祖底面容所带来的新的不安里面，本能地企图做出那种老于世故的态度来。在内心底冲突中，他向台阶左边走去，假装探视旷野，并且在内心冲突中暂时未能意识到这种假装。然后他向街道底方向走去。

虽然朱谷良底面容是不可渗透的，但从他底这个奇特的动作，蒋纯祖获得了安慰，蒋纯祖嗅鼻子，跟随着他。

“我问你，蒋纯祖，石华贵那天晚上在沙滩上对你做了些什么事？”通过街道时，朱谷良问。

“他把我底钱抢去了……还有一只金戒指。”被安慰了的蒋纯祖回答，毫未考虑。

“啊！”朱谷良说，站住环顾。

石华贵领导着他底伙伴们在荒凉的村庄中探寻，穿过店铺、家宅、猪栏、和积雪的谷场。在荒凉中作这种行动，石华贵充分地意识到他底这几个伙伴，在朱谷良插进来之先，是和他共生死的，就是说，他们服从他，而他，石华贵，可以为他们而死。这种意识在他底失望的心里重新掮起了对朱谷良的仇恨。于是他在一个狭长的谷场边上站下，阴沉地面对着前面的山坡，而望着坡下的一条冻结的、弯曲的小河。他底伙伴们在他底背后，随着他站下。

常常的，有着真实的权威的人，是要他底朋友们来体会他底心情的——他底朋友们不得不如此。石华贵站下，露出那种为精神界底叛徒或强盗们所有的轻蔑的表情，凝视那条冻结的小河，大家便站下，耽心地从侧面看着他。

石华贵，感到大家在注意他，延长了他底对那条小河的凝视；他底凶恶的视线表示，由于他底无畏的力量，他们之中将有人永不能渡过这条河。疾风在雪上打旋，吹动他底肮脏的长发。

他底这种表情，在先前，对于这几个人是有着绝对的力量的；但现在，大家却有了另外的想法。那两个年青人，看出来这种态度是对朱谷良而发的，由于反抗的缘故，怀着兴奋，把这种态度看成一种懦弱。他们开始明确地站在朱谷良一边，而希望伸诉他们底存在和权利了。

丘根固显得很冷淡，他底态度表示，无论石华贵怎样，都不能妨害他。他觉得，在这一片旷野上，正直而有力的人，没有屈从于任何权力的必需。这个人，是一惯地用那种世故的、冷静的态度周旋于石华贵和朱谷良之间的；他对他们没有要求；他底多年的家长的生活使他善于处理自己；他是对这片旷野上的任何人都没有那种深刻的内心底缔结的。

石华贵在一阵冷风里猛然转身，凝视着丘根固。丘根固注意地看着他。

"老兄，我们只有四个人了！我们死掉三个了！"石华贵冷笑，说。

丘根固浮上一个愁苦的、了解的笑容，看着他。

"不是还有……"刘继成怀疑地说，睐着他底红肿的、发炎的眼睛。

"有，有什么？"石华贵威胁地问。

年青的、生病的兵士沉默，在裤子上擦手，生怯地看着石华贵。

"我说有姓朱的他们一路呀！"他抱歉地笑，说。

"姓朱的！"石华贵盼顾，"混帐东西！你不服气！"

“我总没有说错呀！……我总有说话的权利呀！”刘继成迷乱地笑着，说。

石华贵，明显地感到他底权力已经丧失，在那种唯有丧失了权力的英雄们才能知道的锐利的痛苦中战栗起来，笑了一个迷惑的笑容。他垂下手，喘息着，他底眼睛可怕地发光。于是他大步走向这个年青的、烂眼睛的、病弱的兵，举起拳头来。

刘继成迷乱地、抱歉地笑着，闪了一步。苍白而发肿的张述清跟着走了一步；他是对刘继成有一种本能的、兄弟的忠心，希望他底年青的伙伴知道，石华贵要打的，是他们两个人。

那个丘根固，那个家长，是落到困难的处境里去了。在他底惯于冷静的、疲惫的脸上，露出了严肃的、苦闷的笑容。他确定这一切与他无关，他决定不干涉，但是当刘继成被石华贵击倒到雪里去，而疑问地、惶惑地笑着看着他的时候，他感到良心上的不安。

石华贵喘息着，站住不动，在冷风和雪尘中威胁地看着他。于是，感到路途底渺茫，他感到寒心。而一种热情在他心里发生，使他忘记了那两个无力的年青人，而谄媚他面前的这个野蛮的英雄。

“怎样？”石华贵说。

丘根固，在那种不安里，谄媚地、卑屈地笑了。

“老兄，饶了他吧。”他说，因自己未遭殃而感到欢喜。

“我石华贵做事爽快！你们告诉姓朱的，我骂他混蛋！”

“当然！当然！”

石华贵冷笑，转身看那两个以兄弟底情谊站在一起的年青人，然后豪迈地掠头发，大步走出谷场。

那两个年青人并排站着，看着丘根固。在这种态度里，是有着对自己们底友情的信心，和对丘根固的无言的轻蔑。两个无力的、胡涂的、简单的青年，是站在雪中，凭着他们底友谊，来试验他们底锋芒了。那两对眼睛，是那样的一致，好像在这个瞬间，任何力量都不能毁坏他们底缔结。

“老弟，你们让他一点吧。”丘根固，因为感到年青的人们底敌意，庄严起来，有些傲慢地说。

“你算什么东西！”张述清说，冷笑了一声，于是拖着他底朋友底手臂走出谷场。

丘根固猛然脸红，战栗，眼里有泪水。这个痛苦是这样的强烈，以致于他沮丧下来，想到再无希望，埋怨自己为何不死去。但随即他愤怒，咀咒这两个年青人，迅速地走出谷场。对任何人类关系的不郑重，都会招致这种痛苦；丘根固是一向以为这些人不在他底生活之内，而旷野里的逃亡不属于他底真实的生活的，现在完全地在这个生活里沉沦了。于是，带着他底繁重的考虑，他经历痛苦、羞辱、和失望，在对石华贵的畏惧和对这两个年青人的痛恨之间作着惨痛的挣扎。……

石华贵走出谷场，感到失望，觉得周围空虚，在一家门廊里站住，恍惚地沉思起来。终于他决定独自一个人行走。他恍惚地走进门廊，走过破朽的房屋和沉寂的院落。在预备回转时，他听见左边房里有响动声。他走了过去，希望得到一点食物。

他敲门。发见门被抵住，他愤怒起来了。他用石块击破窗户，爬进窗户。他跳到地板上，听见了一个女人底恐怖的叫声，站住了。在此刻，准备单独地去作孤注一掷的石华贵是完全地粗野，完全地自弃了。他站住，兴奋地颤栗，想到自己是孤独的漂泊者，即将灭亡，感到一阵甜美的情动。他走到橱后去，发见了那个肥胖的、战栗着的女人。

石华贵手抄在裤袋里，在他底甜美的情动里，抚慰地笑了一笑，好像他认识这个女人。

“不要怕，”他说。

那个女人突然走了出来，站住，严厉地看着他。

“不要怕，啊！”兵士甜蜜地说，笑着。

“你！你，滚出去！”

“啊！”

"……我是守寡的呀！我是苦命的呀！"女人突然跳脚，叫起来，举手蒙住了脸。

石华贵底苍白的脸上透出了一丝轻蔑的微笑。然后他取出他底没有子弹的手枪来，猛力地扑了过去。这个毁灭了一切、没有情爱、没有朋友的人向他底深渊冲了过去了。

那个女人是被吓昏了，倒在地上。她是觉得她周围的她所亲密的一切都从此离弃她了，昏到在地上。石华贵，在燃烧般的痛苦和甜蜜里，有了各种疯狂的印象，痛切地叫出声音来。那个女人惊觉，尖利地叫了出来，同时捶打他。于是这个飘泊的醉汉笑出了狂妄的、轻蔑的声音。

这些声音招来了朱谷良和其他的人。朱谷良向窗内看了一看，然后环顾伙伴们。朱谷良，愿望自己底行动为全世界所见，愿望最高的光荣，在伙伴们底注视下取出了手枪。

蒋纯祖看见了手枪，听见了石华贵底异常的、痛切的叫声，痛苦地紧张起来。

石华贵是被他底疯狂的印象所掩没，心里有着大的悲哀，觉得自己正在销亡，已经销亡，在绝望的行动里发出那种奇异的叫声；石华贵觉得，他底一切是整个地倾覆，他是狰狞而悲恸地坐在这个倾倒了的建筑底破碎的瓦砾中了。他看见自己是坐在瓦砾中，如他所指望于他底生涯底最后的，含着绝望的、轻蔑的笑容，而全身浸着鲜血。于是他突然寂静，忘记了那个被压在他底膝下的女人，露出轻蔑的笑容来。朱谷良底冷酷的喊声使他寒战；他含着轻蔑的微笑抬头；看见那个对着他底胸膛的致命的武器，他底脸上便有了那种特殊的柔和的光辉；他痴痴地站了起来。

那个女人迅速地爬起来了，恐怖地向窗口看了一眼，逃到木橱后面去了。

在寂静中，石华贵含着悲凉和轻蔑凝视朱谷良，垂手站着不动。在他底仇敌面前，石华贵是意外地如此柔和而安静，他觉得朱谷良是不理解人生，不明白他，石华贵，不懂得飘泊者底辛辣的悲凉和凄伤的；他觉得，朱谷良是没有权利向他底热辣而悲凉的胸膛开枪的。他觉得他已为这个世界牺牲了一切，现在站在这里，他是无愧、悲壮、纯洁。在那种遭受了不平而立意悲伤地忍受的小孩们所有的冲动中，石华贵流泪。

泪水流在兵士底肮脏的脸上和胸上，静静地滚在地上；石华贵含泪看着朱谷良。这种眼泪不是恐惧、失望、或悔恨，这种眼泪是抱负着悲伤的爱情的爱人们所有的。蒋纯祖整个地被感动了。

因为石华贵底眼泪，朱谷良露出傲岸的神情来。他确认这个人是在绝望中悲悔；他底神情表示，对这种悲悔，他是明白的，他是不会被眼泪打动的。对这种无价值的、作恶的人，他是决不宽恕；正是石华贵底眼泪才能使他完全显露他底坚决的精神。他希望大家都惊服于这种精神，而崇敬他底行为。他底为正义而复仇的时间是来到了。这是一个高贵的动机，这个动机要造成一个高尚的英雄；朱谷良，想到那个上吊的女儿，冷酷地看着石华贵。

"你还有什么话说？"朱谷良问。

蒋纯祖惊动，看了朱谷良，又看了奇异地微笑着的石华贵。蒋纯祖突然觉得，在这个场面里，他是最重要的人，于是被光荣的意识惊动。蒋纯祖，在年青人底那种热情里，伸手拦住了朱谷良，并且迅速地插进身体去，用自己底胸膛挡住手枪。

这个动作给了他以无比的感动，他在说话之先啜泣了起来。他举着手，看着朱谷良底愠怒的面容，小孩般啜泣着。他有一种需要；他，蒋纯祖，爱一切的人，决心为一切的人而死。

"朱谷良……不要这样！"

朱谷良愤怒地看着他，同时退了一步，以便监视石华贵。

"我是你们底朋友……我是兄弟！我爱你们，相信我！"蒋纯祖哭着大声说。

朱谷良，被这种热情所烦扰，严肃地看着他。蒋纯祖沉默，突然感到空虚，凝望着院落：雪尘在冷风中打旋。蒋纯祖举着手，无故地战栗起来，又看着朱谷良。朱谷良是在冷冷地微笑着。蒋纯祖觉得他丑陋、可怕。

那种紧张的空气已被解销，朱谷良决定为了尊敬、并教训蒋纯祖的缘故，暂时饶恕石华贵。朱谷良看了站在窗后的石华贵一眼，放下手枪，转身走出院落。

朱谷良在冷风中寂寞地走到石华贵们先前所经过的那个谷场边上，站在那些足印中间，凝视着坡下的冻结的小河。不知为什么，朱谷良在寂寞的寒风中流泪。

"是的，是的，我曾经爱过别人，曾经有过那种热情，是的，一切都过去了！是的，我很颓唐了！我真的颓唐了！从此我不愿再做什么了！是的，从此！又能有些什么？又能得到些什么？我这个人，曾经被谁理解过！啊，只要有一个女子能够爱我，能够爱我，我们就在大雪上，飞走吧！就是这样！就像这一片旷野，冷的、空虚的、那些树是荒凉的！那些坟墓！那么让他们年青人在我们底坟墓中间去找寻吧！而且永远……"朱谷良想，凝视着积雪的、阴暗的、荒凉的旷野；想像自己是在荒凉中永远永远地孤独地走下去，为了寻求安息。

丘根固和那两个年青人，因为惧怕石华贵因他们底冷淡而向他们报复的缘故，在朱谷良之后悄悄地离开了院落。蒋纯祖痴痴地站在窗前。一只麻雀在积雪的院落中停下，于是另一只停下，第一只飞走的时候，第二只便悲惨地叫了两声，迅速地跟着飞走。它们飞到屋檐上，又这样地追逐着飞了下来，发出那种啼叫，这种啼叫只有它们自己才懂得，显然它们是在空前的艰苦中相爱。蒋纯祖出神地看着它们。石华贵从窗户跳下，麻雀们飞开，蒋纯祖带着矜持的面容回头。

石华贵站住不动，不看蒋纯祖，阴郁地沉思着。忽然他伸手到衣袋里去，摸出那个金戒指来。

"这个还你。"他冷淡地说。

蒋纯祖，因为他底冷淡，不安地看着他。

"这个还你。"石华贵单调地说。

"不，我不要……你以为我还要这种东西吗？我要做什么……"蒋纯祖笨拙地说，猛然脸红。他恳求地看着石华贵，希望他不要如此冷淡；然后他向屋檐上找寻，希望使石华贵看见那些在艰苦中相爱的鸟雀们。

石华贵轻蔑地笑着看他。

“拿去！”

“我不要！”

“拿去！”石华贵严厉地说。“你不要，我就丢掉了！告诉你，我也不要的，那天我不过和你开玩笑。”他加上说。

“你丢掉吧，真的。”蒋纯祖诚恳地说，怕显得傲慢，露出欢欣的样子来。

他们都羞于要这个戒指。显然的，石华贵是决心还清债务，决心复仇了。这种决心使他勇壮而坚决。但蒋纯祖不能明白；他以为石华贵仅仅为这个戒指才显得如此。

石华贵看了蒋纯祖一眼，无表情地把戒指抛到屋顶上去。蒋纯祖，怕显得傲慢，做出欢欣的表情看着石华贵抛掷。戒指无声地落在积雪的屋顶上，石华贵以沉闷的脸色环顾，然后大步向外走。

“我问你，”他停住，问，“朱谷良还有没有子弹？”

蒋纯祖坚决地摇头。

“我不知道。”他说，吃惊地看着石华贵。

石华贵出声冷笑，走出门。

于是石华贵开始复仇。他是无计算的、勇壮而疾速。他走进谷场，看见了站在兵士们当中的矮小的朱谷良。

大家看着他。朱谷良以一个长的凝视迎接他。在这些视线下，他盼顾。他想到，他可以向丘根固拿一颗手榴弹，在行动的时候炸死朱谷良；同时他想到，朱谷良是不会给他这么多的时间的；朱谷良底明亮的眼光便是证明。在这些疾速的思想里，他走近了朱谷良。

他突然站住，仰面凝视朱谷良，带着那种英雄的力量，拉开了自己底衣服，露出长着黑毛的、强壮的胸膛来。

"朋友,向你借一颗子弹!"他大声说,轻蔑地微笑着。

朱谷良沉默着,看着他。

"朋友,当兵的随便在哪里都指望这一颗子弹。"他大声说;他底胸膛颤栗;他得到了无上的慰藉了。

朱谷良凝视这个人底赤裸着的胸膛,短促地有了苦闷的感觉。但随即他冷笑。

"无耻的东西!我要开枪的!"他想,看着这个胸膛。

他们底视线短促地接触,说明了一切。在朱谷良取出手枪来的那个瞬间,石华贵以强大的力量冲过去了,抓住了朱谷良底手腕。兵士们闪开。蒋纯祖跑近来,惊吓地站住。

于是在荒凉的雪地上,朱谷良和石华贵开始了最后的决斗。他们各个都为了心灵底羞辱和创伤,各个都为了正义和生存。他们可怕地沉默着,在地上翻滚,争夺那只致命的武器。蒋纯祖恐怖地跑近来。丘根固们紧张地站在旁边。发现朱谷良力量较弱,大家因自身底怯懦而恐怖。大家都希望朱谷良4胜利,但大家都怯懦地站着不动;对于雪地上所有的人,这是一个残酷可怕的时间!

朱谷良被压在下面,一颗子弹射到空中去了!突然石华贵发出一个可怕的喊声:他夺到了手枪。朱谷良疾速地滚开去,站起来跑向墙壁,发现无路可走,转身站住。同时石华贵站起来,掠开头发,握住手枪凝视朱谷良。他底手腕在流血,颤抖着。

朱谷良弯下腰来,脸上是可怕的笑容,注视着石华贵。蒋纯祖盼顾兵士们。丘根固,在一种激动中,向前走了一步。

朱谷良想到,剩下来的时间,是短促如闪电。朱谷良想到生命即将结束,于是痛苦;所有的希望和理想都在战栗。短促地,朱谷良是陷入绝望底混乱中,欠着身体,以那种准备扑击的姿势站在墙壁前,注视着他底仇敌:这个仇敌,是不理解他底生命底意义,不理解他底柔弱和坚强、希望和痛苦的。朱谷良在混乱中悲伤地想到,假若被理解,石华贵便必会垂头,而他便必会站在辉煌的庄严中。他重新扑过来了!

石华贵野兽般露出牙齿，用喊叫使朱谷良停住。他要对朱谷良延长这个痛苦的惩罚。朱谷良站住，欠着腰，死白的面孔在战栗。

石华贵，延长了对朱谷良的惩罚，同时延长了对另外的人们的惩罚。他们怯懦地站在旁边，目睹自己底朋友灭亡，而本能地庆幸自己底平安，这种庆幸，是人世最可怕的惩罚之一。人们在当时就能够意识到这种庆幸底可怕，这种意识和庆幸的、逃避的、蒙昧的感情同时增强。大家都希望自己能够避免，并能够在良心底世界里不被裁判，同时大家都希望自己能够奔上去，用自己底胸膛挡住手枪。

这个可怕的时间底延长，使大家渐渐地脱离了蒙昧的战栗，而进入了朱谷良底内心，明白了朱谷良。对于兵士们，在过去，朱谷良是冷淡的、意志坚强的人物，或者是残酷的英雄，但现在，朱谷良是这个人间最悲惨的人物，他底生命是无限的凄伤。大家觉得，朱谷良是为了那些个被石华贵所蹂躏的女人而牺牲了自己。大家觉得，他们在先前怯懦，又在现在怯懦，他们底前途是可怕的。

在这些人们底这种思想里，目前的局面是明朗了起来。这些人们是骇人地诚实，站在雪地中。那两个以兄弟底情谊联结在一起的年青的兵士，以明亮的眼光看了丘根固一眼。丘根固，被先前在这个谷场上所蒙的羞辱和良心底恐怖激动了，他底眼睛是空空地看着朱谷良；他底腿在战栗。

蒋纯祖，以一种死人一般的眼光看着朱谷良，发出微弱的呻吟。大家看着朱谷良，由于朱谷良底英勇和不幸，主要的，由于自身底怯懦，觉得朱谷良是他们底最宝贵、最亲密的朋友——大家以那种可怕的眼光看着朱谷良，希望朱谷良饶恕。

小的疾风吹起雪尘。周围寂静、阴暗、荒凉。但大家觉得周围好像有火焰在狂奋地燃烧。

每一个人都如此的怯懦！在这里，再没有一个机会能造成一个光荣的心灵了！石华贵握着枪，掌握着这个世界了。朱谷良迅速地瞥了伙伴们一眼，而短促地凝视着蒋纯祖。这个蒋纯祖，是他底在这个旷野中的爱情底对象，曾经给他以秘密的、温柔的激厉的。

"饶恕我！"蒋纯祖底眼光说。

蒋纯祖追求朱谷良底眼光，希望得到回答。感到没有被饶恕，不可能被饶恕，蒋纯祖绝望地向前走。

"石华贵，算了吧！"丘根固失望地大声说。于是蒋纯祖站住。

蒋纯祖不觉得自己有说话或动作底可能。他看见，他永远记得，在丘根固底失望的叫声下，听见了另一个叫声，朱谷良突然站直，握住拳头凝视石华贵，面容严肃而冷静。

朱谷良，没有想到要饶恕别人，没有想到要饶恕自己，不再需要被目前的世界理解，在突然之间站在高贵的庄严中，冷冷地注视他底敌人。

他，突然明朗地想到自己所已有的那一切，想到无论怎样的力量都不可能毁灭那一切，如他所指望于他底生涯底最后的，心中有光明，站在大的严肃中。他无需再为内心底羞辱向石华贵复仇，正如他不会向小孩或野兽复仇。人类向野兽们复仇，主要的是因为在那种热情里，认为野兽们也属于自己底道义底世界的缘故，朱谷良，是一直认为一切事物都属于自己底道义底世界，从而在这中间奋战的，现在，获得了于他自己是最真实的东西，严肃地感到光荣，感到自己正为全世界所注视。

朱谷良是在严肃中；朱谷良是在生活，未再想到死亡。他注视石华贵，明白自己也常常和石华贵一样地浸在毒液中，心里有愉快。他希望从石华贵走开，带着新的认识去过一种最丰富、最美好、最勇敢的生活。他觉得这是必然的。

在朱谷良底这种镇定下，像常有的情形一样，石华贵动摇了。

"姓朱的，你服不服？"他严厉地说。

朱谷良看着他，不答。

"假如我放了你，你服不服？"石华贵说，狞恶地笑了两声。

"告诉你，石华贵！我是我！你还要作恶，我就还要打死你；

你永远不会知道我是怎样的人！在这个世界上，没有谁能够征服我！”朱谷良安静地大声回答。

“感谢我所受过的那么多的痛苦！多么好啊！”朱谷良想。

在刚才的这个紧张的时间里，阳光从明亮的、沉重的云群中辉煌地照射了出来；最初是一道淡白色的光明，投射在近处的山坡上，然后是全部的辉煌的力量，积雪的旷野上笼罩了淡淡的红晕，各处闪耀着夺目的光彩。朱谷良抬头，注意到澄明的蓝空和舒卷着的、明亮的云群。于是朱谷良发觉了照耀在他底身上的冬季底喜悦的、兴奋的阳光。

天空里和旷野上的这种辉煌、兴奋、和喜悦使朱谷良惊动。于是，为了这个阳光——它是辉煌、喜悦、而兴奋——朱谷良猛力向石华贵扑过去了。石华贵开枪，朱谷良扑倒，在雪上痉挛、颤栗、鲜红的血在雪上流了开来。

在阳光中，石华贵抱起手臂，轻蔑地看了鲜血一眼，他底脸在痛苦地、兴奋地抽搐着。大家暂时恐怖地站着不动。朱谷良弯曲右腿，猛力转身，在雪中挣持，投出憎恶的、痛苦的眼光来；鲜血从他底胸膛涌出。

蒋纯祖向前跑去，跪倒在血泊中。

“朱谷良！”他痛苦地尖声叫，举手抱头。

“朱谷良！”他凄恻地，轻微地唤。

朱谷良痛苦地、沉默地看着他。然后咬紧牙齿，坚毅地移开眼光，定定地看着天空。

“朱谷良……原谅我，是我……”蒋纯祖啜泣了。

“不必哭！为什么哭？”朱谷良迷胡地、温柔地想——朱谷良是特殊地温柔，凝视辉煌的天空。那个叫做死亡的东西渐渐地来临，在最初，他是憎恶而痛苦，但随后他便有一种迷胡的、轻逸的感觉，他底灵魂和肉体同样的温柔，好像婴儿睡在摇篮中。在最后的瞬间的这种内心的活动，减轻了死亡底肉体底痛苦，并减轻了人类底对于精神绝灭的恐怖。朱谷良，在他底一生里，因为信仰的缘故，对人生抱负着热烈的野心，但同时又坚持而冷淡——他是在这中间频频地斗争。但在最后的这个瞬间，他投入了这种温柔和渴慕了。

“朱谷良！朱……朱谷良！”蒋纯祖悲切地喊。

丘根固们走近来，站在蒋纯祖身后。朱谷良迷胡地看他们，觉得自己爱他们。朱谷良眼里有泪水。

“是的，我底一生结束了！我可以重新见到可怜的莲莲，还有阿贵阿迟！他们很早就去了！”朱谷良温柔地想到了他底死去的妻子和孩子们，觉得他们是在灿烂的光辉中。“人家会知道，全世界会知道我底一生是有价值的，……我自己知道！我觉得安慰！好！迷胡！多么舒畅！好！挨得很近，那么再近一点，再近一点！……轻轻的，轻轻的，我底信仰，轻轻的，……莲莲，你走近，像那一年，我们都年轻，又很宽裕……你还是年青，没有被欺凌、被压迫，没有生病，没有贫苦，没有那么累的工作，你是年青，我是年青……轻轻的……我们都希望光明，……我们都是平常的人……我们都有爱情……十年来我变了一点，不过还是那样……我很忠实，很忠实，我底信仰！……近一点……为什么：是的，我忠实，我底心软……啊，看见了！”

朱谷良底眼睛模糊了，觉得有一个辉煌的、温柔的东西在轻轻地颤栗着而迫近来，落在他底脸孔上。于是他感到这个辉煌而温柔的东西柔软而沉重地覆压着他。他觉得有更多的眼泪需要流出来。他觉得他要为那个不懂得这种辉煌的温柔的世界——那个充满欺凌与残暴的世界——啼哭。在他底灰白的脸上，最高的静穆和最大的苦闷相斗争；那种静穆的光彩，比苦闷更可怕，时而出现在他底眼睛里，时而出现在他底嘴边。没有想到会在这里抛掷生命，但他没有疑问，因为在这里，不管仇敌是谁，他是和在别处一样对自己做了一切。他来得及做这一切，任何人，连他自己在内，都不能妨碍他。他，朱谷良，衰弱下去。

石华贵，轻蔑的、奇异的笑容消失，赤裸着强壮的胸膛，痴痴地站在他们所踩出的泥泞里。冬季底阳光，在他身上辉耀着，在雪上辉耀着。大家未曾看他，人们站在静肃中，觉得旷野实在，并且温暖。内心底严肃的感情和诚实的思想给予了这样的感觉。那些明亮的云团，以奇异的速度，在澄明的天空里漂渺地上升。

当人们以恐惧的、怀疑的眼光投到他身上来的时候，石华贵便明白，他所毁坏的，以及他所产生的，是怎样的东西了。在人们心里的那种良心底恐怖，是沉了下去，唤起一种最深的颤栗来。人们觉得，假如还活着，便不可能和石华贵在这个世界上同行。假若还活着，便应该做一千个英勇的、善良的行为，来弥补这一次的怯懦的罪恶。在这种心愿下，如人们所需要的，朱谷良是成了亲密的朋友，安睡在光荣中。常常因为人们对这个人犯罪，正如常常因为人们对这个人有过光荣的行为一样，这个人成了人们底亲密的朋友。

蒋纯祖，犯了怎样的罪，他自己明白；他是诚实，并竭力企图诚实。害怕自己不诚实，蒋纯祖长久地跪在血泊中，做出那种虔诚的姿势来。这种姿势有虚伪的可能，这种感觉，是他此刻在这个世界上最恐怖的。因此在这种努力下，任何力量都不能妨碍他，这个热烈的、严肃的年青人了。

他是带着一大堆混乱和那些人们称为美德的天真的情操到这个世界上来寻求道路。他底这种天真和虔诚，在那种对罪恶的恐怖里，把他迅速地造成了石华贵底最可怕的敌人了。

他跪着，垂着头，静默地凝视着朱谷良。阳光照在他底蓬乱的头发上。

“我要替你复仇，朱谷良，我明白我底可耻，我明白你底身世，我明白你是什么人，明白你底心，只有我一个人明白你，我一定替你复仇！我一定做得到！请你安息！在这个时代，旷野上是我们底最好的坟墓！我们都献给这个时代，完全献给，像你一样！请你安息，后代的人要纪念你，要感激你，我再不能说什么，但是太阳照着你，在这个伟大的时代，请你安息！”蒋纯祖想，感到自己是处在壮烈的时代中。这种感觉从未如此强烈。

于是他站了起来，看了那条闪耀着的小河一眼，露出一种愁苦的、慰藉的笑容，转身看着石华贵。他觉得他是故意露出这样的笑容，同时他觉得，在一秒钟之前，他绝未想到有露出这种笑容的可能。那一片闪耀着的积雪的旷野是给了他一种灵感，使他突然感到无比的欢欣，而露出这种笑容。在他底心灵底欢欣中，他觉得积雪的旷野，在阳光中，是雍容而华贵。但他想到他是故意如此。

他底朋友死在他底脚下；他已获得了意志与庄严；他必会胜利；他底前途无限——他底感觉是如此。他从未经历过这样的感觉。但他想到他是故意如此。

于是；单纯的青年底这种阴谋，便成了老练的漂泊者底致命的弱点了。

单纯的人们，在他们底阴谋里，是有着奇异的力量。蒋纯祖向石华贵愁苦地、慰藉地笑了一笑，好像他觉得一切是无可奈何的，好像他觉得石华贵是对的，好像他底心上的重荷已经卸下，好像他已经慰藉了自己，并希望石华贵明白他是弱者，和他互相慰藉。石华贵怀疑地看着他，但不得不相信他。

蒋纯祖笑着摇头，走向石华贵。

"他死了。"他低声说，"我早就说过……啊！"

他突然严肃，短促地恐怖，感到他已因这些感情堕落如娼妓。他未曾想到他会有这种感情，他觉得恐怖。他初次如此。他想，这种感情完全是因为怯懦。他底信心动摇了。但石华贵不能知道。

于是蒋纯祖痛苦地承认了自己底堕落，承认了自己要生存，振作起来。而那种慰藉的、悲切的感情，虽然失去了欢欣的成份，却更强。真实的人们，在他们底阴谋中，是常常要在另外的一些人们把它们看成手段的感情上面跌倒，甚至沉没的。他们是突然地发现了自己底人格里的娼妓的成份，觉得自己已经堕落了。而常常的，假若不能达到他们底目的，他们便真的堕落了。或者是，不管真的达到与否，在这些感情中，他们真的是因怯懦和自私而堕落；真实的人们，在他们底多情里，是常常如娼妓，这便是他们底恐怖。

蒋纯祖是明显地看到，他底目的如果不达到，他便会毁灭。于是他就冷酷起来。

石华贵向他轻蔑地笑了一笑——石华贵，是不赞成地在蒋纯祖身上看到的这种软弱和卑劣的，虽然他满意蒋纯祖底愁苦的、慰藉的表情——扣起了衣服，因为惧怕痛苦，做出孤独者底豪迈的姿势来。

“要走的，跟我走！”他说，冷笑了一声；大步走出谷场。

蒋纯祖向兵士们做了一个暗号，迅速地跑起来，在街边追上石华贵。

“石华贵！”他说，卑怯地笑——他再也不能觉得他是故意如此。“我问你，石华贵，你是真心要我们一路走吗？”

石华贵以透明的眼光凝视他，他在痛苦中战栗。

“我是服从你的！”蒋纯祖底眼光说。他无权利觉得他是故意如此。他觉得他是堕落如娼妓了。

“要走就走吧，不会打死你的，学生！”石华贵轻蔑地回答，走过街道。

蒋纯祖往回跑，在谷场口上遇见了兵士们。

“丘根固，石华贵说，要是你们不和他一路，不服从他，他就打死你们！”他说，觉得真的是如此，紧张地盼顾；“但是一路走的话呢，我看也很危险，怎样，丘根固？石华贵说，我们都是朱谷良底朋友！”

丘根固严肃地看着蒋纯祖底单纯的、紧张的面孔。沉默很久。

“告诉他，我们就是朱谷良底朋友！”丘根固激怒地，冷酷地说。

“是的，我们都是……”蒋纯祖满足，谄媚地笑。

“我们不怕他！”刘继成说。

“是的，我们都是朱……他底朋友！”蒋纯祖说，有眼泪——他是堕落了啊！——凝视朱谷良底躺在雪地上，照耀在阳光中的尸体。

“我们……报仇!”蒋纯祖坚决地说。

丘根固面孔打抖,回头望了一眼,向街道走去。

蒋纯祖转身,疾速地奔过街道,转弯,追上了石华贵。

“石华贵,你站一站,他们说,愿意和你一路走!”

石华贵奇怪地看了他一眼。

“废话!”

蒋纯祖谄媚地笑着。

“我们过了安庆了吧,石华贵?”他说,“我希望……那么,石华贵,我去跟他们说,他们怕你,站着不肯走!”

蒋纯祖转身跑回来。他是紧张了起来,在缔造他底阴谋的罗网了。石华贵,信了蒋纯祖底话,以为大家真的完全怕他,感到满意,在旁边的台阶上坐了下来。蒋纯祖拦住了丘根固,向他摇手。

“石华贵说,他至少还要杀死两个! 他说他什么都晓得! 丘根固,”他严重地沉默。“我们快些逃吧。”他低声说。

刘继成和张述清紧张了,站住不动,丘根固露出了愤怒的、坚决的神情,望着空旷的、积雪的、照着阳光的街道。那些房屋,全都紧闭着,有的倒塌,在阳光下显出无限的荒凉。

那两个兄弟似的年青人,开始有了逃走的意思。丘根固感觉到大家是在怀疑他,愤怒地站着不动。

“我这个人,没有一点志气吗? 石华贵那个万恶的东西,我就对他屈服吗?”他愤怒地想,想到朱谷良底英勇的、高贵的举动,“我们都是可怜的人,但这个世界总有正义!”他想。“动什么! 想逃?”他严厉地向那两个年青人说。

张述清和刘继成惨淡地笑了一笑。

“他自己怎么不过来?”丘根固激怒地问,迅速地解下了手榴弹。

蒋纯祖紧张了,颤栗着。

那两个以兄弟底情谊联结在一起的年青人,战栗着,好像脱衣服，望前面的街道，解下了手榴弹。

“他在那个白房子转弯……”蒋纯祖细声说。

“好！”丘根固说，开始迅速而柔韧地在雪上奔跑。他底瘦长的、敏捷的身影掠过街道。那两个年青人开始奔跑。

“多么可怕！”蒋纯祖想，迷胡地开始奔跑。

石华贵因长久的沉寂而感到奇异，站了起来。这时那个复仇的队伍出现了。石华贵，特别因为丘根固脸上的那种坚决的、冷酷的表情——丘根固，是使石华贵觉得意外地从他底世故的淡漠中整个地站到这个世界里来，而为自己底生存、羞辱、以及为朱谷良复仇了——惊吓地、愤怒地叫了一声。这种谋叛，这种复仇，特别是为丘根固所领导的这种谋叛和复仇，是这个悍厉的飘泊者从未想到的。丘根固，是曾经谄媚他，帮助他抢劫和征服的。

石华贵，发出了他底痛心的、愤怒的叫声，在来得及动作以前，被一颗手榴弹炸倒了。接着又是一颗。炸弹掀起泥土，炸倒墙壁，鲜血和碎肉飞到空中。

丘根固站住了，定定地、有些迷惑地凝视着那一堆碎肉和鲜血。蒋纯祖，看见了胜利，在狂喜和陶醉中疾速地奔跑过来。丘根固转身。大家看着蒋纯祖。

于是，迅速地，在感激底冲动中，蒋纯祖奔向丘根固，伏在丘根固底肩上，啼哭起来了。丘根固底手臂颤栗，带着那种父亲底热情抱紧了蒋纯祖，看看前面，突然失声地哭了起来。

那两个年青人站着流泪，然后出声啜泣。

蒋纯祖悲惨地哭着，因为生命太艰难，因为人类自相残杀。丘根固痛苦地哭着，因为一切都不能挽回。那两个年青的、病瘦的、衣裳破烂的兵小孩般可怜地哭着，因为，他们未曾料到，这样的仇恨，这样的相爱，这样的悲伤……

蒋纯祖迅速地跑那①街道，跑进那个谷场，在朱谷良底尸体面前站住，轻轻地喊了一声，又蹲下来抱起了他底冰冷的头颅。

---

① 原文如此。

第四章

一

蒋纯祖和他底同伴们在十天以后到达九江。最后几天所经过的村镇和县城，已经在马当封锁线之内，因为纪律良好的军队不绝地通过的缘故，是呈显着惊人的繁荣——这种繁荣，对于从那样的一个世界里来的蒋纯祖们，是惊人的，使得他们好久地在内心工作着，以求适应。受着秩序底保护，被人口底陡增刺激起强大的商业欲望来的村镇，是除了过境的军队和墙壁上面的标语以外，毫无战争底迹象。在一百里以外的那一片旷野上所呈显的各种毁灭，在这些村镇里看来，像是不可能的。蒋纯祖们，是还留在他们底恶梦里，疲惫地通过那些笼罩着烟雾、奔跑着小孩们、响着锣鼓、充满着各种气息、陈列着各种物品的、准备过年的街道。蒋纯祖想到，这些人们之中，是绝无一个人愿意到那一片旷野上去看一看那些毁灭的。那些穿着红红绿绿的衣裳的妇女们，那些在街道上噪杂地挤着的男子们，那些酒馆，那些辣椒和猪肉底强烈的气息，是打动了饥饿于和平和饥饿于食物的逃亡的人们。在一个肮脏的河湾里的一所庙宇底墙壁上用红字图画出来的巨大的标语和一幅拙劣的宣传画，是给予了蒋纯祖以强烈的、非常的感动；这是他从毁灭里出来之后第一次见到这种东西，为他底饥渴的心所需要的，它向他表明，在那些毁灭之后，这个民族底意志和组织仍然无比的坚强，这个民族仍然要斗争下去。因这一幅宣传画，蒋纯祖觉得中国底前途是无限的光明，而他个人底一切梦想都会实现。因此蒋纯祖永远记得这一幅图画，和它所临的那个肮脏的河湾，和这时在近处响着的那种锣鼓声：人们是常常这样永远记得那些在外表看来是毫不重要的东西的。

于是蒋纯祖便脱离了他底毁灭的、可怕的梦境了。于是，在那种被刺激起来的强烈的渴望里，在内心底那种紧张的、丰富的颤动里，蒋纯祖便开始梦想、并计划他底动人的、壮丽的未来了。那种鼓励着年青的人们在他们底同类中去做强烈的竞争的虚荣心，便带着诗意，放射着光华，飞扬起来了。他是想到了在武汉所有的那华美的、浪漫的一切。他是向这个浪漫的世界飞翔了。那一切毁灭，是迅速地被遗忘了：像常有的情形一样，人们是要在遥远的后来，才能明了那可怕的一切底真实的意义的。

他们底形状是异常可怕的。他们是这样的褴褛，兵士们，是穿着奇奇怪怪的、破烂的衣服。他们是憔悴、疲惫、涂满泥污，被白蚤所盘据，脚上在流血。但他们是终于到达了。他们在兴奋中到达九江对岸。天晴朗，江流闪耀，雍容富丽地流动。对江的城市，照耀在阳光下，笼罩在轻淡的、蓝色的烟雾中。

在临近九江的时候，他们结合在一群伤兵和散兵一起。在他们走下江岸以前，遇到了阻拦。军队正渡过江来，在江岸上整队。成单行的、装备沉重的军队沉默着走上江岸，钢盔和枪枝在阳光中闪耀。这些军队，是开到淮中平原去，准备大的战斗的。

队伍走上江岸，突然地，军号吹奏起来。载荷沉重的兵士们庄严地在军号声中摇摆，好像是合着军号底节奏，红边的蓝色的军旗在寒风中招展开来。出发的兵士们，显然因军号声而激动，但露出冷淡而坚持的面容，愤怒地摇摆。

散兵们严肃地站下。蒋纯祖不知何故羞愧，注意到，在这个行列面前，那两个年青人，刘继成和张述清，立正了。

那些狼狈如乞丐的散兵们立正了。

蒋纯祖立正。对祖国的庄严的感情，是笼罩着这个江岸。人们投向这支队伍的那种视线，在中国，是很少能够看到的。

两个穿灰布军衣的军官从侧面的茅棚后面转过来，挤过那些民众，沿着流动的队伍走向散兵们，严厉地向他们说，奉到命令，散兵必须在报名编队之后才能渡江。

因为无数的散兵在城里闹事的缘故，有了这样的措置。但站在这里的这些人，不明白城内的情况，过度地疲惫，所怀的热望仅仅是善良的那一种，毫无疑问地便服从了。

在这两个陌生的军官，因为军号声和通过的队伍的缘故，拿出对待老部下的样子来开始使大家排队的时候，蒋纯祖走了出来，声明他不是兵士。

“想逃走吗?”那个浓眉的、面孔粗糙的军官问，因为军号声的缘故，怜悯地笑着看他。

蒋纯祖恐慌了起来。但丘根固上前，行礼。

“报告！我们晓得，我们一路来的，他是老百姓。”丘根固庄严地说，因为军号声的缘故，称蒋纯祖为老百姓。

蒋纯祖希奇地看着他，他从未想到这个人会这样说话——他是已经忘了，这个人，是一个兵士——并且曾称他为老百姓的。倒是他，蒋纯祖，常常觉得这个人是老百姓的。蒋纯祖突然觉得，由于某种不可见的力量，他是和这个人突然远离了。

军官简单地吩咐蒋纯祖走开，但蒋纯祖被渺茫的悲愁袭击，站着不动，凝视丘根固和那两个年青人。他们排到行列里去了，严肃地注视着为了避免妨碍在身边庄严地进行着的一切而轻轻地喊着口令的那个军官。他们，在稍息之后，不约而同地凝视蒋纯祖。然后，军官发出口令，这个小的行列向右转，朝茅棚那边走去。

蒋纯祖站着不动，呼吸频促，想起旷野上的一切，突然觉得自己在世界上已经完全孤单了。

“分别得这样简单吗？不能够的！”他想。

“再见！丘根固！”他喊。

从那个小的行列的前面和后面，他底同伴们回头，而三只手臂举了起来摇摆了一下。

“再见，刘继成！”蒋纯祖悲痛地喊。“我们曾经在一起，好像要永远在一起，而现在分别了，永远！”蒋纯祖想，向那个褴褛的小的行列奔跑起来，但在茅棚旁边站住了，含着眼泪。

蒋纯祖看见他底同伴们已经走到一座大而孤独的庄院面前，他们之中，烂眼睛的刘继成回头看了一眼：他们走到庄院里面去了。一个荷枪的兵士，在门前守卫着，因为悠远的军号声和继续走过着的庄严的队伍的缘故，神圣地向这些破破烂烂的散兵们敬礼。这些散兵们，从毁灭中出来，曾经几乎把他们心中的那个祖国也置在毁灭中，现在得到这个祖国底神圣的敬礼了。

那个留在后面的瘦而苍白的、有着文雅的表情的军官跨过水塘走来，注意到那个非常的敬礼，然后含着善意的嘲弄看着蒋纯祖。

"要去吗？要去，也行的哪。"他说，笑着。

蒋纯祖不知应该如何回答，小孩般看着他。他文雅地笑着点头，好像陪礼，走了开去。他底姿势有力而严肃，那个卫兵向他敬礼。

"能为祖国牺牲的，就能得到报酬了！……而我，是老百姓！是的，老百姓！"蒋纯祖含着失望的眼泪，想。他回头。那支军队依然在流动，阳光在钢盔和枪枝上闪耀；远处，阳光照射着江流。军号声在远处的平原里，隐约得几乎听不见，给予了空间无限的感觉。于是蒋纯祖明白，是什么一种力量突然地分开他和他底同伴们，而使他们称他做老百姓的了。

蒋纯祖没有遇到阻拦，渡过江来。在这种处境里，人们底心灵是非常紧张地活动着。当他，蒋纯祖，搜索了全身，在内衣底口袋里发现了一块钱的时候，他底那些浪漫的梦想便混乱地活动起来，支持着他了。当他想到他可以找一个旅馆休息一天，然后挤上任何一只轮船到汉口去的时候，他便在那种浪漫的心情中无所顾忌地快乐起来了。

人在年轻的时候，是易于遗忘创伤的：那些创伤，在被用一种野兽的胡涂的力量忍受过来之后，是并不痛楚的；它们是激发了那种为不明了世界，不明了毁灭的人们所有的浪漫的感情。

那些年青人，是赤裸裸地到这个世界里来，无可毁灭，盼待光荣，得到幸福了。那个朱谷良，是惧怕着他底信条底毁灭的；那个石华贵，是惧怕着他底漂泊者底毁灭的权威底毁灭的；但蒋纯祖，却这样地走出来，感到会有以这些毁灭为荣的可能，快乐起来了。

他是在饱饱地吃了一顿之后，天真地快乐起来了，虽然他是那样的破烂，虽然在他底身上，是涂着他底朋友底血污。他觉得，九江是异常地生动，在实现那种美丽的梦想；他觉得，在九江底辉煌的天空里，太阳是为他，蒋纯祖而照耀。他是极迅速地得到了这个时代的青年们底一切幸福和一切光荣了。

他觉得，到汉口去的途程，必定美丽如诗。他底心是这样地颤动着，以至于他只在旅馆里睡了四个钟点便爬了起来。离黄昏还远，他便走到热闹的街上来了。年青的人们，在他们底梦想里，是有着如此旺盛的生命力。蒋纯祖，向街上的那些装束浪漫的和衣著破烂的青年们，投射着为互相妒嫉的妇女们所有的那种眼光，走进了一家书店。

“我还不知道，出了这么多的东西啊！多么好啊！”蒋纯祖，兴奋得打颤，一面注意着身边的那些在看书的同类的青年们，抓起一本杂志来。丢下，盼顾，又抓起来。终于他狂热地看下去了。

这个时代的青年们，大半是在站在书店里的那些时间里得到人生底启示和天国的梦想的。那些站在一起的青年们，是互相地激起了一种肉体底紧张的苦恼和心灵底兴奋的甜蜜——是互相地激起那种狂热的竞争心来。在这些时间里，那些字句是特别地富于启示，它们要永远被记得。所以，这些书店，便成为天才底培养所，和狂热的梦想者底圣地了。在那些书架和书桌旁边，这个时代底青年们，他们底腿和手，是在颤抖着，他们底脸孔充血，他们底眼睛，是放射着可怕的光芒。

这种被饥饿者和竞争者的双重的狂热所支配着的阅读，是使蒋纯祖底感情和思想整个地变化。当他重新走到街上来的时候，黄昏，那些灯火在噪杂的人们之间美丽地闪耀，那些车轮在疾速地奔驰——对于这一切的亲切的、温柔的感觉，就完全地消灭了他底从旷野中带来的那个恶梦。他觉得，对于旷野中那可怕的一切，他还有一些苦闷，或一些不了解，但现在这个世界是如此的优待他，他愿意把它们忘记。

他确实不知自己为什么这样快乐。他开始焦燥，希望即刻便能到汉口去。于是他向江边走。有时他站下来，露出恍惚的表情，企图唤回旷野中的那些非常的东西，并了解它们。但这是徒然的。它们是完全地消失在某个遥远的地方了；这种消失，是证明了他目前的快乐。

那些在等待着他的光荣的工作和热情的、美丽的、惊人的少女们，是把那个朱谷良、那个石华贵、那个丁兴旺和那个丘根固消灭了。他是不能再留在任何一个朱谷良底身边了；假如他要生活下去，那些美丽的、热情的、惊人的少女们便是必需的了。他觉得，这种心情，是一种秘密，不能让任何人知道；他觉得，这种叛变，是一种羞耻，然而是一种必需，因此他仍然快乐。

他走下码头，挤到人群中去。一个兵士善意地回答他说，船，夜里一定有，但不能确定是什么时候。于是他就决定等待，在码头下层的石级上坐下。

冷风吹扑着。等船的人们，沉默而困顿，倚在箱笼上或坐在各种堆积物上。卖零食的小贩们底灯火在各处闪耀。多量的电灯在左近的楼房和江边的囤船上辉煌着。沿着江边，停泊着各样的船只，有的在黑暗中，有的燃着灯火。马达在被映照得异常明亮的水面上所发出的节奏的、顽强的颤动声，给予一种漂泊的感觉，使蒋纯祖感到甜蜜的凄凉。于是他就静静地跳过朱谷良和石华贵底毁灭，想起往昔的那些事来。他想到去年过年的时候和前年过年的时候，想到在爆竹底烟气和朦胧的灯火里，在南京城上密密地飘落的雪花……他是静静地跳过了旷野中的毁灭，因为那无论怎样悲哀，无论怎样凄凉，由于那些苦闷的流血和冲突，并由于他在那中间害怕悲哀的缘故，他，蒋纯祖，不能从它取得甜美的、凄凉的、光明的养料。他是回到了故乡；他是完全不能理解朱谷良和石华贵了。

蒋纯祖注意到，在寂静的江面上，一只小的木船从一只大货轮底暗影里漂了出来，在光亮的水面上无声地滑行，而到达江岸。这只木船底流走，和它里面的惨澹的灯火，是使蒋纯祖底眼睛得到一种娱乐。他注意到有一个徒手的、样子很困顿的军人走了下来，其次，两个兵士担着一架舁床走了下来。然后又是一架。那个军人，绕过那些堆积物和那些等船的人们，带着一种厌恶的表情，走在前面。那两个躺在舁床上的人，覆着军毯，好像睡着了，或者死去了。于是蒋纯祖明白，为什么在那个徒手的军人底脸上会有厌恶的表情。

“又是两个生命为民族牺牲了！他们是怎样的人呢？”蒋纯祖敬畏地想。

蒋纯祖，在敬畏里面，紧张地凝视这两个负伤者，注意到，前面那一个，是在痛苦中昏迷地皱着脸，后一个却睁着眼睛；照在灯光里，这眼睛有着特殊的光亮；并且，在这个人底有须的、苍白的脸上，有着宁静的、淡漠的表情。蒋纯祖迅速地站了起来，认出这个负伤者是汪卓伦。

蒋纯祖激动地叫唤了一声，跑向那架正在上坡的舁床，把它拦住了。汪卓伦没有看到他。那个徒手的军人，走下两级台阶，厌恶而怀疑地看着他。

“姐夫！姐夫！”蒋纯祖喊。那个徒手的军官皱眉，并且下颔打颤。

“同志，很危险，不能耽误！”他严厉地说。同时吩咐兵士们继续抬动。

蒋纯祖迷茫地站了一下，很多人看着他。然后他追着跑上去，和汪卓伦底舁床并排行走。他不再喊叫，但注视着汪卓伦，希望他认识。舁床在石级上倾斜，汪卓伦以淡漠的眼光看到了这个喘着的、瘦削而狼狈的年青人。从他底眼光底变化和他底干枯的嘴唇的颤动，蒋纯祖明白已被认识。蒋纯祖叫了一声。

二

汪卓伦，左胸为弹片所伤，伤势极重，但宁静而清醒。他是在八月下旬被任命为一艘陈旧的江防舰底代理舰长，奉命到江阴的。作了献身，寻求一种最简单的、直趋目标的生活的汪卓伦，认为在战争里可以找到这样的生活，但在江阴的三个月里，明白了战争所包含的人事底可悲的混乱和复杂，明白了，在战争里，和在平常的生活里一样，必需曲曲折折地，才能达到目标。那个鲜明的目标，是逐渐朦胧，他，失去了蒋淑华，失去了最可宝贵的一切的，没有能达到最后的这个辉煌的目标，迷失在调动、纷争、计划底改变和命令底互相冲突所造成的迷茫中了。

那个目标，是依稀看得见，汪卓伦就做了判断。在他底舰上，那些和他一样无经验、并且和他一样希望直趋目标的兵士们，虽然同样堕入这种迷茫中，却保留着高涨的士气。这种单纯的忍耐，这种顽强的信心，发生在中国底这个顽劣的舰上，给这个被世界所嘲笑的舰队以一种内在的庄严，是他，汪卓伦底安慰和喜悦。汪卓伦，在人间过于严肃、过于虚心地寻求，就从兵士们底这种忍耐和意志里看出最高又最深的人生哲学来。在这些调动、这些困难而又可笑的处境中，兵士们常常快乐地嘲笑，使汪卓伦深深地感动。汪卓伦记得，他是最不善于处理人事的、但在这个舰上，他只虚心而决断地尽了很小的力量，一切便和谐起来。他是得到了家长底位置，而宝贵这个位置；他是认识了舰上的每一个人，并且爱他们。这种严肃而温和的关系，在各种艰苦的勤务中照耀着，使汪卓伦想到，在中国，普遍的法治既然如此不可能，从小的范围开始的、以人类彼此间的理解和爱心为基础的、温和的理智的治理，是最适当的。汪卓伦，在这些服役中，是吃了僵硬的法令底苦，因此严肃地想到中国将从哪里着手改革。他异常懊悔以前没有能懂得这个。

在十月下旬，汪卓伦奉令保卫江阴封锁线。从纷杂中脱出，在这些阴雨的秋日，汪卓伦得到了他一生的最好的时日——至少他自己以为是如此。费了极大的麻烦，这只舰是在江阴要塞统统被专家检察过，而且修理了。费了极大的力量，兵士们得到了棉衣、粮食，舰上得到了相当的弹药和器材。费了更大的力量，汪卓伦要求到了二十个技术熟稔的海员——这些人们，是都分配到那些较为重要的舰上去了。——于是这只舰便驰出了要塞，驰出了各种纷杂，来到广阔的、寂寞的江面。一个阴雨的、寒凉的黎明，汪卓伦招集部下讲话，以温和的、打抖的、甚至有些羞怯的声音，说明了处境和任务，并命令最后地整顿一切。这次的演讲，对于汪卓伦，是一个辉煌的成功。兵士们在寂寞的江面上所表现的对于目的的理解——这个目的，是趋近来了——和守法的精神，令汪卓伦感动。

汪卓伦在江面上留了十天，每天都在紧张的劳动中；他是想尽了一切方法，不使兵士们松懈下来。某一天，他向两个兵士作了整整一个钟点的恳切的谈话，因为他们偷着喝酒。这个谈话使这两个兵士流泪，汪卓伦知道，喝酒一类的行为，必定很多，而且很难征服；但他觉得他一定可以戒成。他做出那种对大家完全信任的态度来，绝不偷偷地视察。第三天，那两个兵中间的一个，跑到他房间里来自首，说又喝酒了，说喝酒的确是不好的，会妨碍任务；请求他处罚。这个年轻的兵，显然很爱汪卓伦——这个兵，不一定是忠实的——显然在追求那种感情上的甜美。汪卓伦异常感动，但觉得这种感动是不好的，严肃而冷静地处罚了这个年轻的兵，罚他洗刷前甲板。以后，这个兵，在遇到汪卓伦的时候，总忸怩而生怯地注视着。

汪卓伦感到困难的，是那个年青的领江底敌意：这个年青人，因为觉得汪卓伦不懂海军底各种专门技术的缘故，对汪卓伦底权力抱着敌意。汪卓伦，在良好的、兴奋的心情中，企图打消这种敌意，每天都拿一些问题去和这个年青人商量，虽然对这些问题他已有确定的看法。这个年青人，露出一种悲观来，不屑回答这些问题，而企图汪卓伦同意他底悲观。汪卓伦不能同意，无可忍耐，有两次和这个年青人辩论起来。在第二次的辩论里，汪卓伦借故站起来走开，却把自己底记事簿遗忘在舵房里。这个年青人打开了这本记事簿，看到了汪卓伦所保留的蒋淑华底一封信，并看到了一些极端严肃的思想底纪录，被感动了。汪卓伦仓皇地走了回来，因遗失了蒋淑华底信而发白。这个年青人正痴痴地翻看这本簿子，看见汪卓伦，猛烈地脸红。汪卓伦取回簿子，悄悄地走开，在沮丧中倒在床上。于是这个傲岸的年青人跑来了，请求原谅，然后雄辩地伸述中国底前途是光明的。中国底前途是光明的，汪卓伦乐于相信了。

在江面上，平静而又紧张的时日迅速地过去。上海动摇时，敌机对江阴的轰炸频繁了，并有了敌舰上驶的消息。汪卓伦沉默而冷静，好几天未能睡眠，准备献身——那个目标是临近了。汪卓伦奉命在一个港湾前掩蔽起来。几天以后，江阴要塞向遥远的、灰白的水平线上发出第一炮时，汪卓伦奉命驰近要塞。当江阴要塞向猜疑中的敌舰射击时，它，这个有名的要塞，是已经处在悲惨的境遇中，因为敌人已从陆上迫近来了。汪卓伦奉命驰近要塞，装载要塞里最重要的东西。但随后他又接到和另外的舰只结集起来准备和敌舰作战的命令。汪卓伦执行了他所愿意的，即后一个命令，在驰向江面时被敌机炸坏了舰首，并且炸死了四个兵士。于是，汪卓伦怀着悲愤，驰离了江阴。草率地修理了伤痕之后，又奉命驰向南京。在他离开后的第二天，江阴就陷落了。

汪卓伦觉得，他算是经历过战争了，这真是非常的平淡。他记得，在最初的炮火笼罩着江阴底江面的时候，他是异常平静，而且突然间发觉他心里另有一种严肃而谦逊的东西，隔着这个希奇的、难于了解的东西，面前的一切都显得很遥远。敌机底吼声，和那一颗致命的炸弹，是极短促的，而他心里的这种严肃的、谦逊的东西，在这个瞬间，是变得更坚强。他好久不能理解，那几个被炸死的兵士，为什么不能唤起他底悲悯的感情。他只是有一种冷静的意念，企图极迅速地埋葬他们。他后来观察到，他底这个行动——冷静而迅速地埋葬死人——是在全舰的人们里面获得了良好的效果。他乐于想到，他以前是决不能，也决不愿这样做的。

南京危急时，汪卓伦护送几位显要的官员去汉口。他在汉口停留了一夜，给了兵士们四个钟点的假期，但自己未上岸。武汉三镇底灿烂的灯火，那泛滥在繁星的天空下的乳白色的光明，以及广阔的江面上的热闹的景象，给了他一种凄凉的感动，使他想去找寻蒋家底人们，并看看自己底孩子。但他觉得，在他这样的命运里，这种感情是无益的。他乐于明白，他是以一个向这个世界奉献了一切的悲凉的军人底身份在如此繁华的武汉留了一夜，而一切人都不知道，他底孩子也遗忘了他。汪卓伦乐于被人遗忘，武汉底灿烂的灯火证明了他已被遗忘，并证明了他底幼小的孩子是在平安地生活着。黎明时驰出武汉，汪卓伦静静地站在后甲板上，凝视这个蒙着冬天的灰蓝色的烟雾的城市，想到蒋家底人们，想到孩子，——他想到，他此刻是在什么一张小床上孤独地睡眠——并想到蒋淑华，偷偷地流泪了。他觉得，她是去了，不会再回来。江汉关底大铜钟，在深沉的寂静中掀动，敲了六点，美丽的声浪温柔地荡到江面上，向他告别；而这个告别没有任何人知道。

汪卓伦奉命到安庆，然后到马当。汪卓伦清楚地看到，中国底舰队，无力和敌人的舰队或空军作战，它底道路，将由每只舰上的军官和兵士们底良心决定。在这几个月的那些战役里，那些较大的军舰，是已经被敌人底空军击沉了，或自己击沉，用以封锁长江。汪卓伦替一切中国人冤屈，觉得这些都不能称做战役；由于多年来累积的原因，中国人不能完全实现他们此刻所有的内心底庄严。

那些较小的舰，当局显然是企图保存的；它们被用来在各个封锁线和要塞服役，没有正面地对着敌人的可能。汪卓伦是异常悲痛，那种从服役里，从他底舰上的兵士们得来的信心所产生的对他底祖国的一些理想和计划，是像火花般在他心里闪灼，增加了他底苦恼。在那些琐碎的、有时是被迫而不正当的服役里，汪卓伦是企图遗忘这种理想底负担，而得到个人自决的权利，认为他个人底生命是已经完全销毁的。但他一直不能得到这种个人自决的权利；虽然他乐于感到他个人底生命正经完全地销毁了，有机会便可抛掷，但从舰上的那些兵士们，他必需承担那种蒙眬而苦恼的理想，必需感到他底生命底价值。他已失去了一切，所以这种价值，较之快乐，给了他以严重的苦恼。

在这些服役里，汪卓伦不得不严重地一再思索中国底将来，虽然他认为这将来已与他个人无关。在这个战争底初期，很多年青的军人在热情的振奋中前进，他们觉得中国底将来和他们个人底将来是极明白的，但汪卓伦，由于他底遭遇，比起这些人们来，是冷静而谦逊。他认为这个战争是庄严的，无可悲观。但对于中国底将来，他是在这个中国牺牲了一切的，必需要求明白而周密的答案。这个战争必会诞生中国底将来，但什么力量是主要的种子？从哪里开始？汪卓伦想到他底兵士们，想到他们底单纯、愚昧、和可惊的忍耐力。想到，在中国，既然二十年以内很难有确立民主与法治底可能，就应该从人们相互间的理解和爱心开始。但他看到，正是因为这个战争也不能消灭的中国内部底那些丑陋的势力，民主与法治底确立不可能，人们相互间的爱心也就被妨碍。于是汪卓伦想，无穷的在这个战争中受难、献身的老百姓们，他们是为了生存和将来，在将来他们究竟会得到多少呢？他们仍然要愚昧、恶劣、终生受苦么？应该爱他们，应该以理智的爱心来统治，但究竟怎样相爱？汪卓伦经验到，他底舰上的兵士们，有时异常良好，多半的时间却是困顿而顽劣，激起他底愤怒，使他痛苦的。

究竟有谁担负中国底将来，汪卓伦不能找到。假如能够得到较好的境遇，汪卓伦将为这个题目献身，而重新得到生命底寄托。但现在，他是只能寄托于等待在他底前面的那一个悲凉的战役了。

被派到马当后，汪卓伦底这只小舰就和两只汽轮一道，忙碌地从附近装载建造要塞的器材和石块。随后，汪卓伦就随同要塞上的专家们，在封锁线外布雷。布雷以后的第二天，没有接到新的任务，汪卓伦驰到对江去打扫舰身。这是一艘漆成灰绿色的，有江轮一般的舱房的、陈旧的小军舰。

天晴朗，江流在冬季的阳光下从容地流动。江岸上的林木，站在静肃的空气里。各处有光采在闪耀。敌机底轰炸在午前十点钟开始。第一批六架，高高地飞过顶空，第二批三架，向要塞和封锁线投弹。其次又是三架。

轰炸开始的时候，兵士们自动地停止打扫，带着好奇的、兴奋的态度散在甲板各处观看。汪卓伦愤怒地、阴沉地走出来，命令兵士们各就自己底位置。敌机投下的轻磅的炸弹，落在封锁线前后，激起愤怒的、美丽的水花，落在要塞底掩蔽部底周围，掀起泥土和烟尘。要塞底高射炮清脆地、连续地射击，在温和的阳光下，给予亢奋的印象；洁白的烟朵在天空中漂浮，以它们底沉静表现这个热烈的、兴奋的战争。敌机飞开，高射炮沉寂，弹烟和尘土在山坡上漂浮，有了短促的、绝对的寂静。然后，金属的沉重的声响重新从南方的天空里传来。

舰身因强大的水浪而轻微地在寂静中摇幌。兵士们都静肃地回到各自底位置上去。汪卓伦，在第一次的那个短促的战争里，是站在驾驶台上。第二次的机声传来时，汪卓伦皱眉看着远空。三架轻轰炸机迅速地近来，向江面俯冲了。汪卓伦迅速地判断舰上的高射机关枪能够向俯冲的敌机射击，跑出驾驶台，向前甲板跑去。敌机迫近来，吼声可怖地增大，汪卓伦迅速地跳到机关枪座后面。他底这个行动，虽然很镇定，却是无益的；那两个机关枪手，未看他一眼，瞄准第一架敌机，手腕颤抖，开始射击。同时要塞底高射炮开始射击。汪卓伦，蹲在枪座后面，紧张地凝视那一架俯冲下来的敌机。汪卓伦，在极度的紧张里，听不见一切声响。他觉得舰身突然强烈地向左倾斜；被自己底责任警觉，他迅速地站起来，舰身又向右倾斜。炸弹落在离右舷两丈远的水面上；那个被炸弹所激起的巨大的波浪，是一直扑击到驾驶台上。一个蹲在右面的炮座边的兵士，被卷到江里去了。

另外的两架敌机，俯冲着向要塞投弹。那第一架，在第一颗炸弹落下后，爬到较高的空中，沿江面打旋，重新在舰首的空中出现，开始第二次的俯冲。汪卓伦站在枪座旁边，凝视着它。舰身还在摇幌；机关枪开始射击。汪卓伦，被这个战争底雄大的力量激动，觉得自己是清醒了。他为什么要跑出驾驶台，他现在已不能记得，但他觉得，他底这个行动，是正确的。如他所希望的，他是直接地、清醒地面对着凶恶的敌人了。那个庄严的、谦逊的东西在他底心中出现，他听得见一切声响，并注意到一切。他未回头，但感到有一个兵士疾速而敏捷地爬到右侧的那个可怜的炮座里去，以代替那被水浪卷去的一个。

"多么好！也许我马上就可以碰到！"汪卓伦想，敏捷地伏倒，但仍然凝视着敌机。机关枪射击着，同时那一座小钢炮怒吼，舰身震动了。接着是一个更大的、可怖的震动。炸弹击中了舰尾。

这艘小舰，是除了向敌机底射击声外，别无声音，接受了这个可怕的打击。敌机在投弹后爬高，射击声停止，舰尾迅速地下沉，但寂静笼罩着全舰。汪卓伦凶恶地、坚决地盼顾。在枪座后面，那两个枪手，因失望而凶恶，眼里有火焰。汪卓伦迅速地向舰尾跑去。兵士们跑出舱，涌在廊道上，失望地沉默着。

那个年青的领江喘息着跑到后舱口，大声地向机器间喊叫着，然后又跑向汪卓伦。汪卓伦以一个严肃的微笑迎接了他，看着他底涨红的、流汗的脸。舰尾开始沉没，兵士们全体拥出来了，而那个险恶的仇敌开始在天空作第二次的旋转。汪卓伦，黄白而烧灼，扶住左舷的栏杆，严肃地微笑着凝视着兵士们。

"现在这样！"突然的，他以洪亮的大声说："大家设法离开！"

于是他凝视着空中的那个仇敌。兵士们沉默地、陆续地跳下水去，泅向左岸。

那个骄傲的仇敌，在阳光中闪耀着漂亮的机身，开始作第三次的俯冲。舰首已经离开水面，但那两个枪手和炮座里面的那三个炮手仍然开始射击，发出愤怒的、绝望的火焰。汪卓伦跑到前面来，那个年青人，依持着他底镇定，跟随着。汪卓伦看到了那两个枪手眼里的冷酷的光芒。

机枪从空中扫射下来，那个年青人倒下了，同时，一个枪手滚出了枪座。汪卓伦迅速地爬近去，企图代替他，但一个猛烈无比的力量把他击倒，使他滚到舱边。

“好极了！”汪卓伦想，抓住身边的绳索。

敌机已经飞开了，但汪卓伦看见，在强烈地倾斜着的、涂着血污、被炸得弯曲的甲板侧面，那座小炮，炮口向天空直举，依然在狂怒地射击着。

汪卓伦看着这个高举的、狂怒的炮口，觉得从这个炮口，中国底目的，以及他，汪卓伦底目的已经达到了，突然小孩般哭出声音来。

“只有中国能够打这样的仗，好啊！”他哭着高声说。

那一架敌机，迅速地飞向高空，向它底两个伙伴追去了。破烂了的舰只慢慢地沉没，有时向左轻微地倾斜，有时又向右。各处的破铁堆里有呻吟声。两个炮手跳下水去，另一个头部受伤，眼睛在淋着鲜血的脸上睁大着，向左舷爬行着。那个剩下来的枪手，在激烈的紧张后，带着茫然的、做梦的神情站在炸毁了的枪座旁，突然他举起手来，跑向左舷，大声喊叫。两艘汽艇迅速地从要塞驶来，在它们身后的鲜明的水痕里，一艘汽轮行驶着，鸣着汽笛。

昏迷了的汪卓伦和另外的负伤者被救到汽艇上去。汽轮驰向舰首，打捞落水的兵士们。几分钟后，这艘小舰沉没了，发出一种呜咽的声音，泡沫涌了起来。舱顶底桅杆露出在漂浮着汽油和各样的碎片的水面上，孤独地指着天空。

还有少数兵士们在脏水中浮泳。有些已经泅到岸边。汽艇向要塞疾速地驰去了，阳光平静地照耀着。漂浮在水波上的大片的汽油，发出闪耀的虹采来。

重伤的汪卓伦和那个年青人即刻便被送到九江，那些受伤的兵士们，则被留在马当医治。那个年青人是腹部和右臂受伤；

汪卓伦是心脏上面受伤，两条肋骨整个地被弹片击碎。汪卓伦是衰弱了，不能说一句话，但感觉到无需说话，感觉到一切都良好。不知为什么，他觉得自己是健康的，人们为他而采取的行动，是多余的。他感到宁静，绝无困扰。多年来折磨着他的各种烦恼，现在是离开了；他清楚地觉得，它们是永远离去了；在这个世界上，再没有东西可以诱惑他，而他是再也不愿脱离他现在的这种处境了。在他心里，有着那个庄严的、谦逊的东西。一切都遥远、模糊，好像烟云，除了这个庄严的、谦逊的东西。他，汪卓伦，期待了这么久——可怕地长久！——可以安息了。只在小汽轮到达九江，被摇到木船上去的时候，在那种痛苦的震动里，他悲哀地想起了两个人，一个是蒋淑华，一个是他们底孩子。好像光明在黑暗中照耀，在汪卓伦心中，庄严地出现了他底亡妻和小孩。在木船上，清新的空气和晴朗的夜空使他宁静。在此刻，对这个世界，汪卓伦是淡漠的；这个世界，以前决不肯承认他底爱情和庄严，使他痛苦；现在承认了，他却已经不需要。汪卓伦，未注意到码头上的灯火和人群，觉得在晴朗的夜空里有舒适的、稀薄的光明。

认出了蒋纯祖，汪卓伦突然有恐惧；恐惧那个叫做希望的东西会袭来。汪卓伦想到蒋家底人们和他底小孩可能是在九江：对于汪卓伦，人世间假如还有可怕的事，那便是他底小孩在九江了。他是即刻就要死去，再不能忍受那个叫做希望的东西底可怖的折磨了。但汪卓伦，凝视着喘息着的蒋纯祖，开始希望了。于是在上了码头之后，在微弱的光线下，汪卓伦发出一种呻吟，并露出一个愤怒的、咀咒的表情来。他觉得他们不该送他到九江来。舁床停止了。那个疲困的军官焦灼地跑近来，看他，又看蒋纯祖。

"姐夫！"蒋纯祖叫。

汪卓伦愤怒地、难看地看着他，嘴唇打抖。

"他们……呢？"忽然他用柔弱的、渴望的声音问，出现了悲伤的表情。他觉得他底心是软弱了，那个庄严的、谦逊的东西是失去，而大的恐怖是埋伏着了。

“他们在汉口！我一个人逃出来！”蒋纯祖说。“我要到汉口去！”他加上说。

汪卓伦，在失望的痛苦中，看着蒋纯祖。

“你怎样了？”蒋纯祖焦灼地问。

“船炸沉了，他被炸伤了，同志！”那个军官愤恨地大声说，希望这个谈话快点结束。

但汪卓伦显然没有听见他们底话。觉得蒋淑华在向他微笑——这个瘦削的、动人的笑脸在浓密的黑暗中浮现——听到江汉关底那个离别的钟声，汪卓伦脱离了希望和失望，无表情地看着夜空，获得安宁。然后重新获得那个庄严的、谦逊的东西。悠扬的、优美的钟声不断地震响。

舁床抬过了街道。蒋纯祖兴奋地走在后面。蒋纯祖，不知什么缘故，愤怒而快乐，觉得自己和汪卓伦是同样的愤怒，同样的光荣。——他觉得汪卓伦是如此。他觉得，他底前途已经确定，正在灿烂而悲壮地展开。因为觉得在这个城市里只有他一个人知道光荣而悲壮的汪卓伦的缘故，他骄傲了起来。

这个年青人，是带着狂风暴雨的激情，走在安宁的汪卓伦后面。汪卓伦底一切，是他现在所不能知道的。他用尖锐而打抖的声音询问那个军官，但后者冷淡地回答着他。他沉默。他底那种狂暴的想像，渗透到街上的一切灯光、一切人影、一切悲凉的逃亡和辛辣的斗争里面去，而替自己造成了一个比现实的城市更明亮、更黑暗、更噪杂、更荒凉、更美丽和更辛辣的城市；在这个城市里，无比的光辉和虹采包围了汪卓伦和他，蒋纯祖。

这个年青人，是带着狂风暴雨的激情向广大的人世出发，随处建造想像的城市，善于遗忘冷酷的痛苦，不能明白汪卓伦。

“多么好啊！我们要受这样的试验！”蒋纯祖想，“在这个时代，我们要做这一切，要出发到远方去！连他那样温和的人都被这个时代感动，光荣地献身了！他是那样的温和！大家知道，他是那样的有些软弱，和我一样有些软弱，在生活里到处失败，但现在变得这样的坚强！在现在这个城里，谁能明白他？谁能明白中国人底光荣？”他凝视前面，凝视着他底幻想的城市，露出辛辣的笑容来，觉得这笑容优美动人，他大步行走。

但汪卓伦已经遗忘了他。汪卓伦继续听见悠扬的、优美的钟声，想到死亡已经临近，觉得很好。抬到医院门口的时候，蒋纯祖被阻拦了。

蒋纯祖焦急地辩解，但卫兵固执地阻拦着他。

“同志，那个人为国家牺牲了！他是也有亲戚儿女的！一个亲近的人蹲在身边，同志！”蒋纯祖辛辣地大声说，有了眼泪。

“明天早晨来。”卫兵固执地说。

“我只进去说一句话……”蒋纯祖以软弱的、颤抖的、羞辱的声音说。

于是他跑进去，不理会兵士底喊叫，跑过光线和谐而幽暗的廊道，追上汪卓伦。舁床已经被放置在一个洁白的房间里。那个军官走开，房间里暂时没有另外的人。汪卓伦无表情地看着走进来的蒋纯祖。

“姐夫，你怎样了？”蒋纯祖俯腰，温柔地喊。

“纯祖，你好？”汪卓伦衰弱地说，浮上一个女性的、文雅的微笑。“纯祖，你这个样子！怎么弄得这样糟！……你真年轻！”汪卓伦，浮上眼泪，在泪水里面悲伤而甜蜜地笑着。

他因为对自己底道路已经完全安心了的缘故，忘记了自己，对蒋纯祖如此说话——他好像是现在才认识蒋纯祖，好像是因为从蒋纯祖想到蒋家和蒋淑华的缘故，有了这样的感情；但实际上，他并未想到那些。他，汪卓伦，只是对人世怀着悲悯。他乐于明白，他并没有想到什么，而怀着悲悯。

在模糊的泪水中，他底眼光温柔地颤动着。蒋纯祖揩眼泪，并替他揩眼泪；和这个人的这种亲近是蒋纯祖从未想到的，他觉得自己像女性，有些惊动，感到愉快的羞耻。但一个更强的力量突出这种感觉，使他严肃地看着汪卓伦。这种女性的感觉，这种愉快的羞耻，对于他，是神奇的经历，它们几乎破坏了目前的严肃,但在以后的回忆里,却给予了人生里面的最大的光荣。

汪卓伦心里有温柔的、苦恼的颤抖,将受了蒋纯祖底这种爱抚。于是汪卓伦,为了保护自己,露出了严肃与淡漠来。一切印象都迅速地消逝,他底表情不可渗透。从墙壁那边,那个年青的驾驶员发出了惨痛的呻吟,汪卓伦就更严肃,更淡漠。

人们迅速地走进房来。那个苍白的军官向蒋纯祖严肃地说,他不能留在这里,但明天可以来。

"姐夫,我明天早上一早来!"蒋纯祖说。汪卓伦无表情地看着他,他惶惑,盼顾,退出房。

蒋纯祖回到旅馆去。第二天,黎明以前,附近的军队吹着起床号,蒋纯祖醒来,离开旅馆,跑到落霜的、严寒的、黑暗的街上。

蒋纯祖在街上徘徊,天亮时走进医院,迎面遇到那个苍白的军官。这个军官两眼下陷而恍惚,因寒冷和疲困而打颤,看见了蒋纯祖,但走了过去,好像不认识。蒋纯祖不安地走了过去,被身后的一个尖细而无力的声音喊住了。那个军官站在那里,怨恨似地看着他。

"你不用来,人死了! 一个夜里死的,一个天亮死……"他底牙齿磕响起来。他从衣袋里摸出一个纸包来,看了一下,递给蒋纯祖。

蒋纯祖麻木地站着不动,接过纸包来,看见了一个小的簿子和一些钱,但没有感觉。

"要是家属来领取,就……就接洽!"军官说,颤抖着,包好了棉大衣。

"你说什么?"蒋纯祖故意地问,以便有时间镇定自己。

"要是有家属来领取!"军官皱眉大声说。

"哦! 没有的,那用不着!"蒋纯祖慌乱地说。"他在哪里?"

"在顶后面那个房间里。"

"谢谢你。"蒋纯祖鞠躬——蒋纯祖最怕礼节,他自己不知何故鞠躬——走开去。

蒋纯祖慌乱地走过廊道,走到最后的那间房底门前,轻轻地推开门。看见房内的一切，蒋纯祖突然镇定了。

黎明的新鲜的、宁静的光明从左边窗外的小的花园——花园里面，在枯萎的花木间堆积着各种物件——照进来，照在三具并排躺着的、覆着白布的尸体上面。小的、干净的房间里面充满着消毒药品底强烈的气味。一张摆设得很恰当的红木桌子和桌子上面的一瓶不顶枯萎的梅花填补了空虚，虽然这种空虚仍然从因为潦草的工作而赤裸着的尸架底倾斜的腿和下面的潮湿的地面透露出来。总之，这个场所，是有了人类底那种因悲哀或尊敬而流露出来的细心了，虽然很微少。黎明的光辉，是照在洁白的东西上面：是以坦白的恩宠，照在人类底那些细心上面，而使卑湿的角落里充满了必要的幽暗。那三个死者，是像浮雕似地，从幽暗中显露出来，被冬季的黎明赋予了睡眠的姿态。

蒋纯祖悄悄地、迅速地走过去，在汪卓伦面前站下来。

“我是作了牺牲，作了奉献，为了我们民族底将来，我是把自己交出来了，像大家一样！你们遗忘我也好，记得我也好；能够原谅，或者不能原谅，对于我都是一样的！而你们不能苟且地生活，不能妥协，不能背叛，直到最后，这是我们死者要说的！”

蒋纯祖静静地站着。这是非常的时间。他觉得他了解他自己了。

“我底朋友，我底前辈，你们大家，再见了！”他在心里严肃地说，眼光闪耀，悄悄地走了出来。觉得身上有大的力量，迅速地走出廊道。

他在栏杆前站下，打开那一本簿子，在顽强的、冷静的状态下读了蒋淑华底那一封感伤的、细致的信，这封信底下的日期是民国二十二年十月二十日。吸收了这些感伤，他底心情更顽强了。阳光从街道尽端兴奋地照耀过来，落霜的枯草地上腾起了水汽。他站着，把那本黑色的小簿子顺着页次翻过去，在通讯地址和舰上的工作分配与勤务表之外读到了下面的这些断片的话。它们是杂乱地写着的。

“必定要谦逊，向一切人学，不要发怒。但是要严格。”

“曹发运走来自首，又喝酒。这个年青人很可爱而有一点古怪。他的自首不很忠实，我看他仍要喝酒的。不过我真高兴我能够严格下来，罚他洗了前甲板。所以我不能放松自己。”

“昨天晚上到了汉口，给他们四个钟点的假，但是我自己不上岸，因为我很怕，很怕诱惑，我觉得还是这样好！我是一切都没有了，等待我的最后，为国家而工作去。今天天亮就离开了，我要永远记得江汉关上的钟正敲着六点。要是淑华也听到这个钟声！我觉得有无限的凄凉，我不能去看看孩子！真是凄凉，离开的时候我哭了！人总是作弄自己啊！要是上岸去找一找又怎样呢？有很多熟人！”

“今天我特别觉得中国将来一定有希望。我觉得要从老百姓着手，这些兵都是老百姓，我们互相间能够感化。”

“我又精疲力尽了，为什么不能冲出去和敌人一同沉没！”

第五章

一

蒋纯祖在汉口找到傅蒲生家——他觉得，在这个陌生而又熟悉的都市里，他是在无穷的人们中间找到了这个渺小的家庭，而这个渺小的家庭是他底热烈的目标，并且将是他底悲壮的出发点——穿过一个四面全是狭窄的楼房的、晒满衣服的、潮湿的院落，迎面遇到结着动人的长发辫的傅钟芬，她正抱着汪卓伦底两岁的、穿着红绿衣的小孩走出来，一面吃着瓜子，一面唱着歌。傅钟芬看着蒋纯祖底憔悴的、顽强的、几乎是凶猛的脸，叫了一声。于是病瘦的蒋淑珍跑了出来。

蒋淑珍，露出那种可怜的慌乱，在惊吓里站住了。

"阿弟啊！"蒋淑珍哭起来，跑了两步又站住，显然不知应该说什么。蒋纯祖强烈地激动，浮着奇特的冷笑，看着她。"阿弟啊……你底秀菊姐姐昨天结婚了，她昨天结婚……"她哭，不知自己说了什么，但觉得一切已经说出来了。像一切被置在深不可测的家庭里，负着爱情底重荷的妇女们一样，蒋淑珍是用亲人们底结婚、诞生、和死亡来说明，并标记她底世界的。她觉得，在这一句话里，她们底流亡、痛苦、怀念、希望是全部表现出来了。她扯衣角揩眼泪，镇静下来，看着蒋纯祖，叫他到里面去。

蒋纯祖觉得奇异，他觉得，什么人结婚，以及在什么时候结婚，是和这个火热的世界全不相干的。他不能明白何以姐姐能这样冷静，能说这个。蒋纯祖是顽强地、阴沉地看着汪卓伦底小孩，浮着那种冷笑以至于傅钟芬惊吓起来。

"阿弟啊，……谢天谢地！我们只接过你一封信，简直急死了！我们都以为你这个人是完了，我们是急死！急死人！全是你自己，你底性情！”蒋淑珍兴奋地、混乱地说，领蒋纯祖走进房。“现在命是检出来了，弄成这个样子！要喝水吗？饿吗？一定饿的，要换一换衣服，你看我这个人！”蒋淑珍欢喜地、羞怯地笑。“佣人又过江去了，真麻烦呢！淑媛姐姐又到长沙去了，我们真寂寞！钟芬天天要去什么歌咏队，用钱用的不得了，还要你劝劝她——你说话呀！”

蒋纯祖简单地笑了一笑，环顾狭窄的房间，坐了下来。

“我是不会在这里停留的，我觉得我仍旧在奔跑！”蒋纯祖想。

“你说，你是怎样逃出来的呢？”蒋淑珍问，仁惠地笑着，站在桌边，抱着手。

蒋纯祖同样地笑了一笑，又看傅钟芬抱着的小孩。在这种注视里，他脸上是有顽强的、阴冷的表情。蒋淑珍，在那种本能的冷静的观察里，觉得蒋纯祖是已经完全改变，成了有着深不可测的思想的成人了。蒋淑珍看了小孩，又看弟弟。

“他乖的很，会走路了！”蒋淑珍说，歉疚地笑着——显然的，这个小孩是给了她以那种她觉得不可告人的苦恼——额上露出层叠的皱纹来。

“他爸爸一直不来信！这个人！他们说他在安庆！”蒋淑珍说。觉得是在辩护自己；觉得这个沉默着的弟弟使她虚伪，有了气愤。她沉思了一下。然后，从傅钟芬手里抱过小孩来，吻小孩，笑了甜美的、仁慈的笑，并叹息。但又觉得自己虚伪；虽然这种感觉，是混合在那种强大的感激里面的。

“他爸爸死了！”蒋纯祖说，顽强地冷笑着，几乎是轻蔑地注视着蒋淑珍。“我在九江遇到的，他死了！”他站了起来。

蒋淑珍叫了一声，愤怒地看着他，颤抖着。

“在马当让日本飞机炸伤，抬到九江！那只船让三颗炸弹炸沉！”

蒋纯祖环顾，严厉地看着傅钟芬，觉得她底妆扮过于虚荣——觉得汉口底男女们过于虚荣，生活得太轻率，不知道旷野中的悲凉和痛苦。蒋淑珍低着头流泪，小孩啼哭起来。

“妈妈！”傅钟芬不满地喊，不知何故，觉得母亲当着蒋纯祖哭泣，是可羞的。

“他在医院里死的……他底船开到汉口来过一夜，……但是他没有上岸……”蒋纯祖讽刺地说。

于是蒋淑珍，突破了她底强烈的压制，哭出声音来。蒋淑珍拼命地亲吻哭着的小孩。傅钟芬抱过小孩去；蒋纯祖向小孩伸手，但被傅钟芬拒绝了。蒋纯祖感到自己虚伪。

“啊，这个狠心肠的人呀！要是淑华……”蒋淑珍说，忍住哭咽，悲哀地看了小孩很久。小孩哭得异常悲伤，虽然不知道哭什么。

蒋淑珍走到床前躺下。蒋纯祖，笨重地走到窗前，阴沉地凝视窗外，感到一切都完结了，感到大的空虚。

“你们都是……狠心肠！你们，少祖，卓伦，还有你！……”蒋淑珍哭着说。“你们都用不着管你们底儿女……也用不着记得我们！……”

傅钟芬烦恼地皱着眉。蒋纯祖，觉得蒋淑珍底责备是对的，觉得这种责备是自己底悲伤和光荣，有了愉快的眼泪，而那种空虚的感觉在这种愉快的眼泪里消退了。

蒋纯祖休息了两天；即使在极度的疲惫中，蒋纯祖都要被光荣底热望惊动。凭着旷野中的悲凉，蒋纯祖是对武汉底一切抱着顽强的轻蔑；他觉得，武汉底男女们，是在虚荣中生活得太轻率了。他未曾料到，到了武汉以后，他会在如此的阴暗中休眠。在这样普遍、又这样巨大的毁灭和光荣中，平常的生活底压力仍然存在，是可怕的。这些感觉和思想，是使得他能经过的那一片旷野照耀着无比的光明；他，蒋纯祖，夜里梦见大雪中的江流，梦见那个朱谷良，醒来时为朱谷良底命运流泪，在一些纸片上记下了他底一些疯狂的话，渴望回到旷野去。

在蒋淑珍把他底衣服拿走，预备抛掉的时候，他坚持地留下了那一条破裤子,因为那上面有他底朋友底血迹。这种行为使蒋淑珍痛苦地想到,男子们,在他们底思想里,常常是多么孤僻。傅钟芬,因为他底阴沉,不高兴他,不到他房里来;傅钟芬时常和她底朋友们在外面的房里谈笑,唱歌,使他惊动而苦恼。傅蒲生显得很忧郁,曾经和他谈了整整的一个晚上,把他当做和自己同类的成人。从这个冗长的谈话里,蒋纯祖知道傅蒲生要另谋一个较好的职业,以便回南京的时候可以把战争中间所受的损失补偿过来;傅蒲生说,汪精卫主和,民气很颓唐,因此他不愿做傻子。傅蒲生,因为失去了习惯的舒适而平和的环境,因为每天要跑很远的路办公,并且钱不够用,显得很颓唐。蒋纯祖讽刺地向自己说,他愿意弄十斤肉请汪精卫吃一顿,送他回南京;但他对傅蒲生有着歉疚——因为他住在他底家里——和同情。蒋纯祖看到,因为溺爱女儿,傅蒲生是陷在苦恼中。傅钟芬每天要化很多的钱,这个女孩子,是在这个时代里成长了。

蒋少祖夫妇和陆牧生一家人都住在武昌,蒋纯祖尚未见到。蒋秀菊是和她底新婚的丈夫,那个神学学生王伦到附近的乡下去看她底新的亲戚去了。

蒋纯祖是失望了,渴望回到旷野去。蒋纯祖,每天要经历傅钟芬和她底朋友们给他带来的苦恼和妒嫉,每天在纸片上写了一些疯狂的话。到汉口的第五天,蒋纯祖露出那种无比的傲慢来,从傅钟芬和她底朋友们中间冲了出去。他需要如此。他孤独地跑遍了汉口和武昌。

蒋淑珍,因为心情极其恶劣的缘故,第六天才过江找蒋少祖。姑妈和沈丽英当天和蒋淑珍一路过江来看蒋纯祖,蒋少祖夫妇第二天来。

蒋少祖,有时兴奋,有时灰暗,他是处在尖锐的、多变的环境里。南京失陷后,武汉底政治局势混乱,而救亡运动无比的高涨。蒋少祖发行了一种杂志,受到了各方面底注意。但常常的,人们处在这个时代里的时候,不能亲切地认清这个时代;人们生活着,有无数的东西都是可宝贵的,在经常的纷纭里,人们不能尽心地宝贵什么，而时间逝去。在武汉，蒋少祖特别容易发怒，没有愉快的时间。他总觉得别人是不对的，而怀着强烈的嫉妒。

同时，从陈景惠底一面，他所得到的常常是阴暗的、不愉快的东西。陈景惠，和他底内心远离，但常常做出一种外表的努力，使他，蒋少祖歉疚而苦恼。陈景惠明显地感到会要失去某些东西，于是做出这些努力。离开上海，失去了熟悉的环境，陈景惠对生活无兴趣。蒋少祖注意到，一个男子可以在孤独中经营自己，一个女子却不能；她不能脱离她底社交的圈子而不觉得痛苦。陈景惠觉得是最重要的一切，蒋少祖觉得无味、无聊、甚至可恶；蒋少祖觉得重要的一切，陈景惠却必需做出种种努力来适应。蒋少祖明白这个，但他在疏懒与淡泊交替的心情中，从未对陈景惠说明。于是他渐渐地就断判，认为一切是当然如此的了。陈景惠，在她底各种痴心和诡计中，想了一切，但未曾想到她自己底实际情况，即她是永远在努力适应她底丈夫底一切，但不明白这一切底意义。

一些熟人陆续地来到汉口，陈景惠就又活跃起来，显得比先前还要快乐。蒋少祖是冷眼观察着这种变化，从未对她说出他底真实的思想。他常常觉得，假如说出来，那是很可怕的；他不能在说了之后而不采取一些办法，但对于这些，这个世界是从来没有给出什么办法。他不敢承认他已经不爱陈景惠，又不敢承认相反的。他只是经常地对自己觉得怀疑。他记得，在最近两个月里，他从未批评过陈景惠；对于她底奢侈、吵闹、不看顾小孩，他都不说一句话。而在她对他做那些痴心的或诡计的努力时，他是甘愿地忍受着意识到的自己底虚伪，对她表示赞同。他有时怀疑，有时又觉得一切是当然如此。有一件事是显然的，就是他已保护了自己底安宁。

因为蒋少祖底这种疏懒和淡漠，陈景惠对蒋少祖有了不满，甚至愤恨。但有一种奇特的力量使陈景惠不能公然地表示这种不满。他们中间从未直接谈到这些，但他们渐渐地明白了这些。正是这种不满，使陈景惠对蒋少祖更努力——她不觉得她底态度有什么不妥——而那种痴心,有时就更真实。陈景惠需要这种真实。她是常常地拿蒋少祖底忙碌来安慰自己。在她底对蒋少祖的态度里,是有着痴心和计谋底奇异的混合。她永远不让她底真的不满表露出来,因为蒋少祖并未表露出来。她告诉自己说,她更爱蒋少祖,虽然这声音有时很虚伪。

在这个家庭里,轻蔑和爱情奇异地混合着。丈夫底闪避、自尊心、和妻子底倔强防卫着互相说明或批评的一切可能。陈景惠在很多机会里表示她崇敬她底丈夫,但她在心里轻蔑他;她是明白他底一切弱点。她不懂得他底事情有何意义;她觉得,在这个社会里,有很多从事良好的事业的良好的丈夫,但蒋少祖不是。在她能够分享蒋少祖底光荣的时候,因为内心底秘密的苦恼,她就短促地痴心起来。蒋少祖觉得,在这个世界上,有很多从事良好的生活的良好的妻子,但陈景惠不是。他们同属于这个社会,在这个社会的妇女们底交际场和男子们底战场上,是洒着无数的家庭底鲜血。蒋少祖是痛心地掩藏着他底伤口。妻子和丈夫都觉得,他们是为对方牺牲了那么多。

他们永远不说出来,永远想着自己们是相爱的,有一天会完全征服对方——生活下去。在结婚的初期,他们是像一切年青的夫妇一样,需要那种无条件的甚至是绝对的爱情,彼此作着辛辣的、甜蜜的告白,但后来就平淡了。在上海,孩子诞生以后,陈景惠被自己底强烈的感情惊醒,在突然之间觉得对这个世界有了新的认识。这种强烈的感情,对于人世的一种坚强的观念,以及对于自己底目的的明晰的理解,陈景惠是初次地经验到。那些女学生式的生活、销沉、和渺茫的苦恼就从此离去;一个妇人底强固的、鲜明的性格就显露了出来。蒋少祖未曾想到会得到这样的陈景惠。在某些地方蒋少祖觉得满意——几乎是感到一种蛊惑。他明白这是一个新的战争,假如他对人生依然有所追求的话。他是以那种含着讥讽的爱情接受了这新生的一切。在回忆里,这种讥讽的爱情是比最初的幼稚的告白要甜美。蒋少祖觉得,所有的人,尤其是他自己,对人生里面的那些最深切的感情应该含蓄而郑重。于是蒋少祖，激烈的时代过去，就染上了对静穆的古代的癖好了。对于这个时期的青年们底狂热和浮薄，因为自己底创痛的缘故，他是无条件地憎恶了。

蒋少祖觉得，有了妻室儿女的人，才能真正地明白人类底尊严。蒋少祖明白他为什么而工作。在武汉，陈景惠是不再有妒嫉的可能，但他们却突然地互相坚持起来了。蒋少祖觉得为了尊严，必需征服；陈景惠觉得，为了她所坚强地认识着的她底生活，必需征服。一切都没有说出来，渐渐地走下去，蒋少祖觉得，说出来，将是可怕的。但在某些时候，特别在陈景惠已经带着小孩睡去的深夜里，从开着的窗子凝望着武汉底灯火，强烈地感觉到这个时代底呼吸，蒋少祖便意识到，有了妻室儿女的人，才能真正地明白人类底尊严。只在这个时候，蒋少祖才无需被逼迫着去解答他是否还爱他底妻子的那些苦恼的问题。

在这个家庭里，像在很多家庭里一样，爱情与轻蔑同在。因为害怕痛苦，宝贵现有的一切的缘故，蒋少祖对于陈景惠，对于他自己底家庭生活底深处，是淡漠而疏懒。他显得是负着重荷的人。他底一切探求，总趋向某种不确定的、他认为是在古代的生活里存在过的静穆了，虽然他底内心永远波动。他注意到庄严和淡漠有良好的效果。这样，在这个热烈的时代，蒋少祖，一面热烈地工作，以在这个时代取胜，一面找寻心灵底静穆，以在永恒的时间里取胜——他觉得是这样。

蒋淑珍来访的第二天早晨，蒋少祖问陈景惠愿意不愿意和他一路过江，但没有说为什么。陈景惠，停止了她底妆饰工作，疑问地看着他，像每次一样，因他底沉闷的表情而皱眉。

"昨天大姐来过。……过江去看看，你去不去？"蒋少祖说，好像很疲倦，披着大衣。他觉得，假若陈景惠愿意，便伴他过江；不愿意，便不。为什么过江，是不重要的。陈景惠昨天在汉口看电影深夜才回，因此蒋少祖特别疏懒，在这个机会里表示他不一定需要她。

"你说，为什么？"陈景惠猜疑地，谨慎地问。

“你有没有时间？……”蒋少祖问。觉得这句话过于露骨，他加上说：“弟弟从上海逃出来了，去看看？”

“啊！那么我马上，马上！”陈景惠兴奋地说，开始洗手。

蒋少祖，觉得她故意兴奋，露出忧愁的、了解的笑容。

“汪卓伦在马当被炸死了！”他用同样的声音说。阳光照在他底苍白的、忧郁的脸上。

“啊呀！”陈景惠叫起来，跑了一步……“那么，那么，他底孩子怎么办呢？”陈景惠惊动地问，同时动情地笑了一下；显然的，在感动中，爱情来到她底心里。在静默中，她又笑了一下，好像他们是完全和谐的。蒋少祖明白这个笑容，变得严肃而忧愁。

蒋纯祖，在前天跑遍了武汉回来后，便发烧，生病。第二天好了一些，第三天便软弱得不能起床。虽然这样在哥哥和嫂嫂来看他的时候，依然挣持着爬了起来。哥哥底来临使他激动。在看见穿着深红色的大衣的动人的陈景惠的时候，他强烈地感到扰乱与羞耻。他红着脸跳下床，披起新做的棉大衣，颤抖着。希望掩藏自己底扰乱，他向蒋少祖亲善地微笑。

蒋少祖明显地感到了不安。他突然觉得，这个弟弟底这种亲善的笑容，是不妥的；和这个年青人在一个房间里，他将难于安静。他很客气地点头，坐了下来。

“弟弟，你睡你的啊！要受凉的！”陈景惠笑着说。

“不，不，不会！”蒋纯祖说，坐在床边，颤抖着；迅速地看了陈景惠一眼。

陈景惠笑着看了蒋纯祖很久，然后摇头。她不赞成蒋纯祖这样；她觉得蒋纯祖可怜。这种感情使她感到一种荣幸，她叹息。

“到了一个星期了吧……我忙的很。”蒋少祖说。“你应该睡下去。大姐回来要说话的。”他加上说，严肃地笑着。

“不，没有关系。”蒋纯祖说。不知要说什么，困窘地沉默，注视地面。

“你到汉口来，到处走走没有？怎么没有到我那里来？”

蒋纯祖抬头，皱眉，看着他。

“没有。”他回答，露出一种傲岸和一种闪避。

蒋少祖注意地看他，然后明了地笑了一笑。蒋少祖，看出来弟弟底苦闷和孤独，有了同情。蒋少祖看着地面，沉思着，想到自己在弟弟这样的年龄的时候的心境，想到那种凄凉、骄傲、和绝对的孤独。从这个年青人底床上、桌上底凌乱的一切里，是显露出那种生死存亡的强烈的、混乱的斗争，这种斗争为一切漂流的年青人所有，他们要毫无凭借地在这个世界上寻求道路。蒋少祖想到，这个弟弟是相当的猛烈，但在这个时代，是可以较容易地找到道路的。

蒋少祖决定向这个弟弟试探一下，看他究竟怎样。他注意到弟弟底桌上有一本他所编辑的刊物，并注意到，在弟弟底床头，堆着流行的政治的和文学的书籍。这些书籍，是他轻视的。

“你可以想到虚荣心是到了怎样的程度!”蒋少祖想。“或许是，这一切都是无聊的浪漫，做出来的！这些年青人是除非遭遇到大的试验！……啊，能够吗?”他想。

蒋纯祖，已经镇定，并且沉到深远的沉思里去了。他在发烧，内心亢奋着。蒋少祖很久地凝视他底憔悴的面容，重新想到弟弟是强烈而孤独的。忽然蒋纯祖在沉思中叹息，并瞥了无聊地坐着的陈景惠一眼，试探自己会不会被她蛊惑。

“我不晓得秀菊姐姐这么快就结婚了!”他恍惚地说，差不多不知道自己在说什么。

“你有意见么?”蒋少祖和善地、愉快地笑着问。高兴自己能这样和善而愉快。但陈景惠开始在蒋纯祖面前感到奇异的拘束。

蒋纯祖又看了陈景惠一眼。

“你怎样逃出来的?”蒋少祖问。

“这个……一时说不清楚。”蒋纯祖回答，皱了眉。

“说说看呢?”

蒋纯祖瞥了哥哥一眼，露出乖戾的、痛苦的表情，沉默着。

蒋少祖，明显地感觉到自尊心底受伤，消失了愉快的心情；重新发现到那些流行的文学书籍，和这个年青人底虚荣。对于蒋少祖，在刚才的谈话中，蒋纯祖只是情感单纯的弟弟，但在这些流行的文学书籍和这种浪漫的作风中，便只是武汉底那种浮嚣而热烈的青年了。蒋少祖，因为这些青年们造成了他底荣誉和别人底更大的荣誉的缘故，因为这些青年们底才能和力量常常是异常的惊人的缘故，对这些青年们愉快地怀着尊敬，而严刻地、坚决地、苦恼地怀着戒心。在他底内心底创痛上，他是无法克制对这些青年的憎恶的，虽然他时常露出愉快的态度来。

对自己底弟弟的亲爱和怜恤，是迅速地被这种感情代替了。于是蒋少祖有了痛苦，而且这痛苦是尖锐的。和这个弟弟，他是并不接近的，现在这个弟弟底少年时代是过去了。蒋少祖沉思着，忘记了陈景惠底不安，沉入忧伤了。他高兴他能够想到，假如这个弟弟依然年青而纯洁，能够爱他像爱一切人一样的话，他是渴望补救，能够补救的。假如这个弟弟能够摆脱那些虚浮的缺点，走上他底道路的话，他是要给予真实的爱情的，这种爱情，他不曾给予蒋家底任何人。蒋少祖觉得，他是多么愿意他底弟弟不曾沾惹那些虚浮的观念！

他，蒋少祖，到了今天，是不可能和那些虚浮的事物妥协的！但他是能够，而且希望和他底弟弟妥协的。他觉得，不管这个时代怎样进展，对于他，在人生里，所剩下的已经不多了！他应该竭诚地和他底弟弟相爱，以慰他底神圣的亡父。他乐于记起，在上海沦陷，弟弟下落不明的那些日子里，他是怎样的耽心，怎样的悲伤；他乐于记起，他是怎样地计划在弟弟脱险后，给弟弟安排一个良好的训练和前途。他高兴他能够谴责自己，在今天过江的时候，他是因家庭的烦恼和对于汪卓伦的思想而遗忘了这一切；在刚才进门的时候，他是因弟弟所给他的不安而冷淡了这一切。

在他底苍白的脸上，露出了悲伤的笑容。他凝视沉默着的蒋纯祖。

"我们底家庭，现在大家注意的，只有你一个人了，苏州的小孩子一个都没有出来，非常的可怜。"他忧愁地、文雅地笑着说，"一个人，要担负他自己底命运。要知道，什么是有价值的，什么是没有价值的。好不好告诉我你底兴趣呢?"他问。

蒋纯祖，除了金钱的帮助以外，并不希望从这个哥哥得到什么的，发现这个哥哥和自己是如此的亲近，感动了。逃到汉口以后，从姐姐们没有得到，不可能得到的温暖，是从这个哥哥得到了。他承认，对于哥哥底工作，他是有着无穷的景仰和热望。

但他，蒋纯祖，已不如蒋少祖所悲伤地希望的那样单纯。他是荷着野心，又觉得自己卑微，以孤独为慰籍。他是怀疑自己，觉得自己卑劣、卑微，羡嫉一切人；但又荷着大的野心，猛烈地轻蔑一切人，渴望落荒而走。他景仰这个人，因为这个人可以满足他底需要；在他得到了他所需要的，或证明了这种需要是不可能得到的那个时候，他便会遗忘这个人。强烈的年青人，在人生底竞争中，不可能为别人服役。

听了哥哥底话，蒋纯祖露出踌躇。他谦卑地想到，哥哥底感情是真实的，但对于他，蒋纯祖，是不值得的；所有的人，假如澈底地知道他，便必会抛弃他。同时他辛辣地想到，哥哥底关切，对于他，是无价值的，因为他底命运已经注定。他并且想到，哥哥所以如此，只是为了自己。这个思想使他对哥哥感到歉疚，因为他现在是那样的景仰哥哥。

他闪避地、不安地盼顾，又看了无聊地坐着的陈景惠一眼；然后，为了表现对这个哥哥的真实的态度，他抓桌上的那本杂志来翻了一下。他也许希望谄媚蒋少祖，但抓起这本杂志来，他便阴冷地想到，写了这些热烈而动人的文章的蒋少祖，是有着这样的一个太太；这样的一个太太，这种生活，是必定将那一片充满毁灭与苦难的旷野遮拦起来的。蒋少祖在文章里提到伤兵工作，使他想到九江对岸的那个小的队伍，和那些兵士们底那种痛苦的面容。

蒋纯祖不能明白自己究竟对这个哥哥怎样。他觉得有些怕他——因为，在他底面前，是陈列着那种建设起来了的生活——于是他重新想起自己底孤独来。

“我要走开，要记着我底悲哀，要记着世界上的一切苦难！我总在想，在荒凉的旷野里，有我底坟墓……一切都是沉默的。”蒋纯祖想。但觉得这些思想不真实，它们是努力地做出来的。他向他底哥哥简单地笑了一下，这个笑容与他所想的无关。蒋少祖是和善地、愉快地看着他。

“你很喜欢文学书么？”蒋少祖细心地问。

“我？……不一定。”蒋纯祖闪避地回答，小孩般皱眉。

“你喜欢什么呢？”

“我喜欢流血，我喜欢死亡，”蒋纯祖愤怒地想。同时兴奋地、简单地向哥哥笑了一笑；这个思想所包含的那悲壮的一切令他兴奋。

蒋少祖认为已经明白了弟弟，明白了弟弟底单纯、生怯、和虚荣，沉思地、满意地笑着。因为他需要一个弟弟，他便高兴在蒋纯祖身上看见这种单纯、生怯、和虚荣，认为这些性质是优越于武汉底青年们的。他觉得他在武汉没有看到过一个像弟弟一样沉静的青年；弟弟底虚荣心底那种女性底气质使他有了温柔的、和平的情绪。

“你是在九江遇到汪卓伦？”他问。

蒋纯祖几乎是惊异地看着他，然后点头。

“我给你看一个东西。”他说，取出那本簿子来。

蒋少祖皱着眉头打开簿子，又看弟弟。

“我没有给任何人看过！”蒋纯祖愤怒地说，愤怒地笑着，看了陈景惠一眼，她正凑过头去看那本簿子。

“你们看看吧！这是记下来的！还有没有记下来的！这就是在中国发生的一切！他们曾经爱过，永远爱着，他们在荒凉的旷野中默默地献出自己！你们尽管看吧！你们决不会明白！是的，我这样说！”蒋纯祖，脱离了那种内心底束缚，兴奋地、愉快地想。

他觉得他是站在那间被黎明的光辉照耀着的房里，站在苍白、憔悴、而沉默的汪卓伦面前。他兴奋地站了起来，脸上有激烈的笑容。蒋少祖仔细地看完，把簿子合起，轻轻地放在桌上，觉得弟弟在看他，露出淡漠的神情注视地面。

“汪卓伦是多么苦恼啊！这些问题不是他能够解决的，于是他牺牲了！”蒋少祖兴奋地想，想起了那一次他和汪卓伦的谈话，“是的，他是诚实的人……但也仅仅只是诚实而已！”他想。

蒋纯祖底激烈的笑容，和蒋少祖底淡漠的、严厉的神情，成了鲜明的对照。蒋少祖抬头，对弟弟有了显著的不满。

“是的，他是这样的浮薄！”他想。

这时蒋淑珍抱着汪卓伦底小孩走了进来。陈景惠起立，伸手抱小孩，但蒋少祖迅速地走到她底前面，拦住了她，看着小孩：他不高兴她底浮薄。消瘦的蒋淑珍，为汪卓伦底孤儿而苦恼，需要向蒋少祖诉说一切；在蒋少祖底注视里，她严肃而悲哀地笑着，觉得怀里的温热和重量是神圣的，觉得自己底意念是完全的可羞耻。

“你刚才到哪里去了？”蒋少祖问，企图掩藏自己底感情，并企图掩藏在他们中间存在着的那个严重的、痛苦的问题：怎样抚养孤儿？

蒋淑珍不回答，痛苦地皱着眉。

“你都知道了，少祖！你想想……”她说，企图温柔而怜爱，但迅速地焦灼了起来。蒋淑珍底痛苦是，她觉得她永远不能把汪卓伦底孩子当做自己底孩子。她无力，无钱，而自己底两岁的男孩同样的需要照料。在两个孩子同时啼哭的时候，她不知应该跑向哪一个。她常常先照料汪卓伦底小孩，但这并不给予安慰；而在十次中间有一次先跑向自己底孩子的时候，她便要经历良心底严酷的痛苦。

蒋家底所有的重负，现在是全压在她一个人的身上了，而她是软弱的女子。她觉得，在姊妹们找到了幸福的时候，她便被压在不和睦的家庭底各种痛苦里面了。她底贤良的忍耐，是到了最大的限度;她觉得她要发疯。但在走进房的时候,在蒋少祖底激动的凝视下,她重新又感到她怀里的温暖和重量是神圣的。

她不知应该说什么;对于陈景惠,她是怀着隐密的嫉恨。她企图使自己满意一切的人;在那个唯有她能理解的神圣的重量下,她企图温柔而怜爱。但显然的,在这个房间里,没有人能够理解她底怜爱或痛苦。

她焦灼地皱眉,走到床边,责备蒋纯祖不应该起来。从前房传来了她底男孩底哭声,她站住不动。

"少祖,请你抱一抱。"她冷淡地说,她底表情阴沉而激怒。她走出去。没有多久她转来;房里沉默着,她恍惚地走到桌边。

汪卓伦底小孩,是把她当作母亲的,看见她,在蒋少祖底膝上挣扎,辛酸地啼哭。蒋淑珍伸手抱小孩,但蒋少祖不放,以为这样可以使蒋淑珍得到安慰。于是蒋淑珍轻轻地叹息。

"我总记得淑华……我没有脸见她……"突然蒋淑珍失声哭出来,背过身子去,说。

陈景惠,觉得是小孩刺激起这些感情来的,悄悄地抱小孩走出去了。蒋纯祖倚在枕头上,阴冷地看着他们。

"大姐,平静!"蒋少祖严肃地说。"孩子可以请佣人……我说过,在经济方面,我负责!"

蒋淑珍含着眼泪怜悯地看他,好像说:"这样简单吗?"

"我已经决定在银行里立一个折子,用做小孩将来的学费;我要尽量扶植他,这是为了我自己!大姐,你应该帮助我,不是吗?"蒋少祖严肃地、感动地说,走了一步。他突然无比亲切地感到汪卓伦,觉得他崇高而神圣。

"我明白这个人将要成为我这终生的目标和偶像!"蒋少祖想,"大姐,答应吗?"他严肃地问。

"少祖,不要提了,只要我自己能够活下去,为了淑华……"蒋淑珍又啜泣。"是的,为了淑华,蔚祖,还有爹爹姆妈……少祖,我是上了四十岁的人了,眼前的这种灾难,能够盼到一个完结，我就想回苏州呢，淑华她多久想回苏州！”她流泪。

想到在苏州卖房子和埋葬冯家贵底情景，蒋少祖眼睛潮湿了。

蒋淑珍低着头，想念苏州，想念梅花、果园、风雪的夜和沉静的炉火，想念那些雅致的少女们——她和她底姊妹们悄悄地流泪。蒋纯祖露出了顽强的、轻蔑的表情。

前房有活泼的脚步声，接着有兴奋的喊叫声，面孔发红的蒋秀菊提着精致的皮包跑了进来。在她底后面，她底新婚的丈夫踮着脚走路；新的坚硬的皮鞋吱吱地发响，脸上呈显着文雅有礼的，和悦的笑容。兴奋而快乐的陈景惠抱着小孩从院落里追了进来。床上的男孩被惊醒，猛烈地啼哭。

“大姐，”蒋秀菊冲进房，快乐地叫，但站住了。看见姐姐脸上的眼泪，看见蒋纯祖，她是突然地从快乐的兴奋变得沉静而谨慎。

王伦走进来，注意到一切，严肃地向蒋少祖鞠躬；以为蒋纯祖是这种空气底原因，微笑着向蒋纯祖鞠躬。他把手里的两个大的纸包放在墙边的小桌子上，轻轻地搓手；显然的，在问候了别人以后，他是只注意着自己底愉快的心境。

“弟弟来了吗？”蒋秀菊异常沉静、异常温存、异常谨慎地问。

蒋纯祖，在这个带来了鲜美的空气和活泼的青春的、优雅的、动人的姐姐面前，兴奋地站了起来，幸福地笑了。蒋纯祖感到，在这个房间里，被所有的人爱着，他是已经脱离了那一片冷酷的旷野了。

“到了一个星期了！”蒋纯祖说，羞怯地笑着。

“叫我们多么焦急呀！”蒋秀菊看着姐姐，为姐姐底眼泪而露出悲哀的、抱歉的笑容。

蒋淑珍看弟弟，又看妹妹，安慰地叹息——她不能感觉到弟妹们底青春的幸福，但确知这种幸福存在，并且美好——走出去看小孩。蒋秀菊盼顾，不觉地因姐姐底离开而快乐。

“这几个月受惊了吧。”蒋秀菊愉快地笑着问。

蒋纯祖发觉这个姐姐已变得非常的客气，疑问地看着她。他记得，在他去上海的前夜，这个姐姐是曾经严厉地斥责他的。

回答蒋秀菊，他摇头。他觉得这个姐姐底客气非常的可笑。

“路上很困难吧？”王伦愉快地问，兴奋地搓手。

“不怎么困难。”蒋纯祖严肃地回答，看着他，好像说：“请你原谅，我只能这样回答你。”

蒋秀菊坐了下来，向蒋少祖笑，又向陈景惠笑。

“我们在路上遇到一个兵！”她兴奋地说，“他突然跑到我们面前来，向他说，”她看王伦，后者赞同地笑着，“‘同志，愿意到我们部队里干工作吗？’把我们弄得莫名其妙了！那个兵说：‘我们上头要找一个管政治的人材，同志愿意去吗？’”她笑了起来，快乐地摇头，她是那样的兴奋，以致于大家没有能够听出来她接着说了什么。

她喘息，脸红，看着王伦。

“我回答说我是有工作的。”王伦说，嘲讽地走着，觉得蒋秀菊要求他这样。

于是蒋秀菊又笑了起来。

“那个兵是多么好的人啊！他戴着钢盔，到耳朵的！”

“戴着钢盔就是很好的人吗？”蒋少祖嘲弄地问。

陈景惠发笑，赞美地看了蒋少祖一眼。蒋秀菊含着快乐的眼泪望着蒋少祖，然后轻轻地叹息。她觉得她不应该这样快乐，忘记了姐姐底悲伤。大家沉默。王伦和悦地笑着，依然在想那个兵。蒋纯祖悄悄地依在枕头上，想着这个兵。

“弟弟，多么瘦啊！”蒋秀菊怜悯地说。

“他在生病。”

“啊！那么，医生看了吗？——弟弟，我预备送你一只钢笔和一只表，今天我没有带来，好吗？”

“你结婚，我又没有送礼！”蒋纯祖回答，轻视而脸红。——对姐姐底结婚和一切结婚，他的怀着轻蔑的困惑是，特别因为蒋秀菊和王伦如此快乐，无端地嘲笑了那个兵，他对这种结婚严厉起来。他是带着那种强烈的表现说这句话的，但在说出来了以后，这种强烈使他不安；他感到困惑，露出闪避的神情。

"你这个人真是奇怪！唉，阿弟啊，"蒋秀菊看了他一眼，兴奋地说，"这样说，多么叫我生气！"

"那么我就在这里恭喜了！"蒋纯祖嘲弄地说，兴奋地笑了一声。

"那你是要站起来鞠躬的呀！"陈景惠说。

蒋纯祖，怀着激烈的情绪，又希望卖弄，使大家感到意外地站了起来，向蒋秀菊鞠躬，他辛辣地笑了一声，看着陈景惠怀里的小孩。蒋淑珍有所准备地走了进来。

"秀菊，本来不必告诉你：汪卓伦死了！"她说，凄惨地，温柔地笑着。

于是蒋秀菊环顾，凝视快要睡着的小孩，又凝视姐姐。她底悲伤的，惶惑的眼睛说："姐姐，我错了，有罪！"

蒋淑珍温柔地笑着。蒋秀菊眼里有了泪水，悄悄地转过身去。

"姐姐，我跟你谈一谈。"突然她转身，说，向门外走去。

"姐姐，我们怎么办呢？"蒋秀菊在外房的桌前站下，哭起来，说。她是这样的悲伤，因为她需要分担姐姐底悲伤，弥补她底过错。

"没有怎么办。"蒋淑珍小声说。

"自从爹爹死后，我们就孤单地……而，而，发生了那么多的事情，我，我们……"蒋秀菊小孩般啜泣，用手指划桌面。"但是我并不，并不是没有良心的，我并不是；我总是，总是错，姐姐。"

"你没有错。"蒋淑珍凄凉地笑着小声说。

蒋秀菊抬头，含泪看姐姐，好像问："我真的没有错吗？"

蒋淑珍温柔地、凄凉地笑着，一面冷静地想到妹妹在此刻只是需要快乐，所以并不真的懂得痛苦，并想到自己在结婚的时候的怕错的心理。

叙后，蒋少祖疲惫、冷淡，想着自己底事情，亟于脱离这个地方，走进了弟弟底房间。蒋纯祖睡在床上，手臂露在外面，手里抓着一张纸。蒋少祖说，他很忙，希望弟弟在病好了以后到他那里去一趟。

“好，有空过江来玩。”蒋少祖冷淡地说，戴上帽子，走了出去。蒋纯祖觉得痛苦，想了一下，不知为什么眼睛潮湿了。

“一切死去的人，一切准备死去的人，在这个时代，请监视我，帮助我，原谅我！我从此开始，我底路程无穷的遥远！”蒋纯祖大声对自己说，撕碎了手里的纸片。

二

少年的陆明栋在热烈的幻想中生活，一面经历着在这个年龄里所有的那种肉体底强烈的蛊惑和痛苦。陆明栋在逃难中迅速地成长起来，有了庄严的、不可透渗的面孔；像这个时代的一切少年一样，对家人冷淡。陆明栋仇视日常的、实际的生活里的一切，以伤害家人为快。少年们，在他们底热烈的幻想中，对待旧有的一切是如此的冷酷。

陆牧生在南京沦陷前半个月来到武汉，暂时没有找到职业；然而，虽然生活较过去困苦，他底心情却特别良好。他会见了几个升了官的、阔别了多年的朋友，这些朋友底希望无条件地成了他底希望，他觉得自己是脱离了南京底狭小的圈子，进入了宽阔的天地了。武汉底生活底空前的流动和开展给他带来了光明；他是那样地容易兴奋，那样地乐观，相信自己在不久的将来能够再度振奋起来，至少要得到一个独当一面的差事，实现年青时代的雄心。年青时代的那种雄心，是没有这样具体的目标的，但他现在在身世慰藉的兴奋的心情里把这两种雄心联接起来了。像很多中国人一样，在三十七岁的今天，他认为他已经接近，或者简直就进入老年了。在良好的心情里面，他想到对于炎凉的世界和辛酸的人生他是已经如此的理解；富贵荣华他已无所留恋，他今后所有的一切，只是为了儿女们。正是在良好的、乐观的心情里面，他有这种悲怆的、慰藉的思想。这种思想使他底新的雄心显得明确了。

在结婚底最初，陆牧生曾经答应使陆明栋姊妹受到最完好的教育。对这个应诺，他是很忠实的，虽然事实上难以如愿。他将两姊妹改姓陆，认为他们是自己底儿女。姑妈同意了这个，但认为陆明栋底儿女必需承继自己家里底香烟。——困苦的环境，使他们常常地为陆明栋姊妹底教育问题争吵。离开了南京，姑妈更伤心了。但陆牧生反而觉得一切都已经不成问题。

但他们为他而痛苦着的陆明栋，他们希望着的那个陆明栋已经不复存在了。少年人底感情和思想，在这个时代里痛快淋漓地吹着的大风，是他们绝不能了解的。陆明栋孤独了一些时候，被当时的那些报纸杂志整个地吞没；然后奋勇地向一个救亡团体报了名。于是陆明栋被大风吹走了。

陆明栋，因为看见实际的自己是痛苦的：因为这个自己是平凡而混乱的——在肉体底蛊惑和痛苦里，他觉得是可怖而绝望的——便创造了另一个自己。这个自己是勇敢，浪漫，内心悲凉。他认为"他"应该脱离家庭，投奔战斗；在战斗中受伤，濒死时为美丽的姑娘所爱。于是他，陆明栋不能忍受自己，不能忍受实际的生活的陆明栋，便这样做了。

无疑地他认为他可以达到他底理想，因为他心里充满了这样的理想；它们不给另外的任何事物留一点空隙。他所见到的那些朋友，那些和他做着同样的梦的少年们，他认为是世界上最值得宝贵的。金钱底缺乏使他极端痛苦，因为这使得他不能对他底朋友们做更多的奉献；在游玩和吃东西的时候，他底朋友们每次总破费，使他极端的难堪。人们很难想像，心灵赤裸着的少年们，他们底痛苦有多么大。于是陆明栋就开始在家里偷窃了。其中有一次被沈丽英发觉了，陆明栋羞辱而恐怖，认为他底那个"他"是从此破灭了。但那个"他"却变得更执拗，更强烈，更光辉。

陆明栋偷去了姐姐底蓄积。陆积玉发觉的时候，冲出去，告诉了母亲，少女们，对于她们所苦心经营的积蓄，是那样的宝贵；当她们想像在三十岁的时候他们可以有多少钱的时候，她们底心就被荣耀和幸福震撼了。每在那个小的钱盒子里投进一分钱，她们底单纯的心灵便有了新的慰藉；在这样大的世界中，少女们保卫着她们底微小的，可怜的圣地。

陆积玉底控诉使沈丽英有了尖锐的痛苦。儿子底卑劣使她痛苦，女儿底行为使她更痛苦。她觉得陆积玉对弟弟是无情义的；她觉得陆积玉应该袒护弟弟，并体恤家庭底艰苦的处境。

沈丽英愤恨女儿底自私，开始怜恤那个更自私的儿子。在对儿子的愤怒和羞惭之后，沈丽英责骂了女儿，说她不应该如此小题大做，不应该如此不体恤母亲；她说，假如爸爸知道了，对谁都没有好处。陆积玉奔回房中，蒙在被里啼哭。

陆积玉是那样的怜爱她底母亲，在家里做着苦重的工作——现在她对这个母亲失去信心了。虽然已多次如此，但她觉得这一回是绝对的了。展开在武汉的那一切，有力地支持了她底这个愤激，使它转成冷酷。她想到她底那些同学们，并想到傅钟芬。于是她重新冲出房，跑到厨房里去，向沈丽英声明她要离开家庭，到四川去念书。

她底话说完，来了沉默。沈丽英继续炒菜，脸孔发白。终于她停止了，哭了出来，拖着油渍的长衫掩住眼睛。

“女儿，女儿，我对不住你……”她哭着跑过了院落。但她即刻又跑了转来。

“女儿，不去！”她可怜地说。

陆积玉炒着菜，矜持地点了一下头。突然地她哭了，用衣袖蒙着脸转过身去。

“我要去，妈！”她说。

陆明栋向一个出发到北方战地去的团体报了名，决定从家里逃走。

他是前一天偷了姐姐底钱的。今天下午，他底一个朋友秘密地告诉他说，这个到战地去的团体明天清早就出发，现在还可以报名。于是他报了名。约好了和朋友晚上十一点钟在江汉关下会面，晚饭前他回来了。吃完晚饭，他听见江汉关底大铜钟敲了七点。

“是的，还有四个钟点了！”陆明栋想。

他阴沉而不安，坐在房里；大铜钟敲了八点，他站了起来；发现姐姐在看他，他又坐下。

陆牧生下午去看了朋友，这个朋友留他吃了晚饭，告诉他说，他所希望的那个差事已经不成问题，现在只等主管人从长沙回来。陆牧生是笑着回来的。他泡好了茶，换了拖鞋，开始和抱着小孩的沈丽英长谈。他底愉快的声音和沈丽英底快乐的尖声使全家充满了生气；他们快要从困苦中站起来，他们都获得安慰了。但陆明栋兴奋而痛苦，不懂得他们为什么这样高兴。

祖母被叫了过去吃糖食，剩下陆积玉姊弟坐在这边房中。陆积玉躺在自己床上，想着到四川去读书的事。在平静的思索里，引起这个意念的那种愤激的感情已经消逝，这个意念变得更合理，同时也变得更艰难：她心里觉得它是艰难的。对面房里的活泼的谈笑声使她觉得她底要求是可以被准许的；这种谈话声使她底心情和平而忧郁。无论如何，家庭中的这种希有的愉快使她愉快。

陆明栋抱头灯前[①]，发呆地看着打开着的房门。对面的谈话声使他焦灼。他希望他们即刻就睡去，好使他偷到他所需要的。

他转过头来看姐姐，希望她离开。陆积玉底大的、明亮的眼睛看着他。他重新看着门外。

“我问你，我底钱你是不是拿去了？”陆积玉问。

“什么钱？”陆明栋假装诧异地问，脸红。“我根本就没有！”他大声说，听见了自己底声音。

“吓，有什么要紧——小偷！”

陆明栋沉默着，好像没有听见。

“是的，我拿了，姐姐！”他忽然低声说，抱着头看着门。

---

① 原文如此，据原版书后附勘误表更正为“抱头坐在灯前”。

由于这个声音里的某种严肃的、感人的力量，陆积玉迅速地坐了起来，看着他。陆积玉眼里有了眼泪。她从未听见过陆明栋用这种声音说话。

"我们在一起长大，我们都是很不幸的，"陆明栋以发抖的声音说，"而没有多——久，我们——就要——分离了！你底钱，将来我还你。"他说，愤怒地揩了眼泪。

陆积玉走到桌子前面，严肃地看着他。

"弟弟，何必讲这样的话呢！总是我刚才不应该骂你。"

"你骂——是对的！"

"钱，用了，就算了，"她说。她停顿，呜咽了一声。"弟弟，我对不住你！"她说。

于是他们沉默了。在这，[1]他们底短促的，又是漫长的童年消逝了。

对面房里有了喊声。沈丽英，向丈夫提出了女儿底要求，并谈及儿子底前途，喊两姊妹过去谈话。陆明栋愤怒地皱眉，站了起来，陆积玉小心地看了他一眼，走了出去。于是他紧张地盼顾，跑向橱，打开内层的抽屉，恐慌地战栗着，发白发冷，从一个小铁盒里取出了祖母底一个金戒指；这个戒指是蒋家底遗物，老人神圣地留着预备作为他，陆明栋底结婚戒指用的。戒指藏进了口袋，陆明栋关上了橱门。陆明栋恐怖得麻痹，但极其清楚地意识到自己底一切动作，听到外房的谈话声和自己所弄出的响声，好像有一种巨大的、神异的力量在他底身上扩张着。

"是的，他们说，这张桌子！"他想，眩晕地走出房，好像走在云雾中。

"这张桌子就要五块钱！那张是房东借的！"沈丽英以夸耀的声音说，表示困苦可以减轻——她希望如此。陆明栋悄悄地走进房，大家看着他。恐怖尚未离去，陆明栋觉得这些视线是可怕的；陆明栋底心在惨痛中呻吟。

---

① 原文如此，据原版书后附勘误表更正为"在这里"，并删去了逗号。

"我把他们毁灭了！我把奶奶毁灭了！"陆明栋想，看了祖母一眼。老人捧着茶杯，用指甲剔牙齿，慈爱地笑着。

"我已经和积玉谈了，叫她暂时不要去！"沈丽英以夸耀的，快乐的锐声向丈夫说；"积玉，伯伯说，事情一安定，你们一定继续读书！"

陆积玉抱着小孩，忧郁地沉默着，吻小孩。

"告诉你们，老子不会耽误你们的！"陆牧生幸福地笑着粗声说。他伸开腿；充分地意识到肉体底安静和舒适，他心里有温柔的感情在颤动。他又笑了一笑。"怎样，你？"他问陆明栋。"这个傻瓜！"他说笑了起来。

"伯伯问你的话！"沈丽英说。

陆明栋开始感到家庭中的这种快乐，感到这快乐会长存，他，陆明栋，不会毁灭他们，心里有了安慰。想到他可以平安地离开，他心里有尖锐的短促的快乐。他叹息。

"你这些时候整天在哪里跑呀？"陆牧生问。

"伯伯问你的话！"祖母和母亲同时说。

"我遇到几个同学，在同学家里玩。"陆明栋生怯地说，环视大家。

"我看你还是在家里看看书的好！是又弄什么救亡运动吧，大衣破得像个刺猬。"

陆牧生提到救亡运动，使陆明栋心里有温柔的感激。

"也没有什么。蹲在家里，有些闷。"他说，脸红了。

"算了吧！"陆牧生快乐地，嘲讽地说，"什么救亡运动，别人拿你们年轻人开玩笑！告诉你，顶多半年就好回南京了！"

"哪个说的？"陆明栋感激着，希望谈话，问。特别因为他，陆明栋，就要离开，他感激这个家庭——这个家庭，到现在，还对他如此的温存——本能地希望在这个最后的瞬间多说一些话，并多听一点亲切的声音。这种亲切的声音是他以前所不曾知道的。

"你晓得什么！"陆牧生大声说。"过来，坐这里。"

在祖母和母亲底欢喜的目光下，陆明栋轻轻地走动，——刚才的那个可怕的印象，是消灭了——坐了下来。

“但是，哪个说的？”他温和地问。

“政府说的！——哪个说的？”陆牧生大声说，笑了起来。“难道你们这些黄毛小子比政府知道得还多么？”他愉快地说。由于往昔的失败，陆牧生希望和这个儿子谈政治，使他服从他底经验。

“我在年青的时候，经历过多少啊！你底少祖舅舅那时候不知在哪里！”陆牧生大声说，大家都听着他。“那时候我在汉口商会里，突然之间两党分裂了！我事前一点都不知道，照样跑去办公，但办公室里一个人都没有。幸亏我机警，我看出来了！”他向笑着的沈丽英说。“我看见保险箱开着，我就拿了一千块钱，和你底妈马上逃到南京！要不是那一下子走得快，吓，脑袋早就没有了！”他严肃而兴奋地做了一个砍头的手势。“而我在二十二岁的时候，从湖南逃出来，逃了三天三夜，——告诉你，先生！”他说，称陆明栋为先生，“政治是个翻来覆去的东西，我们忠心的结果，别人却早把你丢开了。四个字：升官发财！”

“是啊，明栋，你要记着！”沈丽英感动地大声说。因为智力底缺乏，对于政治，陆牧生只能说这些；但他是那样地兴奋着，认为他已表达了人生里的最深刻的东西了。沈丽英每次总被感动，因为她，一个崇拜着丈夫的妻子，是那样精微地为丈夫底过去的遭遇而忧伤。陆牧生所说出来的，以及所不能说出来的他底过去的遭遇，对于他们底生活的影响，只有沈丽英能够了解。

“但是，这次的抗战，难到也是为了少数人的升官发财么？”陆明栋生气地问。

“你哪里知道啊！‘少数人的升官发财’嗡嗡嗡！傻瓜啊！”他说，大笑了起来。

“好好读书！”他说，“丽英，给他五块钱。我是不反对年轻人用钱的，但不可乱用。”

沈丽英喜悦，但坚决不给儿子。陆牧生了解，笑着站了起来，自己到床边去取钱。

“看你给他！你高兴起来什么都由他们，我们吃饭都不周全！”沈丽英叫。

陆明栋站着，沉默着，注意到大家都在看他，注意到妈妈眼里的泪水。陆牧生取出拾块钱来，忧郁地笑着，分给两姊妹。陆积玉接了，看着弟弟。陆明栋突然流泪了。陆明栋低头，眼泪落到地板上。

“明栋，你接住吧。”祖母忧愁地说。

“谢谢你！”陆明栋小声说。在这个家庭里，由这个儿子说出来的这句话是奇特的。陆牧生底疲乏的脸兴奋打颤，并且眼里有了泪水。

“去吧，睡吧，啊！”他说，悲哀地笑了一笑。

“是的，他们从来没有这样待我！我们是多么可怜的人啊！我多么负心啊！从今以后，只有死能够报答了！在这个时代，我们大家将要多么痛苦啊！”陆明栋想，含着眼泪走出房。

陆明栋上床睡了。他向祖母可怜地说，他想换一换衬衣。老人找出衬衣来，戴上老光眼镜，凑在灯前修补破洞。老人不停地低语着，劝戒孙儿在险恶的人世间要小心。老人底稀疏的白发在灯光下松散了开来。陆明栋睡在被里，痛苦地看着祖母。

老人把工作凑在眼睛下面做着，不时眏眼睛，揩眼镜，谈起了蒋蔚祖，告戒孙儿在遇到了女人的时候要特别小心。接着谈起了蒋纯祖，问陆明栋去看了他没有。陆明栋想起了蒋纯祖，想起了他在王定和家底葡萄架下吻陆积玉的情景，想起了往昔的一切。陆明栋在回忆里的各个鲜明的岛屿上悄悄地走过，在一切岛屿中间，祖母底白发的头颅浮显着；好像从沉深的黑暗里浮起来，好像从激怒的波涛里浮起来。

陆明栋换了衬衣。老人熄灯，在四岁的女孩身边睡下了。……陆明栋坐了起来；月光照进窗户，一切都安静了。这个最后的晚上完结了。

在另一边，陆积玉睡着，发出鼻声。在老人身边，圆脸的小女孩甜蜜地呼吸着。寒冷的月光照着老人底蓬松的白发。

对江的大铜钟报了十点。先是疑问的，温存的声音，然后是宏亮的，热烈的声音。最后的庄严的一响在沉寂中迟迟地透露了出来，陆明栋披起衣服，轻轻地跳下床。

“是的，还有弟弟妹妹安慰她！”陆明栋想。

陆明栋看睡着的姐姐。陆明栋向家人告别。这种严肃的情绪压伏了慌乱和痛苦。陆明栋走到桌边，打开墨盒，在纸条上写字。他严肃地意识到他正在做的事情底意义。他迅速地写字。在月光下动着瘦削的、儿童的手腕。

“我明天一早就出发到北方去了。”陆明栋写；“你们不要记挂我，一切我自己会小心。我要来信给你们。”他搁笔，想了一想；在他心里发生了严肃的诚实底愿望，他加上写：“祖母底金戒指我拿走了。”署名是：“你们底儿子，孙儿，弟弟，哥哥，明栋。”

他把纸条摆好，摸了一摸口袋里的东西，望着床铺。老人底白发在月光下庄严而宁静地呈显着。小孩底甜笑的脸在月光下打皱——陆明栋站了起来，轻轻地打开房门。

陆明栋意外地严肃而镇静。这种心情使他觉得他底出走是必然的、必需的；出走着的陆明栋，已经意外地是真实的陆明栋，不再是那个“他”。对于现在的陆明栋，那个“他”不存在了。空气寒冷而鲜活，陆明栋觉得自己是去旅行；他心里充满了儿时旅行的情绪；他觉得不会有什么严重的事发生。他回头看了一下；他所住的那一排房子安静地站在月光下面。

他上了轮渡，看见了矗立在月华中的、灯火灿烂的、庄严的江汉关。乘客很少，陆明栋走到宽阔的船尾，凭着栏杆，在轮渡开行的时候注视着武昌。于是他高兴了。他感激这个时代，感激这宽阔的，美丽的天地，感激一切。

轮渡在激浪中摇荡，在月光照耀着的宽阔的江面上留下了鲜明的水痕。这水痕在远处宽大开来，在月下好像无数的圆滑的、赤裸的、美丽的、奇异的生命在翻滚。空气寒冷而新鲜，轮渡在江中行驶，武汉三镇有繁密的，绚烂的灯火。

陆明栋是到了奇异的世界中。他兴奋地感到悲伤和甜密。

陆明栋陶醉着，和他底那个“他”奇异地混合了。在武汉，有无数的青年，和他们那个“他”奇异地相混合，如人们所爱说的，从他们底痛苦的，平凡的生活中被时代底风暴吹走了。少年们所经历到的那种强烈的、悲凉的、光明的恋爱之情，是痛苦了多年的中国所开放的庄严的花朵。

“冰雪的北方，将要比温暖的南国更美丽吧！而，在诗篇上，战士底坟场，会比奴隶底国家要温暖，要明亮！”陆明栋庄严地站着，念着诗。

显然的，陆明栋底出奔，对于沈丽英和蒋家底老姑妈，是可怕的事。这件事情使这个家庭倾覆了，使单纯的、受苦的、希望着的心破灭了；直到经过了好几个月，直到陆明栋来了信，直到生活有了新的变化，生活才恢复平静的常态。陆牧生底愤怒促使了这个恢复。

陆积玉在第二天早晨发现了陆明栋留下的条子。沈丽英在恐怖中瞒住了母亲，哀求了丈夫，过江奔往平汉路的火车站。中午的时候她回来了。老人抱着小孩站在院落里晒着太阳，被沈丽英底死白的面孔惊倒。沈丽英柔弱地要一杯水，于是事情暴露了，老人向沈丽英要儿子，号淘大哭，冲到房中，跌在地上。老人底行为使沈丽英底剧痛的心突然轻松，它奇怪地变得甜美而柔弱。沈丽英怜悯地看着母亲，看着面带怒容的丈夫，觉得，在太阳下面，并无新异的事情发生。

老人以死威胁女儿，要她找回陆明栋：她底被社会欺骗的、聪明的陆明栋。于是沈丽英去找蒋少祖。

蒋少祖在上午被一个团体请去演讲，尚未回来。陈景惠伴沈丽英去到演讲的所在去。穿着脏衣服的、面孔发白而严厉的沈丽英沉默地站在门边等陈景惠换衣服。陈景惠换上了绿色的长袍；使沈丽英站在香水底扑鼻的香气中。陈景惠动作得很快。沈丽英想到，像陈景惠这样的女子，住在这样宽敞的房子里，没有母亲可以担忧，没有儿女可以失去，是世界上最幸福的了。这些抱羡的思想使沈丽英底面孔更严厉。

和陈景惠一路走进那个团体底热闹的、明亮的房间时，沈丽英对自己有了一个鲜明的意识，就是她是这样粗笨，穿得这样破旧。她，沈丽英，在往昔的那些时日，在孙传芳底时代，是曾经那样的美丽。穿过这个团体底院落时，听见歌唱声和哗笑声，沈丽英想到，在孙传芳底时代，她曾经被选到教堂里去献花。那个时代是，连同她底青春的时日一并过去了。

“丽英啊，你来看这一朵花！”她听见亡故的蒋淑华底生动的声音说。“我早就看见了，这一朵花！”沈丽英说，走进房间，看见了蒋少祖，同时看见了那年青的、活泼的、骄傲的少女们。

讲演已经完结，蒋少祖坐在这些男女们中间，愉快地微笑着回答他们底问题。陈景惠和沈丽英进房时，蒋少祖站了起来，显得特别愉快，好像他正在等待陈景惠。那些年青的男女们回头，崇拜地看着陈景惠：蒋少祖底愉快的笑容使得他们不觉地如此。有两个女子跑过来，笑着向陈景惠问好，而以疑问的眼光看着陈景惠身边的这个不属于这个时代的妇女。她们觉得这个妇女到这里来，是值得怀疑的；但因为她和陈景惠同来的缘故，她们对她怀着淡漠的敬重。

沈丽英迅速地瞥了这些男女们一眼。热情的沈丽英底这种兴奋缓和了她心里的可怕的痛苦。

“表姐找我吗?”蒋少祖温和地笑着说。“好的，到外面来谈。”他说，转身向那些青年们笑着点头。

陈景惠在那几个热烈的少女们里面留了下来。那些青年唱着歌向外走，向陈景惠投着探索的眼光。他们觉得她是美丽而动人的，值得敬畏的。继续有歌声，蒋少祖引沈丽英走过院落，走进一间堆满了标语和颜料的屋子。

沈丽英迅速地说了一切，交给蒋少祖陆明栋留下来的那张条子，请求蒋少祖拯救她。

蒋少祖看了条子，擦火柴点烟。

“表姐，不必这样急！”他说，悲哀地笑着。

“你想想，少祖，我怎么对付老人，而我二十一岁死去了他们底父亲，好不容易！……”她哭了，“少祖，您的表姐受尽了人间底羞辱和痛苦！”她哭，耸动瘦弱的肩膀。

蒋少祖怜恤地看着她。蒋少祖理解，并尊敬这种不幸；他想到他是看到了这个时代底两面，看到了父与子的悲剧。沈丽英们身受，但看不见这种悲剧；新生的青年们在他们底激动中，同样不能看到这种悲剧。蒋少祖洞悉父母们底辛劳和家庭底痛苦，他对青年们底自私和浮薄难以原谅。他想到，这些青年们，很少是有希望能够成就真正的事业的。

在沈丽英来到之前，蒋少祖对这个团体作了关于时局的演讲。在演讲之后，回答问题的时候，蒋少祖发现这些男女们是都有着幼稚的急进思想，强烈的虚荣心和浮薄的态度。他嘲讽地想到，这些男女们，是时代底娇儿。他觉得他难想像将来的艰巨的事业会落在这些青年们身上。他告诉自己说，他应该因青年们而乐观，但他发现，每一个人都说自己因青年们而乐观，但实际上并不相信。蒋少祖，像一般固定了的人们一样，难以想像青年们会怎样地生长壮大；他觉得他对人生的要求是过于苛刻。而现在，在沈丽英身上，蒋少祖觉得自己是看见了沉默的受苦，看见了真正地承担着目前时代的人们。在这样的感情中，他所做的那些观念的努力都变成了微弱的。

蒋少祖觉得他是在混乱中屹立于这个时代。

“表姐，不必着急。年轻人底想法是不同的，……”

“你晓得他是怎样想！我觉得我是亏待了我底可怜的明栋！……”沈丽英哭着说。

“表姐！”蒋少祖温柔地叫。

“那里有危险吗？”

“危险是当然没有的！”蒋少祖活泼地笑着说。

“是的，安慰一个失望的母亲，什么话都可以说的！”蒋少祖妒嫉地想，走到窗前；“比炮火更危险的，将是政治底冷酷无情的机构！在幼稚的幻想破灭以后，年青人或许会呻唤着逃回家来的——假若他还能活着的话!”

他转身向沈丽英说,他相信陆明栋不久就会自己跑回来的。沈丽英焦急地问他为什么,他笑着摇头。

蒋少祖伴沈丽英过江探问,虽然他觉得这个行动是愚笨的。他们找到了地点。办事的人员回答说不知道。蒋少祖找到了一个熟人:蒋少祖是不愿意找这种熟人的,但现在他觉得他是为一个失望的母亲而做,心里有光荣。这个熟人回答说,没有一个叫做陆明栋的和蒋少祖所说的样子相似,有一个叫做陆烽的,已经在今天早晨四点钟出发了。

蒋少祖因陆明栋底更改姓名而不快,走了出来。在不快的心情中,好像因为沈丽英是那个叫做陆烽的青年的母亲的缘故,他没有能够向沈丽英说得婉转;沈丽英死白地站了起来,可怕地看了他一眼,未说一句话,疾速地向外走。

蒋少祖觉得沈丽英有了危险的念头,疾速地追着她。但在江边的街口他们被游行的庞大的队伍挡住;这个游行是纪念着六年前的今天——一月二十八日。走在队伍底最前面的,是伤兵们。激越的军号声和在阳光下鲜明地闪耀着的密密层层的旗帜兴奋了蒋少祖。他想起了郭绍清,张东原,一·二八战争期间的那个伤兵医院,以及夏陆和王桂英。

过去的每一个人和每一件事带着特有的情绪在他底心中浮显。他含着忧郁的、亲切的微笑凝视着这个庞大的队伍;队伍通过,前前后后地举起无数的手臂来,发出强大的喊声。队伍通过,蒋少祖想像是无数的夏陆和王桂英在通过。眼里有泪水。七年的时间不短;他,蒋少祖,已经和往昔的那些人们分离了。只在现在他才发觉他是和往昔的那些人们分离了。他想,这种分离是什么时候开始的?一切是怎样经过的?无数的夏陆和王桂英在他面前通过……

沈丽英是以空虚的、呆板的眼光注视着这个队伍的:这个队伍和她,一个失望了的母亲,毫不相干;她和这个队伍相互之间是冷酷无情的。但突然她看见了蒋纯祖。她未动,但她底眼光起了变化；一种忧愁的，仁慈的表情出现在她底眼睛里。接着她看见了傅钟芬。

蒋纯祖严肃而猛烈，走在队伍中间，没有看见他们；美丽的傅钟芬在松弛了的段落中和别的男女们一道活泼地奔跑，喊着口号，同样没有看见他们。沈丽英看见了他们，他们底每一个动作和每一个表情她都清楚地意识到；她觉得，失去了儿女们的，或者将要失去儿女们的，并不是她，沈丽英一个人。蒋少祖就是蒋捷三底失去的儿子，但现在分明地站在她底身边。沈丽英感觉到了目前的这个队伍底意义，觉得她底陆明栋也走在它中间，对它感到亲切；而怜悯那些父母们和那些青年们。于是微弱的光明来到了她底心里。

蒋少祖看见了弟弟和侄女，露出了愁闷的微笑。他注意到了蒋纯祖所属的那个团体底旗帜。他觉得他心里有无限的忧愁。

"也许在七年以后，有另外一个人走到街边，看见一个和这同样的队伍，而走在目前的这个队伍里的这些男女，却在生活里磨灭了，或在政治底冷酷的风暴里灭亡了，于是他想起了这些人，这些时代底娇儿，想起往昔的，不可复返的热情和恋爱，觉得是这些故人，这些悲惨的灵魂，这些平凡的不幸者，这些中国底痛苦的人民在他底眼前通过！把虚荣和恋爱留下来罢。让粉饰和欺骗长存吧！让他们去玩弄权力像玩火，让他们在各种新的方式里去享受荣华富贵吧！让这些新的玩世方法叫做新的社会吧！而让失望的母亲、无父的孤儿、沉默的牺牲伴着真正的中国，伴着我！"蒋少祖忧伤地想。"是的，残酷的七年的时间！"他想。

队伍走完，他们走过噪杂的街道，下了轮渡码头。在轮渡上，蒋少祖谨慎地防备着沈丽英。沈丽英在某个机会中走到船边，因为舱里窒息着煤烟。蒋少祖迅速地跟了过去，站在她旁边，严肃地看着她。沈丽英定定地看着在阳光中闪耀的水流。

"表姐，你想什么？"蒋少祖问。

沈丽英看着他，柔弱地微笑像女孩。她明白蒋少祖底意思。她底目光说，她，是一个母亲、女儿、和妻子，像一切母亲、女儿、和妻子一样，因为被别人需要着，所以要生活下去。

陆积玉在厨房里烧晚饭。小孩在厨房底石阶上玩石子。看见沈丽英和蒋少祖，陆积玉迅速地走了出来；沈丽英未看她，疾速地走进屋子。陆牧生抱着两岁的男孩走出房，明白了一切，向蒋少祖冷淡地笑着——蒋少祖觉得是如此。老人在自己房里，躺在床上呻吟；泪水浸湿了白发和枕头。看见女儿，老人迅速地坐了起来，张开嘴，哭出声音。她要蒋少祖看他底亡父的面上拯救她。蒋少祖悲哀地笑着，下颔打抖。

苍白的沈丽英走进房，忧愁地笑着，眼里有兴奋的光芒，告诉母亲说，那个团体底负责人告诉她，陆明栋是到西安念书去了。她向母亲说，西安是平安的地方，而陆明栋所去的那个学校，是由政府主办的；到那里去的学生，都领到了路费和制服。

"少祖，刚才那个人说，校长是哪一个？是不是……汪精卫？"沈丽英活泼地向蒋少祖说。

蒋少祖，被沈丽英这种苦心，这种生活意志，这种爱情底天才感动，严肃地回答说，校长是汪精卫。老人哭着，不信任，但问汪精卫是谁。

"国民政府底要人哪！"沈丽英活泼地回答。"妈，您老人家好好地睡一睡，好好地睡一睡！"

"你们都出去！"老人严厉地说，"少祖，我要和你谈心！"

沈丽英跑到自己房里，倒在床上哭泣。发觉到陆牧生底阴沉的，恶劣的心情，沈丽英忍住了哭泣。蒋少祖带着严肃的面容从老人底房里走了出来；沈丽英问他老人说了什么，他摇头。老人向他说了自己，说了蒋家。

晚饭后蒋少祖离开，陆积玉走到妈妈房里，向妈妈说，她已经打消了她底决定。她说，在家里情况较好的时候，她再离家。

深夜里，沈丽英走进老人底房间，掌着灯。

第六章

一

南京底沦陷所带来的政治的和社会的混乱逐渐地澄清了下来，一九三八年底一月到二月，中国底政府和拥护战争的人民克服了南京沦陷以后的颓衰的情绪。

但由于战争底强烈的激荡所产生的，或人们需要它们产生的社会内部底各种问题开始呈现，逐渐的深刻化。智识者们感到了关于政治道路的、关于社会底、改革的、关于文化的、以及关于社会道德的各种问题。因为这些问题，在各种力量中间，浮出了两个鲜明的强烈的力量，互相斗争着。在战争底初期的混乱里，这两个力量向一个方向运动，或者说，其中的一个力量被另一个力量淹没；但现在，它们都提高了它们的警觉性了。它们逐渐地分离、浮出，向相异的方向运动——此后多年，在中国展开了新的局面。

这两个力量愈向相异的方向运动，它们底埋藏在社会精神底深处的根须便斗争得愈尖锐，纠缠得愈痛苦。在观念上，或者理性上，人们解决了一切，但在感情和情欲底洪流里，人们沉没；人们不能避开每天遇到的、实际生活里面的一切。处境最尖锐的，是企图建立自己的青年们；而他们底行为带给了父母们以无穷的痛苦。

蒋纯祖进入了一个救亡团体，渐渐地就进到更深的地方去了。他渐渐地熟悉了武汉，熟悉了他周围的人们。但他只关心一件事。他希望自己在目前的新的一切里走到最高的地方，在光荣中英雄地显露出来。这个愿望比一切愿望更强，并比他自己更强。

蒋少祖说，在武汉，每个早晨都给青年们带来一个美好的机会，而每个机会都会造成一个浪漫的骑士。

蒋纯祖，在最初的冷酷的虚荣中，企图投效空军。那些装束浪漫而华贵的飞行员们，当他们在街上懒懒地行走的时候，是要被全街的人们注意的。但他从未想到这个意念会真的实现。

而王墨底出现打消了这个意念。

蒋纯祖在街上遇到了成了飞行员的王墨，和王墨作了短时间的谈话。王墨问他什么时候逃出来的，现在住在哪里。他问王墨是什么时候在笕桥毕业的，作过几次战；他告诉王墨说，汪卓伦死了。王墨非常的感伤，说要来看他们。于是他们分了手。

在这个会面里，王墨是热烈的，蒋纯祖却很冷淡。一个瘦小的，美丽的女子挽着王墨的手臂；王墨没有介绍，蒋纯祖不时搜索地看她。分手以后，蒋纯祖心情很冷酷。

蒋纯祖底荣誉心是那样的强烈，以至于带着一种冷酷的性质。他不觉地认为，别人所得到的，和别人能够得到的，都是值得厌恶的。蒋纯祖还没有能够得到朋友。别人对他的轻蔑——他觉得是这样——使他羞辱而苦恼，但同时他以孤独为荣。他所接触到的那些青年们认为他是骄傲的：于是他们憎恶他。

傅钟芬对他改变了态度；她和他重新熟悉起来了。发觉他懂得戏剧，并在学习音乐，傅钟芬便崇拜着他。蒋纯祖常常教她唱歌；他们在一起度过的那些时间，他们双方都觉得快乐。傅钟芬热情、任性，为朋友挥霍金钱——傅蒲生每次给她——对朋友有过多的感情上的希求；她心里充满了爱情的知识和幻想，热望恋爱。

傅钟芬对蒋纯祖那样的亲密，以致蒋纯祖时常秘密地羞耻。他觉得傅钟芬是天真的，而他是她的舅舅；他常常厌恶自己。在这个热情的少女身边，蒋纯祖的冷酷的骄傲是消失了。像一切青年一样，他经历着肉体的蛊惑和痛苦——而他是特别强烈的。

他开始避免和傅钟芬接近。但傅钟芬对这一切是毫无智识的，或者装做是毫无智识的。她对爱情是充满了知识，而这知识奇妙地和幻想混和了起来；于是她和蒋纯祖之间就开始了异常的局面了。她常常那样感伤，热烈得可怕，要蒋纯祖替她做很多事情；常常又那样的阴沉而乖戾，拒绝了蒋纯祖因她底要求而做成的事情；她说，她再不信任朋友了，她从此明白，在朋友中间，原是冷酷无情的，世界上绝没有完全地互相理解的朋友。

傅钟芬，因为某一件屈辱，睡在床上哭了；蒋纯祖走了过去，好像没有看见。傅钟芬坐了起来，冷酷地望着前面，大声说："好！"并点头。于是在蒋纯祖回来的时候，她便冷淡的走到他面前去，向他索还她借给他的一切书籍。但第二天，或者第三天，她又把这些书籍拿了回来；她的目光羞怯而温柔，表示甜蜜的忏悔。

傅钟芬认为，一个美丽的女子，是为爱情而生存的；她认为，爱情底关系愈不平凡、愈反抗家庭和社会，便愈美丽、愈动人。但常常的她是没有什么观念的：这个时代有很多这样的美丽的例子——她觉得它们是美丽的——对于一个热情的少女，是那样的富于刺激。这个时代给她提供了一个"她"；她觉得这个"她"是有着忠实的心，热烈的恋情，和勇敢的行动；她常常地就是这个"她"。而"她"底那个"他"，是富于才能，有着光荣，忠实而勇敢的。她不懂得蒋纯祖为什么不是这样。

蒋纯祖，痛苦而混乱。再不能继续他底学习了。他开始了和声学底学习，做了不少的功课，现在是完全丢开了。

他没有预先决定他应该学习什么；他很自然地走近了音乐。在上海的那几个月里，他投近了它；现在，在孤独的痛苦中，他底强烈的热情抓住了它。在孤独中，回忆着旷野，被眼前的一切所兴奋，被将来的时代所惊震，更常常的是，被悲凉的情绪和光荣的渴望所陶醉——在深沉的陶醉、深沉的幻想中，他心里有神秘的震颤。在目前，他底对于政治的关心，除了为动荡生活所必需外，可能的只是由于虚荣。他不理解它，并不曾思索它；他底全部的政治哲学是：将来是无问题的；过去的是不可复返的。他觉得生命有神秘的门;神秘的门常常打开,他听见了音乐。

继之而来的是平板的、枯燥的努力,他觉得他是无望的了。于这他想到投效空军;在悲伤的激怒中,他愿望能够如汪卓伦所希望的,把自己底生命和民族底敌人一同粉碎。他想他将飞向高空,轻蔑一切,获得光荣。但他从未想到这个意志会真的实现。发觉它是虚伪的,他就更激烈地沉浸于孤独的幻想中了。接着,他脱离了原来的那个时事讲习班性质的团体,正式地加入了合唱队。他以前的一个月里时常到这个合唱队去,由于自卑的心理,他觉得自己是没有资格加入的。他成了它底听众——这个听众,比一切听众更严肃。某个晚上,那个熟识了他的合唱队指挥,不懂得他为什么站在旁边,请他站到行列里去。他接过了一份乐谱,唱着男高音。这个晚上留下了幸福的记忆。

傅钟芬不满意原来的业余性质的歌咏队,要求他介绍她到这个合唱队去。伴着美丽的傅钟芬在这种于他是神圣的场所出现,于他是一种幸福,同时是一种痛苦。他们从不曾向别人提过他们底亲戚关系,别人无疑地认为他们是爱人。

过去了半个月,天气经常地晴朗,春天来了。傅钟芬结识了合唱队里的所有的人,蒋纯祖则认识了一个人。就是说,他有了一个朋友。对于青年们,有了一个朋友,是一件非凡的大事。蒋纯祖觉得他是从孤独深渊脱离了。他觉得过去的生活,是完全的黑暗,现在的生活,是获得了永恒的目标了。这个朋友叫做张正华,比蒋纯祖大四岁,是一个异常活泼的人;他说他对一切都是乐观的。张正华虽然能唱很多歌,却不懂得音乐,但有着戏剧的才能——他是属于一个救亡演剧队的。

蒋纯祖以单纯的热爱对待这个他觉得比自己高强而又爱着自己的朋友。蒋纯祖对张正华叙述了他所经历的——他底心灵所经历的一切;他说他没有对任何人说过。蒋纯祖常常经历着狂热的心境。但他没有提及傅钟芬。有着经验的张正华尊敬着这个沉默。

美丽的,娇小的傅钟芬被一切人所喜,但不久,她底感情上的某种乖戾的性质就暴露出来了。她，傅钟芬，对一切人都同样的热情；但她不能同时对所有的人热情；这个迷茫的世界使她苦恼。

每个友情底关系里面，她都体会到自己底忠实和热诚。每个关系都使她感动，给予惊喜的印象；她觉得她对任何人都忠实而善良。从第三者来的妒嫉和恼怒，激动了这种热诚。她愿望她底这个朋友明白，她是如何地为他牺牲。随后这个朋友使她懊恼了，她觉得世界是冷酷无情的；但因为她是这样的热烈，她又走向另一个。每个热烈都不持久，因为世界是如此的平凡而冷酷；每个热烈都未冷却，因为她，傅钟芬，是如此的软弱而善良。

由于父亲底亲爱和母亲的软弱，傅钟芬对自己和对别人同样的无知。她是那样的多愁善感，那样的充满了梦幻，那样的热情：又那样的软弱，她的美丽在她底周围做了可惊的征服，遮藏了这种软弱。她的美丽使她在这个时代大胆地幻想。她认为人间的关系应该澈底忠诚；为朋友，应该澈底地牺牲。某个朋友不能认识她底牺牲，她便悲伤人生的残酷；于是她走向另一个。常常地她又走回来，在悲悔中流泪。这样地继续下去，她找寻她底理想。现在她走开了蒋纯祖；不久她又走回来，表明她为他牺牲了一切。

但别人渐渐地觉得她是狡猾的、手段伶俐、善于周旋的。在羞辱的、混乱的情绪中，蒋纯祖认为她是虚伪而冷酷的。他认为，为了达到目的，傅钟芬会使出任何手段来。但他未曾想过，傅钟芬企图达到的，是怎样的目的。

蒋纯祖认为傅钟芬是游戏爱情。事实是，傅钟芬是极端认真地从事着这个游戏。她确实是那样苦恼，确实是因苦恼而流泪；但也确实是在那种为美人们所有的事业里惊悸。在这个游戏里，她经历到青春底惊悸的情绪；虽然她是有着常常为美人们所有的企图，但更强的是她底热诚的心底企图。对自己底美丽的自觉，比较起对自己底热情和善良的自觉来，要微弱得多；因为她还无知，而且是生活在这个时代。对自己底行为，她没有任何实际的、明确的观念。

合唱队准备公演，蒋纯祖被担任大合唱里面的独唱，使傅钟芬懊恼而光荣。因为觉得蒋纯祖是冷酷无情的。在悲痛和骄傲中，她便对另外的人大量地用情。发觉蒋纯祖是在注意着一个瘦长的、沉默的、苍白的女子，她便又企图和这个女子接近了。

这位女子每次安静地出现在这个热闹的场合中，然后静悄悄地退去。蒋纯祖注意到，她所说的话，都是必需的；蒋纯祖觉得大多数人，尤其是傅钟芬时常地说着愚笨的废话，她却说着必需的话。在这个喧嚣的场合，这个女子是个特殊的，但不被人注意的存在。她底朴素，她底穷苦的操守——显然她很贫穷——以及她底悒忧的、苍白的面孔，引起了蒋纯祖底温柔的情绪。不知为什么，蒋纯祖认为她的生活，和这里的一切人相反，是宁静的、寂寞的、固定的；但另一面，蒋纯祖觉得她即将消失。果然他不能忍受她底消失：有一个晚上她没有来，蒋纯祖发觉自己对一切都无兴趣了。第二个晚上她来了，文雅地向大家点头，走上她底位置；穿着同样的蓝布衫，同样的黑布鞋；同样的短发，同样的微笑——蒋纯祖又觉得周围的一切都充满了生机。

蒋纯祖不停地想，为什么她前一晚上没有来；究竟发生了什么。也许是病了，也许是有朋友来找她，也许是有事情；但也许没有什么，只是因为发觉了他，蒋纯祖底眼光，蒋纯祖想。

蒋纯祖从张正华那里知道了她叫做黄杏清，是武昌的一个小学教员，蒋纯祖后来知道，她有过一件爱情，然而那个男子离弃了她；她底父母在上海没有逃出来，她是单身在武汉。此外蒋纯祖对她便毫无所知了；然而对于爱情底奇异的想像力，这点材料是足够的了。从这一点材料，蒋纯祖构造了一个纯洁的、宁静的、丰富的世界，而在其中无尽止的耽溺。他想像那件爱情给这个女子带来了那种宁静的宿命的观念，赋予了心灵底销毁底无尽的悲伤；他想像，在那种高贵的忍从里，对于那个负心的男子，黄杏清心里是深深地埋藏着神秘的；温柔的纪念，这些纪念，在无情的时间里，好像是消磨了，但由于神秘的感动，某一天，她偶然地走了进去，发觉到它们已经变得更新鲜，更纯洁。好像春雨后的新的草叶；而晚秋的宁静的烟霭在它们上面庄严的覆盖着。没有力量能够消灭这些纪念，它们超越时间而长存。蒋纯祖想像，黄杏清是为了忘却才走到音乐厅里面来；但音乐美化这些纪念，帮助它们长存。在每一个和谐的，热烈的，或宁静的，受伤的音节里，往昔的爱情呼吸着有如甜睡的婴儿。在春天的深夜里，黄杏清寂寞地走回孤独的居所；夜里落雨了，黄杏清推开窗户；凉爽的，新鲜的空气扑进来，黄杏清凝视花园；无所思念，但沉醉着。蒋纯祖想像这一切，梦见这一切。蒋纯祖活泼而严肃地和任何女子交谈，但没有勇气和黄杏清交谈；在他底这个仁慈的，智惠的，纯洁的“她”之前，蒋纯祖确信自己卑微。另一面，这个“她”使他深沉而勇敢，无视一切奢华和享乐，渴望孤独的，旷野的道路；这个旷野当已不是先前的旷野，这个旷野，是为贝多芬底伟大的心灵照耀着的，一切精神界底流浪者底永劫的旷野。

他和她之间从未谈过一句话。当他们底眼光偶然地相遇的时候，在幸福的陶醉中，蒋纯祖觉得他们之间已说了一切；她，黄杏清，懂得这一切，因此常常回避他底眼光——蒋纯祖觉得是如此。一种特种的拘束，在他们中间存在着。蒋纯祖觉得黄杏清常常严厉看他：这种目光使蒋纯祖腼腆而幸福。

傅钟芬底接近黄杏清底企图，并无特殊的成功。黄杏清对她安静而有礼；对于她底殷勤，常常的感谢；更常常的是避免。在热望中，傅钟芬爱她；但不久便因她底自私和无情——她觉得是这样——而可怜自己。接着便来了攻击；傅钟芬是苦恼着。

合唱公演的那天，蒋纯祖恐惧黄杏清会不来。但她来了。公演底成绩很好；蒋纯祖对自己底成就很满意。在掌声中，蒋纯祖想到，对于这一切，黄杏清底感想如何。他想像她是安静地无视着这种虚荣的。他们底眼光在台上短促地相遇，相互警戒地说明了他们中间的一切；蒋纯祖觉得台下的人群和掌声是遥远的；觉得有力量在自己身上扩张，世界是温柔而无限的。

合唱队指挥是有名的音乐家，是爱好舒适并爱好荣誉的人。蒋纯祖从他学习乐理，练习作曲：蒋纯祖希望他能够把他底小提琴借给他练习，但被拒绝；他说，提琴坏了。蒋纯祖离开了往昔，蒋纯祖是在经历着音乐，爱情，友情三者底狂热的心境；每一种都未全部获得，于是他自己创造了它们。每一种有着不同的情绪和意境，蒋纯祖用自己和谐了它们。

音乐会散场后，大部份队员散去了，剩下的人走到街上来。是春天底晴朗的夜里。乐队指挥愉快地谈论着今晚的成绩，然后提议到他家里去听贝多芬底第九交响乐的唱片，问有谁愿意去。大家都愿意去；蒋纯祖兴奋地注意到中间有黄杏清。

和黄杏清在一道走路，今晚过江的时候是第一次，现在是第二次。蒋纯祖让傅钟芬和另外的人走到前面去，独自走在后面。蒋纯祖底心温柔，悲伤，离开得远远地凝视着走在大家一起的高身材的，文静的黄杏清。黄杏清不知何故落后，蒋纯祖心跳着走了上来，看见了她底映在微弱的，和谐的灯光下的忧郁的小脸。黄杏清未看他，但显然感觉到他。走过灯光，顺着江边的空阔的道路走去的时候，蒋纯祖甜蜜而惊畏地感觉到，黄杏清底苍白的，迷人的脸，在青天底清新的黑夜里含着某种热望严肃地浮显了出来；在流动着的，凉爽的，湿润的空气里浮显了出来。她脸上的那种严肃的热望，令蒋纯祖甜蜜而惶惑，蒋纯祖觉得有了什么非常的东西；蒋纯祖不觉地走到她身边来了。黄杏清突然地回头，以惊异的眼光看了他一眼，苍白的嘴唇微微动了一下，然后看着地面走路；显然她意识到，她和蒋纯祖，是并不认识的。但她并不走开，蒋纯祖，显然找不到理由认为他们是互相认识的，没有勇气说话：他是在战栗着；他们都在战栗着。黄杏清又看了他一眼，那种忧郁的热望，流露在她底脸上。在爱情底战栗里，在这个强大的力量底压迫下蒋纯祖柔弱，怜悯自己。他没有勇气去迫近那个他觉得是过于神圣，过于纯洁的东西；而由于另一种勇气，他落后了；他看着她，黄杏清，慢慢地走到前面去；他眼里有眼泪。

"是的，让她孤独地行走，让我也孤独地行走，而后我们就走到不可知的远方，这个世界是大的，而她就遗忘了我；她不曾知道我，所以也无所谓遗忘，在秋天到来的时候，她就更忧郁地生活在她底回忆里……是的，多么好！"蒋纯祖想。

黄杏清走到大家一起去了。她未再回头。

"她为什么要落后呢？"蒋纯祖失望地想，"然而她是那么纯洁，那么高贵，我是这样的可耻！所以她是对的！是的，她是对的！我，应该服从！"

张正华站在路边等他，然后向他跑来。他是在兴奋地笑着向他跑来。

"难道他知道了么？"蒋纯祖想。

"蒋纯祖，为什么走得这样慢！"

蒋纯祖，希望朋友真的已经知道，忧愁地笑了一笑。张正华愉快地做了一个鬼脸。

"张先生说，你很有音乐天才！"

"哦！……但是他不应该这样的夸奖一个年青人！"蒋纯祖虽然被这个夸奖激动，但因为黄杏清的缘故，忧郁地回答。

张正华严肃地看了他一眼；张正华想到，蒋纯祖底这个回答，是由于矜持，然而是高贵的。张正华，是有着愉快的，严肃的性格；蒋纯祖以后知道，这个活泼的，智力缺乏的人，是以一种中庸的态度尊敬着一切，从而保守了自己。他是很平静地一个阶段[①]地从事着他认为是有意义的事情；他总找到一些事情做；这些事情是苦重[②]的，有时是小巧的，有风趣的，他，张正华，认为是艺术的，以温柔的，善良的情绪在中间耽溺着。

张正华，因春天底深夜而兴奋，中止了谈话，高举礼帽，在空阔的道路上踏着大步，唱起进行曲来。蒋纯祖，因张正华底快乐而轻松，开始唱歌，感到了优美的鲜润的春夜。

---

① 原文如此，据原版书后附勘误表更正为"一个阶段又一个阶段"。

② 原文如此，据原版书后附勘误表更正为"有时是苦重"。

"如果敌人要来毁灭我们,"他们唱——

"我们就要起来抵抗!"

在前面的透明的空气里,傅钟芬底嘹亮的兴奋的歌声传了过来。

轻轻的,庄严的声音,第九交响乐开始了。大家坐在安适的,明亮的小房间里;主妇以咖啡招待客人;大家都对交响乐怀着敬畏;留声机放在小的圆桌子上,音乐开始了。

主人坐在圆桌旁,吸着烟;主妇披着优美的短大衣,抱着手臂站在门旁。大家寂静着。热烈的,庄严的声音从圆桌播扬着;神奇的,愤怒的声音飞溅着;温柔的,娇嫩的乐音带着神秘的思索向上漂浮。蒋纯祖坐在窗边,咬着嘴唇,下垂的眼睑在抖动,苍白的脸上有着感动的,柔弱的神情。他,抱着热情的雄心,竭力企图理解贝多芬底复杂的结构;他在这个努力里迷失了。这座音乐底森林是无边际的;他热切地奔跑过去,觉得前面有光明;他奔跑着,光明还在前面。他底汹涌的热情淹没了一切,他不能看到每一株树,不能看到这座森林。乐曲终结,他突然安静了;他发觉他并未听见什么。

他惶惑地抬起眼睛来,看见了坐在对面的神情焕散的黄杏清。

"是的,她一定听见了什么!"蒋纯祖想。

黄杏清并未注意地听音乐;最初的乐音带来了庄严和沉静,使她想到了一些细微的事。接着她想起了全然相异的另一组细微的事。她底思想远远地飞开去了;她不再听到音乐。但每一组乐音使她想起一些事情,或者是,有了一些思想;而这些思想是梦境似的,微弱的。音乐结终了,她突然回到目前的世界里来,全然记不得自己想了些什么,有了焕散的表情。

她底面容使蒋纯祖激动。蒋纯祖环视所有的严肃的面孔,要求主人再开一次。

音乐重新开始了,黄杏清睁着惊异的眼睛望着留声机;而蒋纯祖望着她。渐渐地蒋纯祖不再看到黄杏清。蒋纯祖安静了，觉得有奇异的力量在自己心里扩张了开来，同时向内部收缩，凝聚。这个力量是这样的强烈而和谐，使他感到甜蜜和恐惧；甜蜜和恐惧都同样的微弱；凡是人类所能经历到的情绪，都同样的微弱。蒋纯祖觉得自己可以站起来，完成任何事情；但他踏紧了地面防备跌到。他模糊地意识到他是故意这样，但不明白何以要故意这样。

“是的，这里是它！他在高空里，它在猛烈的火焰里！”蒋纯祖想；活泼的乐音驾驭着他底思想；“我好像感到过！好像曾经发生过！是的，一定曾经发生过，但在什么时候？它好像轻烟向上漂浮，但在什么时候？啊！现在！现在！现在！一切都是现在！”他觉得他要向前奔跑了。

他抓紧拳头；他觉得他是抓紧了他自己。乐曲终结，他站了起来，看见了黄杏清。他猛烈地，大胆地凝视着黄杏清。黄杏清向他微笑。

“啊，现在！幸福！”蒋纯祖想。

黄杏清严肃地看着主人。

“她曾经向我笑么？曾经有过这样的事，曾经有过那一切么？是的，曾经有过！我现在是多么安静！多么美妙！”

主人取出几张自己底照片来，在背后签名，分送给大家。蒋纯祖，在幸福的，感激的心情里，向主人道谢，眼里有泪水。

黄杏清最先告辞。接着大家走了出来，主人送到门口。大家散开去，剩下了蒋纯祖和傅钟芬。他们沿着江边的道路慢慢地行走。在春天的如此温柔的深夜里，他们都有快乐的，兴奋的情绪，他们都嫌路太短。

轮渡在江里航行，传来愉快的马达声。黑暗的江流里，发着微光的，美丽的波浪翻滚着；对江的黄鹤楼下，有灯火印在水里如金色的桥梁。空气是如此的轻柔，如此的沉静；微风里有凉爽的香气。江汉关底大钟敲了十一点，最后的温柔的声音，久久地在空气中漂浮着。蒋纯祖，陶醉在这一切里，并陶醉在傅钟芬底头发所散发的香气里，在傅钟芬身边慢慢地行走。

“我果真是恋爱了么？”突然他想；“我恋爱谁呢？是她呢，还是她？是的，我是恋爱了，我需要么？”他想。接着一切思想都消失了；他不再能想什么，但觉得他是无比的幸福，无比的快乐。他意识到自己身上有清醒的，愉快的力量。他底脸在凉风里愉快地打抖。

他觉得他爱傅钟芬；他身上的清醒的，愉快的力量使他觉得他爱傅钟芬。在现在，这个意识没有任何暗影。傅钟芬是静静地挨着他行走。他们已两天未说一句话，但现在他们和解了。傅钟芬觉得如此美好的时间假如错过，是可怕的；她觉得她不能再等待，她觉得她会变老，变丑。她明白她已和蒋纯祖和解了；他有温柔的悲伤，她底心在甜蜜地悸动。

她认为应该由蒋纯祖先说话，不应该由她先说。发觉到路程慢慢地变短，时间慢慢地消逝，她想在栏杆边站下来；但她觉得应该由蒋纯祖先站下来。一辆汽车从小街驰出，他们避到栏杆边；在车灯底强烈的光亮下，他们站了下来。他们一致地望着汽车消逝。于是他们停住了。

傅钟芬严肃地望着蒋纯祖。

他们是站在微弱的光线下。深夜里街上没有行人。蒋纯祖望着江波。蒋纯祖突然地看着傅钟芬，被她底美丽惊住；他，蒋纯祖，直到此刻才发现她底美丽。他在甜蜜的激动里麻痹，同时觉得自己清新而有力。

“可以吗？可以吗？”他想。他吻傅钟芬。他觉得傅钟芬挣扎了一下；在沉醉中他觉得痛苦；他重新看着傅钟芬，企图了解。但他没有力量了解；他记不得一切。他再吻她，并紧紧地搂抱她。她未挣扎，她顺从了。

蒋纯祖迷醉着，一切是如此温柔；但同时有另一个蒋纯祖清醒着，这个蒋纯祖冷冷地观察着，并批评他正在做的这一切。蒋纯祖在沉醉中有逐渐增强的痛苦。

傅钟芬脱开他，叹息了一声。

“蒋纯祖！”她说，她底嘴唇战栗着，眼泪流了下来。

“为什么？”蒋纯祖问。“发生了什么？究竟发生了什么？”他想。

“我觉得……我觉得……”她哽咽，说，“我觉得难受！多么难受！”她说。她不敢说她怕母亲知道，因为她怕蒋纯祖——她怕这个时代批评她思想陈旧。

“我们能够吗？”傅钟芬胆怯地问。

“为什么不？”蒋纯祖严厉地说。

“是的，你知道，那我觉得是多么，多么幸福！我什么都不怕！我永远忠实于你，就在你变心的时候也忠实于你……是这样吗？”她说，温柔地笑；“你说对吗？……假如你变心，那我是要多么痛苦！我明白我们将来会分离！我明白！……”她压迫自己；于是她伤心地哭了。她想像她是为蒋纯祖而牺牲了，内心有甜蜜。年青的人们，害怕实际的一切，既是这样地美化实际，安慰自己。于是他们都哭了。他们竭诚地感伤，竭诚地表示牺牲，竭诚地互相安慰。他们不明白实际上他们是竭诚地互相分离。

蒋纯祖同样地压迫自己，伤心地哭泣。他说，在这个时代，他将要在荒野中漂流，在一个破落的村庄中寂寞地死去，而在死的时候纪念着她。他说他骄傲地对她坚持了那么久，现在被爱情屈服了；他，蒋纯祖，从来不曾知道爱情。他说她是一个善良的女子，那样的朴素，那样的单纯，不知道这个时代底痛苦，不知道自己，不知道将来，而他，蒋纯祖，是已经没有了这样纯洁。这些话有多少是真实的，蒋纯祖不知道；假如它们是虚伪的，他便要觉得羞耻。

蒋纯祖望着对江的灯火，向这些美丽的，凄凉的灯火盟誓和祷告，伤心地哭下去，使傅钟芬恐慌起来。傅钟芬害怕这种哭泣，因为它和表示忠诚同时表示分离——她意识到这个。傅钟芬，因为企图蒋纯祖底忠诚，在哭泣中表示牺牲；但未料到蒋纯祖会如此的澈底，竟至于破坏了一切。蒋纯祖是比她更强烈，比她更企图绝望的忠诚。

傅钟芬是疲劳了，摇动蒋纯祖，希望他停止。她因焦急而哭出声音来，但因为她不愿在这种感情——她认为它是时代的感情——上落后，她觉得她是为蒋纯祖底话而哭。她止住，又摇动蒋纯祖。

终于他们都疲劳了。爱情和激情带来了愉快的，幸福的疲劳；周围的景物变得特别清新，特别美丽。蒋纯祖又吻傅钟芬，他们疾速地走回去。

走进小街的时候，天开始落雨。蒋淑珍从床上起来替他们开了门，昏沉地问他们为什么回来得这样迟。蒋纯祖畏怯地看着姐姐，沉默着；傅钟芬简单地回答说，演奏会散场以后，大家去吃了东西。蒋纯祖注意到傅钟芬底态度是冷淡的。蒋纯祖觉得，对于蒋淑珍，这是残忍的。

蒋纯祖温和地问姐姐睡了多久了。他觉得自己是虚伪的。他走进房，开了灯，站在桌前，什么也不能想，听着愉快地落在瓦上的繁密的雨声。

蒋纯祖长久地站着，望着前面。

“这是春雨！是的，这是春雨！”他想，心里有甜美，于是睡下，熄了灯。

雨声继续着。他觉得自己在愉快的疲劳中睡着了。他觉得一切都美好，一切都幸福。但忽然他坐了起来。也完全清醒了。

“对于姐姐这是多么可怕！”他恐怖地想。

“是的，我是不怕这种羞耻的！我为什么怕社会底攻击，为什么怕羞耻？但对于姐姐，对这个爱我们，得不到安慰，而在忧郁里面生活的姐姐，我要觉得羞耻！”蒋纯祖想，望着前面；“假如毁灭了她，我怎么能够继续生活？——至于我，是不怕毁灭的；在这个世界上，我有什么？我没有什么！我所希望的东西，都是我正在反抗的！我反抗光荣，我反抗爱情！但是我反抗爱情？但是，她？”他想到黄杏清。“但是这样想是对钟芬不忠实！是的，不忠实！钟芬已经为我牺牲了！那么，我怎样办？”

他听着雨声，在黑暗中望着前面。

"一切的根本问题在于我自己！我是怎样长大的？怎样逃出的？这是什么时代？我，一个青年，负着怎样的使命？像今天这样的生活，是怎样开始的？我浪费姐姐底金钱，在这些场所追逐，梦想光荣，梦想被爱！是的，朱谷良！别的人们！"

他用轻柔的声音说着。这些思想：落在瓦上的雨声更清晰，更急速；他底衬衣底钮扣全部脱落，他底胸膛在黑暗中敞露着，他觉得夜凉爽。渐渐地他底剧烈的思想在这轻柔的一切里面消失；在他自己底轻柔的语声中，并在透过纸窗的春底甜畅的凉意中消失，好像火焰在持久的细雨中消失。他觉得有凉爽的、滑腻的、轻柔的东西抚摸着他底火热的胸膛；他底急剧地撞击着的心脏平静了下来了。在青春底甜蜜里，他放弃了他底抵抗，他落进梦境。

他梦见旷野，同时他听见音乐。他不明白他底周围有着什么，他觉得一切是模糊的，但他感到有甜畅的，轻柔的东西包围着他。忽然有春夜底急雨，忽然有闪着鲜明的波光的江流，忽然，在柔弱的乐曲之上，有庄严的钟声。他觉得这正是他所要找寻的。朱谷良底刚强的瘦脸在急雨中显露出来，在江流中显露出来，在钟声下显露出来，眼里有明亮的，严肃的光辉。黄杏清和傅钟芬活泼地谈笑着在微光中行走。傅钟芬在井里打水，在井里照自己，觉得自己美丽：蒋纯祖感到这个；他，蒋纯祖，就是傅钟芬。远处有村落，还有村落，寺院底墙壁上有标语。蒋纯祖觉得这标语是可笑的，喜悦地笑了好久，黄杏清赞成了他底意见，他，蒋纯祖，就是黄杏清。但朱谷良为什么不赞成他？他，蒋纯祖，为什么不就是朱谷良？他说是落着春雨，但朱谷良说，现在是冬天。……那一条染着血污的裤子；那一本记事簿；在庄严中有愤怒的，谴责的歌声。蒋纯祖醒来了。雨继续在落，屋檐甜畅地滴着水。

"在我替朱谷良报仇的那个时候，我不曾想到我会在这样的春夜里梦见他。"蒋纯祖想，掩上胸前的衬衣。"他不会想到在我底心里有这样的纪念，他永远不会想到；而我也许能想到，在他底心里，我留下了怎样的纪念……但也许我们活过了又死了，丝毫都不存留，丝毫都不理解！我对他，特别在到了武汉以后，是虚伪的，而在当时，是不理解的！我只想着我自己！他对我的苛刻和无情，是因为他底性格和思想，我们可以在社会底力量里面找到根源！……现在我理解他了，费了多么大的力量！但我对他底过去毫无所知，而他已静悄悄地从地面上消失，他底尸体业已腐烂！但为什么他底心灵不能长存？这是怎样的心灵？"蒋纯祖想。他设想自己是朱谷良，经历了那么多的苦难，戒备着人世，戒备着一切种类的情欲，抱着卓绝的雄心，无视平凡的生存，在这个世纪底暴风雨中看见了本阶级底光明。蒋纯祖做着手势帮助着自己底思想。然后闭上眼睛，寂静地靠在墙上；他好像睡着了。

蒋纯祖，在甜蜜的追念之后，触到了严重的问题，内心感到苦闷。蒋纯祖愈想像，便愈不能感到朱谷良；他觉得这是可怕的事。这个时代发出了向人民的号召，蒋纯祖想像朱谷良是人民，感不到朱谷良；想像朱谷良是自己，有着和自己底同样的心，感不到人民；蒋纯祖有大的苦闷。这个努力使他短时间遗忘了傅钟芬。

"我们为什么爱人民？因为人民是纯洁的！因为历史底法则如此！为什么爱？因为人民是痛苦的，是悲惨的，是被奴役，是负着枷锁的，啊！说得愈多愈使我痛苦啊！而忧伤的，春雨的夜，忧伤的，春雨的夜……"甜蜜的乐节在蒋纯祖心里浮过去；"我们为什么爱一个人，认为他是我们底朋友？因为他，这个人，也有弱点，也有痛苦，也求助于人，也被诱惑，也慷慨，也服从管理，也帮助他的在可怜里的朋友！而挣扎，而奋斗，而哭，而笑，而接受历史底最高的法则！而过去是历史工具的，现在是历史底主人！而诱惑多么可怕，诱惑多么可怕！"蒋纯祖曾经历过真的诱惑，但渴慕地想像着诱惑底可怕。于是他心里有和畅的激动和力量，他觉得他明白了朱谷良了。他明白朱谷良，因为朱谷良在渴慕中被诱惑——他觉得是如此。

“他底心灵要长存!”他想。有热烈的凄凉的乐节在他心里闪过。他跳下床,轻轻地打开窗户。他打开灯,坐了下来。他底心在热情中痛苦而甜蜜地颤抖。他作曲纪念朱谷良。

蒋纯祖疾速地在纸上涂划,并低声唱出声音。蒋淑珍打开门,探进忧郁的苍白的脸来。

“怎么还不睡?”

“就睡了。”蒋纯祖回答,一面低声唱出声音。

披着衣服的,悲戚的蒋淑珍走了进来。

“我问你,弟弟,”她弯腰,小声说,怕闹醒傅蒲生;“钟芬为什么哭? 总不听劝——在外面又和哪个闹事?”

蒋纯祖恐怖地站了起来,吃惊地看着她。

“我不清楚……她哭吗?”他问。“是的,她不知道!”他想。“我不晓得她,姐姐!”他说,忧愁地笑。

蒋淑珍叹息,环顾,悲凉地笑了一笑。

“夜深了,弟弟!”她说,走了出去。

蒋纯祖茫然地站着,望着窗外。傅钟芬,在激情消逝后,回到家里来,熟悉的一切使她恐怖,她觉得她完全做错了;她,傅钟芬,对不住父母,而蒋纯祖又毫无勇气。睡下后她便开始啼哭;而因为她并不惧怕父母,她底哭声逐渐增高——她尽情地啼哭。

蒋纯祖站着,听见了哭声。于是他明白了曾经发生过什么事情,以及什么事情将要发生。他茫然地站了好久,忘记了他底乐曲。他惋惜地望着他底乐曲。突然他觉得他爱傅钟芬,他要冲过去安慰她,并向蒋淑珍说明一切,带她离家——到远方去漂流。

“无论如何,首先我要去安慰她!”他想,走出房。

他推开了傅钟芬底房门。灯开着,房里没有另外的人。看见他,啼哭的傅钟芬转身向内。他回头看了一眼,走到床边。

“钟芬,为什么?”

傅钟芬不回答,但停止了哭泣。傅钟芬转过身子来,哀怨地看着他。他在床边跪了下来。他跪了下来，想像是为了庄严的爱；但这个行动使他痛苦，他觉得自己不诚实。

傅钟芬看着他，移动了一下搁在红绸被面上的，赤裸着，娇嫩而细瘦的手臂。傅钟芬迅速地有了浪漫的心情，觉得她所梦想的浪漫的一切已全部实现，她望着空中；假如这一切毕竟是平凡的，她将不能忍受。她底神情极端的庄严；她底眼睛明亮了。

"钟芬！"蒋纯祖小声喊；"为什么？"

"请你站起来！"傅钟芬庄严地说，心里有善良的怜恤，但一面想到，一切新的女子，在爱人跪在床前的时候，都一定是这么说的。

蒋纯祖痛苦地站了起来，惶惑地向傅钟芬底赤裸的手臂看了一眼。傅钟芬想起一切，流泪，抽咽，于是又哭泣。

"我们……都会……在将来，我们都会死去，人生有什么值得留恋！人生，有什么，"她哭，说。

蒋纯祖想到乐曲，和由它所代表的那一切。

"人生值得留恋，钟芬。"他安静地说。

"但是，对于我这样一个女子！"傅钟芬悲痛地说，想像自己是那个"她"，"而你是不理解的！"

蒋纯祖胆怯地望着她。

"怎样说的呢？"他说，惶惑地笑了一笑。

"天啊，他什么也不说，站在这里又多么蠢啊！……他多么可怜啊！"傅钟芬想，抽咽着。

"你出去吧，停下妈妈晓得了！"她冷淡地说，同时抽咽着。

"但是，你究竟怎样呢？啊？"他问，心里有歉疚和痛苦，一面觉得自己是虚伪的。

"你去吧！"傅钟芬说，转身向内。

蒋纯祖明白了，在春天的落雨的深夜里，一个美丽的，浪漫地幻想的少女睡在床上，明亮的灯光照着黑色的，蓬松的发辫和搁在红绸被面上的赤裸的手臂——诱惑是多么可怕，不，可爱！蒋纯祖确信这一切是他底温柔的，渴慕着的心底最美的希望，确信这一切属于这个浪漫的，壮丽的时代，并确信他将来会得到这个。对于一个追求光荣，充满幻想的年青人，这里常常是有着人生里面的最幸福的一切：他们希望在世界上建筑一个温柔的被光荣所照耀的巢穴。但蒋纯祖心里有另一个蒋纯祖，这个蒋纯祖严刻地观察，并批评了这一切。

蒋纯祖走回自己底房间，站住了。他战栗着。

“我是虚伪，自私卑劣！我没有权利生存！”他想。于是他突然向自己发怒，接着他向一切发怒。他愤怒地确信他是绝望了，他把乐曲撕得粉碎。他把被盖抱起来砸在地上。他撕毁日记，笔记，和朋友底信札。然后他叉腰站在这凌乱的一切中间。

“让生命消逝！让青春底一切消逝！让我从此离开，让我到荒凉的远方去，找一颗子弹！”他说，他底嘴唇战栗着。

二

在接着的一段时间内，蒋纯祖有了道学的思想，他无条件地认为爱情是无聊的；他认为那些男女们是愚昧而堕落的。他甚至有了复古的思想，认为古代底伦理、观念和风习是值得称道的。他认为眼前的一切都是豪华竞逐。于是他希望，到这远的荒山中去，结一座茅屋。……他想着这一切，因为他毕竟不能永远承认他是卑怯的。

被欲望折磨着；觉得这欲望不纯洁，进一步发现一切欲望都不纯洁，而一切新的思想都是自私的欲望底装饰和借口；蒋纯祖找不到依傍和出路，轻率地依附了道学的思想。特别在被欲望折磨并诱惑着的时候，人们依附道学的思想。在社会底黑暗的力量里面生长起来的蒋纯祖，盲目地反抗过这些力量的蒋纯祖，因为过于强烈和过于混乱，在这个辛辣的时代里迅速地失去了均衡，对旧的一切和对新的一切，蒋纯祖是同样的缺乏智识，由于身受的痛苦，蒋纯祖认为一切欲望都不纯洁，于是他底祖先们所生活的那些时代，便依稀地笼罩着一种安静的，苍白的光明，在他底心里出现了。年青的蒋纯祖对人生缺乏智识，恐惧地想到人类无论如何不应该这样生活。他想像爱情是崇高，美丽，而和谐的，但现在觉得它是愚笨，丑恶，而痛苦的。中国底无数代的祖先们已在这个土地中埋葬，消失，但他们底灵魂永不安宁；他们向蒋纯祖说："一切欲望都是丑恶的；一切活动都是自私的！"于是蒋纯祖轻率地觉得他对人生有了高贵的理解。

旺盛的，青春的情欲使蒋纯祖痛苦而恐怖；这些思想丝毫不能妨碍它们，情欲冲击着，在秘密中抬起美丽的头来，于是蒋纯祖欺骗自己。他觉得，对于他底实际的生活，对于他底周围底实际的一切，没有一个新的观念能给出真理的光明。于是在这一片地盘里，在他底心里，祖先们底苍白的鬼魂活跃着。蒋纯祖，向往于自由的，豪放的，健全而清醒的生活；但这种向往敌不过实际生活里面的阴暗的感情；他妒嫉这种自由的，豪放的，健全的生活。他认为，这样的生活在西欧存在，但中国没有，且不可能有。在中国，那些专制的，虚伪的灵魂，想像着自己是自由的，如此而已。

蒋纯祖想，一切都不适合于中国；他不知道很多人都在这样想。另一面，对于那个抽象的中国，他有着公式的思想和兴奋的，辉煌的想像。这两部分的思想互相不干涉；它们都同样的轻率，同样的严重。但这两种感情却在暗晦中激烈地冲突着，造成了大的苦闷。

蒋纯祖，必需或者由他底强烈的心统一这两者，或若由他底强烈的心服从一个，脱离一个。一个月后，他离开了蒋淑珍家，加入了张正华底那个演剧队。于是他服从了他底辉煌的中国，脱离了由蒋淑珍所代表的那种实际的，阴暗的生活：加入演剧队后，他底心情是如此。

发生爱情的第二天中午，在饭桌上，傅钟芬对他很冷淡，傅蒲生和他谈论时局，傅钟芬未说一句话，并未看他们。以后的几天，傅钟芬安祥而冷淡，并且不出门；好像从未发生过什么事情。于是蒋纯祖决意离开；他在当天夜里便想到离开的，但怕对傅钟芬不忠实；现在，他反而对傅钟芬有了傲慢的心情了。

几天之后，傅钟芬重新在合唱队里出现。于是蒋纯祖避免去合唱队。但痛苦的是，他再不能见到黄杏清了；他，蒋纯祖，从未将他底道学的思想和他底对黄杏清的凄惨的，温惋的感情联结起来。这种感情，在离开合唱队的时候，变得更顽强，使他对一切都无兴趣。某一天，他告诉张正华说他想随演剧队到战地去工作。第二天，张正华领他去见剧队底负责人。

蒋纯祖，苦于对黄杏清的顽强的恋情，苦于寄食在姐姐家里，内心暗澹而苦恼。逗留在演剧队的短短的两小时里，蒋纯祖对一切畏惧，他底内心底唯一的抵抗，不是他底信心，而是他底暧昧而强烈的道学思想。演剧队里的活泼的空气使他极不自在。他坐在大桌子旁边；那些活泼的男女们在他身边走过，好像他不存在。他看见一个包着绿头巾的少女捉住了张正华，向他索取什么，并敲打他底手心；而张正华愉快地笑着看着她。蒋纯祖呆呆地看着，觉得张正华是幸福的；接着他移开眼光，觉得这一切是可耻的，而那个包绿头巾的少女，是无知的。

但这个感情，违反他底意志，引起了对张正华的强烈的友情。张正华向他走来，和他说话的那个时间，于他是幸福的。他觉得他底态度很恰当，因为那个包绿头巾的少女好奇地看着他。

“这位就是蒋纯祖，弄音乐的，”张正华介绍，说，“这位是高韵同志。”

蒋纯祖匆促地笑了一笑。

“你说你要带我去看看你底东西吗？”蒋纯祖亲热地问张正华说，觉得高韵在听着。

“好的，来吧。”

张正华引蒋纯祖走进美术室，愉快地指引蒋纯祖看一切。蒋纯祖，因为高韵不在，觉得失望；同时他为自己底感情而痛苦；他什么也没有看清楚。张正华，显然能够节制自己，笑了一笑，取回了蒋纯祖手里的画幅。蒋纯祖要求再看一看，张正华愉快地，嘲弄地看着他；蒋纯祖无故地笑了。两个女子推门进来，张正华变得严肃。

蒋纯祖注意到，张正华对这两个女子庄严而温和。张正华以优美的，温和的风度，好像是一种绅士风度，告诉这两位女子说，今天不排戏了，某某不愿意，而某某没有来。这是两个年青的，时装的，鲜娇而雅致的女子；那略微高的一个，在张正华底回答下，娇媚地呻唤起来。张正华自在，安适，庄严而潇洒。蒋纯祖深深地被他感动了。

"我们很需要音乐人才！"张正华严肃地向蒋纯祖说。蒋纯祖沉默着。

"我们对戏剧运动抱着无穷的希望！"张正华说，唇边有细弱的，轻蔑的笑纹，"现在我们好容易才挣到一个顺利的境遇，我们不能放弃！你觉得如何？"

蒋纯祖觉得张正华已不再是他底善良的，浪漫的朋友了，敬畏地看着他。张正华，显然因刚才和那两个女子的谈话而兴奋，有了严肃的感动的心情。这是一个柔韧的性格，以毫无怀疑的严正的意念，敏锐的感情和坦白的心从事工作；被革命的情绪所支配，接近了一个朋友，便对这个朋友严肃地工作起来。在以前的那一段时间里，蒋纯祖认为他是心灵底至交，但他却实在是冷静地观察着蒋纯祖的。蒋纯祖觉得他是愉快的，无所思虑的人；蒋纯祖不能够看到他心里的那种沉重的东西。张正华缺乏智力，有风采，以一种中庸的，柔韧的态度应付着一切；但蒋纯祖后来才知道这个；现在，被革命的情形和作风所支配，在这个环境里强烈地尊敬着自己，张正华就对蒋纯祖拿出严肃的，几乎是冷酷的，批判的态度来了。

张正华认为他将对他底团体替蒋纯祖负责；他认为批判的时机业已成熟。他不知道自己是如何的单薄和善良，被某种力量支配着，他对蒋纯祖在突然之间有了不可解的，仇恨的情形。他严冷地，安静地开始了；这件事情，像一切事情一样，对他是无可怀疑的。他说他钦佩蒋纯祖底努力和才能，但对他底任性的生活态度和小资产阶级底感情，幻想不能满意；他说工作是很苦的，感情是不必要的，他希望他，蒋纯祖能够对一切有更深刻的认识。

蒋纯祖在梦幻和需要中热烈地爱着他底朋友，青年人常常这样爱着他们底朋友，在热烈的想像中塑造他们底朋友。蒋纯祖，听着张正华底话，羞惭地坐着，变得苍白，脸上有痛苦的，迷乱的，柔弱的笑容。无疑地他认为张正华是对的，但这对于他是可怕的痛苦。他觉得他底周围有灰黑色的波浪在起伏，他在这波浪中绝望地飘浮着。

张正华严冷地继续说着。

"那么，我当然不能够参加你们底工作……"蒋纯祖微弱地说。他想他可以逃走了。他将怎样继续生活？

"并不是这样说！相反的，没有问题，我们需要同志！"

"同志，像我这样的人？"蒋纯祖细声说，愤怒地笑着。

"每一个人都应该接受批判！"张正华说，宽慰地笑了笑。

"但是……我就不能够批判你，我就不能够！……我不理解你！以前我以为我理解你！"

蒋纯祖痛苦地，愤怒地笑着；张正华宽慰地，愉快地笑着。在现在的心情中，张正华觉得一切都无所谓理解；每一个人都要接受批判，他，张正华，曾经勇敢地接受了批判。有人轻轻地敲门。

"请进来！"

瘦长的，衣著随便的，有严肃的，沉思的面孔的剧队底负责人走了进来。张正华介绍了蒋纯祖，走了出去，轻轻地带上门。

这一切对蒋纯祖造成了严重的印象。负责人从头到脚地看了蒋纯祖，请蒋纯祖坐下，然后自己坐下，即刻就开始谈话，显然他极匆忙。

"蒋同志对戏剧和音乐很有兴趣吗？"

"是的。"苍白的，眼睛发光的蒋纯祖回答。

"刚才张正华同志和您谈了我们底情形吗？"

"谈了。"

"蒋同志以前干过一些什么工作?"

蒋纯祖,在恐慌中,添加了一些谎话,告诉了他。

"啊,是的,是的,很好!"他沉默着,搓着瘦削的手;"那么,蒋同志要明白,我们底工作是艰苦的!"他做了一个有力的手势,"要毫无牵挂! 蒋同志这一点考虑到了吗?"他长久地注视蒋纯祖。于是笑了一笑,站了起来。谈话就这样结束了。

蒋纯祖走到街上便流泪。

蒋纯祖,在痛苦的,柔弱的心情里,再无傲慢,希望傅钟芬能够饶恕他。进入演剧队的最初的几天,蒋纯祖小心地,忧郁地沉默着;一方面因为那种年青人底蛮性和害臊,畏惧着一切,一方面因为傲慢;傲慢逐渐地抬起头来。他确信他已经进了新的世界;他觉得他自己是不新的,混乱的,这使他苦恼。在敬畏中,他发觉他底道学的思想是不正当的;在这些思想违背他底本意而微弱地苍白地□[①]出来的时候,他感到强烈的羞耻。他曾经理直气壮地信任着这些思想,赋予它们以严正的光明,但现在觉得,这些思想,是由于卑劣的念头;他想到,为什么别人没有这样的思想。他进到这生活里来了;这个生活给他带来了新的欢欣,并燃烧了他底强烈的想像。他并不是一个能适应这种生活的;相反的,他需要它;现在他得到了。强烈的,青春的生命以更高的热度和更大的规模开始活动,蒋纯祖从消沉和忧郁里醒来,清晰地感觉到是这个新的生活拯救了他。

一个月以后,以音乐底才能获得了大家底注意,蒋纯祖在队里变得活泼起来,遗忘了那些灰白的造作的感情和思想了。

但在最初几天,他确然是很痛苦的。他是孤独的,因而是造作的;他底内心是矛盾着的。他又去了合唱队一次,他是强烈地想念着黄杏清。对黄杏清的感情在他底孤独中支持了他;想到黄杏清,他心里有矜籍的,温柔的,悲伤的情感。这个新的,活泼

---

① 原文难以辨认。

的环境使黄杏清在蒋纯祖心里变得更崇高,更纯洁,更温柔。

在激荡中,年青的人们创造了他们底宁静的女神,心里充满诗意。在强烈的一切中存在着的这种凄凉的,悒郁的恋情显得特别的优美;蒋纯祖自己感觉到这个。在不自觉中,或者也由于道学的思想,蒋纯祖把自己底这种恋情和中国底那些陈旧的才子佳人的故事联结了起来。他心里有凄凉和诗意;他不觉那些古老的故事,那些张生们和那些莺莺们对于他们不妥的。人们很难想像,在激荡着的武汉,会存在着这些虚构的张生们和莺莺们。蒋纯祖底心里首先是有着俄国小说里面的那些"露西亚的少女们",这是一篇极美丽的诗;但较实际一点的却是中国底悲凉的恋歌,那些张生们和莺莺们。活泼的青春被压抑,蒋纯祖底恋歌就更顽强,更悲凉了。

蒋纯祖厌恶那个张生,怜悯那个莺莺;但更多的是不曾实在地想到他们;蒋纯祖只是想到古代的中国底顽强的悲凉的恋情,从它滋润心灵。从各个方面来的各样的东西都在他底心里调和了起来,帮助他抵抗那些痛苦的实际的矛盾。

一切是朦胧的,强烈的,痛苦和甜密的诗意并存,好像梦境。去合唱队的那个晚上,傅钟芬恰巧没有来;散场的时候,蒋纯祖相信自己是去找哥哥,和黄杏清同路向前走。是温暖的,四月的夜,刮着大风,蒋纯祖羞惭而慌乱,开始落后,想到他应该退回。黄杏清在一家店铺前停了下来,付钱买针线;蒋纯祖在大风中走向她;她向他点头,问他到哪里去。

蒋纯祖告诉她说他去看哥哥。

黄杏清简单地笑了笑,然后低头选择针。她底短发披散了下来,拂着她底洁白的脸颊,并被风吹开。她底眼睛里有欢欣的微笑,好像这些针使她幸福;并好像温暖的大风使她幸福。她底眉头是柔弱的,向柜台倾斜;那种无声的,柔软的动作,使蒋纯祖在甜蜜中陶醉。在店铺底楼上,大风吹着窗帘,发出柔软的,激烈的拍击声。

蒋纯祖问她为什么要买针;他不觉得这句话是愚笨的。黄杏清说，她底衣服破了，而针又被别人拿走了；显然她不觉得蒋纯祖底问话是愚笨的。她把腋下挟着的乐谱和书放在柜台上，问店家要青色的线。蒋纯祖没有力量走开，于是伸手取那本书。他好久便注意着她所读的书；他看到那本书是《国家革命》。他看了她一眼，打开书来。他深深地被她感动了；她，黄杏清，读《国家与革命》，这是不平凡的。他迅速地看了两行，被书本感动。黄杏清活泼地转过头来，带着一种愉快的力量，向他欢欣地微笑。

“这本书，是你底吗?”蒋纯祖问，幸福得脸红。

“我的。——不，另外的，大一点的!”她向店家说。她笑着看着蒋纯祖；短的，柔细的发丝在大风中飘到她底洁白的小脸上来。

“我应该走了!”蒋纯祖想。但他不能够动。

“怎么弄的呀！时间不早了!”黄杏清向店家愉快地发怒说；她底洁白的，柔嫩的小手，搁在柜台上。

蒋纯祖，赞美她底话，笑着看着她；蒋纯祖底眼光说：“是的，时间不早了，但他们不能懂得这个！而我愿意时间还早；我明白你也愿意!”黄杏清看着他底眼睛。忽然，黄杏清底明亮的眼睛异样地闪烁了一下；她转过头去。

蒋纯祖脸红了。

黄杏清有了凝神的，瞑想的表情；她凝视远方。短的，柔细的发丝在大风中飘到她底不动的庄严的小脸上来。她显然忘记了目前的一切。她突然地惊醒，咬着下唇，匆促地笑了一笑，露出一种觉醒的力量来，接过了伙计递给她的纸包。

她沉静地严肃地站在街边，站在大风里，她底眼睛在黑暗中闪灼。

“我要向里面的巷子走了。”蒋纯祖笑着说。

“好，再见!”黄杏清以清脆的声音说，向前走去。

幸福的蒋纯祖穿街走去，在巷口站住，看着她底身影；大风中街道上没有行人，而各处的灯火清晰地，愉快地在浓厚的黑暗中发亮。蒋纯祖迅速地追着她走去。黄杏清走到学校的街口，回头凝望，但未看见走在黑暗的街心的蒋纯祖。黄杏清没有想到有看见蒋纯祖的可能，所以毫未注意街心；她凝望远处的那家店铺，显然的，在温暖的大风中的刚才的短促的时间留下了温柔的，不平常的记忆。黄杏清在痴想中站了一下，然后走进小街。

她底这个凝视对于蒋纯祖是大的意外。蒋纯祖确信她已经看见了他，甜蜜而慌乱。蒋纯祖跟着走进小街；但黄杏清已经进门，传出了关门的声音。

"她会知道的，她会开门的，她爱我！"蒋纯祖想，站在门外。

紧靠后堵的楼房底右边，窗户亮了。蒋纯祖站在校门对面的空场上，屏息地注视着。窗户打开了，黄杏清倚在窗上，凝望着远方。

温暖的大风在沉静的深夜中吹着，黄杏清不动地倚在楼窗上。黄杏清在楼窗上可以看见灯火灿烂的汉口，并可以看见在江中悄悄地行驶着的渡轮；在楼下的校园中，茂盛的花木在大风里摇摆；杂乱的，低矮的花丛起伏着疾速而柔软的波浪。风里充满了夜间的花底浓厚的，沉重的香气。

蒋纯祖在空场上站着，注视着黄杏清。这个爱情是这样的深刻；处在异常的精神兴奋里面的蒋纯祖，脸上有苍白的，严肃的光辉；唇上有细弱的笑纹。蒋纯祖是在燃烧着，这种火焰愈猛烈就愈严肃。在最初，蒋纯祖有绮丽的感情；想到所爱的人在想着他，却不知道和他距离得这么近，心里有甜蜜。他确信黄杏清在想着他，他初次尝到这样浓烈的甜蜜。他初次尝到，便认为这是他底每日的粮食了。接着他更猛烈地燃烧；好像是因为深夜中的大风的缘故，这火焰深藏到内部去，有一种严肃的，清醒的，可以叫做意志的力量在他心里发生。甜蜜更深刻，青春的诗意的梦更明确，蒋纯祖突然安静了。

他想到在屠格涅夫底小说里，那个男主人公站在那个叫做利莎的女主人公底花园里，凝望着她底美丽的窗户的情景。他还想到别的；但这些想像都很微弱；在那个清新的，甜美的力量下，他觉得他要永远担落到他底肩上来的一切，并要做一切。他底肉体安祥，他底灵魂深远；他什么也没有想，他从未如此清醒而深邃地意识过他底生命。他感到最近一个月来支配着他的那些感情和思想，是虚伪的。因为它们变成遥远的，不相干的了。

他从未想到他是否能够得到黄杏清；他甚至未想到他是否需要得到黄杏清。他本能地觉得这一切是不可能的。现在他更相信这是不可能的，主要的是因为较之黄杏清，他更爱自己底美丽的梦境和高贵的；激越的感情——虽然他自己并未意识到这个。站在大风里，他实现了一切；他更尊敬，更爱自己。这种情绪联络着诗意的想像：在浓厚的黑暗中照出来的明亮的愉快的灯火，寂寞的、黑暗的街道，黄杏清底忧伤的，深刻的内心。她底对别人的欢欣的努力，她底值得珍重的秘密，她底勤苦的操守和革命的思想，以及她房里的洁净的陈设——于是黄杏清对他显得更遥远了。这就是说，他，蒋纯祖，在武汉，只有在这一个时间里尊敬，并喜悦自己，将要在这个时代飞得更遥远。

他将永远纪念她，黄杏清。他现在就意识到，后来更明白，假如他曾经对一个女子怀抱过最纯洁，最高贵的情操的话，那这个女子就是黄杏清。

"她在想着什么？在夜里不能睡去，她底怜爱而温柔的思想，她原谅一切，多么高贵的女子啊！"蒋纯祖①。

"她也许痛苦，也许凄凉，那是因为这个时代，而大风吹开她底头发，她看着什么？"他想；"我将去了！我将到她这样地望着的地方去，而永不回来！那么，祝福你啊！我也不愿扰乱。不愿惊动你，我去了祝福你，而你在每个深夜望着远方，在夏天底甜蜜的夜，在冬天底寒冷的夜，又在寂寞的，凄凉的秋夜我祝福你，而且祝福我们底这个时代啊！——人类在光明中生存！"

大风继续吹着。在黑暗的天空中好像有蓬松的，温暖的云疾速地飞过屋顶。蒋纯祖退了一步，看见被茂盛的树枝遮着的

---

① 原文如此，疑有漏字。

另一扇窗户里有灯火。灯火在浓黑中更明亮。黄杏清动手关窗,大风吹开窗叶。黄杏清,好像很懒,又站了一下,然后重新关窗户。

随即她房里的灯火熄灭了。蒋纯祖凄凉。甜蜜,有眼泪。

“我永不忘记,亲爱的人!”他低声说。

轮渡已经停航,蒋纯祖就在码头上站了下来。他靠着栏杆,……风继续吹着,天空里飞过的蓬松的云可以看到;这种云是只在春季才有的——城市完全入睡了。蒋纯祖什么也不能想,但觉得自己悲伤而幸福。一切是这样的严肃,表现力量;这样的美丽,表现爱情。这样的动荡的时代,这样的悲伤和幸福。对江的大钟敲了一点,蒋纯祖兴奋地听着渐趋微弱的,宽宏的声音;他觉得这声音永不消失。沉寂的江里有激怒的浪涛,远处灯火灿烂的江轮进口,传来嘹亮的汽笛声。蒋纯祖突然发出有力的、柔软的、急迫的、无声的哭泣。

蒋纯祖在江边徘徊,直到黎明。

蒋纯祖不再到姐姐家去。他遇到傅钟芬两次,和很多人在一起,傅钟芬对他很冷淡。蒋纯祖注意到,在复杂的友情关系中,傅钟芬有了新的严肃;这种变异给蒋纯祖留下了悲苦的,然而兴奋的,特殊的印象。蒋纯祖后来知道,傅钟芬在这个时候已经卷入了新的恋爱。但傅钟芬难于遗忘最初的接吻,难于遗忘她底不寻常的蒋纯祖,在蒋纯祖随演剧队离开武汉前给他写了一封感伤的长信。信里尽量地,天真而扰乱地描写了她底感情。她说她害怕任何东西;任何朋友底变异都使她伤心。她说她以后再不会得到,再不会得到——因为她底心已经破碎。

蒋纯祖深深地被感动。在剧队临出发的时候,蒋纯祖到姐姐家里去辞行,交给了傅钟芬一封长信,说:他感激她,永不忘记她,将来他们要再见。蒋纯祖,是在悲苦的雄心里面说了这些话的。蒋淑珍和他谈了很久,主要的是谈傅钟芬底恋爱和离家的企图:傅钟芬预备加入另一个剧队,从而离家。蒋淑珍痛苦,衰弱，变得噜嗦，重复地，愤怒地说明傅钟芬不能够离家，并长篇大论地用很多例子攻击演剧队。蒋淑珍觉得自己是高贵的——蒋纯祖从未看过她这样地讥刺一切。蒋家底女儿底骄傲的，贵族的性格在她底身上显露了出来，她是强烈地感觉到，这个新的时代使她陷入了微贱与贫穷，侮辱了她。她说，她是蒋捷三底女儿，在从前是那样的富有！她未流泪，她以燃烧的眼睛看着蒋纯祖。

蒋纯祖低着头。

“而现在要我来求人，你底少祖哥哥那样大模大样地过活！你们这些年青人有什么可喜的？有什么喜的？几百万生灵涂炭的灾难，有什么可喜的？”蒋淑珍说，支着头，唇边有激烈的笑纹；“那些人算得什么？他们混水摸鱼！”她说。“而我们蒋家从前过的是怎样的生活？”她收回右手，以左手支头，望着墙角。显然她竭力企图压制自己而不能。

“钟芬！”她喊。

傅钟芬走了进来，苍白的脸上有愤怒的表情；看见了激怒着的母亲，愤怒隐藏，她露出惶惑。傅钟芬比一切人都明白母亲底执拗，虽然很少遇到这种执拗。

“钟芬，你爸爸说，我们下个月就要上四川，你不许……去唱戏！”灰白的蒋淑珍严肃地说。

“我不过这样说，根本就没有决定，妈妈！”微弱下来的傅钟芬说。

“那就是……”

“但是……但是我有自由；”傅钟芬低声说，露出痛苦的表情来。

蒋淑珍愤怒地看了她一眼。

“我有自由！”傅钟芬大声地说，特别因为蒋纯祖在旁边，坚持起来。“爸爸说过……而我自己，有生活的自由，不然我就跑掉，哼！”她说，看了母亲一眼，沉默着。突然她伤心地哭起来。

蒋淑珍站起来走进内房。蒋纯祖跟随着她，沉默地看着她。

蒋纯祖说，他去了，她轻轻地点头。蒋纯祖走出，她倒在床上流泪。

蒋纯祖严肃地走过傅钟芬，看了她一眼，往外走。傅钟芬跟着他。女儿们，在这种境遇里，丝毫不能体会到父母们底绝望的痛苦。

“你底信我看了！”哭红了眼睛的傅钟芬说，嗅着鼻子。

蒋纯祖点头。

“我们将来总会见到。”她说。

“是的。”他回答，往外走。

“我告诉你，黄杏清结婚了，和一个人，昨天结婚了！”傅钟芬突然地说。

蒋纯祖震动了一下，但露出淡漠的表情来。他突然妒嫉——他觉得他是妒嫉傅钟芬。

“为什么要告诉我？”他冷淡地问。

“没有什么，偶然想到……那么，将来再见！”

“再见！”

傅钟芬站在桌前，愈想愈伤心，重新啼哭了。

“是的，她结婚了，当然是她！”蒋纯祖走出门，痛苦地想：“还在四天前我看到她，她在有些嫌热的太阳里一个人静静地走，穿着灰色的短外衣，街上充满了灰尘，她苦笑，和我点头！是的，有些红润的脸，美丽的黑眼睛，她和我点头，我仍然看见她，心里很幸福！我从来没有向她说过我爱她，当然她不知道！在她面前，我没有勇气！而对生活又有无限的勇气……是的！她结婚了，她是什么时候恋爱的？她底丈夫是怎样的男子？那么，在那个晚上，她当然不是想念我了！”他痛苦地，妒嫉地想；但他心里有声音告诉他说，黄杏清是纯洁而崇高的，他，蒋纯祖，不应该如此自私。

“是的，我明白，最崇高的感情，它是沉默的。它一定是永远沉默的。而人要健全地，勇敢地，光明地生活：在一个月前的那个深夜里，她使我懂得了这个。青春是壮阔的，我要出发。”他想，不觉地大步，行走起来；街上飞扬着灰尘，五月的热辣的太阳照耀着；“让她遗忘我，而让我记住她，直到最后。她底选择是不会错的，同时我底选择也不错！生命永远向前，我祝福她！”

蒋纯祖，感动而庄严，大步行走。事实是，他底心已不再需要黄杏清；那个温柔的，纯洁的梦，脱离了造作的感伤，脱离了“露西亚”底故事和中国底古老的故事的奇异的联想，成了光明的，永恒的纪念了。蒋纯祖在新的生活里获得了位置，于是脱离了痛苦的道学思想和奇怪的感伤，永不愿记起它们了。现在是，贝多芬底交响乐，喷泻出辉煌的声音来，蒋纯祖向前走去，追求青春的，光明的生活，追求自身底辉煌的成功。

没有力量能够束缚青春底强烈的欲求。

演剧队出发到重庆去。

第七章

这是常有的情形：热情的时代过去，人们不爱任何人，没有一个真正的朋友，但熟识无数的人。蒋少祖觉得生活宽阔如海洋，因为他熟识那么多的人，见到那么繁复的生活。但在这些人里面他不爱任何人。他并不因此而觉得不安；他想现实就是如此。在功利主义的世界里，每一个人物带着特殊的情调在蒋少祖面前出现，蒋少祖深切地认为这是心灵底世界。人生里面的老手，用心灵底游戏，理性底狡诈伴随着严肃的思想；心灵底热情的门永恒紧闭了。

蒋少祖在这一段时间里生活得很紧张；但同时他蒙眬地觉得他对一切都怀疑，他对人生已经厌倦。再无爱情和热烈的理想使心灵开放，蒋少祖觉得对人生已经厌倦。可以说，他是活在深刻的嫉恨里，嫉恨激刺着他底精力饱和的生命。到了某种年龄——不一定是实际的年龄——的中国人，觉得自己对一切都不满，终于忽然发现自己对一切都满意，如有不满，就是不满人间还有不满自己底满意者在。于是开始成了大的或小的产业底主人，表扬功绩，嘲笑青春，穿着安适的衣服生活下去了。他们所觉得安适的衣服，是他们底祖先觉得安适，或觉得不安，终于还是觉得安适的那一种。

蒋少祖尖锐地看到在社会内部底各种问题，但这些问题所给他的感觉，已不是年青时代的苦闷和苦恼，而是那种优美的自我感激，这种自我感激以嫉恨为养料。他开始觉得问题是简单的，但事务是复杂的——人们把一切弄得如此的复杂；人们花言巧语，虚伪地浪漫，迷惑青年。最后是，他已经逐渐地感到厌倦了。

他高兴他底思想是明确的。他现在所想的,都是他往昔已经想过的;往昔不曾解决的,现在解决了。他不明白,何以这样简单的道理,他往昔不能知道。

蒋少祖和一家报纸有密切的来往。这家报纸是他以前在上海认识的几个朋友建立的。蒋少祖在上面发表文章,说,目前的一切问题底根本,是智识份子底堕落。士大夫风气不振,因而士气民气不振,因而社会道德紊乱。蒋少祖说,这个道理,是中国底历史强烈地证明了的。蒋少祖反对中国人底固步自封和浅薄的,半瓢水的欧化,颂扬独立自主的精神,说明非工业和科学不足以拯救中国。

蒋少祖当记得,在过去几年,欧化的问题,是使他如何的痛苦。对于蒋少祖,欧洲的文化,曾经是一个强烈的诱惑;他觉得是灵魂的试验。他记得,并高兴记得这个。他觉得,青春的诱惑是过去了,他,蒋少祖,负了这样深的伤,获得凯旋了。他觉得他尊重欧洲底文化和中国古代底文化,主要的因为它底风气严谨,内容深刻;他憎恨现代中国底和日本底智识阶级,因为他们浅薄,自私,夸大。他在文章里面明白地指出,市面上流行的那些政治经济的书籍,都是从日文译出,而早经苏联认为不正确,废弃了的。

蒋少祖觉得他心里有一种新的,明确化了的情热,那就是他爱中国这个民族,因为它有那样悠久,那样辉煌的历史;敌人底侵略使他更爱这个民族,并更爱它底悠久的,辉煌的历史。他觉得他真有这样的感情,或理智上他觉得是如此:他称呼这为新的民族主义。他希望中国能建立民主的,近代化的,强大的国家。他认为,假如各党各派不再自私,这个国家便能够即刻建立。他衷心地希望,这个新的国家能尊重往昔的文化。

他想到政府的形式和内容,想到宪法和民主的问题。他觉得中国底民众缺乏知识和教养;他承认这使他痛苦。但他,蒋少祖,不觉得在民众这一方面,生活有什么痛苦,这使他有轻微的惶惑。他觉得每个人都有痛苦，也都有对环境敏感的愉快的适应，在这里没有阶级的问题。

中国底民众，嫉恨，多半是羡慕上层阶级的人们底幸福的生活；上层阶级的人们，在他们底生活里没有民众。智识份子们，首先苦闷着需求解决的，是政治的，文化的问题；他们觉得在民众这一方面，道路已经确定，或问题已经解决；他们底生活里面同样的没有他们。他们很少能感觉到他们；他们不觉得他们存在；他们觉得他们是异类，但他们又感觉不到阶级底区分，因为他们所见到的，是陌生的路人和卑微的邻人。大家都是路人和邻人，心灵之间永远没有交通。而终于，那些智识份子们，就憎恶起这些构造出腥臭的市场和肮脏的街道的顽固的，愚笨的，无教养的路人和邻人起来。

蒋少祖确然没有从民众得到什么。他想不出来他和民众有怎样的关系；他想是有一种历史的，和抽象的关系。在历史的意味上，或在抽象的观念上，他，蒋少祖，领导了民众，为民众而工作。另一些知识份子们，则想到他们是出身于贫苦的民众。于是他们就满足了。

人们很难描画出狭小的功利世界是怎样造成的；它可能是这样表现的，就是，蒋少祖熟识无数的人，觉得生活宽阔如海洋，而每一个人是一个波浪；觉得这是自己底心灵的生活。

三月中旬，发生了某些智识份子为陈独秀而辩护的事情。蒋少祖严肃地注意了两天。第二天深夜里，他思索了关于中国二十年来的革命的各种问题。主要的问题是，对政治人物的历史估价和民族底政治良心，因为只是这个问题，才是和他有密切的关系。思想是偶然地展开的，在这里，没有他平素所喜爱的逻辑工作。最后的结论是，他尊敬陈独秀，因为他是文化底战士和有良心的学者。他认为某方底关于陈独秀的议论，说陈独秀是托派汉奸，是丑恶的污蔑。于是他下了决心，写了一篇精粹的，沉痛的文章。

明白中国二十年来的局势和这些智识份子们底精神状态

的，就能明白蒋少祖底决心。他觉得，为陈独秀辩护是严重的；他是为正义而战斗。他底几个朋友的那种动摇的态度，首先是激怒了他，继而是使他感到沉痛。写这篇文章的时候，他想，他，蒋少祖，宁愿在刀枪下流血，不能让正义沦亡。然而不能意识到他那个强烈的嫉妒。

他写这篇文章，主要的是因为嫉恨；在这种嫉恨中，他觉得陈独秀是无限地值得尊敬和同情，而正义是无限地辉煌。他不认识陈独秀，他觉得他底行为是光明磊落的。

第三天，这篇短文在报纸上发表了。当天下午，他接到了陈独秀派人送来的条子。陈独秀，读到了他底文章，请他去谈话。

蒋少祖故意地耽搁了一下，很冷静地想了一下，决定践约。他确信自己能够不表露任何情感，确信在正义之前，陈独秀是不重要的，去践约了，他希望使陈独秀知道，他是为正义而做一切，并准备承担一切，毫不看重个人的因素的。然而他实在是希望结识陈独秀的。

蒋少祖敲门的时候，陈独秀从另一边迅速地，异常迅速地走了出来。这是一个驼背的，瘦小的人。他迅速地出现，以锐利的、寒冷的眼光看着蒋少祖；他不招呼蒋少祖；蒋少祖觉得有一点意外，站了下来，犹豫地向他点头。

陈独秀看着蒋少祖有五秒钟，然后迅速地，确定地点头，脸部无表情，目光不动：这是刚愎的老人们常有情形。陈独秀几乎是无声地推开门，引蒋少祖走进房。房间底陈设很优雅。

“坐，”陈独秀说，敏捷地指了一下椅子。

蒋少祖有礼地笑了笑，坐了下来，疑问地看着他。

“陈先生请坐！”他欠腰，匆促地笑，说。

陈独秀在衣袖里拢着手，无表情地看着他，然后飞速地环顾，好像觉得身后有什么东西。

“我不坐。你底文章我看到了！很好，很好！”陈独秀大声说；陈独秀毫未寒暄，开始谈话，在房里疾速地徘徊，从这个壁角跑到那个壁角，显然他内部有焦灼的，不安的力量在冲击，并显然地企图控制它。当他第二次走过蒋少祖身边的时候，蒋少祖注意到，他底锐利的小眼睛里的寒冷的，凝固的光芒已被一种热燥的，烈性的东西所代替，而他底眼角强烈地搐动着。蒋少祖不得不注意到在这个人底内部突击着的那种刚愎的，热燥的力量了。

陈独秀迅速地，然而几乎是无声地在房内奔跑，不看蒋少祖，不回答蒋少祖底问题，好像未听见蒋少祖底任何话，愤怒地说着。蒋少祖希望有机会表达尊敬，并窥探力量。蒋少祖脸上有注意的，恭敬的，做出来的愉悦的表情。

陈独秀继续在房内奔跑——简直是冲击，他底小眼睛闪烁着，而他底小的，尖削的头伸向前。他奔跑好像笼中的老鼠。他所说的关于他底政治纠纷的话，都是极一般的；但他底这种冲击使这些话显得是严重的，深刻的，不平凡的；使蒋少祖觉得它们只是为他而说的。

陈独秀突然地在窗前站住了，同时他沉默了。好像这个停止于他自己也是意外的；他脸上有茫然的表情，他沉入瞑想，或者在休息，望着窗外，忘记了蒋少祖。

"陈先生看中国可以从苏联得到多一点的东西么?"蒋少祖愉快地问。

陈独秀被惊醒，回头，好像未听懂，看着蒋少祖。

"苏——联?"他忽然大声说。好像斥骂蒋少祖。他又沉默了。他脸上疲困的神情。然后他又回头凝望蒋少祖，好像不认识他。好像不懂得他何以要坐在这里。

蒋少祖恭敬地愁闷地笑着。陈独秀缓缓地摇头；这摇头底意义是暧昧的。

"中国底前途呢?"在这个机会里，蒋少祖露出舒适的愉快的态度，问。

"是的，"陈独秀点头，说。"你要抽烟吧?"他问。

"我不。"蒋少祖回答，笑了一笑，然后低头在膝上搓手。

"这位老兄，吓!"蒋少祖快乐地想像人们在亲切的朋友面前所想的。

“中国要工业和科学！工业，民主，科学，我说！”陈独秀说，重新露出愤怒的，热燥的表情，向对面的壁角跑去。“必需打击盲动的道路，必需打击！要联合一切力量打击！”他迅速地走了回来，“必需是量底增加，量底增加！”他站住，做了一个明确的手势。“我假使要利用社会底弱点，我早就推翻了一切。”他以和缓的，打抖的声音说；这种声音第一次出现。“对日本的战争，必需是一个革命，在革命底性质已经没有了的时候，就直接革命，这是质底变化，单独地完成的！”他说。他重新走到窗边，沉默了。蒋少祖注意到他底脸上有茫然的，痛苦的神情。

蒋少祖冷静地意识到面前的这个人是不幸的人。他想他什么也不会得到，留在这里是无益的，于是他站起来告辞了，陈独秀注意地看着他，沉默着。他向门外走。陈独秀从地上拾起一根火柴来，放在桌子上，看了它一眼——这种动作，显然是无意识的——送蒋少祖到台阶前，向他点头。蒋少祖回头，陈独秀已经消失了。

“这就是全世界闻名的人物，叱咤风云的英雄?”蒋少祖想；“人世的道路多么艰难，应该步步当心啊！”他感动地想。

对陈独秀的同情与尊敬，变成了对自己的同情尊敬，接着蒋少祖重新意识到，为了正义，他底行为是高尚的。

“这位老兄，吓?”蒋少祖突然笑了起来，说。显然的，对于陈独秀，他心里有亲切的情绪。这种情绪是轻浮的，中国人觉得它是可爱的。中国人，在成了道地的中国人以后，觉得一切人都是朋友，对别人，特别是对自己异常地谄媚，亲切，喜悦，好像追着自己底尾巴打圈圈的善良的狗。

大体上说，蒋少祖是愉快的，有时候，陈景惠所带给他的那一切，对于他是特别生动可爱的。他现在感觉到了家庭生活底好处，懂得了那种克己，那种“在平静的湖湾上照耀着的温暖的日光”。中国底成年了的智识阶级，都懂得这个的；那些缺乏想像和教养的官僚们，是只懂得追求财富，权势，和享乐，而智识阶级底人们，则有着清秀的想像和庄严的学理，对于他们，对于无罪的、和平的他们，家庭生活渐渐地就成了人世底最善的理想。他们特别感到他们底生存底历史意义；他们是直接地承继，并向往着他们底祖先。人们常常看到，优秀的智识份子们，在他们底家庭里，是和平而尊严的；他们特别地认识到东方精神和平庄严，与宽大。当然时常也有口角，但决不如那些市民阶级底丈夫们那样愚蠢和粗暴。他们对他们底妻子是很冷淡的；他们监视着那些妻子们。

陈景惠，当温柔不能征服的时候，自然就畏惧，并崇拜蒋少祖。但宽阔的交际生活使陈景惠对丈夫有着苛求；在交际生活所刺激起来的这一切里，妻子们底坚强是可惊的。但陈景惠，像大半在宗法家庭里长大起来的妇女们一样，有着严肃的家庭观念，不会走到什么可惊的路上去。她只是顽强地希望着压伏自己底畏惧心，屈服丈夫。于是她以发现蒋少祖底弱点为乐。渐渐地这就成了感情上的癖好；蒋少祖底每一个弱点，都能增强她对他的爱情——她自己是这样相信的。增强轻蔑，常常就是增强了爱情。

关于陈独秀的文章受到了某几方面的批评，蒋少祖起初觉得害怕了；但接着说觉得这些批评是很可怜的。蒋少祖接着写了批评政府的文章：这意思是很明显的，但他以文化人的身份向汪精卫写了一封关于政治和文化的信，并附呈了这篇文章。几天以后，汪精卫召见了他。

蒋少祖觉得自己是明白十年来的中国政局的。他是仇恨过汪精卫的。但现在，汪精卫底“动人的历史”使他发生了某种感慨。汪精卫在战争中间表现了怯懦的动摇；但自觉了解中国底形势的蒋少祖自觉了解他；而了解常常就带来了同情，蒋少祖觉得只有汪精卫一个人是看清了中国，没有被热情冲昏的。蒋少祖无疑地是拥护战争的，但他反对了那些被热情冲昏了头脑的人们和机械的，顽固的，想做拯救中国的英雄的人们；特别对后者，他有着强烈的仇恨，于是汪精卫就成了美丽的花朵了。蒋少祖反对汪精卫底动摇，但汪精卫底这种弱点使他感到亲切：他，蒋少祖，怜恤这一朵美丽的花。

人们感觉到谁，了解谁，同情谁，是被人们底生活决定的；常常是二十岁以前就决定了的。人们习于这个世界上发现相同的弱点，同情，谄媚，并喜悦自己；微贱的人们底弱点，民众们底弱点，是被上层社会人们憎恶着，或被虚伪地对待着；小书记同情小书记，但更多的是同情科长，假若这位科长被发现了弱点的话。

近代的思潮，是使大半智识份子们憎恶那些愚蠢而狡猾的，顽固的，自以为是英雄的人们，因为他们，知识份子们，没有这种弱点。他们喜悦"自由主义者"。汪精卫，这位迷人的人物，被发现了弱点。所谓功利主义，所谓攀附权贵，所谓投机和动摇，常常是这样地发生的，或常常是这样地表现出来的。所以，人们是难以直接地击中这种投机和动摇的。人们底生活，基础是非常的深，感情是非常的坚定的。蒋少祖在这个世界上已无目标，于是他觉得他有了鲜明的，实在的目标；蒋少祖毫无疑虑。

汪精卫，显然是在阴晦的，恶劣的情[绪]中。他底对知识阶级的这种活动，目的是很显著的。汪精卫现在是失意的，愁苦的人。他当记得是怎样走到这个世界里来的；他当记得年青时代的那种豪奢的，放逸的，英雄主义的情绪；他当记得，二十七年以前，那颗炸弹是怎样地爆炸，而那首诗，是怎样地唱了出来。他一直是豪奢的，放逸的人；英雄的情绪消逝，就有了贵族的情绪。他是多情的。他是烦恼的。他对自己是很温柔的。他是冷酷的。

对民众们，他是冷酷无情的；他和想像的民众，想像的祖国恋爱，因为对他自己是温柔的。几年前，他在刺客底枪弹里倒下，说："我为党国而死……"他确信是如此。他能够，在非牺牲不可，已经牺牲了的时候以世界上最动人的方式牺牲性命，但他不能够牺牲自己。在战争以前，他想像自己是为中国而劳瘁，想像自己是异常吃力地拖着这个笨重的中国，好像老马拖破车。但战争爆发，政治统一，中国奔跑了。于是他吃惊地感觉到，现在，是中国在拖着他了，先前，他拖着中国，现在，中国拖着他。另外的人们，是成为英雄，得到无上的权力，而他，汪精卫，将失去一切。他对将来异常明白；可以说，他对这个拖着他的中国感到茫然，他对他自己底那个中国却异常明白。

于是在他底周围统集了失意的一群。他有很多的同情者。几个月以后，他带着这失意的，丑恶的一群从重庆跑到南京，在敌人底支配下成立了汉奸政府了。

…………

早晨八点钟，蒋少祖到汪精卫私邸底门前候见。蒋少祖等了两个钟点，坐在候见室里看着进进出出的，衣著华贵的人们。候见室里最初有一个胖子坐着，不知何故异常嫌恶地看着蒋少祖；这个胖子底两腮和两眼下面有长着麻痣的，奇怪可厌的肉袋；这个胖子打着大红领结；蒋少祖不知道他是什么人，怕有错，严肃地坐着。最后他决定向这个胖子谈话。在他开口的时候有人跨进门来，胖子慢慢地看了他一眼，和这个人一同走出去了。蒋少祖羞辱得苍白，咬着下唇。这时被引进来一个矮小的，戴眼镜的人，这个人愉快地向蒋少祖行礼，并递出名片来。所谓上流社会的人们，是常常这样地在要人们底会客厅里结识的。蒋少祖在被羞辱之后有傲慢的情绪，明白面前的这个人是不重要的，冷淡有礼地给了名片，不愿说话。

这个人说，他看过蒋少祖底文章，印象很深。这个人是外交界的。他谦恭而有礼，显然他认为这对他是有利的。他明白在野的智识份子们底某种执拗和傲慢；他认为政府应该愉快地对待这些智识份子们；他认为他代表政府。他底态度很愉快，但因为是在这种会客室里，他在饶舌之后表示不愿多说话。他确信这是由于大的尊敬与自尊。

蒋少祖问他英美底态度怎样。他笑了一笑，说很好；接着他又笑了一笑。外交官底代表政府的态度使蒋少祖不快，他沉默着。

“但是，我们底看法有时候异常地需要，从各方面，尤其是从我们底文化界得到贵重而新鲜的参考，蒋先生以为英美底态度将要怎样地发展呢？特别在伦敦底援华会议以后？”青年的外交官以愉快的，富于友情的声音说，显然他酷爱这种长句子，显然这种长句子使他享受到一种美感；并且显然他认为，为了说话有节制，长句子是必需的。

蒋少祖回答说，国际底援助，主要地要靠自己底努力。他低声加上说，战争是不能中途妥协的，外交官愉快地点头，转身注意候见室底陈设和趣味；一般地认为，会见要人以前，必需从候见室或类似的地方得到关于这个要人底性情的有力的暗示。他们沉默了。蒋少祖冷淡地注视着这位外交官底不快的努力。仆役通报接见，蒋少祖站了起来，有了兴奋的，生动的心情。

他和外交官互相行礼。这个礼节特别地和善。他走了出来，通过廊道；廊道两边有白色的，素净的花。蒋少祖觉得廊道里的光线愉悦而和畅；他希奇光线为什么这样愉悦而和畅。他在柔软的地毡上疾速地行走，觉得自己充满了精力。

穿制服的仆人打开门。蒋少祖惊异地望了一下——他不知望什么。他看见，在明亮的，优美的房间内，他，那个人，坐在窗前；那个人站了起来，生动地，热烈地笑着，迅速地向前走了一步。蒋少祖希望明白一切，缓缓地走进房，向这个热情的人深深的鞠躬；蒋少祖从未如此深深地鞠躬。这个人做了一个生动的手势，无声地笑着。这个人对蒋少祖是这样地热情；这个人眼里有光辉；这一切使蒋少祖甜畅而安适，蒋少祖在大桌子对面的籐椅上坐了下来。

蒋少祖有严肃的表情；蒋少祖谦恭地坐着，注视着他，汪精卫。

汪精卫坐下来，支起腿，无声地笑着；笑容变得柔弱，露出了忧愁。他放开腿，虚假地，做作地笑着，玩弄桌上的钢笔，显然他开始想着别的。他盼顾，额上露出了深的皱纹，他脸上有了不安和烦恼，他底丰满的嘴角下垂。他有一分钟的样子忘记了蒋少祖。然后他忽然重新笑了起来，丢下手里的钢笔，看着蒋少祖。因为缺乏内心底准备的缘故，他底这个笑容是无感情的。

他，汪精卫，明了自己底地位，明了这些人，明了蒋少祖。他使蒋少祖获得快乐，他谄媚自己；他底心需要无穷的养料。他在每一个人身上看出对自己的热爱；他生来便会做戏，蛊惑到别人和自己。但时常他底恶劣的阴冷的心情，好像地窖里面的冷气，在他底脸上显露了出来。

汪精卫甜美而奇异地笑着说，他抱着无穷的希望。他露出一种诡秘的慎重，和一种闪灼的忧郁接着说，他相信中国，他喜欢中国底文化和民众。他底声音是颤抖的，低缓的。他是出奇地暧昧，他未说他对什么抱着无穷的希望。

"曾经是，将来也是！"汪精卫甜美地说，长久地张着嘴，但无笑容。

这一切对蒋少祖造成了热烈的，兴奋的印象；他差不多已被蛊惑，相信是汪精卫和他，蒋少祖在创造着中国。但他底思想，是较冷静的；他总觉得这一切里面有一种不平常的，暧昧的，甚至阴冷的东西。他预备提出问题；他希望使汪精卫喜悦；他觉得这是于他有利的。

他等了一下。汪精卫未提到他底来信和文章。他难于想像汪精卫，是已经忘记了这个。

"我觉得很宠幸！"他柔弱地笑着，以打抖的，富于表情的声音说。

汪精卫张着嘴，看着他，好像很耽心。

"我是拥护政府，拥护汪先生的，"蒋少祖以细弱的声音说，不自然地笑着。他沉默了一下。"汪先生对抗战底前途怎样看法？有一点，我们是觉得迷茫的。"他说，希望谄媚汪精卫。

"啊，是的！"汪精卫说。"我们抗战？"他生动地偏头，说，"我们地大物博人众，我们是弱国，我们是弱国之民，我们抗战唯有牺牲，我们唯有以焦土回答敌人！抗战到最后一个人，流了最后一滴血，我们就算胜利！我们拿什么抗战？我们唯有牺牲，牺牲！”汪精卫以生动的，女性的声音说，脸上有耽溺的，甜蜜的神情。

汪精卫忧郁地笑看着蒋少祖。

汪精卫，这个握着最高的权力的，特殊的人底生动的声音和目光使蒋少祖有甜蜜的快乐。他冷静地想，汪精卫是做戏，是虚伪的，但心里的快乐更强。他想，汪精卫底话是暧昧而值得怀疑的，他，蒋少祖，应该尊敬自己，但心里的快乐更强。他心里有声音说：“是他和我创造中国，支配中国，他和我！”

“我是反对他底德意路线的，我是反对的！”蒋少祖想。但他心里有声音说；“只要对我们底中国有利，什么路线都是好的；世界是自私的，而他和我支配中国，他和我！”

“我希望文化界表示这个意思，就是英美就不值得信任的，而苏联充满了毒辣的阴谋！”汪精卫突然用力地说；他底眼睛闪灼了一下；他底脸上瞬间地出现了一种战栗。但接着他笑得更和蔼，好像刚才的那种情绪不过是违反他底本意的一种偶然。“我希望表现这个意思……我个人特别地信任，”他做了一个手势：他欠腰，以密语的方式说。

蒋少祖严肃地看着他。蒋少祖安静了，良心和自尊心相结合，在他心里抬起头来。他清楚地感觉到，汪精卫是希望着和他底正直的生涯相违反的东西，他蒋少祖不能满足是汪精卫。他清楚地，有力地意识到潜伏着的，将要来临的政治底风暴，在这个风暴里，指示，并支持着他的，将是他的良心。

他早就知道汪精卫，并知道汪精卫底这一切；他同情汪精卫；进门的时候他还想着这一切，警惕着自己。但恰恰在这个房间里他忘记了这个，在这个房间里，是充满了汪精卫，充满了权力，名望，谄媚，蛊惑。人们很容易想像，一个中国的智识份子，坐在汪精卫对面——听着甜蜜的话，受着离奇的宠幸，差不多不明白汪精卫在说着什么，但觉得这是人生底紧要的瞬间，他，这个智识份子，是怀着怎样的情绪和意念。人们都在做着飞黄腾达的好梦，在这种瞬间，就准备献出一切；那种人们耻于知道，蒋少祖耻于感觉到的热情，是伴随着某种理性底狡诈，燃烧着。在蒋少祖同时觉得有暧昧的，阴沉的，苦闷的东西；他不知不觉地看到，并抓住这种东西，以救济自己底热情。他心里有声音说他和汪精卫将支配一切；这种声音，被蒋少祖的狡诈的理性所默许，是汪精卫在这个人间的辉煌的，几乎是唯一的成就。年青的人们有着良好的或不良的热情，人们都知道；人们不知道，面对着飞黄腾达的老于世故的人们底这种热情；被狡诈的理性所默许，它这种热情，是无限的可怕；年青时代因吞食人生教条而被忽略的那些阴晦的"蛊惑"，当生活赤裸出来的时候，就消灭了一切教条——为什么要相信教条？——燃烧了出来。年青时来无条件地信任着自己是在过着全新的，积极的，进步的生活的智识份子们，年青的时代向社会宣战而对自己无知的人们，疏忽了真正的青春的人们，到了三十岁——这是中国底年龄——就满足下来，成了这种热情底牺牲了。

但在不幸的中国，在这里，特别值得歌颂的，是所谓书生本色的那一种东西，在这里，蒋少祖就感激地记起来，他是蒋捷三底儿子；在这里，蒋少祖就记起来了，古中国的士大夫们底刚直，而忠厚的灵魂。这就是他所谓将在将来的风暴里支持着他的良心。蒋少祖眼睛向着汪精卫，看见了他底静穆的悲沉的祖先们。

"贱贫不能移，富贵不能屈；金钱不能收买我们，权力不能屈服我们！"这些祖先们，唱着这样悲的歌，走了过去。

蒋少祖向汪精卫笑了特别严肃，特别诚恳的笑。

他想他无需说什么。他想只要不违反良心，他可以效忠汪精卫，以得到利益，就是说，他可以利用汪精卫。但现在一切显然不同。

汪精卫显然很懂得蒋少祖。汪精卫垂下眼睑，轻轻地抚摩他底洁白的，柔嫩的小手，脸上有了瞑想的，犹豫的烦恼的表情。汪精卫显得疲乏，异常疲乏，他底瞑想是如此地深沉起来，以至于未觉察到蒋少祖底动作。

蒋少祖现在觉得自己是真的同情这个人物。他站了起来。

汪精卫恍惚地抬头看他，继续抚摩着自己底手；好像不认识他。

"是的，"汪精卫柔弱地低声说。他自己都不知道他在说什么。

蒋少祖恭敬地鞠躬；汪精卫未起立，恍惚地点头。蒋少祖走了出来；看见肥胖的，面带怒容的陈璧君疾速地走来，蒋少祖站下让路；不知为什么，蒋少祖觉得汪精卫底这夫人充满了整个的走道。蒋少祖失意地走出走道，未再注意到两旁的白色的，素净的花。

走过候见室的时候，那位年轻的外交官愉快地走出来，拦住他。

"蒋先生有什么感想？"外交官问，快活地笑着。

"汪先生底工作太重。"蒋少祖冷淡而有礼地说。

"他身体健康吗？"外交官显然认为蒋少祖故意地骄傲，特别关切地问，面带活泼的愁容。

蒋少祖笑了笑，说汪先生身体极佳。

"那真是谢天谢地！那真是！……啊！"

蒋少祖走出来，在门外被一个熟识的新闻记者追上了。这位记者忧愁地问他。汪精卫对抗战底前途如何看法，并问他个人对这个接见作何感想！蒋少祖明白汪精卫对他的接见将被各方面所注意，态度很慎重。但因为这位记者是个熟人，并因为他有些兴奋，他还是说了一切。

蒋少祖现在对权贵很冷淡。这位记者和他底朋友们底报纸有关系，但思想有某种偏向，地位是不简单的，所以蒋少祖显得对汪精卫特别的冷淡。他说，这只是官僚们的把戏，没有什么新玩意的。

记者先生做了一个歪嘴，蒋少祖没有注意到。这位记者对蒋少祖含着敌意，因此在蒋少祖面前显得特别活泼；富于自信的，精力充沛的人们是常常用这种活泼来满足敌意的。他向蒋少祖做出忧愁的面孔来，又做出信任的感动的面孔来；他不时做歪嘴，并笑出声音。

蒋少祖终于觉察到了。

“这件事,是关系全中国的,”蒋少祖活泼地说,不一定指什么,看了记者一眼,向前走去。

“我给你发表了! 喂!”记者站起来了,快乐地喊。蒋少祖没有答,也做了一个歪嘴。

蒋少祖上了人力车。车夫问他到哪里去,他随便说了一个地名,下车后他疾速地行走,毫未想到要到哪里去。他看见蒋纯祖和一群男女一同跑过街道;他看见好几个熟人,但却没有想到要招呼。他底头脑曾充满了纷杂的思想。经过熟识的旧书店的时候,他站了下来。

店伙计,一个高大的北方人,殷勤地向他问好;他匆促地点头,走到柜台里面去,柜台上面,是积着灰尘的;在旧书店这一类的地方,总是积着灰尘的;因为即使没有灰尘,人们也觉得它有。

还是在少年的时候,蒋少祖便获得了关于中国底古书和它们底版本的知识;他曾经一度忘记它们,但在较安静的时候,他还是能从它们得到一种追怀和一种审美的激动。几年前,他猛烈地攻击中国底文化;在这个战争里,他的心灵不安地战慄着,最后他是惶惑着,因为他不能从任何文化潮流里面找到出路,但因为一切新文化底战士们都是那样的确信,并且有着光荣的缘故,他就觉得他底惶惑可耻。于是,在可以称为投机的那种感情上,他既攻击得更猛烈,但对于苦闷的,强烈而年轻的蒋少祖:这究竟不能够说是投机;中国底新的青年们,总要以整个的自己来寻求新的道路的;开始的时候的确是如此的。蒋少祖崇拜了伏尔泰和卢梭,崇拜了席勒底强盗们,尼采底超人和拜仑底绝望的英雄们。关于被压迫的人们底苦难,关于被歪屈的民族生命底痛苦,关于贵族底,布尔乔亚底无耻的荒淫,关于普洛米修士们悲壮的呼号,关于中世纪的黑暗和文艺复兴的光明,关于一切种类的社会主义和无政府主义,蒋少祖是有着智识的。那种追怀的感情和那种审美的激动,是一度的完全移到这些上面来。这可以说是一种贪婪，一种耽溺，一种知识人底无上的自私，蒋少祖以为他看到了光明，但这个耽溺的时期过去，他发现自己不得到什么；他做出一种理智来，呼吁革命和时代的精神，因为他觉得，假若不如此，他便会灭亡。这种恐惧，这种理智的努力，是表现在中国大多数的智识人的身上，大半表现在机械的，教条的努力上，因为他们觉得非如此不可，于是表现在中国大多数的智识人身上，大半表现在机械上，因为他们觉得非如此不可，于是便相信是如此了。但蒋少祖也反对机械和教条，因为他仇恶站在机械和教条上面的那个权力。蒋少祖记得，他是完全的自由主义者，他未向任何权力屈服。

就是这样的一个战争，就是这样地，蒋少祖感动了新生的青年们。要说明这个战争底内容怎样地渐渐变化，以至于渐渐消失，是艰难的。这或是由于年青的时代业已过去，或许是由于他，蒋少祖，在这个战争里没有职位，没有胜利的缘故。

蒋少祖底喊声显得微弱了；在波涛汹涌的武汉显得更微弱了。他自己知道这个，因而他底嫉恨更强，更恶毒。蒋少祖坦白地意识到，人们是为自己个人底利益而生活的；他向自己承认了这个，为了打击获得利益更多的别的集团和别的个人。他觉得这是心灵底新的觉醒。他底心灵觉醒了，他底生活建立，而且固定了，他底思想明晰，有着冷静的逻辑了。于是他就忘记了那些超人们，那些苦行者，和那些普洛米修士们。这些普洛米修士们，是需要想像的，遥远的，浪漫的东西，而蒋少祖，生活在中国，对中国底生活有着这样的经历；他渐渐地就意识到，中国底固有的文明，寂静而深远，是不会被任何新的东西动摇的；新底东西只能附属它。但他还未想到要公然地表示这种精神的倾向；他是在西欧底文化中生活过一些时的，所以他心里有暧昧的恐惧和苦闷。他只是在文章里面好像很偶然地提到古代的中国和孔子；他只是读更多的旧书，做更多的旧诗——他集纳了多年来所做的旧诗，其中有一首是为追怀卢梭而作的。古旧的追怀和对中国底一切的审美的激动，无比地强烈了起来，他成了版本搜集家了。在那些布满斑渍的，散发着酸湿的气味的钦定本，摹殿本，宋本和明本里面，蒋少祖嗅到了人间最温柔，最迷人的气息，感到这个民族底顽强的生命，它底平静的，悠远的呼吸。

他底朋友们对他底这种工作，或这种境界的赞美使他愉快。这是他在目前的生活里所能得到的唯一的愉快——他觉得是真正的愉快。他相信这是一种高超的精神境界。所以，走进这家熟识的旧书店，他头脑里的那些杂乱的思想就消失了，他突然地安静了，觉得是离开了世俗的烦恼。

他买了一本版式很小的七言诗集，因为他对这个选者底锐利的眼光和特殊的意境很觉得有趣，都是田园诗，都是不闻名的，很少看到的作家。他走了出来，那个北方人向他殷勤地鞠躬。

在街口他遇到了蒋秀菊。他显然很兴奋。她告诉他说：她要到难民收容所去看一个从前的同学。她希望他能陪她去；他答应了。

蒋少祖注意到，妹妹装扮得朴素而精致。他注意到，在那件短的，新鲜的绿色的袍子上，在它底肩部，腰身，和下幅，妹妹是化费了大的匠心的。蒋少祖觉得，是这件衣服使妹妹如此地充满了愉快的活力的；她，蒋秀菊，显然意识到了人们底艳羡的目光。她的丰满的手臂是赤裸着的，烫卷了的长发披在她的肩上；从每一个蓬松的、光阔的发卷中间，洁白的，丰满的颈部闪耀着。蒋少祖突然明白了，对于一个女人，一件好的衣服有怎样的价值；他从妹妹身上才明白这个，因为他不愿从陈景惠身上去明白这个。

蒋少祖暗暗地想，他不能满意现在中国妇女底装束。

蒋秀菊要去看的这个朋友，是最近才从南京逃出来的。她这个教会女生在武汉各处贴了条子找寻熟人。蒋秀菊刚刚看到这个条子。她决定要招待这个朋友；她不说帮助，而说招待，因为她深感近来的生活太沉闷。她底新婚的丈夫是每天都在外面跑，企图谋一个外交界差事[1]。

---

① 原文如此，据原版书后附勘误表更正为“外交界底差事”。

在路上，蒋少祖问她近来怎样。她回答说，她觉得已经被大家忘记了。蒋少祖了解地笑了一笑。

难民收容所在一座宽大的，好像庙宇的房子里。沿街各处贴着寻人的字条，收容所底正面的灰色的堵壁上贴得更多。收容所底卑湿底的大院落里，和正面的宽走廊上挤满了人。在凌乱的箱笼和行李中间站着或坐着。收容所正在开午饭；两个大的饭桶放在院落中间。难民们围着饭桶像蜜蜂，发出热烘烘的噪杂的声音。

蒋少祖走上台阶。便站住了。蒋秀菊却一直跑了进去，迅速地消失在人群里面。一分钟的样子，她的鲜美的身影在衣着肮脏的，佩着白布的难民们底间隙里显露了出来。然后又消失了，又在另一个间隙里显露了出来。蒋少祖听到了她底娇嫩的，兴奋的喊声。蒋少祖想到，为什么她会在这些和自己相反，甚至是敌对的人群里如此的勇敢；暨[①]说，为什么她会这样地“在感情里面生活”，没有理性。蒋秀菊红着脸从人群里面跑了出来，迅速地跳过那些行李和箱笼，在她的后面，跟随着一个穿着乡下女人底黑布衣裳的，苍白的女子。

吃饭的难民们暧昧的看着他们。一个奔跑着的男孩撞在蒋秀菊身上，蒋秀菊站下愤怒地叫了一声，然后愉快地笑着看朋友，喘息着，面颊更红润。

“我底哥哥，蒋少祖！”蒋秀菊介绍说；“我底同学，张端芳！”

张端芳嘴里含着饭。发现蒋少祖在异常注意地看她，苍白的消瘦的脸发红。她底眼睛迅速地闪灼了一下。她是有着温婉的忧郁的脸孔和明亮着的，美丽的眼睛；她的四肢软柔而纤小。于是蒋少祖就从那套丑怪的乡下女人底眼[②]里，找到了一个南京底教会女生；而从白布条的难民符号下面，找到一颗贞淑的坚忍的心了。

---

① 原文如此，据原版书后附勘误表更正为“就是说”。

② 原文如此，据原版书后附勘误表更正为“衣服里”。

“我们出去详细谈吧！我们出去吧！”蒋秀菊兴奋地说。“但是……也许……我回去拿衣服来给你换好不好?”她迅速地说，脸红，笑着。

“不要，”张端芳说。她也许没有勇气和蒋秀菊一路出去的，但因为蒋秀菊这么说了，她露出了文静的，严肃的神情。她所经历的那些苦难，增强了她底自尊心。

她是经历了那么多的苦难；好像是，在这些凄凉的时日中，她，一个教会女生，批评了往昔的一切梦想，获得了某种哲学。这是性格沉静的人常常做得到的。主要的是因为蒋秀菊底快乐的生活，和在旁边的，是陌生的蒋少祖，她脸上没有丝毫兴奋的表情。她的确是很柔顺。

蒋秀菊告诉她说，她底叔叔住在武昌。她点点头，向蒋秀菊要了详细的地址。蒋少祖觉得，这个女子在这种场合能这样冷静，是希奇的。

但他立刻便明白了她为什么缘故这样冷静，在饭店里，她说了逃难的经过；她带着一种猛烈的仇恨表情说起了日本军队开入南京城的情形，这种猛烈的仇恨是突然之间被唤醒的；这不是那种扰乱的内心亢奋，这是一种严肃的，清晰的，有力的东西，她底声音从忧愁的调子提高，这种仇恨情绪使她底言语更明晰，思想更紧密，表现力更强，并且理解力更深。她说敌人底坦克车和马队最先进城，——开进冒着烟的，废墟一般的城市，她说——中国军继续有混乱的，悲壮的抵抗；但无耻的汉奸们拿着花束和太阳旗显露了出来，而其中有金素痕底父亲金小川。她说到敌人在明故宫以机关枪射死四百个中国兵的情形；她说敌人做着杀人竞赛，各处有屠杀和强奸。她说，敌人冲进教堂，冲进教会学校，强奸了，饿了三天的妇女们，其中有她底姐姐。但是最毒辣的是：——她以打抖的声音说——敌人用坦克车装了糖果，分散给中国底孩子们，中国的下一代。

她突然哭了！

“告诉我，你们什么时候打回南京？……为什么汉口，这样，好像很太平！……”

蒋秀菊脸发白，努力克制自己，默默地流下眼泪来。她用手帕掩住眼睛。

“你要失望的，小姐！你要失望的！汉口还有跳舞场，照样！”蒋少祖说，含着冷笑。

“为什么？”张端芳问，注意到蒋少祖底讥刺的目光。

“但是只要有信心，我们会打回南京的！”蒋少祖痛苦地冷笑着，说。

“……是的，景惠假若遭遇了这些，会不会这样严肃，这样强烈？”蒋少祖看着张端芳，痛苦而冷静地想。

“我不同意你底话！我相信我们底国家，我相信政府要马上，马上打回去！”蒋秀菊愤怒地向蒋少祖说。在蒋秀菊心中，发生了对国家的热情；但主要的是对朋友的为朋友辩护的热情：妇女们，只有在这些地方，才能感觉到国家，而一感觉到，就对它发生爱情。中国底妇女们，在她们底生活中，感觉不到中国底男子们底国家；她们觉得国家是一个供给她们底丈夫们以职业和争吵的对象的，为那些有天才，会争吵，有时有些可恶的人们所组成的具体的，活生生的机构。假如她们对一只鸡或一头猫也常常责骂，妒嫉，抚爱的话，她们对她们底国家也是如此。

所以，无论妹妹怎样说，蒋少祖觉得她底话是空泛的。

张端芳严肃地沉默着。蒋少祖走过去给钱，蒋秀菊立刻奔跑着追上去，红着脸责骂他。她，蒋秀菊，在这个世界上，已经是独立的，懂得生活的女子了。战胜了哥哥，她底眼睛潮湿了。

“她刚才在说国家，说打回去，现在她却以全部精力来抢着付钱了！”蒋少祖感动地想。

蒋秀菊要哥哥一同到她家里去。因为哥哥在她结婚那天以后，还没有去过。在路上她继续向张端芳询问南京底劫难。她小心地提到朋友底被强奸了的姐姐；她脸上有着恐惧的，愤怒的神情。

王伦在家，热烈地，异常热烈地欢迎了蒋少祖。他希望，他好久就希望他底这个有着名望的，重要的亲戚来看他。他认为这个亲戚是他底婚姻底最大的获得之一；他生怕蒋少祖看不起他。他是恭敬，生动，善于谈话；蒋少祖觉得他对另外的人必不曾如此。他沉默地听了蒋秀菊的关于南京底劫难的描述。蒋秀菊是带着冷酷的神情说出来的，她希望王伦为她心里的一切而感动他，王伦，应该知道这一切底高超的价值。她表示了她对于南京底沉痛的，深挚的感情。王伦沉默着，避免插嘴，因为那会使她底话变得冗长。蒋秀菊失望，迅速地做了结束，矜持地站起来，领朋友到内房去。她们刚离开，王伦便开始向蒋少祖生动地说话。他说他对南京底这一切觉得很沉痛。接着他就谈起他自己底希望来。在全部谈话里，他专谈他自己。他是这样的自私，同时是这样的坦率；他谈自己时毫无不安，他显得愉快而诚恳。

他向蒋少祖说，必需有好的环境和好的生活，一个人才能够做学问底工作。不知他，蒋少祖认为这个意见对不对。于是他说，他已经接到了一家洋行底聘书。洋行底待遇是很好的，但人事底环境离他底理想太远；他，王伦，现在并不缺钱，并且四年以内也不会缺钱；他只是希望接触到有希望的，上流社会的人们；他希望进入外交界，从而到国外去研究神学。

他很恭敬地向蒋少祖分析了中国底一切。他认为中国必需现代化；中国底希望在那种人身上：他们对欧美各国有着深刻的认识，具有世界的眼光，年青而富有。这种人将要取得国际底声誉和信任，在中国建立起现代化的都市，建立起电气、工业、科学和宗教来。他，王伦，决定献身于宗教底研究，首先希望接近政治界和外交界底这一批人，以外交界底身份出国——他有钱，他说——四年或五年以后再回国，从事他底工作。他希望建立一个纯粹为中国人所主持的学院。

“你以为我底计划对不对呢？我有点头绪了！……但是我总是烦恼，总是烦恼！”他说，他底眼睛和悦地笑着；“昨天我底朋友英国人奚尼告诉我，他要给我友谊的帮助；还有梅特先生，他是在中国有名的人，你知道吗？他向我说，要赶快，要赶快！但是……我烦恼……”他愉快地笑着说。显然他底烦恼在于他已经结婚。

这个漂亮的，文雅的年青人是坦白得令人可喜。他说话底风度很适当；他底话并无值得诟病的地方：蒋少祖也希望中国成为现代化的国家的。但蒋少祖觉得有些厌恶。蒋少祖突然感觉到，所谓现代化的国家，所谓工业与科学，是有很多种类的；在王伦这里是他从来未曾遇到的，完全新的一种。他觉得，王伦和他底那年青而富有的一群底现代化的国家，将是完全奴化的国家。他嫉恨地想到，假如中国需要文化的话，帝国主义的日本和共产主义的苏联已经是直接的主子了，等待欧美。是大可不必的。

蒋少祖，由于阴险的恶意的缘故，开始赞美王伦底理想。他愉快地说，这一切正是他，蒋少祖，对中国所希望的。他觉得他是把这个青年人向悬崖推了一下，想到这个青年人将在这个悬崖下面跌得粉碎；他感到无限的快意。但他从未想到对另外的，他底弟弟那样的青年们这样推一下；他只是悲天悯人地向他们说教，或直接地攻击他们。

“你说的好极了，是的，是这样，中国需要这样的理想！”他快乐地，生动地说，在这种情绪里开始觉得他对王伦有某种喜悦；“你这样说了，我希望你坚决地去实行，奋斗到底！你并不是没有才干的，啊！”

王伦严肃地看着他。王伦露出洁白的，细密的牙齿，快乐地笑了。

“你真的赞成吗？”

“怎么不？”

“真是谢谢你！”王伦站起来，庄严地说，眼里有光辉；“我决不辜负我自己，我要做！”停了一会，他感动地加上说：“将来能够那样地回到南京去，我是多么快乐啊！”

“是的，你是多么快乐啊！”蒋少祖想。但向王伦露出赞美的笑容。在这里，怀着嫉恨而激赏自己的，老于世故的蒋少祖，他底心灵和面孔，变成了完全相反的两件东西了。

蒋秀菊含着同样的矜持走了出来，在她后面跟随着换上了短袖的，时髦的单衫的张端芳。

“将来我们能回到南京，是多么快乐啊！”王伦快乐地向蒋秀菊走了一步，说。

“什么？”蒋秀菊惊异地问。

王伦高兴地温柔地笑着，看着她。于是她眼里有了微笑。

“是的，当然，”她说，笑着走了过来。“你应该倒茶给哥哥，你怎么不加一点！”她迅速地说，脸微红。

“你把地上又丢上纸头了！”她加上说，拾起纸头来，揉成一团。

她底话是简短，坚决，而迅速的；她底脸微微泛红。蒋少祖注意到，在这两句话，和随着这两句话的细致的，自信而又羞怯的表现里，妹妹显露了她底对自己底家庭的严肃的意识，她底作为主人的虚荣，和她底对丈夫的温柔的爱情。现在又振作了起来：她是永无休止地向一个固定的方向努力。

看见陌生的，在新的衣服里面变得更陌生的张端芳，王伦变得更严肃；他想不到要说什么，他坐着不动。张端芳坐了下来，不觉地做了两个温柔的，细致的动作，以适应新的衣服，欣赏，并抚爱自己。她是做得很严肃的；她身上仿佛有了甜美而精致的，奇异的力量；她未意识到别人底存在。似乎是洗了澡之后，在这件新的衣服里，那个教会女生的张端芳觉醒了；往昔的最细微的感觉觉醒了，她甜畅，惊异，严肃地体会着经历了空前的苦难的自己底生命。

发觉蒋少祖在固执地看着她，她垂下头来；然后她看着蒋秀菊。

“我想过江找我叔叔去了。”她站起来，忧愁地小声说。

蒋秀菊说愿意陪她去。蒋少祖站起来，表示要和她们一路离开。

“你等我，两个钟点就回来，啊！”蒋秀菊温存地向王伦说，她底眼睛笑着。

张端芳唇边有嘲弄的，喜悦的微笑。她向王伦文雅地鞠躬。

王伦向蒋少祖恭敬地鞠躬。

“谢谢您底指示。”他严肃地，和悦地说。

……

他们在江边遇到警报。敌机即刻就临空。在沉重的威胁的机声下，停泊在江心的一艘灰绿色的小舰发出了猛烈的爆炸声……它向敌机射击。接着各处响起了清脆的，尖锐的高射炮声。敌机从武昌越江向北飞行；从西方的明亮而静止的云群里，出现了中国机底强大的编队。在白云下面，中国机底迅速而英武的飞行，使大家激动了。

于是开始了激烈的空战。

蒋少祖们跑到江边的一只废弃了的囤船上，站在那里。一架敌机尾部冒烟，然后左翼冒烟，迅速地向下坠落，地面上各处腾起了欢呼声；蒋秀菊狂喜地拍手。传来了沉重的震撼，敌机投弹了；地面上统治着死寂：大家看见一架中国机发出可怖的锐声迅速地向武昌的方面坠落。

蒋秀菊惊怖地看着这架坠落的飞机：那里面有英雄的，年青的，垂死的生命。张端芳一直紧张地沉默着。她看着这架飞机，不觉地做了一个无力的手部动作，好像她企图把这架飞机抬起来，但又意识到这是不可能的。

另一架敌机冒烟，坠落了，地面上腾起了更强的欢呼声。蒋少祖听见了张端芳底轻微的声音：她说：“我满足，我底一生满足了，我满足……”她底脸死白；她底嘴唇战栗着。蒋少祖有了眼泪，虽然他相信这个空战并不能给他以多大的激动。

蒋少祖想到汪精卫，觉得汪精卫是模糊的，遥远的了。他觉得，在这里，在激烈的空中战争下面，有妹妹，有张端芳，有有意义的，自由的生活，而那个模糊的，遥远的东西曾经企图妨碍这种生活。

过江以后，蒋少祖和妹妹分手，到报馆里去。他底杂志底新的一期已经排好;他取到了校样。他和两个朋友偶然地长谈了起来;谈话是从刚才的空战开始的。蒋少祖批评了汪精卫,他说汪精卫是违背民族底意志的:直到此刻他才能对汪精卫下如此明白的批评。他们谈到中国底前途,谈到了文化底问题。这两个朋友同声地赞扬中国底固有的文化,证明它是一切新事物底泉源。蒋少祖沉默着。蒋少祖因这个问题底鲜明的提起而有了苦闷的灰暗的心情。

蒋少祖疾速地赶回家去。他觉得他必需解决他底苦闷的心情,他必需做什么。他走进门,看见了他底被仆人领着的、抱着一个精致的,玩具的坦克车的小孩。小孩叫喊着要爸爸,但被这个爸爸底严厉的面孔怔住了。

"为什么让他玩坦车?这样的女人!"蒋少祖想,向小孩点了点头,走了进去。

他是住着舒适的,上等的楼房。已经是黄昏,楼道底电灯未亮。从楼梯左边的客室里,传出了妇女们底热闹的,生动的声音,显然她们在赌博:玩扑克牌——从门缝里射出兴奋的灯光来,烟雾在寂寞地浮动。蒋少祖觉得有一种痛苦,好像是楼梯上的灰暗的光线使他痛苦;他异常迅速地奔上楼,愤怒地推开书房底门。他觉得非常吃力;他脱下了上衣,抛在椅子里。他想他应该吃过饭再做事。他犹豫地站在昏黯中。

窗上有黄昏底温柔的,沉静的光明。他想他无需等吃饭;他应该即刻做什么。他觉得痛苦,非常痛苦;他忘记了痛苦直接的原因,他觉得是他底生活使他痛苦,是陈景惠使他痛苦。他走出书房,轻轻底推开通平台的玻璃门,走上平台。

平台打扫得很洁净,浴在夕阳底静穆的光辉中;晚风凉爽而轻柔。平台向着布满绿草和野花的山坡;左边远处有池塘,在夕阳中闪着光辉。更远处是蛇山底荒凉的山麓,一个细小的,黑色的人影停留在山脊上,在落日底光照中,显出了和平的庄严。天边有层叠的,放着透明的光采的云群。云群在缓慢地,沉默地舒卷,逐渐黯淡,透出紫红色的微光来。

蒋少祖站在栏杆前，深深地吸了几口气，凝视着云群。

“我为何如此匆忙？人世底一切究竟有什么意义？”蒋少祖想。

他底心震动了一下；他觉得有深沉的力量向内心凝聚：这个思想带来了严重的，紧张的感情。他扶住栏杆，疑问地凝望天边。隔壁的平台上出现了一个时装的，瘦长的女人，站在晾着的衣裳中间眺望落日，即刻就进去了。在她进去以后，蒋少祖才向她底平台机械地望了一眼。楼下传来了妇女们底兴奋的哄笑声。远处传来青年男女们底嘹亮的歌声；蒋少祖机械底听出来歌词是：“快乐的心随着歌声跳荡，快乐的人们神采飞扬！”蒋少祖底唇边露出了忧愁的，柔弱的微笑。

“这就是我们时代，我们中国底生活？我见到一切，知道一切；没有人底心经历得像我这样多，我底过程是独特的，那一切我觉得是不平凡的；我有过快乐，我很有理由想，给我一个支点，我能够举起地球来——我曾经这样相信，现在也如此；谁都不能否认我在现代中国底地位，谁都不能否认我底奋斗，我底光辉的历史，但归根结底是，二十年来，我为了什么这样的匆忙？难道就为了这个么？我为什么不满足？为何如此匆忙？每天有这样的黄昏，这样的宁静而深远，那棵树永远那样站立着，直到它底死——我们底祖先是这样地生活了过来，我却为何这样无知，这样匆忙？为什么，我，这样急急地向——向我底坟墓奔去？”蒋少祖想。差不多每一个人，都这样地激赏自己，都这样地——有些狂妄：觉得自己是光辉而独特；所以，在这里，蒋少祖激动地把自己提到那个向静穆的境界的追求上去了，这种向静穆的追求，就成了中国这个时代底这种特别自私，特别自爱的心灵底最高的，也是最后的工作了。

蒋少祖的确是异常匆忙地——从他离开苏州开始，度过了将近二十年的光阴。他追求着，有时在这种追求里沉醉着——到了现在，他开始不明白自己为什么追求，以及追求着什么了。于是，面对着照在落日底光辉下的静穆的大地，他觉得自己清醒了。大地底静穆，向他，蒋少祖，启示了他认为是最高的哲学。中国现代的智识份子们，在都市中生活，并不真的那样强烈地爱好自然；但他们底血液里有着这种元素；或者是，他们底血液里有着这种哲学底元素，于是在某一天，突然地从沉默着的自然界得到了对于他们底这种哲学需要的证明，他们便庄严地，思辩地爱好起自然来了。一切似乎是准备好了的：为了他们底苦恼的心，有了静穆的，大地底存在。蒋少祖心里有了神秘的，严肃的感动。落日底光辉幽暗下去，晚风更轻柔了。

蒋少祖想到，祖先底魂灵在他底心中，他对于静穆的天地的这种激动，是他底祖先们底魂灵底激动；那些祖先们，和静穆的天地相依为命，是怎样动人地开辟了子孙万世底生活。蒋少祖沉痛地想，近代的自私的、愚昧的、标新立异而争权夺利的人们，甘心做某种主义，或别的国家底奴才，引导无知的青年的走向道德堕落的深渊，是怎样的污蔑了这个民族底伟大的祖先。蒋少祖悲悯这个时代，悲悯那些无知的，纯洁的青年们！

他是无穷地嫉恨；但现在他觉得他从来只是悲悯。

"我从此向着我底伟大的祖先，向着灵魂底静穆；我爱这个民族，甚于任何人。"蒋少祖含着眼泪想。太阳在层云中沉没了，黑暗浓厚起来，远处的山边有灯火闪耀。蒋少祖严肃地站着，凝望着山边上的在夜色里站立着的一棵孤独的树；这棵树将站着，在风雨里和阳光里同样地站着，为了另一棵树——为了它底下一代，直到它死亡。陈景惠拉开装在弹簧上的玻璃门迅速地走了出来。

"少祖，少祖，怎么你都回来了！怎样？"她问，脸上有兴奋的、热烈的表情。

"什么怎样？"蒋少祖不满地问。

"什么呀！他，汪精卫！"陈景惠倦怠地侧着身体，在栏杆上手支着面颊，甜蜜地问。

"你底那些客人呢？"

"她们一定不肯吃饭；她们回去了！"

蒋少祖沉默着，看见了站在门前的、眼睛严肃地闪耀着的小孩。

陈景惠甜蜜地笑了一笑，又笑了一笑；好像有某种思想，好像她身上有幸福的力量。蒋少祖望着她——她温柔、满足、顺从，准备更温柔、更顺从；蒋少祖觉得，比起新婚的时候来，陈景惠是更动人了；主要的，她懂得人生了，虽然有一些倾向是不良好的，但这是经验了人生的妇女们所不可免的。于是蒋少祖忘记了对她的不满。

小孩严肃地站在旁边：他觉得他是尊严的，应该满足。

"我问你汪精卫呀！她们都问我！"陈景惠说，伸手理平他底衣袖。

"汪精卫没有什么意思。"蒋少祖微讽地说。"我和他谈了有二十分钟，"他庄严地说；"他觉得我底意见是很正确的，但他这个人，有一种偏向，资产阶级底偏向，"他说，虽然汪精卫并未说过关于他底意见的话。在家庭底尊严中，他确信他比原来更伟大：他不想意识到他是在说谎。

"那么，中国底前途呢？……"陈景惠温柔地问："……是的，汪精卫底房间里怎样？听说他常常要拥抱别人，对不对？"她接着问。她不希望蒋少祖回答她底第一个问题。

"这个不知道。"蒋少祖笑着说："我遇见陈璧君。"

"她说什么？她怎样？她很胖，很丑么？"

蒋少祖笑着不答。蒋少祖抱起小孩来，庄严地望着远方，然后吻小孩。

"晚上再谈罢。"他说。他吻陈景惠底等待接吻的嘴唇。这个家庭好久没有如此愉快。

饭后，蒋少祖走进书房。他觉得他可以工作，他打开台灯，坐了下来。但在他提起笔来的时候，他发觉他底头脑里没有任何一个观念。他呆呆地坐着。外面开始刮风：春季底温暖的大风。在这个同一的夜里，在这个大风下，他底弟弟蒋纯祖是激动地站在黄杏清底窗前。他们谁都没有想到，在世界上，同时有两种不同的生活。

蒋少祖想起了上海底某一个刮着大风的夜，想起了王桂英。

“她现在哪里呢？”他想。

他记得，在最初，他对王桂英异常歉疚：王桂英使他痛苦得几乎发狂。他觉得他是做了不忠实，不道德的事，像一切年青人一样，他觉得没有脸孔生存。王桂英在这个人间的存在，始终是他底痛苦。王桂英和夏陆结合，他就开始轻蔑她，这样地缓和了自己底痛苦。但他有妒嫉。王桂英进入电影界，他判断她即将堕落，但因为，他觉得自己并不是她底堕落底唯一的原因，他并未特殊地不安；但在听说王桂英坚持着自己，在电影界获得了成就的时候，他就又有兴奋和妒嫉。他不愿知道，他是在妒嫉王桂英并没有堕落。于是，他希望她堕落，好像她，王桂英，是他底障碍。差不多有两年的时间，他只是为击倒王桂英，至少使她痛苦而努力工作；这是一种极强的热情，他工作着，获取成就和声名，只为了击倒王桂英——虽然他自己在当时极不愿相信这个。他必需压倒她底向上的努力，必需使她痛苦地想起他来；必需使她为他而痛苦，在这个痛苦中倒下，他底这种野兽般的情热才能够满足。并且，在这种热情和想像里，他感觉到一种浪漫的美丽；他觉得自己是不幸的英雄——多少文学作品都在这种美感里面表现了它们底主人公。直到他听说王桂英“堕落”了的时候，他才从这种热情里醒来。但立刻又代以另一种热情，即道德的满足：他悼念生活在南京底湖畔的那个王桂英。他觉得他是一直在这样悼念：他在道德的满足中责备自己。……在这一串心灵底痛苦的狡诈之后，他底理性使他对王桂英沉默了。几年来，他就忘记了她。

现在，刮着大风的温暖的夜晚，他突然地想起了她。这首先是一种严肃的惊异。他告诉自己说，他和王桂英再无关系。于是他明白了他往昔对她是如何的自私；他告诉自己说，他希望她现在能有好的生活。

他相信他真是如此的希望。于是他开始分析，并判断王桂英和他，蒋少祖底过去。这个工作他做过多次，但都失败了。这一次，他觉得他成功了。

他想他在过去是热情、浪漫、被西欧的自由主义、颓废主义以及个性解放等等所影响，是像目前的一切青年的一样，值得怜悯的。他想是那种个性解放的冲动使他无视社会秩序，而做出了这件事的。他觉得这是对的，因为这是为他底生命所必需的一个过程；而现在，他已经到达了另一个过程：人生底最后的过程。解放了的个性，应该更尊重生存底价值，并应该懂得别人底个性，和别人底生存底价值。人不是为了毁灭而生活的，虽然这个阶段是不可免的；获得了这个痛苦的经验，经验了多年的痛苦，人应该懂得尊重社会秩序底必要：只有在社会秩序里，人才能完成个性解放；他，蒋少祖，在这个社会秩序里面，逐渐地完成了这个。他愿意重复地说，在年青的时候，浪漫和毁灭是不可免的；所以，目前的这些青年们，是值得怜悯的，这些青年们，在经验了苦难以后，会明白这个真理。人必需从苦难认识真理。

他继续想，王桂英也许是成了社会秩序和个性解放底牺牲。王桂英也反抗，也要求个性解放，但因为她倾慕虚荣，不知道工作，倚赖男子，所以就不能在社会秩序里完成这个解放。几十年来，没有一个女子能真的获得这种解放；王桂英不是第一个，也不是最后一个，历史底逻辑，是冷酷无情的，但他，蒋少祖，觉得痛心。目前武汉的这一批年青的女子们，没有一个能够懂得这种历史底教训：她们是那样的浮薄而虚荣，被某种权力引诱着和利用着，被锁闭在革命的机械主义里，不能知道人性底复杂，即使连王桂英们所经验到的那种青春的激情和个性解放都不能够得到。她们，目前武汉的这一批妇女们，基础更浅薄，令人觉得历史是在倒退。由于这个，他，蒋少祖，更为王桂英底牺牲痛心。他觉得王桂英要比目前的这一批虚荣地拜服于权力的女子美好得多。

但他，蒋少祖，今天毕竟看见一个真正地出于中国底生活的女子了：这就是张端芳。蒋少祖想，张端芳没有接受任何外来的思想，真实地经历了中国底生活，在苦难里纯朴而鲜明地表现了中国这个民族底热情、意志、和希望。张端芳是那样的温婉，那样的沉静——她是纯粹的中国女子；中国需要这样的女子。张端芳是这个民族血脉，是这个民族底最高的理想，因此她必会完成她底自我解放。在这个空前的战争中，张端芳体验了苦难；这个战争给了她，给了真正的中国女子以一条直接的解放底道路。这个战争纯粹是中国民族的，这个战争将击碎一切外来的偏见。

中国底文化，必需是从中国发生出来的——蒋少祖想——这个民族生存了五千年，不是偶然的；它生存了五千年，因为它能够产生张端芳这样的女子，能够产生花木兰和秦良玉，并因为它能够产生他，蒋少祖这样的男子，能够产生孔子，老子，吕不韦和王安石。这个民族底气魄是雄浑的。那么，为什么要崇奉西欧底文化，西欧底知识阶级？

“显然这就是问题了！显然这里是，”蒋少祖说，用手指击桌面，“中国底一切底问题根本，为什么大家都忽视这个问题？为什么？”

他点燃一只烟，深深地吸了一口；他抱着头，他觉得头脑里面突然空虚，他露出愁苦的表情；他心里突然觉得有些滑稽，他不能知道究竟什么东西有些滑稽，他做了一个歪脸，并笑了一下：在严肃和苦闷中人们常常如此。周围是深沉的寂静；外面的大风吹得更猛烈：这种大风含着一种新生的、温暖的力量，它常常预示夏季底暴雷雨。

蒋少祖觉得自己在逐渐地沉下去：在他周围有什么东西变得深沉起来。他心里有苦闷，接着他感到恐惧。他感觉到了他十年来所做的斗争：在这十年内，他相信自己是为了新的中国和新的文化而斗争；他很明白，只是因为这个，他才有现在的成功。他觉得他是在孤独中飞得太高了，以至于忘记了自己底出发点。他觉得他不应该跟青年们隔离；这样地隔离下去，他，蒋少祖，会走上官僚底道路。他恐惧地想，他，蒋少祖，不应该如此隔离新的东西。

“复古？是的，我难道是——复古？”他说；他眼里有明亮的光辉；他站了起来。

对于蒋少祖，这是可怖的思想：正如离婚对于中国底旧式的妇女们是可怖的思想一样。向自己说出了这两个字，蒋少祖便看到了辛亥革命以来的无数的知识份子们，他们被后代的青年无情地指摘：这些青年们，在他们底可怜的坟墓上，抛掷了难堪的羞辱。而他，蒋少祖，曾经是这些青年们里面的杰出的一个。

他现在看见了他们；眼睛冷冷地发光的、含着痛苦的冷笑的他们。他看见他们在嘲笑他；他看见目前的这些青年们以人间最毒辣的方式攻击他，以他底流血和死亡为快乐。

蒋少祖痛苦而兴奋，全身发冷，在房间里疾速地徘徊。他好像野兽准备战斗。他心里有了一种渴望：他渴望自己更痛苦。他想他是出卖了自己了；他想他是背叛了五四运动底、新文化底传统了；他想他底生活是破灭了；他想封建余孽和官僚们是张开手臂来，等待拥抱他了。但他并不更痛苦；想着这夸张的思想，他心里有了锋利的，甜畅的快感。

“要是能有宗教多么好！要是能有全能的上帝是多么好！”他疾速地徘徊，在狂乱的感情中想想[像]。“是的，我们这样看别人，别人当然这样看我们；现在来不及补救了，死去的人们来复仇——！而我，将成为厉鬼，向目前这些恶劣的青年做更凶残的复仇！向那些盗窃中国的人们做更凶残的复仇！所以，我是出卖了自己了，我底一生是破坏了！我就破坏得更澈底呀，厉鬼笑封侯！”

蒋少祖，像一切人们碰到最严重、最绝望的问题的时候一样，不再去思索这个问题，而夸张自己底痛苦，以狂乱的感情来答复这个问题——答复这个世界。他心里燃烧着复仇的火焰：最猛烈、最恶毒的火焰。似乎是，为了更猛烈、更恶毒，他愿望自己更破灭。他有了锋利的快感：这种复仇的情感，是能够用肉体底紧缩和颤栗来表现的。

他最后倒在靠椅上。他闭上眼睛，并举手蒙住脸，在夸张中他希望做一个宗教的动作。大风缓缓地吹过屋顶。他底肉体在快感中继续有战栗。

“是他们被浪漫的幻想和自私的权力迷惑而脱离了我，不是我脱离了他们，这些青年!”他想。他夸张痛苦，呻吟着，“他们看不见真理：至少，我并不比毛泽东能给得更少，但他们被各种花样迷惑，比方今天那个混蛋的记者，他公然地轻视我！我怜恤他们，而他们责我以复古和反动，怎样的世界啊!”

“是的，我怎么能够没有想到，”他站了起来，“真理是：不是新与旧的问题，而是对与错的问题!”他想。他笑了起来。他心里重新获得光明了，“怎么我刚才那样愚笨！是的，是对与错的问题，不是新与旧的问题，——我愿意大声说一千次，一万次！这怎么能是那种意味上的复古！这是五四运动底更高的发扬，这是学术思想中国化！出于中国，用于中国，发展中国，批判地接受遗产！现在的那批投机的混蛋，早把中国自己底遗产忘记了，他们根本不明白，在屈原里面有着但丁，在孔子里面有着文艺复兴，在吕不韦和王安石里面有着一切斯大林，而在《红楼梦》和中国底一切民间文学里有着托尔斯泰——虽然我同样爱慕但丁和托尔斯太，也许是更爱慕，但究竟这是中国底现实和遗产呀！从这里，不是也能发扬一个新的浪漫主义么？比方说，我爱哥德，但我是智识份子，这只是个人底心灵的倾慕，你不能叫中国底人民也去爱哥德呀！决不会的！中国人民必需有自己底道路！爱好或尊敬孔子，——他们为什么连月亮都是外国好，给孔子涂上那样的鬼脸？——爱好孔子，因为他是中国底旷古的政治家和人道主义者，可以激发民族底自信心和自尊心，并不是说就要接受礼教！这就是批判地接受文化遗产这一命题底现实意义！为了做大皇帝，汉武帝以来的各国王朝歪曲了孔子，那么，所谓新的人们怎么也歪曲孔子？也许是，歪曲虽不同，想做皇帝则一也。……他们不懂得历史，不明白中国，不爱这个民族，因此不能真的创造新文化，从而，他们搬进花花绿的洋货来，接受着莫斯科底指令，认为是创造新文化！”他想，笑了一声，走到桌前坐下。

“多么艰辛的思想过程啊，其实真理是极明白的！”他愉快地想。这些思想，也果真是极明白的。

……

深夜里蒋少祖醒了。大风继续缓缓地、饱满地吹着，蒋少祖觉得幸福。他再不能入睡。他打开灯；陈景惠在甜畅的睡意中睁开眼睛，不明白地望着他，随即又闭上。他下床，陈景惠没有觉察。他走到小床前面，凝望睡熟了的，在梦中嚼嘴的小孩。他吻小孩底发汗的前额，关了灯，愉快地听着风声，走了出来。

他走到书房里检视文稿和藏书。他已经有七本著作，第八本，关于日本底政治的，即将印出来。那些藏书使他快乐：他长久地抚摩着那些古旧的宣纸和那些发亮的道林纸。他看了一本日文书带的一些奇怪的插图，随后他翻阅史记；他想到，能在这些书里耽溺一生，是幸福的。他有一部分书留在上海了，但从父亲那里得来的那些名贵的古书和字画，他都全部地带了出来。他想到，在儿时，他是怎样地在深夜里和哥哥一起高声念诗经。那在当时是非常痛苦的事，到了经历了这么多的忧患，对人生获得了真正的理解的现在，却成了幸福的，无上的回忆了。他想到，人生所以有价值，就是因为过去的痛苦会放射出慰藉的光华来，成为幸福的回忆：没有人不继承着过去的。在残酷的战火中，在这个刮着大风的春季底深夜里，蒋少祖怀念苏州，觉得自己更尊敬，更爱他底亡父。到了现在，老人底耿直的一生在这个叛逆过的儿子底心里光辉地显露了出来。书本底气息使他想起了苏州底花园，深夜里的宁静的香气：在那些苦读的深夜里，推开窗户，香气便流进房来，和香炉里的檀香底气息混合在一起。

某一本旧书使他想起了王桂英；他心里有深的忧伤。

“我爱我底父亲，我爱我往昔的爱人，我爱我底风雪中的苏州底故园，我心里知道这爱情是如何强烈……但是人们说；历史是残酷无情的，”蒋少祖忧伤地想，放下手里的书。“在这个深夜里，我底心灵在生活，但我唯求能够从此心死——我不求名利不求权力，我对这个世界已经厌倦！是啊，假如我还欠缺什么，那就是心死，假如我已经看到了我底祖先，假如我已经懂得了宇宙底永恒的静穆和它底光华绚烂的繁衍，那么，唯求在将来能够回到故乡去，能够回到故乡去！为什么要有永无休止的欲望和骚扰？……我，一个怀疑论者，为什么要假装肯定一切？是的，我希望我底儿子能成为一个真正的人！”

他坐在躺椅上去，从架子上随手取出古本的陶渊明底诗集来，翻下去。

“畅快啊！少无适俗韵，性本爱邱山，误落尘网中，一去三十年！羁鸟恋旧林，池鱼思故渊，开荒南野际，守拙归田园！……”

蒋少祖朗声念诗——他记得，他多年未曾如此。饱和的大风，在深沉的黑夜里强力而缓慢地吹着，蒋少祖高声念诗。

第八章

蒋纯祖，怀着兴奋的、光明的心情，随演剧队向重庆出发。演剧队沿途候船，并工作，耽搁了一个月。在这一个月里，武汉外围的战争临到了严重的阶段。战事底失利使生活在实际的劳碌里、希望回到故乡去的那些人们忧苦起来，但对于生活在热情里面的这些青年们，情形就完全相反；对于他们，每一个失败都是关于这个民族底坚定的一个的新的表示和关于将来的道路的一个强烈的启示；每一个失败都激起他们底热烈的、幸福的自我感激。他们觉得，旧的中国被打垮，被扫荡了，他们底新的中国便可以毫无障碍地向前飞跃。

蒋纯祖，像一切青年一样，不自觉地努力使目前的一切适合、并证明他底梦想；而不能适合他底梦想的，他就完全感觉不到。他从未梦想过他会到四川来，并从未梦想过会接触到这些人。三峡底奇险的重山和江流使他幸福地觉得他将永远地在这个雄壮的大地上行走：他所注意到的，是他自己底激动的心情；他把这种激动在各种样式里提到最高点，因此他丝毫都不能真地欣赏风景——如那些古代的诗人们所欣赏的：大家以为古代的诗人们是如此欣赏的。在演剧队里，蒋纯祖也一样：他丝毫都不能注意到实际的一切；他不能注意到别人对他的态度，他只希望别人对他好，他把这希望当做真实；他从未思索过别人，他只注意自己底思想和激动；他只求在他自己底内心里找到一条雄壮的出路：这条路已经从人间底一切和自然界底一切得到了强烈的暗示。

他只注意他底无限混乱的内心，他觉得他底内心无限的美丽。虽然他在集团里面生活，虽然他无限地崇奉充满着这个集团的那些理论，他却只要求他底内心——他丝毫都不感觉到这种分裂。这个集团，这一切理论，都是只为他，蒋纯祖底内心而存在；他把这种分裂在他底内心里甜蜜地和谐了起来。在集团底纪律和他相冲突的时候，他便毫无疑问地无视这个纪律；在遇到批评的时候，他觉得只是他底内心才是最高的命令、最大的光荣、和最善的存在。因此他便很少去思索这些批评——或者竟至于感不到它们。

他最初畏惧这个集团，现在，熟悉了它，蒙眬地知道了它底缺点，就以反叛为荣。而这种反叛有时是盲目的、兽性的。在这个集团里，每一个人都以新的思想和理论为光荣；由于这种热情，并由于戏剧工作底特殊的感情作用、人们是浪漫地生活着；人们并不认识实际的一切。因此，这个集团底纪律，在某些方面，就不能够存在。这个集团里是充满了理论，但无确定的纪律。人们底缺点，特别是两性关系上的缺点，遭受着理论底严厉的打击，而理论，由于理论者总是带着某种感情底个人的缘故，很少是确定的。比方在普通的集团里——在一般的学校里，纪律底规定是，私出校门者记大过，但在这里，随便行动的个人所遭遇到的处罚就不是记大过，而是最高的原则底无情的裁判：人们把一切行动都归纳到最高的原则里去。因为这个最高的原则需要包括这样多的东西，它就不得不扩大自己，因而就不得不变得稀薄。在学校或兵营里，人们反抗记大过之类，因为人们是觉得自己是有理由的；但面对这个稀薄而又坚定的原则，人们因为不可能觉得自己是有理由的缘故，便觉得自己是有心灵，有个性的。在这里，这些个性，是体会到无穷的惶惑和痛苦。它常常屈服，但更常常地是起来反抗。在这个时代，这件事是严重的，以至于有些反抗者迅速地毁灭了他们底所有的希望。

人们常常是不懂得原则的。更常常的是，原则被权威的个人所任意地应用，原则被利用，这一个个性征服了另一个个性。年青的人们，亟于获得，过于宝贵自己，就不能宝贵这个地面上的苦难的人生。年青的人们，在热烈的想像里，和阴冷的，不自知的妒嫉里造出对最高的命令的无限的忠诚来，并且陶醉着，永不看见自己，以致于毁灭了自己。

在演剧队里，集聚了热情的青年男女们，有些是有着经历的，有些是初来者。在演剧队里，是统治着人们称为浪漫的空气的那种热烈而兴奋的，有些凌乱的空气。但因为这个演剧队是在民族底最高的命令里组织起来的缘故，最高的命令就对这种空气做着顽强的斗争。演剧队底负责人，对演剧是外行，代表着这个最高的命令。演剧队里面的人们，无穷地热爱着这个最高的命令，同样无穷地热爱着他们底自由的热情的生活；像蒋纯祖一样，他们在内心把这两件东西和谐了起来。这两件东西在这个集团里常常是和谐的，因为大家相信，这是一个艺术的集团；但有时它们无情地分裂了开来，造成了严重的风波。

常常是因为恋爱问题而造成这种严重的风波。在这个时代，热情的男女们，确信自己们已再无牵挂，确信自己们是生活在全新的生活里、确信在恋爱里有着庄严而美丽的一切——几乎是，确信这是一个热情的恋爱底时代，他们很容易接近起来。他们相爱，做了一切，除了他们底梦想以外什么也感觉不到。这个时代是产生梦想的时代，这个梦想将继续到后来多年。

这些男女们，或这些梦想家们，经过三峡里面的那些穷苦的县城和村镇，在每个地方做宣传工作；事实是，对于这些偏僻的地方，较之宣传工作，他们底生活发生了更大的作用。对于这些地方，他们是远方的奇怪的战争底流亡者和代表人，并且是富裕的顾客。这些偏僻的地方差不多完全是从这里懂得他们底民族正在进行的这个战争的。那些活报，那些街头剧，那些“放下你的鞭子”，获得了大的效果，但这些男女们底诚恳而乐天的态度，富裕的金钱，和严肃而又随便的生活获得了更大的效果。

这些小镇是建筑在悬崖上，或简直是建筑在两棵可畏的巨树底间隙里的，它们是非常的古旧，非常的贫穷。走在它们底滑腻的石板街上，在那些低矮的、黑色的屋舍中间通过，遇到一个粪池或遇到一个猪圈，蒋纯祖总有悲凉的，怀慕的心情。那在绝壁下面奔腾着的狭窄的江流，远处的雾障和雾障下面的夺目的闪光，那些在险恶的山峰上面伸到云雾里面去的浓密的森林，和那些在可怖的波涛上摇荡的小木船，使蒋纯祖感到那些沉默的、苍白的乡民们底生活是如何的辛辣，如何的悲壮；而他自己，离开了往昔的一切，向陌生的远方漂流，开始了怎样悲凉的生涯。

对于两性间的关系，蒋纯祖曾经有道学的思想；他用这种悲凉的生涯破坏了这些思想。对于他，悲凉的生涯是壮阔的，自由而奔放的生活，童年的生活和专制的学校生活使他对两性关系有着暧昧的、痛苦的、阴冷的观念，他常常觉得这种关系是可耻的；但他又有美丽的梦想，这个梦想比什么都模糊，又比什么都强烈——他现在完全地走进了他底梦意，他和那些痛苦的观念顽强地斗争。他开始想到，人底欲望是美丽而健全的，人底生活应该自由而奔放；在天地间，没有力量能够阻拦人类，除非人类自身；那些痛苦的观念，是一种终必无益的阻拦。他是混乱的；他一面有悲凉的抱负，一面有健全的生活的理想，而在接触到实际的时候，那些痛苦的观念便又复活；这种欲望底痛苦，不再有道学的伪装，因此显得更坚强。他底内心活动能够调和一切和无视一切，唯有这种痛苦无法调和，同时无法无视。

在剧队里，蒋纯祖多半异常沉静，但有时是活跃而喧嚣。像一切素质强烈的人一样，蒋纯祖底声音异常大，动作异常重；感情猛烈，好胜心强。也像一些强烈的人一样，因为欲望底痛苦比别人强，蒋纯祖是羞怯而混乱的。

蒋纯祖曾经用道学的思想来满足妒嫉并防御欲望底痛苦，现在，在新的环境里，他再无防御；他是爆发了出来。他不能够觉察到别人对他的不满。他是深深地感觉到他身上的矛盾的，但他，年青的梦想家，不愿意想到他们。他觉得，仅仅是悲凉的生涯，以将来的痛苦惩罚现在的错失，便可以解决一切。他想像他现在有错失，这种想像是甜蜜的慰籍；因此他不知道现在的错失究竟在哪里。

这是这个社会，这个时代所产生的个人主义者。剧队里面的人们，多半是这种个人主义者。经验较多，而失去了那种强烈的热情的人们，就常常显出投机的面貌来。而那些缺乏心力，容纳着一切种类的黑暗的意识而不自觉的青年们，亟于一劳永逸地解脱自身底痛苦，亟于获得位置，就体会出对最高的命令的无限的忠诚来，抓住了这个时代底教条，以打击别人为自身底纯洁和忠贞底证明——人们本能地向痛苦最少，或快乐最多的路上走去，人们不自觉投机以拯救自己；这些青年们，在人生中，除了这种充满忠诚的激情的投机以外，再无法拯救自己；另一些青年们，在这个阶段上，他们底心灵在投机上面战栗，由于各种原因，以个人底傲岸的内心拯救了自己。人们并不是很简单地就走到这个世界上来的，但人们又愿望自己是一劳永逸地变成适合于新的理论的，新人类；人们相信自己已获得了全新的生活，相信自己是最善最美丽的，如果突然失望了，人们就会痛苦得濒于疯狂。年青的人们不为自身底缺点而痛苦，因为他们善于想像，并且不愿看见；对于他们，虚荣心底痛苦高于一切。

在这个演剧队底内部，有一个影响最大的带着权威底神秘的色采的小的集团存在着。这个小集团底领袖显然就是剧队底负责人王颖；负责剧务和负责总务的两个人都属于这个集团，张正华显然也属于这个集团。这个集团里面的人们底一致的行动，权威的态度和神秘的作风，唤起了普遍的艳羡与妒嫉。这个集团常常对某一个人突然地采取一种态度：对这个人，他们原来是很淡漠的，但在某一天，他们以一致的态度，包围了这个人，说着类似的话，指摘着同样的缺点，使这个人陷到极大的惶恐里去。有时候，剧队召开会议，这个集团一致地提出、并赞成某一个议案，并一致地打击反对者。他们聚在一起严肃地谈话，另外的人一走近，他们便沉默；他们对工作抱着自信的，坚决的态度，他们极活跃，但又极沉默；显得他们心里有着秘密的，神圣的东西，世界上没有力量可以打击他们。特别在遇到别人底恋爱的时候，他们就鲜明地，压抑不住地表现出这种东西，他们傲岸地，镇定地走过去，好像老军官在新入伍的兵士们面前走过去。这种最高的满足唤起了人们底艳羡和妒嫉；人们希望加入到他们里面去，假如不可能加入，人们就反抗。

蒋纯祖迅速地战胜了他底音乐上的竞争者，成了音乐工作底负责人。他对这有很多感想。他觉得自己底音乐知识是很有限的，为什么别的人们竟然比他更贫乏；他发现很多人，特别是少女们，都能够唱歌，但不求理解，毫无更多一点的音乐才能。在戏剧上这也一样。队里的对社会科学和文艺的学习空气很浓厚，但对于音乐都很淡漠；对于戏剧，则重复着关于演技的探讨。在社会科学的学习上面，由于那个权威的集团，蒋纯祖怀着痛苦的情绪：他亟于学得更多、他亟于接近这个集团。他想到，是由于这个集团底操纵的缘故，大家忽视了戏剧和音乐的实际的部门，像一切人一样，他觉得他所从事的东西是最重要的。于是他有了实际的理由，敢于在心里确定了对这个权威的集团的不满。

其次，他发觉到，虽然他负责音乐工作，在队里，甚至在音乐工作上面，他却是毫不重要的人。只是属于那个小集团的人们才是重要的人，假如他们对蒋纯祖淡漠，那么一切人都对他淡漠。于是蒋纯祖变得阴沉。他不能确定这种压迫是什么，他不能注意到别人对他的实际的态度，他不知道，除他底内心以外，还有什么方法可以应付这个环境，于是他显得神秘。有时他极度的骄傲，有时他发怒，有时他故意地喧嚣：他觉得自己是有才能，有理想的。他在妒嫉的痛苦中盲目地反抗这个环境，更多的时候是阴沉地逃避这个环境。

因为这种下意识的敌对的情绪，他就看到了一些人对这几个权威者，特别是对王颖所做的逢迎：他觉得这是可耻的。但另一面，他也想得到王颖身边的那个位置。所以，除了那些盲目的、不能征服的情绪以外，他不能批评他底环境。他暗暗地想这个集团是故作神秘，阴谋操纵，但还不敢肯定这个思想，并把它公开地说出来。直到他被卷进了一个严重的斗争的时候，他才突然地觉醒，明白了这一切，猛烈地轰击它们。

使别人对他更不满的，是他底恋爱。他接近了高韵。在轮船上他单独地教高韵习歌，于是他们接近了起来。蒋纯祖后来知道，高韵是胡涂的、放任的、总在可怜自己的女子，具有这种女子底特殊的魅力。但在此刻，怀着混乱的热情和梦想，蒋纯祖不能认识她；在爱情里，人们努力地改造，并歪曲自己底对象，不能认识所爱的人。高韵底那种特殊的魅力征服了蒋纯祖。她是很活泼的。蒋纯祖觉得她是软弱的；她眼里好像总有软弱的，哀怜的光辉，蒋纯祖觉得有一种动人的力量在她底身上颤动着，他希望亲近这个力量。

她喜爱装扮，她随身带着各样的化装品。伴着这些化装品，她有着骄傲；一个女子，在这里，看到了华丽的、动人的将来。她对文艺有一点知识，她能够写东西；她每天严肃地写日记，蒋纯祖不能知道，这种严肃、这种知识的渴求是出自人一种动人的野心的；这种经营，是预示着一个放浪的未来的。在戏剧运动里，在虚荣的世界里，产生了这种勇往直前的妇女。

蒋纯祖注意到，她用娇嫩的、拖长的、戏剧的声调说话，显然在这种声调里她得到一种美感。她沉思她底内心底矛盾和忧苦，这些忧苦的思想，是一个平常的女子常有的，是对这个世界的现实的利害的一种审察，所以她不愿意承认它们，一切弄得很混乱的时候，她就觉得自己是特殊的可怜，于是一切就又澄清了。她是懂得自己底能力和魅力的。在这些荒凉的山谷外面的那个浮华的世界里，她将要显露身手；这个时代底那些热情的原则和理论增加了她底骄傲，使她对将来的浮华世界抱着更大的雄心。她永不以这些理论思索她底隐秘的忧苦，这些热情的理论和她底实际的忧苦是全然不相干的。一个动人的，准备过浮华的生活的女子有一种冷酷的冲动，但蒋纯祖却觉得这种冲动，这些颤栗，是由于心灵底软弱和善良。

她是活泼的，蒋纯祖觉得她各处乱跑像鸟雀。她喜欢说理论，她喜欢把一切庄严的事情和自身底生活联结起来。她学习着，渐渐地她就相信，戏剧运动是无比伟大的，她，高韵，在拯救中国。她说她认识很多的戏剧家和作家；于是她以女人的专制态度批评或赞美他们。她在汉口演过一个四幕剧，她倾心地听取别人底批评。这一切领导她走向那个浮华的世界。

她喜爱蒋纯祖，因为他诚实，漂亮，有才能，并且纯洁。她底年龄并不大，但她觉得她是多患难的，她觉得她需要纯洁的心灵。这是这种动人的女子底特殊的癖好。蒋纯祖分明地感觉到她是不朴素的，但他，要求奔放的生活，觉得最迷人的东西，便是最好的。他是战栗着，相信爱情的梦想，迅速地对这个女子屈服了。

高韵在船头上嘹亮地唱歌；高韵在船顶上，在灼热的阳光下练习跳舞，并教蒋纯祖跳舞。她底浸着汗水的，微笑的脸；她底微笑的，妖冶的嘴唇；她底蓬松的垂到腰部的发辫——对于蒋纯祖，再没有更美丽的东西了。于是蒋纯祖更相信他底自由而奔放的生活，更不相信他底精神的和肉体的痛苦了。

蒋纯祖在恋爱里无视别人，因此别人不能饶恕他。张正华和他疏远了，并对他抱着敌对的态度。王颖和高韵曾经很接近，现在突然对她冷淡，并对蒋纯祖抱着敌对的态度。于是普遍地有了敌对的态度。但蒋纯祖丝毫不在意这个；假如他注意到，他便感到愉快，因为他知道，张正华和王颖都曾经接近过高韵，他相信他们是在妒嫉他。

在一个团体里，一对男女的特殊的接近，特别在这个接近的开始的时候，常常要引起某种感情。大家不能漠视这种新的局面。在这个团体里，恋爱是普遍地存在着；大家对旧的局面已经认可，但对新的局面不能忍受。于是，特别因为高韵底活泼美丽和蒋纯祖底阴沉，高傲，大家觉得这个新的事件是全然恶劣的。于是大家立刻就想到最高的原则。

有几件事情同时发生着。在巴东的时候。有一对男女离开了分配给他们的工作，到野外去玩到晚上才回来。有一个叫做胡林的队员，属于那个小集团的，把不应该拿给别人看的东西拿给爱人看了，并对这个小集团替他底爱人做某种工作上的请求。

其次，有些人故意地忽视了社会科学的学习，并表示他们要另外组织一个座谈会。

这些事情，特别是最后一件事情底发生，主要的是因为那个权威的，小的集团底存在。大家觉得，假如这个小的集团的确是对的，那么它便应该公开地欢迎所有的人；或者它就应该更秘密一点：因为权力底炫耀使大家不能忍受。像目前的情形，除了造成投机逢迎和盲目的反抗，很难有别的；虽然它底存在提高了团体里面的学习的，竞争的空气，但学习和竞争，常常是为了逢迎或反抗。

领导者王颖是在那个最高的原则里训练得较为枯燥，或善于克制自己的人。他常常表现出一种洒脱的，亲切的态度，但因为他身后的那个权威的缘故，逢迎者无限地颂扬他，反抗者挑剔他是虚伪的。他底处境是很困难的。

他是这个社会，这个时代的青年，他有他底欲望，蛊惑，和痛苦。他所崇奉的那个指导原则，是常常要引起他底自我惶惑的，但现实的权威使他战胜了这种惶惑。较之服从原则，实际上他宁是服从权威。权威者以为一切事情都逃不过自己底眼光和力量，以为别人底错失是难以饶恕的，因为他认为自己即便处在别人底那种地位也决不会犯错：他有勇壮的心情。人类常以别人底缺点为欢乐，常常是，别人底堕落，就等于自己底升高：在敌对的空气被各种原因造成以后，这种顽强的感情，就成为王颖底行为底主要的动机了。同时，他底权威的态度，就更鲜明了。他曾经以洒脱而亲切的态度接近过高韵，他每次总以机智的话引得她大笑。在他心里，是有着爱情底幻想的；他梦见恋爱底诗情。他在他底日记里记着一些关于他底，爱情的隐秘的话；那些话的，是只有自己底才能够懂得，特别是只有他自己才能懂得这一点，对于他底心灵，是一种甜美的满足。他是一个很贫乏的梦想家，这种人，在社会上，是能够由各种条件的缘故而完成一种事业的，但他们带着那种贫乏的幻想走路，这些幻想，不妨碍他们底事业和理论，这些幻想刺戟，并安慰他们底心灵。心灵贫乏的人，甘于这种分裂，他们几乎不能看到他们底幻想底庸俗。他们幻想妻子服从，并安慰自己，他们幻想一个革命的家庭，他们幻想舒适的，新的生活，他们幻想最高的权威底甜蜜的激赏。他们把一切融洽了起来，并且安适地找到了理论根据，因此他很少反抗这些幻想，他们惯于小小地卖弄权威，他们愉快地屈服于他们底生活里面的现实的利害。假若权威离开，他们便会回到家庭里去做起主人来；但权威很少离开他们，因为他们是克己的幻想家，又是现实的人，能够不被幻想妨碍地去尽他们底职务。他们说，生活会训练他们，事实是，生活逐渐地洗除掉了他们底年青的情热——在这种情热里，他们能够做最大的牺牲。生活逐渐地把他们底幻想训练得更平庸，并把他们训练得更圆熟和更刻板。生活替他们规定了几种快乐和痛苦，他们便不再寻求，或看到别的。

他们有时亲切而洒脱，有时严厉而冷淡，但这一切底目的，都是为了教诲别人。他们常常只说教诲的话，在别的方面，他们就闪灼不定。王颖相信自己是在教诲高韵，但女人底敏锐的心，看到了另一面；高韵准备接受，假如他把他底权威也放在她底脚下的话。高韵渴慕英雄，但必需这英雄是有小孩般的弱点，为她所能征服的，而在目前的生活里，王颖不能为满足一个女人底奇想而表显这种小孩般的弱点，他，王颖，如他自己所描写的，在生活里闪电般地通过，只是纯粹的英雄。革命底原理提高了他，他是严刻而骄傲。于是高韵批评他，说他是虚伪的。

高韵接近蒋纯祖，因为觉得蒋纯祖是不虚伪的。她偶然地教蒋纯祖跳舞，很使蒋纯祖苦恼，蒋纯祖相信跳舞等等，是高尚而健康的东西，但他总不能克服他底羞耻的，苦闷的情绪。他觉得自己在高韵身边已经完全陶醉，但实际上并不如此：他有羞耻和苦闷，他没有肯定的，光明的思想。于是在这一段时间内，他用全部的力量来克服这种羞耻和苦闷，一个月以后，他觉得自己是成功了。而事实是，向这一条路走下去，他已经接近了沦落。

演剧队经常有检讨会，在这些检讨会里，蒋纯祖沉默着：他是在学习着。他很快地便学会了批评别人，但在恋爱心情里，他对一切都沉默了，对这些检讨会，他心里有窒息的痛苦，但保持着特殊的冷静。到万县的时候，演剧队召开了一个总检讨会，提出了每一个人底个性底缺点和工作底错误。

到达万县的前三天，蒋纯祖发觉到他底环境有了变化：那个小的集团积极地包围了他。首先是张正华和他做了一次谈话。这个谈话好像是很偶然的。张正华以友爱的，关切的，然而矜持的态度询问了他对工作的感想，然后批评他太忧郁太幻想。蒋纯祖觉得这个批评是友谊的，异常感激地接受了。张正华底批评使他内心有兴奋，他觉得他确实是充满了忧郁的幻想，而且性格软弱。他觉得很惭愧，他觉得他辜负了别人底友爱。但接着胡林和他谈话，他厌恶胡林，而这个虚矫的谈话使他厌恶得战栗；最后，在第二天早上上船以前，王颖和他做了一次谈话。这个谈话是在各种严重的印象里进行的，于是蒋纯祖明白了他底处境。但他依然感激张正华，感激他底真诚和友谊。他肯定，并夸张这种友谊，为了减轻自己底可怕的颓唐。

王颖在他们演剧的那个庙宇底阴暗的左厢里单独地和蒋纯祖谈话。这个谈话没有让任何人知道：王颖轻轻地拍蒋纯祖底肩膀，迅速地走进庙宇底左厢，于是蒋纯祖跟了进去。王颖在小木凳上坐了下来，请蒋纯祖坐在道具箱上。王颖迅速地开始说话，虽然他在笑着，他底每一句话都带着肯定的，全知的，权威的印象。

他问蒋纯祖对工作有什么感想，蒋纯祖怀疑着，回答说没有什么感想。于是王颖说，队里很多人都是小资产阶级底个人主义者，他觉得很不愉快。蒋纯祖看着他。

“那么，在生活上，蒋同志感觉到有什么苦闷？”王颖问，愉快地笑着。

“没有什么苦闷。”蒋纯祖含糊地说，看着他。

“蒋同志个人方面，在音乐方面，有点收获吗？”

“弄得很糟！”蒋纯祖说，恼怒地皱眉。

“啊！啊！”王颖说，愉快地笑，看着蒋纯祖；“我们希望在这个团体里大家能够共同学习，困难的地方，大家讨论。我觉得蒋同志有一个缺点，象一切小布尔乔亚一样，容易幻想；而幻想是离开了现实的。”他迅速地说，偏头，热烈的笑着；这笑容里有着敌意的东西，同时有某种谄媚：他希望蒋纯祖赞成这个。

蒋纯祖迟钝地看着他，不回答。蒋纯祖脸红，突然地站了起来，大步走了出去。蒋纯祖，在随后的几天里，不能从他底仇恨的情绪解脱，但阴暗而冷静地分析了别人和自己。在这种分析里，蒋纯祖很有理由相信自己是破灭了，同时很有理由相信，这个破灭，是悲壮而光荣的。

到达万县的当天下午，万县底几个救亡团体为他们布置了一个热闹的茶话会。这个茶话会，这种团体的光荣的享受使蒋纯祖重新兴奋了起来。他底独唱得到了最大的喝采，使他感到愉快。他艰辛地抑制了自己；他什么也没有想到。黄昏的时候他们回到住所去：他们住在一个放了暑假的中学里面。中学在山坡上，有狭窄的坡路从夏季浓密的丛林里通到江边。他们回来的时候天气无比的酷热，各处有苦闷的蝉声：通过丛林底浓密的枝叶他们看到闪着火焰似的波光的江流。他们走到坡顶的时候，遇到了凉爽的，饱和的大风，丛林底枝叶波动起来，尘埃在学校底空旷的操场上飞腾着。远处的山峰上面腾起了庄严的乌云。乌云升高，风势更强、更急，四围的丛林发出了更大，更愉快的喊声。于是，在年青的人们里面，歌声起来；蒋纯祖唱得比别人更优美，更嘹亮。他底声音立刻使杂乱的歌声各个地找到了自己底位置，转成了欢乐的大合唱。

他们，这些年青的男女们，站在丛林中间的坡顶上，在风暴中开始了他们底大合唱，开始了他们底最欢乐，最幸福的瞬间。那些年青的男子们，他们底衣领敞开着，他们庄严地凝视迫近来的暴雷雨；那些年青的女子们则密密地挤在一起，她们在这种时候总是密密地挤在一起，以集中的力量表现了她们底美丽，她们底欢乐的青春和无限的热爱。她们底动人的发辫和发结，以及她们底鲜丽的衣角活泼地飘动着，发出柔和的，饱满的声音来。

他们，这些青年们，在最激动的那个瞬间站住了，就不再移动，他们是站在最幸福的位置上；最主要的是，他们自己感觉到这一切。那种和谐的，丰富的颜色，那些挺秀的，有力的姿势，少女们底那种相依为命的庄严的热爱，那种激昂的，嘹亮的，一致的歌声，和天地间的那种庄严的、灰沉的、带着神秘的闪光的强劲、饱和、而幸福的压力，造成了青春底最高的激动。

强力的雨点，开始急迫地击响丛林。在这种急迫的声音后面，跟随着深沉的吼声。巨雷在峡谷上空爆炸。于是青年们在接连的闪电中通过草场向楼房奔跑；歌声散开，在雷雨底灰沉的压力之间，单独地升起来的嘹亮的歌声显得更美丽。随即，楼房底正面的窗户被打开了，在浓密的雷雨中歌声兴奋地透出来。

歌声消隐了。从黄昏到深夜，雷雨猛烈地进行着。

淋湿了的、兴奋的青年们奔进楼房，接着他们开始了他们底严肃的会议。

在一间宽敞的课室里，他们点了蜡烛，坐了下来。他们心里依然有激动，他们觉得一切都美丽而和谐。他们不能确知，这种和谐是什么时候破裂的，这种激动，是什么时候变化了的：有一个庄严的，威胁的力量迅速地透露了出来。

王颖严肃地站了起来，简短地说明了这个会底动机，和今天的检讨的主要的对象。王颖自己并不能知道，从什么时候开始，这种庄严的力量显露了出来：他底简短的、冷静的话代表了这个力量，并表征了它底强大。王颖站着，霎着眼睛沉思地看着面前的烛光。大家沉默着看着他。

“有几件事情必须纠正：我们要打击队里的个人主义底因素。”王颖说，坐了下去，开始察看面前的记事簿。大家紧张地看着这本记事簿。

“我提议先开始自我批判！”胡林站了起来，向前倾身，肯定地，豪壮地说。这是一个缺乏心力，容纳着一切种类的黑暗的思想，在权威底庇护下体会着自我底无限的忠诚，因此对这些黑暗的思想毫不自觉的青年。这种青年有时有着某种特殊的善良。他，胡林，已经写好了他底大纲，积极地准备着这个斗争。他直接地是为了爱情的胜利。说着这句话的时候，他向前倾身，向他所追求的那个女子那边不自觉地看了一眼。大家注意着他，他得到了无上的幸福。

剧务底负责人阴沉地站了起来，说他认为戏剧的工作没有大的进步。他低声说，对于创造性的缺乏，他应该负责，他觉得羞耻。他显然希望说得更多，但因为现在还是开始，他克制了自己。他说，在和民众的接近方面，有了显著的进步，这是应该满意的；他坐了下去。

有了短时间的沉默。

王颖站起来，说某某两位同志，在巴东的时候以个人主义的作风离开了工作，以致于妨碍了一个戏底演出，应该受到批判。被批判的青年站了起来，说他承认这个错误，已经批判了自己，认为以后不会再重复。他显然很痛苦；他底爱人没有站起来。

王颖提到胡林底错误：他有个人主义的缺点。胡林，正在等待这个，豪爽地，愉快地批判了他自己。他希望开始他底演说，但张正华拉他底衣裳，使他坐了下去。

张正华站起来，说他因为粗心而弄丢了一件演戏的衣裳，应该接受批判，他说得谨慎而谦逊，显然他意识到，在普遍的严重和苦恼里，他底这个自我批判是愉快的：他努力不使别人看到这个愉快。接着有另外两个人说了话。大家沉默了，大家显著地注意着蒋纯祖和高韵。

蒋纯祖觉得，这一切批判，一切发言，都是预定好了的，做出来的，为了把他留在最后。他头脑里有杂乱的思想；有时他注意着屋外的暴风雨，忘记了目前的这一切。他觉得他很颓唐，他不知应该怎样，高韵站了起来，他紧张地看着高韵。

高韵善于表现自己，激动地站了起来；而一感觉到射在她身上的目光，像一切美丽的妇女一样，她就获得了自信。她站了起来，不知道要说什么；但现在她知道了她要说什么。她柔媚地笑了一笑，以生动的目光环顾。

“我感觉得到我身上的小布尔乔亚的感情上的缺点，”她以拖长的、嘹亮的、戏剧的声音说，“它常常苦恼我，总是苦恼我！在这个时候，我就想到我底母亲，她死去了十年。”她以娇柔的，颤抖的声音说。她停住，用手帕轻轻地拭嘴角，“在这十年内，我成长了，走入了这个时代，我不知道吃过多少苦，受过多少欺；中国底妇女，从来没有得到过解放。但是现在我已经得到了真理！”她特别甜蜜地说，“假如我再不批判我底弱点，我就辜负了这个真理，……但是，一个女子底痛苦，我想大家是应该了解的！”她动情地注视大家很久，然后含着光辉的微笑坐了下去。

蒋纯祖，在爱情中盲目着，创造了这个女子底高贵的，纯洁的心灵，为它而痛苦。他忘记了自己底处境，被高韵感动，觉得她底话是异常的，智慧的。他想，他从未听见一个女子说出这种话来。

“我们不能满意，高韵同志宽恕了自己！”王颖说。

“是的，高韵同志宽恕了自己，虽然她是值得原谅的……”胡林做手势，兴奋地说，但蒋纯祖站了起来，使他沉默了。

蒋纯祖，激起了爱情，得到了仇敌、雄壮地憎恶这个仇敌，从颓唐和阴郁里觉醒了。激情的、野蛮的力量来到他身上，在内心底这种兴奋的光辉下，他觉得他对目前的这一切突然地有了澈底的了解：他觉得他了解自己底诚实和高贵，并了解他底敌人们底卑劣。对于他底敌人们底那个小集团底权力，他好久朦瞳地艳羡，并嫉视着，现在，在激情底暴风雨般的气势里，他觉得唯有自己底心灵，是最高的存在。在激情中，他觉得他心里有温柔的智慧在颤栗着。他站起来，迅速地得到了一句话——一个极其光明的观念；他准备说话，他底嘴唇战栗着。

“希望蒋纯祖同志遵照发言底次序！”王颖严厉地说。

“本来就没有发言底次序……”蒋纯祖以微弱的声音说，愤怒地笑着。

“请你坐下！”

“发言次序!”胡林大声的。

这个小的集团,因为某种缘故,对蒋纯祖布置了一个残酷的打击;据他们底观察,并由于他们底凶猛的自信,他们认为蒋纯祖是一个软弱的,幻想的人物,一定经不起这种打击。他们确信这个打击将是今天晚上的最愉快的一幕。大家都这样觉得,所以他们尽先地,迅速地,因为各种兴奋的缘故有些混乱地结束了他们底序幕。所以,在张正华批判自己丢掉了一件衣服的时候,张正华心里有压抑不住的愉快:较之各种严重的痛苦,已经获得了谅解的他底错失是一件光荣的事。他,张正华,信仰这个时代底这种庄严的命令,确信各人底弱点真是如他们所批判的那样。但在发言的时候,他觉得他底愉快是可羞的。在某种程度上,他底批判变成了喜剧,而他底愉快是一种奴才的品行;缺乏心力的张正华不能明白地意识到这个;没有另一个张正华在冷静地观察他自己,他是非常完整的,所以他常常是善良的。

在会场底短促的沉默里,他想再站起来说话。他感觉不到,因他所愉快地丢失的那件衣服,蒋纯祖已经把他往昔的蜜友,看成了最大的敌人。王颖说话了,使他丢失了机会。王颖努力使这一幕依照次序进行,他们要痛快地击碎蒋纯祖。蒋纯祖底起立刺激了这个兴味。在这个瞬间,先下手是必要的。于是,这个时代底那种青春的,庄严的力量,就在这个课室里猛烈地激荡起来:它最后把一切都暴露了。雷雨在窗外进行着。

常常是这样的:在理论的分析之后,跟随着煽动。在理智的公式里面变得枯燥,而内心又有着激情底风险的年青人,他们底理论,常常是最有力的。他们看不见这种激情底风险,于是这种风险暂时之间与他们有利。他们迅速地把自己提得和那些理智的公式并肩了。

在发言次序底要求下,王颖开始发言,蒋纯祖含着痛苦的冷笑坐了下来。他偶然地注意到,从他底右边,射过来一对女性底怜悯的目光。他底眼睛潮湿了。他感激这位女同志。他转过头去,凝视窗外的猛烈的雷雨。

"首先要说的，是蒋纯祖同志，在工作和生活里面，表现了小资产阶级个人主义的根深蒂固的毒素，并且把这种毒素散布到各方面来!"王颖严肃地、猛烈地大声说。他看了桌上的簿子一眼——虽然什么也没有看见。显然，对于这些话，他是极其熟稔的——他差不多不再感到它们底意义了，"这种小布尔乔亚是在于他们有小小的一点才能，充满幻想，不能过新的集团生活。这种个人主义是从旧社会底最黑暗的地方来的，由此可见，在革命阵营里，他们是破坏者。这种个人主义是被黑暗骄纵惯了的，由此可见，他们底任务是散布毒素！蒋纯祖同志骄傲着自己底一点点才能，甘心对理论的领导无知！蒋纯祖同志是个人主义底典型，我们要当作典型来批判！社会发展底法则和革命底进展，每一次总证明了这种真理!"王颖说，抬起他底细瘦的手臂来。在这里，他就不再意到自己底那些幻梦了；这差不多是每一个人都如此的。在这里，不是理智，而是人类底相互间的仇恶起着领导作用；而这种无限地，野蛮地扩张着的仇恶，是从这个黑暗的社会里面来的。"蒋纯祖同志以恋爱妨碍工作！而对于恋爱，又缺乏严肃的态度!"王颖以尖细的声音说，看着蒋纯祖。他确信在他底这个猛烈的力量之下，蒋纯祖是倒下去了。好像人们以大力推倒了堵壁一样，他心里有大的快感。"是的，这样，看他怎样表演吧，看他哭吧!"王颖想。

蒋纯祖含着愤怒的冷笑站了起来，看王颖：在这个注视里有快乐。

"请王颖同志举一个例：怎样妨碍了工作?"他低声说；他底声音打抖。

王颖沉默了一下，显然有点困窘。他拿起记事簿来看了一下。

"比方，在夔府的时候，你和高韵同志逃避了座谈会，而到山上去唱歌。"他说，"其实是无需举例的!"他加上说，因为提到高韵，他突然有些羞恼。

"是的!"蒋纯祖说，有了困窘；心里有颓唐。

“大家看着我。把一切暴露出来：我应该怎样？”他想。

“我赞成王颖同志底话！其实这是不必举例的！”胡林起立，慷慨地大声说。

“难道怕羞吗？”蒋纯祖突然大声说，“卑劣的东西，你不配是我底敌人！”他大声说，他重新有猛烈的力量。他短促地听到外面的雷雨底喧哗。

“同志们，我们从汉口出发，已经差不多一个月了！我们自问良心，我们做了些什么工作？”胡林慷慨激昂地说，举起拳头来。随即他弯了腰，凑着烛光看他底大纲；他旁边的同志向这个大纲伸头，他迅速地按住了纸张。“同志，我们想想自己是从什么地方来的，我们想想我们负着什么使命，而这又是怎样的时代！我们家破人亡，我们凄凉地从敌人底刺刀下面流浪，我们底城市遭受着轰炸，我们底同胞血肉横飞！”他停住，喘气。“我们底工作受过了多少的打击，我们牺牲了多少同志，而我们，我们青年，”他张开手臂，偏头，他底声音颤抖了，“我们自问自己是不是忠心，是不是严肃，是不是辜负了我们底工作，我们底工作，但是啊，多——么——不——幸！在今天居然有人醉生梦死地幻想，醉生梦死地——恋爱！”他突然啼哭了。“亲爱的同——志——们，多么——伤心，多么——难受啊！”他激动地哭着叫，“同志们，外面是暴风雨，在暴风雨里做一个勇敢的海燕啊！”

他，表现出非常的难受，蒙住脸。蒋纯祖面孔死白。场内有骚动的空气：很多女同志流泪了，有的且小声地哭了出来。她们是深刻地被击中了，因为她们，在这个苦难的，悲凉的时代，有着恋爱底幻梦，而即使在这个幻梦里，也充满着悲凉。她们觉得，在人间，没有人理解她们，她们是异常的孤独。她们中间的有几个严肃地看着窗外的暴风雨。

“多么卑劣的东西！”蒋纯祖战栗地想。

“不要把女同志底眼泪变成你们底卑劣的工具，你底眼泪应该流到粪坑里去！”蒋纯祖轻蔑地说，停住感到大家在看着他。“你们这些会客室里面的革命家，你们这些笼子里面的海燕！——我在这里，说明：假如你们容许我，一个小布尔乔亚，在这里说几句话的话，请你们尊重发言次序！”他猛烈地大声说。“我诚然是从黑暗的社会里面来，不像你们是从革命底天堂里面来！我诚然是小布尔乔亚，不像你们是普罗列塔利亚！我诚然是个人主义者，不像你们那样卖弄你们底小团体——你们这些革命家底会客室，你们这些海燕底囚笼！我诚然是充满了幻想，但是同志们，对于人类自己，对于庄严的艺术工作，对于你们所说的那个暴风雨，你们敢不敢有幻想？只有最卑劣的幻想害怕让别人知道，更害怕让自己知道，你们害怕打碎你们底囚笼！胡林先生，你不配是我底敌人，你无知无识，除了投机取巧再无出路！你们说自我批判，而你们底批判就是拿别人底缺点养肥自己！我记得，在汉口的时候，有一位同志是我底最好的朋友，我深深地敬爱他——在这里我不愿意说出他底姓名来——但是后来当我发现，他所以接近我，只是为了找批判材料的时候，我就异常痛心，异常愤怒！他是善良的人，他是中了毒！你们其实不必找材料，因为你们已经预定好了一切，你们是最无耻的宿命论者！你们向上爬，你们为了革命的功名富贵，你们充满虚荣心和一切卑劣的动机——我必需指出，王颖同志曾经特殊地接近过高韵同志——不知他是不是敢于承认他底所谓恋爱！”

“蒋纯祖同志是革命中间的最可恨的机会主义者，是偶然的同路人！”胡林愤怒地叫。他所激动起来的那个非凡的效果，是被蒋纯祖底雄辩不觉地打消了。现在，他希望依照预定的程序把问题推到更严重的阶段上去。

“发言次序！”蒋纯祖冷笑着说，异常快意地看着他。蒋纯祖意识到，他底强大的仇恨情绪造成了肉体上面的锋利的快感；他好像胜任他推倒了一扇墙壁，在一切东西里面，再没有比这墙壁倒下时所发的声音更能使他快乐的了。蒋纯祖从未作过这样的雄辩：直到现在，他才相信自己比一切人更会说话。沉默的，怕羞的蒋纯祖，在仇恨的激情里面，成了优美的雄辩家；他转移了会场底空气，获得了同情了。接着他开始攻击王颖。

“我很尊敬王颖同志，我有权利希望王颖同志也尊敬我！”他说，笑着。他底身体简直没有动作，但显得是无比自由的，这造成了最雄辩的印象。“领导一个团体，是艰难的，王颖同志有才能！”他说：“但并不是不能领导团体，或没有领导团体的人，就是小布尔乔亚大概从来没有这样的定义的。”他底声音因自信而和平，他听到了左边有悄悄的笑声，“应该把同志当作同志，——但我是不把胡林先生当作同志的，因为我并没有投机取巧或痛哭流涕的同志——应该公开出来，否则就秘密进去。领导我们好了，但不必以权力出风头，故做神秘；偷东西给爱人看，并不就是革命。同志们，王颖同志曾经问我：‘你感到生活苦吗？’同志们，你们怎样回答了他？显然应该回答：‘我是小布尔乔亚，我苦闷啊！’而王颖同志则生活在天堂里，毫无苦闷！同志们都知道，革命运动是从人民大众底苦闷爆发出来的！最高的艺术，是从心灵底苦闷产生的，但王颖同志没有苦闷，他什么也没有！‘历史底法则和革命底发展每一次都证明了这真理！’证明了什么呢？证明了王颖同志底会客室巩固！王颖同志批判我疏忽了工作，我接受，但王颖同志从来不关心戏剧和音乐的工作，他除了权力，除了得意洋洋地打击别人以外什么也不关心！还有，”蒋纯祖兴奋地说，“王颖同志说接近民众，怎样接近呢？那是包公私访的把戏，那是乾隆皇帝下江南的味道，王颖同志问民众，第一句是‘老乡，好吗？’第二句是‘生活有痛苦吗？’第三句就是理论家底结论了：‘应该打倒日本帝国主义！’同志们，我承认我不懂得社会，我没有经验，我从前在上海的时候也如此，但在接近战争的地方，这样问还有点效的！——我是从一次血的教训里看到了王颖同志所谓人民大众！最后，我要说，”他说；“压迫了别人底心，什么批判也不行的！我们都是痛苦的人，我们都是活人，我们都有苦闷：爱情底苦闷，事业底苦闷，离开了过去的一切，使我们底父母更悲惨的苦闷，人与人之间的仇视和不理解的苦闷！再最后，我要说，暴风雨中的痛哭流涕的海燕胡林先生不是我底同志，也不配是我底敌人！”

他坐了下来。他记得，他并未想过这些话。现在他说出来了，于是他第一次把他处境痛快地弄明白了。这是常有的情形：人们朦瞳着，苦闷着，不能对他们底环境说一句话，并且不能有明确的思想，但由于内部的力量，他们冲出来，说出来了；于是他们自己愉快地感到惊异。

于是他，蒋纯祖，踌躇满志了。在这一篇雄辩的演说里，他提高自己到一个光明的顶点；在交谊底假面下，他擂下憎恶的冰雹去；在狡诈的真诚里，他心里有温柔。他是光荣的胜利者了。但没有多久，他心里便出现了可怖的痛苦。

因为同情已经转移到蒋纯祖身上去，王颖痛苦，并且愤怒：他仇恶一切人，他颤栗着。他不能构成任何观念，不能即刻就说话。胡林看着他。胡林预备说话，一个女同志站了起来。

这位女同志是温婉，和平，而严肃。她同情斗争底双方，她觉得他们都不应该说得这样偏激；她，在女性的优美的感觉上，觉得大家都是朋友和同志；她觉得掀起了这么大的仇恶，暴露了这么多的痛苦——把人间底最深切的情操如此轻率地暴露了出来，是可怕的事。她充满了正义感，站了起来。

"我不会说话。"她说，带着一种严肃而柔弱的表现，"我希望大家不要把问题看得这样严重……我觉得大家应该互相理解，团结起来。"她说，犹豫了一下，她坐了下去。张正华接着站了起来。

蒋纯祖，觉得再没有什么可辩驳的了，不注意张正华，但严肃地看着这位女同志。

张正华希望补救，被事情底发展刺激起一种严肃的感动来，希望在某种程度上做一种和解。但目前的这种形势，使他在说话开始以后仍然倾向于王颖。而因为原来的那种严肃的感动的缘故，他觉得他是公正的。他开始觉得这些争论都是不重要的，他努力说明它们是不重要的，认为这样便可以打消了蒋纯祖，而得到胜利的和解。事情严重了起来，那个庄严的力量底冲击，那种心灵底激荡，超出了他，张正华底兴味底范围；他不再觉得这些争论有什么意义，所以他心里有严肃的感动。他是和平的人：这个时代的生活，就是这样地磨练了他的。

他丝毫未注意那位女同志底话，使那位女同志底自尊心受到严重的苦恼。

“我觉得蒋纯祖同志底话也有理由的：一件事情，总有理由的。”他说，带着他所惯有的那种迟钝的，粗蠢的严肃态度。显然他觉得他说出了真理。“但是我们应该注意到我们要服从什么……不错，我们都是小布尔乔亚，但是这里有前进与落后之分，演说底本领，不能辩护的。不错，王颖同志也有缺点，一个人总有缺点，但客观上王颖同志是对的……那么，我希望在这里告一个段落！”他说，坐了下去。他非常稳重地坐了下去，以男性的，自信的，明亮的眼光看大家，好像那些对自己底发言，或者仅仅是发音感到满足的不会说话的农人一般。

王颖对他感到不满，甚至仇恨。

“我要请蒋纯祖同志指出来，究竟怎样才是接近民众！”王颖以愤怒的声音说，提出了最使他痛心，而又最能够辩护的一点。“接近总比不接近的好！孙中山先生革命了四十年，才懂得唤起民众，由此可见，蒋纯祖同志在这里表现了取消主义的，极其反动的倾向！蒋纯祖同志侮蔑革命，不管他主观意志上如何，客观上他必然要反革命！”他说。蒋纯祖已经有了那种朦胧的，锋利的痛苦，这句话使他颤栗。“我们底革命要坚强起来。我们要清算这些内部底敌人，这些渣滓！我们现在，凭着窗外的暴风雨作证，要开始澈底地清算！”他凶猛地说，看着蒋纯祖。

蒋纯祖冷笑着看着他。那种痛苦突然发生，在看着那位女同志的时候，好像得到了一种启示，这种痛苦更强。他迷晕，不再感到别人底攻击，不再感到场内的紧张的空气。在这种迷晕里面，王颖底那句话使他颤栗。不是由于王颖底攻击——这对他现在已毫不重要了——而是由于这句话，这句话如猛烈闪电，使他颤栗：这是他底青春里的最深刻的颤栗。

他看见别人站起来，又坐下去了：他简直没有听清楚他们在说什么。他知道他们在说什么。

“我向主席提议，”胡林大声说，捧着他底纸张，“已经明显地发生的事实是，有几位同志要从内部分裂我们底团体：他们要另外组织座谈会，这是机会主义底阴谋！而蒋纯祖同志，是这个阴谋底领导者……我仍旧称你为同志！”他向蒋纯祖大声说。

在那些女同志里面，发生了普遍的不安。她们有两个原来在看书，有两个则在分花生米吃——她们只注意她们底花生米：在这种激烈的场所里，她们只注意她们底温柔的，小小的娱乐——现在她们抬起头来了。她们之中，没有一个人能懂得胡林所宣布的这种阴谋。

有些听惯了这一切，认为这一切和自己不相干，而在看书的男同志，抬起头来了。

“我们要清算阴谋！”胡林大声叫。

有一个瘦小的、戴眼镜的青年站了起来。他有激怒的表情：他因激怒而不能顺利地表达自己底意见。

“这叫做……迫害！迫害！你是伪善！……”他说，看着胡林，“我承认我有意思……改组……座谈会，但有什么妨害？为什么是蒋纯祖同志？为什么迫害？”他猛烈地说，幌动着。

“我承认这是我们底意见！”另一位青年站了起来，援助他，“恰如蒋纯祖同志所说，你们是妄自尊大，压迫了大家！是你们才阴谋操纵！你们从来不听别人底意见！你们神秘，神秘得很快乐！”

接着有另外的两个人站起来攻击王颖：攻击混乱而猛烈地进行着。

“所谓取消主义是，把革命底枝叶斩除掉，使一切生机死灭掉！”第二个青年突破了一切声音，大声说：“而所谓机会主义是专门向上级讨好！你们不能向同志们学习，你们是革命底贵族主义！……”

接着第一个青年开始攻击；第三个抢着说话，秩序又很乱了。

“会场秩序!”剧务底负责人大声叫:“我们必须清除个人主义底倾向,打击分裂。”

“我要不要援助他们?”蒋纯祖想。

“什么叫做个人主义?什么叫做分裂?什么叫做阴谋?”他站了起来,愤怒地说。他底痛苦消失了。他在强烈的虚荣心里面站了起来,愉快地、但有些惋惜地丢弃了他底痛苦。“王颖同志说:可不管你主观意志如何,客观上你是反革命!说得多么漂亮,多么轻巧呀!王颖同志父亲不是工人,母亲不是农人,王颖同志不配接受我底恭维,他不是什么普罗列塔利亚;那么,不管王颖同志主观上如何,客观上王颖同志反革命!王颖同志,你底这顶帽子,你戴得很舒服吧!”特别在不明确的痛苦之后,蒋纯祖拿出他在学生时代惯用的无赖的,毒辣的态度了。在世界上,再没有比那些朦胧地痛苦着的十五六岁的男学生们更会无赖,更能毒辣的了。“那么好极了,这顶帽子就把王颖同志从头到脚地盖起来了!现在只有一个法子,就是请王颖同志告诉我们,他底父亲是工人,而他底母亲是农人,工农大众底儿子,真是祖上积德呀!”他笑了起来。因为普遍的严肃的缘故,没有附和的笑声:大家觉得蒋纯祖太狠恶了。于是蒋纯祖重新有痛苦。

“我抗议蒋纯祖同志对我个人的漫骂!”王颖愤怒地叫。

“你证明呀!”在恶劣的激情和痛苦中,蒋纯祖无赖地叫。他坐了下来,迷晕地笑着。

“为了维护王颖同志底革命的人格,我们要惩罚蒋纯祖同志!”胡林慷慨激昂地说:“现在事情极明白,蒋纯祖同志是反动派底领袖!我提议开除蒋纯祖同志!为了给反动派作榜样起见,开除蒋纯祖同志!”

他停止。大家紧张地沉默着。

“果真革命判决了我,一个个人主义者吗?”蒋纯祖痛苦而恐惧地战栗着,想。

“这是预定的阴谋,为了蒋纯祖同志底恋爱!我提议开除胡林同志!”那第二个青年站了起来，说，“胡林同志在工作上毫无成绩，根本就不学习，这是大家都知道的！胡林同志投机取巧，同时追求两位女同志，他曾经告诉别人说，他包准两位都弄到手，这有多么无耻！女同志们都在座，刚才还为胡林同志欺骗！胡林同志底眼泪是世界上最下贱的东西！而王颖同志居然袒护他，而蒋纯祖同志，帮助了我们底学习……”他流泪，继续说：“革命里面也要有正义……”

“我不能忍受侮辱!”胡林叫。

蒋纯祖，得到了无上的援助，心里有甜美的友爱感情，露出轻蔑的表情站了起来。大家又看着他。

“我向同志们提出辞职！……”他说：“就是说，胡林同——志是对的，请开除我!”

“假如这样，请也开除我!”第二个青年说。

“还有我。”戴眼镜的青年站了起来，说。

“在荒凉的世界上，也有友情的。”蒋纯祖，眼睛潮湿了。

“我反对胡林同志底提议!”张正华站了起来，愤怒地大声说：“我主张蒋纯祖同志接受批判!”

“我接受真正的朋友底任何批判，我反对你们底任何批判!”蒋纯祖骄傲地说。

“请主席表决!”胡林说，谄媚地看了王颖一眼。

王颖站着不动，严肃地看着大家。在这里，王颖开始体会到蒋纯祖和他底朋友们了：体会到敌人，是一件艰难的事。他，王颖，只是要打击蒋纯祖，现在也还是要打击，但决不愿意事情有这样的结果；就是说，决不愿意蒋纯祖像现在这样胜利而骄傲走开。这个结果将破坏他底信用和权威，是他所不能忍受的。体会到会场里面的一切，他想到，蒋纯祖的确并不如他所批判的那样。但这样的思想对他永远没有效果，因为他随即就想，他在原则上是决无错的，他，革命者，应该坚实。他想他不能有同情，不能有感情，不能有小资产阶级底一切——他觉得是如此。于是他开始作结论，而为了缓和会场空气，在结论里面毫不留情地批评了胡林;他觉得同样无情地批判胡林,不为任何感情所动荡,是革命者底公正的行为。

“应该澈底地检讨一切,不是开除不开除的问题,失去了每一个同志,我们都觉得痛心!”他严肃地说,相信是痛心,把自己提得和原则一样高了,“蒋纯祖同志不接受批判,是值得痛心的事,我以个人的资格劝告蒋同志,希望他在这样的感情过去以后,会反省过来;而这样的感情,是小资产阶级的!”他沉重地说,停顿了一下。“而胡林同志,浮嚣,夸张、表现了小资产阶级底最坏的弱点!”他严厉地说;胡林愤怒地,惊异地看着他,然后微笑着摇头。“今天我们底结论是:个人主义底一切,幻想和自由主义的作风,是要不得的!任何分裂的企图,是应该遭受打击的!同志们,赞成这个的请举手!”有人举手。在女同志里面,除了高韵以外,全体都举手。“我们底结论是:第一、健全我们底座谈会,各位同志可以随时供献意见;第二、民众工作上面,态度应该特别严肃,蒋纯祖同志底讥讽,是错误的!方国栋同志和刘采琴同志任意行动,妨碍了工作,是要不得的!张正华同志疏忽地弄丢了团体的东西,事情虽小,却表现了马马虎虎的作风,是要不得的,我们希望蒋纯祖同志安心工作,大家克服困难,共同学习,但蒋纯祖同志底艺术家的派头,自由主义和颓废主义,应该受到批判!”他兴奋地大声说。他觉得空气转移了;“蒋纯祖同志对我个人的放肆的攻击,我能够原谅,但是对理论领导的攻击,应该受到批判,同志们,没有革命的理论,就没有革命的行动!我们是处在如此伟大的时代里,我们底任务是重大的,假如有一点点错误,我们就对不住死难的同胞和为民族而流血的同志!……”

他说完,有一部分人,尤其是女同志们站了起来:这一部分人,对斗争的双方都没有特殊的感情,不能看到问题底深处,由于疲乏的缘故,承认了王颖底结论。他们因为王颖是领导者的缘故,承认、并且同情了这个结论。这对于王颖是一个大的帮助。但这个帮助立刻就被削弱了,因为大部份的人坐着不动,注视着会场底左角。他们注视剧队底总务和秘书沈白静；这种注视，在斗争进行的时候，不断地发生，现在集中了起来。沈白静是长着络腮胡须的，丑陋的，大脑袋的，在外表有些呆板的人。感觉到大家底目光，托着腮，用另一只手抚弄桌前的蜡烛。他眼里有一种光辉：他在沉思着。

沈白静底经历很少人知道：大家知道他是经验丰富的，冒过多次生命底危险的坚贞的人。他是这些年的剧烈的斗争所产生的优秀的人物之一。在这年青的一群里面，他是年龄最大的，但他没有家庭，没有结婚，没有任何特殊的朋友：大家对他都是朋友，显然他觉得这样最愉快。他是这个演剧队底最重要的人物之一，他属于那个小集团。但他显得和这个小的集团并无值得夸耀的关系，在某些事里，当他认为必须依他的意见做的时候，他对这个小集团显得很严刻；而因为被大家敬爱着的缘故，这个小的集团听从了他。大家不知道实际的情形，但大家看得出这种举足轻重的影响来。大家渐渐地看出来，他和王颖之间有了磨擦。但他自己决不把这个说出来，好像他是在很冷静地观察着。他和大家很亲近，但他不愿参加演剧或唱歌，他对这些毫无兴趣，他总是逃开了：大家闹得怕羞起来，但大家对他有真诚的严肃，这是年青的人们对于很苦的生涯和正直的性格的一种最坦白的爱慕。在座谈会里，他很少说话：他显得好像不懂得从王颖嘴里大量地，动人说出来的那些理论。他不阻挠座谈会底分裂，他说得没有意见，但希望各人努力工作，从工作中学习。大家常常向他聚拢来，喧嚣地包围着他，希望他多说一点话；特别是女同志们，坚信他有无数的故事，只是不肯说。在这个演剧队里，他是最动人，最深刻的存在。那些年青的心灵，一面集中在那些火热的理论上，一面就集中在这种坦白的爱慕里。

显然王颖敬畏他，同时又觉得他妨害自己。王颖渐渐地相信他是错误的。对这个最大的检讨会，他未参预任何意见。在会议进行的全部时间里，他注意地听着，有时呆呆地望着某一个固定的地点，沉思着。那些年青的人们底眼光不停地落到他底身上来，他有时向这种眼光回答一个含着威力的逼视，但多半是不理会。分裂严重起来，王颖底领导是怎样的脆弱，他现在明白地看出来了。那些在人生中走上了另一个阶段的人们，对他们希望着的后辈底一切表现，是常常怀着老年人所有的慈爱和理智的冷静的观察：他，沈白静，对于这些幼稚，是大度地容忍着。但到了现在，王颖底这个空泛的结论使他愤怒了起来。

往昔那些年的残酷的生活，使他对目前的这个叫嚣的场面有了憎恶。突然地，在他底心里，往昔的那些为民族而流的鲜血和目前的这个场面，成了强烈的对比。

会场底空气底集中，沈白静底那种严厉的目光，以及他底抚弄蜡烛的那个深刻的动作，使王颖底结论失败了。并且使那些以个人底激情底目的冲击着的反对者们胆怯了。

"王颖同志底话并没有解决任何问题!"蒋纯祖严肃地大声说，"胡林同志提议开除我，而我提出辞职！而假如胡林同志真是那样无耻的话，那就必须惩罚!"他说，虽然沈白静使他有些胆怯，他依然相信着他对沈白静的深挚的爱慕，他相信沈白静会赞同他。他努力地倔强起来说了这几句话，希望表示，并证明他在沈白静方面的忠诚。他看着沈白静。

王颖，不觉地承认了自己底失败，严肃地看着沈白静。

"我有一点小意见!"沈白静站了起来，低而迅速地说，看着烛光。显然他心里有大的力量在冲击。他在全体底沉默里停顿了很久，露出他底迟钝的，沉思的表情：他在审查自己。于是他用他底那种重浊的，沉静的，笨拙的声音说话。"同志们，"他说，"我们大家都犯了错误，为什么呢？第一，王颖同志底领导不健全，有缺点，这些缺点大家已经指出来了！我相信王颖同志会要改正，会要和大家融成一片！同志们，王颖同志也有优点，那就是他坚强，肯工作，这难道大家没有看到吗？但是缺点是不能原谅的!"（王颖不觉地露出痛苦的笑容）"胡林同志成事不足，败事有余，一味想着自己，简直不知道工作是什么东西！[1] 这样下去，没有好结果的！蒋纯祖同志，你承认这个吗？”他问，看着蒋纯祖。

“我承认你底批评！”蒋纯祖沉默了一下，说。他底脸打抖。他痛苦地看了王颖一眼：现在，屈服于会场里的严肃的、诚恳的空气，并深切地感到这种空气，他对王颖和解了。他回答了沈白静，感到自己站在这种崇高的场面里，是纯深的。

沈白静继续安静地，严肃地说下去。蒋纯祖感动地听着，觉得自己心里有清新的力量，觉得自己能够随着这个时代前进，理解，并征服自己底弱点。

“同志们刚才很多次提起我们底那些为工作而牺牲了的同志，但同志们是否能真的学习他们？很成问题！很成问题！我不会向你们描写什么，同志们不能以为这个时代是享福的时代！”沈白静愤怒地说。他，这个老兵，被刺激起来了。“刚才在辩论的时候，你们里面有人看书！在女同志里面有人吃花生米！这对得起为工作而牺牲的同志吗？这难道不可怒吗？”他说。他对大家从来如此严肃：他底被刺激起来的心灵，向目前的这个时代要求更多，更多的东西；他确信先前有过这些东西。那两个吃花生米的两个女同志中间的一个，低下头，低声地啜泣了起来。于是他更激烈，更严厉，更沉重。他说到了他从来未对它们发表过意见的问题。“大家争论恋爱问题！但恋爱是什么呢！只有真的明白恋爱底意义的人才配恋爱！我看见不知道多少醉生梦死的幻想——这叫做恋爱？大家说这是艺术的团体！正是艺术的团体，应该更严肃！同志们，没有一件事情是好闹着玩的，同志们，我们应该觉醒！”

在女同志们里面有激动的哭声传出来。他向那边看了一眼。

“不要哭，而要觉醒！同志们，”他感动地说。坐了下去。他抱住头。

“我们……接受……你底批评！”那个啜泣的女同志站了起

---

[1] 原文如此，据原版书后附勘误表增补了“而蒋纯祖同志，完全是个人主义者”。

来，说。

沉默了一下，王颖站了起来。

“我们接受从沈白静同志底丰富的经验来的批判。”他严肃地说，看着桌面。“我们希望各位改正缺点……好，今天散会！”他痛苦地抬起头来。

沈白静最先走出去。大家悄悄地走出去，有人吹熄了几只残烛，在黯澹的光线里人们更静默。走过楼道的时候，有人开始说话：简短、微弱、严肃。这种表现，是人们走过生命底最严肃的场所时所有的。

蒋纯祖走出楼房。已经过了十二点钟，雷雨已经止歇，草场上有凉爽的、愉快的风，各处滴着水，繁星在天空闪耀。蒋纯祖站在滴水的桃树旁凝望楼窗：楼窗里有灯光和人影。蒋纯祖轻轻地叹息，并且盼顾。

蒋纯祖觉得一切和谐，他对一切都已经和解：他心里有顽强的感动。他轻轻地叹息，并且盼顾。他重复着这个动作，在这个动作里他深切地感到了愉快的凉风，滴水的小树，和在他底周围恬静地呼吸着的一切生命。

第九章

演剧队在万县工作了十天，六月下旬到重庆。大家希望在重庆能够大规模地展开工作，但工作刚开始就遇到了困难。经费底来源被窒息，而且从某一个上级机关传来了解散，或改组演剧队的消息。大家底情绪显著地沮丧了下来。奋斗没有结果，明确的命令也没有下来，在七月中旬，王颖、沈白静和另外的几个人辞去职务，离开了演剧队。接着由一个本来毫无关系的上级机关下来了改组的命令，并派来了新的领导者，在旧的负责人离队的时候，差不多所有的人都哭了：现在他们明白，往昔的一切，是怎样的美好了。大家不同意这个改组，陆续地离开了演剧队。一部份人走到一个组织更大的剧团里去，其中有高韵和蒋纯祖。

这些青年们就是这样地分散了，以后他们要兴奋地追怀那些在长江沿岸的城镇里度过来的光荣的、美好的时日。这些青年们，带着火热的理论，从此开始经营他们底艰苦的生活了。他们不能知道在前面等待着他们的是什么，在改组的命令下来以前，他们痛苦着开始了为个人底生活的斗争。

蒋纯祖坚信他无论如何要过一种自由的生活，无论如何要征服他底怕羞的、苦闷的性情和阴晦的生活观念。他已经明白了新的生活，他觉得这讨厌的一切是从旧的生活里带来的。他找到了各样的理由，相信自己能够在这个社会里单独地奋斗出来。在这种时候，他和高韵的爱情就增加了他底自信和勇气。

有一点是重要的，他有有钱的亲戚。这就造成了他底自信和勇气。爱情和金钱同样地使他有羞耻和苦闷，但他，相信了自由的生活，认为必需克服它们。做着爱情底和功名底梦，他就耽溺到浮华的幻想里去了。诱惑最先是轻轻地、温柔地、在阴晦的反抗旁边低语、飞翔，然后就强烈地、光明地、雄辩地站了起来，热烈地拥抱了他底俘虏。从武汉到重庆，蒋纯祖带着一种奇特的自觉替这些诱惑清除道路，他觉得，那些阴晦的、痛苦的内心反抗，是必需征服的。

蒋纯祖不愿意成为弱者，不愿意是卑微的人：他认为，这些痛苦，这些颤栗，是弱者们所有的；这些弱者们，明白了自己底无力，抓住了任何一种人生教条，装出道德的相貌来。他认为所谓道德，是这些弱者们造成的，只有他们才需要。他认为他自己经验过这个：在加入演剧队以前，他有道学的思想，而他明白，这种道学的思想是由于软弱、自私、和嫉妒。演剧队里的新的生活证明了，在这个世界上，他并非弱者。他乐于相信这个，他替浮华的梦想清除道路，他顽强地和他底弱者的一面斗争。于是，这一切，就把这个软弱的青年造成一个自私的、骄傲的人了。

他心里有猛烈的激情。他渴望壮大的生活；现在，对于他，浮华的梦想成了壮大的人生底美丽的诗歌。他心里的善良的、真实的一切都反对这个，但那个更猛烈，更华丽的力量征服了他。于是，像他底哥哥蒋少祖曾经做过的一样，他就毫无顾忌地向他底姐姐们索取金钱了。他向蒋秀菊借钱——他说是借钱；他向蒋淑珍要钱；他向蒋淑媛和蒋少祖婉转而严肃地申明他底财产的权利和他底生活计划。

七月底，蒋秀菊异常温存地寄来了四百块钱。她说，她喜欢这样做，假如在这样不幸的时代里，在姊妹们中间还要说借钱，她便要觉得痛心，接着蒋少祖和蒋淑珍寄了五百块钱来。王定和夫妇已经来重庆，王定和愿意替他谋一个职业，他推却了，愤怒的蒋淑媛给了他两百块钱。

蒋秀菊底钱使他忧伤。蒋少祖寄来的钱使他觉得苦恼；但他对哥哥决无歉疚。最后，蒋淑媛底钱使他羞耻而恼怒。他甚至于想写一封信向她声明，他并不是在讨饭。他好久不能忘记这种羞耻。

除了买了一点书报外，这些钱都浪费掉了。他花费得异常地迅速。在他新加入的那个戏团里，人们是自由地生活着的。在这个剧团里面，那种火热的理论的斗争是不复存在了，只是一种热烈的感情和兴味在统治着。艺术上面的自由的，个人的竞争成了主要的东西，有名的演员们底性格和琐事成了主要的东西；在这些下面，在这些男女们底动人的喧嚣下面，是人事上面的猛烈的角逐。

在这个遥远的后方，在这个昏沉的都市里，战争初期的那种热烈迅速地消失了：剧团底工作逐渐地商业化，在上海底天空里闪耀过的那些颗明星，逐渐地在重庆底天空里升了起来。曾经充塞着各个大城市的浮华的男女和他们底后代逐渐地变成了重庆底最优秀的市民；在那些喜欢装丑角的小报和晚报上，记述着他们底逐日增加的丰功伟业。于是，这些剧团，就成为这个浮华世界底动人的顶点了。那些戏剧运动里面的严肃的工作者们，在他们自身所配买起来的舞台底虹采和照明里面失色了。伴着那些颗明星，那些掮客们就爬到最高的位置上去了。那些工作者们和那些剧作家们掀起了一些斗争，但更多的是放弃了一切，开始歌咏自己底劳绩和光荣，为和那些颗明星升得同样的高。

蒋纯祖进入剧团的时候，正是那些颗明星开始上升的时候。在中国这种上升，是被称为严肃的艺术工作的；每一个人都觉得自己是在从事严肃的艺术工作，并为这而斗争，剧团里的人们差不多全是优秀而有才干的。但有些演员们，演了几出戏，带着奇奇怪怪的色采升到了社会名流的地位，就觉得自己无所不能了：有些导演们和剧作家们，博得了重庆底优秀的市民们底掌声，就占领了一切报纸副刊，表扬起自己底功绩和艰苦来了。比较起舞台上的戏来，这个浮华的世界是更需要着这些男女们在下台以后所演的实实在在的戏曲的，所以这些男女们就兴奋地在各样的场所里表演了出来。

常常是，这个社会这样地观察这些人们，这些人们便也这样地观察自己。每一项职业里面的人们，都有着他们底特殊的敏感。好像医生们认为一切另外的人都是病人，或都是有生某种病的可能的人一样，剧团里面的人们，觉得一切另外的人都是观众，都是被教育者或鼓掌者。由于这种特殊的偏见或特殊的敏感，剧团里面的人们，特别是一些年青的男女们，就无时不意识到自己们底地位。他们很少反抗这种地位。这种地位底职务是尽可能地迷人，尽可能地浪漫并且尽可能地享受。所以，在任何场所，这些男女们都带着舞台上的风姿；在任何场所，另外的人们都是观众。他们觉得这是最愉快的；虽然他们因这而有那么多的痛苦。他们觉得这就是严肃的艺术工作。

特别因为这个时代的严肃的艺术理论的缘故，这些男女们更容易满足，更善于怜悯自己。往昔的优伶们底身世感伤，或一个平常的人底身世感伤，在这些男女们底身上和那种严肃的艺术观奇妙地混合了起来；同时严肃的艺术理论，为他们所模糊地知道着的那些易卜生和斯坦尼，就成了他们底虚荣心底美妙的点缀了。那些掮客们，装出批评家的样子来，大声地为这一切吹着进行曲。

在剧团里，多半是坦白的，天真的年青人；尤其是那些少女们，她们并不喜欢什么艺术理论或社会理论，她们只是热烈地爱好着剧团里面的那种动人的、愉快的空气。那些虚荣心，是包含在她们对于她们底友谊，爱情，工作等等的热诚的信奉和想像里。即使那些狡猾的、媚人的、在各种痛苦中变得伪善的明星们，也有着这种想像和信奉。在这个圈子里，特别是那些经验丰富，着眼于实际的利害的人们，有着最动人的感情：他们常常地表现出对人生，对艺术的无限的忠诚来。

蒋纯祖、高韵、和张正华在八月初进了这个剧团。蒋纯祖被剧团里面的热情的、自由的空气痛苦地迷惑了。像走进先前的那个演剧队一样，他对这一切怀着敬畏。到了他底内心被迫着向另外的方向发展开去的时候，他才开始反抗。那些火热的理论深藏在他底心里，到最后要以另外的样式爆发出来。逗留在这个剧团的全部的时间里，他除了他底逐渐变得痛苦的爱情以外什么也不关心；在经常的失意、和跟着失意而来的内心的亢奋里，他沉浸到各种乐曲里面去，并且沉浸到枯燥的音乐理论里面去。他一直在，胡涂地追求着他底自由的生活，他认为这个环境会给他这样的生活。这个环境，像一切环境一样，压迫了真正的自由的生活，但因为逐渐深刻，逐渐痛苦的爱情的缘故，他不能清楚地看到他自己，并且不能清楚地看到这种压迫；因为只是这个环境才能给他以这样的爱情，而他又努力地相信着这样的爱情就是自由的生活的缘故，他不能批评这个环境。在这个环境里，他不能得到正直的发展，因此他没有一点点痛快。在爱情里，他不能得到一点点纯洁的快乐；但诱惑比快乐和痛苦更强。蒋纯祖，相信自由的、奔放的生活，竭力以这种观念来克服内心的反抗，迅速地堕到深渊里面去了。在个个深渊里，音乐是唯一的光明。他带着他底那种高傲虚荣，和悲凉的情绪在一切乐曲里面做着疯狂的追求。

张正华底处境则和他完全相反。张正华勤劳、负责、不喜欢什么抽象的热情和理论，谦逊而善于交际。在那个剧队里，他走向那种理论，他批判蒋纯祖，主要的是他认为这是一种责任。他底心是和平的，甚至是温柔的，但有些愚钝。在这些圈子里所过的那些生活，使他有着一种伶俐的外表：在那些理论的责任卸去以后，他就有了另一种理论的责任，那就是人生和工作。他温和地、愉悦地表达他底这些平庸的理论，他是有着为这种圈子所特有的那种江湖风味的。蒋纯祖卑视他底每一句话，但他底诚恳的态度却使蒋纯祖悦服。在这种愚钝的伶俐里，他善于说教了。他底说教不妨害任何人；特别是那些动人的女演员们，喜欢他底这种江湖风味。于是，没有多久，他就成为她们底最好的随从了。他高兴这样：显然他对自己很严肃，他觉得这一切是很严肃的。大家觉得蒋纯祖是讨厌的、阴沉的人，但大家觉得张正华是诚挚的、光明的人。于是张正华常常能在各种纠纷里发生调解的作用。张正华内心有和平了的满足：他充份地感觉到，他在这里生活，是最适合的。

张正华替女演员们买东西，准备用品，收发信件：在每一个这种团体里，都有一个这种愉快的人物的。张正华没有被牵到任何恋爱的旋涡里去，而在两年后，和一位女演员安静地结了婚。

张正华同样地成了高韵底随从，使蒋纯祖异常的妒嫉。但高韵爱着蒋纯祖；也许正因为大家觉得蒋纯祖是讨厌的、阴沉的人的缘故，她诚实地爱着蒋纯祖。但她不能忍受蒋纯祖在爱情里面所表现的那种男性的暴戾的专制。在目前她只希望能在雾季的演出里获得大的成就，对于她，这是一种顽强的情热。她是天真而坦白的，她底那些诡谲，更是天真而坦白的。她是不诚实的：她没有诚实的理智，她有诚实的感情；她善于自感，她带着那种为美丽的少女们所有的无私的欢欣注意着一切。但她底头脑是冷静的；她委身于她底浮华的梦想，她审察一切现实的利害，冷静地向这个梦想走去。她始终不是什么梦想家，但她向这个梦想家的蒋纯祖委身了。

在蒋纯祖身上，有一种强烈的力量蛊惑着她，正如在她底身上，有一种美丽的，热烈的力量蛊惑着蒋纯祖一样，但她始终不明白这种力量是什么。蒋纯祖不愿意相信是她底美丽的，灼热的肉体底力量蛊惑了他，他认为还应该有什么，于是他在心里痛苦地创造；但高韵，相信蒋纯祖底那个强烈的力量，并且相信她比蒋纯祖强，能够掌握自己：她是在她底坦白无邪的天性里带着一种放荡；这个时代的生活和理论已经清除了她底那些为一个平常的女子所常有的生活观念和贞操观念，她在快乐的时候便对蒋纯祖委身了。

在八月的酷热的天气里，剧团的生活是很松弛的。很多人都不住在剧团底宿舍里，他们在外面独立地生活着，他们只是在排戏的时候偶然地来一下，大家觉得，假如有足够的金钱的话，这种生活便是最舒适、最美丽的了；但他们差不多所有的人都很穷困。蒋纯祖有了钱，可以照他自己底意思去生活了，就是说，可以实现他底自由生活的梦想了。

他很明白他要做的事情是什么。于是这个时代的理论和热情使他心里有苦闷。这种理论和热情已经成了他底一部份了，它们不能许可他和别人一样做。那种自由的生活，必需是属于这种理论，属于这种辛辣的热情的，但他目前所能得到的自由的生活，却显然地违反这个。然而他底处境已经是如此了，在这里，对于一个年青人，诱惑比一切都强。于是，在苦闷之后他想到，这是社会底压迫：他必需冷酷地反抗社会。他应该去做这个社会所不同意的，而弃绝这个社会所同意的。于是他重新唤起了那种理论的热情。

他，像这个时代的一切青年一样，始终梦想恋爱是纯洁而高贵的。在前些年，人们高呼恋爱是神圣的，这个时代是没有这样的呼声了，但人们认为恋爱是为自由的心灵和肉体所必需的，并且是为人生，为工作所必需的。对于恋爱各个国家和各个时代的优秀的人们[①]下了无数的定义。但青年们不需要这些定义，他们首先是需要恋爱，而为了更勇敢，他们就轻率地抓取了一两个定义。由于这个时代底大量的热情和轻率，没有多久大家就在各样的方式里公认了一个定义了，就是，恋爱，是虚伪的。但事实只是：轻率地相信了的恋爱底定义，是虚伪的。

蒋纯祖是严肃的：他即刻就感到羞恼，但他还在做着梦。这个从西欧的文学里得到启发的热情，诗意的梦境，被现实所胁迫，已经变得模糊而混乱了，但他，蒋纯祖，仍然不放弃。

他怀着羞恶的感情向高韵提议到温泉去玩；他准备在高韵不同意的时候用各种理由说服她；他预感到，假如她坚决地不同意，他底心便会得到高超的、冰冷的严肃。但高韵轻快地答应了：她好像觉得，这一切是异常轻快的，此外再没有什么。蒋纯祖感染了这种轻快。在短促的幸福的时间里，觉得人底青春是无比的纯洁和富丽。他们，像别人一样，去做这种旅行了。在这

---

① 原文如此，据原版书后附勘误表增补了“和卑劣的人们”。

之前，像一切年青的男女们一样，他们在城市底郊外，在夏季底繁星下度过很多陶醉的夜晚。虽然他们竭力追求，他们总感不到这里面有什么诗意，有什么真实、善良、和美丽，因为这里面有着那种为他们所不敢确定的痛苦。他们宽慰自己，并且企图遗忘他们底内心底模糊的警惕：他们只是陶醉着。他们觉得，在他们的世界里，有生命在蠢动，有什么故事胡里胡涂地发生了：他们不能确实知道这是什么。

蒋纯祖注意到，在高韵底头脑里面，反抗社会的理论，比他自己底还要锋利。他觉得他还有什么东西不明白，但在目前，他只能觉得高韵底勇敢是可喜的。或者是再由于他底恋爱的，善于创造的心，或者是由于高韵底女性的聪明和敏锐，高韵底理论和思想有了实在的，富于感觉的色采，感动了他。蒋纯祖对于抽象的理论有着热情，但高韵却喜欢用实际的故事来印证这种理论。这些故事从她底内心深处严肃、动人地浮了上来，使蒋纯祖从它们感到了她底心，以及整个的世界了。

他们买了游泳衣、食品、和其他的东西，到温泉去。蒋纯祖想他们至少要在四天以后回来。在船上，蒋纯祖对高韵说了这个意见，高韵认真地回答说，应该临时决定，因为她从来不愿意预先计划。蒋纯祖觉得她无疑地是同意了，感到快乐。在途中高韵睡着了，在马达的颠簸中靠在他底肩上，他和平地、严肃地想到，他现在成为一个真正的男子了。这个思想唤起了一种兴奋。汽船正在上滩，他注视江中的礁石：酷热的阳光照耀着，激怒的波涛击打着礁石。他觉得这个礁石象征他，激怒的波涛击打他。在他心里，严肃的英雄的幸福的感情比任何时候都强。他觉得他是纯洁的，他觉得先前的那种羞恶，阴晦的感情是可耻的，至少是无价值的：他觉得他懂得这个时代了。

"难道我这样做是错的吗？或者有一点错吗？"他想，"这个社会已经是这样的黑暗，混乱，堕落，我们正在争取新的生活，所以我决不能想像我和别人一样的做，一样地去生活！我宁可毁灭了自己，"他想，"也不愿去顺从，去过我们中国底这种昏沉的，黑暗的生活？我不同意这个社会里的一切——但是，我，是否要使她成为我底妻子，去过一种家庭的生活呢？我还没有想到这个，但这是不堪想像的？这是不能忍受的，我简直不能想像在那些家庭中间会有我底家庭存在，我不是轻浮的，我有一切勇气，这是试验过的，但没有去过这种生活的勇气！我看到别人这样做了，那纯粹是在堂皇的理论下面进行的一种虚伪的、轻率的行动，他们很快地就投降了！为什么不应该有自由的，独立的心灵？为什么要奴隶似地束缚起来！我是严肃的，”他兴奋地想，“那么，让这个社会群起而攻打我吧！我是不会逢迎任何东西的，让他们说我做坏事，说我堕落吧，我决不投降！我爱她，但她也可以离开我……这里，是真的生命！”

高韵醒来了，她用湿手巾轻轻地揩汗水，以沉醉的、蒙眬的眼光看着他。蒋纯祖向她笑了一笑，她严肃起来。她想，这笑容，表示了什么。她知道这笑容表示了什么。

“你睡了很久。”蒋纯祖说。

“你在想些什么？”她冷淡地问。

“等一下告诉你。”

“等一下你就会说话，我知道，”高韵说，生气了：“而假如你在你底思想里面任性地想着我，我不能答应，你晓得我是一个女孩子……”她小声说，感动着，打开皮包，取出镜子和口红来。

蒋纯祖好久惶惑地想着她底话。他觉得她底话是对的，他感到道德的痛苦。高韵知道一切，但相信自己不知道；她显得任性、天真、无意志：她不放过一个发挥她的媚人的倚赖的机会，她觉得自己是无知的，可怜的女孩子。但另一面，对于这个时代的那个理论，那种作风，她相信自己懂得：她相信自己对艺术和文学有高超的智识和才能。她知道的，她相信自己不知道；她不知道的，她相信自己知道。

下船的时候，高韵说她有些发慌；接着她说，这似乎是由于饥饿，她简直不知道怎样才好。她撑开纸伞，看着蒋纯祖。蒋纯祖开始有了阴暗的心情；他觉得一切都在压迫他。

"饿就吃东西——怎么说简直不知怎样才好?"蒋纯祖[①]愤恨地说。

"有什么好吃呢?"高韵忧愁地问。

蒋纯祖咬着嘴唇。另外的乘客们走过他们底身边,汽船向上游驰去了。蒋纯祖环顾,然后沉默着向坡上走去。他必需向高韵表现出他底意志来;他必需设法使她振作起来。他们走过修筑在山坡上的花园。他毫不注意花木和其他的修饰,走过凉亭的时候,高韵提议休息一下。

"你看那个架子搭得多妙啊!"高韵突然活泼地、受惊地、动人地说。过路的人们惊异地看了看近处的葡萄架,又看了看她。有人不停地回头看她。她跑到亭子里面去,疲乏地坐下来,笑着,眼里有光辉,注意着葡萄架。她突然地恢复了她底生气了。

大家都看她,她是这样的动人,显得那样的天真,蒋纯祖心里有虚荣的快乐。他意识到这种虚荣心,但他觉得这总比痛苦好。他们走进饮冰室,大大地吃一顿。高韵不停地说话,批评天气、江水、山坡、花园。蒋纯祖嘲讽地回答着她,希望她停止。蒋纯祖感到窘迫。

蒋纯祖提议先找住的地方,高韵提议先游泳。结果她顺从了蒋纯祖。走进旅馆的时候,蒋纯祖和茶房说话,她活泼地抽身跑开了。

蒋纯祖要了最好的房间,关上门,懊丧地在沙发上坐了下来。他心里有重压:他企图消灭这种重压,他注视着窗外的浓密的绿荫,想到,为什么他不能感到这美丽的一切,为什么他不能有快乐。高韵轻轻地敲门,他打开门。

"为什么你敲门?"他勉强地笑着问。

高韵捧着水果走了进来。蒋纯祖关上门,看着她。高韵放下水果,环顾房间,变得严肃了。她在桌边坐下来,捧着头注视着窗外。蒋纯祖痛苦地坐着。蒋纯祖发现高韵在哭泣,……他

---

① 原文如此,据原版书后附勘误表改为"他"。

明白她为什么哭泣。她底哭泣解救了他。他有了力量，迅速地站了起来。

高韵颤动着肩头，发出叹息似的啜泣声，她底泪水流过面颊滴到桌上。蒋纯祖走到桌边，严肃地看着她。他抓住她底赤裸着的手臂。

“为什么?”他说。他当然明白她是为什么。

高韵摇头，继续啜泣。

“我不知道！……”她柔软地说：“总是弱点，……但是让我哭，应该让一个女孩子哭……一下工夫就好了。”她说，啜泣着。果然她一下工夫就好了。

“好吧，我们去游泳。——你出去，我换衣服。”她说。

黄昏的时候，疲倦、舒畅，他们走到江边的坡上去。暴涨的江流在峡谷里迅速地柔滑地流过去，太阳落下去，竹林里面有凉爽的风。高韵坐在石块上，披散了的、潮湿的长发在肩后披到腰部。她不停地抖动头发，她抱着腿，开始唱歌。在这里唱歌是不能触怒任何人的，因为很多男女都在唱歌。蒋纯祖倚在树上，看着峡外的，照耀着深黄色的，灼目的光华的江流和堤岸。他想到，他从未梦想过会到这里来，从未梦想过，在这里，会有这样的生活。他听着高韵唱歌，他觉得她唱得不好，然而使他，蒋纯祖幸福。

“你跟我唱修伯尔脱底《你听，你听，那云雀》——好不好?”高韵突然高声说，使周围的人都听见。

蒋纯祖困难了一下，低声唱了。但高韵没有能让他唱完：她不满足，打断了他，要他唱另一个曲。她仍然不满足，又打断了他，要他唱第三个。蒋纯祖，由于矜持的庄严的心情，不愿意向她唱恋歌。高韵觉得他所唱的都不适合于她底心，再三地打断他，使他羞恼，沉默了。

蒋纯祖所崇奉的这些杰出的歌谣都不能满足高韵底幻想。蒋纯祖羞恼地想，她听不懂，永远听不懂它们，而她能够听得懂的，他，蒋纯祖，现在决不愿意唱。他严肃地沉默了。在峡谷里，有蓝色的烟带，飘浮了上来，停在轻轻的、温柔的空气里。那些小木船在幽暗的江面上悄悄地飘浮着，有时飘在峡谷的暗影里，有时飘在明亮的、柔和的波光里。有时从它们上面传出招呼顾客和友伴的强大的、拖长的声音来，峡谷起着共鸣。有时远处有喊声，峡谷里起着深沉的，森严的震动。温泉上面有了灯火的时候，木船消逝，江面上沉寂了。在山峡底沉重黑影外面，波光柔静地闪耀着。

大半的游客都归去了。在夏天的夜晚，空气里有恬适的、醉人的芬芳。有一种说不明白、模糊的、有力的东西。在夏天底夜晚，那种恬静，是特别的丰满，特别的柔和。

蒋纯祖和高韵走到花园里去，花间有愉快的灯火，各处的草地上有谈话声和歌声。有人唱感伤的恋歌，蒋纯祖感到憎恶，他急急地走到草地。高韵好几次要他走慢一点。走到葡萄架下面，看见旅馆的灯火，他们同时站下了。

"我问你：你怎样想。"蒋纯祖严肃地说。

"你这是什么意思？"高韵问。

"就是说：我会不会使你痛苦？"

这种坦白的、严肃的表现使高韵烦恼。在蒋纯祖底这种表现里，没有丝毫的浪漫的美感，并且没有任何幻想插足的余地——高韵觉得烦恼，她想，为什么蒋纯祖会这样的平凡。

"我不知道。"她冷淡地回答。

"为什么？"蒋纯祖问。他底声音使高韵有了恐惧。

"你不应该问我！你应该问你自己！怎么会这样想？怎么会这样懦弱？"高韵兴奋起来，以悦耳的，嘹亮的声音说。蒋纯祖垂着头，莫名其妙地被感动了，眼里有泪水。

高韵温柔地笑着。

"但是……我并不是说……"她以微弱的颤栗的声音说，"……相反的，我怕！"

高韵扶住葡萄架，痛苦地颤栗着，注视着沉默的、变得愚钝的蒋纯祖。这里是青春，这里理智要起来反抗，这里有人生里面的，或这个时代里面的最高的东西监督着，这里没有快乐和诗意。西欧底艺术里面，那些庄严的、自由的个人，以个人的个性为最高的统治者，点燃了一些灯火：这些灯火在这里，微弱了。而在肉体底沉醉和感动里，蒋纯祖底精神沉默了。但他底痛苦突然消失了，他从他底那种胡涂的感动和痛苦的观念里面升了起来；那种无比的欢乐在他底身上扩张了开来，在他底唇边出现有力的微笑。这种欢乐是这样的纯粹；他不曾体验过，他对一个女子，有这样强烈的爱情。于是那些灯火重新照耀着他。

“跟我来。”他底眼光说。他走出葡萄架。他特别敏锐地嗅到一切香气，他走过草地。

高韵慢慢地走着。她柔软地，轻悄地走过草地，她摘下一朵花，随便地嗅了一下，用一个柔媚的姿势把它抛到地上去。

他们关上房门，他们不约而同地走到窗边：浓密的枝叶掩映着对面的洗衣作底愉快的灯火。小树林沉静着，很平常，可是很美丽：月亮升起来了。他们站着，沉默着，这种沉默使他们底心跳增剧。血涌到心里，涌到脸上来，他们心里有了无比的混乱：整个的混乱的青春集中这里了。他们沉默地互相离开，因为他们知道他们即刻就要互相碰触。蒋纯祖突然意识到了，他不满意，甚至于憎恶高韵；这个意识第一次如此鲜明而有意义。但这个意识没有带来痛苦，因为现在他有一千种理由喜悦她，并且爱她。

他们都很想讲一句平常的，最平常的话，以表示他们对人生并不如此无知，但他们不能做到。他们迅速地沉醉了。人们认为，在这种沉醉里，是没有意识和思想的。但事实相反。在情欲底热力散布开来的这个瞬间，有无数的思想细流在运动；而由于从社会各方面来的力量，这些思想里面有些是虚伪的。好像在早晨的阳光里，空气里有无数的细流在运动；有些是放任的，诱惑着以试验自己的。有些是生怯而寒冷的。有些投身到最光亮的地方去，有些向阴影里逃遁。有些是细致的、温柔的、一个倾向随即就被放弃，有些是欢乐而壮快的。

太阳升起来，消灭了这一切。在情欲的热火里，有迅速的，短时间的光明，好像太阳下面，旷野里各处有芬香。随即几乎是同时，有了忧愁、悔恨、抛弃、自爱，并有了对生活的思虑，实际的痛苦。

多次的狂奋，多次的抛弃。黎明的时候，蒋纯祖醒来了。蒋纯祖底最初的感觉是轻柔的，微妙的幸福：房里有柔静的光亮，空气很凉爽。他觉得他成了一个男子了。对于一个男子，没有东西比这更崇高、更美好。也没有东西比这更残忍了。接着蒋纯祖觉得有什么模糊的事故发生了，他只是感觉到轻快，他坐了起来。他轻轻地跳下床，走到窗边，拉开窗帘。花园里面的柔美的一切增强了他底幸福，他走回来躺到沙发去，伸直腿。

高韵在蓬乱的头发旁边垂着手臂，沉沉地熟睡着。她裹着单薄的被单，这被单衬出她的美丽的身体来。她在睡梦里有沉静的、温柔的、小孩的表情。但是她几乎是突然地醒来了，抬起头来，惊异地看着蒋纯祖。随即她底头落下去，她重新入睡了。

蒋纯祖觉得他从未被这种眼光注视着。蒋纯祖迅速走过去，喊醒了她。他问她为什么这样看他。她回答说没有这回事：她一点都记不起来。蒋纯祖问她做了怎样的梦，她想了很久，笑了起来，说她梦见了她在吃鱼。

"多么奇怪，怎么是吃鱼？"蒋纯祖恼怒地说。

随即他沉默，他有了痛苦。他相信他应该反抗痛苦。好像是，在这个时代的理论里，对于追求壮大的生活的他，一切问题都已经解决，他应该反抗痛苦。于是，重新来了放荡的热情。在这个时候，他有效地利用了高韵底一切对爱情的虚荣，虚构，和幻想。他们睡到下午才起来。蒋纯祖醒来的时候，高韵正站在镜子前面梳头。她披着大的毛巾。蒋纯祖注视着她底赤裸的腿。

蒋纯祖想到，为什么她要化去这么多的时间，化去一生里面的一半的时间来做擦口红，画眉毛，染睫毛，修理头发之类的事。他看见高韵用一种香油涂在颈子上，手臂上，和大腿上。强烈的香气充满了房间，蒋纯祖闭上了眼睛。

“是的，这是很幸福——但对不对？这就是生活吗？”他想。

“我替你计算一下，”他大声说，“你做这些事，化去了你一生的一半的时间，就是说，假如你活五十岁，就化去了二十五年——你觉得怎样？”

高韵看着他，一面用毛巾掩着胸脯。

“你怎么知道我要活五十岁？”她扬起眉毛，含着笑容生动地说。

“那么是多少？”

“一个女人，她只要活三十岁。”她说，撅嘴，转过头去，然后转动了一下，炫耀着她底包在毛巾里面的身体。她走到橱后去，换了绿绸的，垂着花饰的睡衣走了出来。

“啊，原来是这样，那么一切都明白了！”蒋纯祖笑着说。他沉默了一下，有了庄严的思想力，但那种笑容没有离开；“你不觉得人生是一件工作吗？你不觉得所有的一切都有它底严肃的意义吗？你是愿意走上一个装饰着花朵的，响着什么一种庸俗的舞曲的，四面有镜子的楼梯吗？你要为了一件美丽的衣服而牺牲了你的一生吗？”

“假如有那种可能！”高韵骄矜地回答，柔情地在地板上走动着，显然这给她一种美感。

“你不觉得那是束缚吗？你不想到自由吗？”蒋纯祖问，兴奋地支起脚肘来。

“什么叫做自由？”

“打碎旧的一切，永远的前走！”

“哼！哼！难道我没有打碎旧的一切吗？”高韵说，在地板上迅速地滑走着。

“当然，你打碎了！”蒋纯祖坐了起来，苦笑着说。随即他有了严厉的表情，他注视地面。“天气多么闷啊！”他抬起头来小声说。

高韵继续走动着，在这动作里欣赏着自己。蒋纯祖悔恨，痛苦，他觉得全世界在反对他。他并觉得他底行为底动机是卑鄙的，他底自由，反抗以及健全的，享乐理想，是卑鄙的。他觉得他和别人完全没有两样，他一点都没有纯洁的，良好的感情。他沉默着。

“是的，这个时代有无数的人去死，而我说自由，过着这样的生活！”他想。

“那么你觉得，我们将来怎样呢？”他小声问。

“应该怎样就怎样！”高韵站在床前，严肃地说。这是这个时代，这种生活发出来的声音，这是个美丽的，有野心的女子发出来的声音。但立刻有另一个声音说话了，这是一个柔滑的，虚构人生的，哀怜自己，并在这哀怜里感到美丽的女子发出来的声音。高韵说，她对一切都害怕，她没有勇气，她厌倦人生；她，好像很快乐，但这只是外表；她，还是一个可怜的女孩子，就厌倦了人生。“你看，我已经经验够了！ 而我希望，我能够有一个母亲！”她说，垂着头；她不觉得她底观念是由于一种虚构。他觉得她是这样的纯洁。她抬起头来，她感动着，说她觉得他，蒋纯祖，不懂得人生底忧苦，特别是一个女子底忧苦。

骄傲的蒋纯祖能够受，但不能够顺从这个。

“你底痛苦和一个乡下的女人有什么不同呢？”他问。

“啊，能够做一个乡下的姑娘，是多么好！”她用温柔的，感伤的，戏剧的声音说。蒋纯祖注意到，他说的是乡下女人，而她却改成乡下姑娘。“能够在农村里安静地生活，能够避免人生底一切空虚的梦想，能够伴着一棵树、一条水、一座山，能够有一间茅屋，又能够在黄昏的时候唱着山歌从深山里走回来，是多么好！”

“我不同意你底说法！”蒋纯祖严肃地说。他，从别人身上看到了这种感伤主义，开始澈底地厌恶它了。他爱高韵，于是他兴奋起来，企图说服她。他说得愈多，就愈混乱，高韵则显得愈忧愁。他在痛苦和愤怒里停住了。他不能容忍高韵有这样的思想；他觉得是高韵使他在痛苦。

“这样下去，没有好结果的！”他愤怒地大声说，跳下床来。

"那你无需过问。"

"但是,我有责任,我爱你!"

"你不懂得爱!你底责任不是反对我!"

"它是什么?"

"安慰我底心,直到最后!"

"爱情是什么?"

"爱情就是爱情——你那样自私,你说爱情,你完全为了自己满足,一切……"

发现了蒋纯祖底脸色底严重的变化,她沉默了。蒋纯祖痛苦得颤栗。他无意中在镜子里面看到了披着衬衣的自己。他注视着镜子里面的他底瘦削的,赤裸着的胸膛,他感到了异常的,巨大的苦闷。

他们走出去。他们觉得所有的人都在恶意地注视着他们。异常的颓唐,异常恶劣的心情。但黄昏的时候,爱情和希望重新起来,他们和解了。

第三天他们就回去了。他们对于生命有不同的见解,每一个都有力量,每一个都决不屈服:他们只共同地屈服于爱情。

蒋纯祖是苦闷地徬徨着,他怀疑自己底思想和理想,他得不到一点点鼓励,于是他有时就更放浪。高韵则没有怀疑:她是快乐的。她参加了一个重要的演出,担任了一个重要的角色了。蒋纯祖在外面找到了一间房子,这就成了他们底放荡底场所。在那些快乐,那些刺激里,蒋纯祖异常的苦闷,但没有力量觉得这是不好的:他需要更多,更多的刺激。苦闷和放荡,生活就愈来愈沉沦了。

他不停地悔恨,批评,并且谴责自己,但没有行动:有时他对这个可怕的自己怀着恶意。在孤寂的时候,音乐是他底安慰。秋天到来的时候,他写作了一点东西;他写了一些抗战的歌曲,但即刻就发觉它们是虚伪的,把它们抛弃了。他竭力模仿他所喜爱的那些古典乐曲,但在这一面也不能写出什么来。当他底在剧团里面的音乐工作被别人夺去了的时候,他就对音乐有了一种觉醒。他写了一篇文字，在里面说，除了少数的真诚的，表现了民族底热情和意志的歌曲以外，中国底音乐只是对西洋作家的因袭和剽窃。他猛烈地攻击那些把技术当作艺术的市侩音乐家：他底主要的对象是夺取了他底工作的那个音乐家。这篇文章底态度异常猛烈，寄到一个杂志上去，被退了回来。

他寄了两个抒情的歌谣到另一个杂志上去，被发表了。它们很快地被剧团里面的人们唱了出来，他感到胜利的满足，有几天他是在这种满足里从头到脚地沉没了。但在那篇文章被这个杂志退了回来的时候，他冷淡了。他从一个音乐家学习钢琴，这个音乐家是肥胖的、注重享受的人。有一天，当他走到钢琴室底门口的时候，他听见了这位音乐家底娇小的夫人底骄傲的声音，接着是音乐家本人底官僚的，严厉的声音：他们在教训一位穿得很朴素的少女，因为她有三次弹错了基本练习。她显然心里有苦恼，弹错了基本练习。音乐家夫人傲慢地说，音乐，不是一个愚笨的人所能懂得的……那位少女带着怨恨的表情走了出来，眼里有泪光。蒋纯祖看着她，心里有希奇的快乐：有快乐的，良善的感情。他不知道他为什么快乐，但他觉得这种是善良的，他好久没有这样的感情了。他想这位音乐家夫人纯粹是由于妒嫉，是世界上最愚笨，最可憎的女人。他异常幸福地退了回来，向这位音乐家写了一封信，说，他很感谢他底无条件的教授，但他不愿意再学习，因为他不愿在这么多的官僚音乐家和空头音乐家里面再添了一名进去。以后他知道，这封信激起了这位音乐家底极端的愤怒。

这些斗争带来了一些快乐，但他底境况毫无变化。他继续斗争下去，他底苦闷增强了。觉得一切希望都破灭了，他想在江南的旷野里他就应该死去，他想唯有宗教能够安慰他底堕落的、创痛的心灵，他有时喝得大醉，有时发疯地撕碎了书本，稿纸，狠恶地把它们踩在脚下。他对别人同样的无情，以前他善于发现别人底真诚，现在他很容易地便看出他底周围底胡闹、愚昧、和虚伪来。但重要的是，使他还能够在这里维持着的是，他不能割断他底爱情，不愿意澈底地看到它底真相。他对这个爱情继续创造着幻想，幻想是脆弱的，然而爱情底火焰比一切都强：他牢不可破地相信着自己是和别人不同的，他未曾看到，在这里，他是毫无一点点独创的才气，盲目地奔向那条毁灭的道路了。在绝望中他想到结婚了，他向高韵提出这个了，但被唾弃了。他不明白结婚是什么，他从未真实而明晰地感到它，他只是把它当做绝望中的一条出路，或他底对人生无从负责的浮动的，混乱的心灵底一种责任的安慰，他从未想到要真的去实现它。他一直到最后都没有结婚的观念，以后他分析了这个，但现在他虚构了这种观念。由于这些虚构，他说了一些虚伪的话，并虚伪地啼哭，他明白这种虚伪，但他仍然做下去。他对高韵表现出极端的专横来，同时他希望她哀怜他。在这里，连最后的自尊心都濒于毁灭了。

但有一点是显明的，这在最后挽救了他；他从未把他底音乐放在高韵底脚下。这是他自己不曾意识到的。在这一面的严肃里，潜伏着人生底最高的真诚。

他几乎妒嫉他周围的一切人，每一个新人物底出现都逃不过他底冰冷的观察。这里是那些掮客们和知识青年们常常出现的处所，他觉得他们都是王颖那一类的人，说着空泛的理论，追逐虚荣或权力，不感觉到别人底生活。这正是那些热情的理论膨胀到最高点的时候，以集体或未来的名义，到处出现着那些戴着桂冠的个人。这些人们使得那些明星，那些导演和剧作家同样地戴上了这个时代底桂冠。政客们的圆熟的手腕，从往昔的时代遗留下来的诗人底风流和才情，以及妇女们底绝代的风骚，同样地戴上了这种桂冠。那些流浪的饥渴着的青年们拼命地向这里面挤进来。蒋纯祖被这种空气压迫得极端的痛苦；他嫉恨那些桂冠，因为他不可能获得它，而不可获得，常常是由于生活深处的严肃的矜持的。没有多久，他看到高韵攫到这种桂冠了。

九月初，王桂英来到重庆，在这个剧团里出现了。她已经改了名字，但蒋纯祖认识她。蒋纯祖知道哥哥底事，并记得那个湖畔。王桂英同样地是带着新的光辉出现的，于是新的明星在重庆的天空里迅速地升了起来。王桂英在上海的那一段生活，剧团里面的人们差不多全知道。大家很挂念她，有人说她堕落了，就是说，顺从了汉奸了。但现在她单身从香港飞到了重庆。她出现在这个圈子里，带着这个时代底全部的豪华和绝顶的风骚。

第一天她拜访了一些名流和一些政治家，第二天和第三天她没有出来，她拒绝了记者底访问，她说她需要休息，第四天，剧团欢迎她，开了盛大的茶话会。但蒋纯祖没有参加。

蒋纯祖问高韵王桂英表现了一些什么。高韵嫉妒王桂英，说她底头脑里面是黑暗的。于是蒋纯祖含着凶恶的讥讽说，他认识了这个女人。

因为这个缘故，高韵结识了王桂英了。当天下午，蒋纯祖走过剧团底后园，发现高韵和王桂英坐在一起。另一边是一位有名的诗人；另外还有很多人，他们在凉棚下面喝茶。蒋纯祖没有看清楚王桂英，但看到一团艳丽的，热烈的色采，认出了王桂英。王桂英在愉快地谈笑着，大家听着她。

晚上高韵来了，热情而兴奋，说王桂英已经决定参加剧团，她说王桂英讲述了上海戏剧界底情形：斗争是艰苦的。

"难道上海唯一的只是戏剧界么?"蒋纯祖嫉愤地问。"她问到我没有?"他问。

"她只问了一句，她问你什么时候来重庆的。"

蒋纯祖笑了一笑，站起来，突然地高声唱歌。兴奋的、忙碌的高韵转身向外走。蒋纯祖沉默，妒嫉地看着她。

"你今天晚上还要到哪里去?"蒋纯祖说；"回来！回来！"他叫，跑出房门，但高韵已经跑下了楼梯，没有回头。

"她和我开玩笑，无耻的女人！……但我底念头多么可怕！"蒋纯祖想，扶住房门。"只是色情，色情！色情！另外的一切全是诡计！我孤独，孤独，没有一个朋友！这些邻居厌恶我！"他走到房里去，然后走出来，走到街上；即刻又走回来，昏乱地倒在床上。他继续和色情斗争，色情带来了痛苦的惩罚。他渴望明天能够再得到高韵,此外他什么也不能想。最后他有了一点温柔的感情,邻家底小孩有哭声,他沮丧地睡去了。

这些时间是这样的混乱,又是这样的简单,这样的可怕。多量的放荡,多量的睡眠,多量的妒嫉和痛苦,多量的虚伪的自慰。他不知道这一切将怎样结束。他想唯有死亡可以结束,但他又从来没有感觉到死亡。

他对王桂英纯粹地嫉恨着,他似乎认为是王桂英败坏了高韵的。但几天之后,王桂英来看他了。这对于他,是一个意外。

王桂英来看他,蒋少祖底弟弟,证明了她无论怎样总不能忘记过去。但这又是在她底全部的风骚的夸耀里做出来的,好像她在往昔是值得夸耀的。好像她已经遗忘了她底往昔。假如她也曾觉得往昔有什么意义的话,那只是因为她需要更多的炫耀,更多的锋芒:在风情里面她体验,并且她肯定她心里的那种追怀。好像那些男子们在衣锦荣归的心情里面体验,他们底对往昔的追怀,王桂英在豪华的风情世界里体验这种追怀。她久已渴望如此:虽然她已饱经风霜,但这个社会却维持了,并且增加了她底幻想:比起湖畔的幻想来,这些幻想是有着更少的忧苦和更多的浮华了。她,王桂英,或许还保留着一些积极的上进心,但这个社会只给她准备了一条道路。现在她觉得她实现了她往昔的梦想了,就是说,她成功了。小报上和电影杂志上称她为泼辣的美人。她到重庆来,并没有想到现在的这种为新的理论所造成的假作严肃的局面,所以她临时有些慌乱:她已经忘记了理论之类的东西了。她访问了那位诗人,从那位诗人底房间里迅速得到了启示。于是她在茶会上说,她已经逃出了黑暗的孤岛,来到了自由的中国,愿意从此和大家共同努力,以挽救祖国的底危亡。

她和高韵同来,她敲门的时候,蒋纯祖躺在床上看书。门开了,蒋纯祖吃惊地站在床前,眼里有防御的,异常的光辉,王桂英盼顾,笑了一笑,轻盈地走了进来。

"认得我吗?"王桂英说,眼睛做了生动的表情。

"认得的。"蒋纯祖冷淡地说,站着不动,看着面孔温柔而严肃的高韵。

在王桂英身上,这一套香港货的,好来坞式样的装束,装着微妙的假肩;她底胸膛赤裸着。她带着盛装妇女的姿势坐下了。

"你从前还是小孩子啊!"她说,眼部有生动的表情。

"我这里乱得很!"蒋纯祖冷淡地说,在床边坐了下来。高韵在他身边坐了下来,好像很疲乏,靠在他底肩膀上。但蒋纯祖现在厌恶这个,站起来走到桌边。

"我们大概有六年没有见面了吧?"

"你底哥哥在重庆。"蒋纯祖羞恼地说。

"那么你底那些姐姐们呢?他有那么多好姐姐啊,真是有趣!"王桂英向高韵说。

蒋纯祖略微不安地盼顾,然后注视她,长久地注视着她,使她娇媚地笑了起来。她认为蒋纯祖是小孩,但蒋纯祖是美丽的男子,在这里,他和她是平等的。蒋纯祖注视着她,想到她曾经倒在蒋淑媛底沙发上痛哭,悲愤地咒骂蒋家;曾经在落雪的,凄凉的湖畔可怜地等待着和痴想着;曾经在一个春天底夜里杀死了她底婴儿。蒋纯祖注意到了她底妩媚的笑容,他觉得悲伤,他垂下头来。

"想起过去的事情,多么有趣啊!而你现在成了音乐家!"王桂英生动地大声说。

蒋纯祖突然悲痛,异常悲痛,他明白他底心现在是善良的,他觉得幸福。王桂英继续愉快地说下去,他眼里有了泪水。

"这么多年我是一点都不知道了,人底生活范围多么大啊!你底哥哥嫂嫂,他们都好吗?"

"他们要来重庆。"蒋纯祖迅速地说。

王桂英沉默了一下,然后又笑了起来。

"你们底苏州,后来怎样了呢?"

蒋纯祖决心挑动她。他现在毫不嫉恨她;他现在从她得到了对于自己底过去和对于他底哥哥姐姐们的新的理解,这是一种全新的，良好的理解，主要的，他爱自己，他自己值得爱，并且爱他们，他们值得爱。王桂英现在以她底光华照亮了蒋家底悲惨的挣扎，他，蒋纯祖，过去不曾懂得这种挣扎。现在这个挣扎完结了，王桂英遗忘了，于是他心里有东西苏醒。

很显明的是，现在这里另有一个女子；她也有她底“蒋家”，这个社会也给她准备了一条道路。她是无知的，所以她是纯洁的，所以她将要像王桂英一样地去遗忘。遗忘了他，蒋纯祖：人们只为夸耀自身而生活，不管夸耀些什么。

“她说：人底生活范围多么大啊！但是事实相反！”他想。他决心挑动王桂英，使她和他有共同的善良，使他们底生活在这里展开一种骇人的严肃。他明显地觉得是这种严肃在支配着他底生活；新的意义和新的理解将支配他以后的生活。

“淑华姐姐死了，汪卓伦也死了！”他抬起头来，以潮湿的、光亮的眼睛看着她。

“真的吗？”王桂英收缩身体，吃惊地叫。“我只知道你大哥死了！他们死了吗？”

“她说：她们死了吗？她是怎样感觉的？”蒋纯祖怀疑地想。

“一个害病死了，一个在战争里面死了，留下一个两岁的小孩。”蒋纯祖迅速地说，看着她。

王桂英认为蒋纯祖为这很痛苦，在他迅速地说话的时候抚慰她，愉快地笑了。

“秀菊结婚了吗？好吗？”王桂英问，做了生动的眼部表情。提到往昔的友人，她是特别丰富地感觉到她底荣耀的。

蒋纯祖向她底赤裸的胸部看了一眼，沉默了。

“我不能同情我底哥哥，我也不能同情我自己！死了的被遗忘，甚至不想知道她们是为什么死的！但我也高兴这样的人们遗忘——我有了一个乐曲，就是：我自己底、混乱的、虚荣的、混乱的生命，不许有一点点辩护！”他想，他以透明的、严肃的眼光凝视着墙壁。

他长久地沉默着，王桂英笑着站了起来，风骚地盼顾，向他告辞。在这里，王桂英承认她和他是平等的。他觉得他心里有了一点点爱情或色情：这种平等在蛊惑他。他愤怒地皱了眉。王桂英和高韵走了出去，他关上门，开始写他底乐曲。

懒惰地度过了夏天之后，剧团兴奋了起来。十月里的演出以前，每天是排戏，座谈会，茶会，晚会，和联欢会。经常地有名人来演讲。在会场后面的布景间里，狼籍着颜料、布条、画幅、木匠工作着。张正华穿着工作服和木匠一道工作着：他兴奋地向木匠学习技艺。然后他又学习灯光，装置。在演出以前，他为了天幕上的灯光色彩和舞台正面的窗户底面积和导演耐心地，和悦地辩论了差不多一整天：他到处包着这位导演，兴奋地、谦恭地发表他底思想，他认为是极重要的，可能包含着愉快的疏忽的思想。他希望导演指点出这些愉快的疏忽来。他认为窗户应该开得小，不应该炫耀灯光，卖弄天幕，分散了观众底注意力。他说，总共是五千支光，天幕上最好不要超过一千支光。黄昏底云霞底变幻最好能够朴素而深刻——他说——四种色采，四种云型，是不必需的。“好像是不必需的，假如……”他说，站在台边，和悦地笑着看着站在台上的导演。

这位导演，是在一切东西里面，喜爱着美丽的，女性的感情的。在艺术上，他是反对写实主义的。他说他基本上是浪漫主义，他愿意尝试一点点立体主义和印象主义——人们不知道他究竟指什么。他说，在中国这种改革是艰难的，因为艺术底统治的理论太机械，因为某些人愚蠢地否定情感，最后，因为观众没有高尚的欣赏力。他是在美国学了这些来的。他常常提到美国，某一次的哈姆雷特底演出，在这次演出里，他底平生唯一的导师亲自担任了那位装疯的丹麦王子，下台以后意外地请他用中国艺术底观点批评。他战战兢兢地批评了，然而被激赏了，他一生永远不能忘记这个。

他露出思索的表情听着张正华底话，含含胡胡地回答着他。最后他严肃地看着张正华，给了明确的回答。

“你底意见很好，很好！但是一种大气魄的艺术，是不容许一切干枯的东西的！”他说。

张正华觉得他底回答与自己底问题无关，看着他。

“是这样的！”他在台上蹲下来，亲密地做手势，“色采和印象要重复、重复、重复，造成最高的艺术效果——好像梦境！”他说，温柔地笑了一笑。

主要的因为他底亲密和温柔，张正华了解了，同意了，并且快乐了：他觉得他是被指出他底愉快的疏忽来了。他说他非常感谢这个启示——他底先前的那种观点，是从蒋纯祖得到启示的：蒋纯祖反对这种奢华的手法，主要的，反对这位导演——严肃地走了开去，开始调颜料。立刻他便把这个对话向女演员们传播了：他异常钦佩这位导演。

但蒋纯祖猛烈地向他攻击。他说浮华、梦境、是跳舞场，不是艺术；导演可怜到卖弄灯光，正如女演员可怜到卖弄风情。蒋纯祖攻击印象主义，说它是没落的东西；也说这种倾向是水肿病，真的，伟大的艺术必需明确、亲切、热情、深刻，必须是从内部发出的。兴奋、疯狂、以至于华丽、神秘，必需从内部底痛苦的渴望爆发。他说：哈姆雷特是如此，田园交响乐也如此。

他从来没有如此明白而简单地表达过他底艺术见解。以前他觉得一切是痛苦的，混乱的，——就在这种痛苦里，他得到了启示，现在他突然地说了出来，他感到过去的问题都弄明白了。

张正华显然觉得困难。但他相信导演是对的。他企图调和两种说法。最后他认为戏剧是集体的艺术，一切技术的、外部的效果是必需的。

张正华向导演提到了蒋纯祖底见解，导演轻蔑地笑了一笑。差不多是这样的：每一个导演都带来一种理论，于是这种理论便短时间地在演员们里面统治着。演员们什么都接受，因为多一种理论，便多一点快乐。随即史坦尼体系流行起来了。蒋纯祖在某一天看到，王桂英从音乐室走了出来，挽住了一位剧作家底手臂，和他一路向外走，用异常柔媚的声音问他；史坦尼是什么？

蒋纯祖不知为什么感到羞耻。

蒋纯祖被指定在演出里面做卖票的工作。他很不满意，但觉得有事做总比没有事做好。在这次的演出里，这个剧团企图压倒另一个剧团，因为后者在相同的时间要上演另一个戏，"阵容同样的整齐"。这是大家都知道了的，大家充满了妒嫉心，但大家认为这是艺术工作上的良好的竞争。这种竞争是，一个剧作家压倒另一个剧作家，一个明星压倒另一个明星，或两个联合起来压倒了一个。那些市侩的文豪，诗人掮客，在这里兴高采烈地吹着喇叭，表扬戏剧界底空前的大团结。

高韵在这次的演出里担任了重要的角色：她虚心、严肃、下了很多的苦功。蒋纯祖时常看见她对着镜子偷偷地揣摩一个表情：她觉得最困难的是沉痛的、柔弱的表情。蒋纯祖觉得痛苦。她和一位剧作家底情感逐渐地密切起来了。蒋纯祖在演出前两个星期向她说，他准备离开了。高韵明白他为什么要这样说，有了沉痛的、柔弱的表情，好像说："怎么办呢？事情不是人力所能挽回的！"上演前四天，她和这位剧作家底关系明显了，于是蒋纯祖永远记得她底这个沉痛的、柔弱的表情：这是最后的真诚和最后的爱情。在这个表情里，她眼里有温柔的、凄凉的光辉；蒋纯祖觉得自己是整个地爱她，完全纯洁地爱她，他几乎是第一次对她有这种爱情，蒋纯祖没有力量告诉她，她在舞台上所需要的，正是这种真诚和感动，她不应该相信镜子里面的用女性的媚态做出来的表情。这样想的时候，蒋纯祖明白她和他是分离了。但他底热情决不屈服，它可怕地燃烧了起来。他明白自己底一切，并且很切实地感到了自己底最后的力量和出路，但他不能征服这种热情：他鼓励它燃烧。他暴乱地强迫高韵，到了使高韵觉得恐怖的程度。在这几天里，他清楚地觉得一切都崩溃了，他是毁灭了；在发疯的心情里他很冷酷地观察着，并且欣赏着这种崩溃，他对自己再无一点点怜恤。

在最初，他理想自由的、健全的、甚至是享乐的生活，他竭力克服他底阴暗的，旧有的感情；其次，到了绝望的时候，他想到结婚等等，他觉得只要高韵和他正式地同居，使别人承认了这种关系，一切便好起来了：在这个社会里有一种名义，做一个正直的丈夫，是一件痛快的、骄傲的事，这种名义，伴随着家庭底伦理，可以强迫高韵顺从，于是他便可以依照自己底意志来训练她。这一套思想很隐晦，他不曾批评它，现在他觉得，他底这一根内心底支柱已经在什么时候倒掉了；他想到，这一套理论——这个时代底一切结婚，一切家庭，一切这种堂皇的理论，都是虚伪而卑劣的。它们掩藏，并且装饰无耻的色情。在先前的时代，色情赤裸着，这个时代却半赤裸着，这个时代迅速地用一切名义和理论来掩饰色情。人们只谈工作，只谈生活底严肃的需要，人们变得更无耻。

蒋纯祖现在毫无防御地站在黑暗里面了。音乐同样是虚伪的，假如人生是虚伪的话；而且他不能做出满意的成绩来，音乐离开他了。他感到在他底周围活动着的是险恶，最无情的动物；他感到他可以毫无顾忌地一直向前走：但他要走到哪里去呢？同时，他感到从他底周围的任何一方，会突然射出一枪来，把他打死。他清楚地感觉到这是一定会实现的，但他对这又很冷淡。他底热情盲目地向一个方向燃烧：获得高韵。

高韵从未想到蒋纯祖在热情中是这样暴乱，这样软弱的人。现在一切全揭露了。她对蒋纯祖是有真实的感情的，不过这种感情伴随着一切种类的嬉戏，表现在迷人的、风骚的、复杂的样式里。她从未向蒋纯祖严肃地叙述过她对他的爱情，蒋纯祖则大量地做着这种叙述。在这种时候，在两个人里面，她可能是比较真实的，因为她并不要求真实，对于这样的一个女子，在一切事物里面，真实是最不重要的，主要的她是用蛊惑的感觉来生活的，她底愚昧的头脑趋向最流行的思想。因为她是年轻美丽的，所以她被认为是聪明智慧的。那位剧作家就是在这种想像里追求了她。她立刻就从蒋纯祖转身了。

蒋纯祖使她痛苦，她底对工作，对她底周围的兴奋减轻了这种痛苦，最后变成了这样：只要逃开了蒋纯祖，她便快乐了。但她还是觉得自己对蒋纯祖有义务，就是说，她常常要被各种感情打动。在这一方面，她很可怜自己，她觉得自己底心太痛。剧作家出现了以后，她就觉得她对蒋纯祖再无义务了。她在那个沉痛的表情里面向蒋纯祖告别了：她觉得凄凉，她很可怜，很可怜，是孤零的女子。这位剧作家正在接受狼籍的声名，并且又戴着这个时代的桂冠，对于高韵，是辉煌的存在。这个时代的最迷人的上流社会，那个惊心动魄，但是又绮丽温馨的世界，那座在无血色的生活里建立起来的，金碧辉煌的宫殿，就是这样地向她打开了门。

蒋纯祖常常遇到这位有名的剧作家，他是瘦削的脸色疲乏的人。虽然穿得很好，却总显得很坏。在他底身上，有一种特殊的力量，人们感到他是一个很大的官，但不属于任何机关。人们感到他是一个很出色的办事员，然而非常懒惰。在他沉默的时候，写出文章来的时候，或者讲演的时候，就有一种懒惰而尊敬的空气，在他底周围散布了开来。但在他永无休止地发起牢骚来的时候，他就要使人感到那种肉体的厌恶了。三个文学家聚在一起，就支配起文化、艺术、人民来了，好像三个市井女人聚在一起，就支配起整个的一条街来了一样。

这位剧作家，是有过一段光荣的历史的，所以他现在觉得他底地位巩固了。在中国，地位是顶顶神奇的东西。这位剧作家，在年青时代的一些幼稚的、然而热烈的作品之后，就变成一个用公式来创造剧本的这个时代的戴着桂冠的宠儿了。这位剧作家是干枯了，目前他写着打仗游击队，以后他写后方，中间他弄点讽刺，或者滑稽，他称它们为喜剧，最后他就以无限的感激来表扬自己了。最初他是严肃而热诚的，后来他就收获狼藉的声名，用一点点才情和一点点感伤来制造他底作品了。

这一切使蒋纯祖想到，在这个社会里，没有地位和声名，是不能生活的，他要用更高的劳绩和声名来击败这些人。虽然他不能以另外的东西，可能是较为清醒的东西来代替成功、声名、地位，但在他底心里却燃烧起对这个世界的激烈的仇恨来了。

这种仇恨常常是偏狭的但却决定了他底以后数年的生活。

高韵和这位剧作家的关系显明了，蒋纯祖落到极难堪的地位里去。但由于仇恨的缘故，他反而显得极勇敢。以前他是隐晦的，现在他却带着那种旁若无人的态度在剧场里横冲直撞了。年青的人们底这种把自己膨胀到极致的、大无畏的态度，是常常要被整个的社会厌恶的，但他们是有着多么痛苦的理由。蒋纯祖在别人眼中成了可怜的人，他的确是毫无自知的，可怜的傻瓜；但他自己常常是多么兴奋。在这种圈子里，恋爱底变化是平常的事，并且常常是发生得异常迅速的，有的就用打架来对付，多半的是用淡漠的，甚至是友谊的态度来对付，大家确信这是自由主义底最良好的风度。蒋纯祖先前曾信仰过这个，但当事情轮到他的时候，他却觉得这是虚伪的。他觉得，对人生如此的不严肃，他不能容忍：这一方面的惶惑在那种极度的自我膨胀里消失了。他不曾即刻就注意到，在这里支持着他的，主要的是他先前所竭力摆脱的阴冷的、羞耻的、痛苦而严肃的感情，这种感情无疑地是来自往昔的生活。

他在混乱的痛苦中努力地检讨自己，他心里突然有严肃，他觉得他必需和高韵再谈一次话：仅仅是谈一次话，此外决不做什么。他相信，假若在这一点上他对自己胜利了，那么他便能够挣扎起来了。他相信这是极重要的，绝对的，生死存亡的事情：热情的人们在人生底每一个关头上总是这样相信着，特别是年青的人们，有时相信到了迷信的程度。有了这样的自觉，蒋纯祖觉得他底生死存亡的瞬间来临了，这种热情是可怕的，这给那种明晰的，冰冷的清醒打开了门。蒋纯祖此刻除了这种绝对的热情以外什么也不能看到。事实是，他底一半已经进入这种冰冷的清醒了，而另一半，则在企图夺回高韵，他现在比任何时候都渴望占有她。

演出的前一天晚上，他到剧团底小剧场去。他去的时候小剧场里挤满了人，各处有谈话声，彩排刚刚开始。他坐了一下，在他底可怕的热情里焦灼起来，离开了剧场。天在落雨，他在街上乱跑；他喝了酒，跑遍了半个重庆。当他湿淋淋地回到剧场来的时候，已经是夜里十二点钟，第四幕正在结束。台上底声音很嘹亮，场里很沉静，烟雾笼罩着。他在情[1]边站了下来，他发觉场里的沉静是由于疲乏：夜很深了，五个钟点面对着强烈的灯光和色彩，这些欣赏者，这些名流和作家被台上的兴奋的运动引导到疲劳的、甜畅的、模糊的，梦境般的感觉里面去了。这种一致的梦境升到最高点了，台上的灯光显得特别的灿烂，蒋纯祖心里突然有了异样的和平，他突然对这里的一切感到尊敬。他想到，外面是落雨的凄凉的夜。于是目前的这种沉醉特别地富有诗意，他觉得人生美丽。这种感觉是特别的真实。高韵，剧本里面的因革命和恋爱而反抗专制的家庭的坚强的姑娘，出场了。布景是江南的平原。远景是绿色的丘陵，太阳正在下落；前景是一座古老的碑坊，这位坚强的姑娘底勇敢的爱人，游击队底领袖，站在碑坊左边的树下。

蒋纯祖紧张起来。目前的这一切，他在这个生活里所处的位置，以及他底雄心和梦想，造成了无比灿烂的幻象。不管他怎样痛苦，这一切形成了虚荣世界底顶点，他陶醉了。在幻想里，他不再感觉到他底实际地位了。这是一种最华丽的心情，它底深处藏着悲凉的雄心。他只在书本里见过这一切，现在他实现了这一切。一首美丽的诗底内容是这样的，或者是，伟大的莫扎尔特底生涯是这样的。爱人、舞台、音乐、社会底迫害、天才和雄心——蒋纯祖有短促的陶醉。

但接着他有可怖的痛苦。梦想的确是辉煌的，但他已失去了一切，他将怎样呢？在他底贴在额上的，潮湿的头发下，他底眼睛燃烧着。游击队底战士们在台上出现了，高韵跳到石头上去，举起双手来。台上的灯光突然熄灭了，天幕上出现了热烈的红光，高韵在人群中间站在高处，显出了美丽的，庄严的身影。蒋纯祖迅速地向这个美丽的身影看了一眼，心里突然有了希望，

---

① 原文如此。

疾速地向后台走去。

他要获得她：他相信是最后的了。后台寂静着，他在椅子上坐了下来。台上爆发了雄壮的歌声，歌声没有完结，场里发出了兴奋的喧嚣。最先跑到后台来的是张正华：他是游击队员，他拿着一把大刀。他在奔跑的时候做了一个鬼脸：显然他异常快乐。

“怎么你一个人在这里？你看了吗？”他大声问，迅速地在桌上抓了纸头擦脸，同时脱衣裳。

蒋纯祖无表情地看着他，不回答。

“我觉得你近来很颓唐，对吗？你是很消沉吗？”张正华在兴奋里大声说。甜蜜地笑着。“是的，我在这里！”他大声叫，回答台上的喊声。他在感动中走近来和蒋纯祖握手，他脸上有诚恳的、难受的表情。在兴奋中人们表达得自然而亲切。“我是你底朋友，我知道，你看我，我们年青，不要为恋爱烦恼！”他底表情说。蒋纯祖一点都不懂得他底情形，不解他为什么如此，惊异地看着他。张正华披着上衣向台上跑去，蒋纯祖唇边有了苦笑。这时后台已经充满了人：观众和演员差不多全拥到后台上来了。但蒋纯祖对周围没有感觉，他是麻木的。高韵从更衣室里跑了出来，坐下，把镜子拉到面前，轻轻地，愉快地拍了一下手。她并不即刻就卸装，她向镜子快乐地笑了一笑，然后抬头，生动地和那位有名的诗人说话。在说话中间她不停地照镜子。她显然没有看到蒋纯祖，或假装没有看到。

蒋纯祖注意到，那位诗人扶着手杖，异常洒脱地盼顾着，不停地说话，向一切人说话：他是这个花环里面的最出色的花朵。蒋纯祖看到一位女演员含着眼泪冲了出去；蒋纯祖冷淡地想，她是和导演吵了架。蒋纯祖看到那位剧作家走到诗人身边来了：谈话和谐谑变得更生动。但蒋纯祖是麻木的，不感觉到这一切。这时有人推他，向他要椅子，他顺从地站了起来，有些羞愧，走到壁前去。王桂英和另外的几个人一路走了进来，王桂英向他点头，他没有来得及回答。这个场面更热烈，更生动，蒋纯祖更阴冷，更麻木。

"我们底小高演得多么好呀!"王桂英大声说。走向那些艺术家。

高韵抬头,绚烂地笑了。她严肃地向镜子看了一下,又笑了。然后她撅嘴。

"希望批评! ……我第三幕差不多忘了一大段!"高韵说。

"没有,没有,很好!"诗人说。

那位剧作家向诗人痛快地笑了一笑,抬起手来弹烟灰。

"这是我们底收获! 这是我们戏剧界底新人,希望你……指教这么一下子!"他摆头,说。然后他向高韵微笑。

"喂,喂,请把凡士林拿来!"高韵说,站了起来,于是就不再坐下去了。她因拿不到凡士林而娇柔地跳跃起来,并且发出呻唤。大家向她发笑。

"我要写一个戏,热情的,像暴风雨一般的,让高小姐做主角!"诗人大声说。

"这个意思好极了! 我们丢掉上海,却得到这么大的收获了,你觉得如何?"剧作家向王桂英说,她在和一个蓄着胡须的男子低声谈话。"我今天晚上的感想真多,首先是钱的问题,其次是观众的问题!"剧作家笑着向诗人说。

接着剧作家大声笑了起来。但蒋纯祖觉得这笑声是丑恶的、虚伪的。蒋纯祖首先是妒嫉,其次是惊醒了大的仇恨。他觉得这种仇恨是由于民族底猛烈的命运和人民底痛苦的牺牲:他在此刻突然地想到了,并感到了在旷野中流徙着,在火焰中搏击着的无数的人们。他确信自己不是虚伪的,他想到了朱谷良和石华贵,他好久没有想到他们了。

"他们会同意我的!"特别因为对眼前的一切的仇恨的缘故,他温柔地想。紧张的颤栗突然和缓了,好像是从他底肉体底某一部份的运动,出现了这种温柔的、亲切的、明确的情形:他意识到,这种情形,是可以用肉体来表现的。同时好像在他面前爆发了巨大的轰响;眼睛的一切显得远远了。在远处的灯光里有高韵底模糊的笑脸,他觉得得到了自由。

人们逐渐散去了。剧作家还留着，显然他在等待高韵。对于蒋纯祖，现在一切明确了，他痛恨地想到了这些人——连他自己在内——底荒淫和无耻。他问自己，现在他应该怎样做，走开呢还是找高韵谈话。他有些犹豫。……剧作家和高韵向他这边走来。

高韵看见了他。他们底脸上同时有了同样的不痛快的笑容。剧作家怀疑地看着他，这个眼光增加了他底勇气；因为，无论怎样软弱和惶惑，他总是骄傲的男子。

蒋纯祖现在的思想是，他明白他自己和这一切人底荒淫无耻，他憎恶这个，所以他有表现自己的崇高的权利；他必需揭破这种荒淫无耻，必需和高韵说话，最后，他必需结束这痛苦的、可怕的一切，愈快愈好地奔到荒凉的旷野里去。

他走过来的时候带着一种可怕的艰辛，他好像在抽搐着，他眼里有异样的光芒，使高韵立刻就服从站下了。

"我和你说几句话！"他单调地说。他停了一下，异常轻蔑地看了那位剧作家一眼。在他底这种表现里，在他底这种直到最后才有的力量里，高韵不可能反抗；她并且觉得她的确有和蒋纯祖说几句话的需要，她心里有痛苦。

她站着不动，几乎是恳求地看着他。

"请你随我来。"他凶恶地说。

"你这是干什么？"剧作家愤怒地问；"你贵姓？"

"我没有姓名……我……我预备结束我底荒淫无耻的生活，让你继续我！"蒋纯祖凶恶地说。"跟我来！"他向高韵说。他明白他胜利了，他心里有大的快乐，他转身向外走。

高韵不觉地跟随着他。

"你到哪里去？"剧作家追到门外，叫。显然的，处在这种奇怪的地位上，和一个青年这样斗争，对于他，是一件痛苦的羞辱。

"不要管我！"高韵痛苦地说。

"无论如何……"剧作家跑过广场，"小韵无论如何不要受他底欺骗，他这种青年是野蛮无知的呀！"他向高韵叫，他抓住了高韵手臂。

蒋纯祖站在冷雨里，听见了他底话，但轻蔑地沉默着。

“这种青年是封建余孽，你为他已经牺牲了那么多!”剧作家焦急地叫。

“放……开……我!”高韵痛苦地说。“我几分钟就来!”她说，脱开他，向空场走去。

蒋纯祖在恶劣的激情中胜利了！在今天上午，他觉得他必需向高韵解剖他自己，请求她原谅，在彩排结束的时候，他有发疯般的心境，他因发疯而麻木，他要最后一次地攫得高韵。在他迎着高韵走去的那个瞬间，他觉得一切全明白了，他必需揭破一切虚伪，然后离去。但在高韵随着他走来的现在，他又起了变化。他严肃地意识到这个变化。他觉得不能控制了，他觉得，假如浪漫的心情重新起来的话，他就必定会再度陷入可耻而可怖的黑暗里面去。人们认为它是美丽的诗人，他，蒋纯祖无限地渴望着的这种浪漫的心情，重新起来了，而且是这样痛苦地强烈。

“做一次牺牲，你！你从来没有牺牲过，那么现在重要的是：做一次牺牲，这是生死存亡!”他想，在冷雨里走过黑暗的小径。他明白情形是怎样的严重了，他觉得他已经发狂了。他突然觉得他底周围有狂风暴雨；他先前觉得这周围是阴凉而静止的。他觉得各处有奇异的光亮和灼热的阴流；他觉得他底自己在突然间充满了整个的世界，他觉得有可怕的力量在压迫他和崩裂他，他要喊叫出来。在这种疯狂的热情里，他突然把他底过去抛弃了，并把他底未来毁坏了：他要求人间底一切做他底热情底牺牲，和他一同牺牲。在狂乱里有色情的、肉欲的感觉，有浪漫的激情底急流。他第一次和这种浪漫的激情斗争，这是这个时代所赋予的，他感觉到了它底虚伪。他底理智底呼号微弱，又兴奋起来，他呼号自己做一次牺牲。他几乎明白了这一点：就是，他所以如此发狂，只是因为还有各种力量妨碍他最后一次地得到高韵。

他走过空场，在音乐室底黑暗的门前站下了。他转身，剧场里的灯光在冷雨中照耀着，各处的水塘发亮，高韵悄悄地向他走来。他用全部的力量凝视剧场底灯光，露出了轻蔑的笑容。他等待高韵走近：他不能做一次牺牲，他要把高韵带到他底床上去，他要尝一尝这种奇异的痛苦和欢乐，他相信唯有这种痛苦和欢乐才能向他启示他底出路——浪漫的激情胜利了，一切便是如此的简单。

他告诉自己，不要想到明天；他告诉自己，假如他尝到了这种痛苦的蜜，他就立刻去死。

“做一次牺牲！只是一次！明天依然是白天的工作，另外有无穷的生活……不，不！这是我底生活！”他想，高韵在他面前站下了。

他沉默着。他有了安静。他感到了深夜的凉风和冷雨：屋檐在滴水，发出清晰的声音。他突然感到这一切是无比的美丽，生活是无比的美丽。

他要把这个风骚的，然而有一点点纯朴的女子带到他底床上去，那是一张神圣的床。明天他就死去，或者远离；明天，舞台底幔幕分开了，露出美丽的灯光和色采，高韵唱着歌走出来，向观众奉献这个时代底严肃的热情，奉献她底初出茅庐的风骚，并奉献他，蒋纯祖底壮丽的，悲凉的痛苦。——他感到生活是无比的美丽。直到现在为止，他是在这个基础上生活着的，这个时代底虚荣的世界和悲凉的世界，现在这一切到了最高点了。

他现在安静了，他现在带着大的痛苦执行着这一切，不管结果如何。但人底生活不是孤立的，人类从远古生活到现在，创造了生活底庄严，在各个时代以各样的方式体现。虽然蒋纯祖此刻仍然觉得生活是盲目的和孤立的，这种庄严却在他底痛苦的执行里面透露了出来。

高韵是很单纯的，在现在她觉得很痛苦。她觉得她对蒋纯祖有罪；不管她所接受的观念如何，她觉得她对蒋纯祖仍然有义务。在她，并不是爱情消逝了，而是爱情被痛苦吓退：她底生活领导着她向另外的方向走去了。人们说，爱情不存在，便不能勉强，但人们从来不知道爱是否存在：金钱和虚荣是存在的，并且肉欲是永远存在的。在复杂的局面里，另外的一切都存在，只是爱情不存在：另外的一切证明了，或者虚构了爱情，如此而已。因此，在现在的时代，除却了生活和工作底艰苦的缔结，人们只能说：我在这一分钟是确然变着。而造成了这一分钟的，或者是偶然的快乐，或者是这个时代那种永劫的浪漫观念。高韵，在走出剧场以后，就在痛苦中爱着了，这是由于责任的观念，从责任的情绪产生了美丽的自我感激。并且这个时代有浪漫的观念。或者一直是如此的，就是，她感动地想，她爱过蒋纯祖，现在她应该和他永远告别。她觉得这个告别是动人而美丽的，将给她底生涯带来悲伤的慰籍。

走出剧场，高韵底心情变化了。她忘记了刚才的那个热闹的场面了，她觉得自己是可怜的：她追求着悲伤的、美丽的告别。这是这样的，她觉得自己是这个时代的不幸的少女，这个少女和她底第一个爱人在这里极动人地告别了。但她心里又有实际的痛苦：只要走了几步路，现实是很容易推翻这种浪漫的心情的。所以她告诉自己说，她是自由的，她是属于她自己的，只要她认为是对的，她就应该坚定去执行。

在浪漫的心情之后，那种对这个奇异的局面的实际的渴望使她兴奋起来了。

他们互相看着，他们沉默着，站在冷雨里。

"到你那里去么?"高韵说。

蒋纯祖想说什么，但改变了主意，转身迅速地走去。他心里有欢喜和痛苦：他从未想到他竟然能够胜利。现在他是赤裸着了，那一切防御，那一切傲慢的，浪漫的构造，在不曾实现的时候，是无比的坚强的，但一接触到实际，就毁灭了。他反抗过了，现在他只是冷静地回忆着那些反抗，那些狂风暴雨，再无热情和力量了。那种浪漫主义是像尸体一样倒下来了——更可怕的是，他底色情和肉欲在实际的严肃的痛苦里面冷却了。他觉得他现在所做的事是最下流，最丑恶的。但他仍然做下去。他们叫开了门。他们走到房里，打开了灯，他们互相看着。他们坐了下来，彼此都很冷淡。他们又没有力量改变这个局面。

蒋纯祖看见门边的地上有一封信，拾了起来。这是一个在上海认识的朋友来的；他们好久地断绝了信息，现在这个朋友从危急的武汉逃到了离重庆两百里的乡下。但蒋纯祖现在对这个意外的友谊毫无感动，他只是冷淡地想了一下。他长久地抓着纸头，假装看信：他底心从来没有如此冷酷过。

他体会到可怕的大的空虚。他想，他在这里生活了差不多半年了。他看了房间里的一切，但无感觉。他看着高韵。

于是他试着从这种空虚里挣扎起来。他觉得高韵是美丽的，她底眼睛是明媚的，她底丰满的胸膛和柔软的四肢是迷人的，他不可能失去她，但他即刻就要失去她，永远失去她！没有比这更可怕的了！没有比这更像梦境，也没有比这更现实的了。

他觉得痛苦、羞耻！他心里不再有丝毫的爱情，他明白高韵心里现在也决无爱情！事情现在是很简单了：他们只是被一种盲目的激情引导到这个实际的场合里来。

他们坐着不动，不说话。在寂静中他们听到窗外的雨声。

"现在是这样："蒋纯祖想，"除了肉体底交换，别的没有可能——全是虚伪的！我们的确爱过，但现在不再相爱了！而我又是最下流的，没有意志决然分离！是的，你要跟她说：我爱你，永远爱你！人生是凄凉而辛苦的……滚你妈的蛋！"他站了起来，含着轻蔑的笑容看着她。

"我跟你说……"他说，突然战栗而眩晕；"我厌恶我自己……你，你请回去吧！"

他实际上是希望高韵投身，他明白这个，所以他战栗而眩晕，高韵痛苦地站了起来，她懂得了目前的这实际的一切，她诚恳地向他点头，眼里有泪水，异常痛苦地向外走。

"站住！"失望的蒋纯祖喊。"我们怎样的糟蹋自己啊！"他想。

高韵站住，含着眼泪看着他。

“我们分别了，你懂得，我不勉强你，我所以找你来，是为了告诉你，我们并不曾错误，我们不需要追究爱情，我知道你曾经爱我，但是你为什么爱我这样一个下流的、无耻的人?”蒋纯祖说，带着冷酷的兴奋。高韵默默地流泪了。“我们分别了，这里是半年的时间，半年的生命，永远不能挽救的错失和毁灭！……我……不会活得多久了！”他激动了起来。他觉得自己又陷入虚伪了。高韵坐了下来，啜泣着。

“我们将来怎样，都不能知道！”他愤怒地说，企图攻击虚伪，“你已经走进了这个金碧辉煌，前进革命，但又卖身投靠，荒淫无耻的圈子！你想像你底工作是严肃的——我不想惊醒，也不可能惊醒你底好梦！刚才你底那位有名的爱人说我是野蛮无知的封建余孽，我永远记得，我要一生复仇！我不想功名富贵，我只求——在临到我底死的时候，我怎样好好地去死！你永不能懂得时间底残酷无情，因为你年青而美丽，只要活三十岁！我曾经用封建余孽的道学思想欺骗过自己！曾经做浪漫的梦，曾经又用家庭和结婚来欺骗自己，在这一点上，我感激你——但是我现在撕破了这一切！今天我想和你说的话就是这些，明天我就离开重庆，是的，明天！”他停顿，向桌上的信看了一眼；“但是我丝毫不隐瞒你，我要你来，因为我仍然……爱你，是的，我要你底身体！”他冷酷地说。他说得眼前爆发了烟火。他觉得，撕破了一切，他底意志无比的坚强。

“……为了我们……爱了半年……”高韵啜泣着，说。“但是你不应该说这些！”她说，站了起来。“……但是……是的，他怎么能够，想到，我们底这种离别，他，在那里快乐！”她以悲沉的，有力的声音说，她咬牙，泪水流下来。“他”，指那位剧作家。在这里，高韵有了甜的、浪漫的想像。

“她答应了，可怕！”蒋纯祖想，走到床边坐下，抱着头。

“你走吧，你！”他痛苦地说。他明白自己底虚伪。

高韵迅速地走向他。这个时代的这种生活，没有任何法律，甚至没有任何原则：假如以真实的心灵为原则，心灵又常常的脆弱的，蒋纯祖屈服，但挣扎、审判，他底心觉察到了一切。他明白即将发生的事是可怕而可耻的：他不懂得它怎样会发生。他想到，假如在这种时候还会有肉欲，那么他底毁灭是无疑的、澈底的了。

但虽然他底心在不停审判着，这样的局面已造成。蒋纯祖觉得除非他们继续相爱，他不能做这件事，他没有权利做这件事。高韵冷静地、坚决地，——由她底意志来执行，迅速地卸下了她底衣服。蒋纯祖站着，严肃地看着她：她底美丽的脸无表情。蒋纯祖突然羞耻地，温柔地笑了，高韵悲苦地看着他。他底这种突然发生的情绪造成了一种印象；他们仍然是相爱的，在这个深沉的、安静的夜里，没有另外的事发生，它们不可能发生。事实似乎是确然如此的。人类底心灵不停地创造着，在各种生活里创造着，以赎救自己。

但从来没有比这更冰冷的接吻了。……在道德的痛苦里，他们沉默、冷淡了。他们互相努力着，使对方信任什么，但他们自己不信任。他们很冷静，一切都记得：没有比这更可怕的了。蒋纯祖痛苦地哭了起来，高韵呆呆地看着他，显然她不明白她在哪里，以及她在做什么。来了大的空虚；他们不再挽救，他们只想救出自己来。黎明以前高韵离去了。

蒋纯祖走到桌前，打开窗户，伏在桌上。

雨已经止歇了，屋檐在清晰地、单调地滴水。活泼的冷风吹进房来。院落里有了一种昏朦的、逐渐有力、逐渐清醒的光亮。这种光亮，最先是朦胧、摇曳，然后就不可觉察地充实起来，悄悄地在各处产生了清醒的、有力的效果。水塘柔静地发光，阴影变得稀薄，寂静更深沉，并且变得和谐。重要的是这种苏醒的力量是沉静的，生命是柔顺的。各处有模糊的故事在发生，突然地清醒了，在寒凉中愉快地颤抖，但没有放任。蒋纯祖伏在桌上，他失去了知觉，但他明白自己并未睡去；这种力量注进了他底心，他伏在桌上有十分钟，但他自己没有丝毫的时间观念，他觉得那可怕的一切遥远了，他抬起头来。一切是沉静的，光亮从窗户照耀进来，他看见书籍、纸堆、文具、和空的饼干盒。他突然觉得这种光亮以神异的力量逼视着他；他从来没有接触过这样强烈，又这样和谐的光亮。他心里有悲伤和温柔，突然他愉快地打抖，他觉得他心里有醉人的凉意。这一切是单纯而明确的：恶梦和空虚消失了。

他站了起来。他打开灯，迅速地读桌上的那封信。他底朋友孙松鹤告诉他说，他孙松鹤，已经创立了一个面粉厂，并且认识了两位本地人，他们正在着手一个小学，预备明年创立初级中学。孙松鹤说，他只在重庆逗留了三天，心情很坏，同时不知道他，蒋纯祖底地址；他今天早晨才知道了这个地址。孙松鹤最后说，目前他们底困难只是缺乏人手和金钱。"这是一个风景极好的地带，但在这样的时代，谁又有心情来欣赏风景？"——孙松鹤这样结束。

蒋纯祖贪婪地读了四遍：友情从来没有如此甜蜜。于是一切都明白了。

"我决定明天就去！是的，明天去，陌生的地方，荒凉的乡下，断绝一切！"他向自己说。

他静静地坐了一下，悲伤地想到高韵：河流在这里分支，从此一切都不可复返了！他心里底悲伤变得顽强，他站了起来，把书籍和乐稿拿到面前，他注视它们，清楚地、悲伤地感觉到了，他半年来所过的生活。他突然感激这个生活，因为这个生活不可复返了：他眼里又有泪水。有一种心灵到了这种最后充满了憎恶，抱着复仇的冷酷的意志，另一种心灵则在突然之间充满了感激，在感激底丰满的、柔美的浪涛里，恶毒的迫害和嘲笑被遗忘，誓言被遗弃，复仇的意念沉醉了，前一种心灵刚愎地向社会战斗，后一种则永无休止地向自己战斗；前者很容易战胜自己，对于行动的，政治的个人，意志高于一切，后者则永远追逐，永远扑击，永远掌握着人间底诗歌。

对于现在的蒋纯祖，世界是这样的：假如别人恶劣，他自己就更恶劣，因为他明白真实和善良；他相信这种真实和善良在他底心里，并且在一切人底心里。一切可憎的毁灭都证实了这种真实和善良——他确信是如此。假如他有一天发觉到这种真实和善良同样是虚伪的的话——它们差不多每次都淹没了，但他猛烈地撑拒着，把它们拯救了起来——，他底生存就必定会崩溃了。但有一种不可思议的力量使他永远信仰；信仰他底逐渐扩大的生活增强了他底信仰，好像那些教徒们，一切毁灭都增强了他们底信仰一样。

他每天都迷失，他似乎是在渴望，并追求迷失，他每次都冲了出来。黑暗的波涛淹没了一切，他只在最后的一点上猛烈地撑拒着。……但显然的，由于他底这种性格，由于他底特殊的赤裸，——今天，这一分钟，他站在这个立脚点上，明天，在他底无情的分析里面，这个立脚点便崩溃了——他底道路是特别危险，特别艰难。

现在他想到了荒凉的乡下，想到了穷苦的农村和沉默的人民；想到这些他心里有甜美。他打开他底箱子，读了他底两本日记，并读了写在凌乱的纸上的一些东西。他打开了汪卓伦的记事簿……然后他取出那一条在旷野中染了血迹的裤子来。他尖锐地感到这个时代在监督着他；他含着激烈的笑容注视着这一切。他意识到自己，因而向监督着他的这个时代做了一个夸张的动作；但他即刻便忘了自己，走到这个他久已遗忘的世界里面去了。于是他明白他底错失是怎样深了。

立刻他又有矫饰的感情起来，因为，当他意识到自己的时候，他是不自由的：这个时代监督着他；这种监督。刺激虚荣心。他取出高韵底照片来，在那种矫情里企图撕去它，他立刻地停住了。

在他开始思想的时候，他突破了矫情——这个时代，在这样的处境中还唤起矫情——获得了自由。

“假如我真的能够拯救自己，——不要想赎罪，那是虚伪的！——真的看见了大的生活，真的纪念着死者，真的感觉到为了人民，那么，撕去它和不撕去它，这个问题多么渺小多么无聊！那么，现在我可以撕去它了！这是诚实的！”他撕去照片，抛在地上，“为什么，一个人，在接近了灭亡的时候还会有虚荣心？一切人都如此吗？朱谷良是被虚荣心牺牲的吗？他是高贵的人，但他想做高贵的人，这就是虚荣心！想做伟大的人，汪卓伦不是如此！这里是社会阶级底多么复杂的冲击，朱谷良和弱点战争，而汪卓伦顺从了悲观主义的弱点？是的，当人孤立地和弱点战争的时候，人就容易错误了，想做伟大的人，就是孤立！是的，这是我第一次批评神圣的死者——我还差得很远，但我要生活、生活，生活！”蒋纯祖想。“这个时代的那些理论使人太容易地想做伟大的人，尤其是，在目前的这个圈子里，这种理论使人们盲目！我生活了，盲目地变了，盲目地堕落了！盲目地挣扎！并不是伪善，我确实感到我对死者的羞愧！那么我应该怎样生活？是的，让他们打开他们底光荣的舞台吧！让他们相爱，快乐吧！让一切梦继续做下去吧！”蒋纯祖兴奋地想，“这里的一切不是我的，这里不需要我，我也不需要他们，那么，让我流浪，让我落荒而走吧！让我过我自己底生活，让我唱我底歌，让我准备去死吧——但并不是为了赎罪！”他眼里有泪水，同时他唇边有轻蔑的笑纹，他站了起来。

他关了灯，黎明的光辉照进房来。他心里静穆，他觉得他心里有神圣的愿望：和黎明一样柔静，一样严肃，一样美。

第十章

一

武汉危急的时候，陆牧生家随着机关迁移到万县。这是一个军事机关。陆牧生在接事的当天就看到了于他不利的各种东西，他觉得他是受了他底朋友们底欺骗：他们曾经允诺他一个独当一面的差事和一个远大的前途，但现在实际的情形完全相反。他在万县留了一个月，接受了王定和底邀请，辞去了职务。

王定和建立了他底纱厂，需要一个亲信的负责营业的人。陆牧生家到重庆的时候，蒋家底人们都已经在重庆住下，并且确定了他们底生活了。武汉沦陷的第二天，陆牧生会到了王定和，傅蒲生和蒋秀菊夫妇。陆牧生对自己底事情深深地考虑过；一切都以现实的利害来考虑，为了他底家庭和他底儿女，他和社会战斗。

王定和是每次总抓住实力的、冷酷的人。陆牧生底友谊的努力总不能感动他。王定和只谈事务，只在他底利益发生了危机的时候，他才提到理想，国家，以及工业底前途。和他相处是很不愉快的。前些年，他底鲜明的目标和强烈的个性感动过蒋少祖；现在他变得沉默、枯燥、贫乏了。好像青春的力量突然地离去了；好像是，对于权力，他不再发生兴味了，他底生活是愈来愈沉重，愈来愈单调了。他对待别人简单而残忍。在他底身上，那些官僚的作风，只是往昔的时代底一种遗产，或一种纪念，他渐渐地不再注意它们，并且渐渐地不再注意酬酢和礼仪。其次，他觉得物质的享受是没有意义的：他除了抽烟再无别的嗜好。他没有理论，并且不再有任何幻想。他记得，在往昔，在一·二八前是放荡过的；他是以强烈的意志进行了他底放荡的。在上海，围绕着物质的享乐，是有一种感伤主义在统治着那些企业家们的：整个的民族工业，在他们，常常是一篇感伤的诗歌。这个诗歌现在是过去了。

王定和所走的，是一条严肃的道路。在那些放荡的日子里，和那种感伤的诗歌同时，他心里常常有理想的热情；他曾经信奉过西欧，并短促地接近过基督教。他底外表慎重而冷淡，在他底周围，没有人知道他底心灵底历史。他底教条是：永不接近官僚。

现在他颓唐下来了。他不信任中国能够从事这样的战争，他不信任中国能有出路。经过了那些风险，经历了这种失望，他底热情消失了。他承认他只是为了赚钱才工作：为了他底老年，他必需赚更多的钱。现在确切地信奉起家庭伦常和中国底一切固有道德来了。他只是自己信奉；他很明白要在目前的社会里实现这个，是完全不可能的。

蒋淑媛崇拜他；他底这一切开始给蒋淑媛带来了和谐的快乐。肥胖的、喜欢排场的、小气的蒋淑媛，她底终生的理想是享福：这个社会底最高的善。离开南京的时候她异常悲痛；现在，重新安定了下来，她是，照她自己底说法，想透了人生了。中国底中上层社会的妇女，带着旧家庭的情操，在她们底一切建设里，有着一种中庸的气度：她们不过于奢华，也不过于清淡。蒋淑媛想透了人生之后，比从前稍微享受得多一点了；从前她是出名的吝啬。

有很多人在这一次的战争里想透了他们底人生了。陆牧生向大家说，他以后决不在政府机关做事。大家因广州和武汉底沦陷而有阴郁的，同时又是兴奋的心情。傅蒲生，在他底朋友们里面被称为坏消息专家：重要的是这些坏消息常常是令人愉快的。在这个社会阶层里，悲观主义是那样的一种愉快的调剂品。

大家是在王伦家里会见的。王伦和蒋秀菊到重庆才只四天；王伦请大家，主要的是请王定和吃饭。王伦觉得，在亲戚里面，王定和是和蒋少祖同样重要的。但今天蒋少祖没有来。蒋秀菊向他说了亲戚间的争吵的故事，他觉得异常遗憾。

从结婚到现在，过去了半年的时间。年青的夫妇，在他们底家庭生活和社会生活里面，是很难确切，并老练起来的：蒋秀菊就是如此。她装作老练，但谁都看得出她底羞怯和不安来；她常常觉得别人把他们底一切秘密都看透了。王伦底情形则和她相反。他愉快地采撷了这个社会底果实，就是说，他愉快地觉得这个社会底家庭制度是最善的理想；他毫不否认，这种家庭制度之所以美好，是因为它保障了男子们底优越的权利。他随处表现蒋秀菊是他底妻子，就是说，是这个社会规定给他的，和他相爱的，他底美丽的奴隶。他好像生来就懂得怎样在这个社会里做丈夫，他显得胜任而愉快。他是这样的自信，以至于蒋秀菊不敢向他表白她底在这一方面的苦恼。

他底进入外交界的希望快要实现了。他亟于接近王定和，因为他觉得外交官应该接近工业界，他觉得中国底前途是异常光明的，广州和武汉的沦陷不曾影响到他底愉快的心境。所以，当这些人发表了他们底悲观，表露了他们底无望的时候——当生活底沉重和痛苦在他底眼前暴露了出来的时候，他感到吃惊了；虽然他原先就知道这一切。

这个他所欢迎的社会这样沉重地冲到他底愉快的房间里来。大家谈到蒋少祖，王定和不满地沉默着。为了打断这个谈话，王定和向傅蒲生问起了傅钟芬底事。事情是这样的：在武汉的时候，傅钟芬从家里逃走了，半个月后又逃了回来。傅钟芬无论如何不肯说她在外面遇到了一些什么事。傅蒲生偷拆了她底信，发现了一些恋爱的纠纷。今天早晨，发现了父亲在偷看她底信，她击碎了所有的茶杯。傅蒲生无力压制女儿；蒋淑珍和女儿争持，到了可怕的程度：她病了。傅蒲生当时觉得很痛苦，但立刻就有了奇特的好心情；他忽然觉得事情根本是不值得闹的，他向蒋淑珍和傅钟芬同样地赔了罪。

“女孩子呀！女孩子呀！”他说，好像有些羞耻，但欢欣地笑着。“你想想，那个女孩子不谈恋爱！否则就不成其为女孩子了！在这一点，我是乐观的——嫁了就算了！”他特别亲密地向大家说。显然的，在这种狡诈的欢迎里，傅蒲生掩饰了他底弱点。

“你当她会又跑掉的！”王定和简单地说。

“笑话——还要你们帮忙这门亲事呀！”傅蒲生说，狡猾地、和善地笑着，希望大家原谅他；“我已经有了一个计划！”于是他亲热地谈到，他要做生意；跑仰光。

“但是我听说政府统制得很紧：仰光要运军火。”王伦严肃地说。

“算了吧，老兄，什么政府！”陆牧生大声说。

王伦严肃地看着他。显然王伦觉得苦恼；并显然，由于他底爱国的热情，他要使他所尊敬的这些人懂得中国底光明的前途。他认为中国底希望是在懂得欧美的年青人身上，但这些年青人要善于利用本国底富裕的阶层和虽然过了时，却仍然有着实力的人们。

“我觉得我们要信仰政府，但是我总觉得我自己不够，要学习，”他谦逊地、甜蜜地说，欠着腰，抚弄着细致的手指，愉快而有力地注视着大家，“一个年青人，总想做一点事情，你们底工作和责任，我们要负起来，我们要学！”他看着王定和，他活泼地笑着盼顾；“我希望将来出国，无非是到各国去看看，看看工业，交通——至于说想做大事，那是不至于的，决不至于的，这一层我和秀菊说过！”他站了起来，快乐地笑着看了蒋秀菊一眼，她在剪纸头；“其实呢，不过混混而已，政府自然会办事情，我们混混而已，”他把手插到裤袋里去，甜蜜地看着大家。他竭力说明他只是想混混而已。

“你出国，秀菊也去吗？”傅蒲生问。

“这样计划！她自己也要去训练训练！”王伦自信地说。

“啊！”傅蒲生说，显然无话可说，沉默了。

王定和冷淡地笑着看了蒋秀菊一眼。

“我说女孩子家总要恋爱的，一定的!”傅蒲生忽然生动地说，同时做了一个准备挨打的姿势。显然他仍然为他底女儿苦恼，显然他希望弥补他底弱点，“比方我们秀菊，现在不同了吧!”

“瞎说!”蒋秀菊说，笑着推开剪刀。“我……我在想二哥，他对我们多么不近人情啊！弟弟呢，明明晓得我们来了，却跑到乡下去了，人不来，信也不来一封！你想想，这个仗要打多久啊，万恶的日本人!”她怨恨地，含着一种柔媚，说；羞怯的意识到她是主人。

最初，人们是流浪着，好像木片和枝叶在激流中漂浮；随后人们安定下来了，好像激流退去，木片和枝叶被搁置在潮湿的泥土上，开始的时候有些眩晕、朦胧、闪烁，不了解，后来就熟悉、固着、重新变得僵硬。整个被激流浸透，继承着这个激流的那些年青的人们，急剧地在各处流窜、冲击、突破，他们渴望，并寻觅海洋。在激流上漂浮了一下的，在能够思索的时候，便感到了危险，怀着嫉恨和惧怕，着手在地面上寻找永久的生活了。他们已经感到这个永久的生活了，那是他们的祖先所创造的。一面有为家庭儿女的永劫的劳苦，一面有“世纪末”的无限荒淫；第三方面有那种叫做民族的，文化的良心的东西，它底从痛苦中发出的各样防御和各样的道德企图；这三种东西表现了一个世界，表现了它底挣扎、自私、和防御，在这下面有着无数的人民，他们更沉默了；他们赤裸着，好像是无道德、粗野、昏沉、顽强；他们在各处繁殖着，造成了对于智识阶级是可怕的印象。那些青年们在这中间冲击着，他们问自己：属于谁？怎样做？未来是什么？对于这些问题，这个时代的理论的解答是鲜明的，但他们自己用各样的方式去解答。

安定下来，蒋少祖便开始仔细地检讨过去了。他已经推翻了以前的一些热情和想法，他从根本的地方做起；他问自己：什么是这个生活了五千年的伟大的民族底基础和力量？他觉得，到了这里，他已经临到了他底生涯的最后的阶段了，这个问题，是最后的问题。但生活很阴沉，他是懒惰的，并且有些苟且，他想这个问题：足足地想了两年。像一般的文人一样，他称这两年为孕育时期。直到最后，他觉得已经孕育得成熟了，于是动手著一部大书；在这懒惰苟且的两年里，这部书闪闪烁烁地形成了；其实它底结论早就形成了，只在著书的时候，他才开始思索。同时他明白了这两年的懒惰，他有着嘲讽的慰籍和温情。

对于蒋少祖，他底圈子里面的人事的纠纷和对内对外的零零碎碎的争吵成了第一义的东西。思想成了第二义的东西。每当有不安的时候，他就想应该多多地考虑。时间过去了，他什么也没有考虑。在懒惰中他有身世感慨和无限的温情慰籍，他觉得他和他底祖先相对：这就是他底那个严重的问题底结论了。

一九三九年他被发表为参政员。参政员的争吵费去了他底大那部份时间。他搬到乡下来，觅到了很舒适的居所，在一个大学里教了一学期书；然后，和学校当局争吵，辞去了教书的职务。他和政府底来往密切了起来，有人授意他写三部书，主要的因为懒惰的缘故，他只写成了一本。最初，他每个星期都进城，后来他便任性地懒惰下来了。汪精卫底出奔。等等使他底思想起了变化。他想，他，蒋少祖，有足够的钱可以维持生活，不必去争权夺利，或为别人底争权夺利兴奋；只有浅薄的年青人，才会把别人底争权夺利当做未来的光明。他觉得，目睹了二十年来的中国，他底心已经变冷了：这种意识给予了无限的温情。

一年的时间飞快地过去，蒋家底人们，虽然住得这么近，却完全隔离了。生活变得困苦起来，并且不时发生灾难。蒋纯祖依然在他底乡下；蒋秀菊在当年冬天跟随着她底丈夫到美国去了。春天的时候，傅钟芬被学校开除，为了什么缘故成天地啼哭，接着，在五四底轰炸里，蒋淑珍损失了大半的财物。

他们暂时迁到乡间来，住在蒋少祖家里。傅蒲生已经做了三个月的生意——差不多是空头生意，赚了一些钱，所以并不以这次的损失为意。他随即又振作起来了。

他和懒惰的蒋少祖兴高彩烈地谈生意，他每餐都喝酒。蒋淑珍变得非常阴郁，而且前所未有地冷淡。她要照料四个小孩，并且傅钟芬每天都折磨她。对于蒋少祖，她已失望了，蒋家底女儿底华美的热情，是消失了。她几乎是冷酷地观察着蒋少祖夫妇底生活，他们底享受和自私，以及他们底教养小孩的方式。她多半是沉默的。有时她突然向傅蒲生表示了她底批评，批评得无情而激烈，显露出她底嫉意和骄气来。她要么沉默着，要么就批评一切人，两者都同样阴郁难堪。在她底心里，是充满着对过去的无穷的伤悼。

傅钟芬，在离开武汉以后，有了三次恋爱。每次她都胡涂地把一切都交出去了，每次她都在热情消失后立刻就和对方闹翻。她不能忍受她底对方底那种自私和平庸，主要的，她害怕痛苦。她在热情里做了一切，随即就厌倦，害怕了起来；在这种情形里她就想到了她底受苦的母亲，渴望家庭底保障和平静的生活。但一回到家里来，她就对家里的生活不能忍受了。

这种挣扎是痛苦的。在热情里，她勇敢地走到那些幽会的地点，走到那些旅馆里去。无论如何，在这些场所，是充满着社会堕落底可怖的痕迹。这些场所底每一件东西都唤起恐惧和扰乱。在这些场所进进出出，人们觉得自己是已经破碎了；人们看到，这个社会，是再无理性，再无一点点高尚的情操了。吓得发抖。在这种时候，傅钟芬总是勇敢起来。因此她随即就和这些满口革命理论的青年们翻脸。她冷酷地对付他们底永无休止的纠缠。但没有多久，她重新被引动，她底热情就又发作了。

住到乡间来的这一个月里，在寂寞里面，傅钟芬痛苦地想到了她底前途。她已经遭受到这个社会底冷酷的攻击了，她觉得，在人世间，没有一个人能够理解她。像一切在生活底苦恼里面挣扎着的年青的女子一样，她这样想。于是悲观，厌世的感情占领了她，她觉得她的灵魂破碎了。

她认为她底生活只是鬼混，以后也将是鬼混。鬼混，她自己这样说。年轻的女子们所用的一切字眼，带着特殊的色采，是有着一种天然的，胡涂的乐观气味的：这些字眼美丽而轻巧地闪避了这时代的那种庄严的统治。年轻的女子们以自己为中心，觉得这是好人，那是坏人，这是好玩的，那是不好玩的，这是好吃的，那是不好吃的；在这里，人间底组织是异常的轻巧，异常地富于感觉性。遇到沉重的痛苦的时候，面对着这个不知从什么地方来的冷酷的打击，她们就失措，销沉了。于是，活泼的青春消失了就是消失了，没有第二个样式和内容。

那些光荣的圈子，现在是对傅钟芬关闭了。那第二个吻她的人，现在是过他底冷酷的生活去了。那些热烈，那些欢乐是逝去了，傅钟芬在孤寂中醒来，觉得异常的凄凉。在乡间，她读了《红楼梦》，为那个林黛玉啼哭，——她现在真的能够懂得林黛玉了。接着她就在郁达夫，张资平，庐隐女士，巴金等等底作品里面沉醉了。她差不多整天都躺在床上看书。继续有追求信寄来，她愤怒地撕去它们。“全是幻想，全是幻想！幻想！幻想！”她说，把书本击到墙壁上去，好久地躺着不动。“全是——幻想！人生多么可怕啊！”

傅蒲生听惯了她底这些谵语，总是耸耸肩膀。蒋淑珍耽忧地看她一眼，或是厌恶地看她一眼。在孤寂中，这种谵语愈来愈频繁了，有一次被蒋少祖听到了。蒋少祖从来不和她说话的，现在好奇地问她，为什么全是幻想？

傅钟芬坐了起来，带着那种无名的烦厌，并带着一种特殊的势力。

“舅舅，你记得王桂英吗？”她问，烦厌地笑着。

蒋少祖严厉地皱眉。

“唉，舅舅，王桂英现在在重庆大出风头了，但是那种生活有什么意思！根本生活就没有意思！”她说，唇边有激烈的笑纹，“我不是说，舅舅，”她兴奋地说，但蒋少祖已走出去了。

“不要脸的东西，装腔作势！”她骂。然后她呆呆地站着。

她面向镜子。她觉得自己美丽，悲伤，不被人理解；她大声叹息。

“生活就是这么一回事，我烦腻了！”她向镜子摇头，撅嘴，轻蔑而快乐地说。

蒋少祖因此想起了王桂英。是初夏底晴朗的下午：他走到门外去。陈景惠带着小孩站在门边，脸上有抑郁的表情；蒋少祖未和她说话，走到阳光下，觉得有些热，向山坡走去，穿过稠密的竹丛，在池塘边上站了下来。山野平静，荣盛，在阳光下蒸腾着浓郁的气息；池塘凝静着，异常的澄清，可以看见水底的长满鲜苔的石块。左边的大片的稻田呈现着愉快的绿色，在绿色中间点缀着弯着腰的农人。他们沉默地工作，显然他们是处在陶醉的状态中。

蒋少祖凝视他们，想到，生活，是艰苦的。

突然他们中间有两个跑出田地，高声叫喊起来，然后一致地发出笑声，用锄头向地面上击打什么：好像是打蛇，这个动作不可思议地唤起了一种觉醒和一种兴奋。异常甜畅地沉默了一下之后，有歌声传出来了：是甜畅的，陶醉的歌声。

然后是更深的沉寂，更深的陶醉。

“是的，为什么还要想起她来？想到了玄武湖畔的桃林，有些惆怅！是的，幻想，幻想，一个女子，钟芬还是有点道理的！但是，现在一切是确定了，时间是无情的！”他兴奋地想，“我对过去毫无留恋，我只是悔恨，在年青的时候，我不懂得人生底道德，不能抵抗诱惑！想起来真是令人战栗！”他庄严地想。这种庄严的力量，是突然发生出来：他出神地凝望着远方。他记得，在年青的时代，在那种叫做个性解放的潮流里，在五四运动的潮流里，他做了那一切，我企图做那一切。现在，发现了人生底道德和家庭生活的尊严，他对他底过去有悔恨。中国底智识阶级是特别地善于悔恨：精神上的年青时代过去以后，他们便向自己说，假如他们有悔恨的话，那便是他们曾经在年青的岁月顺从了某几种诱惑，或者是，卷入了政治底漩涡。他们心中是有了甜蜜的矜籍，他们开始澈悟人生——他们觉得是如此——标记出天道、人欲、直觉、无为、诗歌、中年、和老年来；他们告诉他们的后代说，要注重修养，要抵抗诱惑……他们说，人生是痛苦的，所有的欢乐，都是空虚而浅薄的。假如在青春的岁月里，他们曾经肯定过什么的话，那么，到了他们底“地上的生活的中途”，他们便以否定为荣了；假如他们确定有悔恨的话，那这种悔恨也只为当年的青年而存在——它并不为他们自己而存在。他们有悲伤，使他们能够理直气壮地鼓吹起那种叫做民族的灿烂的文化和民族底自尊心的东西来。主要的是，他们的真正悲凉的一面，决不在当年的青年们面前显露了。蒋少祖，到四川来，过了将近一年的疏懒的生活了，中国底书生们底那些脾气，是完全显露出来了：老年底僵尸在远地里吓人，这里是人生底最后的肯定了。没有人理解他底内心底真正的悲凉，当代的那些青年们，对待他，是简单而残忍，他需要防御。想到了王桂英，他有了这样的一种情绪，就是，他已经领有了人生底尊严；历史的功过，从不是在当代就能够决定的；除了年青时代的虚幻的好梦以外，过去存在过的，在古代存在过的，将来仍然要存在。历史底发展是必然的，所以，政治，是实际的事务，需要诚实，而不需要梦想。

田野光明而沉静，蒋少祖重新觉得身上有疏懒的力量。他想，在这里度过夏季，是最美好的了。

近处的公路上有汽车驶过，扬起尘土来。

“实在是这样。现在的青年，比我们从前更不如了！”他通过竹丛走去，想；“多么叫人忧郁啊！但是，在现在的时代，逃开了那些叫嚣，安安静静地睡一觉，是多么好！没有人闹醒我，没有！”他想，露出喜悦的笑容。

“直到有一天，我期待那一天，像浮士德那样说：美丽的时间啊，请你停住！——但现在，行不可不孰，不孰，如赴深溪，虽悔无及啊！”

他走进充满阳光的、洁净的大院落。左边的屋檐下堆满了农具，有两个衣裳破烂的、野蛮的男孩从一个黑暗的房间里——从窗户里爬了出来，跳过那些农具，发出尖利的叫声在院落里追逐。显然他们在互相抢夺什么。最初他们还笑着，后来，一个击倒了另一个，他们一同滚在地上，开始了残酷的撞打。他们不再叫喊，他们发出急剧的哮喘声来。

蒋少祖皱着眉头走过他们。……陈景惠睡在床上。她向他说，某个朋友来了信，她想明天进城。蒋少祖明白她极想进城，冷淡地点头，走了出来。他遇见瘦弱的、苍老的蒋淑珍走下狭窄的扶梯。蒋淑珍显然没有看见他；她扶着栏杆走得很慢，她底望着前面的眼睛里有痴幻的温柔的表情。蒋少祖好久没有看见过她底这种表情了，感到了一种眷恋的情绪。一切都沉静着，五月的阳光在院落里辉耀着，蒋淑珍在走下扶梯的时候念着诗。

她底额上有深的皱纹。她眼里有泪水闪耀着。她在念：

"月落乌啼霜满天，江枫渔火对愁眠……"看见蒋少祖，她停住了她底细弱的声音，惊慌地，有罪地，忧愁地笑了。

蒋少祖局促起来，有冷淡的表情，盼顾，走进房去。

他听见蒋淑珍没有再走下楼梯；他听见她重新上楼去了，悄悄地、黯淡地、疲乏地。很难说明她为什么要走下楼梯。

蒋少祖注意地听着，黯然地感觉着衰弱的姐姐底轻悄的、疲乏的、温柔的动作；从阴惨的现实中，那个诗意的蒋淑珍走了出来。

"姑苏城外寒山寺，夜半钟声到客船。"蒋少祖念，额上的皱纹活泼地游动着，走到窗边。

对于蒋淑珍，也是对于蒋少祖，时常有诗意的过去突破阴惨的现在走出来，引起忧伤的渴望和眷恋。但他们在精神上是孤独的：那个阴惨的现在隔离了他们，他们互相逃开，咀咒和后悔。中国底这种生活，把一切热望压迫到梦里去，并且把梦变得透明而空虚：人们称这为最高的哲学，并称这为含蓄，或理智的用情。在他们住在一起的这一个月里，重复着这样的情形；对于现在，人们不再做任何努力。分开以后，他们就完全地互相冷淡了。

二

秋天的时候，苏州的姨姨底大女儿蒋秀芳，就是那个可怜的阿芳，从镇江逃了出来。因为母亲死去了。姨姨被蒋家遗弃，并且被自己底族人欺凌，生活得异常的艰难，在镇江沦陷后的第二年冬天死去了。弟弟和幼小的妹妹被一个叔叔领去抚养，蒋秀芳孤零地生活着。今年夏天，叔叔企图把她嫁给一个开杂货铺的商人，蒋秀芳就想起了她底家庭——往昔的声势和荣华——并想起了远在重庆的姐姐哥哥们，决然地随着一个陌生的同乡底家庭逃了出来。

对于她底蒋家，她底记忆和认识是很模糊的；鲜明地留在她底心里的，是童年时代的可怕的痛苦：母亲底屈辱的地位。但到了遇到这些压迫的现在，往昔的痛苦便被无限的眷恋化成诗意的东西了。而且，这往昔，是有继承者的，它在重庆。蒋秀芳已经到了二十岁的年龄，她没有受过什么教育，她蒙昧、暗晦、愚笨、然而倔强。目前的生活愈可怕，她底对她底蒋家的理想就愈坚强。她底在苏州底那个后园里度过的童年生活，就愈美丽了。到了这样的年龄，这一切就形成了人生里面的一种固定的、基本的观念了；在这个观念上，建筑了整个的世界。所以，无论事实怎样教训她，她总想像着重庆是一个美丽的后花园。

她不能知道：过去的已经不可复返了。蒋家底人们，以及认识蒋家的人们，没有一个人能够想到，在蒋家已经分散、破灭的现在，会有这样的一种理想存在，并且会有这样的一种追求发生出来。从沦陷区逃出来，在一九三九年的时候，还是很艰难的。蒋秀芳没有足够的钱，和她同行的那个家庭有好几个小孩，她帮助他们看顾小孩。这个愚钝的女子，由于她底理想，并由于她底对日本人的顽强到极点的仇恨，有了一种特殊的机敏；她多次单独地对付了搜查行装的日本兵。在越过了敌人底最后的封锁线，接近中国军底防区的时候，那是一个阴雨的早晨，所有的人，连小脚的老女人也在内，都奔跑了起来了，并且愈跑愈快。蒋秀芳记得，旷野是寂静的，落着雨，他们越过了一个山坡，没有说任何话，开始奔跑。他们觉得有什么东西追赶着他们，而这所唤起的情绪，它与其是恐惧，倒是幸福：一切是简单的，然而奇异。谁都明白敌人不会追赶，但谁都觉得他们和中国军之间的距离是难受的,可怕的东西。现在,在这个旷野上,后面,是凌辱和死亡,前面,是亲切、幸福、生活——是一切。

奔跑被从前面来的严厉的声音喝住了。他们全身淋湿了雨水和汗水。他们大家都迷胡地发笑。然而他们所遇到的可怪的检查使他们痛苦,并惊醒了他们底好梦。

和她同行的那个家庭在万县留了下来。蒋秀芳迫切地渴望到重庆,再三地恳求,在轮船里弄到了一个位置。到重庆的时候,她身上只剩下两块钱。她惊动着走过大轰炸以后尚未恢复的林立着断墙的街道。她开始考虑,她底想像和希望。

傅蒲生底原来的居所已经炸毁了。此外她只知道王定和底住址;于是她就第二天下乡。走上了重庆底码头。她底感觉突然现实起来:她觉得她底希望是不可能实现的。她惊异她为什么真到此刻才想到这个。面对着傅蒲生家底居所废墟站了一下,她绝望地想到,蒋家不会有一个人在重庆,并且不会有一个人认得她,她是受了自己底热情的欺骗,她是从此完全孤零了!

这样,那个后花园的美丽的梦想,就破灭了。走过街道,她注意到一切穷苦的,不幸的人,想到自己即刻就会和他们一样;由于这个,她又注意了那些漂亮的、有钱的人们。她想到,那些痛苦的人们,将能够同情她;她极其强烈地想到,只有做工的人,才配有饭吃,她,蒋秀芳,将像那些穷苦的人们一样,去做工。

她告诉自己说,她已经经历了那么多的痛苦,已经明白了人生,决不要流泪,尤其决不要向别人流泪。她,蒋家的女儿,这样想的时候,眼眶有泪水。她是那样的饥饿,那样的失望。她想,她不应该向别人伸手乞讨,她应该去做工;只要做工,做工,做最苦的工——此外什么也不要。

那个花园的梦想本来就是暧昧的——所以,她,蒋秀芳,是现实的:她有这个地面上的最朴素,最坚固的力量。她已经没有了归路,这是很自然的。她现在明白了,澈底地明白了,在人间,除了为自己,为别人永无休止地做工以外,她不可能,也不希望得到别的。她到重庆来,不是为了别的什么,而是为了能够自由地做工。因为在镇江，她只能替敌人和汉奸做工。

她在江边的小旅馆里住了一夜，第二天搭船下乡。船到的时候，已经黄昏了。她走过乡镇底街道。走出镇口的时候，她看见她底前面走着一个抱着小孩的女子：这个女子快乐地，有些痴傻地和怀里的美丽的女孩开玩笑，女孩说了什么，并笑出尖锐的声音来。蒋秀芳听出是南京底口音。于是她追上去问路。这个女子是陆积玉。

在最初的一瞥里，她们经历到那种回忆的情绪：她们彼此觉得面熟。

“是的，是的，就在那底下！”陆积玉回答她，说，同时严肃地看着她。“——你找哪个呢？”

“蒋淑媛……她是我底姐姐。”

“那么，你是？……你不认得我么？”陆积玉兴奋地问，放下女孩来，牵着她。陆积玉嘴唇战栗了，她底面孔露出了大的严肃来。她认识了，她注视着衣裳破烂的，粗糙的，肮脏的蒋秀芳，这个阿芳，她们在往昔曾经一同游戏，并且凶恶地撕打。

“……你是阿玉？我从镇江逃出来，我底妈妈死了！”蒋秀芳说，有些羞怯，眼里有光辉：她苦楚地笑了一笑，在笑的时候轻微地叹息。这样，从失望中得救的慰籍，和重逢的快乐，就过去了。中国的妇女们，被各样的东西压抑着，没有力量表现得更多或得到更多。少女们随处都被拘束，特别在面对着大的严肃的现在，她们，蒋秀芳和陆积玉，在最初的瞬间觉得有亲切的、动人的情绪，随即就拘束、不自然，互相觉得陌生。她们沉默着走下石坡。

她们心里汹涌着热情，在热情里她们有各样的痴想，因为她们都还年轻：这些幻想，要随着现实的生活稍稍地突进——从她们底父母底生活突进，在热情消逝的年岁，保留着纯良的心，构成那种叫做人生底义务，或一个女子底义务的东西。陆积玉热烈地同情这个蒋秀芳，觉得她，蒋家底女儿，在别人底荣华富贵里，变成了可怜的孤女——在可怕的、渺茫的旷野上逃亡，狼狈而酸楚。陆积玉觉得她必需有所赠予；衣服和钱，友情和眼泪。

但在她偷偷地再看蒋秀芳的时候,她觉得苦闷和惶惑:蒋秀芳是陌生的,冷淡而钝迟。

秋天的夜晚来临了,山沟里凝聚着烟雾,山坡下面,厂区底灯火热烈地闪耀着;田野里有呼叫声,蒋秀芳重新有痴想,或者是,热情的想像。是这热情领导着她从遥远的镇江逃奔出来的。在凄凉的路程上,她绝不怀疑这种热情底偶像,每天晚上她歇下来,想到,离那个"后花园",离那个池塘和那一株树,现在是又近一点了。她甜蜜地唤它们底名字,那个池塘和那棵树,她决不去想到她可能遭遇的一切,比方饥饿、欺凌、遗弃、死亡、她只是想着那个池塘和那棵树,以及她底仁慈的亲爱的哥哥和姐姐们。

到了重庆的时候,那个池塘和那棵树,她底仁慈的哥哥姐姐们,突然变得冷淡。它们消失了。但现在,这一切又起来了,而且有了现实的情调和程序。她想姐姐们将怎样惊异而亲密地接待她,她将怎样地叙述一切,她们,这些哥哥姐姐们,将怎样为她底不幸的母亲流泪。这样想着,她忘记了陆积玉;她怀着可怕的热情走进厂区。她再也不能遏止这种热情了,她觉得她马上就要扑过去,向她底蒋家哭诉她底母亲了!

陆积玉低声喊她,显然陆积玉感到窘迫。

"他们就住在那个房子里!"陆积玉说,抱着小孩子,兴奋而不安;"你先到我们家去好不好?在那边!……我有衣服你换!"她说,脸红,羞愧地笑了。

蒋秀芳回答说,她想先去看姐姐。于是陆积玉领她去。陆积玉想到,为这个意外,她底祖母将要怎样惊动,凄凉,狂喜。陆积玉走过田边的小路,低声和小孩说话。纱厂底换班的女工们充塞在道路上,发出叫骂的声音来。蒋秀芳盼顾,觉得陌生,有些惊慌。她们走进了,王定和底从地主底庄院改造起来的宽敞的,灯火明亮的住所。蒋秀芳站下了,陆积玉抱着女孩跑过院落。

蒋秀芳觉得自己底勇气完全消失了;她显明地觉得:一切是陌生的。她惊慌地看着院落这面的那个挂着黄色的窗帘的明亮的窗户;她听见有愉快的谈话声;她看见一个穿着短制服的肥胖的男孩跑过院落：她认出这是姐姐底儿子梨宝。这一切光亮，声音，和动作都不认识她，她恐惧地想到——这是第一次想到——她底来到将不被承认，因为她破坏了别人底安宁的，恬美的生活。

“但是，我喊她姐姐，她总要答应我！我对她那样好，对她那样好！”她痴呆地想。这时窗帘被拉开，露出蒋淑媛的胖脸来。

“是秀菊吗？秀菊！秀菊！”蒋淑媛喜悦地喊。显然她没有能懂陆积玉底话，因为那于她是不可能的。

“不是，是镇江姨姨底阿芳！是阿芳！”陆积玉焦灼地说。她迅速地跑出来，企图减轻她底朋友底痛苦；她深深地体会到这种痛苦。

“积玉！”蒋淑媛喊，走到外面，打开灯，王定和从另一房里走了出来。

于是蒋秀芳看见他们了；和这些熟悉的影像，和这种生活，她是离开了多年了。儿时的记忆，被唤醒了。她痴痴地向前走去，她底眼睛里面含着泪水。陆积玉严肃地看着她，好像护卫她，走在她旁边。

她惶乱地，屈辱地暴露在灯光之下：她心里的柔情消失，她觉得她扰乱了别人底生活，她望着蒋淑媛，她觉得，这个陌生的，富贵的女人不可能再是她底姐姐。

“阿姐！”她喊，含着泪水站了下来。

肮脏的，衣裳破烂的，瘦削的蒋秀芳暴露在灯光下，蒋淑媛惊愕，长久的脸上有怀疑的表情。

“阿芳吗？”王定和以打抖的声音问；显然蒋淑媛底表情使他痛苦。

“我是，姐夫。”蒋秀芳说。

男孩从房里跑了出来。蒋淑媛把手里的橘子递给他，叫他走开。蒋淑媛看着陆积玉，沉思着。然后向蒋秀芳笑了一笑，要她进房，王定和牵着男孩最先走进房。

蒋秀芳跨了一步，迟疑着。她心里有了尖锐的痛苦，她觉得她像乞丐，她底衣袖是破的，脸上一定更难看。她开始厌恶自己；她随着蒋淑媛走进房。

蒋淑媛叫她坐下，但在这间这样舒适，这样华美的房间里，主要的，在这种陌生和冷淡的空气里，她不敢坐下。她企图补救：她觉得她底每一个动作都扰乱了别人底生活，她不应该再有动作。

蒋淑媛同情这个妹妹，或者说，这个逃亡的孤女，但渐渐地，她苦恼地考虑了起来：在她底蒋家底全部生活里，她从未牺牲过什么，并且从未履行过她底义务；由于这种特殊的敏感，蒋秀芳底出现令她痛苦。实在说，她有极多的钱，可以帮助一百个蒋秀芳；但在金钱上面她最敏感，最容易痛苦：这似乎成了一种特殊的生理机能。因此，在全部的时间里，她只是考虑她自己，从她自己再想到道德的，或者面子的问题。这确实是最难处置的，为中国人所最恐惧的，面子的问题。因为她不知道她应该怎样处置蒋秀芳，所以她觉得人生是苦恼的。养活她，使她读书或出嫁，是不可能的；由亲戚们大家来负担，是要引起非议的，"人言可畏"，生活是苦恼的，等等。

疑虑的表情出现在她底脸上，她有罪地笑着。她问蒋秀芳吃了饭没有，然后她叫佣人端进饭菜来。在蒋秀芳痛苦地吃饭的时候，她招丈夫走进后房。陆积玉怕家里等待，回去了，这使得蒋秀芳更痛苦，她不再感觉到饥饿，她吃了一点点，痴痴地望着窗帘。没有池塘，没有树，没有仁慈而美丽的——梦里的那些人，她只是荒唐地走了可怕的长途，现在不能再走了。

蒋淑媛招丈夫走进卧房，开始商谈。在这种生活里，一切现实的利害都在谈话里赤裸裸地陈列出来，爱情或类似的别的什么，就是现实利害底协调。蒋淑媛愤怒地向丈夫说，她无论怎样做都不会讨好；接着她嫉恨地咒骂蒋少祖。

王定和冷淡地、安静地、事务式地听着她。

"你应该，"王定和突然愤怒地说"你应该在阿芳面前收敛一点！你这样什么事都办不通！我多少次叫你中庸一点，中庸一点,中庸而温和——你自寻苦恼!”

蒋淑媛支着面颊,痛苦得颤抖,看着他。

“连你都这样说,何况别人!”她说,有眼泪;“难道我这个人真的没有同情?难道我这个人底心真的这样冷?就是看死去的哥哥份上,也应该……何况你底钱不是从爹爹那里来的!好,现在说我心冷,我蒋淑媛不算是人!”

“爹爹那里来的?你们蒋家底自夸,固执!”王定和说,勉强地笑着。“帮助不帮助,看我愿意不愿意——但是你总不能推她到大门外面去!”

“我偏要!”蒋淑媛低声叫,继续流泪,嘴唇战栗着。

“叫你不要自寻苦恼!”王定和缓和了下来,抽烟,笑着,“这算得什么……在厂里给她安一个位置,翘一翘手指头的事情!”

“你们这些狠心的男人!她是我身上的人,我不能让里里外外这么多人说闲话!”蒋淑媛气愤地说,站起来,揩眼泪,然后向外走,王定和明白她已经同意了。

“阿芳,吃饱了吗?——我找件衣服给你换换!”蒋淑媛走出来,容光焕发地笑着说,显出贤良的主妇的样子来。重要的是,这一切,在检讨了现实的利害之后,决不是虚伪的。“你说,你怎样来重庆的呀?”她坐下来,甜蜜地问。

“娘死了,因为……”蒋秀芳说,显然她随时都困窘,不会说话。

“怎么,可怜!”蒋淑媛叫,严肃地看着妹妹。“我前不久还想到……我料到……”蒋淑媛流泪,说。

蒋秀芳严肃地看着她。蒋秀芳感觉不到,这一切里面的那种现实利害的成份,但她不觉得这一切是亲切的。但她仍然衷心地感恩,因为她要求的并不多,面前的这一切,已经是意外的获得了。那个梦想领导她到这里来,但她从未想到它真的会实现;那个梦想,实际上是已经在辛辣的旅途中实现了。那个苏州,那些美丽的人们,是深藏在她底心中,不会被任何事物损坏了。

因为蒋淑媛没有再问到她底母亲，她就避免再说。她说她没有找到大姐；蒋淑媛告诉她说，大姐底家在夏天被炸毁了。

她迟钝地沉默着，觉得狼狈。

“我真记不起来了！长得这大！”蒋淑媛说，笑着。“你从前小学读毕业了没有？”

“没有……阿姐，我想找事做，就在厂里做都可以了！”蒋秀芳说，有了顽强的情绪，觉得面前的一切和先前的一切都变得遥远了；她是扰乱地笑着，但严肃，笨拙，而逼人。在她底拘束和迟笨里，透露了简单的严肃，和对命运的冷淡的认识。她这种表现鲜明地反映了目前的这种生活底现实利害，使蒋淑媛感到有罪。

“笑话！阿芳啊，你不是小孩子呢！”蒋淑媛大声说。

这时门口传来声音，接着就有叫声——老姑妈底动人的叫声。蒋秀芳站起来了。她未看清楚什么，但她觉得有一种热烈的，甜美的东西从她底冰冷的心里升了起来。姑妈打皱的脸和花白的头出现在门口，后面跟着惊慌的，喘息的沈丽英，姑妈跌踬着，叫喊着，走了进来。

“儿啊，长得这么大了啊，这么多年……”姑妈哭，跑到蒋秀芳面前。

“姑……姑妈……我……”蒋秀芳哭，低下头来。

“可怜你底苦命的妈……好女儿啊！”

怜悯和悲伤的激动产生了一种力量，老人底对过去的无限的追忆产生了一种力量，蒋秀芳在这里找到那个甜蜜的苏州和那些美丽的人们了。

她哭着，觉得被什么甜蜜的力量支配着，像蒋家底女儿们过去曾经做过的，伏着这个姑妈底肩上尽情地大哭。

“儿啊，要好好歇几天，积玉底衣服，你穿，她跟你拿来了！”姑妈说，“过几天再看……你底可怜的妈吃了那么多的苦，不能再叫你吃了！儿啊！”

蒋淑媛，含着泪水，有罪地笑着。

然而，经过了几天，在实际的考虑之后，大家想到，除了暂时做工，的确没有别的办法，于是蒋秀芳到纱厂里去当练习生了。没有多久，大家注意到蒋秀芳把自己处理得异常好，除了有些忧郁。她住在工厂里较好的宿舍里——比起一般的住所来，仍然极坏——陆积玉时常去看她。她们缔结了一种友谊：在最初的痴想的热情过去之后，便完全是实际的了。她们只是谈谈天，或者默默地对坐一下。像一切友谊一样，她们底友谊并不常常是生动的。……冬天的时候，陆积玉决定离家了。

到四川以后，陆积玉便非常的苦闷，她不能忍受她底家庭。这在最初是很简单的，就是，别的少女们都不受家庭底拘束和压迫，过着独立的，美好的生活，只有她，陆积玉一个人，是在黑暗中。在一切里面最可怕的，是家庭底贫穷——每天都悲伤，烦扰；每天都屈辱，做着苦重的工作。在武昌的时候，为了安慰受伤的母亲，她答应到家庭安定下来了以后再离家，现在家庭是安定了，陆明栋底逃跑所带来的创伤，是被掩藏住了；她，陆积玉，从小受着家庭底冤屈和痛苦，是到了脱离的时候了。

陆积玉不是为了革命而离家，不是为了妇女解放而离家；她离家，因为她再也不能忍受。对这个社会的那种自觉，她是缺乏的。然而，她蒙昧、倔强、她底行动是简单而明了的。

陆牧生和岳母常常争吵。老人渴望老年的最低限度的享受，渴望金钱的独立自主；逃亡出来以后，这完全不可能。沈丽英处在痛苦的地位；但最痛苦的，是陆积玉。

家庭里常常是不愉快的，只有沈丽英能够抵抗这种不愉快，因为她是这个家庭底心灵。某一天午饭的时候，陆牧生异常快乐地检起一块肉来引诱二岁的男孩，要他称他为好朋友。小孩不肯喊，无论如何不肯喊，但要肉。父亲和儿子这样地坚持了有五分钟。陆牧生拒绝了沈丽英底调和的办法，他非要男孩喊好朋友不可。于是大家都不能继续吃饭了，等待着这个好朋友。陆牧生，最初有快乐的，滑稽的笑容，后来有勉强的笑容，最后有怒容：他底粗笨的、顽强的心突然痛苦起来，他对这个儿子失望，对他底未来的一切都失望了！他底脸颤栗起来，男孩子恐怖而愤怒，叫了一声，于是陆牧生猛烈地，残酷地捶打他，把他抱起来，推到房里的地上去。老人愤怒地走开了。沈丽英仍然企图调和，责备了丈夫一句，于是夫妻间开始争吵。

陆积玉领开了恐怖的小孩们。陆积玉突然变得很冷淡。陆牧生跑出去了，晚上才回来。整个的下午，家庭里面笼罩着阴冷的空气。陆积玉注意到，晚上，弟弟和陆牧生和好了，叫他为好朋友，陆牧生快乐地笑了起来。但老人在对面的房里跳脚，大骂陆牧生不要脸。

睡觉以前，陆积玉冷淡地，严肃地想到，这样的男子，在这种状况里，他根本没有想到，对于他底妻子，他是不是朋友；在贫穷里，人底生活，变得这样的无聊。她想到，结婚和家庭，是可怕的；在她底周围，没有一个家庭是有真的爱情的。

老人熄灯了。从小窗户里照进明亮的月光来。是秋天底宁静的，美丽的夜。陆积玉记起了弟弟。

“弟弟啊，弟弟啊，今天，在月光下面，你底姐姐祝你平安！”她说，“弟弟啊，你是否也看到今夜的月光？你是否还记得你底不幸的姐姐？还有你底不幸的母亲和祖母？在这样的夜里，弟弟啊！”陆积玉说，长久地听着外面的田野里面的繁密的虫声，想到，在最后的那一个晚上，陆明栋承认了偷钱的事，走向她，站住，严肃地看着她。……“是的，一切都过去了！没有时间后悔！时间过得多么快，在这样黑暗的生活里面，我底青春就要消逝了，然后，一切都悄悄地过去，没有人爱你，没有人理解你底心，你底头发变白，你底牙齿脱落，你孤独地，孤独地……人为什么要活着啊！既然是受苦，为什么要活着啊！”

她坐起来，披上衣服，从小窗户里凝望着月光下的平坦的田野。她心里觉得甜美。

“在月光下，一切都静悄悄……”她想。

老人咳嗽着，问她为什么不睡。

“奶，月亮多好啊！”她说。老人撩开帐子，惊异地看着她。她觉察到了自己底异常的情绪已经泄露，血涌到她底脸上来。

"积玉,我真担心你……"

"奶,不是!"她恼怒地说。

"月亮天天有……"

"奶,我想到外面去做事。"陆积玉迅速地说;为了打断老人底话。

"说了不止一回了!"沉默了一下之后,老人忧郁地说,"不是我硬要留你,现在这样的家,我看你也难受,出去倒好,只是你吃不来那种苦啊!"

陆积玉严肃地凝望着田野。

"开了年再说吧! ……明栋半年不来信了,我心里头好焦!现在,家里这样穷,物价这样涨,怎样办是好? 王定和蒋淑媛都是没有良心的东西! ……你想想,我们几时才能回南京? 我一生一世都恋着那一点点东西,如今全丢在日本人手里了! 如今是,什么都不能自由,用一个钱都要看别人脸色,连怕吃一个鸡蛋! ……"

"奶!"陆积玉说,打断她。陆积玉拉紧肩上的衣服,感到自己底身体温暖,温柔,忧伤地看着田野。

青春底感觉,那种动人的、忧伤的,随处都存在的恋情具有无数的样式,热情的火焰具有无数的样式,它渐渐地有了一个虽然模糊,然而固定的目标。在这里,在中国底广漠的地面上,灰暗,虚脱,无聊的生活唤起了反叛:现在的,青春的热情是绝对的反叛。有些青年们,走上了浮华的,绝望的道路,主要的是因为在这条道路上是已经绝对地逃开了那种灰暗、虚脱、无聊。另一些青年们,比方陆积玉,顽固地保留着旧有的道德观点,热情底突破不属于这个范围,或者是,没有碰触到这个可怕的边缘,他们底要求朴素而胡涂。他们具体地感觉到这种生活底灰暗,他们冲了出去——于是他们感受,比较,发现不到较好的生活,而到了他们成为这种灰暗的生活底心灵的时候,他们,再也不能承担新异的痛苦了,就忍受,平静了下来。比较他们底父母来,他们又走了一步，在这里有悲凉的诗歌；看到另一些人们底绝望和毁灭，他们恐惧地站住了。旧的，现成的，比新的，未可知的，容易得多，青春底热情和怀疑底扰乱不久就过去了。

现在，对于陆积玉，这种反抗是实在的，它不是精神的，然而是绝对的。陆积玉用她底全副精神来反叛，虽然在后来，她更怜恤她底母亲，觉得母亲底劝告是完全对的。尝到了人生底辛辣和悲凉，她便怀念故乡了，这个故乡，并不全然是丑恶的。

陆积玉继续和几个同学通讯，每次都要她们替她找一个工作。她说她什么事都愿意做，即使当女仆也可以，只是不愿蹲在家里。十一月下旬，一个朋友介绍她到重庆底一个机关底会计科里去当录事——她马上就答应了。到了现在，再没有什么能够阻拦她了。

沈丽英凄凉地，爽快地答应了，因为女儿已经到了这样的年龄，因为家境太恶劣。沈丽英替她筹措了路费；临行的时候，陆牧生和她长谈，告诉她说，人世是险恶的，在任何地方都不能信任别人，在任何时候都要见风转舵。

妈妈告诉她说，一个女人底生活，是艰难的。沈丽英哭了，她说，二十几年来的苦重的负荷，她现在能够略微放心地卸下了。显然她想起了二十几年前的那个不幸。她底这种激动使姑妈痛苦起来，老人愤怒地责备她，说她不应该在女儿面前如此。

陆积玉现在是完全地感激……但她底外表坚持而冷淡。她非常的惊慌；她假装喝茶，用茶杯遮住脸：因为，假如不这样做，她觉得她就要哭起来了。她迅速地从母亲逃开。在房门前面，她以激动的力量把女孩抱了起来，高高地举起来，并且欢乐地笑出声音。她好久都不能懂得在这个时候她何以会突然地有这种活泼的欢乐。

她吻小孩，使她狂笑。沈丽英站在门边。感伤地笑着看着她。

"喊姐姐！喊姐姐，姐姐要走了！"沈丽英向女孩说。

"她不走！"女孩嘹亮地说。

女孩转动眼球。首先瞟母亲，然后向上看，最后瞟姐姐。她慢慢地瞟着，并撅嘴唇，显然她知道别人一定会赞美她。女孩底这种卖弄风情使沈丽英怪叫了起来；显然她是故意地怪叫：她是那样地快乐。

陆积玉说，她要去看一看蒋秀芳。陆积玉在走出门的时候便有了庄严的、冷淡的表情：奇异的欢乐消逝了。她走进工厂，顺着机器间走过去，向检纱间看了一看，走上山坡。天气很阴湿，从简陋的厂房里发出来的声音，是昏沉的。陆积玉想，她要离别了，她迅速地跑上山坡。有两个女工走了下来，停住了谈话，给她让路；她停下来给她们让路。她转身看着坡下的赤裸的水池，她底憔悴的小嘴唇张了开来，颤栗着。

"经理说的，要裁掉！"女工说，走下山坡。

陆积玉迅速地——她底脚步沉重——走进宿舍，推开房门。她看见蒋秀芳坐在床铺上，另一个人，一个穿着脏的灰布制服的，瘦削的、头发蓬乱的年青的男子站在窗边。这个年青的男子不知什么缘故向她微笑，他底眼睛异常的明亮。

陆积玉不看他，开始和蒋秀芳谈话，但仍然感觉到他底明亮的、特殊的眼光。

"我要走了！"陆积玉说，想到蒋秀芳底生活可能已经有了新的变化；她突然回头，认出来那个男子是蒋纯祖。

"啊！"她说，"好意外！我不知道是你！"

"恐怕不认识了吧！"蒋纯祖说，显然有快乐的、顽皮的心情。他是来问姐姐借钱的，因为目的已经达到，他就兴奋地跑到厂区里面来。人们很容易明白，蒋纯祖，是怀着怎样的思想走进厂区——工厂底待遇和设备是非常的刻薄，他，蒋纯祖，比这还要刻薄。他一点都不想去理解王定和底艰难。

"你说你要走了，到哪里去？"他问。

"重庆。"

他变得严肃。他沉默着，以透明的眼光凝视着陆积玉底憔悴的嘴唇和美丽的身体。

“你什么时候来的？怎么不到我们那里玩去呢？”陆积玉说，有些不自然。然后她坐了下来，不再说话：她本来预备和蒋秀芳长谈的。

蒋秀芳看着她，笑了一笑，又笑了一笑。然后她好久地抚摸被角，企图把它抚平。显然她觉得困窘，并觉得她对别人有错。

“我看见你们对面的房子烧掉了，怎样烧掉的？”蒋纯祖问，带着一种矜持。

“上个月烧掉的。”蒋秀芳平静地说。

蒋纯祖想了一下：思索她底平静。

“你们这个房子这样潮湿，”蒋纯祖说，摇头；总之他是对这里的一切，或这个世界上的一切都竭力地不满，“你逃出来的时候，苏州怎样了？”他问。

“苏州人顶没得出息！”蒋秀芳说，脸红，显然有了兴奋。“日本人一来，就……就归顺了！连店铺子都改成日本名字了！换钱的店，叫，叫两替屋！”

“两替屋？”蒋纯祖说，发笑。

“是的。”蒋秀芳说，拘谨地沉默了。“我们多么希望逃出来啊！沦陷区的人，真才希望政府打过去哩！”她说。

“那么，现在你觉得怎样？现在怎样？”蒋纯祖迫切地问，笑着。

蒋秀芳没有回答，显然没有听懂。

“你现在每天一班吗？你上不上机子？”

“我不上机子。”

“一个月多少钱？”

“够用。”她脸红了。“我也不想用钱。”她温顺地加上说。

她重新有拘束。她们沉默很久。

“我真想不到你会跑出来！……但是很好，我觉得很好！”蒋纯祖掠了掠头发，显然因这个妹妹底倔强和柔顺而有大的激动。“不过我觉得，”他看着这个妹妹，“不要相信这些哥哥姐姐！……你没有事的时候读一点书吗？”他问，兴奋的笑着。

"她借给我。"蒋秀芳说，指陆积玉。

"什么书？"

蒋秀芳直率地翻开被盖，拖出一本书来，那是巴金底小说《家》。

"啊！"蒋纯祖说，含着一种嘲弄笑着看着陆积玉。但立刻变得严肃了。

"好，我等下再来。我出去看看。"他说，走了出去。走到门口他想起来，七年以前，或许更远些，他在蒋淑媛底葡萄架下吻过这个陆积玉，向她说，他们要永远在一起。

蒋纯祖走出以后，她们沉默了一下。但一开始说话，便生动起来了。

"他什么时候来的？"陆积玉问。

"刚来。我莫明其妙，他变了啊，是吗？"

"是的，我也这样觉得。大家不知道他为什么甘心在乡下教小学，弄得那样穷！"陆积玉说，沉默，眼里有温柔的，明亮的光辉。她无声地笑了一笑，显然她想起了往昔，美丽的、诗意的往昔：所有的事情混淆在一起。

"你记得苏州底那个亭子吗？"她问。

"你是不是说，他和明栋打架，爹爹打他们？"蒋秀芳快乐地问，脸发红。

"是的，是的！那时候我记得我多么小啊！我记得淑华娘娘说：你们看呀，积玉有窗台那么高了！……窗台那么高，那一点小，多好玩！"她笑着指窗台——现在是这个窗台；"我一直记得我有窗台那么高！"她笑出声音来。她底温柔的、青春的身体只有窗台那么高，她觉得是愚蠢，可笑，然而幸福的。这一定表现了这个，因为蒋秀芳笑着向她底身体看了很久。

"我那时候比你矮。"蒋秀芳柔顺地说。

"你记得不记得他们用棍子打癞蛤蟆，把你吓哭了！"

"我想看看！"蒋秀芳说，闭上眼睛；"记得，好像昨天哩！"她说。

她们重新沉默了。各人回忆着往昔，那不再是共同的。

"你记不记得，我们住的，就是池子前面的那棵桂花树？"蒋秀芳小声问，严肃地看着她。

陆积玉严肃地点头。

"我来向你辞行。"陆积玉小声说，异样地笑了笑。"我明天就到重庆去，一个朋友介绍我到她们底会计科去，她底叔叔在那里当主任。"她迅速地说。"晚上，你一定要到我家里去吃饭！"

"晚上我有班怎么办？——你怎么不早些告诉我？"蒋秀芳问。蒋秀芳觉得陆积玉并不把她当做最好的朋友，因此有些失望。她底失望使陆积玉感到愉快，显然陆积玉愿望着这样的效果。年轻的女子们随时有这种深刻的矜持，因为她们觉得生活是难受的，因为她们，为了将来的矜籍，惧怕现在的热情。她们希望怀念，希望纯洁的，悲伤的矜籍，惧怕现在的浓烈的热情和伴随着这些热情的难受的扰乱和痛苦。

所以陆积玉离别得非常冷淡；没有人知道她底激动。蒋秀芳有苦恼，觉得孤单——但不能够表现给朋友知道。她同样地有一种矜持，此外她耽心自己做错。她说，晚上有班，她不能够来；明天早晨她一定来送行。

蒋纯祖没有再到妹妹处来，他只匆促地到陆牧生家去了一趟。沈丽英留他住一夜，他不肯答应。他说，他在晚上以前要赶过江去，因为有一个朋友在等他。走出门，穿过田野的时候，他遇到了赶回家来的陆积玉。道路很狭窄，赤裸的，积水的田野上吹着冷风。陆积玉远远就看见了他，想到，在这样冷的天气里，他穿得这样单薄。蒋纯祖注视着她，眼里有沉思的表情。在相隔只有一两步的时候，不知为什么缘故，他们都突然地羞涩，慌张了起来。他们似乎都明白对方的情绪，他们都脸红。蒋纯祖不自然地笑着向陆积玉点头，陆积玉站下来给他让路。他们找不出一句话来说。陆积玉严肃地看着他。

蒋纯祖走了过去，不安地回过头来。陆积玉仍然在看着他。

"我走了！"他说，兴奋地笑了笑。

“不玩一会么?”

“不。我要过江去,一个朋友在等我。”蒋纯祖特别诚恳地说,表示他对她决不说谎。他迅速地走过吹着冷风的田野。

“我们这样地会见,又这样地离别——在小的时候,我们不是这样的!”蒋纯祖想。

第二天黎明,蒋秀芳来敲陆积玉家底大门。夜里落了雨,门前的桑树和槐树上挂着小珠;天气仍然灰暗,并且凉气逼人,但空气是新鲜的:一切是静穆的。厂区里灯火未熄,传来微弱的声音。姑妈打开门。

沈丽英在生炉子。陆积玉从房里走了出来,脸色异常的苍白,显然夜里没有睡好。离别的时候,大家送到门口;大家要送到江边,陆积玉拒绝了。陆积玉痛苦着,但显得异常冷淡。她和蒋秀芳在路上不说话,但到了江边的时候,陆积玉显出了激动。

这是被急促的情况引起的:轮船上面已经吹了哨子。挑行李的工人跑起来,陆积玉惊慌地跟着跑起来。蒋秀芳追到囤船上,陆积玉迅速地塞了一件东西到她手上,跳到船上去。

轮船移开了。陆积玉站在舱口,眼里有泪水,注视着蒋秀芳。她举起手来;蒋秀芳看见她底憔悴的嘴唇在颤动,但未听见声音。

蒋秀芳注视着轮船远去。囤船在波涛上摇荡。蒋秀芳打开了陆积玉塞给她的信,看见了一张很小的照片。

在这张照片上,陆积玉笑着,但脸色很憔悴;微张的嘴唇显得更憔悴。

蒋秀芳走出囤船,读着信。

“我不知道人生,我现在一点都不记挂家里,我不知道我会不会回来。我想到很远的,没有人的地方去,因为一切都是丑恶的,但是我有点怕。你能够逃那么远的路出来做工,难道我不能么?我们女子不能爱什么人,我现在不再做梦。我的梦早就破灭了,我担心有那一天……总之,我们将来是不知道的,但是我底心已经冷了！希望你来信给我，常常去看看我祖母……积玉在深夜里的灯下写。"

"又，我们不知道什么时候会见面，想起来真是伤心！"

蒋秀芳站下来，回头看江面。蒋秀芳流泪。

"还不是和你一样，我底心早就冷了！"她说。她听到波涛底拍击声和江上的风声，她心里觉得荒凉：她觉得，失去了朋友，她在人间已完全孤独了。

在广漠的人间，年轻的女子们觉得孤独，心里觉得荒凉。她们底纯朴的心，她们觉得已经冰冷了。她们底这种不属于社会理论和道德，伦理底范围的可爱的虚无主义，是被上一代的人们底痛苦和不幸，以及这一代的人们底动乱和破灭教育起来的；因为，人们生存底目的，是保卫自己，并求得生活。

第十一章

一

蒋纯祖到乡下，到这个石桥场来已经一年。这里离重庆两百里，离王定和底纱厂所在的地方七十里，是有名的产米区，就是说，是大地主们底王国。石桥场肮脏、狭窄、丑陋、连它底周围差不多有一两千个家庭，有些已经破落，大半是贫穷得无以为生。在这片秀美的、富饶的土地上，有无数的那种叫做人家的阴湿的地窖和穴洞，经常地发生着殴斗、奸淫、赌博、壮丁买卖、凶杀、逃亡……唱着哥老会底江湖的悲歌。在这些地窖和洞穴中间，矗立着大小地主们底被树丛围绕着的古旧的碉楼和庄院。

在这里，有过激烈的斗争；现在开始了另一个斗争。从往昔的时代留下来的人物，以教书为生，在这片土地上悄悄地生活着；好像是很偶然地，他们和新来的青年们遇在一起了。蒋纯祖最初在小学里教书，后来，因为地主们撤台，董事会不再存在，就成了这个小学底校长了。实际地支持着这个小学的，是张春田，从往昔遗留下来的人物之一。张春田八年前从上海跑回成都，六年前又从成都跑回石桥场：他卖掉了一部份田地，创立了这个小学。但他自己并不教书，并且不担负任何名誉。他底岳母抽鸦片，妻子迷恋赌钱，他底家庭很糟。他是人们常常在乡场里遇到的那种愤世嫉俗的人，他甚至是有点玩世不恭的人，假如人们不知道他底历史和他底忧郁的希望的话。他整天地坐茶馆；从他底这个堡垒里，他以最恶毒的方式轰击他底故乡。

蒋纯祖最初认为他是故意如此，后来明了，这一切就是他底生活。蒋纯祖最初认为他是根据着什么一种理论的，因为孙松鹤曾经说过，他是无政府主义者，但后来知道，他是决不信奉什么理论的。他极端地仇视理论。

另一个往昔的时代留下来的人物，王静贤，大家叫他为王老先生，经常地读着古书，他底眼睛快要瞎了。这位老先生不再懂得现代，但希望得极鲜明，他无比地崇奉着青年。他底友情最初使蒋纯祖异常的惊喜——中间经过了一些忧郁的色调——到了最后，就成为他，蒋纯祖底最严肃、最深刻的回忆了。这种友情，在蒋纯祖，是以他底那种好胜心和宗教般的狂热开始的，因为孙松鹤使他知道了这位老先生底历史。王静贤最初和他说故事。在第一次的谈话里，老人便一见如故，对蒋纯祖表露了他底对现代的渴望。蒋纯祖送了他两本新的杂志，期待着效果。第二天他把杂志带来了，要蒋纯祖讲给他听。蒋纯祖，在热情中，整整地讲了一个上午，最后依然要他亲自看一看。但由于不懂、不习惯，他永远没有看。以后总是如此。老人极其谦虚地要求蒋纯祖和孙松鹤讲解那些哲学的、社会的、政治的问题。老人不知道现代的人物，他无限地崇拜着他底那个时代的那些人物；另一方面，张春田则什么也不崇拜。老人有时怯懦而怕事，这在最后表现了出来。他是那样的单纯，容易受伤；往昔的残酷的创伤，差不多整个地把他摧毁了。

蒋纯祖来到孙松鹤这里，最初注意到的，是张春田底往昔的学生赵天知——从这个名字，蒋纯祖体会到一种嘲笑和刁顽。赵天知底全部的经历，的确是充满了对这个社会的那种嘲笑的、刁顽的——猛烈的性质。他是穷苦的农家的儿子，是一个瘦小的青年，他底经历是可惊的。他在蒋纯祖来到前的一个月才从远方跑回来。他结过两次婚，两次都非常的奇特，他并且多次地从敌人底刺刀下逃生：仅仅是这个，已经使蒋纯祖非常的希奇了。他是猛烈的、狡猾的、放纵的人。孙松鹤批评他胡涂，在这个圈子里，只有孙松鹤如此严厉地对待他，差不多大家都喜爱他，那些女同事们对他特别的好，因为他忠实、乐天、驯良。那些女同事们都敬畏孙松鹤和蒋纯祖，她们觉得，前者是冰冷的、高超的人，后者是骄傲凌厉的、高超的人：她们底感觉在一切时候总近于真实。

那种理想主义式的高超的个性，那种负荷着整个的时代的英雄的性质，那种特殊的忧郁病，对于平凡的生活，造成了冰冷的感觉。赵天知在这两者中间作着调和。他尊敬孙松鹤和蒋纯祖，但他爱另外的人们。

乡场上的生活，头绪是非常复杂的。整个的是非常的忧郁的。蒋纯祖底那种英雄式的梦想，很难适应这一切。在他底周围；有朴素的，优秀的乡下女儿，他看得出她们底好处，但不需要这种好处；有庸俗的乡场贵族的男女，他简直不知道他们怎么配是他，蒋纯祖底敌人；有昏天黑地的地主，他无法在他们身边坐五分钟；有一切怪诞的人，一切不幸的生活，他不知道怎样才能忍受。但都市生活底豪华的门已经对他紧闭，因为无限地蔑视那一切，他就在这个田园里做着悠远的、忧郁的梦了。

他在上海他一个团体里认识了孙松鹤的。孙松鹤严峻，克己，蒋纯祖认为他是这个时代感情。这是严肃而明确的，但这里面不是没有那种从不自觉的样式开始的冲突的，因为他，蒋纯祖，觉得应该有更高，更强烈的东西。在这里他辩护了自己底弱点。面对着全世界，他养成了一种英勇的，无畏的性格。他觉得假如他坏，别人就不会更好；他很有那种渗透到别人底深处去的能力。但即使在这样想的时候，他心里的某些圣地，他底一些神圣的导师们，那些偶像，是没有被动摇的，它们只有更光辉。他底这种个性很使孙松鹤惊动。但他们很能互相理解，特别因为他们都坦白而诚实——在最大的限度上讲，他们底友情，是像赵天知和他底先生张春田底友情一样的动人——在最大的限度上讲。

孙松鹤，在别的事情惨痛地失败了以后，从他底父亲那里得到了一些钱，到这个乡下来，企图干一点实际的事业。他只是想经验一下这种生活，并赚一点钱，以便将来扶助流亡的、贫病的朋友。蒋纯祖是根本不能做生意的，他却能做一点点——然而只是一点点。在他，因为读书、思索，还是最重要的，所以赚钱的事，不得不是勉强的、次要的了。他雇了一个工人，事务上面他请赵天知料理。在这个乡间，面粉底销能是颇好的，但因此面粉厂就很多。到了一家资本雄厚的面粉厂在水力最大的地点开设起来的时候，孙松鹤便完全失败了。到了最后，大家底处境非常恶劣，赵天知闹出无数的事情来，一切便不得不抛弃了。而在孙松鹤本人，这就成了他底理想底最大的挫败：人们往往是到了事后才明白现在的一切底意义的。

石桥场底生活，到了后来，才被看出一种内在的气魄和壮烈的样式来，在当时，人们是非常的苦恼。没有一件事情是被良好地应付下来的；有很多斗争，是胜利了，然而是悲惨的。一切是无次序，无计划的，因为大家底性格和见解是那样的不同。但大家，在这样的时代，是结合得那样紧。

一切都牵联到另一面，即他们底乡场仇敌底那一面。首先这批人是张春田和赵天知底宿命的仇敌，后来便成了这个自然地形成的集团底可怕的仇敌了。石桥场算是繁华的，逐渐地被上级的党政机关注意了起来；那些仇敌们，那些乡场的公子哥儿们，便和上级机关结合了起来。这首先是因为税收，兵役等等的关系。这些公子哥儿们，多半曾经在城里鬼混过一些时候，回来的时候，就穿着西装，他们自己称为洋服；带着一种豪气在街上昂着头行走：这种情形，是小地方所特有的。在偏僻的乡场里，这种庸俗的，人面兽身的样子，是特别刺眼的；蒋纯祖第一眼看见他们，便确信他们是这个地面上的最脏的东西和最卑鄙的物类了。他们底服装底样式和质料总是最好的，但无论如何你总觉得不相称——异常的丑恶。尤其是那些带着高跟鞋和口红回来的地主的女儿们。在大城市里面的这种卖淫，大家是不大觉得的，在乡下，一切就两样了。连同着一个扭着屁股走路的小旦（这是一个高大的汉子）一起，蒋纯祖们称他们为石桥场底文化。

这些乡场的新兴贵族们，办了中心小学，另外办了石灰窑，小的煤矿，和面粉厂。斗争就是从这里开始的。张春田占领了一个茶馆,他们占领了另一个。张春田攻击中心小学底校长何寄梅是某个地主的儿子:攻击石灰窑主人周国梁在城里偷东西;张春田连祖宗八代都骂到,显然骂人很使他快乐。

两个学校中间有房产底纠纷。张春田底学校和临近的石灰窑有地皮的纠纷。一九三九年夏秋,中心小学底校长何寄梅得到了乡公所主任底位置,张春田底小学底董事会被颠覆,仇恨就入骨了。同时发生了另外很多事情。最痛苦的是贫穷。张春田底田地卖光了。

蒋纯祖到姐姐的地方借钱的时候,正是争斗最凶,大家最窘迫的时候。蒋纯祖底健康损坏了。但不管他怎样痛苦,他仍然突然地有乐观的、辛辣的、嘲笑的心情。这就是他底性格底最动人的地方。会到妹妹和陆积玉,他觉得很感动。

他,蒋纯祖,久已觉得他丧失了一切了,但突然地他觉得他得到了一切;虽然时间很短促,他有快乐的、辛辣的、嘲笑的心情。他觉得,经历生活,看见、并感觉各样的生活,是有益的,这就是人生底目的。他记得,去年,从城里出发到石桥场来的时候,他是抱着如何悲凉的心情。

想起那一切,想起那个高韵,他都要战栗。有一些时候他觉得那一切是完全的丑恶,另一些时候他又觉得它们是完全的光明,美好,因为人类是要生活下去的,时间使一切消隐、突出、晦暗、或显出光辉。他怀念高韵,有着渴慕的、凄伤的、温柔的心情;但他又冷酷地批评,并咀咒她。他确信她必定要灭亡,他等待着她底灭亡。在最初的半年,他确实只是为这而生活的。激厉人们的,往往不是什么抽象的、理论的、理智的东西,而是这个人间底各种实际的热情。

他记得他怎样来到石桥场:那是一个晴朗的、美丽的秋天早晨。前一夜他是焦燥地在十里外的一个小镇上度过的,住在一家"鸡鸣早看天"里面。从城市里面逃亡出来,他觉得这脏臭的"鸡鸣早看天"是最高贵的。这种心情是很容易理解的。第二天黎明他出发了,阳光、田野,一切都使他兴奋。他把他底目的地理想化了。当他看到了腾着灰蓝色的烟气的、房屋稠密的、在坡地里微微倾斜着的石桥场的时候,是多么兴奋。接着有美丽的、异常动人的景象。当他和他底担行李的伕子走下斜坡来的时候,他所突然看到的那种景象,他永远不能忘记。

最初他耽心不能遇到孙松鹤。他迅速地走过秋日的稀疏的林木,看到了耕牛、家禽、草堆粪池、和一个站在草堆边给婴儿哺奶的女人——太阳在秋日的发香的林木中照耀着,他不可遏止地有喜悦的情绪。他迅速地走下山坡,听见了水流声,看见了在阳光中飞溅着的巨大的瀑布。瀑布投奔下去,在石桥场底左端形成了澄碧的河流。水波在阳光中发闪,两岸有林木。左边有美丽的浅谷和突然形成的断岩。他很喜悦,但不大注意,因为耽心这喜悦会落空。但在走到有名的,古老的石桥底边缘上的时候,他听见了儿童们底嘹亮的、整齐的歌声。唱的是义勇军进行曲,这是特别地美。他站下看见一只小船从潮湿而阴暗的断岩那边,从深里的林木中划了出来,接着又是一只。重要的是阳光照耀着,重要的是儿童们底嘹亮的欢乐的歌声。他从未想到他会在这里遇着这个,这是意外的幸福。他听惯了另一种歌声,这里是完全相反的一种,他觉得他正在找寻的。特别是,他意识到,除了他底沦落的、昏热的生活以外,这里是一种完全清新,充满了希望的生活:一切人都比他,蒋纯祖生活得好,同时他有希望照样生活得好。

他飞快地沿着河边跑过去了。他站了下来,小船划近来,歌声继续着。他看见都是一些衣裳破烂的孩子,他异常的感动。他看见两个朴素的年青女子坐在第一只船底船头上,用手捞水,唱着歌。于是突然地他发现了孙松鹤,他叫了起来。

他们分别了两年,中间经过这么大的变动,现在又见面了。这是为一切动乱的、壮烈的时代所特有的伤痛和欢喜。孙松鹤非常快乐,在快乐中单纯得像小孩。孙松鹤跳到岸上来,小孩注视着他们,歌声停止了。

在上海的时候，蒋纯祖还是刚刚开始走上他底道路：现在他带着成绩和朋友重新见面了；在短促的寂静中蒋纯祖感到这个，这是这个时代所特有的荣耀。他永远不能忘记他此刻的心情。

上岸的时候，孙松鹤替他底朋友们和蒋纯祖作了介绍。最初的印象是偶然的、特殊的、然而固执的，但有一点是明确的，就是，蒋纯祖立刻感到，这些人们是美好的，但和他自己距离得很远。大家顺着肮脏而狭窄的坡路爬上石桥场。是冷场的日子。女教师们领学生离去，孙松鹤和瘦小的赵天知并排走着，兴奋地向蒋纯祖讲述他们底情形。但他底话无论如何不能改变蒋纯祖底在河边所得的最初的印象：蒋纯祖觉得他是意外地来到光明的、宽阔的地方了。他们走过倾斜的街道，然后从另一边出镇，从小路走到孙松鹤底面粉厂去。蒋纯祖听见了水流声，看见了大片的秋季的荒凉的田野，觉得幸福。

懒散的、粗糙的、衣裳破污的张春田走出面粉厂来，在孙松鹤介绍的时候，冷淡地向蒋纯祖点头。然后他活泼地笑着——带着一种夸张的神气——向孙松鹤说，他已经和某某谈过了。对于他底突然的活泼，蒋纯祖感到希奇。由于某种缘故，蒋纯祖对于孙松鹤底生活感到不满。

显然是由于他已经感觉到了孙松鹤周围的人们和他，以及和他底理想的距离，他觉得，孙松鹤在这些人们里面生活；他不能满意。在这种自私的苛求里，显然是有着妒嫉的。他们一同到那个叫做一线天的茶馆里去喝日茶。蒋纯祖希望和孙松鹤单独谈话，但张春田用他底出色的吹牛、咒骂、谐谑占去了全部的时间。

蒋纯祖注意到，张春田在说话的时候异常的活泼。在吹牛的时候他捶桌子和向对方耳语；他不停地向孙松鹤耳语。在咒骂的时候他异常急剧地盼顾，显然希望使别人听到。他有谐谑的、快乐的、可笑的表情；他底小眼睛是仁慈的。特别在注视赵天知的时候，他底眼睛是欢喜的、仁慈的。

他向蒋纯祖笑了多次，但未说话。邻座是一大群农人，另外的一桌是一个商人——其中有一个异常的肥胖。其余的桌子空着。张春田和赵天知离开了一下。在他们离开的时候,蒋纯祖向孙松鹤,问到他们。显然是由于蒋纯祖底异常的态度,孙松鹤下颔打颤,注视蒋纯祖很久。

“都是很好的人!”孙松鹤有些严厉地说,沉默了。

这时那些乡场人物——那些声势汹涌的公子哥儿们走了进来,孙松鹤脸上有凶恶的表情。这些公子哥儿们显然是在找人。张春田走进来,从他们中间挤过来。赵天知走进来,向这些家伙看了一眼——蒋纯祖注意到,他底眼光有些可怕——立刻便坐到邻座的乡民们中间去了。他和乡民们谈话,不停地用他底那种眼光看这些公子哥儿们。

“好久不见了呀,何寄梅!”张春田大声喊,看着他们,未坐下。

“早上还见到!”何寄梅淡漠地说,这是一个瘦长的没有下巴的人,穿着新的西装。

张春田异常得意地笑了起来。

“过来,我有话说!”他招手,坐下来。何寄梅走近,他站了起来。

“大家都是自己人:你近来还卖屁股吧?啊!”

“放你妈底屁!”

张春田活泼地笑,用一个奇特的逻辑敏捷地回答了他。

“你底那张嘴,你底那张嘴!”何寄梅大叫,迅速地向外走去。

孙松鹤严厉地皱眉了。张春田用力看着他,然后笑了。

“要整他们!整他们!天知,过来!”

赵天知过来,欢欣地笑着。

“要整他们,啊!”张春田重复地说,仁慈地看着赵天知。显然他希望别人赞同;他找来了这个赞同者。人们常常看到,年老的、孤独而失望的人们热切地希望别人赞同;他们明白他们底意见对别人是没有意义的,但他们迫切地希望赞同。张春田并未年老,但人们很容易看出来生活是怎样的摧毁了他底雄心、热情、和精力。特别在面对着年青的、严刻的孙松鹤的时候，青春不能复活，他就嘲笑青春，而在他底内心深处，是有着爱慕、忧伤、失望——特别在这种时候，他迫切地希望别人底赞同。孙松鹤不能赞同他底这些毫无意义的骂人的杰作，于是他就找来了赵天知。他底那种激动的、严肃的、希望的声调感动了蒋纯祖，蒋纯祖笑了。

"你不晓得这批混蛋，要整！要整！"张春田向蒋纯祖说。

王静贤，听说孙松鹤来了朋友，找到茶馆里来了。他驼背、矮小，咬着长的烟杆；进门便笑着鞠躬。孙松鹤告诉他说，蒋纯祖是来教书的，他仔细地听着，含着不变的笑容，同时咬着烟杆。

"荣幸；荣幸！我就叫他们预备房子！——以后要多多的请教！乡下，生活太寂寞！"老人谦恭地说。

蒋纯祖有些局促，但觉得快乐。在这个天地里，他是遇到这些善良的人们，受到这种欢迎了。最初的印象，对于他，好像是一个天启，他激动地告诉自己说，这个寂寞的乡间，将是他底生活、工作、死亡的场所。……

孙松鹤告诉他说，在这两年内，他一直没有停过脚；他是因为他底生活里面的某一个空前的失败才到这个乡下来的。蒋纯祖问他这个失败是什么，他不肯说；显然这是最大的隐秘和最大的痛苦。蒋纯祖晚上才知道，这个"空前的失败"，是指政治活动底挫折而言。在此刻，血痕还是新鲜的，孙松鹤是处在大的痛苦中，违背他底坚强的理智，他觉得一切都是空虚的，经历着对死亡的恐怖。晚上，喝了酒以后，坐在灯光昏暗的面粉厂里，听着水声，孙松鹤告诉蒋纯祖说，他"失恋"了，想到了生与死的问题。

蒋纯祖明白这个失恋并不是一般的失恋，他思索着。他发现了孙松鹤对他的态度底变化。在上海的时候，孙松鹤严肃底启导他，对他相当的冷淡，从未向他提过感情的问题。他认为这是由于生活境遇底变化，和他，蒋纯祖底变化，因为他，蒋纯祖，和在上海的时候完全相反，已经在精神上站在比朋友优越的地位上了——他觉得是如此。

对于孙松鹤,这是很简单的:他现在孤独了,需要一个朋友,他极其激动地欢迎了蒋纯祖,他们原来是用另外的眼光相看的,他们原来是并不顶熟悉的。但那种叫做理想的东西,和他们各人心里的痛苦的创伤,把他们联结在一起了。在河畔的那最初的一瞥里,他们便感到这个了。

然而孙松鹤是严谨的人,他从来没有向别人提过他底过去的工作;现在也只简略地提了一点点。蒋纯祖完全明白了,有些惊动,看着他。孙松鹤说,他近来想到了生与死的问题。他说,死去的人,是不能复活的了。于是他们沉默。

“对不对?”孙松鹤问,在严重的心情里,没有意识到这个问题是不能回答的。但蒋纯祖竟然回答了,由于他底雄心,他回答说:死去的人,是能够复活的。

“你带了书来没有?”

“带了不多。”

“听说你弄音乐。你怎样?”

“很难说清楚……”蒋纯祖说,笑了一笑。

“自然,你在任何时候都能抓住一点什么……不会感到这种……空虚。”孙松鹤笑,他底下颔打颤。

“不然。我现在还不能证实,我是不是已经完全毁灭,……我告诉你罢,我弄得一塌胡涂,为了一个女人,接到你底信,我逃到乡下来的!”蒋纯祖说,激动起来了。

这种谈话,它所使用的和日常的生活相冲突的深刻的字眼,以及它所带来的矜持的情绪,造成了一种痛苦的、羞耻的感觉,使蒋纯祖脸红。当他说:“我现在还不能证实我是不是已经完全毁灭”这句话的时候,他意识到他是虚伪的。他觉得这是对严肃的人生的一种离奇的侮辱。当他激动起来的时候,他获得了解脱,谈话活泼了。

“我想证实我是不是已经毁灭了,这是很简单的!”他热情地说,伏在桌上,看着朋友。“我是单独一个人从上海逃到南京,又从南京沿江北逃出来的，在路上我有可怕的经历！到南京的时候，正是失陷前两天的样子，我找不到一个人，我想我应该冷酷，那也可以说是生与死的问题！”他热情地笑，于是他详细地向孙松鹤叙述。在这种时候，他底表现的能力是非常的强的。他讲到武汉，讲到音乐，讲到恋爱的心情，讲到道学的思想——讲到黄杏清和傅钟芬。随后他讲到高韵，王颖，张正华：他比较这一切人。“我做着这个梦一直到重庆，我不再承认一切传统和一切道德，我需要自由，我觉得我是对的。于是我忘记了从南京逃出来，在旷野里所遭遇，所抱负的一切——我心里首先是有一个最冷最冷的东西，随后就有一个热得可怕的东西，在冷的时候我简单地看到生与死，我觉得自己有力量，在热的时候我溶解了，于是我感到，在我底身上是有着怎样沉重的锁链，渐渐地我变成孤独的了，最可怕的是，所谓自由，便是追求虚荣和享乐，我开始了。我从我底姐姐们骗到一些钱……是的，我突然觉得我讲自己像讲着别人，这是可笑的！”他说，笑了两声，凝视灯火，沉默了。他听见了窗外的深沉的水流声。

“你说吧！”孙松鹤说，抽着烟。

“这里多么静，多静啊！”蒋纯祖说，抓起一只烟来；“当人们不再相信一切传统的时候，人们便得当心自己；最可笑的，是对革命，对自己的轻信；还有可笑的，是我们都从书本里得到一切：自由是书本式的自由，恋爱是书本式的恋爱，道德又是书本式的道德——几乎我底一切动机，都是从书本里找到根据的，高尔基底那篇小说你看过吧，那是说，一个姑娘引他到草原里去，实际的一面是很简单了。他却要照骑士文学的方式去做，那个姑娘假装晕倒了——大概是这样，他却拿帽子去弄水，企图先救醒她，然后再说：我爱你——他弄水回来的时候那个姑娘却坐在那里看着他，不再理他了；多少年以后，那个姑娘成了母亲，他们在一只轮船上遇到。于是，他们互相感谢……这是一种，我底又是一种，题目也可以和这篇小说一样，叫做幸福……我有钱，我便开始了，但又不是资产阶级式的——你知道戏剧界底情形吧？”

他笑着问，以便休息一下。

“不知道。”

“那里面一大半是投机家，一大半是掮客！”于是他猛烈地攻击戏剧界，“我一看到那些革命，那些艺术，那些文化的时候，我简直要发抖……当然，自己底弱点是完全暴露了！但我底生存是和他们全然不相干的！我不在他们里面生，也决不在他们里面死，正如我不在粪缸里面生，也决不在粪缸里面死！对于人生的不同的见解，一个追求虚荣的女人，放荡而黑暗的生活，这一切使我永远不能解脱了！你有过恋爱的经验吧？”他问，企图使朋友说一点话。

“没有。”

蒋纯祖激动地、羞怯地笑了一笑。

“那是一种多么痛苦，多么昏乱的生活啊！这里……是这样的静！”

“怎样呢？”孙松鹤忧郁地问。显然的，蒋纯祖底这种强烈的性格，震撼了他，他希望得到一个结论。

“我说得太多了……你，怎样的问题？”

“没有什么，”孙松鹤几乎是冷淡地说。他很久地沉默着，抽着烟。他想，蒋纯祖，能够表现出这一切震动和诱惑来，必不会理解他底孤独和空虚。他看出来，蒋纯祖底热情在这里是特别华丽的，而对于他，最痛苦的，是单调地重复着的、冷淡的、空漠的那个生与死的问题。他问自己，假如他已失去了一切——由于自己底或别人底错误，这都一样——假如一切已成为命运底某种不幸的谬误，假如时代遗弃了他，他也不再感觉到时代的话，主要的，假如他已被断定是毫无价值的的话，他是否还值得生存：他必需这样问自己，因为他每一分钟都感觉到这些。人生底另外的一些方面，是他决不去想到的；多年的那种为一个目的而生存的生活，把他训练得如此的严肃，单纯。现在，那个目的失去了，所以是“生”与“死”——一切是简单的，然而可怕。

似乎是，假如是他来到石桥场底河边，看到蒋纯祖在上午所看到的那一切的话，他是不会得到蒋纯祖所得到的那种光明的、兴奋的、多乐的印象的。他会觉得孤独，他会觉得：他底青春已经为那个目的而失去了，现在那个目的也失去了，所以他再不能得到那欢喜的、愉快的、青春的一切了。在这些日子里，有时他正面地临对着那种空虚，他冷漠地想到，他底生命——这吃着饭、走着路、谈着话的，是他底生命——会突然地消失，于是一切存在，他，孙松鹤不再存在。这种单纯的感觉底重复，唤起了恐惧的印象，于是有一张脸孔在他底眼前浮显了出来。这是一个被绑赴刑场的囚犯底面孔，他不十分知道这是他过去曾经看见过的，或是从他底幻想产生出来的，然而一切都十分明确：这个囚徒看来是昏厥了，在他底前面吹着尖利的喇叭，在他底后面拥着无数的看客——他底同胞们。他是被两个兵士架着，他呆钝地看着灰沉的天空，他底腿飘摇着。但在走出城门的时候他叫起来了，因为他底鞋子掉了。他请求慢一点，以便让他穿好鞋子。他显然有些慌乱，不理解，但显然他感觉到鞋子：鞋子，应该穿在脚上，这是从生下来便如此的。这一点对于孙松鹤是特别重要的。兵士吼叫起来，说，马上就完了，还穿鞋子？这一点对于孙松鹤也是特别重要的。在吃饭的时候，在失眠的夜里，或是在看书的时候，总是最初有恐惧的，警告的情绪，然后这张死白的面孔出现，它说了：鞋子，鞋子！

在另一些时候，孙松鹤对他底失落了的青春感到伤痛。他记得白朗宁底一些诗歌。过去的某些时候，用白朗宁底诗歌底讲法是，假如他，孙松鹤抛过花束去，对方必定会报以微笑的；假如他伸出手去，在月光下面，是要开放美丽的花朵的。他记得，五年前他离开某一个城市的时候，那个纯洁的、年轻的、充满诗意的少女再不能矜持了，在他底行李已经打好的时候跑到他底房里来，眼里有泪水，以颤抖的声音问他能不能够不走。他记得他说要走。木船在深夜里离开了城市，在美丽的河上悄悄地向下飘流，他，孙松鹤，在船头上看星光，……他只能又一次用他底责任和使命来安慰他自己。

现在他常常想起这些。他觉得，在这个时代里，荣誉、声名等等是很容易落到一个稍微有一点点才能的青年底头上去的，他底有些朋友就是这样地迅速地爬上了显赫的位置，在他底最近的不幸里，对待他最冷酷的，也就是他们。荣誉好多次落到他底头上来，但是他，对待自己是这样的严肃，从它走开了。

现在，能够安慰他的是，他为它而尽忠的那一切，这个民族所要求的那一切，是仍然存在着，并且要存在着，直到永远。最大的苦恼是，他觉得这一切已经遗弃他了；假如一切是抽象的，那么他永不会被遗弃，但一切是通过人的生活而实现的：他底显赫的朋友们对待他如此的冷酷。这种遭遇可能使人自杀，这种遭遇使那些热情的利己主义者走向另外的道路；孙松鹤曾经想到自杀，现在还经验着死亡的恐怖。显然的，蒋纯祖底来临，是一个拯救。

孙松鹤明白地，冷静地告诉蒋纯祖说，他常常想到那个囚徒；他夜里不能睡眠，屋外的怒吼般的水声使他恐惧；他不满意张春田和赵天知，他是孤独的。

孙松鹤激动起来，告诉蒋纯祖说，几年前，他离开了一个纯洁的女子，在那个夜里，沿美丽的河流而下，他在船头上看星光。

这个简单的故事迷惑了蒋纯祖，他觉得这是那样的美，那个女子是那样的美，正是他所渴望的。他有些妒嫉，并且有些扰乱，他兴奋地笑着，急切地希望说下去。

“蒋少祖现在怎样?”孙松鹤问。

“我已经想过了。”蒋纯祖说，但兴奋地笑着，继续想着孙松鹤底那个美丽的故事；他不能理解，心里有着这个美丽的记忆，孙松鹤何以还会想到生与死。“在最近的激烈的心情里，尤其是面对着一切实际的问题，我有些同情他。”他说到蒋少祖，严肃地说。“你觉得怎样?”他问。

孙松鹤在动摇的地板上急剧地徘徊着，使整个的房间震动。

“几十年来，不知多少人如此!”他严厉地说，显然他对蒋纯祖不满——虽然说不出什么。

"是的,但是更可恶的,是投机!"

"投机不成,就出卖!"孙松鹤同样严厉地说。孙松鹤猛烈而严厉,好像火焰。

蒋纯祖沉默了,他觉得孙松鹤底这种严厉,是对于他,蒋纯祖的一种警告。蒋纯祖第一次遇到这种锋芒,它一直刺到他底心里,使他战栗。

孙松鹤推开了窗户。水流声更大,冷风吹进来,使灯火摇闪。蒋纯祖敬畏地看着他。

二

渐渐地蒋纯祖对石桥场底一切完全熟悉了。

人们常常计划他们底生活,在这些计划最初形成的时候,人们觉得自己有力量,生活是美丽的。但这些计划很少能被逐步地完成。人们只是为了实现,他们底渴望;在实际的过程里时常有变动、怀疑、放弃,因为生活是艰苦的。在这些变动、怀疑、和放弃里,有些人就追到最根本的问题上面去了。有时候放弃了一切真实,追到虚伪的问题上面去了,好像是,只有虚伪的问题,是最严重,最深刻的。于是,到了最后,门打开,人们临对着虚无。

蒋纯祖底第一个计划是读书,读社会学的、哲学的、艺术的、古典的东西。随即他有创作的渴望,他又开始作曲。他底进步很快。直到现在为止,他是崇拜欧洲底艺术的,即崇拜人们称为古典作品的那些东西的。他对他底祖国的东西,无论新的或是旧的,都整个地轻视。这种轻视,一半是由于他不懂,不关心,一半是由于那些东西的确定是非常的令人难堪。他在这种心情里走得很远了,某一天,他忽然想到,他已经受了欺骗,因为他新生活的地方,不是抽象的,诗意的希腊和罗马,而是中国。

这个思想带来了一种严重的情绪。他想,对于诗意的,辉煌的生活,他已经懂得:它们只是在历史的光辉里才成为诗意的,辉煌的。他想,人们只能把现世的存在当做永恒的存在,用不着去寻找往昔的幽灵。蒋纯祖问自己：为什么，在失望的时候，他要到往昔去寻找幽灵？是不是在现在，在此刻，没有一种力量可以拯救他？

“我底目的是什么？”

他回答说，他底目的是为那个总的目的而尽可能的工作，并且工作得好；是消灭一切丑恶和黑暗，为这个世界争取爱情、自由、光明。一切能够帮助这个目的底实现的，一切能够加强他底力量的，他要，否则就不应该要。他不应该像过去几个月所做的那样，为了个人底雄心，而回到内心去；他应该走出来，并且冲过去。

最初几个月，他渴望带着他底成就光荣地回到城里去，击碎他的一切仇敌。这是最大的引诱，他为这而生活。但现在，由于频繁的怀疑，由于生活底痛苦，由于那些令人战栗的认识，他对这个秘密的雄心已经冷淡了。在那种猛烈的努力之后，他突然感觉到厌倦了，最初，对照着那个尚未死灭的雄心，这种厌倦是带着诗意的感伤的；后来，这种厌倦伴随着纯粹的淡漠，他又恐怖起来，觉得他底生活的热情已经消失了。就在这种不时的发作里，他反省了他底生活和热情。这里不是他所理想的那个热情，这里是个人底实际的热情：为雄心而生活，为失恋而生活，为将来的光荣而生活。但现在他，虽然不觉得这些是可恶的，却对这些冷淡了。孙松鹤说，他是为了在这个世界上做人而生活，蒋纯祖觉得这是真理。但他随即又放弃了，因为他觉得这个说法其实是毫无意义的。

他永远不能征服他底个人的热情。现在他冷淡、厌倦，因为他发现了，他底雄心，仅仅是为了回到城里去做一个光荣的征服，是丑恶的。因为，变做一个绿头苍蝇去嘲笑蛆虫，是丑恶的。

这种个人底热情底消失，就等于生活底热情底消失。怀疑是良好的，但常常是有毒的。目前他仍然渴望做事，但不再能肯定自己底目的。在怀疑底狂风暴雨里，有一些夜晚极可怕地度过去了。他想他应该为人民，为未来工作，但在这中间他看不到一点点联系。他想过一种真实的生活，但他不能知道这种生活究竟是什么。他想这是结婚，“但这是荒谬的！”他想。

蒋纯祖只感觉到个人底热情，他不知道这和大家所说的人民有怎样的联系。他每天遇到石桥场底穷苦的、疲惫的、昏沉的居民，在这些居民里面，每天都有新的事件发生，但总是不幸的那一类，他只是感到伤痛、凄凉，那是，用老太婆底话说，凡是有人心的人都要感觉到的。他竭力思索他们——他底邻人们在怎样地生活，但有时他和他们一样的穷苦，疲惫、昏沉，他不能再感觉到什么。

但就是因为这个，他冷淡了光荣和雄心。有一天他偷摘田地里的包谷，被发觉到了，那个年老的乡民向他说，耕种田地，是不容易的。他走开了，整天痛苦得战栗。他想，为什么他从来没有感觉到耕种田地底艰难？为什么他从来没有感觉到被侵害的农民们底痛苦？他想，他是属于先生们底一类，他是可以撒威风的；在儿童的时候，一件偷窃的行为可以算不了什么，但现在不同了。然而为什么，大家都不感觉到自己每天在进行着的劫掠和偷窃？

他想他幸而没有再回到城里去，那里是，所有的先生们聚在一起，分享光荣。

当他成了石桥小学底校长的时候，他便决心整顿全局，把一切工作都进行得澈底。这以前他是完全不过问事务的，他只知道学校很贫穷。他最初对张春田很不满，因为张春田在每次对学生讲话的时候，都向学生要钱，而此外就绝不向学生说什么。先前的校长是一个不相干的地主，随后是王静贤。王静贤无论如何要把这个位置让给蒋纯祖，蒋纯祖相信自己底能力，并未怎样冷静地考虑，就答应了。石桥小学底校长，到了他底手里便成为一个实际的，重要的存在了。同时也就了解了张春田底苦衷。他开始明白，在学生中间有一大半是家里颇为富有的，虽然他们穿得那样穷酸；然而他们不肯缴钱。因为各方面的破坏，他们底家长都怀着观望的态度：假如中心小学也可以不缴钱的话，他们早就把儿女们送去了。另一些学生，是穷苦的，因为无形中可以免费读书，他们就对这个学校抱着天真的，忠诚的感激；他们底家长也如此。

张春田底田地已经卖得差不多了。在春季的一次危机里，他底一个山头，连同着那上面的树木，以最贱的价钱出卖了。整整一个学期，教员们每个人只能得到一百块钱，然而大家无话可说。唯一的一个校工，一个很有风趣的青年人，他除了吃饭以外什么报酬也得不到，然而他说，他要跟着张先生，一直到死。

蒋纯祖现在明白了这个学校底各方面，他明白事情是很辣手的。然而在周围的这些友爱的，动人的表现里，他相信自己，和张春田一起，一定不会失败。他底第一个措施是逼出那些富有的学生们底学费来。在这一件事上显然他比张春田高明些，就是说，充满着年青的热力，凶狠些；但这凶狠也带来了某些恶果。他召集了全校的三百个学生，首先问大家对这个学校满意不满意；他说，假如大家认为没有道理，这个学校就从明天起关门。学生们回答说：满意。于是他就开始讲述张春田底家庭状况，和张春田出卖田地的故事。他讲得异常的动人，有些学生哭了。于是他说，真正缴不起学费的学生，当然不提，能够缴得起的，他已经调查了，这里有一张名单，如果一个星期内还不缴来，就开除。他说，这些有钱而不肯缴的，连累大家都不能读书，是石桥小学底罪人，大家应该起来打倒他们。

在这里，对照着张春田底站在台上向学生们要钱的疲惫的、颓唐的样子，是出现了一个年青的、煽动的、辛辣的英雄了。张春田向他说，这样做是会惹出麻烦来的，但他不听。他说，假如这件事办不到，他就辞职。一个星期底期限到了，补缴了学费来的，一共有八十几个人，没有补缴的，有四十几个，于是他毫无犹豫地贴了布告，开除这四十几个。他注意到，这四十几个家庭都是真正有钱的，同时是在乡场上地位特殊的。

第二天，这四十几个仍然来上课，他鼓动学生们把他们赶了出去。于是他们底家长陆续地来到，有些声明他们是这个学校底债权人，有些表示他们和县里有关系，假如不让他们底子弟继续上学，问题就不顶简单。和这些顽固的人们说道理是一件痛苦的事，蒋纯祖最初还客气，后来变得非常冷淡，非常乖戾了。一个年青的绅士气势汹汹地问他，为什么有些人不要缴学费，有些人又要缴，是不是石桥小学拿了什么地方的津贴？他回答说，他有钱，高兴津贴谁就津贴谁。那个绅士拍桌子，于是他们吵起来了。

第二天他发觉学校里的有些东西被偷去了，或者被破坏了。他发现学校门口有用粉笔写的字："打倒蒋王八！"和"石桥小学已垮台，女生出来打花排。"晚上，后院的一个教室被什么人放火烧着了，幸亏发觉得早。这种积极的捣乱和破坏继续了很久，接着是从外面来的，更凶狠的破坏。蒋纯祖，这个辛辣的英雄，第一着就落到狼狈的处境里去了。

但他仍然干下去。现在是轮到他来向整个的石桥场挑战，和整个的石桥场搏斗了。在这里，是有着英雄的自我感激的情绪的；他现在觉得，石桥场，这里的这些不幸的生灵们需要他，他也需要他们。从热情的思索里不能得到的这种联系，这里就得到了。孙松鹤支持他底政策，但不赞成他底这种赤膊上阵式的豪气。张春田同情他，但讥讽他。王静贤开始有些怕他了。赵天知则整个地赞成他，说：痛快！痛快！

赵天知在身上带着一把锋利的刀。他时常把这把刀拿给蒋纯祖看，并告诉蒋纯祖说，敌人如果从上面来，就应从下面去扑击，等等。在这里，这个年青人带着一种良善的，嘲弄的性质，表演了凶险的人生。春季的时候赵天知和女教师吴芝蕙发生了恋爱。他们双方都有着那种乡场式的赤裸的放任。很快地，吴芝蕙怀孕了。于是她离开了学校，回到家里去。她底家庭是颇为富有的，因此是凶恶的，因为，在乡场里面，必需离奇地凶恶，才能获得，并保全一份财产。吴芝蕙是愚笨，无知，贪吃的女人，她是被金瓶梅一类的书教育起来的。她回到家里去以后，赵天知就烦恼起来，开始对这个女人做着严肃的思索了。他决心娶她。

他请万同华参谋这件事，请万同华去替他探望他底爱人。万家姊妹，万同华和万同菁，是这个环境里的优秀的存在。在一切东西里面，只要有一件高贵的，人们便爱这个世界了。万同华冷静、严肃、磊落，万同菁羞怯而简单，她们都是朴素的女子，她们相互间的感情是动人的。她们是张春田底学生；她们底人口繁杂的家庭正在迅速地分裂、改变，一个流氓的哥哥统制着一切，她们底寡妇的母亲受欺，她们这一房是家族中间最穷苦的。在这一切里面，万同华得到了严格的训练，她在年纪极轻的时候便懂得了她底命运底孤苦和人生底艰难。假如没有张春田，她是不能够受到教育的。现在，她底诚实、勤劳、克己，使她在家族里面获得了被尊敬的地位：她底母亲、妹妹、和弟弟，无形中被她保护着了。在这个世界上，她得到了一种自由，她无比地爱护着她底这种自由。妹妹底读书是由于她底力量，以后，妹妹底婚事，也是由于她底力量。

她底那种谦虚，严格，特别是，她底那种冷淡，常常使孙松鹤和蒋纯祖狼狈。由于她底这个世界上的地位，她是有着一种男性的气质的，这造成了她底某种显著的痛苦。她对赵天知是亲切的，她待他如兄弟；对孙松鹤和蒋纯祖，她是谦虚而严格的，她对待他们如师长。对于骄傲的蒋纯祖，这是一种痛苦，这痛苦逐渐强烈：他无时不觉得他对万同华有错，无时不觉得，万同华谦虚和严刻，是他底罪恶的性格底镜子。有一次，大家坐在一起，赵天知在讲猥亵的故事，使大家发出轰笑，万同华走进来了。大家沉默、困窘，但万同华冷静地坐了下来。赵天知带着一种可爱的态度告诉万同华他们在笑什么，万同华毫无表情地听着，好像这是她底义务。赵天知讲完了，她仍然毫无表情：蒋纯祖突然觉得有些可怕。一个女性底绝对的自卫，造成了这种特殊的气质了，蒋纯祖频繁地碰在这上面，他觉得这是一种冰冷的，高超的，不可思议的东西。他在这上面狼狈而苦恼，他觉得，他底伪善，他底热情底假面，都已经拆穿；为了解脱这个，他心里发生了暧昧的爱情：他希望征服。于是万同华底那种气质对他就变得更冰冷，更高超，更不可思议了。

在万同华底一面，情形也如此；万同华觉得蒋纯祖是骄傲而高超的，根本看不起她。从深刻的自卑心发生的深刻的自尊心，这便是一切。王静贤，大家称他为王老夫子或王老先生，最初曾经竭力替万同华和孙松鹤做媒，但孙松鹤拒绝了。最初他说他没有理由可说。后来他向蒋纯祖说，他不可能去爱这样一个过于坚强，过于冷淡的，男性的女子。

万同华对蒋纯祖有温柔的感情，她常常默默地替蒋纯祖做一些蒋纯祖所不能够做的事，比方补衣服。但此外再没有什么表现。防御的时候比进取的时候多；销沉的时候比积极的时候多，她从不表露她底内心的深刻的伤痕；她决不愿让那个不理解她的，骄傲的人看见她底热情。

石桥小学底初级部的教员，都是一些奇奇怪怪的人物。这种人物在石桥乡场上可以找到一大堆。一个男教员从前是做道士，替人家跳鬼的；另一个是乡公所底师爷；第三个，教体育的，专门会模仿女人们底动作创造跳舞。这显然是一种奇异的、令人恶心的天才，他梦想袍哥底光荣，在不能够加入的时候他就冒充，以至于挨了打。一个三十岁左右的，生病的，难看的女教员追求那位忠厚的、有家室的师爷。师爷用公文的格式和她写情书。敬贺者："接奉大函……等因，准此……"师爷在这些等因准此里面描述人生底沉痛。两个女教师里面有同性恋爱，时常喷发妒嫉底火焰。某一次宴会里，喝了一点酒，这个追求师爷的女教师哭了，她说，她不过长得老，她实际上到十八岁还差三个月。她讲到她底身世，她哭得很伤心。虽然事后大家觉得可笑，但在当时，大家都感到痛苦。

另一位女教师就是赵天知底爱人吴芝蕙。春季的某一天，吴芝蕙突然因事回家去了，赵天知睡在她底床上。突然那位会跳舞，想当袍哥的体育教师从窗户跳进来了，他迅速地吹熄了灯，伸手向枕头上摸。赵天知惊叫起来——他故意如此——于是体育教师也大叫，说，捉奸！捉到了！中国底那种古旧的传奇，都在这里发生了。万同华为这件事愤怒得战栗，她坚持地请求张春田把这位体育教师解聘，张春田讽刺地笑着摇头，意思是说，不必大惊小怪——很可能的，这件事使张春田感到愉快，他是善良的，但他一点都不是庄严的。于是万同华去鼓动赵天知了，但赵天知和他底可敬的先生采取了同样的态度：人与人之间的性格的影响，没有比这更鲜明，更强烈的了。于是万同华严厉地责骂了赵天知。……那个体育教员一口咬定说，他是去捉奸的。后来，事情过去了，他向别人说："我以为是一个毛头的，但是一摸，是一个光头，呀！"显然他很快乐。暑假的时候蒋纯祖把他解聘了。后来大家知道，他跑到城里去，在一家戏院里当起收票员来了：收票员和袍哥同样是光荣的，显然他很快乐。

在乡场上，随处都找得到那种滑稽的小人物。他们多少是有点善良的。生活是沉闷的，但特别丰富于笑料。在乡场上，人们是粗野的，蒋纯祖和孙松鹤同样地变得粗野了，一些猥亵的、赤裸的言词和故事使他们有嘲笑的欢乐。渐渐地他们放肆地喜爱起这些言词来，他们从这些言词所得到的嘲笑的欢乐，他们觉得是对于痛苦的生活的一种救济。他们觉得，能够如此粗野，能够如此坦白，是一种愉快。常常是，只要能够粗野地说出来，笼罩在这一切上面的那种伪善的黑雾便会突然地消散了。对于他们有时候人生变得单纯而光明；有时候他们觉得，他们已经愉快地和伪善的文化告别，而粗野地生活在旷野中了。

在乡场上，最出色的，是地主们底宴会。那些地主们，常常是险恶的敌人，但在请客起来的时候，却对他们异常的殷勤。古朴的风习，保留在伪善的，机械的样式中，但仍然使人愉快。食物总是异常的丰美，蒋纯祖们啸聚而饕餮之。这片丰饶的土地，是地主们底王国；能够有机会在这些"宫殿"里面进出，他们觉得愉快。有一个大地主，有八个或者九个姨太太，到六十三岁还生儿子；在好些年前，他曾经组织军队，攻下了附近的三县，宣布国号，册封王侯，做起皇帝来。他大概做了六个月的皇帝，他底宰相和将军现在都还顽健地生活着。但往昔的怪诞的梦，留下了干枯的尸体了："皇帝"肥胖、迟笨、出奇地吝啬，假如有谁要吃他，他就要怒吼起来，和他誓不两立。有一个女地主，她是以贩卖妓女起家的，她底庄院最美丽；现在她退休了，但时常还有妖冶的女人从各处来到她这里；在这种时候她就大张筵席。她孤独、凶恶。她，婊子们底女王，城市底豪华底秘密的指挥者，这个中世纪底魔女，在这片土地上孤独地生活着，和袍界底兄弟们紧密地结合着，间接地支配着兵役和税收，她底权力永不动摇。另一个孤独的女地主，由于某种天启，由于对年青时代的罪恶的忏悔，由于某个灾星底预示，在她底碉楼里布置了一个佛堂，向最高的权力奉献了她底二十岁的女儿了。这个佛堂是神秘的，很少人进去过；这个不幸的女儿病了，为了天堂和地狱，为了永劫的来生，为了某种疯狂的，异教的火焰，她底母亲给她送来了鸦片枪。现在，有人说她快要死了，就是说，为了她底母亲的缘故，快要到天堂里去了；有人却说她底肚子已经因为某种平凡的缘故大起来了。她底那个碉楼是建筑在山岩上的，树丛围绕着，在落日底光辉里显出庄严的黑影，在月光的夜里显得凶恶而美丽。

他还有无数，无数的故事和现实，回忆底惨泪的暗影和现在的生命与自由。这是牧歌的世界，这是异教的世界，这是中国人底世界。这是壮烈的，诗意的，最美，最善的生活，这世界是蒋纯祖所拒绝，又是他所渴望的一切。

现在蒋纯祖带着他底英雄的梦想面对着这一切了。八月上旬的一天，一个叫做李秀珍的十七岁的女学生敲开他底房门，走到他底房里来，在说话之先便流泪。这个女学生聪明、美丽，蒋纯祖觉得自己常常被她迷惑。蒋纯祖知道她只有一个母亲，很穷苦，生活很艰难。

"为什么?"蒋纯祖问。

苍白的万同华走了进来，替李秀珍说了一切：她底母亲已经答应以两千块钱的代价把她底第一夜卖给一位少爷，就是说，这是第一夜，一位少爷，然后有第二夜，第三夜，第二、三位先生或者少爷。

"是吗？"蒋纯祖站了起来，问。

李秀珍哭着点头。于是蒋纯祖看着她，这种目光，万同华觉得可怕。蒋纯祖看穿了李秀珍身上的那件粗糙的蓝布袍子，看见了那第一夜了。

"张先生晓得吗？"他坐下来，以特别柔弱的声音问万同华。

万同华点了头。

"他怎么说？"他问，用同样的声音，显得疲乏。他心里的那种猛烈的火焰使他疲乏了。

万同华说，张春田表示没有能力过问，只能让李秀珍退学。

"你是要退学吗？"蒋纯祖温柔地问，笑着。

"是，是的；"李秀珍说，于是她就跪下来了。

"起来！"蒋纯祖严厉地叫。这时孙松鹤走了进来，站住了。

"万先生，请你领她到你房里去。"蒋纯祖说。她们走出去，蒋纯祖在床上躺了下来。

孙松鹤已经从张春田那里知道了。孙松鹤曾经向蒋纯祖赞美过李秀珍底纯洁和美丽：孙松鹤面颊打抖，在房间里猛烈地徘徊着。

"你有两千块钱吗？"蒋纯祖问。"在两天以内？"他加上说。

"两天以内没有办法。——你呢？"

"我想是这样：我们大家分头去凑。"

孙松鹤提示说，两千块钱是不够的，并且以后的问题很难处置。他们又沉默。

在这里，特别在热情而年青的人们里面，常常有自我底绝对的扩张。这个绝对的自我，以承担人间底一切不幸为使命，庄严而美丽——他们自己感觉到这个——站起来向全世界挑战。在这种精神状态里，有着一种朴素的，天真的愚昧，同时有着一种华丽的矫饰。骑士和侠客以一种虔诚的，礼仪的风度，以一种优美的，对最高的权力负责的形式安排了这个绝对的自我，就是说,以对于光荣的传统的服从安排了这种绝对的自我;但在这里,一切从内心爆发,不对任何传统负责,并且不受任何传统底控制。或者这里是表现了这个时代底虚荣心和别的。这种扩张和矫饰,过了日常底限度,每次总以个人底生命面对着生与死;事实底进展却常常并不如此,所以这些生命,这些自我,就常常迅速地从它们底高贵的世界里跌下来,变成罪恶的。而且,这一切常常是令人难堪的。蒋纯祖向朋友说:他决不会惧怕什么以后的问题,在这里,他是面对着生与死。——他已多次地这样地献出了生命,然而这个世界,在它自己底秩序里运行,并不接受他底奉献。在热情里他想,以前他决不想结婚,现在他可以肯定结婚这个东西了,他可以和这个不幸的女学生结婚。他差不多要向孙松鹤表示这个意见了,张春田忧郁地走了进来。孙松鹤同样有这种思想,但比较实际一点:他确信他可以爱这个女子:他想,假如有困难,困难在哪里?人们很容易体会出来现实的秩序对于这种梦想和情热的嘲笑是怎样的一种东西:它立刻便要把这些堂·吉诃德从他们底高贵的世界里拉下来,使他们变成罪恶的了。所以,张春田底出现,便成为一种救济了。

张春田苦恼地,忧郁地坐着,最初看着窗外,然后看着他们。他记得他底所有的学生们底遭遇:留在他底身边的,是赵天知和万同华姊妹;有一些人变成了他底仇人;另一些人弄到最堕落的生活里去了;但最惨痛的,是现在的这件事。他想他已经经历得那么多,那么多,但对这样的世界,不能期待比这稍微好一点的东西了。但他觉得很痛心;他觉得销沉,他看见他底各种样子的学生们在他底疲惫的身体面前淡漠地走了过去。

"灰心,灰心!"他低声说,摇着头。"各人有各人底生活啊!"

蒋纯祖难受地看着他。

"没有办法。"

"难道就看着她……"蒋纯祖沉默。

"是的,看着她!我底学生有千把以上,我就是看着他们!他们也看着我!"张春田愤怒地说。"你们在想些什么啊?"他忽然笑着问。显然他已经明白了蒋纯祖们底热情，这种热情和现实的鲜明的对比使他觉得快乐，他心里忽然有嘲笑的情绪，他底眼睛发亮了。

“说真话，老兄：我劝你们哪个把她娶了吧！”他说。于是他坐到蒋纯祖身边来；“你想，除了这就再没得别的法子了！我担保做媒！怎样，老孙你来吧，”他弯着腰活泼地坐到孙松鹤身边去，诡谲地说，“我晓得你早就有意思了啊！”

“说正经话！”孙松鹤严厉地说。

“哪个又是开玩笑啊！怎样，啊？”张春田认真起来，并且欢欣起来，大声说，活泼地把上身仰到后面去，笑着看孙松鹤。

“哪里这样容易！”孙松鹤说，脸打抖。

“那么你心里是愿意了，是不是？这才对啊！”

“说正经话！据你看，两千块钱能不能对付？”

“那么你总是答应了！是不是？”

“放屁！”

“要得么，要得么！”赵天知站在窗外，大声说。

“你去娶她么！”孙松鹤愤怒地说。“老蒋答应，怎样？”他严肃地向蒋纯祖说。然后强烈地笑了一笑，好像有火焰在他底脸上燃烧。显然的，在此刻的单纯里，他认为这件事是可能的。张春田，认为他们在互相谦让，快乐地做了一个鬼脸。蒋纯祖激动，混乱，奇特地觉得欢喜，兴奋地笑了一笑，但同时觉得这件事是再也没有可能了。它本来就没有可能，而且现在那种绝对的热情消逝了。这时万同华姊妹领着李秀珍来，蒋纯祖突然意识到自己心里的感情是丑恶的。

赵天知站在窗外，在紧张和凶恶的情绪中，以他底那种可怕的眼光注视着李秀珍。他无欢乐，无感情地笑了一笑，露出牙齿来。这个世界观察这件事，在严肃的一面以外，有色情的一面，它在某些时间里就减轻了事情底严重，消灭了那种绝对的热情；并且有世俗的一面，它提示人间底故事底冰冷和平凡：蒋纯祖现在感觉到了这个。蒋纯祖回到他底内心去了。那种对于人间底善与恶的绝对的，单纯的热情，变成一种痛苦的自我省察了。于是，人们看到，赵天知站到这种绝对的热情上面来了。但这并不是那种自我扩张，这是一种绝对的，实际的正义感。蒋纯祖企图在一切里面找到自己底存在底意义，赵天知则在实际的正义和仇恨里面和一切共同的生活，他底严肃和荒淫是这个世界底严肃和荒淫。

大家沉默地，严肃地看着李秀珍。房里的空气，使李秀珍一走进来便感觉到，她是失望了，但她应该感激；她是庄严的。李秀珍觉得，大家都注视着她底不幸，大家都绝对地没有力量拯救她，因此，对于这件不幸，她自己底生命比一切人都有力，她是庄严的。她沉默地站着，垂着头。在这里，她很明白她底简单的生命比一切人都有力，正如一个将死的人，在别人为他而绝望地痛苦的时候，他明白，对于死亡，只有他自己底生命能够承担。

"你跟你妈妈吵过没有？"张春田沮丧地问。

李秀珍不回答，垂着头，站着不动。

"天知你干啥子？"万同华愤怒地说。

赵天知从窗户跳了进来，在手里抓着他底那把尖刀。

"我把这刀给你。"他冷静地，简单地向李秀珍说；"我跟你一路去见你妈妈。"他说。

李秀珍冷静地向刀子看了一眼，接了过来。但万同华立刻就夺了过去。

"没有关系。"李秀珍向万同华说，凄惨地笑了笑。"张老师，我来生报答啊！"她说，向张春田跪了下来。这个女孩子，由于这件不幸，是突然地成熟了，她冷静地，严肃地跪了下来；她觉得她是有罪的，她跪下来，因为她应需要平安。对于人间底罪恶，她已经迅速地获得了理解了。她已经决心对她底妈妈放弃反抗，她为这而请求饶恕。她明白她不能用饶恕，但她底心需要平安。她跪着，说，她不能用刀子对付她自己，也不能用它对付别人，因为她底妈妈是很苦的。张春田严肃地看着她，然后不停地点着头：张春田眼里泪流了出来。他拉李秀珍起来，李秀珍哭了。

“你自己仔细想想！你自己仔细想想！”蒋纯祖愤怒地说。

“蒋老师，我没得法子啊！我一点都……都不配啊！”女孩哭着。

“那么我跟你去见你妈妈！天知，我们去！”

“把刀子还我。”赵天知严肃而亲切地向万同华说。

“不！”

“还我！”赵天知说，兴奋地，嘲弄地笑了一笑。显然他觉得，恐吓万同华，是很快乐的。

万同华把刀子藏到背后去。李秀珍畏惧地看着那把刀子。

“赵老师，我求你啊！”李秀珍跳脚，哭着说。

孙松鹤站了起来，说他也要去。这时传来了骚闹的声音：李秀珍底母亲追来了。学生们知道了这件事，随着那个愤怒的女人跑过狭窄的走道，拥到窗口来了。蒋纯祖愤怒地打开门，面对着那个愤怒的女人。

“好极了，现在刀子有用了！”看见了凶恶的面孔，蒋纯祖想。

李秀珍是偷着跑到学校里来的。母亲寻到街上，听见中心小学底一个教师说，李秀珍已经跟蒋纯祖跑掉了。很快地整个的石桥场都知道李秀珍已经跟蒋纯祖跑掉了，并且还有关于万同华的别的谣言。于是，整个的石桥场，就是说，石桥场的所有的优秀的代表们，都随着这个愤怒的女人跑到石桥小学来了。在乡场上，人们是容易吃惊的……这件事现在热闹起来了。

看见了女儿，那个母亲就疯狂般地冲了进来。女儿畏缩地退到墙边，赵天知走到她底面前。万同华迅速地把刀子藏到床单下面，并且在上面坐了下来，因为现在的情形显然不再是开玩笑的了。

蒋纯祖拦住了那个母亲，问她为什么冲进来。于是女人破口大骂。乡场上的这种女人，是不顶好惹的，但蒋纯祖在这里毫无顾忌了。他叫学生们拿绳子来。很快地绳子就从窗外抛进来了，于是蒋纯祖喊叫校工。他愤怒地说，他要把她捆到重庆去。她看见绳子，女人就劈脸给蒋纯祖一个耳光，然后滚在地上大哭。

蒋纯祖盼顾，寻找刀子。赵天知吼叫起来，显然以为吼叫可以吓住这个女人。显然的，他们底这些做法，是很天真的。但现在事情难以结束了，一个袍界底大哥，一个阴险的，冷静的人走进来了。他一口咬定蒋纯祖企图拐骗良家妇女。

“放你妈底屁！”张春田跳了起来，叫。那个大哥向他笑，说，他只是说蒋纯祖。

“放你妈底屁！我在石桥场碰得过你，你说吧！”张春田叫。“现在你叫李秀珍自己说，你叫她自己说！”

“骂人，老哥！”大哥阴险地笑，说，“恐怕不方便吧？”

“何寄梅，何寄梅，你是乡公所主任，”张春田说，走到窗边去。他现在需要朋友了，但他所遇的不是朋友，而是冷淡的敌人。“你是为民父母，哪，卖屁股的！卖屁股不赚钱，就帮着来卖屄！”他大声说，痛苦地，笑出声音来。

他是愤激而痛苦。孙松鹤希望阻拦他，他向孙松鹤发笑，好像有些疯狂。大家觉得混乱，这时瘦弱的王老夫子从学生们中间挤了过来，伸头向里面看。蒋纯祖向他好像说：“你看！”于是他又有力量。

“你招集大家在操场上集合。”蒋纯祖走到窗边，向一个学生低声说。立刻，学生们退去了。

蒋纯祖重新有力了。他请大家到外面去说话。他最先走出去，冷淡而凶恶地走过那些乡场要人们。蒋纯祖突然有感动，他觉得，在这个世界上，只有穷苦的，纯洁的儿童们是爱他的。他觉得，那在肉体上所不能表现的绝对的愤怒，现在，由于爱情和信心，可以整个地、辉煌地表露出来了。看到了在操场上列队的，因他底来到而肃静的学生们，他便相信自己能够战胜一切。

大家跟着他走了出来。那个凶恶的母亲追着她底恐惧的、沮丧的女儿。女孩觉得目前的这个场面是可怕的；但这一切有一种吸力，当蒋纯祖向她招呼时，她就走向蒋纯祖。她垂头站着。

"同学们,这就是大家底最聪明,最可爱的同学李秀珍,"蒋纯祖大声说,因流泪而停顿。"大家都晓得她要离开石桥小学了! 这个女人,就是李秀珍底妈!"蒋纯祖说。

"操你底祖宗!"女人骂。她拖女儿,但女儿不动。

"现在她底母亲要把她卖了,"蒋纯祖冷笑着,说,"为了两千块钱,把她卖了! 李秀珍今年才十六岁,对于这样的母亲,对于这些万恶的东西,大家是不是要和它誓不两立! 现在李秀珍站在这里,大家是不是要发誓一生一世记住这件事,替李秀珍报仇?"

"是的!"学生们喊。

那个要被大家记住,一生一世地报仇的女人向蒋纯祖冲过来了。蒋纯祖猛力推开她。赵天知走了上来,拦在他们中间。

"李秀珍从现在起要离开大家了,从今以后,她就再不能读书,再不能过人的生活,她要被人家玩弄,被人家压迫,被人家强奸,一直到死! 李秀珍今年才十六岁!"

李秀珍激烈地哭了起来。夏季底酷热的阳光从密云中照了出来,操场一半在阴影里,差不多所有的学生都哭了。

"上帝帮助我,并且饶恕我!"蒋纯祖想。

"我们现在和李秀珍告别! 同学们,大家要记住李秀珍底事情! 假如大家以后也遇到这一类的事情,大家就要起来反抗!"他向那些站在阳光中的,哭泣着的女孩们看了一眼,他底眼泪流了下来。那些年幼的孩子们,不十分知道这件事情,但跟着大家哭泣。

"我来生报答你们! 我来生报答你们!"李秀珍哭着大声说。

"同学们! 现在我们唱校歌向李秀珍告别!"蒋纯祖说。

校歌好久不能唱起来,因为大家在哭。第三次开始的时候,从后推出来了一个男学生底声音;这声音孤独、勇敢、庄严、它唱:"在石桥场底美丽的土地上,"——蒋纯祖看见了一张严肃的、无畏的、瘦削的脸。在第二句上面,全体唱起来了。他们底声音整齐而嘹亮。

校歌是蒋纯祖底创作。学生们唱：

在石桥场的美丽的土地上，
应该有美丽的生活，
在我们的穷苦的乡村里，
我们要有勇敢的精神！
我们要前进，像兄弟一般地亲爱，前进！

蒋纯祖注意到，在站在台上的所有的人里面，只有赵天知一个人唱歌。赵天知伸直喉咙，发出粗糙的声音，总是比学生们底声音落后几拍；在学生们底嘹亮而整齐的歌声里，他底叫喊是一个独特的存在，但他毫不自知——他是非常的认真。当那个女人再一次地企图冲锋过来的时候，他就敏捷地转身，张开手臂，但仍然继续唱歌，就是说，发出叫喊。他张开手臂，好像歌声要求他如此。

歌声之后，是大的寂静。学生们注视着垂着头的李秀珍。

"大家解散！但是不许跟着李秀珍走！"蒋纯祖说。然后迅速地转身，不看任何人，大步向里面走去。

"蒋老师！"李秀珍突然受惊地喊。——显然她明白一切已经不可挽回了——然后痴痴地，恐惧地看着她底母亲。她底母亲愤怒地向她走来，同时学生们发出叫喊向台阶奔来，把她们包围了。

做这种冲锋的，有一百多个少年。他们包围了台阶和走廊，在强烈的阳光下挤动，吼叫着，要求打死这个罪恶的母亲，并且掷过石子来，窗上的玻璃被挤碎了，少年们发出更大的声音，涌了过来。何寄梅和那个大哥愤怒地冲了进来，那个母亲大声哭叫着。

被蒋纯祖煽动起来的这个暴动看来不可收拾了。蒋纯祖本人并不知道会有这样的结果。面对着这个世界，这些穷苦的少年们底这个动人的暴动便成了某种显著的阴谋了。石桥小学底教师,没有一个出来干涉的,他们冷静地站在旁边。石块、木棍、和碎玻璃在阳光中闪耀,飞舞,那个母亲脸部被击伤,那个大哥的鼻子破了。

大家叫喊:不要打着李秀珍。李秀珍流汗,腮边挂着眼泪,以恐惧的,朦胧的眼光凝视着她底同学们。赵天知挤了进去,假装排解,在里面扰动,使学生们冲得更近。孙松鹤和张春田,觉得已经到了限度,开始阻拦。这时蒋纯祖奔了出来。

孙松鹤用眼睛做暗号,要蒋纯祖退回去。蒋纯祖抱着手臂站下了。孙松鹤战栗着,发出可怕的喊声,使少年们退后。于是那个受伤的母亲冲了出来,奔向蒋纯祖。

"站住!"孙松鹤可怕地喊,那个母亲站住了。

"马上走开! 出事没有人负责!"孙松鹤厉声说。学生发出吼叫。

于是那个母亲,和她底同伴,领着李秀珍往外面走。学生们突然地沉静了。当那母亲叫骂起来的时候,学生们向门口奔去。

"李秀珍,再会!"大家喊。

"再会!"

"再会了,李秀珍啊!"一个女学生高声喊,接着她哭起来了。

中心小学底教员们留着没有走,他们希望有愉快的议论。蒋纯祖仍然站在那里,唇边有冷笑;万同华和赵天知站在他底身边。张春田走到那些客人们底身边,毒辣地嘲笑他们。

"中心校底先生们,请你们走开!"蒋纯祖大声喊。

中心校里面有解嘲的笑声。何寄梅和一个妖冶的女教师最先往外走,这个女教师是万同华底同学,就是说,是张春田底学生。她回来看了两眼,显然她觉得万同华底站在蒋纯祖底身边,是很有意思的。在乡场上,大家传闻蒋纯祖本来是穷得连饭都吃不成的:他们说,只有傻瓜张春田才收留这种叫化子。关于蒋纯祖和万同华有很多的谣言。

"万同华硬是安逸呀!"周国梁,石灰窑底主人,往外面走的时候，大声说。他底意思是：蒋纯祖恋爱李秀珍，万同华，站在他底身边，就硬是安逸。他得意地整理衣领：在乡场上，这是一个了不起的动作。他底朋友们发出快乐的笑声。那个妖冶的女教师回头，露齿而笑。美人底动作，是配合着英雄底动作的。周国梁又整理衣领，然后挥舞手杖。

万同华苍白，严厉，走下了台阶。

“周国梁，你说啥子？”她愤怒地说。

“我说：硬是安逸呀！”

“周国梁！”万同华痛苦地嗅鼻子（蒋纯祖觉得痛苦）。“你当心一点！”她说。

“凶啥子！”周国梁愤怒地说，挟着手杖，整理衣领；他底手在颤抖。主要的，蒋纯祖底尖锐的，轻蔑的目光使他愤怒。

万同华冷笑着。

“万同华，……你要真是有种的，你走过来！”他说，同时上前了一步。

蒋纯祖轻轻地走下台阶。万同华冷静地，迅速地走到周国梁面前。

“我走过来了，请问你怎样？”她说，看着他。

对于万同华底这种勇敢和坚决，乡场底少爷们是非常不习惯的。他们底威风，是虚肿的东西：发扬，并保卫这种愚昧的虚荣心的，是乡场式的冷嘲热讽；愈是愚昧，就愈是虚荣，愈虚荣，就愈滑稽。因为他们是乡场底权威，所以他们必定比一切人懂得多。因为这个，一切女子都应该使他们快乐；因为这个，他们在碰到万同华的时候，就特别的不愉快了。

像一切统治者一样，他们确信他们是精神上的统治者。但蒋纯祖以他底高傲的轻蔑绝对地动摇了他们；张春田所不能动摇的，蒋纯祖沉默地把它动摇了。所以，他们从不能快乐地嘲笑蒋纯祖：遇到蒋纯祖，他们就要在那种敌忾里颤抖起来。他们多半当着蒋纯祖嘲笑石桥小学底另外的人，但蒋纯祖总是轻蔑地沉默着。所以，当时蒋纯祖走下台阶，万同华坚决地走到他们底面前来的时候，他们便紧张起来了。

愈是愚昧，愈是虚荣，就愈是冷嘲，这特别在乡场上是如此的。这些少爷们，只是在黑暗里干着一些愚蠢的、残酷的事，面对着严肃的，因正义而坚决的对手的时候，他们差不多总是软弱可怜的。这些虚荣的小人物，的确也多半是软弱可怜的。他们用嘲笑保卫自己。他们一面发怒，一面看着逃脱的路，于是在最后他们就变得非常的滑稽了。

万同华底严厉和坚决，使周国梁觉得不值得再闹下去了，就是说，闹下去就太无趣了。“中庸之道，尽乎此矣。”但由于蒋纯祖底轻蔑的目光，他觉得他必需收场得有面子些——于是就来了滑稽。

“我站在这里，周国梁！”万同华轻蔑地说，“我手无寸铁，随你怎样吧！”她说，显得无可挽回。

“不过叫你站出来玩玩，哪个可要你怎样啊！”

“周国梁，说清白点！”万同华严厉地叫。

周国梁假装觉得奇异，好像偷钱的小孩被大人责问时假装觉得奇异一样，尽可能地瞪大了眼睛看着万同华。滑稽快要到来了。

何寄梅走过来和解，周国梁跳了一下，“我向何寄梅发脾气了，大家看呀！”他底奇怪的动作说。王老夫子拿着烟杆跌蹶地走了过来。

驼背的，眼睛模糊的老人把鼻子凑到周国梁脸上去，愤怒地笑了两声。

“我底眼睛就是瞎了，也要摸一摸你们这些无耻的东西，怎样长大的呀！”他跳着脚，向后面捣动胛肘咬牙切齿地叫。

“算了罢，摸一摸他，摸一摸他！”何寄梅快乐地笑着说，他们表演滑稽了。

“王老先生你过来！”万同华；“你侮辱我，周国梁！我在石桥场是不会怕你的！我发帖子，明早在茶馆里大家见！”她说。

周国梁弯着腰，睁大眼睛看着她，假装觉得奇异。

“啊，你发帖子？有油大吃没得？有油大吃没得？”他忽然快乐地笑着盼顾。但大家不笑，于是他底脸发红，他瞪大眼睛看着万同华。“有油大没得？没得油大我是不来的啊！”他做了一个滑稽的鬼脸，但他底腿在痛苦地颤抖。他盼顾，又笑。“你们帮忙啊，你们都笑啊！”他底这个动作说。于是他底朋友们笑了：他底滑稽使他们笑了。于是他得意起来，他底脸死白，他手舞足蹈。

“要得么，摸一摸我么！”他跳了起来，“滑稽”地向王静贤说。“没得油大我是不来的啊！”他滑稽地跑到门口，大声说。于是，在他底英雄的生涯里，就又增添了一件永不磨灭的光荣了。

蒋纯祖看见万同菁走到万同华身边去，拉着姐姐底手，和姐姐一路走进对面的走廊。蒋纯祖觉得痛苦，他转身走进自己底房间，轻轻地带上门。

特别在夏季，人们觉得有一种力量在自己身上觉醒，这种力量不能在实际的生活和日常的事务里面得到启示，满足，和完成，它是超越的，它常常是可怕的。在这种力量底支配下，人们大半的时间觉得阴郁，苦闷，觉得都毁坏了，少数的时间在心里发生了突然的闪光，在无边的昏倦里发生了突然的清醒，人们觉得没有道德，没有理论，没有服从，只是自己底生命是美丽的，它将冲出去，并且已经冲出去了：破坏一切和完成一切。艺术，特别是音乐，能够产生这种力量，在艺术，音乐里面，这种力量是美丽而愉快的，它包含一切真理，但在实际生活里，这种力量却产生痛苦的，甚至是罪恶的印象。

这种力量在蒋纯祖身上特别强烈。情欲表现在微小的动作中，表现在肉体的窥探中，表现在美丽的、壮快的想像中，但他底整个的生活说：这一切是罪恶的。酷热的天气，大量的昏倦，懒惰，在中间有痛苦的挣扎，每个深夜里他清醒了，“疯狂的生活！”他说；最后是灼烧的痛悔，对自己底整个生活痛悔。

人们总是不满足已经得到的，每一个人都追求自己，于是友情变成敌意。在穷苦的，实际的生活里有很多严格的东西，因此蒋纯祖觉得世界是冷酷的。孙松鹤有时对他特别的严格，在金钱上面，他们都感到痛苦；在生活态度上面，他们互相惊动、互相冲突；在对于将来的希望上面，他们每个不承认另一个，蒋纯祖是回到了他底梦想里来。在这里，梦想底意义是：他，蒋纯祖，要胜利，为了使他底朋友经历到最可怖的痛苦，他想他将冷酷地死去，为了使他底朋友痛苦。

他们常常很多天不说一句话，他们确信他们知道对方在想着什么，因为他们知道他们自己在想什么。他们对对方底眼光，动作感到厌恶。蒋纯祖是沉默的，因为这一切使他对他底梦想更温柔，因为他自信他比孙松鹤更能体会内心底一切和人间底一切，并且因为他比一切人更爱自己，更爱美丽的，雄大的未来。在这里，雄心和内心底那种敏锐的才能支持着他，给他以美感。他记得在精神上他每次总能够胜利地压倒别人，这使他感到快乐。

站在内心底优越上，他同情孙松鹤。很难确定，在他们两个人里面，谁更需要，更爱朋友。孙松鹤尊重蒋纯祖底音乐才能，但对它无兴趣；蒋纯祖轻视孙松鹤底生活和学习，但对孙松鹤本人感到敬畏。孙松鹤朴素地说述他底苦恼，蒋纯祖则从不如此：蒋纯祖嘲笑、戏弄，表现得异常的强烈。孙松鹤无法同情蒋纯祖，因为蒋纯祖自己已经同情了，他只需要赞美。就是这样，蒋纯祖升到优越的地位上来了——他自己觉得是如此。

孙松鹤异常的谦逊，常常使蒋纯祖惶惑。因此，在某些时候，蒋纯祖就觉得谦逊是虚伪的。他，蒋纯祖，决不谦逊：能够飞得怎样高，他就要飞得怎样高。他底雄辩的才能和动人的、深邃的思想力，常使孙松鹤困恼。三天以前，他们对政治和历史的问题发生了辩论，由于辩论时的痛苦的感情，他们一直到现在都未能愉快地说话。李秀珍底事情使他们突然地和谐起来；事情过去，蒋纯祖走进房，希望孙松鹤随着他进来，但孙松鹤却回去了。

“他居然这样的骄傲，很好！”蒋纯祖愤怒地想。

于是他就不可能想到别的，不可能想到孙松鹤此刻的痛苦。

孙松鹤因李秀珍底事情而有痛苦。他居然对这个不幸的少女抱着胡涂的幻想，他不能饶恕自己。此外，他觉得，在这个世界上，他是什么能力也没有，什么成就也没有的。他想他应该憎恶蒋纯祖底英雄主义。他带着冰冷的感情回到面粉厂去，一想到李秀珍他就战栗。他想李秀珍将被她底母亲绑起来，剥去衣服，等等。他企图整理一下帐目，但不可能。他看见那个昏沉的，赤膊的工人；他底可怜的小机器在动作着，发着笨重的、机械的声音。他突然觉得他应该关闭面粉厂，离开这里。他跳了起来，叫工人停止工作：停止那种可厌的、呆笨的声音。机器停止了，他听见了强大的水流声。他走到窗口，凝视着水流。

各处是尖削的，奇异的岩石，房屋底左边有险恶的，美丽的石渊。水流泻到石渊里面去，向房屋流来，冲动面粉厂底车轮。但现在车轮被提了起来，停止了：水流发出深沉的，强大的声音。水流在岩石中间形成回流和漩涡，在岩石上面飞溅着，然后跌到深渊里去。孙松鹤想，他底生活正是这样：这里是漩涡，那里是苦恼的回流，被一个盲目的力量支配着，不能知道明天底遭遇。那是深渊，那是更深，更深的深渊。

强烈的阳光照耀着，河岸上有沉闷的蝉声，到处是丰富的，鲜明的颜色，到处有光采：孙松鹤觉得苦闷和孤独。

太阳渐渐地落下去了，那种灼烧的，庄严的红色在山野上辉耀着。孙松鹤想到了蒋纯祖，希望蒋纯祖来看他。突然他心里有强烈的渴望：他渴望蒋纯祖来看他。这种渴望是这样的强，以至于他觉得蒋纯祖已经来了。他跑到面粉厂外。太阳沉没，坡上有光辉：没有蒋纯祖。他底下颌打颤，他觉得，在旷野中，他是孤独的。他走到坡前又走回来；“假如他根本不高兴你？他是骄傲的，我是孤独的！”他想，他走到田野里去。

“要紧的是和痛苦斗争，和寂寞斗争！你以后永远是一个人！但是，寂寞啊！沙漠般的世界啊！”他想。

晚饭的时候赵天知来了。他问到蒋纯祖，赵天知说，蒋纯祖睡觉了。随即赵天知离去了。迅速地来了暴风雨。……

孙松鹤在黑暗里站在面粉厂门口。膨胀的、潮湿的风在山野里吹着。可以觉察到天上的稠密的、沉重的、迅速地移动着的黑云。石桥场底灯火微弱地闪耀着。猛烈的雷声和闪电，在闪电里短促地，美丽地显现出来的坡上的摇曳着的树木和某一间孤独的棚屋：大雨来临了，孙松鹤招呼工人照应屋子，猛烈地向坡上奔跑。

人们为对女子的爱情做过这样的奔跑，现在是，在孤独的、痛苦的生活里，孙松鹤为友情而在暴风雨中奔跑。闪电照见一切。闪电照见树木、棚屋、池塘，从坡上流泻下来的水，和紧密的、疯狂的雨。

闪电照见一个人影在坡顶上出现，停留了半秒钟或是一秒钟，迅速地奔了下来。这是蒋纯祖。孙松鹤大声地喊叫起来，冲上去，抓住了蒋纯祖底手。

“你终于来了啊！”他叫，流下泪来，他用力地握着蒋纯祖底手，使他发痛。

回到面粉厂里，孙松鹤平静——，接着就冷淡了，因为他发觉他们之间没有什么新的话可以说。主要的，孙松鹤现在重新觉得孤独，觉得他底生活是艰苦的。下午的时间里他是痛苦地，灼热地感觉到这个，但现在这是一种清醒的，严肃的感觉了。

他们很快地就沉默了。孙松鹤想人们总是自己欺骗自己，以后他对待自己应该更严厉。蒋纯祖兴奋而不安，想说话，但孙松鹤使他感到敬畏。他们不停地抽烟。暴风雨继续着。

“睡吧。”好久之后，孙松鹤说。

“好的……我又想离开这里了。”蒋纯祖困难地说，眼里有光辉。

“是的，我是孤独的。”孙松鹤想，冷淡地看着蒋纯祖。

“你刚才说你想把面粉厂关门，那是怎样的？”蒋纯祖问。

“想想而已。”

“将来会怎样呢？”他说，指石桥场底一切：他因孙松鹤底冷淡而矜持。

"万劫不复!"孙松鹤愤怒地说——显然这里面有着向蒋纯祖发怒的成份——脸孔打抖。

于是他们沉默很久。孙松鹤忽然取出钱来,在桌上推给蒋纯祖。

"干什么? 我不要的!"蒋纯祖说,脸红。

"你拿去。"孙松鹤说,站起来,走到里面去。

"喂,喂,出来!"蒋纯祖大声喊。

瘦削的,带着疲惫的表情的孙松鹤走了出来,蒋纯祖站着,看着他。显然他想说什么,现在却说不出来了。他羞怯地笑了一笑。然后苦恼地站着不动。

孙松鹤带着一种力量看着他。他严厉、仇视,发现了蒋纯祖底一切弱点。常常的,在痛苦的生活里,每个人都苦斗着,他们中间一个压倒了另一个。此刻,在混乱里,蒋纯祖自觉有错,认识了他自己底痛苦的,罪恶的性格,有软弱的心情:孙松鹤压倒了他。孙松鹤急剧地走到墙边,又走回来:人们常常在兴奋地做一些急剧的动作,在这种时候,他们底思想不联贯,然而鲜明。房间里没有别的声音。外面的雷雨突然远去,又突然近来;从窗户里吹进猛烈的风来。

孙松鹤徘徊了很久,最后在蒋纯祖面前站下,脸孔打抖。

"你近来怎样?"他问。

"很好。"蒋纯祖谨慎地说。

他开始有了自负的情绪,他浮上笑容了。他想:他底痛苦和罪恶,正是他底优越的证明。

"我有一个感觉,"孙松鹤说,徘徊着;"我觉得你不应该这样。"他说。

"我怎样? 我想我只有这样。"

"你和你自己作战,我知道。"

"并不然。我很爱惜自己,可爱的自己。"蒋纯祖说,冷笑着。

"这简直是毁灭!"孙松鹤严厉地说。

"毁灭很好!"蒋纯祖冰冷地说,但眼睛潮湿了。

"胡说!"

蒋纯祖沉默着。猛烈的,潮湿的风吹进来,他举手罩住灯火。

"你将离我而去,我也将离你而去:我们底路都很长!"他说,微笑着看着孙松鹤。

孙松鹤沉默了,走到窗边。蒋纯祖自觉他底话,是这个时代底宣言,有辛辣的、快乐的情绪。他觉得这是现实,他说出来,因为他能够,并且希望承担。他长久地坐着不动,用手罩住灯火。

"你觉得我们希望什么呢?"他大声说。孙松鹤回头,看着他;"像你所说的,我们没有被爱:那么要不要被爱?"他问。

孙松鹤走到他底面前,脸部表情急剧地变化着,看着灯火。他觉得他什么也不能够说,于是他低声说他要睡了。他走了进去。

"我说的话我自己能不能负责?为什么我不告诉他,我怀疑,怀疑,今天下午我经历到可怕的怀疑!"蒋纯祖想,望着孙松鹤走进去的门。"为什么我这样肯定,这样自私,这样夸张?没有用,我永远如此!必需痛苦鞭打,从鼻子上流血,不要丝毫的慰籍,直到死去,……常常企图安慰自己是可耻的,"他兴奋地想,"必需记着你底可耻的过去,必须记着你刚才的堕落和卑怯!最好是完全制尽,痛苦到死,连忏悔的安慰也不要,因为你明天还要堕落!这样到达你底最大的限度,濒于死灭,然后你才能再生。然后你才能起来,感到早晨是光明的,工作是正直的。不然就是永远的黑暗和迷惘,黑暗的,无耻的夸张,黑暗的,可怜的偏见!你觉得痛苦,因为这里没美丽的女人激赏你,没有当代的权威向你伸手,多么卑劣!冷的,完全冰冷的思想,看见虚荣心,看不见真实的生活,拿那些虚伪的感伤主义来安慰自己,说:我对一切都厌倦了!多么无耻!说:我只求死心——多么可耻!"

"啊;我想得多么疲弱!"他想,他站起来迅速地走到窗边,房里的灯火被风吹灭了。他长久地站在黑暗中。他觉得:经过了白昼底可怖的骚扰,他现在完全清醒了。

在他底思想兴奋的时候，雷雨底兴奋的声音变得悠远；思想中断、静止，雷雨底大声就奔扑过来。他安然觉得他底革命有力、生动、美丽，他，蒋纯祖，爱自己。这种发觉使他惊动，因为他刚才还憎恶、虐待、鞭挞自己。但这种情绪在这样丰富的深夜里不可遏止，那个可怕的力量，在白天里是苦闷的东西，现在变成美丽的情欲抬起头来了。

于是，在暴风雨的窗边，这个蒋纯祖放荡着：用他底思想、情绪、记忆、想像；用风骚的微笑和隐秘的歌声；用他底灵魂和肉体。他企图替他底痛苦的生命找到一种宗教和一种理论，他找到了人民、工作、生活、痛苦，他确信这是一种纯洁的力量，但立刻他就爱自己，更爱自己，觉得青春纯洁、有力、美丽。

但这个美丽的时间是短促的。

他想到高韵，她底快乐的笑声和她底迷人的身体。周围有热烈的灯光，美丽的虹采；港湾里闪着波光，那个迷人的肉体在波涛上飞舞；辉煌的灯塔伸入繁星的天空；有了钟声和悠远的、温柔的合唱。接着那个迷人的肉体在暴风雨的黑夜里飞翔；天地间充满了浓密的黑暗，那个肉体显出柔腻的白色。他，蒋纯祖，拥抱它……欧洲底陈腐的想像在这里就获得了新的生命，统治着中国底这个时代了，但这个时代，信仰未来的权力，羞于表现它。蒋纯祖有时觉得这一切是赤裸的、美丽的，有时觉得它们是陈腐的、书本式的。但这两者任何时候都联结在一起，因为人类是生活在过去和未来之交。那些善于给自己底现实的生活、情欲、梦想加上历史悲剧底光辉的人们，升到世界史底舞台上来。蒋纯祖，带着他底乱七八糟的一切，成为出色的演员了。在那些想像的城市和港湾里，在那个想像的女人底悲剧的、迷人的胸怀里，在那种淫荡而又庄严，虔诚而又放纵的温柔的、热情富丽的交响乐里，蒋纯祖得到自由的、崇高的生活了。他不相信任何道德，又忘记了瞬间前的，用他自己底话说，流血和痛苦。重要的是，他，这个英雄，在这一切里面感觉到这个时代。人们很难理解他为什么这样欢喜成为出色的演员。有时他想：《圣经》

上说，凡是对女人起了淫心的就已经犯了奸淫了；他这样想，因为这个时代的那些优秀的人们，是非常地崇拜《圣经》——但他总是已经犯了奸淫了；他快乐、痛苦、幸福、激动，一小半是因为觉得自己卑劣，一大半是因为觉得他能够和这个时代的一切原则较量自己：这个时代的一切原则已经把他非常丰富地描写了出来了。

但他是从不和自己开玩笑的。他是不要虚伪的。只不过在某些时候他稍稍戏弄一下：结局还是非常严肃，非常猛烈。

他拧自己底耳朵，笑了，说他抓住了这个时代底耳朵。但即刻他发出痛苦的叫声，站了起来。他拧得太痛了。

“这一切多么可怕，多么可耻！”他愤怒地、痛苦地想；“只有我底生命是最卑劣的！我什么没有做，什么也不能做！我仇恨一切人，完全在仇恨，妒嫉里面生活！为什么没有爱？为什么不能爱？为什么只是欺诈哄骗，奸淫偷窃！”他想，战栗着。重要的是，像把自己赞美得那样高一样，他把自己咀咒得这样下贱。“我不能生存了，我毁灭了，一种盲目的力量把我毁了！但是虚荣、名誉、成功、爱情、友谊，我什么都不要，都不配要！现在是生与死，简单得很！”他想。

雷雨底怒吼声突然地奔扑过来。

“假如有上帝，上帝饶恕我！”他祷告流泪了。在另一个时代，祷告是：“上帝饶恕我！”蒋纯祖抬起头来，接连的电光照亮了他底庄严的脸：显然的，假如有上帝，上帝饶恕了他了。

第十二章

一

时间飞快地过去，人们希望它更快地过去。人们觉得目前的一切都丑恶、平庸、愚笨；人们觉得，只有到了将来——那个在人们心中战栗着的将来——一切才会变异、全新、美丽。常常在一生的时间里，人们看不到什么变化：他们看不到。最后他们就惋惜失去的时间了。“为什么，在年青的时代，我们希望时间更快，更快地过去？我们底一生是一个大梦！”他们说。在夏季，蒋纯祖希望秋季快一点到来；正如在冬天的时候他希望春天快一点到来一样。未来的时间是神秘的，他心里有幽密的热情底冲动。他希望收获：“像神一般过活！”他想。他想秋天会给他带来庄严的宁静，深刻的悒郁，甜美的、悲凉的、柔和的牧歌，夏季底时间荒废了，在一场微雨之后，到处有悲悒的、愉快的、安息的歌，秋天到来了。山里底树木从不大量地落叶，从未在几分钟内就被吹得完全赤裸；山里没有猛烈的、干燥的西风。山里的潮湿的、迟钝的冷风是令人不快的，树叶一片一片地落下来，紧贴在卑湿的地面上。于是秋天过去，冬天到来了。

在落日底金红的、庄严的光辉下，吹着干燥的西风，枯叶飞舞着：这种景象从来没有，蒋纯祖感到不快。九月间充满了阴雨，在这片卑湿的土地上，蒋纯祖无处可去。长期的沉闷唤起了可怕的焦躁。因为没有美丽的女人激赏他，因为当代的权威从未向他伸手，——他承认这是他底最痛苦的题目——他消沉、冰冷、倦怠。自觉怀才不遇的才子，在这个世界上可以找一大堆，但蒋纯祖从不愿走入他们底阵营——他自己觉得是如此。他比他们高超，并且比他们野蛮，他问自己：我底生活有什么意义？我为什么生存？于是他开始厌倦了。

他想，一切是好的，一切是有价值的，但他，假如得不到个人底光荣，便不能承认这些美好和价值；假如得到，那又从根本上就是虚伪的，还是不能看到这些美好和价值。他不能在它们底客观的，原来的样子上看见它们，因为，对于他，假如他不存在，一切便也不存在。但他底存在——假如不是最丑恶的，便是最不幸的：他只是追求个人底成就和光荣。……看到这个，他就对自己冷淡了，因此就对一切冷淡了。他想除非他底存在有另外的意义，他便不能再有生活的热情。他想假如不能摆脱这些丑恶的动机，他底生活便再无任何意义。他发觉一切人都生活在这种丑恶的动机里面，他想他决不能和他们妥协。

这样，他就把一切人都拉到丑恶的泥沼里来了。好的食物，人们希望自己一个人吃，坏的东西，人们就拖大家共同分担。"因为我这样对付我自己，所以我不能饶恕别人！"蒋纯祖想。到了秋天，他就盼望冬天，盼望严寒和大雪，盼望冻死。他变得乖戾、阴冷。十月上旬，孙松鹤邀他一路进城，他不肯去。孙松鹤问他为什么。他说：没有理由。

赵天知因恋爱底挫折而苦恼；常常问别人：在目前的这种困难里，他应该怎样做？吴芝蕙在离开石桥小学以后便没有在街上出现，万同华，受了赵天知底托付，去看了她几次：每次会面总被她底嫂嫂或弟弟跟着，显然她被她底家庭监禁了。赵天知向大家说：吴芝蕙确实已经怀孕；但万同华说她没有看出这个来。赵天知向吴芝蕙写了无数的信，最后他得到回答了，她说：不要管我。她底弟弟在场上宣言说，假如赵天知再不识趣的话，他就要动鸟枪了。"我底鸟枪是上海买的，打死过一头牛！"他说。

但赵天知丝毫都不害怕这个打死过一头牛的鸟枪。他说动了他底父亲，要他找人到吴家去做媒。媒人去了，父亲感到痛苦，因为他必定会受到屈辱。吴芝蕙家冷淡地绝拒了媒人，理由是现在还不是时候。理由是很简单的：赵天知家没有田地，没有钱。赵天知痛苦而愤怒，动手走极端，——蒋纯祖赞成他。

这件恋爱是胡涂地发生的，但发展下来，就出现了忏悔、伤痛、愤怒、人生底严肃的理想。放荡的赵天知做了一切，严肃的赵天知就把一切结果承担了起来。他检讨自己底过去，发现了自己底罪恶，他觉得为了把他底爱人从痛苦中救出来，他应该不惜一切牺牲。他不知道他是不是还爱吴芝蕙，因为他是可以立刻就离开石桥场，像前几年一样，流浪到远方去的；但他必需对自己忠实。这种观念，常常就是对别人，对世界忠实；从这种观念，一切理想家在这个人间挣持着。一切事情，对于自己底生命，有严肃的意义；一切事情唤起爱、憎、和责任感。人们底内心深处的那些斗争，人们底生活里面的那些热烈的、光荣的行动，是站在这个基础上的。赵天知在外面飘流了好几年，由于某一件不幸，回到家乡来了；但他仍然要出去，像开始的时候一样，把他底穷苦的家庭扔开。在人们为自己底肉体的和精神的生存斗争，走到那个险恶的焦点上去的时候，人们是不会再顾及家庭、朋友、爱人的；常常的，对于那个险恶的焦点，人们心里有强大的渴望。但这个焦点，总是联系着人们底实际的生活的。有一些人，比方蒋纯祖，认为目前的实际并不是他所渴望的那个险恶的焦点，他在实际的痛苦中高超地，或者卑怯地凝视着远方，另一些人，由于内心底那种严肃的，单纯的观念，在事情发生的时候，就站住了。于是再没有什么能够妨碍他们。有些人，觉得人生有更高的目的，觉得为家庭，爱人牺牲是不大值得的；他们很勉强地做了牺牲，虽然一样的痛烈，有些人觉得这是值得的，他们只感觉到他们底实际的生活；在他们底生活里，在他们底焦点上，他们从不向那个更高，更高的理想回顾：他们知道它，这个理想存在，他们知道自己是它底一部份。常常是，前者要求时代底激赏，后者沉默地走着他们底道路。

为了那个险恶的焦点，为了使自己底一切更严重、更绝对，人们做了一些夸张；在空虚的生活里，夸张就特别大，特别可笑，在严肃的青春里，那些夸张，就使人哭笑不得了：一切是严肃的，但事实并不如此，只是你，主人公，希望如此。所以，在这个世界上，就有着无数的严肃的傻瓜。因为人们是活人的缘故，人们差不多总是不明了事实的。不管别人怎样说，赵天知确信他底爱人爱他，对他忠实，将为他反抗家庭，牺牲一切。这是陈旧的主题，但确实是光荣的主题：这个时代底反抗家庭，并不比五四那个时代容易些；这个主题，这种观念，是落到这个偏僻的农村里来了，而且它底主人公是并非所谓知识份子的穷苦的农家青年。

在他底情绪里——那是一些多么笨拙的作品！——赵天知向他底爱人宣扬个性解放了。他说，在世界上，人们只对自己负责；人们只有两条路可走：自由和枷锁。“请你选择一下，请你选择一下！”他说。但他底爱人选择了枷锁。

赵天知永远相信她是选择了自己的，但是别人把枷锁加在她底身上了。在万同华底访问和他底无数的情书之后，吴芝蕙回答说：不要管我。以后是长期的沉默。于是赵天知想，她是因为反抗家庭而被家庭谋杀了。在乡间，家庭间的谋杀，是常有的事；至少她底孩子是被家庭谋杀了：赵天知想。在阴雨的日子，他多次地跑到吴芝蕙底家周围去，在那个池塘边和那个矮林里久久地盘桓着。他时常耽心会有鸟枪从什么幽密的地方射出来，但是没有。关于他底纯洁的爱人的消息，也没有。

某次转来的时候，他在场上遇到了那个“鸟枪”。鸟枪并非凶恶的青年，他倒是有着很好的，很讲交情的脾气：只是非常的贪财。看见了他，赵天知就用他自己底话说，有了计谋了。他身边还有十块钱；通常是要两块钱就可以买到“鸟枪”的。

赵天知阴郁、疲惫、赤着脚，破裤子上沾满了泥水。他向鸟枪笑，鸟枪就装出什么都不在乎的样子，向他走来了。他们一同去喝茶。

这个十块钱，是一个乡下人托他带给他底父亲的，但现在他不管这些。在急迫的情绪里，赵天知是非常的直接，非常的勇猛。他向鸟枪问起了吴芝蕙。他说，在这个世界上，凡是同情他和吴芝蕙的，就是他底喝血酒的朋友，否则就是敌人。这个恐吓使鸟枪困窘，他摇头、沉默着。于是赵天知在突然之间变得非常的体贴、温柔，他脸上有女性的表情。

“不要骂我，老兄，我心里好焦，好苦啊！”他说。

鸟枪固执地摇头。他把手指插到深厚的头发里去，看着赵天知。

“老兄，我们抽一口去吧！”赵天知说，鸟枪是有嗜好的。

鸟枪底表情有了变化。他底脸变白，变红；他底嘴唇战栗着。显然他很痛苦，他底内心有着斗争。那些在利欲面前总要发挥的灵魂，就是这样地，出卖了他们底家庭和祖国的。鸟枪盼顾，假装没有听见赵天知底邀请。他脸上有麻木的表情。最后他笑出兴奋的、痛苦的声音来。

他们进了鸦片馆，随后，他们进了酒馆。

“老兄，这个场上的事情，哪个都伸不得手啊！”分手的时候，鸟枪亲密地向赵天知说；“你，我，心里知道！一个人，总要讲那么一点交情么！”鸟枪说，流下鼻涕来。

赵天知写了一封很长的信，请鸟枪替他带去。他很坦白地让鸟枪看这封信。为了表示信任，鸟枪当时没有看，鸟枪说：要得，要得！然后向信上吹了一口气，迅速地封了起来。鸟枪果然把这封信送到了。

赵天知挖空了头脑，艰苦地思索了一切字眼，写了这封信，在这封信里，他说：爱情是神圣的，自由更神圣。他问蒋纯祖那首诗怎么写，蒋纯祖告诉了他。“生命诚可贵，爱情价更高，若为自由故，两者皆可抛。——请你注意。”他写，在“爱情”、“自由”、“注意”这三个词旁边加上了双圈。他称吴芝蕙为纯洁的，高贵的仙女；他请他底纯洁的、高贵的仙女在明天黎明的时候在那个池塘边上等他，和他一同离开故乡，飘流到天涯海角去。“假如明天不行，你就请你弟弟在今晚以前带一封信来，切记切记。”他写。

回信并没有来，那么是明天早晨了。

赵天知有很多的想像，纯洁的、高贵的仙女是一个，一同逃到城里去卖汤元或者卖香烟，又是一个。后一个是计划得很周密的，他想：假如卖汤元，他挑担子、生火、洗碗，他底纯洁的、高贵的仙女就揉米粉。另外还有世俗的称呼，他总是向蒋纯祖称吴芝蕙为他底老婆，使蒋纯祖非常的奇怪；他称她肚子里的新的生命为他底儿子，虽然他确实不知道他底儿子现在究竟在哪里，他却替他取了名字。他确实知道，卖汤元的时候，他底儿子赵小知坐在旁边的竹篮子里，是非常有意义，非常幸福的。

今天他并没有能探听出来赵小知是否还存在，鸟枪说，对于这个，他是一点也不知道的。但赵天知觉得满意，他相信赵小知一定存在，并且一定是一个勇敢的、猛烈的家伙。

蒋纯祖从姐姐那里借了钱来，给了他一部份。一直到晚上他都非常的兴奋、快乐：在明天黎明的时候，他就要告别这个可恶的石桥场，投奔到远方去了。他记得他底先生和他底师母底故事，这个故事激动了他。这个故事是非常浪漫的：十五年前，张春田从他底岳父家里用手枪抢走了他底妻子，带着她逃到上海。

“现在轮到我了！”他想。

是的，现在轮到他了。晚上他去看了父亲，然后去看了师母，他说师母很爱他，他底想像是愉快而放任的。他尊敬万同华，但他底想像对万同华做着同样的游戏。某次他生病的时候，万同华照料他，他忽然觉得幸福，和她调情起来了；“我们相逢太晚了！”他说。其实是并不太晚，但他明白这是没有可能的，因此是太晚。万同华不理他。他不知从哪里弄了一本《少年维特之烦恼》来借给万同华看，万同华即刻就还给他，说：不好看。讲着钟情和怀春之类的书，讲着失恋、厌倦、和自杀之类的书，万同华是讨厌的。此外赵天知还哼了几首古诗送她，她收下了，但蒋纯祖注意到，她根本没有看。她待赵天知如兄弟，现在赵天知就向她告别。

万同华不相信他会成功。万同华认为让鸟枪带信的事是绝顶荒唐的。它实在是绝顶荒唐的，但赵天知信仰自己底爱情和狡猾，万同华责备赵天知不听她底劝告；她说，事情没有那么简单。赵天知很扫兴。"她在吃醋！"他想，使自己重新快活起来——他不知怎样这样地天真。

他和蒋纯祖去喝酒。他激动：伤痛、悲凉、奇异地快乐。

人们在这种时候很少能冷静的。无论怎样，结果是就要到来了。这是好的，这里是多年的生活，苦闷、忍受，于是在黑暗里投进了一道强烈的光明，人们临到了收尾：他们觉得是临到了收尾。过去、现在、将来的一切都变得强烈而鲜明，在这一切里面，有命运底悲凉的、甜美的歌。石桥场是昏沉、枯燥愚笨的，但现在石桥场是生动的。赵天知喝醉了，靠在污黑的墙壁上，凝望着街道。

是什么力量给他带来了和石桥场底生活、思想、命运完全不同的生活、思想、命运？他想是神，是上帝。在世俗底烦琐的扰乱里，没有神，也没有上帝；但到了某一个严重的关头，为了自己底那种绝对的热情，人们就树立了偶像。一切都不能开玩笑；一切放荡和一切作恶，没有一件是开玩笑的。这里是生命、责任、愤怒，那里是黑暗的销亡。这里是灯火朦胧的石桥场，是阴湿的秋夜，泥泞的街道，故乡底苟且的，无出息的人们，那里是光明、战斗、生命和自由。

这个刁顽的青年靠在酒馆底墙上，有时他睁大他底眼睛，有时他闭上；他是有着神圣的感觉。蒋纯祖是带着大的好奇心参与着他底这件事的；觉得能够帮助这样的朋友，蒋纯祖非常的快乐。因为他们底观念不但不互相冲突，并且互相激赏的缘故，在这里就有了一种新的状况：他和孙松鹤与蒋纯祖之间的状况相反，也和孙松鹤与赵天知之间的状况相反。孙松鹤严厉地批评赵天知，显然他不能忍受赵天知底荒唐。但蒋纯祖以赵天知底荒唐为快乐：他觉得，正是荒唐的，永不止息的冲击，能够破坏旧有的，灰沉麻木的一切。他对赵天知有热情的想像，他把他底一切迅速地提升到那种社会的、绝对的意义上去。他决不能够把自己提升到这样的意义上去，所以他积极地参与着赵天知底这件事，他在里面感到光荣。

他确信赵天知需要他，因他底帮助而感到光荣：常常的，由于这种确信，造成了生动的友情。蒋纯祖相信自己是演着重要的角色的，常常在欢乐中不停地嘲笑着赵天知。但有时他在嘲笑中碰到一种冰冷的东西，变得惶惑而严肃，今晚的情形就是如此。

赵天知从不向别人说出他底感激来，他相信一切将由他底生命本身来证明。别人向他说意见的时候，他总是沉默着，他从不说出他底判断和感想来，事后也不说。他也不和别人辩论；他觉得行动是最好的证明。在苦闷里，有很多的想头，有时他想再去当兵："生活是那样简单，一颗子弹就完事！"有时他想出家去做和尚，或者上山去当土匪。他是很认真地这么想的：在目前的生活里，他看不见出路，在绝对的热情里，出现了这些险恶的焦点。他看见了一切丑恶、堕落、不幸；关于这个社会底现实他知道得特别多，他有颓唐的、逃世的思想。依然是中国底幽灵在这里缠绕着他；他喜欢哼古诗，总是关于命运的。但命运的观念，由于那种绝对的热情，有时就爆发了辉煌的光采。

在苦闷中他思索哲学的问题。一般地看来，他思索得很怪诞；然而他极端认真。有一次，他告诉蒋纯祖说，他很怀疑，他不知道曹操底"宁可我负天下人，不可天下人负我"对不对；他说他想这是对的。蒋纯祖觉得希奇，差不多就要讽刺起来了，突然看到了藏在这句话底下的那严重的一切。于是，像那些牧师一样，蒋纯祖说教了两个钟点。他说这是不对的，绝对不对的。他说，人们应该相爱，人们不应该为个人而仇恨；不应该有"天下人"的观点，而应该有历史的观点；不应该有个人英雄主义的观点，而应该有人类的观点；而在残酷的历史法则下，严格地说起来，每一个人都不幸，值得怜悯，因为他们不自知。这是近乎基督教底宣讲了：爱你的邻人。显然蒋纯祖值得怜悯，因为他，这个英雄，说教者，毫不自知。赵天知沉默地听着，没有表示意见。他想蒋纯祖底话有些是对的，有些则不对；他接受了他认为对的，他以后的一段时间里差不多每天都想到他所接受的真理，用它批评自己底行动。但他从不向蒋纯祖说出来。蒋纯祖感到惶惑，觉得自己是碰在什么一种冰冷，冰冷的东西上面了。

在这里，有着人们称为农民底沉默和执拗的那种东西。蒋纯祖觉得不能满足。蒋纯祖从未能希望孙松鹤，或其他这一类的朋友改正他们底弱点，因为这种弱点使他底自私心兴奋，多半的时间，他看不出他们底弱点来，只是感到不满、嫉妒、苦恼。但他竭诚地希望赵天知能够改正他底弱点。他和赵天知底命运的观念斗争，并和他底颓唐的、逃世的思想斗争。在他蒋纯祖自己这种命运的观念，这种颓唐的、逃世的思想，包含着一种虚荣心，包含着什么一种浪漫主义，它们只在虚荣心上才险危，这一点他很明了。但赵天知这里，是冰冷的真实。蒋纯祖有时希望，作为一种救济，激起赵天知底某种虚荣心来，于是他就领着他游历了这个时代底政治的、文化的、艺术的国土，但这是荒谬的。赵天知以有这样的朋友为光荣，闹得更荒唐，此外便再没有什么了。当他知道赵天知在女人们面前说着他的时候，他就感到愤怒了；在女人们面前，赵天知总是小弟弟，这是可爱的，而光荣的蒋纯祖遇到了一切冰冷的东西。

蒋纯祖和他底命运观念斗争，告诉他说，要以天下为己任。蒋纯祖，以他底丰富的心灵，露出了悲天悯人的样子来。一切痛苦都使他痛苦，一切快乐都使他快乐；但这并不总是如此，多半的时候，是妒嫉，愤怒，怜悯。多半的时候，带着这一切，是一个冰冷的自我，在某些时代，比方在骑士的时代，有着纯粹的好心肠，因此也有着纯粹的傻瓜；在这个时代，好心肠是复杂的一切。蒋纯祖要求真实，要求最高的意义。他很容易地便和一切人和解了，但他并不能在这一切里面找到他所需要的。对于真实，他有时有迷乱的理解，因为有时候，即使是最卑劣的恶棍，在他自己底生活里，也是善良的；而他，蒋纯祖自己，也不全然是善良。假如他是可爱的，那是因为他只有一点点善良。此外他有很多的妒嫉；而他底知识就和妒嫉同样的多了。他怜悯自己，信仰爱的宗教，不再妒嫉，就对那压着他的一切和解了，但那一切从未满足他。首先是，发生了基督教的心情和理想，因为，压迫着他的，是这个时代的机械的、独断的教条，和那些短视的，自以为前进的官僚们：他，蒋纯祖，从不承认人是历史底奴隶和生活底奴隶。接着是一个冰冷的英雄走了出来，如普希金所说："充满着虚荣心的他，还有一种更高的傲慢，在任何时候，都以优越的感觉，认为善行与恶行是毫无区别。"

人们看见，蒋纯祖，在这个时代生活着，一面是基督教似的理想，一面是冰冷的英雄，那些奥尼金和那些毕巧林。他所想像的那种人民底力量，并不能满足他，因为他必需强烈地过活，用他自己底话说，有自己底一切。

那个叫做人民底力量的东西，这个时代，在中国，在实际的存在上是一种东西，它是生活着的东西；在理论的，抽象的启示里又是一种东西，它比实际存在着的要简单、死板、容易：它是一种偶像。它并且常常成了一种麻木不仁的偶像，在偶像下面，跪倒着染着夸大狂的青年，和害着怯懦病的奴才们。

蒋纯祖，好像回顾往昔一样，透过这些时代的某些鼓吹、夸张、和偶像崇拜，就能够看见真实了。他想，一个兵士出征，一个农民离开故乡，一个工人在工厂与工厂之间辗转，在集体的生活里，得到了关于自己底命运的自觉，这是第一步。然后是复杂的，精神和物质的一切；有的停止，有的破灭，有的生长。这是一个巨大的运动，需要无穷的热情和创造；智识份子们，应该摒弃一切鼓吹、夸张、和偶像崇拜，走到这种生活底深处去。

但这是艰难的。这一切使他烦恼。而他底主要的对象，是压迫着他的那些冰冷的教条，和一切鼓吹、夸张、偶像崇拜。人们说：人底精神活动底对象，决定了人底本质。在这里，就出现了悲苦、怀慕、怜悯、基督教的心情，并且出现了冰冷的英雄主义。这个英雄，是肯定了这个时代的理论的，但否定了统治着这个时代的感情。对于那些理论，用他自己底话说，他保留了解释权。

所以他荒废、无聊、感到厌倦。所以万同华使他感到辛辣的苦恼。也因此，赵天知使他愉快。从赵天知那里，他得到一种全然新鲜的东西，他觉得，对于人民，他得到一个启示了。但他对赵天知保留着一种优越的感觉，并且他从不隐瞒这个。他想这一方面有了一种饥饿，他对赵天知底执拗和沉默非常的留心，非常的不满。而且，必需强制着不谈自己底题目，他们底谈话才会活泼起来。从这里产生了那种优越的感觉，也产生那种猛烈的，欢乐的，善意的攻击。

他希望赵天知能够成功，但他提示说，对于吴芝蕙那样的女子，不应该存太多的幻想。他说得很含胡，因为怕动摇赵天知底热情。同时他因他们底离别——他愿意相信这个，愿意相信赵天知底猛烈的热情——而感到凄凉。

他祝贺赵天知能够成功，并祝贺那个顽皮的赵小知。赵天知含着朦胧的微笑看着他。于是他们里有嘲笑的欢乐：他觉得，这件事，是绝顶的浪漫，绝顶的好。

他向赵天知说，依他看来，现在就决不是“宁可我负天下人，不可天下人负我”了。他提起这个，因为他对赵天知底沉默一直感到惶惑。

“因为，假如你负了这个女子，你才真是曹操。是不是？”他笑着说。

“不是。”赵天知，看定他。“将来我恐怕仍然要负她。”

“他也有这样的问题吗？也有吗？”蒋纯祖想。

“一个人，要负责任，要把事情做到底，对不对？”赵天知诚恳地问。

“光是这个吗？”蒋纯祖说，含着不变的笑容。

显然的，赵天知心里有美丽的幻想，但他又看得很现实，这是他底苦恼。而且，两个男子在一起，流露出对女子底爱情的嘲讽的情绪来，也是常有的情形。

“光是这个！”赵天知说，“前年中秋节我在西安，做了一首诗：仇未消失恨未休，满城风雨度中秋，梦断乐园心已冷，长安处处使人愁!”他在桌上抱着头,带着一种悲凉的表现,大声念着诗。接着他念其他的诗。他喝得更多,激起热情来,他底发红的大眼睛里有愤激的光辉。他每念完一首,就含着他底轻蔑的悲哀的微笑看着蒋纯祖。他大声喧闹了,从《水浒传》念到《桃花扇》。这些诗歌表示了他底最内面的思想和欲望;这些诗歌说,在将来,在他,赵天知底路程的终点,他将离开家庭、朋友、爱人,走到人们所不愿意知道的,荒凉的山中去。“在我底家里,扶犁耕者,为五十以上的双亲,十四岁以下的幼儿!将来,所可告慰于故人者,唯此心——贞洁如冰霜!爱情爱情!人生人生!老兄啊,他年南柯一梦醒,山径小路候故人!”他大声说,辛辣地笑着。

蒋纯祖感动地看着他。

“老兄啊,这个时代也有另外的一面,也有!回到石桥场来,风风雨雨,又是一年了!”他说,凝视着蒙着烟雾,照耀着蒙胧的灯光的,寂静的街道。酒馆里,除了他们以外,没有别人了。“人底生命短促,”他看着蒋纯祖,说,“为理想,为朋友,为自己,为这个万恶不赦的家乡,为家乡父老,岂能不干一番事业!……”

“怎样,你醉了?”蒋纯祖温柔地说。

他们沉默。蒋纯祖低声唱歌。他们看见一乘滑杆在店铺门前通过:他们看见了烫着头发、拿着皮包的妖冶的李秀珍。在石桥小学底那个告别以后,他们第一次看见她。滑杆迅速地抬了过去,李秀珍,身上的美丽的,鲜明的一切在昏暗的灯光中闪耀着。蒋纯祖站起来,跑到门口。

滑杆在昏暗的街道上迅速地抬了过去;有时在灯光中出现,那鲜明的一切闪耀着。

蒋纯祖走到街心,感觉到冷风,他抬头看了看天。他希望冬天到来,他希望大风雪。他站着,在冷风中冷笑。然后他大步地走了回来。他辛辣、猛烈、骄傲。这是这样的:在周围的卑贱的一切里,他长期地失意矛盾、疲乏、痛苦,然后意外地,突然地有了冰冷的愉快,他撩开衣服跨着猛烈的大步,感到自己有高贵的思想,感到自己有成为人间最美、最强的人物的可能。他坐了下来,含着愤怒的笑容向着赵天知。

赵天知支着面颊望着街道,然后问蒋纯祖,他对他底这件事有什么意见?

“没有意见了! 把一切粉碎!”蒋纯祖愤怒地说。

他们离开了酒馆,回到学校去。赵天知走进了万同华底房间,问她对他底事还有什么意见。

万同华合上书本,向蒋纯祖微笑,请他坐下来。万同华优美,严肃而光明。

“她叫我坐下来。但是我,对于我自己不能期望什么,不能使一个女子对我期望什么……这人间底平庸的一切!”蒋纯祖想。他站着不动,看着万同华。

“坐。”万同华不安地笑着,说。

“不,我想有点事。”他说,转身走了出去。

他是这样的唐突,以致于万同华短促地脸红,在眼睛里流露出异样的、蒙眬的光辉来,看着那扇门。万同华掠头发,悲哀地笑了。然后她严肃地看着赵天知。

万同华感到烦恼,然而必需愉快起来,因为赵天知需要这个。赵天知严肃地、尊敬地看着她;显然的,他底这一切,必需她底赞同。在他底心里,此刻出现了怀疑,同时出现了对这件事的严肃的、神圣的感觉,他和万同华的关系是奇异的,他对万同华有放荡的、荒唐的想像,但同时有神圣的景仰,对于万同华底智慧和善心,他有无穷的信任。

他说,他必得这么做了。他小心地说,他这么做,是不得已的。他问万同华有什么意见。

万同华长久地沉默着;她拨弄灯芯,然后把书本推开:她努力克制她底烦躁。对这件事,她是不能满意的。她憎恨赵天知底胡涂和荒唐,同时憎恨吴芝蕙底愚笨和卑怯,使鸟枪带信的事,使她愤怒。然而她此刻必需不说真话。她觉得做人艰难。

“怎样? 怎样?”赵天知问。

“这有啥子说的!”她焦躁地说,然后温和地笑了。

"你看明天有没有希望?"

万同华沉默着。

"鸦片鬼今天朗个说?"

赵天知说,据鸟枪底话,吴芝蕙已经失去了自由,是毫无疑问的了。他,赵天知自己,也能证明这一点,因为假如未失去自由,吴芝蕙决不会好几个月不来看他的。她自己是决不会变心的,因为他们先前曾经那样地相爱。

"你真的相信她么?"万同华严肃地问。

"我当然相信。我底生命可以打赌。"赵天知说,激动起来。

"那就是了。"万同华说,笑了一笑,然后看着门,想到蒋纯祖。

"你看呢?"

"这件事别人怎样好说呀!"

"要是是你呢?"

"要是是我!"万同华笑,"要是是我,就根本没有事!"

"那么你是赞成了?"

万同华嘲笑地点了一下头。

"你前回去的时候,看见些什么? ……我想小孩子是被弄掉了! 一定是她妈吓她,要不然就偷着给她吃了药! 她自己是决不肯的,她,是决不会的!"赵天知说。他竭力强调这一点。因为在这一点上,建筑了他底全部的信心和理想。从这一点,发生了他底顽强的痴心和浪漫的梦幻。常常是,无论人们怎么明白现实,在这种时候,人们总是不愿意看见现实:从这里,产生出悲剧的想像来。

万同华笑了一笑,点头同意他。这个同意使他高兴。"是啊,我说的不错吧!"他亲切的叫了起来。他决不愿明白万同华底那几个暗示的,讽谕的微笑:人们特别有一种能力,不注意与他们不利的一切,因为,对于这不利的一切,他们自己已经知道得太多。

沉默了一下,赵天知说,假如事情成功,他明天就要离开石桥场了。万同华严肃地看着他。

“我已经看好了地形。假如天亮以后她还不来，我就从后面墙头爬进去……当然我要带家伙……那么，你请安息了！”他站了起来，异常恭敬地说，并且有些困窘，显然他想称呼她，但现在这是特别地不可能：他不知道应该怎样称呼她。

“你请，请安息了！”他笨拙地说，两眼发光，站着不动。

“天知，小心点啊！”万同华跟着走到门边，说。

“我知道。”他在黑暗中，他活泼地说。“好，再见了！”

“再见！”万同华说，温柔地，凄凉地笑了一笑，走进去，关上了门。

赵天知在操场边沿上站着。万同华熄了灯。他仍然站着，他心里充满了感激的柔情。

万同华打开了窗户。显然她知道他站在这里。在黑暗中，浮出了她底苍白的、忧郁的脸。秋夜的冷风轻轻地吹着。

“天知，你怎么还不走呀！”她说，嘟哝了一句，同时发出笑声来。

赵天知转身，沉默地、迅速地走开去。他打开校门，坐在门槛上，望着田野。

石桥场底灯火完全熄灭了。可以看见在苍白的天上飘着的蓬松的云。在田野上，各处的断岩、浅谷、河岸、庄院、树林被静止的，稀薄的雾霭覆盖着。各处有激烈的犬吠声。每一阵冷风，都带来一阵冰冷的、腥膻的新鲜的气息。

赵天知穿得很单，感到寒冷。他坐着，想到，假如明天能成功——上帝帮助他！——他就要和这个石桥场，这些有价值的，高贵的朋友们告别了。从往昔的回忆，发生了悲凉的，兴奋的想像。他觉得他底生命将有悲剧的终结；他觉得，他，万同华，张春田，蒋纯祖和孙松鹤，他们底生命，都将有悲剧的终结。他很冷静地想到这个，看见这个。

蒋纯祖常常要想到，看见别的，因为他心里的渴望是这样的多，因为，在这个时代底重压之下，他渴望解释他底生命，以和那重压着他的一切抗衡。但赵天知自然地想到这个，看见这个。从市民们底戏剧里，产生了光荣底追求者；从农民们底史诗里，走出了虚无的哲人。这个时代在理论上解决了一切，在实际的社会生活里，产生了无穷的分裂、矛盾、追求、遗弃、痛苦，和不值得一顾的小小的悲剧、小小的灭亡。但这是多么辛辣呀，对于那些主人公们，这些小小的悲剧，小小的灭亡！为什么他们总是不能认识现实！为什么他们总是夸张起来，狂热地喊着："前进！"

"这一点也不生关系，这一点也不妨碍我，要是她自己不愿意，背叛我，轻视我！"赵天知想。他现在不得不这样想了，一种猛烈的渴望，占领了他，他突破了为他自己所努力地造成的恋爱的梦想，带着更高的浪漫，站在赤裸裸的现实中了；"我们两个人，是两个生命，各人负自己底责任！我们从来就没有互相理解！她照着她底样子去做，她愚蠢，对朋友不讲信义！我应该负责任，可是像这样就不能束缚我！……是的，我这样想？这里是石桥场，这里是全世界，我相信我已经有经验，我相信谁都不能逼迫我，我要自由！如果哪个拦住我对我说：你不准走这条路！我就要杀死——他，走过去！"他看着前面的田野，他看见自己举起了刀子，他发出笑声来。他从身上取出刀子来掷到地上去；发出轻微的声音，刀子插在泥土里，在夜光下发亮；"这样多的丑事，这样多的迫害，我们没有生活底权利吗？至少我有一把刀，至少在我死底时候，我会在你身上戳两个洞！"他说出声音来，望着那把刀子，感到欢乐。显然，失望的生命，有浪漫的、华丽的冠冕。但这种热情也是可惊的朴素。如果人们能理解赵天知底经验，和他在目前的生活里所感到的痛苦的话，人们便能明白这把刀子有什么意义了。他，赵天知，联结着他底穷苦的家庭，在石桥场底深处激荡着；他是沉没到海底，窒息着，每一个波荡都使他摇晃。他敏锐、诚实、但常常被热情的想像所动，变得出奇的荒唐：请鸟枪带信的事便是例子。仅仅是某些东西的本能的、肉体的、苦闷的厌恶，便足以使人有杀人的念头。对这个社会的那种单纯的道德思考，给人们启示了正义的，复仇的权利。

蒋纯祖披着大衣，站在他底后面看着他。蒋纯祖已经这样地站了很久，显然赵天知底独白和那把刀子使他快乐。他突然地跳了出来，一脚踢开了插在地上的刀子。赵天知惊吓地叫了一声，随即站起来，可怕地看着他——几乎不能认识他。

“刀子送我。”蒋纯祖说，拾起刀子来。

他显得严肃而恳切，但赵天知仍然可怕地看着他。赵天知想，在这种紧急的时间，他应该怎样扑击，以便把刀子夺回来：他想得非常认真，他可怕地看着蒋纯祖，以至于蒋纯祖感到不安。随后他们两个人都笑了。

他们显然喜爱悲剧，他们在这里面寻找欢娱。在这种时候，他们觉得轻松，和谐，于是他们在石阶上坐下来，开始了亲密的谈话。蒋纯祖偶然地——他自信他是偶然地——问起了万同华底某些事情。赵天知和他说了一些故事，并且说了她，万同华底家庭。赵天知显然明白蒋纯祖，假装是偶然地提起这些故事来的。渐渐地他说到题目上来了。他说，据他看，万同华异常关心某一个人。

蒋纯祖沉默着。在这一类的时候，他曾经是很善良的……那种甜蜜，那种青春的幸福和光荣向他唱着歌，使他，在“爱情的小河”中陶醉，在无上的赞美中露出了羞怯的，欢喜的微笑；在纯洁的青春里，蒋纯祖曾经是多么简单，多么善良呀！但他确信这一切已经过去了。当人们确信起来的时候，温柔的歌，就唤起了冰冷的傲慢了。

假如是在纯洁的青春里，就要被弄得神魂颠倒了。在冷酷的、愚蠢的生活里，浪漫的心，创造了非常的现象，一道灿烂的，甜蜜的光辉投射了过来！“假如没有这个，人生有什么价值啊！”他们叫喊。但这个时代，对于人生底价值，启示了，发表了，实践了另外的意义，况且蒋纯祖已经生活得深不可测了。于是，在这里，他就用一种冷淡的假面，遮住了他底浪漫的心了。

“老兄，前进吧！”赵天知说。

“前进到哪里去？”蒋纯祖说，顽劣地笑了起来。

在这个灵魂的问题上，关于前进到哪里去，他们之间是谈不通的。但可悲的是，在这里，仍然是重复着这个世界底古老的，古老的主题；蒋纯祖却认为，在中国，他是第一个走进这个新异的、全然新异的主题。他是扬起旗帜来，和那个叫做时代精神的东西宣战了，但一面他就非常的痛苦。

蒋纯祖想：关于爱情，这个时代底理论是非常的令人头痛的。它是工作和爱情统一的，它是精神和物质统一的（到了现在，人们不讲灵魂和肉体了），等等。那些新的人物们，建设他们底生活的时候，因为工作，或者因为上帝的缘故，就理直气壮地从现成的仓库里取得他们底材料了：他们没有别的材料。

他想：爱情始终不是浪漫的诗歌。从虚荣、保守、苟安，人们产生了一种心理；人们觉得必需使他们底家庭像一个家庭。这就是说，必需服从传统、社会、和现成已有的一切，他们才能够得到他底利益，包括金钱、和平、社会地位，最主要的，压迫、和奴役妇女。新的人们，是顶着新的帽子的，但事情并不两样。一个新的青年，最初是幻梦、理想、反抗，然后他带着这些东西恋爱了；假如他不破灭，他当然就结婚了。一切都适合于这个时代的教条。但对于家庭生活底复杂的一切，这些教条就太简单。他必需使一切和谐起来。重要的是，能够在教条底指挥下走到这一步，教条对他必定是有利的，他必定是愚昧、虚荣的。他无时不注视着他底导师们，无时不以模效他们为光荣。他底理想很单纯：妻子必需服侍他，玩一些爱的花样，赞美他（根据教条，他说是共同工作）；他底趣味和智力都是非常的可怜，然而妻子必需追着他，使他喜悦（根据教条，他说这是精神的统一）；他爱好时尚，以别人底趣味为趣味，在装束、发式、体态、表情上，强迫他底妻子服从（根据教条，他说这是爱情的理想）。假如妻子在一切上面压倒了他，假如生活下去，遇到了琐碎的苦恼的时候，他就公然地求助于道德、伦常、民族底母性、中国底特殊的文化等等了；他也能够使这一切和教条和谐起来。他底建筑底一切材料都从旧的仓库里取来：他悲叹人欲横流，提倡理性主义；他羡慕他所得不到的高位置,鼓吹坚定、道德、不动心。他永远相信:善于利用现成的一切的人,才是真正的新人物。

他们维持着、弥补着、保守着。他们得到双重的美。但另一些人,就堕到可怕的痛苦里去,消失了一切希望了。对于某一些人——蒋纯祖想——和某些虚伪的理论斗争是一回事,它是英雄的事业;面对着惨苦的现实生活又是一回事,它是把他们底一切全暴露了。蒋纯祖特别觉得这一切是惊心动魄的,他站在这种骇人的景象面前,然后,由于某种冰冷的操守,由于傲慢也由于怯懦,他退后了。常常的,由于怯懦,人们就遇到了更可怕的问题,在这些问题上呈显出无比的勇敢,虽然这是很奇怪的。

他确信他不能结婚,不能在现实的生活里爱任何人。他确信在现实的生活里只有咀咒、厌恶、和动物的本能。他确信他底理想已经破碎,他已经堕落;而且有一段时间他对这毫不感到痛苦。他常常遇到蛊惑、诗歌、美妙的、动人的一切;他觉得他必得铤而走险了,但立刻他又退了回来。他和自己宣战,常常失败,但更确信。在早晨,他觉得生活美好,人底创造力无穷,中国底情况特殊,他必需信仰理性、道德、现实的方法,家庭生活和社会生活,到了晚上,他就怯懦起来,随后又勇敢起来,向他自己底虚伪,向那骇人的一切挑战了。

他是这样的自私自利。他永远没有前进一步。他戴起冷淡的假面来欺骗自己,告诉自己说,他已经追求到极深的海底和极高的峰巅去了。

但对于赵天知,他是赞美的,因为赵天知不属于他底一类,因为在赵天知,现实的能力就是理想的能力。他相信赵天知底汤元担子比这个时代的任何担子好得多。

"老兄前进啊!"

"不要害别人吧。"蒋纯祖冷淡地说。

他们走了进去。他们都没有能够睡觉。赵天知睡在长凳上,没有盖任何东西;他觉得,假如睡在什么地方,他便不能防御自己，他便要做起好梦来了。他常常睡在最硬，最难受的不舒适的地方，这是一种苦行。他焦燥地闭着眼睛，天快亮的时候，他起来了。

听到他底响动，蒋纯祖迅速地起来了。蒋纯祖点燃了油灯抽烟；他昏晕，四肢发冷，面孔发烧。他们悄悄地走了出来，外面有大雾。

他们沉默地在大雾中迅速地行走。寒冷的、潮湿的雾气使他们清醒。最初一切都看不见，他们在雾中彼此短促的呼唤。快要到达的时候，弥漫的大雾里发出了特殊的、安静的、有生气的白色：黎明来临了，可以看见脚下的潮湿的石板路和三步以内的水田和草坡。走到吴芝蕙家附近的时候，他们听见了嘹亮的鸡啼。在这样的早晨，他们对一切有特殊的，清晰的感觉。他们觉得这个完整的世界在沉默地，有力地运动着。

他们走进了潮湿的、静止的竹林，雾里的光明更安静，更有生气；他们走到了水塘边上。水塘静止着，雾气在水面上滚动，水内有黑白分明的投影。

他们站了一下。没有吴芝蕙，她没有来。

赵天知想，他爱这个女子，不管这个世界同意与否，他要把她带到远方去。对这里一切他已经厌恶，只有她、吴芝蕙，是他底希望；他要爱她，对她忠实，一直到死。看见水塘的时候，他完全明白了他底这个思想底意义。他严肃、注意，动作灵活。蒋纯祖注意着他，觉得他底眼光很可怕。

吴芝蕙没有来，于是他们走到门前。然后他们退到竹林里去。天亮了，赵天知面孔打抖。

"没有希望了！"他低而迅速地说，立刻走出竹林。

他请蒋纯祖替他站在大门口，他迅速地绕到后面去，在浓雾中爬过了矮墙。他曾经来过吴芝蕙家，知道它里面的道路。他学过军事学，而由于经验，他在任何时候都注意他底周围底地形、方向、道路：这是一种非常的兴趣。现在他又用得着这个了。

假如能够得到这个女子，他便是最幸福的人了：他无声地，迅速地走过后园，打开了园门，因为这是为逃脱所必需的。他绕过碉楼，走进了黑暗的厨房，然后他便在地上爬行，听见声音，他便伏着不动。他进了庄院内部的小天井，这里有路通后园。他爬到吴芝蕙底窗下，站起来，用舌尖舐破窗纸。

床前灯火，已经快要熄灭，显然是点着过夜的。吴芝蕙睡在床上。睁着眼睛看着窗户，眼光疲倦、迟钝、痛苦。赵天知轻轻地叫了一声，她露出恐怖的表情坐了起来。

"打开窗子。"赵天知小声说。

她轻轻地，迅速地跑到窗边：她未披衣服，寒颤着。

"你走开！走开！"她说。

"让我进来！"赵天知愤怒地说。

"他们知道了！"

赵天知战栗着。这时左边起了叫声，接着吴芝蕙底肥胖的母亲披着衣服走了出来了。

事情是这样的：母亲极端地憎恨鸟枪，因为他是败家子。鸟枪常常偷窃家中的财物，母亲发誓不再给他一个钱。……昨天晚上，他装出严重的，轻蔑的样子来，透露了一句话，要挟母亲。母亲和他大闹，终于他用这个消息卖到了几块钱。

鸟枪胜利、喜悦、兴奋。当里面大闹起来的时候，鸟枪正在门口；他是偷偷地跑到门口去的，他不知道赵天知已经进来了。由于武侠小说式的奇想，他非常的感动，他觉得这正是他保卫家庭，大显身手的好机会。

他打开门，摆好姿势，非常的英武，先把枪口伸了出去。

"好男儿奋勇争先，冲呀！"他叫，冲了出去。

雾罩仍然浓密，冲锋的鸟枪没有看见蒋纯祖。蒋纯祖首先看见了枪口，他提起他底大木棍，闪到墙边去，鸟枪冲了出来，打了一个旋，瞄准池塘。

来不及收回他底得意洋洋的姿势，他看见了蒋纯祖。他恐惧、羞耻，做了一个鬼脸，站住不动了。

"你来罢，我不怕你了，"他底表情说，他不停地挤眼睛，看着池塘。

蒋纯祖愤怒地笑了一笑。听见了里面的叫声，他迅速地走了进去。于是鸟枪追着他，在他后面站下来，瞄准他。又追了几步，又转下来，瞄准他。一共瞄准了四次，蒋纯祖走进了院落。

赵天知已经被包围了。在他底周围，爆发着叫骂、咀咒、怒吼，他站着不动，含着愤怒的痛苦的笑容。显然的，吴芝蕙家底愤怒的男女们，对于这个卑贱的家伙，再不能饶恕了。

有人喊叫拿绳子来。吴芝蕙底大哥走了上去，向赵天知底胸上极其猛烈地击了一拳。但赵天知毫不防御自己，他倒到窗户上去。他底眼睛静止，可怕。他底眼光忽然变得透明，好像黑暗中的猫。

"天知，走开！"蒋纯祖大声喊，战栗着。

赵天知不动，以猫的眼光看他。他忍受了第二拳，咳嗽了两声。他觉得挨打很快乐。接连的残酷的打击使他从绝望、迷乱、犹豫中醒转，面对着命运，变得坚决，顽强。他想，这就是他底纯洁的，高贵的仙女带给他的一切。他觉得生命很简单，这一切很好；他有奇异的，人们常常在愤怒中感觉到的，强大的快乐。

蒋纯祖恐惧、屈辱、愤怒，走了上去。他突然地吼叫起来了。他明白他要拯救他底朋友；他不知道发生了什么，他被击到了。但他清楚地，有力地看到赵天知底猫般的眼光。这眼光突然地更明亮，赵天知取出了他底锋利的刀，举在头上。

吴家底人们退后了几步。蒋纯祖明确地知道会有可怕的事情发生，他爬了起来，冷笑着。他向鸟枪瞥了一眼：大概因为人太多的缘故，鸟枪无法冲锋；鸟枪底眼睛睁到了最大的限度，瞪视着。

"天知，走开！"蒋纯祖喊。他试出来吴家的人们已经放松了。

这是在这个浓雾的小院落里短促地发生的一切。吴家底人们，不管这一切是怎样造成的，在现在是有着道德的愤怒。但这是一种乡野式的自大，当赵天知举起刀子来的时候，他们底道德的愤怒便撤退了：他们觉得和赵天知这样的人流血，是不值得的。

赵天知突然转身，跳起来一脚蹬开窗户，迅速地跳了进去。

吴芝蕙披着衣服站在房中，苍白、恐怖。

“跟我走!”赵天知说，脸打抖。

她看着他。他跑过去打开门，站在门边。

“跟我走！外面是自由!”他说，指着门外。

“饶了我吧。”吴芝蕙说，低得几乎听不见。

“走不走，说!”赵天知凶恶地说，看了刀一眼。

吴家底人们出现在门口了，拦住了门。

“她是我的!”赵天知向他们叫；他明白这句话底意义：“走不走?”他向吴芝蕙厉声说。

“不走。”吴芝蕙回答，同时退到床边。

“我们底关系完毕，我底责任尽了!”赵天知大声说，然后迅速地跳上窗户，跳了出来。

他们迅速地走出门，走过池塘、竹林、土坡；飘浮着的浓雾里有太阳底金色的光。他们沉默着，他们差不多是在奔跑。在一个斜坡顶上，赵天知停下了；他咳嗽，用手接住吐出来的痰，蒋纯祖看见了血。

“怎样?”蒋纯祖恐惧地问。

“不，没有关系。”赵天知说，向他温柔地笑，脸上有小孩的表情。“啊，顽固的母亲，美的女儿，愚蠢的情人!”他说，笑着，脸打抖。

“你原谅了这一切了吗?”蒋纯祖感动地、哲学地问。他觉得，赵天知底这句话，含着悲伤的温情，是对于残酷的现实的一种美化、抚慰，和一种原谅。

“我原谅了!”赵天知悲伤地大声说。

“可能是因为爱情，因为他底自由和他底责任——他原谅了！他已经被打出血来，他却原谅了!”他们走下斜坡，蒋纯祖感动地想。

"你已经被打出血来,你原谅了吗?"他谨慎地问。

"我原谅。"赵天知简短地说。

他底声调里的某种力量深刻地感动了蒋纯祖。蒋纯祖觉得,因为爱,主要的因为爱自己,人们原谅,这种力量胜过一切。从浓雾里,太阳升了起来。蒋纯祖觉得温柔,爱,清醒,有力量。

二

赵天知病了,他回到家里去,好久不出门。孙松鹤从城里回来,带回了一些新书,并且带回了一些故事;他们觉得这些故事和他们是血肉相关的。蒋纯祖短促地有兴奋的,快乐的心情:朋友回来是一件快乐;他们突然有无穷的话要谈,他们谈了一整夜。他们谈到国内外的政治形势,欧洲底阴谋和战争,张伯伦底可恨,以及在一切之中的总的原则。谈到政治、文化、希望、目前的苦闷,和其他一切为他们所特有的话题。他们不停地大笑。那在先前是苦闷、灰暗、混乱、艰难的一切,现在突然变得生动、光明、美丽、简单了,"所以,"孙松鹤在每一个话题后面证明地说,"我们并不是没有希望的,并不是没有。"

但两天后生活又照旧地变得冷酷、愚笨、灰暗、艰难。蒋纯祖记得,两年前,或者更远些,他是那样的热情、单纯,那样的爱自己。现在他是这样的憎恶自己。在人们底身上,最美丽,最动人,最富于诗意的,是或种尚未在人生中确定的性质,从这里发生了一切梦想和热情。蒋纯祖觉得,虽然他并未被确定,但已经被规定了,那个不可见的,可以感到的,强有力的样子,正在向他合拢来,他就要被铸成那种固定的,僵死的模样。这种意识,唤起恐怖。

他看见他底青春失去了,他看见那丑恶的一切。在以前,他说不清楚他底将来是怎样,但觉得它动人、热烈、美丽;现在他清楚地看见了陈列在前面的灰暗的、可怕的一切。现在轮到他来嘲笑无知的幻梦了。他渐渐地麻痹了。他觉得不适意,他觉得厌恶恐惧,但他不想动弹。

现在他常常整天地无感情,无激动。假如他感到厌恶,恐怖的话,这厌恶,恐怖,就奇异地安慰了他。“这是可怕的!”他冷淡地想,上床睡觉了。可能的这一切是由于贫穷、混乱、寂寞,它们引起了肉体底厌倦和不适,以至于招致了某种慢性的疾病。理想底火焰,并不是孤独地燃烧的,它需要这种安慰;爱情、光荣、或者仇恨,毁灭的歌。这首先是个人的,就是说,被个人感到,在个人底生命里实现的。但这个时代底另外的一些个人严禁个人,以无可比拟的力量,粉碎了这种反叛。蒋纯祖得不到爱情和光荣,因此就认识了它们;他觉得它们是丑恶的,他自己底情形便是证明。那种冷淡的假面,那种浪漫的冷淡,不久就被他自己戳破了,它们消失了。现在他只是看到陈列在他底面前的冷酷的、灰暗的一切,处处被它们围绕,不能再前进一步;他看到它们,但无感觉:任何浪漫的情绪都消逝了。他不反抗,也不顺从;他觉得可怕,但得到安慰。他希望时间迅速地过去,他希望他底青春迅速地销亡,他希望知道,在消逝、销亡之后,他究竟会得到什么;那个灭亡,究竟将以怎样的方式到来。“这是多可怕!”他想,冷淡地放弃了一切。

蒋纯祖,或许是过于贞洁、自爱,或许是过于虚伪、罪恶,最后,或许是过于怯懦、自私,在这个社会上,无论从哪一面,都得不到安慰了。

他始终觉得,蹲在这个石桥场,他底才能和雄心埋没了;但又始终觉得,这种意识,是最卑劣,最卑劣的东西。他觉得前者是虚荣、堕落、妥协、对都市生活的迷恋,后者是历史的,民众的批判,然而对于他,是痛苦、厌恶、销沉。

一个热情抵销了另一个热情,这样地生活下去,他暧昧、闪烁、昏沉。他长期地无思想,他厌恶他自己,因此他觉得在他周围发生的一切是当然的,他底对别人的憎恶是当然的。直到这样的一天,他底内心所蓄积的一切突然爆发,使他经历到狂热的印象。……

某天下午他去看赵天知。他并未想到要去看他，他招呼瓦匠收拾房子，瓦匠走了，他站着，感到无聊。校工摇铃放学，走过他底面前，年青的、黧黑的脸上有友爱的笑容，向他点头。年青的校工显然觉得他是善良的人，对他无拘束，这种友爱令他喜悦。学生们涌出来了，呼叫、打架、奔跑。他心里的简单的喜悦使他感到他必需做什么，他走了出来。沿路有学生向他鞠躬，他觉得，因为什么原因，学生们喜欢向他鞠躬。有的学生走在他底前面，突然转过身来向他鞠躬，希望他说什么，然后带着不安转过身去。他觉得他妨碍了学生们，他走得快起来。孙松鹤不在家，张春田和王老先生不在茶馆里，他觉得寂寞，到赵天知家来了。

是阴雨的、粘腻的、不愉快的日子。他想喝酒，突然之间这个欲望变得极强烈。赵天知在他底黑暗的，狭小的屋子里，站在桌前，在一个石臼里捣药粉，他底母亲站在旁边和他用低而快的声音说着话。赵天知读了一些医药的书，在医治自己，并且和场上的土医生开了玩笑。他和母亲在谈论医药，母亲反对他。但显然他们并不互相抵触，老人处处觉得儿子比自己强；只是老人爱说话。看见蒋纯祖，老人就恭敬，拘束起来了。对于远方来的客人，这种家庭是非常殷勤的，虽然它是这样的贫穷、艰苦。因为这个缘故，蒋纯祖们就不常到赵天知家里去。常常是，在场上，在学校里的时候，赵天知和他们是平等的，但一到了家里，情形就两样了：赵天知立刻变得客气、殷勤、恭敬，连说话的姿态和声音都变得两样。在别的地方，当他们谈到某些事情的时候，他们是常常争论的，但一到了他底家里，赵天知就总是尊敬地赞同，并且总是带着不变的，愉快的微笑。蒋纯祖觉得这是非常的有趣。

赵天知告诉蒋纯祖说，他昨天遇到一个医生，关于他底火气，医生说只能吃四钱大黄；医生说，吃多了就要送命，但他告诉医生说，他两天前已经一次吃了四两。医生吃惊，摇头，最后说，这是各人底肝气不同，等等。赵天知说这个小故事，带着不变的，愉快的笑容：他要告诉客人说，在他底家里，他是生活得很愉快，很愉快。这时赵天知底母亲就捧着泡炒米进来了。赵天知劝蒋纯祖一定要吃光。

“你说你从前照的照片呢？我要看那位将军底签名。”蒋纯祖笑着说。他要看这个，因为赵天知曾经说过，他底一切东西都由他底母亲保存。他底母亲，记忆力是非常强的。

这是三年前的东西了。赵天知告诉母亲，它是怎样交给她的，它是怎样的形式，等等。母亲笑着，因为这将使客人愉快，恭敬地听着。然后她打开壁前的黑色的大橱。那里面是堆着衣服、罐头、盒子、破烂的书籍和画片……一切看来是非常的凌乱。老人含着不变的笑容蹲了下去，开始寻找了。蒋纯祖笑着看着赵天知。

老人从里面抽出了一个破纸本，站起来，含着同样的慈爱的、简单的笑容，翻了一两页。她从纸页里夹层里取出一个纸包来，打开纸包，取出了那张照片。她把照片放在桌上，笑着看儿子。蒋纯祖注意到，她很少看他。照片退色、卷角、染污渍，老人笑着看儿子，露出缺牙，眼睛明亮。老人全部时间里未说一句话，她做了她底记忆力底表演，觉得这将使客人愉快，她满足、慈爱、打皱的、干瘪的脸上显出光辉。蒋纯祖突然觉得自己太轻率，也许会使老人感到失望，变得严肃起来。他注意到，在他看照片的时间里，老人不动地站在打开的橱前，笑着，捧着纸本。蒋纯祖觉得这里面有什么异常的东西；他觉得，他底厌恶生活，是一种罪恶。他突然看着老人。但老人不看他；老人向儿子笑，显然她从这张照片想起了往昔的某些事情。

“她应该说什么！”蒋纯祖想。

但老人始终未说什么。她笑着藏好照片，关上橱，走出去了。显然是，农家底旧式的妇女，不向生客说话。蒋纯祖注意着外面的声音。显然老人在摘菜了。

“我不在这里吃饭！”蒋纯祖说，皱着眉。

“没有在人家……是的，没得！”赵天知向外面说，听见了母亲说什么。

他们继续谈了简短的话，在谈话里赵天知不停地向外面回答。蒋纯祖注意起来，他们沉默了。老人在外面低语，显然是自言自语，赵天知不再回答她。她说到纸头，鸡、猪、牛、场上的人，谁走了，谁说不回来，等等。

赵天知笑了起来。

蒋纯祖突然向外走，假装有事情。他看见老人俯在桌上检菜，低声说着，含着不变的、慈爱的笑容。显然老人现在爱一切，爱桌上的菜，房里的儿子，谷场上的鸡、猪、牛、和那场上的、走了的、说不回来的人们。这是她底生活底全部，她爱它。

蒋纯祖突然站到老人底生活和感觉上去，看着在雨中刷翅膀的雄鸡，看着睡在屋檐下的小猪，看着坡下的给予寒凉的感觉的田野，眼里有泪水。他在雨中走了回来。

赵天知问他看见张春田没有，他说没有。于是赵天知含着单纯的微笑告诉蒋纯祖说，张春田底太太，因为没有钱吃饭，昨天曾经企图下砒礵毒死她底抽鸦片的母亲。

蒋纯祖立刻想到了自己底厌恶的情绪，感到恐惧。他觉得赵天知底单纯的微笑是希奇的。他又问了一些，严重地听着。想到生活深处底一切，他心里发生了震动。他站起来，说他要去看张春田。赵天知留他吃饭，并且说家里有酒。

“我一点都不饿！你拿酒来吧！”蒋纯祖说。

但因为赵天知底坚持——他催促了母亲——蒋纯祖仍然吃了饭。饭后他异常兴奋；已经黄昏了，他们去看张春田。

蒋纯祖见过张春田底妻子，并且见过很多次，但由于蒋纯祖底性格，他们之间从未谈过一句话。她时常到场上，或学校里来找她底丈夫，差不多每次总是要钱、借米；她和赵天知、万同华姊妹之间的谈话底题目差不多总是关于打牌的。见到这个面带病容的、凌乱的女人，蒋纯祖总是感到那种恐惧和厌恶相混合的情绪。这种情绪在这一段时间里占领了蒋纯祖，蒋纯祖以她，张春田底妻子为它底象征；他觉得这是残酷的、愚笨的现实底象征。是家庭生活底象征。是他底警惕，恐吓，和威胁，并且是一切热情的梦想底警惕、恐吓、和威胁。

蒋纯祖知道张春田底恋爱故事，十几年前，张春田用手枪抢出了这个地主的女儿，和她一同逃到上海。他们最初在上海读书，然后到杭州去住家。据张春田底话看来，那时候他们是快乐的；他们非常的浪漫。在杭州的时候，张春田和那些改组派，那些无政府主义者，那些现在成了官僚和名流的艺术家和智识份子底生活在一起，从那个时候起，张春田就是非常怪诞的了，主要的他是非常的聪明。他穿着西装，同时穿着和尚的鞋子，受到了杭州警察底干涉；他拖着很长的竹竿在西湖底苏堤上面追赶漂亮的女人……这些故事，或者笑话，成了他现在欢娱，并且成了他底反对理想的例证，因为，青春过去了以后，就不再回来了。当他底往昔的朋友成了当代的显赫的人物的时候，他就甘于他底贫穷、懒惰、村野，觉得这是唯一的生活，不想再动弹了，他底浪漫的妻子，就成了现在的这样。这里面是没有丝毫浪漫的热情的；先前也许有，但现在消逝了：他现在只是憎恶那些显赫的朋友们。他很明白，对中国，对民众，他们和他同样没有做什么，并且不可能做什么；他认为他们可恶，虚伪。

他是懒惰的。他底嘴巴是全石桥场最放荡的。但他底行为是忠厚的——他并不如他所想的那样毒辣。他不洗澡，不漱口，不洗脸，不替别人做媒，不给朋友写信。半年以前，他底一个有钱的侄子请他到重庆去主婚，他做了新衣服，买了新皮鞋——全部都刷新了。他回来向大家夸口说，那个新娘一抬头，看见有这样漂亮的亲戚，忍不住地笑了。他向任何人都这样说，他说新娘非常漂亮，显然他很得意。但这个漂亮的亲戚立刻就变成了脏鬼。那套衣服到现在还没有脱下来。皮鞋破裂了，中山装底袖子和裤子高高地卷了起来，布满了油渍和污泥。

整个的夏天，张春田披着脏衬衫，袒赤着胸膛，坐在一线天里骂人；秋天，衬衫扣起来了，他披着那件抹布一样的中山装，坐在一线天里骂人，镇长何寄梅，大家称他为本党同志的，是他底主要的攻击对象。他钦佩一些有名的作家，因为他们会骂人。他满脸胡须，身上发臭，眼睛滚圆、明亮、灵活。他常常是非常的活泼；他确实常常很快乐，因为有着某些奇异的，善良的希望，他觉得满足了；差不多所有的人都是如此的：他们咒骂一切，他们嘲笑、快乐、善良，他们满足了。对于这个鬼脸的世界，——这是所有的人都警惕着的——他们只能开一些喜剧式的玩笑，永不能有残忍的，毒辣的手腕，如他们所羡慕、并期望于自己的。主要的是生活底沉重的束缚。在这种束缚里，或在这种现实里，多数的时候是痛苦、烦闷；少数的时候是突然的满足、满足、天真的快乐。

他底妻子胡德芳，在这种生活里，对他有无穷的怜悯。但好像对于顽皮的小孩一样，她放弃了他了。他们互相放弃了。她永远无法使他脱下他底脏衣裳来，因为他常常穿着衣服睡觉。像一切人一样，他自己也觉得这样很不舒服，但他想：明天总可以的。并且懒惰是一桩快乐。他大半在外面吃饭，所以她必需到处找他要钱买米。在石桥小学危急的关头，在乡场底冷潮狂暴地掷过来的时候，在人生底隆重的悲惨里，他一次一次地卖去田地、山头；她，不能抗议。那种隆重的悲惨，使她同情他。并且庄严地对待他。

她并不是好的助手，因为他不需要帮助。她打牌，她底母亲抽鸦片，这是两件痛苦、可怕的事。斗争，和内心底激厉，常在极度的灰暗中开始了。她发誓不再打牌，她偷走母亲底烟具。然而在这种沉默的生活中，诱惑并不是这样就抵抗得了的：每一个人都有这样的经验。“再有一次吧！只是这一次，最后的！”他们对自己说，同时他们自己就明白，跟着来的是第二、第三次。一个妇女，在她底邻人们中间生活，不管自己底处境怎样特殊，她总是善良地信任大家，和她们采取同样的见解。……张春田底妻子，胡德芳，常常饿着自己、母亲、小孩们，去打牌，最重要的理由是，大家都不管这个家：母亲应该挨饿，因为她抽鸦片；小孩们应该挨饿，因为他们底父亲遗忘了他们。她常常给母亲几个钱。但老人底化费非常的大，一个月的鸦片，等于全家两个月的粮食，老人就吵架，借贷，出卖衣服。老人并不可怜女儿，并非不憎恶自己，但她觉得，在艰苦无欢的一生底末尾，她是不必再管什么了。母亲和女儿互相厌恶，因为她们厌恶自己。老人多次在咒骂里要求女儿杀死她，这是恶意的，女儿每一次都想：对的，要杀死你！在这里，胡德芳觉得自己对不住她底忠厚的丈夫。张春田从不参与母女间底争吵，常常的，他对这一切毫无感觉。

过去了几天。胡德芳多次地到学校里来；有两次带了小孩们来，在学校里吃饭。胡德芳凌乱、瘦削、饥饿得可怕，但仍然喧嚣，骚扰。她到处吵闹，谈论，在学校里跑来跑去；拖着鼻涕的小孩们跟着她跑。显然喧嚣使她暂时地感到轻松。“没有什么了不起的事，就会过去的！就会过去的！”她想。她甚至显得快乐，她和万同华姊妹大声地谈论杭州；往昔的一切，现在是特别的动人。她未谈到打牌，因为她已经发了誓；在暂时的轻松中，她正在抵抗强烈地袭来的诱惑。大家并不觉得事情有怎样的可怕。万同华提议说，可以在学校里挪借少数的钱，但张春田淡漠地摇头。在这些方面，他是异常严格的。

蒋纯祖对胡德芳感到厌恶和恐惧。特别在听见她兴高采烈地谈论杭州的时候，他厌恶她。作为生活底象征，他对她感到恐惧；作为一个女人，他厌恶她。他觉得她愚笨，可恶。这种情形是那样的强，他很多时候都用这个女人底名字来称呼这种情形，这种生活。他想，假如他要结婚的话，他便会被胡德芳包围、窒息、杀死！……

胡德芳借到一点点钱，带着她底小孩们回去了。她买了一点米，剩上来的钱，放在小女儿底内衣口袋里，被母亲偷去了。为了抵抗诱惑，她把剩下来的钱放在小女孩底内衣口袋里。她自己明白，因为企图保留着打牌的可能，她才没有把所有的钱都去买米的。她是在这种内心冲突里战栗着。打牌的可能，寻乐的可能，不停地蛊惑着她。她想，把钱放在小女孩底贴肉的口袋里，她便必会战胜诱惑。“她是你底血肉，你底生命，你底女儿；她幼小，天真，可怜，而这个钱，你看，贴着她底肉，有她底热气，你无论如何不许！”母亲的胡德芳说。她常常检查这个钱，抚摩它，并且吻女孩。但这个钱在这天晚上突然不见了。女孩说，奶奶拿去了。

愤怒的胡德芳向母亲奔去，但立刻便退回来了。母亲正在抽烟，脸色厌恶，难看；胡德芳站在门边看着她，她假装未看见，脸色更厌恶。

胡德芳发晕，眼前发黑，她退了回来。她听见母亲踢倒椅子的声音：老人因厌恶自己而极端地厌恶女儿。

“毒死她！”胡德芳想。小孩们站在她底身边，她觉得他们都在说：毒死她！她跑出去弄了砒礵来。她觉得这是简单的。但第二天早上醒来，她觉得有困难。她刚刚醒来，便觉得，有什么严重的事情发生了，并且有什么更严重的事情即将发生。于是来了冷静的思考。

她躺着不动，女孩在胸前吃奶（女孩三岁还吃奶）。她望着污黑的屋顶，想，她毒死母亲，并不是因为和母亲有仇恨，而是因为，母亲将使大家饿死。她想，她已被母亲拖累了多年，而母亲却这样残忍，因此，她毒死她，决不会违背良心。但同时她感到仇恨的，快意的情绪，因此有一个暧昧的声音说，这是违背良心的。

但她不听这个。

“这有什么！父不慈，子不孝，当然的道理！假如别人要责备我，说我没得天良——但是天啊，假如我有一千，一千担谷子，假如我有，我就让她抽去吧！就比方是从前，在我们过得去的时候，有什么不可以？大家各人过各人的！但是现在有儿女们要活命——”于是她想到了张春田，对他感到激烈的仇恨。她描述他，咀咒他。接着她想到了很远的从前的那美好的一切。在回忆的深沉的情形里，她想到她就要做的事，毫不感到它底严重。

她想到她是在上海、在杭州、在成都……突然地她惊动，她坐了起来，厌恶地把女孩推开。她对女孩突然感到强烈的厌恶，这种厌恶告诉她说，是她，女孩，要她去毒死她母亲的，于是一切就很简单了，没有良心的问题，她厌恶女孩，但不再厌恶母亲，但必需服从女孩底要求，她底冷酷的眼光使女孩流泪：女孩不明白自己为何流泪。女孩底眼泪向她说：下砒霜！

她到厨房里去生火。她煮了稀饭，在母亲底一碗里下了砒霜。她冷静地做着这一切，她知道自己在做什么，但她同时做了一些毫无意义的动作，她吹火，在母亲底那碗有毒的稀饭里仔细地检去烟灰，并向自己说：烟灰很脏。她做这些向自己掩藏自己底行为；她做这些，企图使自己感觉到，一切很平常，没有什么严重的事发生。

她不觉地大声叹息。于是她喊母亲吃饭。她觉得喊出声音来是可怕的，不可能的，于是她走到母亲房里去。她向母亲点头——她觉得她底喉咙哽住了——表示饭做好了。她是变得软弱，慌乱。她企图防止什么可怕的事情发生，但又觉得自己无力。她迅速地退了出来，为了不使自己跌倒，她抓住门。

母亲走出来了，明白女儿对她的情感，装出冷淡的表情。她底做出来的刚愎的样子说：她并没有忘记；在她们中间，一切还照旧，对这，她是毫不在乎的。但主要的这是做出来的，因为觉得女儿决不会宽恕她。在这种假装底下，有一种慌乱的，可怜的东西。胡德芳凝视着母亲，这个凝视是这样的奇特，她一切都看出来了：她一切都感觉到了。

这个凝视对她自己发生了一种奇异的力量，她突然有温柔的，悲伤的软弱的感情；这种感情会出现，是她自己决不会料到的。她看见衰老的、干枯的、衣裳破烂的老人走过她底面前；老人那种假装，是一种枉然的努力，企图掩藏自己底衰老、干枯、可怜。那一种感情，是她儿时对她底母亲发生的——母亲，是慈爱过的——发生在她底心中，她觉得她底一切恶意都错了，她觉得她，可怜的女人，将要和母亲，可怜的母亲分别了。她想，在分别之后，她将记着此刻的这种善良的感情。这样想着，这个不幸的女人就毫不感到将要发生什么，毫不感到事情底严重了。她只是有着不明确的不安；另外她感到浓烈的凄凉，她想：就要分别了，往昔的一切亲爱，几年来的一切的厌恶，都是徒然！

她不十分明白她底处境。有一种冷酷的力量支配着她底行动，但她自己现在没有意识到这个。小孩们坐在桌前，沉默着，吃起来了。她迅速底走进厨房。她追上了母亲，去到灶前去按住锅：她觉得这是必要的。

“这个是我的?”母亲用矜持的声音问，不看她。

她点头，又摇头。她被哽住，她不能说话。母亲未注意，端着稀饭走开。她恍惚，恐怖，看着母亲底背影。她怜悯、软弱、恍惚、恐怖。她觉得，最可怕的事情发生了，在那个可怕的力量之下，对这件事，她没有能力参与，也没有能力挽回。

“她也许拿它分给小孩！”她想，迅速地追了出去。

“不，不能够！无论如何不能够！我宁可死！”她对自己说，跑了起来；她几乎在门槛上跌倒。

她觉得，瞬间前她旁观着它的那个力量，因为她底奔跑，就支配着她，因为支配着她就起了变化：变得光明了。她跑了出来。

她底死白的、燃烧的、可怕的样子使小孩们寂静了。母亲刚刚坐下来，疑问地看着她。她冲了上去，夺下了那碗有毒的稀饭转身向厨房奔去。刚刚走了两步，饭碗就落到地上打碎了，她发出尖锐的、可怕的叫声，倒到墙壁上去，战栗着，看着母亲和小孩们。

母亲跳了起来，脸上有恐怖的表情。小孩们寂静着，在他们恐怖中，有着自然的谴责和怜悯。

胡德芳想说什么，但她只动了动她底发青的嘴唇。突然的，她意识到她底行为了。她底胸部起了急迫的震动，她痉挛、哮喘了两下，爆炸地哭了出来。她向房内奔去。

“要毒死我呀！”老人可怕地叫，抓住自己底头发。随即感到悲痛——这种情形，好久以来都消失了——小孩般地，可怜地大哭了起来。她伏在桌上，长久地大哭着。大的小孩恐怖地站着，小女孩呜咽着，拉她底哥哥，希望他安慰她：她只需要一点点安慰,告诉她说,在这个世界上,她底弱小的生命,是平安的。她呜咽着,抑制着,自己找寻着这个安慰。

胡德芳从内房绕到厨房,流着泪,冷静地走出来了,手里拿着菜刀。三个小孩全体都恐怖地哭了,逃到门前挤在一起。

"妈,砍我!"胡德芳说,递过菜刀去;我下砒霜毒你,妈,砍我!"她说,露出一种悲惨的热情来;她继续流着泪。

母亲继续大哭着,可怜地看着菜刀,看女儿,看小孩们。她好像受欺的小孩,不明了人们何以这样的无情,她哭着可怜地盼顾,寻求怜悯、抚爱、同情。她对菜刀摇头,对女儿摇头,对小孩们摇头:她否认这个,她希望菜刀、女儿、小孩们知道,她底生命是怎样的软弱、衰老。

突然地,小孩们哭着跑过来了:很难说在他们中间是谁启示了行动的。他们突然地从他们自己得到安慰了。他们拖住了他们底母亲,并且拦住菜刀。胡德芳悲凉地大哭了。

"妈!妈!"胡德芳热情地叫,好像她底小孩们叫她。她跪下来,伏在母亲脸上,想到她是幼小的女孩,可怜地哭着。老人呜咽着,继续不停地盼顾,寻求怜悯、抚爱、同情,但此刻这已是一种爱娇的行为了,好像那些动人的小女孩。

张春田,身上沾满了泥污,提着破伞,走了进来,站住了。男孩向他说了一切,他严肃地听着,点了点头。

"哎,何必哟!"他大声说,向房内走去。他不觉地流泪,坐下来,支着头,望着前面。

"哎,何必哟!"他说,流泪,动着腮。

对这件事情,蒋纯祖理解到一种隆重的悲惨,他确实地感到,在这种隆重的悲惨里,胡德芳底心灵是怎样地做着斗争。他想要紧的,最不幸,最动人的,是小孩们:他们完全是在乡村里出生,成长的。他想到他底厌恶和恐惧,他底"胡德芳",在感动中,他觉得他是错了。他觉得先前他只是看到这种生活底外表,现在他接触到了它底核心;先前他是盲目的,现在,站在这种生活里，他体验到一种心情，有如人们在暴雷雨之前所体验到的：天边升起了严重的云头，疾风扫荡旷野，人们在顷刻之间脱离了一切烦琐、挂虑、觉得自己和风暴一同升起。

他是，如人们所说，以理想主义的方式经历着这一切的。他觉得，将要到来的，是一阵风暴，是一道夺目的光明，给他指示出路。此刻，落雨的、不愉快的黄昏里，他是从多日的麻痹和厌倦中动弹了。

他奇怪赵天知在说着这件事的时候还能带着单纯的微笑。赵天知显然不觉得这一切有什么特别值得惊动的地方，因为他没有他底“胡德芳”。

走到张春田门前的时候，雨落大了。赵天知深沉地叹息，并且向蒋纯祖羞怯地微笑。

蒋纯祖，带着他底那种严重的感觉走进了小院落。他踩过水塘。正面的堂屋里，有灯光。一个女人蹲在台阶前给小孩大便，他认出那是胡德芳。他们走近的时候，胡德芳正举起小孩底屁股来让一头肥大的狗舐干净。蒋纯祖严肃地注视着这个。胡德芳疲乏地笑着招呼他们。蒋纯祖注意到，由于某种生怯，胡德芳避免看他，但对赵天知特别的亲切。蒋纯祖觉得困窘。他不明白，何以大半的妇女都对他这样的生怯。有些是可以用对爱情的可能的敏锐的矜持来解释的，但在胡德芳这里，这种解释是不可能的。像在任何这种情形下面一样，蒋纯祖觉得懊丧。

蒋纯祖是期待着那种隆重的悲惨，期待着那种庄严的，他期待看见一个全新的胡德芳，她站在心灵底光辉中：但他在这里看见了一个女人，她疲乏，对她生怯，对赵天知亲切，使一头狗舐小孩屁股。

胡德芳简单地踢开了那头狗，赵天知接过小孩子来，她向赵天知微笑，问：病好了没有。蒋纯祖觉得，他是异常的希望抱一抱这个小孩的，然而不可能。

“我看见吴芝蕙。”胡德芳说。

赵天知皱眉，用力摇头。蒋纯祖走进房去了，他听见赵天知说了什么,使胡德芳发出疲乏的笑声。

"一切都照旧,可以说,平安!一切都重新开始!我底'胡德芳'啊!"蒋纯祖亲切地、惊异地想。

张春田躺在破旧的椅里,淡漠地点头招呼他。蒋纯祖注意到了张春田脸上的淡漠的、恍惚的表情,坐了下来。张春田看着他,然后看别处:显然不希望说话。

蒋纯祖严肃地沉默着。

传来了低的、亲密的谈话声,赵天知和胡德芳走进房来了。走进房,赵天知有新鲜的、严肃的表情,胡德芳底严肃的表情:胡德芳脸打抖。但立刻他们便恢复了他们底低而亲密的谈话,向后房走去。蒋纯祖听出来,胡德芳要拿什么东西给赵天知看。

蒋纯祖沉默地坐着。

胡德芳和赵天知进房的时候,张春田皱眉,并且恍惚地笑了笑。然后他恢复了他底淡漠的表情抱着腿,凝视着窗户。从院落里传来了清晰的雨声。

"吃饭没得?"张春田问,瞥了蒋纯祖一眼,显然企图不看蒋纯祖。

"吃了。"蒋纯祖困难地说。"赵天知那里……喝酒!"他说,兴奋地笑了笑。于是他无故地向自己发怒。"冰冷的、平庸的、沉重的一切!你接受!你必得接受!"他想,皱着眉。

"怎末样?"张春田问,显然并不问什么。

蒋纯祖看着他。

"说我同情他!来看他!希望他重新开始。——胡说!"蒋纯祖想。

"这个场上的事情啊!"张春田说,移动了一下。

"怎样?你怎样?"蒋纯祖说。

"没得什么。老是这样的。"张春田说,嘲讽地微笑着。

"我这样想:"蒋纯祖带着愤怒的表情说,"或者在过年的时候,我到我底哥哥那里去找他弄一点钱来,假如这个不成功,那么我们就大家都到别处去!老孙说有一个中学,下学期……"他皱眉止住。随后他轻蔑地笑了。

“算了吧！你底哥哥，什么参政员！卖屁股的！”张春田大声说。

蒋纯祖轻蔑地，快乐地笑着；他无故地快乐。

“我看你不要累倒自己罢。”他说，笑着，带着一种温柔的、善良的表现。他底意思是：这样地生活下去，毫不反抗，张春田必会被他底家庭生活拖倒；张春田应该开始一个猛烈的反抗，直到面对着人生底严重的一切，面对着生与死，洗刷自己底生命。他表现这个，因为他自己要求这个，并且因为他自己有这个。感到自己已经有了这种可能，他心里有快乐。

张春田看出来他底同情和不满，他底善良的、温柔的表现使张春田有悲伤的情绪，但其余的那一切，张春田就丝毫都不能感到。

赵天知带着欢欣的、惊异的表情走了出来，坐着不动。在后面，胡德芳告诉他说，吴芝蕙的确有小孩，她自己坚持不肯打胎，在他，赵天知闹过了之后才被她母亲设法打掉，因此病了。赵天知对这感到悲哀，但因为事情已经过去，他已经尽了责任，主要的，因为吴芝蕙自己“坚持不肯打胎”，他感到欢欣，并且对人生，对自己底这个意外的幸福感到惊异。

带着这种浪漫的心情，他恭敬地坐着不动，以巨大，明亮的眼睛看着蒋纯祖。

蒋纯祖突然地厌恶他，觉得他懒惰、昏沉、胡涂，充满着可怜的、小小的幻想。这种厌恶，显然是被赵天知和胡德芳之间的感情引起的。

蒋纯祖就，开始反抗了！

“你对我有什么意见？”他笑着问张春田。

张春田缓缓地摇头。

“你们总是那一套呀！”张春田轻蔑地说：“唔，将来恐怕要做官的！”他说，翘着厚嘴唇。

“我是无政府的呢！”蒋纯祖讽刺地说，由于某种善良的或恶毒的感情，企图点燃张春田内心底火焰。

“什么呀！”张春田轻蔑地叫，不停地摇着头，“这一套，阿Q也是革过一革的呢！擦！”他说，懒惰而有力地做了一个杀头的手势。

赵天知满足地、异常满足地笑了起来。蒋纯祖严厉地皱着眉。

“你不是也常常记得你自己从前的情形么？你底朋友！除了你底做官的朋友，你就不想别的了么？”他说。

“那都是像你一样的蠢货！”张春田大声说。

“我却是要做官的呢！……但是，像你这样，就是聪明么？你满足么？他满意么？”

“我满意。”张春田突然地坐直，坚决地说。

“好吧——但是你为什么要办石桥校呢？为了什么，你对李秀珍底事情觉得痛苦呢？为了什么，你自己赤着脚抬滑竿，抬一个生病的学生呢？为了什么，你牺牲了你自己，卖田地办学校呢？”

“我们谈不通，老弟。”张春田冷淡地说。

“是的。”蒋纯祖说，愤怒地沉默了。“但是你曾经说，你曾经到处向别人说，”他忽然又开始，“你钦佩一个有名的人，因为他不停地……”他突然又沉默。

“你也要做有名的人吧！”张春田冷冷地说，斜着眼睛看着他。

“说什么？说什么？你说什么？是的，厌恶，恐惧，没有同情，……你的确想做有名的人！”蒋纯祖想。沉默地坐了一下，他站起来告辞。

张春田冷淡地送他们到门边。赵天知打着灯笼，他们在雨中走过院落。朦胧的灯光照见水塘，草堆，枯木，破烂的墙壁，落着的细雨；阴影摇幌着，蒋纯祖觉得非常的痛苦。

赵天知要蒋纯祖到他家里去歇，蒋纯祖不肯；赵天知说自己路熟，要把灯笼给他，他也不肯。他在冷雨中跑开。他回头，看见灯笼在浓烈的黑暗中发亮：赵天知仍然站在那里。

“老蒋！”赵天知大声喊。

“谢谢你！”他回答，流泪。他转身跑开。冷雨飘落着，附近的山头上沉沉地压着灰白色的云雾。不远的地方，石桥场底灯火微弱地闪耀着。这里是一棵枯树，滴水；那里是一间破土地庙，宿着几个乞丐；更远些，浓黑的山岩上，矗立着那个锁着一个年轻的女子的、神秘的、可恶的、美丽的碉堡；右边的远方是那个老婊子的女地主底宽阔的庄院，灯火在深邃的林木中闪耀。再远些，是高大的，威胁的小峰，那里有原始的树林。在这一切中间，在山岩、斜坡、平地、浅谷、深渊中间，那条美丽的小河流动着，瀑布在各处呼啸着。

蒋纯祖疯狂地奔跑。……

蒋纯祖，身上沾满了泥污，流着汗，跑进了石桥场。走过三民主义青年团底阅报室的时候，看见门开着，里面没有人，他走进去休息。青年团和阅报室都是新近设立的，它们底出现，使沉默的石桥场有了一种鲜明的点缀，使乡场底空气更浓烈，更典型。蒋纯祖每天都来，贪婪地读着三天前的报纸。现在他冲了进去，喘息着，倒在椅子里。随后他盼顾，拿起一份破烂的报来，把油灯拖到面前。

他现在并不想读报。他只是无意识地做着这些动作。但他注意到重庆底剧团底大幅广告，在那个“铁一般的演员阵容”里，有高韵底名字。他仔细地，贪婪地读了这个广告底每一个字。随后他翻开来，看见了副刊上的捧场的文字。有一篇文章说到这个剧本底伟大的成功，另一篇文章说到演员们底非凡的成就，中间提到王桂英，认为王桂英底舞台成就超过了她底在银幕上的成就：“在意料之外，也在意料之中，因为有了新的理论的武装。”云云。“因为是一个风骚的女人。”蒋纯祖想：或者是由于嫉愤，或者是由于这段文字给了他这样的感觉。他读下去，关于高韵，作者说，有一些缺点，但前途极有希望，因为带来了新的风格。

“新的风格是怎样的呢？对于任何新人物，他们都这样说，他们糟蹋了！”蒋纯祖想，同时把报纸折起来，塞到衣袋里去，好像这是极值得宝贵的东西。他现在的情绪是这样的：他觉得妒嫉，和从妒嫉而来的恶意的攻击可耻，因此他就对自己说，这一切是良好的，合理的；高韵是良好的，合理的，她的确有着新鲜的，善良的风格。在这样设想的时候，他痴痴地站着不动，他不觉地哭起来了。他底心现在非常的软弱，他觉得自己对别人有罪，他觉得孤独。觉得自己没有权利得到爱情。他看见高韵以她底明媚的、活泼的、含笑的眼睛看着他；他看见万同华底喜悦的微笑。他慢慢地走出阅报室。

场上底灯光大半熄灭了。仍然落着细雨，各处的水塘发亮。蒋纯祖，这个冷酷的英雄，他底心现在非常的软弱，他想到从前的蒋少祖和王桂英，为他们而流泪；他不知道他是为自己而流泪。他想，这个社会底豪华的场面，那些男女们底短暂的热情冲动，原是善良的，无可非议的东西，他觉得它们坏，那只是因为他得不到；他得不到，因为他坏，说得好一点，因为他底性质和他们不适合。……

“但是，我究竟和什么东西适合呢？不要隐瞒自己：我需要爱情！现在有一个女子用她底全部的善良等待你！但是啊，我是这样的坏！”

他走过走廊，打开房门，点上灯。周围很寂静，万同华底房里有灯光。他觉得他底心情缓和得多了，他坐了下来，不动地望着前面。于是妒嫉，和因妒嫉而来的软弱的心情都过去了，他安慰地想，他只求在寂寞的乡间生活，并不需要别的什么。在某种时候，这个思想是最能安慰人的了：人们多少有点自负，他们知道自己有着什么：实际的和想像的。蒋纯祖大声叹息，望着前面。

这时有轻的敲门声。门打开，新鲜的，愉快的万同华走了进来。蒋纯祖严肃地看着她，她兴奋地，愉快地笑。

"她总是这样笑的，这是她底礼貌。"蒋纯祖想，眼光没有离开她。

万同华给了他一封信，是蒋少祖来的。在他看信的时候，万同华安静地坐着看着他。蒋少祖很久未来信了，这封信也很简单。信里说，傅钟芬和一个中学教员订婚了。蒋纯祖严厉地皱着眉，抓着信，落进悠长的瞑想。

"你腿上这么多泥！还有水，要洗脚么？"万同华问。

蒋纯祖惊醒，向她不安地笑，说他自己会去打水。万同华走了出去，又走回来拿盆子，蒋纯祖问她为什么，她说：校工出去了。

蒋纯祖站起来，又坐下。但即刻他就追了上去，向万同华致歉，说他自己会打水。在黑暗中，他谢谢万同华，他自己不觉得他底声音是怎样的温柔，他觉得万同华脸上有他所常见的喜悦的微笑。

他走进房，轻轻地叹息。这叹息底意思是：爱情存在，他感激这种爱情，但他是非常的坏。洗好脚，他坐到椅子里去，继续他底瞑想。

他想到傅钟芬，想到江边的那个年青的接吻；想到黄杏清。想到那个浪漫的夜，想到轮渡，钟声，交响乐，舞台，合唱。他也想到安徽的那片落雪的旷野，想到他底死去的英雄们，但他不愿在这上面留连得太长久，因为这是太痛苦了。

"但是我为什么不能够结婚呢？孙松鹤批评我好高骛远，他是对的！我现在孤独、空虚、被爱、但不敢爱！为什么不敢爱呢？人底意义不是也在这里么？我结婚，相信自己决不会和张春田一样，我结婚，丢开一切虚浮的梦想，用我底力量向现实生活献身，继续我底学习和工作，不也可能么？或者是更好么？"他想。

"是的！是一个庄严的决意！"他想，兴奋地站了起来，在房里徘徊着。

于是他就强烈地兴奋起来了。他总是如此的。他猛烈地攻击过家庭生活，猛烈地攻击过当代的理论，猛烈地攻击过他底朋友们,连带着他自己。现在他突然决意:他觉得,从他底苦闷的心里,有什么新异的、光明的、强有力的东西苏醒了。他为此异常喜悦。他觉得过去的一切思想都错了。

他突然觉得一切都明白了。

“我不能工作,是因为没有爱情,用全部的力量拒绝爱情!”他想,站在打开了的窗前,望着落雨的,黑暗的天空。“我过去犯错,欺骗,不道德——放荡、肉欲、不道德!必须告诉万同华,请求她原谅!”他兴奋地想,带着愉快的忏悔情绪。他现在想到了道德了。于是,他曾经讥嘲过的那种“道德的生活”,便友爱地和他握手了。他现在当然不会想到;在这个题目上面,蒋少祖也是如此的。他想着,对“道德的生活”,他有感激的心情。他现在当然不会感到,在这个题目上面,他在瞬间前是非常恶劣难堪的。“立刻就向她告白,请她原谅!明天就告诉老孙,请他为我而欢喜!这是多么好啊!”他想。

他想到他是不会缺乏金钱的,他想到了他底亲戚们。

但是,有一个声音在他心里说:“你错了!你不能如此。”

“是的,是的,他们是有理由的——”他痛苦地想,不知他们是指谁。他站着,看着;院落和围墙底黑影,然后他凝视远处的黑暗的山峰。他觉得这些景物是一个重要的启示。他重新凝视窗外的、染着灯光的枯树:枯树在滴着水——然后又凝视远处的黑暗的山峰。很明白的,这一切是一个重要的启示,这一切:宽阔的,美丽的天地,天地间的辉煌的热情活动,情欲底美丽的,甜蜜的歌,启示给他说,他底“道德的生活”,他底朴素的万同华,是错了。

他凝视着滴水的枯树。

“春天会来临,阳光会照耀,——我底亲爱的克力啊!”他说。他底亲爱的克力是谁,大家都不知道。他是常常念着她,呼喊她的。在黎明时的初醒的温柔里,他呼唤她:“亲爱的克力啊!”在痛苦的,不眠的晚上,他呼唤她:“帮助我,亲爱的克力啊!”她大概是一个美丽的,智慧的,纯洁的,最善的女子,像吉诃德先生底达茜尼亚一样。“啊啊，我底崇高的克力啊！不要流泪，把你底婴儿举得更高一点，地面的生活原很悲凉！”蒋纯祖说，善良地微笑着，徘徊起来。他忽然眼里有泪水了。

“是的，我不对！但是我孤独！但是克力啊，我已经糟蹋了我底青春，我底健康，我底理想，也许我。

“不要一朵花，不要一朵芬香的花，抛在我底漆黑的棺材上，

不要一个朋友，不要一个朋友来祭奠
我底可怜的尸首！
我底尸骨在这里抛弃！
请留存起来吧，成千成万的叹息，
把我放在啊，那里，
使阴郁真挚的情人都找不到我底墓穴，
不能到那里去哭泣！

“那么，就是这样，我底克力啊！另一面，也替我拒绝我底‘胡德芳’吧，告诉她说，我并不仇恨谁，也不仇恨她！”蒋纯祖流着泪。

他又走到窗边。

落着雨。枯树在滴水。蒋纯祖忽然严肃而神圣。

“但别人不能击毁我们！击毁我们的可惊的正就是我们自己，而且正就是我们底向善的力！克力，”蒋纯祖说：“我们可惊地相同，甚至在快乐里所追求的也仿佛就是痛苦！痛苦是人底完成。而且是高的完成，而且是大的，深的和强的！这边可以作为悲剧底理解之一，但是更应该理解作我们这一代底巨大！克力啊，高贵与不幸本来就属于同一灵魂！这是人底力量超过了人本身，走得更远了；这是人底理想世界底跃进！向自由的王国和绝对的门！”

“现在应该懂得了，亲爱的克力！我们是卑劣的种族底卑劣

的子民！向你描写我自己吧，克力！首先是，懒惰和软弱所织成的高傲，所谓诚实，是不务实生活的感情的矫饰，我解错一切果敢的性质，戴上虚荣的牺牲者的玫瑰冠！我来自昏疲而纵欲的江南，贩卖自私的痛苦和儿女心肠，我盼望，盼望，名声，欣赏、赞美、激扬、动情的面貌，地狱底恶意的妒嫉，和一切！——那么，现在面向绝对的门，判断罢，克力啊！给我力量和祝福，但不要给我胡德芳！”

“让我和那些慢慢地走着自己底大路的善良的人们一同前进吧！”

蒋纯祖，因兴奋而疲弱，在床上躺了下来。他是这样的猛烈，这样的突飞猛进，他底精神似乎在很短的时间之内，急忙着要过许多人在长期的生存中所遇的同样丰富的生活。现在他在混乱的热情汹涌中跳了起来，冲出房，向万同华奔去了。

他要告白。他不知道他究竟要去告白什么，当然，是爱情，是猛烈的爱情。但是不是“道德的生活”呢？是不是“我们这一代”呢？是不是“不要一朵花”？显然都不是，又显然都是。他是这样的勇敢，毫无犹豫地就冲进了万同华底房间了。

严肃的、朴素的、懂得人情世故的乡下女儿，是坐在她底桌前，在给在城里经商的哥哥写信。这个房间，是这样的干净、爽朗；在案头上，有两本书，一本是《故事新编》，一本是《红楼梦》底第二册。在桌子的另一端，放着一条洁白的手帕。这个怀着密密的感情的乡下女儿，是毫不惊异这个时代底公子底来临的；她是随时都准备着尽可能愉快地接待任何人，替他们做事的。蒋纯祖曾经攻击过这一点，劝她不妨“替自己打算”一点；她愉快地答应了，像答应任何事一样。

她搁下笔，以爽朗的，愉快的笑容接待了蒋纯祖，并且有礼地站了起来，请蒋纯祖坐下。在蒋纯祖沉默着的全部时间里，她笑着；假如因什么思想而忘记了笑容的话，她便立刻惊觉，赶紧地恢复。她笑着，显然并不是因为她感到快乐；她笑着，因为觉得这样特别使人快乐。

蒋纯祖立刻感觉到，在这样的笑容之下，他什么都说不出来了。

“为什么要说呢？她是朴素的，不会懂得！”他想。感到一种冷淡；他奇异地觉得在万同华底笑容里有着一种冷淡。

“你在写什么信？”蒋纯祖问，很明显，觉得这个问题太亲切了。

“我底哥哥？”万同华笑着说；这笑容与所说的话无关。显然她并未感觉到这个问题有什么特殊。

“你家里最近怎样？母亲好吗？”

“都好！”万同华说；他底笑容表示了感谢。显然她不觉得这个问话有什么特殊。她开始思索蒋纯祖究竟为什么来。她对蒋纯祖有一个固定的意见：他觉得蒋纯祖高超，古怪，有一种特殊的善良；她喜欢他底善良，他底某种傻气和天真，尊敬他底高超，而用礼节和严敬来防御他底古怪。混合着高超、猛烈、锋利的严肃，赤诚的态度，以及闪光一般的活泼，滑稽的感情，蒋纯祖底善良就对她有着不可抵御的魅力。她不能确定蒋纯祖究竟为什么来，但已经明白一定有着严肃的事情。由某种期望，她心紧张了起来。蒋纯祖继续发问，又突然沉默，她有些恐惧了。她本能地企图把谈话拉回到平凡的问题上来，但她心里有一种力量又反对这个。她变得有些焦躁：那种笑容消失了，一种特殊的严肃代替了它。

“这两年的生活，你还满意不？你希望怎样？”蒋纯祖快乐地笑着问。他这样问，把握到了一种优越的力量，他心里有快乐，他本能地希望从苦恼的惶惑里冲出来，他本能地希望诗意、和谐、欢乐。他在观念上也希望诗意、和谐、欢乐，于是他开始比较。但这种比较现在不可能；对于恋爱的那些书本式的理想，以及那些美丽的教条，和现实相碰击地造成了混乱的苦恼感觉。他自己很明白，他底快乐，是并无诗意的，它只是从优越的把握产生的。他笑着，皱着眉头。

万同华举手掠头发，看着他，虽然没有听见他底问题。

“跟她说！说出来，一切会明白，我会感觉得多一点的！”蒋纯祖想。

他紧张地沉默着，看着灯，又看着自己底因疲劳而发颤的手，好久不能开口：他觉得无法开口。

“你要睡了吧？”他不安地问。

“不。”万同华说。

“我跟你说……”蒋纯祖说，未听见自己底声音，但觉得已经说出来了：最严重的时刻已经来临了。从这个意识，产生了浪漫的印象，于是他有勇气。

“我们结婚——你觉得怎样？”他说，突然可怜地笑着。

“是的，我说结婚，因为这包括严肃的一切；我不说爱，那包括胡涂的、不负责任的一切！”他想。同时他紧张地看着万同华。

万同华，笑了惊慌的，可怜的笑，但随即严肃，变得苍白。她举手扶住头，随即她用另一只手蒙住脸。

“他说这个，真想不到！怎样办呢？”她惊慌地想，心里有失望的情绪。她失望，显然因为蒋纯祖只说结婚，而不说到别的；并且显然因为蒋纯祖说这个，是站在优越的地位上的。蒋纯祖底这句话，对于她，是一种欺凌，虽然她自己不能明确地意识到。

“回答我：你觉得怎样？”蒋纯祖说。

“我要和我母亲商量。”万同华抬起头来，严肃地低声说，以明亮的、探索的眼光看着他。

“又是一个和母亲商量，中国啊！”蒋纯祖愤怒地想。蒋纯祖愤怒，因为他底优越的精神受到了伤害。他确信万同华应该在他伸出手来的时候就抛弃一切——但现在万同华首先就举起了她底母亲。

“那么你自己怎样想呢？”他问。

“我？”万同华小声说，嘴唇战栗着，低下头去。“我们，根本并不互相理解……”她说。

“理解可能不可能呢？”

她不答。

"可能不可能呢?"

"可能。"她抬起头来,坚决地说,同时疑问地看着蒋纯祖。

"那么,为什么又要和母亲商量呢?"

"要这样。"万同华几乎是严厉地说。

万同华感觉到了他底轻视和愤怒;蒋纯祖感觉到了她底失望和顽固,他们互相碰击,双方都受伤。

"做一个爱人,我是太理想了!"蒋纯祖傲慢地想,看着她。

"要当心他底性格,要当心!"万同华向自己说,看着桌面。

蒋纯祖看着她,觉得她不美,苍白、冷淡。蒋纯祖想像,只要自己伸出手来,她便必定会感动、倾诉、抛弃一切,但现在全然相反。他痛苦地沉默着,这一切违背了所有的理想,所有的美丽的教条,他觉得自己做错了。

他希望脱开这个痛苦。他想,拥抱她,吻她,事情便会好转。他确信,他已经告白,就有这样的权利。于是他站起来。他底那种情欲,那些美丽的教条,是燃烧了起来。他走到她底身边。他解她底手,并且轻轻地呼唤她。

万同华可怜地笑了,然后惊异地看着他,好像不明白究竟发生了什么。蒋纯祖有怜悯,捉住了她底手。但她挣脱了。

"别人要说闲话的!"她说,站了起来。

"不!"蒋纯祖说,皱着眉。

万同华恳求地看着他。

"你睡去吧,不早了。"她说,她底呼吸频促了。

蒋纯祖注意到了她底严肃的、恳求的表情,想到必需戒备自己,必需顺从她,因为她真实、仁慈、宽大。他这样想,同时想到了以前的这种激情所招致的恶果,就站住不动了。

"在我底心里,又有了多么恶劣的念头!什么是好的?怎样办?"他痛苦地想,看着地面。这样有一分钟,他听到窗外的凄凉的风雨声。他觉得丑恶的情欲过去了。他觉得有坚实的、甜畅的力量在他心里升了起来。他确信这是真实的生命。他抬起头来。

"请你从黑暗中引导我!"他说,他觉得他从来没有能够说得这样真实而诚恳。"我想我也许欺侮了你,我想你将懂得我,原谅我!"他停顿。他嘴唇轻微地战栗着。"我现在经历着可怕的危机。爱我,否则我将毁灭,你即使不熟悉这些观念——我说是观念——你也感觉得到!给我鼓励,做我底朋友,爱我。我给你带来的也许只是痛苦——你接受吗?"蒋纯祖谦卑地、诚实地问了这个触目惊心的、自私的问题,看着她。

她严肃地、深思地沉默着,定定地看着前面。她底手优雅地、朴素地合在胸前。在上述的不觉的自私中,蒋纯祖不觉地希望、并且确信,当他说"我给你带来的也许只是痛苦"的时候,她将感动,回答说:"不,你给我带来了幸福!"于是投到他,蒋纯祖底怀里来——但事实并不如此。确然的,带来了幸福,但乡下的女儿从不懂得这一套,她是这样严肃地思索着她底爱人底话:在这些话所形成的迷乱的世界中,她仍然冷静、真实,不被动摇。她又是这样地相信着蒋纯祖底诚实,所以,蒋纯祖底话,给她带来了无穷的忧愁。她把蒋纯祖底这种虚浮的言词,心灵底美丽的光芒,这个时代底伤痛的宣言,放到她底真实的天秤上去衡量。她想,蒋纯祖既然已经宿命地自白了将来的痛苦,那么她,万同华,便没有力量挽救。她想她不能相信蒋纯祖没有了她便会毁灭;她谦卑地不相信这个,因为她不知道这个毁灭是指什么而言。她相信这是浪漫的情话,每一个男子都要说的,所以她应该原谅他。她想,那样优越的蒋纯祖所无能为力的,她必定更无能为力。究竟蒋纯祖说了些什么,她不能确实地知道。但她又确实地知道。她觉得蒋纯祖单纯如小孩——这便是她底真实底理解——对这个小孩底刁顽、自私、热爱,她,万同华,能够承担。

结论是:对这个单纯的小孩底刁顽、自私、热爱,她能够承担;对那个说着痛苦、毁灭、黑暗等等的高超的英雄,她感到迷惑。

蒋纯祖急迫地追问她,忧愁地看着她。在长久的沉思之后,她不觉地叹息,同时凄凉地微笑。

“那么你答应了吗?”蒋纯祖问。

她沉默着。

“如果答应了,你点头;否则,你摇头。”蒋纯祖说,不知何故快乐地发笑。

“明天回答你。”她说,笑着,嘴唇战栗着。

“不,现在。”

沉默很久,在蒋纯祖底热烈的目光底要求下,万同华点了头。她认为她可以控制这个动作;但她不觉地流泪。人们都记得,这种年青的、新鲜的眼泪。

“谢谢你。”蒋纯祖文雅地说。天晓得他是怎样地文雅了起来,像一个骑士。他含着感动的眼泪走了出去,站在雨中,觉得甜畅。

“亲爱的克力啊,帮助我寻求真实!”他说。

在房里,万同华坐了下来,捧着头,默默地流出了大量的眼泪。在流泪之后,她心里有了新鲜的感觉,她明白了,在她底心里,在她底眼前,以及在她底辛勤的生活里,发生了怎样的变化。……

第十三章

一

在最初，蒋纯祖并不理解自己底目的和动机；他模糊地觉得一切发展得过于迅速，他模糊地觉得悔恨。经过了长久的内心斗争，他就又重新把自己撕碎了。在那个晚上，在突然之间，结婚这个观念成了他底热情和梦想底对象，但到了第二、第三天，热情变成了怀疑；第四、第五天，他就开始责备自己被情欲迷惑，以至于背弃了先前的理想了。但这些在最初还是微弱的，他用爱情、忠实等等观念来和它们对抗；在最初，他只是觉得这件事发展得太迅速了，但他痛苦地觉得悔恨，并且恐惧。这种内心斗争，发展下去，另一面，爱情也发展下去，到了最后，他就又碰到了他底险恶的焦点了。

他觉得他欺骗了万同华，对她不忠实，他为这异常的苦恼。但他又并不停止；他拖着万同华走下去，猛烈地向她索求一切，攻击她底感情和思想，以他底可怕的内心冲突乱扰乱她。从那个晚上以后，他就避免再提到结婚了。结婚底旗帜倒下去以后，爱情底旗帜便壮烈地飘扬起来了。因这个旗帜，他抵抗了石桥场底毁谤；它并且凶恶地准备用它来抵抗万同华底家庭。但万同华不能变更她底意见。

万同华，从第一天起，便光明磊落地行动。她把这件事告诉了她底母亲，然后又带蒋纯祖到她底家里去。于是，人们便看到，这个蒋纯祖，带着他底傲慢的态度，在那些古旧的婆婆妈妈和那些凶恶的姐姐嫂嫂底层层围绕里坐下来了。

时间飞快地过去。过年的欢宴——乡下的筵席，是那样的丰富——学校底繁杂的事务，乡场上的穷凶极恶的斗争，看书写作，茶馆里的吹牛；疾病、贫穷，胡涂的变化，猛烈的发作，以及少数时候的明澈的智慧……这样，蒋纯祖们又经历了一年的时间。

蒋纯祖和万同华，他们中间的痛苦暴露了。万同华是那样的冷静、严刻，但在某一天，猛烈的蒋纯祖获得了她。

蒋纯祖忍受了一年的时间。蒋纯祖攻击万同华底冷静，说她冷血、蠢笨、迷信。万同华底头脑里确实是有着小小的迷信的，这种小小的迷信，在都市里，加上一套时髦的风度，是会被当成聪明和智慧的；但在可怜的乡间，它就赤裸着。从一种愚昧的感情，产生了这种迷信。万同华相信既成的一切底支配权，相信这个社会底礼节，道德，不是因为需要它们，而是因为天然地觉得它们是神圣不可侵犯的。她相信家庭间底神圣的关系，蒋纯祖请她睁开眼睛来看看这个世界上的一切家庭，她睁开眼睛来，看了，但还是相信。她相信一个女子决不能和一个男子同样地去做，蒋纯祖无论如何不能改变她底意见。对于这个时代底热情和梦想，她毫无所知。对于她所读过的这个时代底理论，她怀着朴素的尊敬。

对蒋纯祖内心底那种所谓时代精神，对他底优越的精神世界，万同华很冷淡；有时尊敬，有时不觉地仇视。假如她能够证实，这一切，只是蒋纯祖底自私的欲念底借口的话，他就能够放心，更爱蒋纯祖一点了。这一切当然常常是借口，但它们无论何时都屹然不动地站在高处，成为一种绝对的存在。蒋纯祖底每一个表情都表示，他能够放弃她，万同华，但不能放弃这个。很明白的，到了今天，蒋纯祖是决不会为任何对女子的爱情而牺牲性命的了；他即使连牺牲一个观念都不肯。他顽强地、猛烈地要求万同华放弃一切来跟随他；万同华顽强地，冷静地要求他放弃一点点——对于蒋纯祖，一点点，就是一切——来顺从她。于是他们中间起着令人战栗的斗争。有时他们互相远离，互相冷淡，互相仇视。在突然之间他们互相渴望，于是斗争、冲突。多变的，猛烈的蒋纯祖常常地迷惑，动摇了冷静的万同华。蒋纯祖很能利用一个女子底感情上的弱点。万同华常常屈服,全心地爱他,确信他是单纯的,自私的小孩。但即使在这种时候,在这个单纯的,自私的小孩底心中,和那种肉欲的,神秘的渴望一同,也充满着这个时代的勇猛的一切。

蒋纯祖,那么激烈地冲进了万同华底平静的生活,把她底一切全扰乱了。他说他要负责,但他其实是不能负责的。万同华,背负着石桥场底毁谤、辱骂,遭遇着家人底冷眼和善良的母亲底哭诉,是生活在难堪的痛苦中。她觉得她是毁灭了,但她以她底无比的冷静的力量挣持着。蒋纯祖确信,假如她像他似的能够得到那个优越的精神世界的话,这一切痛苦便立刻会转成激情的欢乐和理性的明澈的认识的。他用无穷的雄辩、倾诉、例证来对付她,因此,对于她底痛苦,他就很少感觉到。从小小的迷信产生的痛苦,蒋纯祖是无法怜悯的。

万同华以她底无比的冷静的力量挣持着,用它对付着蒋纯祖底无穷的追求。蒋纯祖因失望而痛苦,而愤怒;到了最后,他再也不能忍耐了,在一切欲念之中,得到万同华底身体,就成了主要的欲念了。无数的感情底狡计都在万同华底冷静上面惨败了,于是夏末的某一天,他就在深夜的时候冲进了万同华底房间。

早上他们曾经争吵,万同华说她要回到家里去住,因为母亲生病。蒋纯祖对这个异常的愤恨,因为他也在生病。从春天起,他底健康就损毁了;最初非常的严重:咳嗽、流汗、昏晕,大家都说是肺病。但蒋纯祖,在绝望的心境中,不肯进城去检查。夏天的时候,病情减轻了一些;迫近过死亡底一切感觉之后,他就对这个毫不在意了。

他想,在他死去之前,他必需得到万同华。他很知道跟着来的那一切,但他愿意承担。他想他是愿意承担的;他是有了一种宿命的信念;他确信生命不会给他带来更好的东西。

"在以前,大家都相信人类是伟大的,人底名称,是光荣的,我也相信,"就在这个晚上,等待着深夜底来临,坐在他底凌乱无比的房间里，他想，“但现在我觉得人类不会有第二个样子，是的，人类只能是这样，所以无所谓伟大，也无所谓渺小，我们都相信将来，但我们谁都不会活一万年的，我们需要现在，所以，在最后的瞬间来临以前——它不久了——我要做的！我在原则上相信将来，但我怀疑在将来人类是否能不愚昧和自私：多少人信仰过了，已经几百年了，它底名称很多！信仰变成了盲从，人类中底大多数仍然愚笨、无知、可怜，我也是。先前我想：做什么好呢？怎样爱人民呢？现在，面对着最后，一切都解决了！孙松鹤批评我，说热情对我是不好的——但低级、麻木、平庸的恋爱信念，对他是不好的！”他愤怒地笑出声音来。“说是革命了，但仍然是君君臣臣，父父子子，我唯有落荒而走！在我心里，愈来愈强的，是一个幽密而暧昧的冲动！我底纯洁的胡德芳坐在那边房里！怎样才好，勇敢的克力啊！”

他站起来，走出酷热的，充满着蚊虫的房间。他走进后面的院落，在枝叶丰满的槐树中间穿行，焦燥地唱着歌。繁星的天空底下，有微风；掩映在槐树底枝叶间的灯火，在突然之间，使他得到兴奋的、美丽的印象。院墙外面的水田里，有热闹的蛙鸣。有人在门外用粗糙的声音大叫，唱歌。他扶住槐树，垂下头，站住不动。

“可怜的克力啊！我们流浪到何时为止？先前引导着我的那一切星宿，现在都黯淡，或者远离了！”他说，抬起头来。“但是，克力啊，在如此美丽的天空底下，我们必需爱，必需工作，否则我们将毁灭！我底毁灭是无所谓的，但是，克力，你啊！还有我底咬牙切齿的，尘世底纯洁的爱人！

让我们交换我们底祝福，

祝我恰当其时地到达我底彼岸！”

这种美丽的激动，这种突发的诗情，是表征了一种幽密的，情欲的渴望，是表示了即将来临的，用蒋纯祖自己底诗意的话说，尘世的冲突。在他底心里，热情汹涌了。夏天底晴朗的、辽阔的、热烈的夜晚，和他互相渗透，启示了美丽的青春。

渐渐地一切都沉静下来了。凉风吹着槐树。蒋纯祖轻轻地走动着，唱着歌；歌声常常被咳嗽打断。最后他走回房间，熄了灯，摇着破扇子，坐在蚊虫底怒吼声中。他听着，感觉着，想着。他痛苦，他有罪——他不知他犯了什么罪——他感伤，他热烈地叹息。

他走出来。星光照耀着，周围是那么安静；万同华底房里，灯光已经熄灭了。他感觉到自己底激烈的心跳，他走近窗户，轻轻地敲窗户。他想，其实他早就应该这样做了。

"哪个？"万同华小声问。

"我，同华。"

沉默很久。

"什么事？"万同华用惊异，恼怒的声音说。

"开门！开门！"蒋纯祖小声说。

蒋纯祖，在爱情上面，是一个优越的天才。他能够使万同华在某些时候绝对地向他屈服。现在的情形就是这样。万同华没有回答，没有拒绝，传来了轻的脚步声，门打开了。

蒋纯祖走了进去，关上门。

"你睡了吗？"蒋纯祖在黑暗中说。

"刚睡。"

"我来，有妨碍没有？"蒋纯祖笑着问。

万同华穿着短衫，坐在床边，以明亮的，惊慌的眼睛看着他。她愈惊慌，愈沉默，蒋纯祖就愈轻快，愈活泼：好像他是故意地如此。他是迅速地造成了这种热切的空气，使万同华迷惑了。

但这迷惑并不是绝对的，懂得人情世故的乡下女儿，在这种时候，是明白一个男子底企图的。蒋纯祖在夜里到她底房里来这并不是第一次，在这种时候，万同华总是静静地坐着，绝对地不许蒋纯祖到她底床上来。但这一次，蒋纯祖是这样的活泼，自然，充满着诗意，她不能够肯定他底意向。她开始穿衣服了。蒋纯祖看着她，沉默了一下，又活泼了起来。

"我有时候是这样的高兴；我不知道为什么。"蒋纯祖说。

“是的。”万同华回答，显然有些迷惑。

“我们再来谈到我们底题目吧！——不，不要点灯！多么安静的夜里啊！……你底意思是你认为形式是神圣的东西；但我们不能认为死尸是神圣的东西！你生活着，接触着周围的这些人，你确信他们就是全世界吗？你不能看得远些吗？你要永远在他们中间生活吗？——不，我知道你要说什么！”他做手势阻拦她，“你为别人浪费了你底时间，你底生命，你底青春，你不敢得到你所爱的！你总是冷冷的，冷冷的！这个社会使你麻木了吗？你知道我们底目标，但你甚至不敢读一本热情的书！你说你销沉，为什么销沉？多少女子就是这样的消失了，她们嫁人，有了形式，一切都完了！你想想胡德芳吧！一个人不能跨在两只船上……到了那样的时候，同情和叹息都是徒然！我永远说：时间是冷酷无情的！凭什么，一个人要对平庸的现实忍耐呢？哎，我怎样跟你说好啊！同华！”

“但是你也应该稍微替我想想！”万同华忧愁地说。

“我所说的这一切，以前我曾经说过的那一切，不都是替你想的吗？在这个世界上，还有谁？”蒋纯祖热情地说，在她底身边坐了下来。

他很明白，他说得愈多，他底内心的冲突便愈激烈；这些话，在他自己，是从那种分析的感情出发的；每一句话，带来了一种情调，向他照明了现实世界底或一个角落：在他所一直做着的那种冷静的，或冷酷的分析下面，这个现实世界是丑恶地赤裸着。所以，他就决不能给万同华带来一点点较好的，较完整的东西。他痛苦地弥补着自己底缺陷，分析下去（或者说，表现着他底分析），说得更多，更多。言词底火热的河流，是把万同华迷惑住了。她最初还能挑选一两个观念来思索，后来就完全追不上他了。看着他底痛苦的，激烈的样子，她就非常的迷乱：她确信，这种可怕的痛苦，是她给他带来的；她确信，她完全没有给他带来安慰；她确信，假如不是她给了他这样的痛苦，他可以豪壮地走到天涯去；从他更激烈的攻击，从他底那个精神世界底高超的闪耀，她确信，他并不能真的爱她，他只是愿望如此；她确信，在他底心里，她只是微小的存在。

她为这而觉得痛苦。在万同华身上，自卑的心理，和由此而来的自尊心，是比一切都强：她底全部生活，她底礼节，严格，冷淡等等便是证明。蒋纯祖继续分析，攻击下去，激起了她底自尊心底强烈的痛苦。

"只有这一条道路，而且也充满荆棘，同华啊！"蒋纯祖叫，沉默了。

"是不是，在你自己讲起来，你并不需要我？"万同华谨慎地问。

"什么？怎样的结论啊！我需要谁？"

"我给你带来了什么？"万同华问，从一种悲伤的柔情，从痛苦的生活底某些纪念，产生了眼泪。

"你给我带来了什么？——反过来，我给你带来了什么？"蒋纯祖说，沉默了。沉默很长久。"你问这个问题，用你底冷淡的心，表明你并不需要我！"

"我们并不互相理解！"在这个挑拨下，万同华冷淡地说；"我又不知道怎样才能满足你底希望！"她说，嗅鼻子。

"她是这样的冷！"蒋纯祖想。

"满足这个时代底期望。"蒋纯祖改正她，说。"你确信永远不能么？"他愤恨地问。

"我不晓得！"万同华说。

"那么，我们将怎样？"

"我底环境这样坏！我不晓得！"

蒋纯祖沉默着，弯着腰，抓着头发。

"也许我倒晓得！"他说，站起来，在房里徘徊。他走到门外又走回来，叹息着，并且发出一种痛苦的声音。这种怪戾的行为，使万同华迷乱而痛苦。他底长久的沉默，他底痛苦——当他如现在这样，变成了一个自私的、单纯的孩子的时候，万同华底心就软化了。她紧紧地注视着他。她明白他底愿望。

“是的，但是，无论怎样说，我爱他！我使他这样痛苦，整整的一年，他多可怜啊！”万同华向自己说。

“纯祖！”她唤。

“纯祖，你为什么呢？这样多不好！”她哀求地说。

蒋纯祖突然地站在她底面前。

“没有什么，我自私，可耻！我说大话，我骄傲！我明白你，假如没有我，将有平静的生活！我底一切话，一切行为，只是想得到你！我知道我底生命不久了，我渴望得到我底爱人，这没有什么道德问题存在！我底爱情，我底忠实，也并不虚伪；我底生命将对我自己底热情负全部的责任；你底生命也将对你自己底热情负完全的责任，但你没有热情，只有我加给你的痛苦的责任，这样便不好了！总之，你明白我，我希望得到你，在此刻，在今天晚上——但是我错了，因为你并不需要我；”他停顿，看着她。“死的拖住了活的：我已经失去了你，那么，请你原谅！”他说，心里突然有自我感激的柔情，走了出去。

“纯祖！”万同华喊，但他不答，消失了。

蒋纯祖底话，在万同华心里，是造成了怎样的印象！在那种为爱人们中间所有的无比的魅力之下，她觉得他完全对，完全对。她是恼住了，站着不动。她可怜地喊他。她是这样的爱他，她绝对地不能忍受他所宣布的这种破灭。

于是，那种热情发生了。在她底青春里，这是第一次，那种热情发生了。在这种热情下面，一切现实的顾虑，都消失了。她迅速而有力地在房里走了几步，好像在考验她自己。对这个考验，她觉得满意，她站着。

“是的，我爱他，但是他从来不知道我底爱情！为什么不应该让他知道？我自己负我自己底责任，为什么我不应该自由？”她想，带上房门，迅速而轻悄地走了出去。

她敲他底房门。

他开门，严肃地看着他。

“怎样？”他温柔地问，好像他已经忘记了刚才的一切。

她不答，走了进来。

“我答应你。”她严肃地，安静地说。

蒋纯祖走到她底面前，沉默着，痛苦地垂着头。

“我答应你。”

“不。”

“不！我底纯祖啊！”她低声叫，她底胸部震动。

她心里恬静、宽舒、欢乐。她向她底痛苦的蒋纯祖交出了她自己。

二

蒋纯祖，从他底丰富的生命，是常常有着那种欢乐的，嘲讽的态度；比起欢乐来，他底性格并不更近于痛苦。但现实的生活，贫穷、疾病，产生了那么多的痛苦。在现实生活里，人们底需要，是很明确的：蒋纯祖需要金钱、照料、健康——他自己不会照料他自己。很可能的，这一切精神上的痛苦、紧张、和反复无常，仅仅是因为缺乏金钱。很显然的，有了钱，他不会反对结婚的，他将有另一样的做法：虽然他自己决未意识到这个。他把一切转成绝对的了，从这种绝对，产生了对现实的奇特的欢乐和嘲弄。

差不多总是如此的：贫穷、疾病、艰苦的境遇，激动了丰富的精神生活。一个青年，得到了金钱和社会地位，常常就对这个世界安静下来，终于觉得一切都良好，和这个世界温柔地相处了：这样的事情，人们不知看到多少。蒋纯祖痛心疾首，他不会承认他需要这个的，除非他已经得到。对于他所需要的这现实的一切，他猛烈地，胡涂地攻击着。他看见胡德芳在那里面；他看见门楣上有诗人底名句：“到这里来的，一切希望都要放弃”。

他底朋友们，是异常地关心他。大家，尤其是王静贤，希望帮助他弄一点钱，但他对这个显得非常的淡漠。万同华底贫穷的母亲，是可以弄一点钱来的；但他因这个而攻击万同华，他觉得非常的痛心。他说他要走自己底道路。这样，他们就拖延下来了。责任心底严重的渴望重压着他，同时，他渴望向不知什么地方奔逃。

因为他底这种态度，万同华就显得很消极了：自尊心，使她沉默了。大家都关心他们，但对这种关心，蒋纯祖常常是丝毫都不知道感激的。孙松鹤在最初一段时间内对他非常的冷淡，直到那个羞怯的万同菁走进了孙松鹤底生活，他们之间的感情才起了变化。

孙松鹤对蒋纯祖底生活态度非常的不满。蒋纯祖轻视他，总是震动他，使他感到妒嫉和仇恨。孙松鹤确信，在他自己底感情里，个人的成份是很少的：他是严格地站在这个时代底理论上。孙松鹤底生活，他底理论的，道德的公式，是决不能容许蒋纯祖底这种态度的。由于关系深刻的朋友们中间的那种敏锐的感情，在这一段时间里，他们就常常地互相冲突。蒋纯祖，在这些冲突和竞争里，每一次都高高地超过了他底朋友——他自己觉得是如此。因此孙松鹤就非常的嫉恨。

在精神上，孙松鹤无论怎样都不能优胜，蒋纯祖有时同情他，多半的时候轻视他。孙松鹤底批评和攻击，总是使蒋纯祖走进了他底高超的世界：他丝毫都不曾受到伤害。在最初，孙松鹤保持着沉默，沉默愈来愈难堪，于是蒋纯祖冷笑了：他觉得他明白他底朋友在想些什么，他确信那是平庸而迂腐。某一天，张春田突然对蒋纯祖冷淡起来，开始攻击了。张春田当着蒋纯祖底面向孙松鹤说，他觉得，一些所谓朋友，有了爱人，就不要朋友了。

“喂，老蒋，我可不是说你啊！”张春田突然向蒋纯祖说，笑着，含着痛切的敌意。

蒋纯祖痛苦地冷笑着，冷冷地凝视着孙松鹤。孙松鹤严厉地沉默着。

“你觉得如何？”蒋纯祖含着敌意问。

“我觉得很对！有些事情，本来应该叫人发脾气！”孙松鹤愤怒地说，变得苍白。

蒋纯祖站起来，走开了。

“有一种人，他们平庸，迂腐，保守，高兴着他们底道德的生活！”晚上，蒋纯祖到面粉厂里来，攻击孙松鹤了。“他们崇拜偶像，他们底头脑里全是公式和教条；生活到了现在，他们战战兢兢，生怕自己触犯了教条，他们所能做的工作，是使一切适合于教条！他们虐杀了这个世界上的生动的一切，我攻击这种人！”

“是的，你攻击这种人！”孙松鹤用尖锐的声音说。

然后是长久的沉默。他们相互之间没有和谐，不能理解。但蒋纯祖底这一切是给了孙松鹤以怎样激动的印象。那个美丽的，在高空里飞翔着的蒋纯祖，是震动了孙松鹤，把他迷惑——孙松鹤渐渐地有些相信，像蒋纯祖这样的人，是不能用任何理论来范围，来批判的了。孙松鹤有时候竟至于极端地慕艳蒋纯祖，从一种木然的谦逊，痛切地感到自己底生命底缺陷和自己底青春底枯萎。……蒋纯祖骄傲地觉察了这个，于是就把孙松鹤压倒了——他自己觉得是如此。

孙松鹤底单纯的生命，是已经被他底早年的生涯，被他底那个决然的、严肃的献身所固定了。一切思想和感情都向着他所献身的那种生活，那种强烈的外部力量，就造成了一种克己的，严肃的性格。当那种生活破灭的当初，他简直就觉得自己再也不能生活下去了。他底环境告诉他说，他是背叛了，于是他就谦逊而严肃地相信他是背叛了。一直到现在，他都在这种恐怖中；蒋纯祖底那种超脱的热情，于他是陌生的，先前的那种强烈的外部力量，是禁绝了这种热情，并且把它连根铲除了。他生活着，每一分钟都谦逊地怀疑自己，并且照着他底习惯，严格地对待别人。无论对这个世界上的什么东西，他都用他底单纯的原则来对待。这个时代的那些公式，当蒋纯祖和它们开着玩笑的时候，就深入了他底血液中。三年来，他经历着怀疑自己的严重的苦恼，因为，除了在已经破灭了的那种生活里以外——在那种生活里，他是一个优越的天才——他没有别的情热和才能。

而且，在爱情上面，他是严重地饥渴着。在孤寂的乡间，这种饥渴无法遏止。对于家庭生活，他是有着严肃的理想；这个时代底美丽的例子，就成了他底理想的模范。他底单纯伤痛的心需要安慰；他希望一个安静的家庭：一个优秀的妻子，和自己共同工作。这些，蒋纯祖已经攻击过了：蒋纯祖确信这是平庸的虚荣和偶像崇拜。因此，蒋纯祖底一切，特别是他底猛烈的、丰富的青春，就使孙松鹤深深地战栗。到了最后，孙松鹤就不得不承认蒋纯祖是另外一种人，不是他底理论所能范围得住的了。在这种朴素的谦逊里，是含着多少痛苦的战栗！因为，从这种渴慕，这种谦逊，他就不得不怀疑自己底忠实了。在他看来，向情欲底美丽的飞翔低头，就等于对这个时代的背叛。蒋纯祖和孙松鹤，是以两样的姿势，感觉着这个时代的。

从爱情的饥渴，显出了严肃的、赤诚的男子底缺陷。夏季的时候，王老夫子又来替他做媒了，以蒋纯祖为例，提出万同菁。孙松鹤当时显得很冷淡，因为王静贤是过于崇拜蒋纯祖。但第三天，他们大家到县城里去玩，赵天知把这件事促成了。

赵天知大大地挑拨孙松鹤，不停地在他耳边说着万同菁，使他动心了。于是他就写了一封信。赵天知强迫他写这封信，刚写好，他就感到狼狈，企图撕去：他觉得他从来都没有这样做过；他底自尊心很觉得苦恼。但赵天知大叫着抢了去，把这封信发到石桥场来了。

这封信，是写了无数的低头。孙松鹤底内心，起了严肃的变化。第一个感觉，是责任感；既然已经开始，就必得忠实地、严肃地做下去。这是对于蒋纯祖的一种酷烈的批判，蒋纯祖知道了，就冷冷地注视着。他觉得痛快，因为朋友也落到这个泥沼里来了；他确信，在同一的泥沼里，他必定更能胜利。

赵天知，是欢乐地拖着孙松鹤，凯旋到石桥场来了。王静贤是非常的喜悦，乱跑了一个上午，最后找到了蒋纯祖，把这个消息告诉了他。

蒋纯祖正坐在河边的石头上洗脚。这个驼背的，兴奋的老头子，满身大汗，喘着气，抓着他底烟杆跑下来了。蒋纯祖回头，嘲笑地，喜悦地看着他。老夫子露出机密的样子来，告诉了蒋纯祖。

“你为啥子这样高兴啊！”蒋纯祖说，安静地擦着脚。

王静贤有罪地笑了。然后又说了起来。他说，两姊妹现在都得到了这个世界上最好的人，他是多么高兴。他毫无犹豫地说蒋纯祖和孙松鹤是世界上最好的人。特别是蒋纯祖，他底丰富的青春，他底猛烈和他底诗情，是那样地感动了他。他不十分明白这一切的内容，但老年人，荷着过去的创痛，有一种需要：把地面上的美丽的青春留在身边，是一种幸福。他是简直把蒋纯祖宠坏了。他时常给蒋纯祖弄一点钱来。他是五体投地地崇拜蒋纯祖，说他是五百年来仅见的天才。

蒋纯祖喜悦地，嘲弄地看着这个兴奋的老人。蒋纯祖相信，对于任何新的后辈，他都会说他是五百年来仅见的天才的。蒋纯祖知道，在年青时代，在那种急进的潮流里，王静贤曾经大大地干过一下。他卖掉田地，送他底爱人到上海去读书，但这个女子后来到了莫斯科，把他遗弃了。他常常说这个故事，带着无限遗憾的，生动的表情。他是这样的天真，蒋纯祖常常想到，这个世界，是怎样地欺了这个无知的，单纯的人。

“都是这个样子的啊！”王静贤生动地大声说，“我们底时代是过去了，看着你们这两对，又有哪个不高兴啊！咳，我要请客呢！”

“算了吧！”

蒋纯祖摇头，突然兴奋地唱起歌来。瀑布在近处奔泻着，周围有沉闷的蝉声，树影在水面上游动，王静贤快乐地笑着沉默。

孙松鹤和万同菁在新的关系下面的见面，以及他们底态度，谈话，在蒋纯祖看来，是“非常地富于趣味”的。这当然是蒋纯祖底优越的见解；但它，这个见面，也的确是非常地富于趣味的。蒋纯祖，从那种属于美学底范围的立场上，带着精致而深刻的审美的情绪，注视着；但很快地，他就跳到人生底立场上来，从内心发生了一种真挚的严肃，向他底朋友深深地致敬了。

孙松鹤，在新的情绪底下，带着那样热切而紧张的表情和蒋纯祖见面，使蒋纯祖感觉到，在他们中间，所有的阴影都消逝了。孙松鹤热烈地，含着一种痛苦的，悔恨的表现和蒋纯祖握手。显然他底内心紧张使他痛苦。在他的豪爽的，确实的严肃的态度里，蒋纯祖觉得他在说：“这件事情对于我是这样的严重，你知道！你要帮助我！我告诉你一切，并且将要告诉你一切，对你毫不隐瞒！”蒋纯祖在短促的苦恼中感到自己在自己底恋爱里未曾这么做，并且不能这末做。

赵天知已经替孙松鹤传达了，于是他们就一同到学校里来。他们走进蒋纯祖底房间。赵天知，王静贤，都坐着，沉默着。孙松鹤淌着汗，脸上惨白，脸颊不时打颤。他很痛苦：充份地意识到，这件事情，在他底年龄上讲，来得太迟了；他恐惧自己已经硬化，不能适应了。[①] 他突然觉得是别人逼迫他做这个；于是他愤怒地向赵天知说了什么。蒋纯祖生动地微笑。这时万同华姊妹走了进来，孙松鹤严肃地，恭敬地站了起来。他站起来好像愤怒地说：“是我，不过别人，我不怕，我要负责！”

门是开着的。万同华最先进门，向大家愉快地微笑。然后她转身喊妹妹。她显出一种烦燥，喊了两声，眼里有嘲笑的光辉。万同菁躲藏在门边，脸涨得通红。终于她鼓起了全部的勇气，傻憨地笑着，用手帕掩着嘴，跳跃了一下——她是这样的慌乱——走了进来。她向蒋纯祖点头，不看孙松鹤，紧紧地靠着她底姐姐，在房里慌乱地走动着，好象古代的图画。

---

① 原文多出这样一句重复的话：“他突然觉得这件事情，在他底年龄上讲，来得太迟了，他恐惧自己已经硬化，不能适应了”，疑为衍文。

"请坐。"蒋纯祖说,笑了一笑,然后看着孙松鹤。

苍白的孙松鹤仍然站在他底那样的姿势,看见了这个无比的纯洁的万同菁,他对自己感到失望。在这种失望里,他才意识到他心里的对爱情的美丽的、浪漫的梦想,在先前,他是决不承认他心里会有这样的东西存在着的。他不觉地希望,万同菁底出现,会给他底孤独的,干枯的心灵带来一种奇迹:这种奇迹没有出现,他对自己感到严重的失望。

他坐下来,在内心紧张地工作着,企图使这种奇迹出现。他使自己想到过去,"那条星光下的美丽的小河",并使自己想到美丽的春日,和寂寞的、凄凉的、春雨的夜。然而这都没有效果。他底心严厉地反对他自己。他看着蒋纯祖求助。

蒋纯祖,向他底万同华发笑,然后快乐地,嘲笑地看着那个发白发红的万同菁:她坐在床边,她底手紧紧地搁在姐姐底肩膀上。

蒋纯祖觉得这是非常地有趣,于是他就站出来帮助他底朋友了。

"孙先生托我向你致意。"他说,优美地走着;"他觉得他底那封信或许会委屈了你,但那是天知捣的鬼!"

"是我!"赵天知快乐地说。

"但是,我们底小万先生会原谅的吧!"

万同菁就畏怯得垂下头来了:在她底洁白的脸上,没有任何表情。

孙松鹤仍然觉得痛苦,但感谢蒋纯祖,因为蒋纯祖已经替他打开了僵局了。于是他就突然抬起头来,严肃地,紧张地看着万同菁。——他惨白,好像火焰。

他觉得她什么也不知道,他觉得痛苦。那种奇迹,是没有出现的可能了;但一种愤怒的,愉快的力量,在他底心里出现了。

"像蒋先生刚才说的,我想万先生会原谅我!"他说,眼睛颤栗着,看着她。……"我们到石桥场来,已经三年了,"停顿了一下,他说,"在这几年内,时间都白白地浪费了,我前几天还和蒋先生谈起,我们底目的,是对我们自己忠实。”他低而兴奋地说,造成了一种严肃的,会场式的空气,很明显的,只有在这种空气里,他才不致于怀疑他自己。“从前我们和万先生不大接近,从现在起,我们想和万先生共同学习——”

“啊,政治工作!”蒋纯祖想。他几乎叫了出来。

万同菁定定地垂着头,有时盼顾一下,希望别人原谅她。于是孙松鹤就把万同华当做说话的对象了。孙松鹤总是说“我们”,好像这是一件集体的,严肃的工作。

孙松鹤说下去,愈对自己不满,愈对万同菁底散漫的神情失望——他很怀疑她是否在听着——他就说得愈激烈,愈严重。

“我们常常对自己失望,社会攻击我们,别人怀疑我们,我们自己过去曾经遭遇过最痛苦的事,但我们并没有失去我们底理想!”他说,万同华注意地听着他。蒋纯祖觉得对于万同菁,这是一种朴素的义务。大家都寂静着,房里的空气,是严重起来了。那个王静贤,是坐在那里,露出他底那种极端注意的神情来,听着这个时代底这种告白,异常的满意,鼻子上有汗珠,不停地点着头,简直发呆了。“我们常常想,生命底意义是什么!”

“糟了!”蒋纯祖快乐地想。

“我们常常很痛苦!”孙松鹤走到桌边上,转过身来,说了,“现在我们当然不必再怀念过去,也不必挂念将来……至少在我个人是这样。在这个人间,我好像走在沙漠中,口渴、头晕、没有一点点水,我所以走着,是因为我必需走着。我看着那里,在天边,是我底目标,我也相信,在我底道路上,是前一代人底血迹,在后面,有无数的人,但是我已经疲乏了,觉得孤独!是的,孤独,我想,我只是向着那个目标走下去,到我精疲力竭的那一分钟,我就再挣扎前进一步,然后倒退下去,让后来的人跨过我底尸体!我明白我是一个平凡的人,但至少不是坏人,我和我底朋友们相依为命,我一点点光荣的想头也没有,为了民族,为了人民,我愿意倒下去,我愿意成为桥梁底一块石头,或者一撮泥土!”他突然地停顿:他底脸更白,他底眼部不停地颤栗着。

王老夫子点头了，眼里有泪水。但那个万同菁，却已经在床上躺下来了。她不十分懂得孙松鹤底话，但他底话对于她是一种苦恼的打击。她极其真实地想像着他底话，以至于精神焕散起来，追不上他。当孙松鹤说到“在沙漠中……”的时候，她就有了想像底对象；她想，在沙漠中，酷热的太阳照耀着，一个孤独的男子走过去，跌踬着，最后倒下了，没有人给他一点水，没有人来救他。她想着，为这而异常的痛心。但无论她怎样同情，痛心，她感到孙松鹤是陌生的，孤独的，高超的人，她无法把她自己和他想像在一起。于是她就想到她底家庭，想到“别人要说坏话”，而感到畏惧。

她底焕散的神情，是使孙松鹤非常的痛苦。他愤怒地沉默着。

“我们决不愿意委屈一个人！每一个人底生命都是自由的！”他突然严厉地说。

万同菁简直不知道他是在说她，仍然躺着。万同华给弄得有些狼狈了，转身拉妹妹坐起来。

“人家跟你说话！”她说，气恼地笑着。

万同菁坐了起来，垂着头，玩弄着手指。大家沉默着。

“万先生有什么意见？”孙松鹤问，好像是问万同华。

“没有什么意见。”万同华谦逊地说。

“呀，姐姐，你看我底指甲！”万同菁突然地叫了起来，推姐姐，并把手指送到姐姐面前。

孙松鹤严重地沉默着。

“没有什么意见。”万同华推开妹妹，重复地说，希望妹妹明白自己底地位。

孙松鹤底脸发抖。

“那么，万同菁万先生呢？有什么意见？”他问。

“孙先生问你话呀！”万同华说。

于是万同菁就放弃了她底指甲，抬起头来了。她显然一点都不明白。她脸红，盼顾，可怜地笑着。

“姐姐，你说！”她说。

“孙先生问你呀！”

“有什么意见？”孙松鹤严肃地问。对于他底严肃，蒋纯祖觉得遗憾。

“没有什么……意见。”万同菁说，好像背书。

然后，她脸红，又拿起她底可爱的，洁白的小手来。

“我有一个意见：不准看指甲。”蒋纯祖笑着说。

于是万同菁立刻就放下了手指；为自己底错失而苦恼，并且有些痛恨蒋纯祖，不安地盼顾着。

万同华姊妹走出去以后，大家就都同情地看着孙松鹤。孙松鹤那一段话，在蒋纯祖底心里，留下了极深的印象。晚上，他们就走到水边，亲密地谈到深夜。孙松鹤说明了他对万同菁的不满，并说明了他进行婚事的计划：他说，父亲一定会同意他底这个“好媳妇”的，他可以敲一笔竹杠。他说，如果顺利，他预备在明年春天结婚，离开石桥场。

蒋纯祖，心里有悲凉的、亲爱的柔情，完全地赞同他；但希望他从“政治工作”解放出来，去谈恋爱。蒋纯祖丝毫都没有提及自己，并且避免回答孙松鹤底问题。最后他说，如果可能，他也结婚。

“那么好！让我们交换我们底祝福罢！……但是至于我底情形，那就是：‘到这里来的，一切希望都要放弃！’”蒋纯祖快乐地，生动地说，笑了起来。

孙松鹤苦恼地确信，能够快乐地说着这个，必定是骄傲的人；但他仍然衷心地祝福他底朋友。

三

在万氏姊妹，万同华和万同菁之间，存在着动人的关系。她们之间，像最好的朋友们之间一样，没有秘密；她们之间，常常有小小的生气和小小的放任，但决不会闹得严重；她们是丝毫也不懂得这个时代底夸张的言词，她们讲述她们自己底事情，用着她们底父母底言语。她们底朴素地相互表现着她们底苦恼、希望、隐秘。她们造成一种温和的、亲切的空气，在里面充满着年青的女儿们底那种青春的骚扰，善良的讥讽、挑拨、和玩笑。她们珍惜她们底生活。

万同菁知道姐姐底秘密：除了她以外，没有第二个人知道，这个。万同菁很为姐姐苦恼，并且因此有些仇恨蒋纯祖。有很长的时间，她不和蒋纯祖说话，万同华对这感到苦恼，但沉默着：无疑，她觉得妹妹并不是没有理由。在妹妹面前，万同华总是觉得心里和平：她知道妹妹对她所抱的尊敬的，亲切的感情；她并且知道妹妹对她底信仰和依赖。只有一次，妹妹为蒋纯祖底事情而明显地生气，她也生气；但立刻她们就和解了，说到碉楼、竹林，守园的狗，乡场底人事，以及其他等等。

万同菁，在母亲面前的时候，是更其信赖姐姐；在亲戚中间，总是维护蒋纯祖，并赞美他底“富有的家庭”。她认为这样就可以保护了她底厄难中的姐姐。但她是那样的单纯，人们很容易地就看出她底忧苦的，善良的动机来。万同华常常告诉她，在别人不问的时候，就尽量地对人平和，什么也不要说；但她永远不能做到，——她是这样地富于感情——她们常常为这而争吵。

接到孙松鹤信，她就立刻给姐姐看了，并且请姐姐解释，在这封信里面，有些段落，究竟是说了些什么。万同华告诉她说，孙松鹤，是很好的人。但她们并不因此而觉得宽慰，她们都瞥见了前途底艰难。万同菁觉得，从此以后，是更加重了姐姐底负担。纯洁的万同菁，是决未把自己底负担计划在内：她是整个地推在姐姐底肩上，为姐姐而苦恼。因为这个缘故——她觉得是为了姐姐——她希望能够从孙松鹤脱逃。从孙松鹤底严重的言词下面回来以后，她就频频地想着这个，沉默着。她是为姐姐而担忧，正因为这个，就突然地对姐姐冷淡了起来。她模糊地想，她底事情，应该由她自己来负责：姐姐不应该过问。她简直忘记了，是她自己推到姐姐底肩上去的。她底这种冷淡，表现了一种朦胧的独立的愿望，万同华觉得，有了爱人，妹妹就反叛，离去了。万同华觉得嫉恨、痛心。

但晚上的时候，万同菁突然地走进了姐姐底房间。她在床边坐了下来，热切地、痛苦地注视着姐姐。她底整个的存在，表现了那种无法排解的、严肃的痛苦。万同华苦恼地看着她。

万同华问她，心里觉得怎样。她露出了烦恼的痛恨的表情，掉过头去。万同华注意到，她哭了。

"真焦人，我有什么法子呢？"万同华想。

"哭啥子，妹妹？"她说。万同菁不答，掩住脸。"妹妹，你想想看，要是你是我，你哪里有那么多的眼泪来哭！"她烦恼地说。

"妹妹，有话说，不哭啊！"她伤心地说。

"姐姐，我不要他，我不答应他，姐姐，你应告诉他，姐姐，啊啊！"万同菁哭。

"这才滑稽！"

"不，姐姐，他朗个说？……不，姐姐，像这样，大家都要怪你！"

"我们又不做坏事，……妹妹，我不怕人家怪！"万同华说，含着一口冷笑。

万同菁停止了哭泣，看着地面。她们沉默着。

"你到底怎样想啊？人家孙先生是很好的人！"万同华忧愁地说。

"我晓得！"万同菁大声说，停顿了。"他不是也跟蒋纯祖一样吗？不吗？"

万同华急剧地笑了一笑，变得严厉。

"不，姐姐，不是这样说！"万同菁大声说，"有时候……我心里是多么高兴……不，不是这样说！"她说，笑了一笑，脸红，眼里有光辉，思索着。

"要告诉妈妈吗？"她小声问。

万同华点头。

"姐姐，你去告诉！"

"胡说！"

万同菁大声叹息。她确信她愤恨孙松鹤：而，为了姐姐的缘故，喜爱蒋纯祖一点点。

万同华，是用她底全部的冷静的力量，挽救了她心里的那种可怕的，毁灭的感觉。她是利用着她底对社会，对人生的冷静的知识，得到了她底勇气。从这种知识，产生了她底对自由的信念。在先前，在冷静的知识之上，有着一种神圣的感觉，但到了险急的现在，这种神圣的感觉，就变成了一种积极的思考，变成了对真实，善良的东西的积极的同情；那种冷静的知识，便给她照明了这个分崩离析的社会，向她启示了自由了。她用她底方式感觉着自由，就是，好的善良的东西，不应该对坏的，恶劣的东西屈服；好的善良的东西，有处置自己的自由。但这只是一个给予勇气的，朴素的原则，在她底心里，仍然有着一些小小的迷信。无论如何，在现在的这种生活里，她不能超越她家庭和她底并不作恶，然而说闲话的邻人。

他们底事情，是发展下去，或者说，延宕下去；痛苦有时缓和，有时，在突然之间，变得异常的剧烈。各人都迟疑着，都在思考自己，并且怀疑对方。孙松鹤万同菁之间仍然没有进步；胆怯的万同菁，在每次的见面里，都拉着姐姐陪伴她。万同菁总是神情焕散，万同华总是成为谈话底对象，这使得孙松鹤非常的苦恼，当万同菁记起了姐姐的劝告，振作起来，想说一两句话的时候，结果总是非常的糟：她底话，对于目前的空气，对于孙松鹤底感觉，总是距离得非常的远。冬天的时候，得到了父亲底来信的同意，孙松鹤就频繁地在她们家里出入了。在蒋纯祖之后，孙松鹤就成为那些婆婆妈妈们和那些姑姑嫂嫂们底议论底对象了。孙松鹤底行为，比起蒋纯祖来，是无可非议的，于是那些婆婆妈妈和姑姑嫂嫂们就挑剔他底社会背景——关于他，是有着险恶的谣言——家庭，和年龄。她们甚至怀疑他是否已经结过婚。

对于万同菁底胡涂，万同华渐渐地就非常不满起来。孙松鹤是由赵天知和蒋纯祖传递了无数的信和书给她，她每次都毫无顾忌地拿给那些姑姑嫂嫂们看——只要她们询问一句，她就公开出来了，她，万同菁，表示毫无秘密，表示自己在这件事上是和大家站同样的立场上，表示说，如果她有错，希望大家原谅她。这样，一切重负，都落到万同华底肩上来了。万同华在孙松鹤面前淡淡地表示了她底不满，以至于孙松鹤怀疑是她在破坏他。万同华向蒋纯祖说了她对妹妹底事的所有的不满，蒋纯祖告诉了孙松鹤；不管蒋纯祖怎样解释，孙松鹤不能解消他对万同华所怀的恶劣的感情。这样，在两个朋友之间，又有了一段时间的冷淡和沉默。在这一段时间里，看着朋友底严肃的活动，蒋纯祖是苦恼到了极点，于是希望朋友在平庸中破灭，冷酷了起来。

蒋纯祖是，用诗人们底漂亮话说，做着灵魂底冒险。有时候，是那样的热情，有时候，又是那样的冷酷，怪戾。有时候，他是在那样的一种燃烧的状态中，心里有欢乐，眼里含着微笑，凝视着涌动着白云的天边，从内心底深处，听到了这个时代底雄壮的命令："前进!"好像一匹年富力强的、自觉美丽，充满着虚荣心的马，在前进的命令之下，蒋纯祖底全身都兴奋地颤栗着。"前进!"这匹马开始奔驰，向那些要塞，那些堡垒猛扑过去。"从此我就脱离了那陈腐的、愚笨的、黑暗的一切，在我底周围，是战争底疯狂的火焰，亲爱的、无上的克力啊!"蒋纯祖喊。有时候，他走过熟识的农家，突然地高兴起来，抱抱农家底肮脏的、丑怪的小孩，用自己底衣裳替他们揩鼻涕，站在发着浓香的瓜棚底下，确信自己已经消除了一切偏见。成了这些小孩底哥哥，或父亲——享受起和平的、诗意的梦境来了。有时候他和那些熟识的农家姑娘们开开玩笑，快乐地欣赏着她们底可爱的、呆笨的青春；有时候他和老太婆谈豆子，谈得那么多，像豆子那么多。有时候，他出奇地逗弄他底万同华，使万同华不得不由衷地放弃她自己底意见。……但另一些时候，一切就不同了：他阴沉、焦燥、冷酷，并且永不满足。在孙松鹤严肃地，苦恼地向他开诚布公，进行着自己底节目的时候，蒋纯祖就无故地，突然地厌恶了恋爱、结婚、生小孩、帮助别人、以及其他的这一切，在熟悉的、但更严重的方式底下，听到了这个时代底前进的命令，渴望奔逃了。

这简直是无故地，突然地发生的：他走在街上，看见了那些敞着胸怀，抱着婴儿的女人，他觉得这些女人一定是他在很多年前——也许是二十年前——曾经看见过的，他迷胡地相信着这一点，虽然他记不起来他究竟在什么时候看见过她们。他想，已经这么多年了，一切却依然如旧。多么可怕！他有一种迷迷胡胡的回忆的感情，或对将来的预感：他说不清楚究竟是什么，正如他说不清楚他究竟在什么时候看见过这些女人。他确信他愿望离开这个而去，他冷酷地确信他愿望离开万同华而去；他相信，假如万同华突然地从人间消失，他便必会获得解放。这样他就古怪地冷淡了万同华，万同华，是刚刚在心里决定了一个结婚的计划，预备向他提出来；碰着了他底冷淡，由于自尊心，就痛苦地沉默了。

蒋纯祖拒绝陪伴孙松鹤到她们底家里去。孙松鹤，得到了父亲底同意，就是说，得到了"金钱"和"社会"底同意，积极地着手进行了。石桥小学，是已经贫穷得再也无法维持了，孙松鹤准备在明年春天带着他底万同菁离开。他想，结婚以后，他便可以在有利的环境中改造万同菁：这个想法，为蒋纯祖所嫌恶的，是安慰了孙松鹤底苦恼的内心。孙松鹤确信，他底行为，是遵照着这个时代底原则的：把一个纯洁的女子从封建的黑暗中拯救出来；他是严肃地遵照着这个原则，以这个时代底美丽的例子为模范。但蒋纯祖觉得，这一切，是令人厌倦。

对于这个时代的单纯的、严肃的、无容置疑的、谦逊的信仰，造成了这种确信。在这里，个人底生命，是以某种谦逊的方式，不觉地退让了。严肃的行动，增强了这种确信：拯救一个女子。但蒋纯祖觉得，在这个时代，没有一个男子能有权利说他自己是在拯救一个女子；他觉得，这种对自己底生命的平庸的无知，是令人厌倦。在蒋纯祖这里，感觉着的，是个人底生命。

孙松鹤到万同菁家里去的时候，总是被那些姑姑嫂嫂们围绕着。她们观察他，以便在背地里批评他。她们批评他太矮、太瘦、衣服穿得不好，等等。万同菁，无疑地是为她们底意见左右着；抵抗着这些恶意的批评的，是万同华。但孙松鹤却责怪万同华。于是在这一段时间里，对妹妹底事情，万同华就变得冷淡了。

万同菁，是和姐姐共读着孙松鹤每一封信，请姐姐解释，并请姐姐帮助她写回信的。对于孙松鹤底来信里面的那些抽象的字眼和严肃的长句字，万同菁觉得头痛；但这些字眼，和这些长句字，却使得那些姑姑嫂嫂们迅速地退却了：她们觉得孙松鹤底情书，是毫无意思的；她们的确是想看到几个惊心动魄的，肉麻的字眼的，虽然她们相信自己是规矩的女人。突然之间她们又造起谣来了，说孙松鹤底这种写法，正是在“那种人”里面通行的写法。于是啊，在乡下的牧歌的世界里，她们终于找到一件惊心动魄的东西了。

在这个牧歌的世界里，领衔的主角，是万同菁底隔房的二姐和大嫂，她们都是非常“摩登”的女人，因为她们底丈夫，在县城里，是摩登的男人。姐姐肥胖，嫂嫂玲珑，两个人都美丽。万同华们底大哥，是家庭中的王者，乡场底恶棍，和朋友中的侠义的人，这个大嫂是他底第三个妻子，她之所以被他宠爱，据他自己说，是因为她曾经是有名的军阀刘湘宠爱过的妓女。那一些猥亵的故事，就成了这个牧歌底世界底美妙的点缀了。

这是一座大的庄院，有那么多的小孩；那样的喧嚣，那样的噪杂。上一代的人，白发白须的，软弱的祖父，是退隐了，对于女孩们底婚事，不再有任何权力。万同华姊妹底母亲，因为孤零、穷苦、慈善的缘故，对于自己底女儿底事，不能有任何意见。权力是操在哥哥姐夫，姐姐嫂嫂们底淫乱的手里。应付他们，在他们中间取得位置，是万同华成年以来的艰辛的工作。艰难的境遇，生活底酸凉，和人世底利害，造成了冷静的、严格的、勤劳的乡下女儿；在她底庇护下，成长了她底纯洁的妹妹。

在嫂嫂底舒适的房里，是挂着嫂嫂自己底妓女时代的跳舞装束的大照片；因为她底丈夫以此为荣，她就更以此为荣了。她是非常的豪奢，对于蒋纯祖们，是异常的轻视。但当着蒋纯祖们底面的时候，她却也显得激动、客气，谈论着城市生活，以显示她底知识。在这些点上，她有些尊敬蒋纯祖们；从她底虚荣，露出了她底某种有些动人的善良。此外，和肥胖的姐姐竞争起来，她还有乡下家庭底好客的风度。蒋纯祖们，是在她那里，吃到很多非常名贵的东西；这个女人底善良的虚荣，是使蒋纯祖们顺利了一点点了。

肥胖的姐姐，有些羞怯，常常要脸红。她是没有见过世面的，但由于她底美丽，她确信自己是非常的聪明。她说了话，希望别人注意，总是脸红。特别是对于那个有些害羞的蒋纯祖——她觉得是如此——她是发生了浓烈的兴味。就是在肥胖的姐姐底暗影里，和玲珑的嫂嫂底炫光里，万同华姊妹不动地坐着，听着孙松鹤底“谈天”。

他们总是坐在万同华母亲底寒窑一般的，潮湿而黑暗的房间里；少数的时候，坐在嫂嫂底阔气的房间里。在漫长的冬季，田野里寒风呼号，房间里就烧着松树头，大家烤着火。

乡下女儿们，在她们底炉边，送走了平静的岁月。过年的时候，虽然贫穷，但由于嫂嫂姐姐们底善意的扶持，仍然有丰富的食品，异常的热闹。有一段时间，蒋纯祖和万同华底母亲谈得异常亲切，但现在，蒋纯祖不肯再来了。孙松鹤在寒风里走了进来，母亲看见了，第一句话便问到蒋纯祖。老人尽可以待他们如儿子，孙松鹤突然觉得非常的凄伤。

在她底炉火边，万同华已消失了往年那样的欢乐了。她心里充满了忧愁。蒋纯祖没有来，使她失望。

“孙先生，烤火！”万同菁说，表示她已经听从了姐姐底劝告，勇敢起来了。

母亲替孙松鹤打了鸡蛋，并且放了白糖，然后在火边坐下来，安静地笑着。她底笑容说：她没有话说。显然的，假如不是那些女人们底挑剔，她早已在心里确认了她底女婿了。小孩们立刻把房门堵塞住了。传来了兴奋的说话声，姐姐嫂嫂，走了进来，异常客气地笑着。

"怎么蒋先生不来啊!"她们说。

"他不大舒服。"孙松鹤站起来,恭敬地说。

"啊,那应该早一点找医生看呀!""你们下江人,经不住川里的气候呀!""今天天气冷,啊,在城里要好些!""我们没有什么招待的呀!"等等,等等。——姐姐,嫂嫂说。姐姐不住地脸红,嫂嫂不住地发笑,驱赶小孩们走开。她们坐了下来,把万同菁罩在她们底暗影里,把万同华衬托在她们底光耀里。

迅速地来了沉默和拘束。终于姐姐,嫂嫂们退却了:她们要孙松鹤中午的时候上去吃饭。万同菁活泼了一点,不停地向姐姐低声说有什么。姐姐推她,嘲笑她。她们又耳语起来。

于是万同菁突然间充满了兴致,活泼起来了。

"我们来数么!"她快乐地大声说。她故意不看孙松鹤。"哪个心肠坏我晓得!我们来数么!"她说,用脚踢炭火,同时抱着膝盖摇晃身体。

显然她们刚才突然地谈到了,她们两个人,谁的心肠坏些,这个问题。

"用不着数,你是坏心肠!"万同华,传染了妹妹底活泼,说。

"数么!"万同菁说,觉得孙松鹤在看她,脸红了。

"要得么?"

于是她们开始数:两个人同声歌唱,轮流地指点胸膛;唱到最后的一个字时指到谁,谁便是坏心肠。

"一根竹子十四节!"万同菁大声唱,同时挥手鄙弃姐姐。

"小声点,鬼东西!一根竹子十四节,"万同华唱,"哪个坏心我晓得,坏心折了当柴烧,不是这节是那节;"她们愈唱愈快,愈数愈快了,"一根竹子十四节,哪个坏心我晓得,不是老板是佃客!"

"是你,是姐姐——万同华是佃客!"

她们大笑了起来,但孙松鹤不笑,他底眼部颤栗。他底心思是过于繁重,他不觉得这种游戏有什么意义。

"一个人愈是什么也不晓得,就愈是快乐!快乐,和无知,是一件东西!”他想。

万同菁走出去了，母亲到后面去了，剩下了万同华。万同华坐着不动，显得很冷淡。孙松鹤带着激烈的表情开始了他底谈话。

“事情怎样了?”他问。

万同华看着他，不答。孙松鹤想，也许是他刚才对游戏的冷淡，激恼了万同华。

“怎样?”

“她们说你是什么什么，说你结过婚，又说你穿得不好!”万同华，说得那样的突然，而且气愤，击伤了孙松鹤。孙松鹤沉默着，脸发白，打抖。

“那么她相信么?”他严厉地问。

“她当然相信!”万同华轻蔑地说。

“好啊!”孙松鹤在心里愤怒地叫。

“那么我底信她看了么?”他同样严厉地问。

“她拿给别人看!”万同华冷淡地说。

“那么，你也相信么?”

万同华不答。她底嘴唇微微地战栗着。她带着一种冷淡的沉思表情凝视着炭火。她底眼睑垂着，有些颤动，以至于孙松鹤认为她已经哭了。但他，孙松鹤，仍然不能原谅她底捣乱——他确信是如此。万同华底这样的表情继续下去，孙松鹤想到蒋纯祖，觉得难受：他不知替谁难受。沉默着，松树头在炭火里轻轻地爆炸着。从门缝里传来了尖锐的，悠远的风声。

“我恨一切男子，他们不负责任！他们责怪别人!”在那种表情里，万同华愤恨地想;“这种爱情，使我底心完全冷了！你不能说他不忠实，因为他总有理由！但是这并没有什么关系，我可以这样地坐着，在耻辱里坐着，一直到死!”她看了孙松鹤一眼。

“那么，你在怎样想呢?”孙松鹤略为温和地问。

“我什么也不想说，……我不觉得有什么生趣。”她说，悲哀地笑了一笑。

"我请求你相信我们。"孙松鹤说,痛苦地笑着。

她不答,重新垂下眼睛。这时门开了,寒风扑进来,万同菁矜持地走了进来。她向姐姐笑着,不看孙松鹤。她毫未觉察到姐姐对她所怀的不满。

她没有来得及坐下,孙松鹤就含着痛苦的笑容注视着她。她慌乱地在桌边站着了。

"我们刚才在谈,"孙松鹤迫切地说,脸颊打抖,"我觉得在这个世界上,狗用狗的眼光看人,人用人的眼光看人,万先生觉得对不对?"他猛烈地说,把万同菁吓住了。

"我听说有人——姑且叫他是人——说我已经结过婚,对于这种侮辱,我非常痛恨!我觉得我还不至于坏到这样的程度,欺骗一个女子!其次,我底家里是并不是没有钱的,尽可以让他们知道!"他愤怒地说,"说我穿得不好,当然我穿得不好,但我并不以为穿得好的人,就是有价值的人!我并不是说我是有价值的人,但是我相信,对于一个人,唯有知识,理想,才是最重要的财产!……"他打颤——瘦削的孙松鹤底激烈的、严厉的态度,好像火焰,这差不多是他底唯一的态度:他总是这样说话的,虽然有时候,他的心,是那样的温柔,充满着渴慕。在这里,他底精神本能地感觉到,在他底周围,是充满了敌人。虽然他现在不觉地也把万同菁看成了敌人,但他勇壮地相信,他底一切行动,是为了拯救她。这样,他就更激烈了。"万先生以为怎样?"他问。

万同菁无表情地沉默着。万同华严肃地看着他们。对于孙松鹤底话,万同华感到不能同意:她理解妹妹,她本能地觉得,一切事情,并不像孙松鹤所说的那样简单。

孙松鹤说,在这个世界上,有两种人,一种是好人,一种是坏人,对于好人,他们应该同情,对于坏人,他们应该无情地加以打击。他说,他现在的人生目的,是做人:做人很难。这的确是他底痛切的感觉。但他底这个朴素的感觉,或者哲学,是遭到了蒋纯祖底热烈的讥讽和无情的攻击的。

孙松鹤痛切地觉得,在家庭、朋友、社会中间,正直地做人很难。做人,不放弃自己底理想,同时又要不伤害一切善良的人,很难。他是这样朴素地感觉着复杂的感情问题的,但蒋纯祖底感觉则全然相反。

“万先生觉得家里会不会答应这件事情?”孙松鹤问。

万同菁看了姐姐一眼。

“大概会答应。”她回答,觉得姐姐要求她这样回答。

“假如不答应呢?假如不答应,能不能反抗?有没有办法?”孙松鹤迫切地问。“假如不答应,我们就冲出来,有没有办法?”

“……大概有办法。”万同菁低声说,脸红。她扶住桌子,不安地动着身体。她看姐姐,并且伸舌头。万同华淡淡地笑了一笑。

“她是纯洁得令人痛苦!”孙松鹤想,看着她底舌头。从这个思想,孙松鹤突然地站到万同菁底生活和感觉上去,感到了一种温柔的、优美的、诗意的情绪,他底兴奋而打颤的眼部缓和了,那种温柔的、明亮的微笑出现了。他自己没有觉察到这个变化。他看着万同菁。“她是多么美,多么纯洁。多么好!假如有这么一个男子,能够为她而牺牲自己,因她而更明白自己底生活和理想,并且更勇敢——为什么要惧怕这个世界?——那么他,这个男子,该是多么幸福!”他想。他用他底整个的存在这样想。他感动着,为他所想到的那个男子——他是亲切地看见了他,为了一个纯洁的、崇高的东西,在黑暗的世界上勇壮地斗争着——而感动着。他突然流泪。他惊动,带着激烈的面色环顾。“果然发生了什么吗?果然是吗?”他问自己。“是的,一切都不同了,确定了,发生了,我不能失去她!”他回答。

万同华姊妹惊异地看着他。

“我替蒋纯祖觉得难受!”他突然地说,那样地爱着蒋纯祖;在这之间,他决未想到他要说这个。“他是多么好的人,尤其是,他……他是多么丰富!当然,每个人总有自己的缺点,但他是那样忠实,那样诚恳,……”他又流泪。

万同华悲痛地垂下眼皮。

“他和我谈得那么多，我们常常什么都谈！他告我，他预备明年春天结婚——现在，他要养病。我想，只要有一个好点的环境，他就能够发挥他底才能！他是多么用功，当然，他有些骄傲，但是这只怪环境，因为没有人懂得他底价值……”孙松鹤，显得那样的善良，感到一种光荣，充满着爱情，和对于生活的感激，在这里赞美他底朋友了。但万同华严肃地抬起眼睛来，打断了他。万同华相信，孙松鹤说这个，只是为了安慰她，但她并不能从这个得到安慰。这些话，对于她，只是确实地暴露了她和蒋纯祖之间的痛苦。

“孙先生，不要说这个！”她说，在她底淡淡的微笑下面，藏着强烈的痛苦——这种表现，是她底特色——然后她痛苦地凝视着炭火。

孙松鹤感动，沉默了。他相信他是有了一种崇高的表现。

孙松鹤离去的时候，万同华交给他一个包裹，托他带给蒋纯祖；里面是一件毛线衣，和二十个鸡蛋。

“没有信要带么？”孙松鹤问。

万同华不回答，送他走下石坡：她在坡下站住，向他点头告别。她是站在尖锐的寒风里。她站着不动，垂着手，她底衣衫激烈地在风里飘抖着。这种沉默、忍耐，这种深刻的忧伤，孙松鹤以后永远记得。当他以后有了那种不可遏止的忧伤的时候，他便立刻看到万同华在这样的姿势里站立着，同时亲切地重新感到了冬季底布满了阴云的黯淡的黄昏、山坡、枯树、水塘、凄凉的旷野。他奇异地相信，无论何时，在人类底不可救药的伤痛里，总有一个万同华在旷野和寒风里高贵的站立着。时间愈久，他就愈乐于想到这个。

“即使失败了，即使破灭了，即使得不到万同菁，我也要永远感激，永远记着。因为，假如纯洁的东西被侮辱，被损害了，便是证明，在这个世界上，这种东西有多么高贵的价值！我们底理想、信仰、是多么辉煌！不管怎样，像蒋纯祖说的，我们是已经得到祝福了！我心里是突然之间充满着希望！那么啊！让过去的过去，让一切重新开始罢！那么啊，是的，是的，那么啊！”孙松鹤兴奋地想，在黄昏的山路上迅速地走着。

悲惨的蒋纯祖，是刚刚从白昼的睡眠里醒来。他坐在床上，无力地垂着腿。呆呆地望着周围的昏暗的一切。他没有动作的欲望，他不知应该怎样才好，他昏昏地坐着。新鲜的孙松鹤，带着寒冷的空气，冲进了他底房间。孙松鹤底这种新鲜，无论他自己在走进蒋纯祖底房间的时候怎样掩藏，蒋纯祖都尖锐地感觉到。蒋纯祖感觉到，并且感到敌意。

“他吃了甜的来了！”蒋纯祖想。

“万同华给你带了东西来，这里！”孙松鹤说。他底音调，是明显地表露了他底新鲜，但他自己在事后才发觉。

蒋纯祖拖着鞋子走到桌边，点上了灯，特别由于对“甜的东西”的敌意的缘故，阴沉地推开了万同华的包裹。他底这个动作，使孙松鹤惶惑地发觉了自己底新鲜。孙松鹤就严肃，沉默了。

蒋纯祖坐着，静静地抽着烟，故意地听着窗外的风声，故意地对孙松鹤底事情守着静默。孙松鹤徘徊着，痛苦地对朋友感到敌意。

“你吃了饭没有？”他问。

“没有。”

“出去吃。”

“不必，石桥小学要垮台了，今天停伙了。”蒋纯祖冷淡地说。

“那么出去谈谈吧。”

“不必。”

孙松鹤愤怒，打开门冲了出去。蒋纯祖冷笑，站了起来。他觉得猛烈的痛苦，他不知怎样才好。他打开了万同华底包裹；拿开毛线衣，看见了鸡蛋，他突然冲动起来，用毛线衣蒙住脸，哭起来了。

他底痛灼的哭声使孙松鹤走回来了。孙松鹤变得惨白，好象一团火焰，眼睛明亮，站在门边看着他。

这一团火焰——完全是一团火焰，走了进来，站在桌边。

蒋纯祖看着他。

“你也同情我，”蒋纯祖带着痛苦的、兴奋的表现说；“但是不需要同情的！我不愿意使你知道我是弱者！”他说，兴奋地笑了一声。

“这样说完全不对！”孙松鹤，这一团火焰，严厉地、猛烈地说，脸颊打抖。

蒋纯祖突然地笑着看着他。

“我批评你，因为我们是朋友。我尊敬你，因为你比我高明！你不必像你那样想，那是错的！你当然比我更知道这一点：在世界上没有单独一个人走的道路！你一定比我更知道这一点：在世界上没有单独一个人走的道路！我好久便想向你提示这一点，我懂得不多，在这方面！”孙松鹤，这一团火焰，说。

在这一团火焰，谦逊和信仰是同样的猛烈，震动了悲惨的蒋纯祖。这些话，是刺激了蒋纯祖底荣誉心，他确信，他仍然确信，他更确信，他比他底朋友高明：这一点是比一切都重要。于是他心里就有深刻的柔情：他乐于接受这些话了。

他坐了下来，抱住头。

“今天学校里一个钱也没有了，寒假以后不能开学了，张春田跑来向我发了脾气，他说我不会办事。我有些敬重他。我决心不干了。”他一个字一个字地温和地说，向灯火笑着。

“他怎样发脾气？”

“他说，要不是我盲目地横冲直撞——他说是盲目的横冲直撞，就不会如此的。我痛切地想到，在我和他之间，从来没有成立真正的理解和友爱。他的确是永远扶助着新生的，纯洁的东西的，但是，他一面扶助，牺牲自己，一面就把他底偏见全部地塞了过来！他是以接受他底偏见为条件！谁要是反抗他底偏见，谁便是想做官了，他宁愿牺牲他底粮食，不愿牺牲他底偏见。……偏见，就是理想，我痛切地感到我也如此……这不算刻薄罢?"他一个字一个字地温和地说,向灯光笑着。

孙松鹤庄严地听着他。由于孙松鹤底这种火焰似的明澈的神情,蒋纯祖忽然觉得,不是孙松鹤在听着他,而是所有的"他们这一代"在听着他。他先前也有过这样的感觉,但这一次这种感觉最鲜明。

他觉得不是一个人,一个朋友在听着他,批评他,而是所有的"他们这一代"在听着他,批评他。他不觉地肃然起敬。

"那么,你怎样想?"孙松鹤庄严地问。

"在你底身上,是意志的力量,坚强的信仰,在我底身上,是上帝和魔鬼,我是遭到了人和神的愤怒!"蒋纯祖愤怒地说。

"你究竟准备怎样呢?"

"你呢?"

"做下去再说……"

"啊,那么今天底结果如何?"

"很好! 我相信你底话了,很好!"孙松鹤带着单纯的热情说;那种新鲜,又透露出来了。

"是啊,万同菁是很好的姑娘,你将幸福了!"蒋纯祖说,有眼泪,向灯笑透着。

"那么你呢?"孙松鹤忧愁地问。

"我觉得你,比起我来,是多么单纯,多么忠实,多么严肃,多么坚强啊! 在我底心里,我已经对她不忠实了!"他指桌上的毛线衣,"我已经损害了她,用我底发狂的力量欺骗了她。如果一个人,在最初的恋爱里,没有一个过于恶劣的念头,那么到了他底生命底末尾,他将要开怀大笑的罢。但是我已经放弃了这个希望! 我知道她想结婚,到了现在,不一定是因为爱我,而且是因为不得已! 恐怕是,和我这样的人,没有一个女子能生活一天的吧! ……是的,我要结婚! 我要到热闹的场所去做一种凶恶的竞争! 所谓胜利,在我们中国,真是太容易了,我一直没有失败过,所谓失败,我相信我必会胜利!"他激烈地说,"然而,那个胜利,是多么可怕啊!"

孙松鹤同情地点头。他相信，这个胜利。确如蒋纯祖所说，是非常之可怕的。

"文化上面的复古的倾向，生活里面的麻木的保守主义，权威官场里面的教条主义，穷凶极恶的市侩和流氓，都有荣耀，都有荣耀。我们中国，也许到了现在，更需要个性解放的吧，但是压死了，压死了！生活着，不知不觉地就麻木起来，欢迎民族的自信心和固有的文化了，新的名词，叫做接受文化遗产！大家抢位置，捧着一道符咒，从此天下太平了！不容易革命的呢，小的时候就被中国底这种生活压麻木了，微妙的情绪，比方对妇女，对金钱等等的封建情绪和意识，偷偷地就占领了你了！对家庭生活的观念，更是如此，很少人在这上面前进了一步，有叫了出来的，就群起而攻之！中国人是官僚、名士、土匪，三位一体！就比方我吧，到了现在，还对妇女怀着恶劣的意识，假如加上一个新名词，就轻巧地变成革命的了，很容易，很容易！一直到现在，在中国，没有人底觉醒，至少我是找不到！就看看蒋少祖罢，最近大谈陶渊明了，因为没有希望做官了！他是觉醒过的，所谓觉醒！"他生动地微笑着，用力说。"新的力量在遥远的地方存在着，我们感不到！我们是官僚、名士、土匪——圣父、圣灵、圣子，三位一体！茫茫的中国啊，我对你，自然是永远不厌倦，但是啊，我底生命短促，在末尾，我将不能开怀大笑的罢！人类生活着，相信是为了将来，为了欢乐和幸福——决不是为了痛苦！——为了"年青的生命在我们底墓门前嬉戏"——这是光辉的、坚决的信念！我们是活着，这个观念比一切时代更明白吧！但这又是一个迷信教条的时代，我已经把那些僵尸搬到我底面前来了，用来恐吓我自己！我是差不多被吓昏了！怎样才能够越过这些僵尸前进啊！"蒋纯祖说着，说着，眼里的微笑更深沉，最后就独白起来。孙松鹤严重地听着他，完全地被他底独白感动了。蒋纯祖底瘦削的脸上的每一个细微的表情，他都感动地注意到了。

"是的，是的，我也这样觉得！"孙松鹤单纯地说，眼部打颤，"但是怎样办呢？"他焦急地问。

蒋纯祖暂时沉默着;听着外面的尖利的风声。

“你知道怎样办的,用你的信心和意志。”他说。他底意思是:孙松鹤将要走一条严肃的、朴素的道路,而他,蒋纯祖,将要走一条险恶的、英雄的道路。

“并不这样简单的!”孙松鹤说,不觉地意识到了蒋纯祖底情感;“我为这件事情非常气愤!我觉得我需要结婚,但是凭什么我要向那些家伙低头呢!你晓得,做人是这样的困难!我昨天简直发誓不再追求她了,她是这样的胡涂,唉!”孙松鹤说。为了向蒋纯祖辩解,他就咒骂他底纯洁的偶像了;他确信,这样说,必会得到蒋纯祖底同情。显然的,在这些方面,蒋纯祖是远远地超过了他,蒋纯祖底刚才的那一大段独白,对于他,是一种严重的威胁。在这里,他就突然变成一个这样简单,这样平易的男子了。当他不代表着那种火焰,当他成为一个个人的时候,他就立刻成为一个最单纯的男子了。他咒骂他底偶像,他说,他从前所离开的,比她好得多。

蒋纯祖优越地明白他底情感。

“不是这样说的啊!”他说笑着。

“我非常的气愤!——将来看着吧!”……他底脸颤抖了。“我现在只能负我自己底责任!我必需忠实,……这个时代自然有缺点,但是,除了天堂,没有没有缺点的!”他说,反抗蒋纯祖底威胁了。他重新成了“火焰”了,他底脸不住地打抖,显得非常严厉。“我始终警告自己,在世界上,没有一个人走的道路!”火焰,严厉地说。

“是的,我也相信……”蒋纯祖低声说。但是他随即就冲了出来。“那么,我觉得万同菁是很好的女子,《圣经》说,我底心不高傲,重大和测不透的事,我也不敢行。那些及时地准备了他们底灯的新郎有福了!”他说,生动地笑着,同时,在严重的阴霾和闪电下,瞥见了他底凶险的,英雄的道路。

第十四章

一

张春田仍旧想把石桥小学恢复起来；他底田地已经卖光了，他就用房屋来抵押。对于蒋纯祖底拒绝，张春田是毫不惋惜，他企图把王静贤重新举出来，他企图，在他底恼火的，孤注一掷的态度里，使那个刺伤着他的蒋纯祖感到伤痛。但王静贤不肯答应，首先，因为这是太使他所崇拜的年青的英雄难堪，其次，因为石桥小学底处境，在蒋纯祖底手里，已经弄得异常恶劣，他感到惧怕；最后，因为他生着病：眼睛，和腿，都不行了。张春田和赵天知，在冬季底泥泞里，亲自用滑杆把他抬来抬去；他在滑杆上面天真地大叫，求饶，使街上的所有的人都大笑着站下来观看。张春田和赵天知底这种穷凶极恶的，讽刺的，辛辣的作风，使蒋纯祖觉得异常的难受。

但石桥小学仍然从此倒台了。农历年关左右，连续地发生着不幸的事情，一切都崩溃了。最初，张春田在附近的北门场上和何寄梅发生了猛烈的争吵；其次，赵天知和周国梁凶恶地打了一架……一月下旬，石桥小学底教室被人纵火焚烧了。

在北门场上，因为临近县城，每年有两次小学教师，赶场的事情，大家称这种赶场为六腊战争。情形是这样的：在每年的六月和腊月，无数的小学教师——在乡下，想干这种职业的青年，是非常的多——和小学校长集中到北门场上去；那些希望发迹的乡下的青年们坐在茶馆里待雇，小学校长们就威风堂堂地来往着，观察，并挑选着他们底，货色。发生着妓女拉客似的事情；发生着争风吃醋，运动，请客的事情。这种热闹的战争，是形成了一种风俗，奇奇怪怪的场面，是非常的可观。这一次，张春田大大地破坏了何寄梅底生意，他们在北门场底茶馆里大吵起来了。因这个冲突，在石桥场，赵天知和周国梁大大地干起来了。

同时，关在石桥场底镇公所里的，用绳子捆在一起的二十个壮丁在突然之间逃跑了。何寄梅一口咬定这是蒋纯祖干的，虽然在这些日子，蒋纯祖病倒在床上，未出校门一步。

那一把凶险的火，是把石桥小学烧去了一半。蒋纯祖吐血、发烧、病着，但奋勇地抢救东西，几乎被烧死。在末尾，他从火焰中跑出来，昏倒在地上了。关于蒋纯祖底病情，关于人类底疾病，详细的叙述，是不可能的；肉体底毁伤，暴露了出来，累积的，无穷的刺激，常常招致了可惊的麻木不仁。无数的脓疮，溃烂、残疾、在人类里面呼号着，人们是习以为常，只要掉头走开，便不再记起了；那些病患者自己，的确的，也并不是永远地痛苦着，从他们底内心，常常到来了一些小小的缓和，时间一久，他们自己也就麻木了。蒋纯祖就是这样地忍受着他底日益严重的病痛的；到了现在，他差不多是毫不挂念它了。别人底挂念，对于他，变成了一种痛苦，所以他就沉默了。在他们里面，大家都有着疾病，孙松鹤咳嗽了整整的一个月，弄得非常的恐怖，因为即将结婚的缘故，就更恐怖，现在每天早晚都和自己恶斗着，跑步，做体操了。赵天知是不时地吐血，但他已经有了经验，自己在医治着。只有张春田是完好的，虽然肚子里面，也有着一些古怪毛病；张春田，是已经到了热血平静的年龄，常常要开怀大笑。……

在这次的火灾之后，赵天知，为了替蒋纯祖复仇的缘故，就用同样的方式把中心小学点着了。但他当场就被捉住了，挨了一顿毒打，被捆进了镇公所。关于蒋纯祖们，传来了凶险的消息，于是他们就，在黎明之前，离别了他们底纯洁的爱人们，开始了逃亡。

这些事情，是发生在这年的初春，在这个时期，在国内，是发生了一些严重的事情；那种猛烈的波浪，是激荡到石桥场来了。

石桥场是下了决心，要肃清蒋纯祖们了。对于蒋纯祖们啊，在这个斗争，和流亡里，他们是始终听取着这个时代底壮烈的呼号，和它底光荣的命令："前进！"

张春田悲痛而矜持，拒绝逃亡：他要留下来，拯救他底学生。王静贤是没有和大家见面就逃到县城里去了，对于这，蒋纯祖觉得悲伤。蒋纯祖和孙松鹤，跑到万家姊妹底家里去，警告她们应该暂时躲避，从她们拿到了一些钱——她们底积蓄——向荒野逃亡了。

孙松鹤说，他临县的乡下有朋友，他们应该下乡。

"那么，我们去吧！"蒋纯祖热情地想去了，"亲爱的石桥场，纯洁的姊妹，亲爱的克力啊——让我们前进！"

张春田，为了拯救他底学生，和他底生平的唯一的知己，托了一些人，并且在镇公所后面的荒地上徘徊了一整夜，有时假装大便，有时钻在草堆里，有时，就迫近了那间房子，把眼睛，嘴巴，耳朵，轮流地贴在壁缝里。

"走开！叫大家都走开！不要紧，我不要紧！"赵天知在壁缝里回答说。

张春田，就从壁缝里，塞进了五十块钱去。第五天，赵天知被放在滑杆上抬到县城里去了。赵天知，从一种单纯的献身的决心——在这个世界上，他底先生和朋友，是那样地爱着他——就非常的安心了。他相信，他底献身——在纵火的时候，他是绝对地可以逃跑的，但他，为了怕连累朋友们，挺身受缚了——是拯救了他底朋友们。在滑杆上，这个猛烈的囚徒，是非常的欢欣，他准备像阿Q那样画一个圆圈，他像阿Q那样耽心会划得不圆。经过山顶上的一家小店的时候，他突然有奇想，请求别人停一停，下来买了一串炮竹。他买了一串炮竹；这是谁也不会想到的。他坐上滑杆，得意地放起炮竹来了。……

但事情也，并不怎样可怕，何寄梅们，是有些胡涂的，赵天知，他底狡猾，是足够应付他们。最初，赵天知听说他明天就要被枪毙了，随后又听说他已经被判定无罪了。但不管有罪无罪，在一个偶然的机会里，他逃掉了。

他拼命地奔了回来，在一间破庙里，找到了张春田。他们相抱哭泣。张春田仍然不愿逃亡，于是赵天知就陪伴着他。他们每天换一个居所。最后，他们就睡到赵天知家附近的一个被密林遮盖着的，阴湿的岩穴里去。赵天知底母亲每天在黎明时送进炭火和粮食来，这样，他们住了五天，未出岩穴一步。

岩穴里面的奇异的生活，也有可以作乐的地方。他们不停地谈笑：他们，在痛苦的心情里，谈一些猥亵的故事，用来娱乐自己。他们在岩穴里放声大笑。他们看见追寻的人在对面的山坡上走过；在夜里，他们紧张地戒备着野兽。有一些凶厉的鸟雀，在黑夜中啼鸣着；有一只猫头鹰、每次总由远而近，最后停在这个岩穴底顶巅上，发出它底显赫的啼叫。在第四，第五夜，赵天知觉得非常的烦恼，爬出了岩穴，和它做着勇猛的斗争了。它飞回去，又绕了回来，发出絮絮的声音，它底不闭的，激视的，怀疑的眼睛，在黑暗中显得明亮，妖异。这对眼睛，使赵天知激动得差不多要发狂；好几次，赵天知从岩石上滚了下来，落在枯草和荆棘里。……这一段生活，在过去了之后，便在他们心里产生了一种美丽的，紧张的情绪，这只猫头鹰，便成了一位值得怀念的，在他们底凄凉的生活中玩弄着善意的恶剧的友人。

终于，赵天知说服了张春田，他们开始逃亡了。

到了现在，对于这个世界，张春田是整个地失望了；他觉得，并不是失败了，而是失望了，因为，在人生里面，他是还是有着一种他自觉是高贵的执着的。如果有谁明白，他是怎样地爱着那一切纯洁的，新生的东西——蒋纯祖说，怀着他底偏见——谁便能懂得，他底失望，在这一瞬间是怎样的澈底了。在这一瞬间，他是毫不挂念他底胡德芳，和他底儿女们了。向赵天知他说，他希望从此脱离这个社会底一切，他预备上山去当土匪，或者到庙里去做和尚。赵天知当然是完全地赞同他，赵天知悲凉地觉得，好久以来，他便怀着这样的念头了，在人世，是一无可为。

于是他们就向深山中出发了。在他们最初，觉得是看破了一切，他们沿途讲着荒唐的故事，不住地哈哈大笑，是非常快乐的。但这样地毫无目的地走了两天之后，他们就困倦，失望起来，不能知道自己要走到哪里去了。

在快乐时，张春田觉得自己简直像那个贾宝玉。但到了踌躇起来的时候，他就觉得去做和尚，或者当土匪，是不可能的。沿途看到的那些寒酸的，破烂而荒凉的庙宇，使他觉得厌恶。他们走进一座庙宇，看见里面一切都倒塌了，蒙着厚的灰尘，而在角落里，睡着一个乞丐。这样，他底那个感伤的，古中国的幻想，就受到了毒辣的嘲笑了。

他走到佛座后面去，随即他苍白地，厌恶地走了出来。

“快走！快走！”他叫，一口气奔到门外，而站在冷风里。

第三天他们在深山里找到了张春田底一个亲戚。落着雨，这地方是这样的荒凉，他们爬上山顶的时候，已经全身透湿，而且完全疲惫了。这家人家没有一点声音；张春田底亲戚，一个老人，蜷伏在快要熄灭的火旁。这个老人，曾经当过土匪，关于他，有很多的传说，但现在他疲弱，无生机，不想动弹了：差不多整个冬天都这样地坐在火旁。对于张春田底到来，他不觉得奇怪，他不愿和他谈话。而，晚餐的时候，由他底媳妇用红苕和糙糠拼凑起来的那一点食物，是使张春田落在强大的痛苦中了。

张春田底对于蛮荒的幻想就是这样地破灭了。他们来到一个小镇上，不知往何处去住下来了。

他们都变得非常的阴沉。他们在这座小镇底一个脏臭的客栈里住了一天，两天，三天。因为张春田没有动作的意思，赵天知就避免提起。赵天知明白，张春田是非常地痛苦。整整三天，他吃得很少，说话更少；他躺在黑暗的角落里，几个钟点几个钟点地用呆钝的目光凝视着一个固定的地点。他差不多是完全的没有生机了，在他自己说来，在这种状况里，他不忧愁，不痛苦，他什么感觉也没有，他不觉得自己是在生存着。这种状况是把赵天知骇住了。在这三天内，赵天知一步都没有离开他，对他表现出一种澈底的忠心，用无微不至的侍候使他舒适，安慰着他。第三天，钱不够了，赵天知向客栈里主人卖去了他底唯一的一件毛线背心。他对张春田瞒住了这个。他觉得很难受，因为他心里的那种热情的缘故，他觉得他对张春田有罪。他觉得，因为他所怀的积极的理想的缘故，他对张春田有罪，正如一个准备结婚的充满希望的青年，面对着他底失恋的，贫病交迫的朋友，觉得自己有罪一样。

第四天早晨，张春田问到了赵天知底毛线背心，赵天知说，不见了，被人偷去了。张春田，在他底静止的，空虚的状态中，明白赵天知底心情，明白周围的一切。不愿有所表现。在第四天早晨，这一切印象，是突然地集中了起来，唤起了他底极大的悲哀。他沉默了一下，说他们应该走了。他未说要到哪里去，赵天知沉默地跟随着他。赵天知，无疑地是要跟随着他，直到世界底尽头的，假如他真的会走到世界底尽头去的话。这是晴朗的，阳光辉煌的早晨，他们走出这座小镇，投入一阵红亮的炫光中，就消失了。

这次他们向重庆走去。

二

孙松鹤和蒋纯祖，在亡命的当时，是非常的激动；差不多是非常的快乐。离开石桥小学，走过那间暗淡的，发臭的，积着废纸的办公室时的温柔的、虔敬的、哀伤而严肃的心情，蒋纯祖永远记得，怆惶地锁闭着面粉厂，在一阵短促的凝静里，听到了山坡上的凄凉的歌声，这时的感激的，庄严的情绪，孙松鹤永远记得。那样亲切，那样严重，那样的热烈、痛苦，觉得有无穷的话要说：告别两姊妹时的情形，永远是庄严，纯洁的回忆。亲切地痛苦着的儿女之情啊！假如他们当时能够知道即将发生的那一切啊！

这个时代底热望和冷漠，是严厉地苛责着他们底儿女心肠。但虽然如此，在亡命的道路上在寒凉、饥饿、疾病里，温柔地，呼唤，并抚慰着他们的，仍然是这种儿女心肠。那在先前被认为不值得重视的，被咀咒，被憎恶的一切，是灿烂地集合了起来，成为福音了。爱情在他们心里；他们从来没有经验过这样新鲜，这样浓烈，这样温柔，纯洁的爱情。他们宝贵这个，甚于人底一切；他们确信，在苦难底末尾，他们将得到丰盛的报酬。他们相互之间现在是这样的坦白，实在；他们谈论他们底爱情，正如两个单纯无知的青年。他们，在潦倒里，常常地振作，乐观了起来，显得那样的天真，唱着恋歌。在这里，优越的才情，虚伪的骄傲，冷酷的自私，虚荣的竞争，是都完全消失了。蒋纯祖温柔地相信，活着，必需行动，他应该像所有的人一样地去结婚，承担一切：那个“胡德芳”，终归是并不怎样可怕。在这个温柔的信念里，他是怎样地赞美着他自己底纯洁呀；假如他觉得痛苦，那便是他底自私的过去不肯轻易地饶恕他。

他向孙松鹤告白了，他说他已经明白了自己底自私、傲慢、虚荣；从此他将，照着大自然底样式，在春天开花，在冬天抱着对春天的庄严的信念，平实地为人；他将照着一个穷人的样式，平实地为人。孙松鹤由衷地为这个欢呼；因为在过去，这个蒋纯祖，是扰得他那样的痛苦。

他们每个人在身上背着一条军毡，他们每个人拿着一根木杖，急急地通过了那些人烟稠密的，或荒凉破落的乡场。他们在预定的几个目标上都遭到了失望。他们到保育院里去找朋友，但保育院已经驻了兵；他们到某个县城底小学里去找朋友，但这个朋友已经不在：他在一个星期以前遭到了不幸的变故。他们流浪了半个月，用光了所有的钱，他们无路可走了。在一个完全黑暗的，凄惨的夜里，他们从县城动身了。他们不知道要到哪里去。他们底心情都可怕了起来，在黑暗中摸索着走过一座破而窄的石桥的时候，蒋纯祖突然震动，吐血了。他听见他底朋友急急地在前面走着，完全没有注意到他。他惨痛地叫了一声。孙松鹤摸索转来，他说，他决定死在这里了，因为这个世界要他死在这里。他底声音是这样的可怕，以至于孙松鹤不得不抵抗它。

孙松鹤愤怒地责骂他没有意志。他颤栗着,倒在水沟里。

但立刻他就爬了起来,勇猛地前进了。使他爬了起来的,是她,万同华。

他不再能够相信,使他爬了起来的,是这个时代底命令,壮志,和雄心。他很明白,使他再生的,是一个忠实的女子,是那一份爱情。他爬了起来,因为在这个世界上,有一个人,一个女子,还需要他,并且被他需要。他在那短促的几分钟内冷静地经历了死亡,他冷冷地觉得,他已经报复了他底朋友,和这个世界了。但在这个时候,她,万同华,在微光中俯下身来了向他说:"我喜欢听你说这个,真的,我真的喜欢!"并且露出了她底爽朗的微笑。他确实地听见了她底声音,并且看见了她底微笑;他从冰冷的泥水里站起来了。

他相信,很多年来,他只有这一次的跌倒和爬起是毫不虚伪的。他后来想到,当一个人企图包容整个的时代,在虚荣心和英雄的激情里面高高地飞扬的时候,他就不得不虚伪了。他相信,从这一次的经验,他懂得了何者是真实和爱情。

他们走了一整天,在一个乡场里找到了一个关系极为疏远的朋友,在他底家里痛苦地住下来了。到了这里,他们所做的第一件事是给他们底爱人和亲戚写信。在写信的时候,他们都冷冷地,痛快地觉得他们即将分离了。到了可以希望将来的现在,他们相互之间就又有了仇恨的情绪。和外面的那个世界一发生联系,他们就各各地希望着自己底将来;在蒋纯祖心里,英雄的热情开始蠢动了;在孙松鹤心里,形成了对蒋纯祖底尖锐的敌意:他相信,这个自私的家伙,一有了出路,就会立刻抛弃他。孙松鹤是隐隐地觉察到了这个蒋纯祖在世界上对他的威胁的。特别痛苦的是,他觉得蒋纯祖是好人:他始终无法用一个确定的观念范围他。

面对着那个他即将进入的他一直和它激烈地斗争着的世界,蒋纯祖,放任地想像着自己底辉煌的才能,就重新反对"平庸的日常生活",轻视那个被他敬畏过的孙松鹤了。他确信孙松鹤将到重庆去准备结婚，他确信自己将到重庆去做孤注一掷的，天才的战斗。

这种傲慢，是在制造着不可弥补的创痛。蒋纯祖底身体是可怜到极点了，可怕的热情继续地摧毁着它。他没有一刻能安静，除非他证实了他自己底天才。住在这个小镇上，他底创作能力在突然之间升得极高：他是成熟了，那些果实，是雨点一般地落了下来。他整天躲在角落里忙碌，差不多不要吃东西。他寄了一些乐曲到重庆去。

孙松鹤冷淡地看着他。在每个机会里，孙松鹤都冷淡地表示他不懂这个；他表示，对于他所不懂的东西，他底心是诚实而谦逊的。但蒋纯祖敌意地表示，即使对于他所不懂的东西，他底心也是骄傲而辉煌的。

过了十天的样子，蒋淑珍寄了钱来了。蒋纯祖，是经过了这么多艰苦的时间，没有向他底姐姐们求助，现在他心里觉得宽慰。他向孙松鹤提议，他们明天一路动身到重庆去。但孙松鹤，对蒋纯祖底那些热望怀着敌意——蒋纯祖底这些热望，是威胁着他——犹豫地拒绝了。他底理由是，假如他也走了，他底父亲底来信便会扑空：他相信只要再等四天的样子就成了。他愿意蒋纯祖先走。蒋纯祖明白他底心情，坚持留下来等待他。但到了第三天，蒋纯祖还是变了心：他觉得他不能再等待了。于是，他丢下了一些钱，独自离去了。孙松鹤甚至连这一点钱也企图拒绝，蒋纯祖觉得难受。但在寂寞的旅途上，对这个，他并不怎样回顾；不管他怎样责备自己，在现在，孙松鹤对于他只是黯澹无华的存在。他是在极大的兴奋中；他底兴奋掩藏了一切，他不明白他所离开的是什么，他并且不明白他自己究竟希望什么。

离别的时候，他们曾有僵硬的，痛苦的谈话。蒋纯祖问孙松鹤计划怎样，孙松鹤冷淡地回答说，他只有听天由命而已。孙松鹤明白，蒋纯祖只是虚伪地问一问而已；对于他底痛苦，他底接连的失败——在面粉厂上，他是丢掉了三千块钱——他相信蒋纯祖是并无感觉的。孙松鹤异常严峻地对蒋纯祖说，依他底感觉看来，在这个社会上，有一种人是会升到辉煌的宝座上去的，另一种人，懂得很少，能力也很微小，只能过一种平凡的生活，成为大的建筑下面的一撮地土。孙松鹤说这一段话的时候的严峻的表情，那种火焰似的苍白，那种压抑住的兴奋，蒋纯祖永远记得。蒋纯祖当时觉得自己有罪，有痛切的忏悔的情绪；但他没有表露。这几句话，到了后来，是放出一种光辉来，指引着他：指导着他和他自己做着猛烈的斗争，虽然在旅途上的那种兴奋中，他是完全地不能懂得它底意义。

贫穷破烂的村落，江边的寒风，姑娘们仔细地照护着的炭火，孙松鹤坐在上面讲话的那一张破旧的床。蒋纯祖要永远记得，永远感激；虽然在旅途上的那种兴奋中，他完全不能明白它们底意义。他是向着他所不十分知道的他确信是光辉灿烂的东西走去了，因而兴奋；他是向着他一直在和它恶斗着的那个世界走去了，准备和它做更大的恶斗：他是向着光荣，遗忘了那朴素无华的一切，燃烧了他底一半成熟，一半腐蚀的青春。不必讨论他底傲慢和虚荣，自私和善良，纯洁和丑恶。在内心底狂风暴雨里，他是逐渐地迫近了他底最后；迫近了某一个神圣的真理：为了这一类的神圣的真理，在世界上，过去、现在、未来，无数的人牺牲了他们底生命。

蒋纯祖最先到达蒋少祖那里。在武汉分手后，他们一直没有见面；这中间，经过了四年。对于蒋纯祖，这是突飞猛进的，火焰般的四年：对于蒋少祖，这是忧苦的，冷静的四年。他们现在突然地，意外地见面了，他们觉得，这四年的时间，中间经过那么多的变化，有如一个世纪那么长，但是，熟悉的面貌唤起了往昔的回忆，这一段时间，他们底生命，又显得是这样的短。

蒋纯祖觉得，带着他底全部的光华突然地站立在哥哥面前，是一件光荣的，生动的事情。蒋少祖并未准备接待他；但蒋少祖是常常地挂念着他。尤其在最近一年，对于这个不幸的弟弟，他确实相信弟弟是非常的不幸——蒋少祖是异常的同情。兄弟间的稀少的通信，当然不会是怎么愉快的；从蒋纯祖底简短的，冷淡的，乐观的，故意傲慢的来信，蒋少祖经历到一种苦恼的内心波动。他朦胧地觉得他底弟弟很有理由如此，但他固执地惋惜着他底弟弟，因为弟弟，被这个时代所欺骗，是接近灭亡了——他觉得是如此。蒋少祖并不永远嫉恨这个弟弟，有些时候，想着弟弟底聪明才智，他是异常的悲乐，异常的惋惜。他惋惜他不能够在弟弟身上发生影响，他惋惜逝去的时日。他很想帮助弟弟，假如弟弟能够顺从他一点点的话，假如弟弟能够继承他底事业，弥补他底错误的，不可复返的青春的话——假如能够这样，他确信他将乐观地牺牲自己，瞥见永恒。

聪明的，富于才情的蒋少祖，忧郁的，悲观的蒋少祖，在这四年内，一直做着参政员，没有能够在人生底战场上前进一步。他现在由衷地希望从这个战场后退了。在这个动乱的时代里，他是受着多少刺激，他是怎样的忧苦。他现在是三个小孩底父亲了，那个总是出花样的，毫无恒久的热情的，容易泄气的陈景惠，是怎样的扰乱着他。对于小孩们，这个母亲，有时候是那样的热情，有时候又是那样的冷淡；在每一种状况里，她都有着一套雄辩的理论；在一年之内，换了八次奶妈，其中有四次，是因为“野蛮无知的女人，她底奶，是含着野蛮无知的原素的”。一年以前，陈景惠曾经和那些妇女界底英雄们站在一条战线上，反对家庭，跑到城里面去办托儿所；但很快地就在轰炸里逃回来了。蒋少祖想，在从前，她曾经是那样的迷胡，幽静，从什么时候开始，因为什么缘故，她有了这种动乱时代的虚荣和热情？蒋少祖无论如何都不能征服她，现在，就对她放弃了希望了。对于他底小孩们，蒋少祖有时是异常的严厉，有时又过份地溺爱，正如所有的中国人一样。

现在，蒋少祖已经把他所住的一栋房子长期地典下来了。他还，由于自己底爱好，买了一点一点田地。在门前的那个水塘边，他栽种白菜和蕃茄。但这只是小小的娱乐，因为他底精神现在是整个地集中在他底关于中国文化的巨著上。他相信中国文化是综合的，富于精神性的，西洋文化是分析的，充满着平庸的功利观念的，他相信中国文化是理性的，西洋文化是感情的——他记得，在年青的时日，这种文化激动过他底感情——他相信，除非理性的时代光临，人类将在人欲底海洋里惨遭灭顶。

"到那个时候啊，我只能拯救我自己！"他向自己说。他重复地向自己说。这句话，在他底静止的生活里，是成了他底口号；他在吃饭、喝茶、散步、种菜、收租（他是田地底主人）的时候都不忘记它。他有着一大片做抽象思索的园地，他和他底祖先们安宁地共处，相亲相爱。

但他并非是完全的古板，有些时候，他是特别地容易激动，而且相当的天真。他会突然地激动了起来，在深夜里大声地念着一些胡话，而且流泪。他有时候念着这些胡话到处走，他叽哩咕噜地抱吻他底小孩们，发疯般地溺爱他们。这些胡话有时是几句诗，有时是一段《桃花扇》，"中兴朝市繁华续，遗孪儿孙气焰张。"有时是："百姓流亡，中原萧条，……饥寒，流殒，相继沟壑！"——诸如此类。这个乡村，是异常地崇拜着他底社会地位的，所以他底生活很安宁。他买了五十担谷子，在经营上面，得到了乡场人物底帮助——简直用不着他劳神。但他自己喜欢劳神。他喜欢劳神，他觉得，这一点，是受了他底死去了的父亲底影响。他和农民们所订的契约和一般的地主底一样；就是说，既不宽宏，也不苛刻。从他底善良的本性，他常常给农民们一些额外的赠予。过年，过节的时候，从乡场上，他是收到了丰盛的礼品。他有时也忙于酬酢。有一次，本乡底壮丁出发的时候，乡公所请他去演说。演说回来，他把自己关在房里，陈景惠推开门，发觉他躺在椅子上哭了。他是为他底祖国和百姓觉得悲凉！

他也在城里忙于酬酢，在参政会里，是没有光彩的了。在最近的参政会里，政治底险恶的风波压倒了一切；回到乡下来，他觉得非常的苦恼。思索了很久之后，他激动了起来，动身给最高当局上建议书。在这篇建议书里，他比较了中国和西欧底不同的文化、政治、武功、风习；并且比较了中国和西欧底对民主的不同的观念。这篇建议书底结论是，中国必需实施中国化的民主。

这篇东西，化去了他底半个月的时间。随后，他又回到他底正著上来。这一切都使他异常的自负，他心里很快乐。但在哲学上讲，他还是非常的悲观。——他自己这样想。闲暇的时候，他唱京戏娱乐自己；还是在很远的从前，他唱过京戏。

亡命之徒的憔悴而猛烈的蒋纯祖，是抱着仇恶的心情到来；在这种心情下面，是存在着那种单纯的乐观。但在走进这座庄院底大门的时候，蒋纯祖突然地为自己底破烂的衣服而觉得羞耻了，这种羞耻，是他未曾料到的。这种羞耻，是这样的强烈，以至于他退了出来，痛苦地抱着头，坐在门前的石块上。

在石桥场，对于破烂的衣服，他并不觉得什么。但在这里，破烂的衣服使他觉得自己微贱。他模糊地意识到，苦斗了多年之后，在这个社会上，他仍然是如此的微贱；对这个他觉得痛苦。他想到孙松鹤能够穿着极破旧的衣服不动声色地坐在豪华的大厅里，他想到张春田更是如此：于是他心里加进了道德的痛苦。

他听到了胡琴和习戏的声音。这种声音，唤起了回忆的情绪，使他觉得悲凉。这种甜蜜的声音包围了他，使他坠入白日的梦境。但他突然发觉他厌恶这种声音，他想到那个辉煌的约翰克利斯多夫，他听见了钢琴底热情的、优美的急奏，他站了起来。

“算了吧！我是弱者，但我厌恶中国底声音——无声的，荒凉的中国！”他对自己说，忘记了自己底破烂的衣服。重新走进门。

走过大的、干净的院落的时候，他站住了。十分奇异地，他认出蒋少祖底声音来了；蒋少祖唱着《苏三起解》。蒋少祖唱得不能说是不好。蒋纯祖从未听见他唱过；蒋纯祖仅仅听沈丽英说过，在年青的时候，蒋少祖是唱得异常好的，尤其是唱《玉堂春》。

是浓云密布的、刮风的、严寒的天气。蒋纯祖不知为什么异常的感动。他迅速地闯了进去。他走过堂屋，轻轻地推门。门开了，胡琴声和歌声同时止住了。

“啊!”蒋少祖惊异地喊。

在短促的时间里,蒋纯祖注意到了他底快乐的、陶醉的脸色。这种脸色即使在惊异里也没有改变。蒋纯祖注意到,拉胡琴的,是一个瘦小的、面色犹豫的、穿着黑呢大衣的人。这个人即刻就收拢胡琴,沉默地走出去了。显然他是这里的熟客。

陈景惠异常迅速地奔了出来,绕过火盆,惊异地看着蒋纯祖。在她后面,跟随着两个穿着漂亮的大衣的男孩;他们每个底手里抓着一张纸,显然刚才在画着什么。

“弟弟啊!”陈景惠,从她底女性的坦白的同情心,叫。

但在她底生动的叫声之后,就来了苦恼的沉默。蒋少祖已经冷静了,他撩起他底皮袍,在旁边坐了下来。他十分明白,弟弟是遭遇了怎样的事了。

“你把我底那件大衣拿来给弟弟。叫他们弄点吃的东西。”蒋少祖安静地向陈景惠说,同时伸手烤火。

陈景惠出去后,他们沉默着。两个男孩站在桌边;小的一个在咬着纸头。

“认得我吗?”蒋纯祖突然快乐地向小孩们说。“过来! 是吗? 认得吗?”他向大的一个说。

小孩们有些生怯,看着爸爸。

“叫叔叔。”蒋少祖没精打彩地说。

“是的,叫叔叔! 叫什么名字? 你看,你底眼睛很大!”蒋纯祖快乐地说;显然,因为蒋少祖底冷淡,他故意地如此。他底快乐的心灵,在这里谄媚、戏弄,调皮起来了。

蒋少祖忧愁地看着小孩们。最后,他替他们扣衣服,他们送了他们出去。兄弟们沉默地坐着,直到生动的陈景惠——这第二次的、经过思虑的生动,蒋纯祖不能不觉得它含着某种虚伪了——走了进来。

使蒋纯祖感到意外的是,蒋少祖不想和他谈话:蒋少祖觉得无话可谈。蒋纯祖注意到,在自己问话的时候,即使所问的是极小的、关于亲戚们的问题，蒋少祖也露出迟疑的、不安的脸色来。这种脸色，像常有的情形一样，使蒋纯祖感到惶惑。这种内心底迟疑，使蒋纯祖体会到了，他深重的苦恼，对他感到尊敬和同情。到这里来以前的那种炫耀的、仇恨的心情，现在是自然地隐藏了。他决心明天就离开这个冷淡的所在。

晚饭以后，他们走到蒋少祖底书房里去。走进书房，蒋纯祖所做的第一件事是翻书，其次是翻阅蒋少祖底文稿。他翻着这些，带着一种严肃的表情，好像他很尊敬。他向蒋少祖说，在乡下，他们最感到缺乏的，是书。然后他继续翻阅桌上的文稿。显然的，在蒋少祖的冷淡和庄严底胁迫之下，他企图谄媚蒋少祖。

蒋纯祖是准确地击中了蒋少祖。在蒋少祖脸上，那种冷淡消失了，代替着出现的，是注意的，严肃的表情。

蒋纯祖狡猾地继续走下去。他慎重地问蒋少祖，这个文稿，预计要写多少，什么时候可以完成。他说，最近他对中国底文化异常地有兴趣。

"你在乡下究竟干些什么?"蒋少祖问，靠在椅子上，看着挂在墙壁上的他们底父亲底大照片。这张照片恰巧在蒋纯祖底背后，藏在黑影里，因此蒋纯祖尚未发觉到。在这张照片之外，是卢梭和康德的优美的画像。

"不是告诉过你：办一个小学。现在倒台了。"蒋纯祖说，显得很单纯。

"以后准备怎样呢?"蒋少祖问，忧愁地皱着眉，看着父亲底照片。

"还不知道。你这里有没有办法呢?"

"你说你对中国底文化很有兴趣：你究竟预备学什么?"蒋少祖问，以搜索的眼光看着他。

"我渺茫的很。"蒋纯祖说，淡淡地笑了一笑。"是的，我渺茫得很，看你得意吧!"他想，看着哥哥。

蒋少祖继续以搜索的眼光看他。无论他底经验怎样丰富，他是被这个不可渗透的弟弟骗住了。他乐于知道，他底猖獗的弟弟已经受到了打击，自觉渺茫了。他乐于相信，他底弟弟这次到他这里来，是为了向他忏悔，请求指引的。因此，他底热情，就显露了出来；而蒋纯祖底恶意的目的，就达到了。

蒋纯祖抬头，看见了卢梭底画像；在一个短促的凝视里，他心里有英勇的感情，他觉得，这个被他底哥哥任意侮蔑的，伟大的卢梭，只能是他，蒋纯祖底旗帜。于是，他就把他心里的惶惑的、尊敬的感情一扫而空了。

"你到底怎样渺茫呢？记得你从前说的话么？"蒋少祖问，皱着眉。

"不记得了。对于过去，是很难记得的！"蒋纯祖生动地说。他是在讽示蒋少祖，但蒋少祖毫不觉察。"我觉得渺茫，因为我先前相信西欧底文化，现在又崇拜我们中国古代底文化。但我还是找不到出路！但我还是要抱紧文化，因为中国人民需要文化。这是我在乡下时候的心得。"他狡猾地加上一句——他生动而有力地说。"我最近也学会了投机，因为别人不理解我。我尤其痛恨现在一般青年底浅薄浮嚣！我更痛恨五四时代底浅薄浮嚣，因为，中国假如没有五四，也还是有今天的！"他停顿，兴奋地笑着凝视着，卢梭底画相。"我们底高贵的卢梭啊，我替你复仇！"他在心里说。

蒋少祖觉得，弟弟底话，虽然坦白而真实，却不免有些危险。

"对于五四，也不能这样的看的哪！"蒋少祖快乐而又忧愁地说。

"你有一篇文章……"

"哦，那是就某一点而言的哪！"

"何必就某一点而言！"蒋纯祖说，兴奋地笑了一笑。

蒋少祖重新搜索地看着他。

"你那些朋友，他们都把你丢掉了吧？"蒋少祖热情地说。

"没有。"蒋纯祖说。于是，对于刚才的猛烈的狡猾，他突然觉得痛苦。他觉得，演戏一般地说出来，体会着那种感情，也是一种不忠实的、强奸的行为。所以，提到了他底朋友，他就不能不正面地说话了；他深刻地体会到，说正直的话，是一种崇高的、光荣的行为。于是他就决然地反转来了。他重新看着卢棱。“我们底高贵的卢棱啊，请你原谅我底奸猾的游戏！”他在心里说。

“唉，你看你弄得这样的潦倒！到底为了什么啊！”蒋少祖感动地说，温和地笑着看着他。

蒋纯祖严肃地沉默着。

“为了别人升官发财，替别人造起金字塔来，——现在是终于懂得了吧。”

蒋少祖底这句话，和他自己刚才狡猾而猛烈地说着的相似，在现在是怎样地伤害了他底感情。他不十分知道，在他底刚才的“游戏”里，究竟是他自己胜利了，还是蒋少祖胜利了。总之，因为刚才的偶然的恶行，他现在不能忍耐了。

“我不能饶恕我自己！我决不可能屈服于我所希望的物质的利益！”他痛苦地想。

“现在还是不懂得！”回答蒋少祖底话，他严肃而正直地说。

蒋少祖冷静地、搜索地看着他。

“那么，你现在该懂得你自己了吧！”蒋少祖得意地笑着说。

这使得蒋纯祖痛苦得发抖了。哥哥底坦白的自私和轻信，突然使他感到道德的痛苦。他觉得他欺骗了哥哥；他觉得，作为一个哥哥，蒋少祖对他并无恶意；他觉得，假如哥哥有什么虚伪的热情的话，他应该负责。他玩弄了哥哥，玩弄了人类，犯了最大的罪恶。在说那一段话的时候，他决未料到他会这样的痛苦。面对着经历了差不多三年的风云变幻的哥哥，面对着他觉得是这样渺茫，这样值得同情的哥哥，他心里有锋利的道德的痛苦。

“不必再……问我。”他回答，避开了眼光。

蒋少祖，由于不断的搜索，突然发觉了什么，怀疑起来了。他用戒备的眼光看任何人，但他决未想到要用戒备的眼光看他底弟弟：他觉得弟弟是简单无知的青年。现在他突然发觉他底弟弟底深沉和辛辣了。

他严肃地看着弟弟。

"你说你究竟闹些什么？你为什么到我这里来呢？"他问。

蒋纯祖痛苦地看着他。在现在，蒋纯祖竭诚地愿意原谅哥哥底一切；即使对这种伤害他底骄傲的问题，他也能原谅。

"请你不要问我。"他回答，痛苦地垂下眼睛。

"啊，你到这里来，为什么？"蒋少祖跳了起来。蒋少祖觉得是大敌当前了。"你说，你非说不可！你刚才说的好漂亮呀！你简直在玩弄我！你对我一点都不恭敬！"蒋少祖，这个参政员，这个要求社会底恭敬的名人，用他底有些神经质的、尖细的声音喊着，并且冲到墙边。

蒋纯祖，因为哥哥底这种行为，他底道德的痛苦，忏悔的，同情的企图就完全消失了。他含着痛苦的冷笑看着这个被不敬激动起来的哥哥。

"我并不妨碍你。我明天就走开。"他说。

他底眼光移到蒋少祖上面的墙壁上，看见了他们底父亲的照片了。他已经有好多年没有记起他底父亲了。父亲底严肃的、光辉的相貌，他底声音和表情，由于这张照片的缘故，在这心里浮露了，那样的鲜明，好像昨天还见到。

蒋纯祖凝视父亲底照片，仍然含着痛苦的冷笑。

"我们都不需要在我们底父亲面前忏悔！"在激动中，蒋纯祖说，仍然含着痛苦的冷笑。"我尊敬你，你也应该尊敬我！你丝毫都不知道我，你相信我是浅薄浮嚣的青年——像你们所爱说的。我们底感觉不同，在这个社会上，我们底立场不同！假如我们要不互相仇恨，我们只有互相尊敬，互相远离！"

"你说什么？你也配尊敬！"蒋少祖愤怒地说，看了父亲底照片一眼。

蒋纯祖轻蔑地沉默着。

"我底门并不对这样的弟弟开放！"蒋少祖说，冷笑了一声，走出去。

蒋纯祖立刻站起来，走到父亲底照片面前。

“爹爹，我意外地又看见了你！我需要诚实，谦逊、善良——苦难的生活已经腐蚀了我！对广大的人群，对社会，对世界，我有着罪恶！对一个忠实的女子，我有着罪恶！我常常觉得我底生命已很短促，这是很确实的，但我不曾向任何人说，我也不恐惧。我相信我是为最善的目的而献身，虽然虚荣和傲慢损坏了我！我从不灰心！我爱人类底青春，我爱人群、华美、欢乐！”蒋纯祖低而清楚地说，抬着头。他底内心平和、温良充满感激。想到自己能够这样的纯洁，他流下了怜惜的眼泪。

对于蒋少祖，他不再有那种傲慢的感情。第二天天亮时在书房里的小床醒来时，和睁开眼睛一同，他觉察到了心里的和平的、温良的、谦逊的情绪。想到自己能够这样的纯洁，他流下了温柔的眼泪。这种情绪能够继续一整夜，是他从来不知道的。

他现在决未想到要对蒋少祖做任何傲慢的，辛辣的事情。天刚亮了不久，院落里有晴朗的、安静的光明，他听见了鸟雀们底活泼的叫声，他觉得好像是在石桥场。他理好床铺，丢下了哥哥底大衣，开了门，动身离开。他丢下大衣，完全不是因为傲慢；他丢下大衣，是因为怕羞：这他自己很清楚。走出房门，他犹豫地站下，他苦恼地觉得，不别而去，对于大家都是很难受的；他觉得哥哥一定会很难受，将要好几天都不安静，他现在极怕傲慢。但哥哥底房门关着，一切都寂静着。

他走回房间，写了一个很谦恭的条子。

他走了出来，因寒冷的，新鲜的空气和晴朗的光线而兴奋。天边有金色的光明，在金色的光明里，升起了柔和的卷云：早晨异常的美丽，使他悲伤地想到了万同华。他底眼睛异常的明亮，他底颊上燃烧着那种美丽的、可怕的红晕。他沉思地望着远处的：笼罩在蔚蓝的黑影里的田野。这时他看见了蒋少祖。

蒋少祖在田边的草坡上徘徊着。他背着手，低着头，什么也不看，徘徊着。显然他内心不能平安。他在这块草地上这样地徘徊，好像拖着铁链的、被激情烧灼着的野兽。当他抬起头来的时候，蒋纯祖便看到了他底眼睛里的痛苦的，愤恨的表情。但蒋少祖没有看见弟弟，转过身去，继续徘徊着。

蒋纯祖心里充满了苦恼的同情。他觉得，是他，使这个不幸的哥哥这样的痛苦。

蒋少祖，整夜没有能够入睡——一年来，他是经常地失眠——天刚亮的时候就冲出来了。他想得很多，但已经不再想到弟弟：在他底大的苦恼里，弟弟便不再是什么重要的存在了。他想到他底从前，想到在重庆堕落了——他相信是这样——的王桂英，想到上海底咖啡店，南京底湖畔、以及那个被杀死了的小孩。他突然为这而在良心上觉得苦恼。他想到夏陆——他最近听说夏陆在江南战死了——想到汪精卫，想到王墨：他是最近，他听说王墨在湖南的空战里战死了。在这一切里面，他想着中国底文化和中国底道路，就是说，想着他自己底道路。他觉得期望，痛苦。

"我还活着！我还活着！我蒋少祖还活着！"他说，徘徊着。"他们都死了，都腐烂了，只有我还健康地活着！生而几易，我底梦想不能实现！那种时代过去了！现在一切又在弟弟身上重演了，我一点都无能为力，他病得那样可怕啊！你且静听，"他说，在草坡上冲过去，"过江来，百年歌舞，百年酣醉！……我蒋少祖并不信仰卢梭、并不理解康德，更不理解我底作《易经》的祖先，我是四顾茫然！我要拯救我自己！"他说，冲到草坡尽头，看见了蒋纯祖。

蒋纯祖严肃地走进来，有些不安，看着他。

在早晨底金红色的光明底映照下，蒋纯祖颊上的红晕异常的鲜明。蒋纯祖底那种异常的、放射着光芒的、含着某种神秘的脸色使蒋少祖骇住了。

"我走了。"蒋纯祖诚恳地说，有些生怯。

"啊！"蒋少祖说，走上草坡。"你怎样了？大衣呢？"

"我不要穿的，我不冷！"

蒋少祖沉默地看着他。

“你应该住几天，你应该休养，你不能走！”蒋少祖说。

“要走！”蒋纯祖安静地感动地笑着回答，他惧怕傲慢。

蒋少祖拿着大衣走了出来。

“这里是五百块钱。”蒋少祖说，同时把大衣递给弟弟。

他们站着，互相避免着视线，沉默很久。

“谢谢你，哥哥。我走了！”蒋纯祖温良地说，盼顾了一下，转身走开去了。

蒋少祖站在树下，看着他。走到公路上，蒋纯祖回头，看见了站在金红色的光辉里的哥哥。蒋少祖在蒋纯祖回头的时候流泪：早晨的阳光底金红色的光辉，照在弟弟底瘦长的身体上，使他落泪。

“我底可怜的弟弟啊！”

“我底可怜的哥哥啊，我很知道，我们将很难见面了！”蒋纯祖说，站了下来，向哥哥举手告别。

第十五章

一

傅蒲生夫妇，带着他们底“总是不安静”的孩子们住在南岸。两年来，傅蒲生“转运”了，和一些朋友们合伙开着一个什么公司，或者堆栈——关于这个，傅蒲生自己也闹不清楚，因为事情是变化万端，而且内幕复杂——来往于重庆仰光之间，一帆风顺地赚到了很多的钱。这个好运道，傅蒲生是等待了多年。二十年前，南京底一个有名的算命先生，或中国底哲学家预言说，在四十三岁的时候，傅蒲生，被扫帚星照耀着，要走好运；扫帚星底光辉来迟了两年——但对这个算命先生，傅蒲生仍然异常的感激。因此，他底小孩们就总是不能安静了。以前，傅蒲生还佣人生底艰苦来恐吓幼小的他们，现在他们完全被惯坏了。在这些孩子们里面，汪卓伦底小孩痛苦地生长着。

由于蒋淑珍底冷静的眼光和特殊的烦恼，由于另外的小孩们底赤裸的歧视，幼小的汪静变得沉默、顽强、偏执。他在学习着孤独，在孤独中发展他底幻想。蒋淑珍，看着这个只有六岁的男孩如此的乖戾，觉得很痛苦。蒋淑珍每天都在这里面浮沉，常常就没有什么感觉了：常常的，无论她怎样的坦白无私，她不能对这个小孩感到她对她自己底小孩们所感到的那种感情；内心冲突的结果，她就对幼小的汪静有着痛苦的厌恶。无论她在哪一间房里，她总感到这个小孩藏在她底后面，偷偷地看着她——特别偷偷地看着她抚爱她自己底小孩。她有时觉得小孩底眼睛很可怕；她常常急急地，惊慌地从它逃开，有时，她不能忍耐了，责骂了他。在这种发作之后，她总是跑到楼上去，在蒋淑华的照片面前流泪，或者啼哭。——幼小的汪静，无疑地是注意到了这一切。他心里有着严重的疑问。他常常偷偷地跑上顶楼，爬在桌上，不动地，严肃而畏惧地凝视着这张他觉得是神圣的照片。

傅钟芬，因为怀孕的缘故，被迫着和她底那个中学教员结婚了。对于这件事情，傅蒲生是没有意见的，蒋淑珍却不能饶恕。她说她绝对不能饶恕。女儿用将要自杀的声明来恐吓她，她也没有动摇。这个软弱仁慈的女人，在这件事情里，是升到她底父亲底光辉中去了，她说，对于这样的女儿，只有要她自杀。整整的一个月，她是冷酷，顽固。她说，女儿不死，她就去死。最低限度是，女儿不离开，她就离开——回到苏州去。傅钟芬，从她底宽大的父亲那里，得到了一些接济，躲在外面不敢回来。到了最后，傅蒲生只有请蒋淑媛和沈丽英来帮忙了；他计划，假如这也没有效果，他就用飞机送女儿到昆明去。看见了蒋淑媛和沈丽英，蒋淑珍就猛烈地发作了。最初她愤怒地咒骂一切，继而她大哭。大家以为她已经动摇了，但是晚上她吞了鸦片。

大家把她底生命抢救出来以后，傅蒲生就向她痛哭。傅蒲生说，他记得，在他们结婚的那一天，他曾经说过："我傅蒲生愿意为你牺牲。"在以后，他曾经说过："什么新式的女人，都不会迷住我，我傅蒲生决不变心。"傅蒲生哭着说到可怜的蒋淑华，他说他不是汪卓伦。

傅钟芬跑回来了。是晚上，怀孕的、苍白的傅钟芬走了进来，一声不响地向母亲跪了下来。

"妈，女儿有罪。"傅钟芬说。

蒋淑珍厌恶地，痛苦地看着她。

"起来！"蒋淑珍说，那种表现，使大家想到她亡故的老人。

"妈，我不想活了啊……"傅钟芬大声痛哭，说。

"起来！"蒋淑珍重复地说。

这样，事情就算是过去了。蒋淑珍没有参加婚礼——那样一个豪华的婚礼——使傅钟芬在行礼之后就大哭，并且憎恶她底丈夫。婚后的生活，一直是非常的痛苦。那个教员，每天都在他底岳父面前打旋，骗了很多钱去。他底唯一的快乐，是召集很多同事到家里来谈论金钱和女人。于是，生产以后，傅钟芬就带着小孩回到父亲家里来。傅钟芬觉得她底一生是完了；从前的那些豪华的幻梦，是不停地惊扰着她。她底心肠很软；特别使她痛苦的，是她的敏感的性质。她总觉得别人比自己美丽，比自己善良，幸福。

蒋纯祖来到的时候，沈丽英恰好在重庆。她是到重庆来替女儿办理新婚的事情的。主要的，她是为自己而做这件事，她是不停地兴奋着。大家都注意到，在这些时，她底眼泪特别的多；有时是因为快乐，有时是因为生气，悲伤。她为女儿底事情已经焦虑了很久，她觉得，女儿是这样的愚蠢、自私，丝毫都不理解她。

陆积玉，到重庆来以后，觉得非常的苦闷。主要的，她觉得别人看不起她，因为她没有钱。在幼年的时候，她便受到金钱底刺激，现在，在这个冷酷而奢华的社会里，她更觉得痛苦。她是一点一滴地积蓄过金钱的，她是一点一滴地积蓄过衣料的，现在她更是如此。在她底心里，是存在着单纯的，蒙昧的情感，有时发为一种对人世底利害的虚无的，悲凉的抗争，但她底生活底目标，始终是在于获得别人的尊敬和爱戴。她确信——她只能看到——要获得别人底尊敬和爱戴，必需穿得好，必需有钱。在年龄较轻的时候，在南京的时候，以纯洁的浪漫和倔强，她反抗过这个信念——她记得，在某一次过年的时候，她想到自杀——但现在，她需要独立、友谊、爱情，以纯洁的苦恼，她向这个信念屈服了。一方面，她觉得这个被金钱支配着的社会，中间的友谊和爱情是丑恶的——有时候，她是这样的感伤；另一方面，她是痛苦地渴望着独立的尊荣，友谊和爱情——她是痛苦地渴望着金钱。她是那样的为自己底贫穷而痛苦，觉得别人一眼就看穿了她，觉得别人知道她在笨拙的外衣里穿着她底祖母和母亲底破烂的衣服，因而轻蔑她。这个世界底势利的眼光，这使她战栗着，手足无措了。

到重庆以后，她回家去住了几次，并且换了四个工作地点，用她自己底话说，因为别人的势利。她是笨拙而善良，永远不能懂得自己底美貌，永远不能懂得冷静的做作，虚伪的风情，以及豪华世界底这一切秘诀的。她是拼命地积蓄着，为了做衣服，请朋友们上馆子。常常是，她痛苦地积蓄了好几个月，然后慷慨地一掷，以获得友谊和独立的尊荣，但这并不总是灵验的。常常的，她销沉，悲哀，藏在房里流泪。

她是这样地走上了人生底战场，开始和命运恶斗了。这一切，她都告诉了她底母亲，因为她别无可以诉苦的对象。没有来得及提防，她堕入恋爱了。这个她也告诉了她底母亲，并且带着一种骄傲：她觉得她是独立了，对人世底一切，有了明澈的观念。但接着她就又向母亲诉苦。她告诉母亲说，这个男子为人很好，一点都不势利，并且对她很忠实，但有一个令她痛苦的缺点：舌头不大灵活，说话不方便。她为这个特地跑回家来向母亲诉苦。祖母坚决地反对这个不灵活的舌头，母亲也不以为然，于是她就替她底爱人辩护，和母亲吵闹，说母亲干涉她底婚姻。但离开以后，她却又来信向母亲忏悔，并且请求母亲替她找一个收入较多的工作。

她恋爱着。她和她底爱人在江边上做了一些令她胆怯的散步。向他诉说她底过去，她底弟弟，并且向他诉说这个势利的社会所给她的痛苦，她心里的悲伤、失望、和人生底虚无。她说得非常的热烈，像她底母亲一样的热烈。她底老实的爱人完全赞成她，偶尔告诉她说，将来就不会这样了。

这个男子是他们的机关的一个会计员，是一个沉默寡言的年青人。他固执地相信他爱陆积玉，决不是因为她底美貌——他觉得这很可耻——而是因为他和陆积玉有相同的痛苦；他们同样地受着这个势利的社会底压迫，同样地觉得人生虚无，于是，在他底忠厚的心里，就有一种神圣的鼓励了。在江边的这些散步里，他是瞥见了他和他底爱人底将来：他们将携着手，奋勇地向他们这目标挺进。对于这一点，正如对于爱人底神圣不可侵犯一样，他是深信无疑的。

于是，这个痛苦的会计员，在人生底战场上，有了一个忠实的同志了；于是，这个悲伤的陆积玉，对于人生的苦重的义务，有了明确的信念了。在这一点上，她底母亲是她底光辉的榜样。

她仍然为她底爱人底舌头而痛苦着。而他说话，她就痛苦；他也觉察到这个，因此很少说话。为了适应这个，她做了极大的内心的努力。首先她想，每一个人都有缺点，正是缺点使人可爱。后来她想，正是她底爱人底缺点使她怜恤，同情，看见了温厚的心，进入恋爱。于是，到了最后，每当她这样想的时候，她心里就充满了爱情和自我感激的情绪。从那个逻辑的推论到这个爱情底创造，中间经过了痛苦的内心斗争。现在她对这个安心了。

沈丽英，因为她底热情的性格的缘故，很快地就相信了时代底变化，很爽快地就给了女儿以完全的自由。当她觉得有困难的时候，她就同大家表示，困难并不在于她自己，而是在于她底丈夫。她说：对于儿女们的婚事，陆牧生是看得很严肃的。

在王定和底纱厂底境遇最艰辛的那个时期，在去年五月到九月，陆牧生和王定和斗争很激烈，差不多要决裂了。九月以后，王定和囤进了大批的棉花，并且严厉地裁员，——在工厂差不多变成了商栈的时候，境遇转了。在这一批棉花上面，陆牧生出了很大的力；他自己也收进了五大包。王定和对这五大包棉花守着沉默，因此他们之间就恢复了和平了。陆牧生，和他荣誉底心一同，有着粗豪的手腕，练达的王定和对这个很为鉴赏。在家庭里，陆牧生是尊荣而刚愎的丈夫和父亲，但热情的沈丽英常常叫他为呆子和傻瓜。常常的沈丽英愈崇拜他，愈惧怕他，就愈要在一些偶然的机会里叫出呆子或傻瓜——为了取得平等地位，为了那难以描述的内心感激。对她底嘹亮的叫声：呆子或傻瓜，陆牧生总是感到心惊，好像青春并不曾消逝，好像昨日的幻梦突然地复活，好像在不知什么地方出现了一道灿烂的光明；在呆子，或傻瓜之下，陆牧生总是感到那种难以说明的羞耻和温柔相混合的情绪。然而，为了尊严的缘故，在呆子，或傻瓜之下，陆牧生装出古板的面孔来。陆牧生在楼上找不到拖鞋，愤怒地叫起来了，沈丽英在楼下锐声喊：呆子！于是陆牧生底声音就奇妙地变温和了。陆牧生突然地发怒，把饭碗、茶杯一律碰碎了，沈丽英，在从前是要拼命的，现在哭着喊：傻瓜！于是一切就过去了。

境遇好起来，沈丽英健壮了一点，这种声音是常常可以听到。沈丽英，当她在突然之时发觉了蒋淑珍以尊严对抗王定和底尊严的时候，不觉地大为惊异。

现在，沈丽英卖去了两包棉花，来重庆为女儿订婚。陆积玉底要求非常的多，使她常常流泪：有时因为快乐，有时因为生气，悲伤——想到了在远方的陆明栋。

这时候，蒋纯祖，怀着羞耻的情绪，来到大姐底家里。他恐惧见到傅钟芬，但又怀着强烈的好奇心。走到门前的时候，他突然苦恼地想到，他到这里来，是什么意义；对于他自己，以及对亲戚们，他底这一次的归来，是凯旋呢，还是败北。他不能确定这个。这是一种西式的房子，下临长江，左边有美丽的树木，单独地住着傅蒲生一家。他走了进去，立刻就看见了傅钟芬。

傅钟芬坐在砖墙前面的一张籐椅里。她是抱着她底女孩在晒太阳，在她底后方，迎着上午的阳光，一扇玻璃窗射出火焰般的虹采来。这种虹采美妙地影响了傅钟芬，以至于蒋纯祖在最初的一瞥里，没有能够认出她来：在最初的一瞥里，蒋纯祖看到了鲜明的，迷人的、庄严的女子，他希望知道这个女子是谁，他心里有甜美的，崇拜的、庄严的情绪。他常常偶然地遇到他底偶像，他常常短促地面对着被某种奇异的力量所造成的圣洁的事物，感到这种情绪。傅钟芬，在阳光和虹采里垂着头，她底蓬乱的发辫、披在她底肩上的那件红色的毛线衣，和她底怀里的那个穿着黄色的毛线衣的、甜睡的婴儿，对蒋纯祖唤起一种虔敬的印象！他觉得这个女子是神圣的。在这种虔敬的印象里，他认识了她，傅钟芬。

他心里有了痛烈的羞耻，但这种虔敬的情绪，并未消逝；它反而增强了。在他认出来之前，他是敬畏着他所看到的那个美丽的、圣洁的画面，在他认出来之后，他心里有忏悔的、怀念的、尊敬的感情。于是，这个圣洁的画面，便照耀着他底四年来的生活了。他觉得傅钟芬是为他而受苦，为他而心里有着神圣的静默——在世界上，没有别人知道这个——为他而走了这种苦难的、悲哀的、寂寞而华美的图景的。

现在他希望她看见他，希望她明白他，得到慰籍。他觉得，在世界上，没有第二个人能够给他这样的慰籍，因为没有第二个人能够给他这样的悲哀。他怀着尊敬的、羞耻的情绪在枯黄的草地上走了过去。傅钟芬抬起头来，看见了他，认识他了。显然决未想到他会出现，她显然非常的惊动。她底身体底震动使小孩醒来。

小孩皱眉，被阳光刺激，啼哭起来。

"你怎么来了?"傅钟芬皱着眉，忧愁而惊异地睁大眼睛看着他。

他心里的神圣的尊敬消失；它让位给那种现实的感情了。他因为此而有些慌乱。他觉得傅钟芬不愿意看见他，他觉得，他底到来，破坏了她底和平。他觉得没有什么可以说。他忧愁地笑着看着她。

"你妈妈在哪里?"他问，然后偷偷地看着啼哭着的小孩。小孩使他感到甜蜜。

"妈，小舅……"傅钟芬掉头，喊。但她即刻就放弃了这个努力，因为她是非常的疲弱。她垂着眼睛，显得苍白而庄严。"妈妈在房里。"她低声说，可怜地笑着。

"好，我自己去。"蒋纯祖说，但仍然站着，忧愁地笑着看着小孩。傅钟芬突然受惊，看了小孩一眼，然后谴责地、严厉地看着他。蒋纯祖感到狼狈，但忧愁地笑着。

“你病了么？”他问。

“没有！妈，小舅来了……”傅钟芬不安地回头，震动着全身，喊。

蒋纯祖，明白她很痛苦，不需要他，在突然之间变得严肃而冷淡。他觉得他底这种态度可以使她安心。

“妈，小舅！”傅钟芬又喊，同时小孩大哭。傅钟芬憎恶地看着小孩，她底这种表现，使蒋纯祖为刚才的幻想而觉得痛苦。

蒋纯祖冷淡地笑了一笑——他觉得这样可以使她安心——向里面走去。

苍老的、精疲力竭的蒋淑珍会见了这个悲惨的弟弟，是怎样的惊动。在四年以前，弟弟从死亡里逃出来，使她惊动。但那时候，逃出来的，是一个年轻的，充满生气的弟弟，她为他布置生活，策划将来。现在，逃出来的，是一个悲惨的、沉重的、病着、充满着人生底烦恼的弟弟，她不再能为他布置生活，策划将来。那时候，迎着这个弟弟，她发出一声叫喊，告诉他说，他底秀菊姐姐结婚了。现在，她没有什么可以告诉他；迎着他，她露出愁苦的、冷静的笑容。

她底这种冷静，包含着对他的不满和怜恤，使蒋纯祖感到大的惶惑。他希望姐姐能够热烈一点。他希望姐姐向他说话——即使是说日常琐事。他明白，在现在，日常的琐事会使他感到无比的温暖。但这个姐姐，在仁慈的尽心中，冷酷地对待着他。他问了一些问题，她回答得异常的简短。她听他说完了他底情形，站起来，忧愁地说：“好好地休息一些时。”于是轻轻地走开了。隔了一下她又出现了，沉默着做她自己底事情；不向他看一眼，好像不觉得他存在。她在后面和女佣人大声说话，走出来，她就冷淡地沉默着。第二天晚上她怀疑地问他，他是不是已经结婚了。他说没有，但准备结婚。于是她问他那个女子是怎样的人，能不能做事，服从不服从长辈，漂亮不漂亮。她说，他们蒋家，不要好吃懒做的，时髦的女人。蒋纯祖痛苦而愤怒，笑着回答说，她是旧式的女人。他差不多要和姐姐"游戏"一下了。蒋淑珍觉得这个弟弟不务正业，比蒋少祖还要坏。蒋纯祖是那样的感激，尊敬她，对她是那样的纯真，温良。她也感觉到这个，但她不能饶恕他底错误，因为她冷静地明白，弟弟以这种错误为真理，永远不会回头了。

蒋纯祖，一直敬爱着这个姐姐，觉得她是焕发着慈爱的光辉，觉得她是旧社会底最美、最动人的遗留。但现在突然地觉得她可怕，比胡德芳可怕，比蒋少祖可怕，比一切都可怕。可怕的是她底仁慈和冷静，可怕的是，假如和她冲突，便必会受到良心底惩罚——可怕的是，她虽然没有力量反对什么，但在目前的生活里，他，蒋纯祖，必需依赖她。蒋纯祖从此明白为什么很多人那样迅速地就沉没；并且明白，什么是封建的中国底最基本、最顽强的力量，在物质的利益上，人们必需依赖这个封建的中国，它常常是仁慈而安静，它永远是麻木而顽强，渐渐就解除了新时代底武装。

但蒋纯祖却受到了傅蒲生底热烈的招待。傅蒲生和他无所不谈。他们谈仰光的故事，重庆的新闻，国际间的消息，以至于钢笔，手表，女人，酒。傅蒲生肥胖，但活泼。每天晚上都要开留声机学唱戏——对这个，蒋淑珍是异常的厌恶——每天晚上都要分东西给小孩们，和小孩们大闹。在蒋纯祖住在这里的几个月里，傅蒲生曾经因走私之类而被什么机关拘留过一次，但很快地就出来了，说是，在拘留的地方，交结了十二个知己的朋友。他很深刻地向蒋纯祖描述这十二个新朋友底性格。他说，十二个之中，有四个是怕老婆的，有五个是贪钱如命的，其余的三个，则是慷慨而侠义的。他叙述他们每一个人的经历，和轶事，他底着眼的地方，他底轻视和尊敬相混淆的口吻——说到自己时，他也如此——他底善良的、乐天的性情，他底混浊的善恶观念，他底某些明澈而智慧的思想，以及他底描写金钱的能力，使蒋纯祖走进了一个多采的世界，感到快乐。

这十二个新朋友中的某几个，在傅蒲生家里出现，成为他底客人了。他们都是和傅蒲生走一条道路的。蒋纯祖，为了娱乐傅蒲生，运用着傅蒲生底方法，猜出来，在这几个人里面，哪一个是怕老婆的，以及哪一个是慷慨而侠义的，使傅蒲生大为鉴赏；虽然蒋纯祖一看到这几个人，就觉得傅蒲生底话是怎样的胡诌了。这几个人，以及和傅蒲生来往的一切人，有的对傅蒲生恭敬，有的对他亲热，都带着这个社会底那种复杂的、强烈的精力；蒋纯祖觉得，他们这些人中间的每一个，都非常的可怜，随时都会在什么黑暗的地方沉没，但他们底整体却赋予他们以那种强烈的精力，在他们底背后，展开了这个社会底豪华的、冷酷的图景。

傅蒲生希望蒋纯祖和他们交游，但蒋纯祖立刻就厌倦了。傅蒲生送了蒋纯祖两套西装，一只表，一只钢笔；希望蒋纯祖在休养几个月之后和他“共同迈进”，蒋纯祖答应了。蒋纯祖，有荒凉的感情，希望飞到仰光，跑到南洋去，永不回来。蒋纯祖底活泼的精神，是对别人，也对他自己，掩藏了他底日益沉重的病情。

在傅蒲生家里，楼上楼下，小孩们嚣闹着。他们差不多总是逃学。他们，最大的十一岁，最小的六岁，以攻击门外的穷苦的小孩们为最大的快乐。蒋淑珍对他们很严厉，然而，在父亲底骄纵下，这种严厉来得太迟，对他们很少影响。他们觉得父亲是伟大的，他们觉得生活是撒娇、胡闹、寻乐。蒋纯祖在这些小孩们里面感到一阵烦恼。最初，他喜爱他们，因为他们活泼而美丽。但后来，小孩们对他非常不敬，他对这活泼和美丽感到一种妒嫉。他好久不能明白他为什么要妒嫉；他不明白小孩们底活泼和美丽为什么会唤起妒嫉。他妒嫉地想，这些小孩们，将来必定是非常的糟。

后来他忽然懂得，他妒嫉，是因为他不能得到这些小孩们底心，他们底活泼和美丽，是奉献给他所仇恶的事物了。于是他对他们严厉而冷淡。他对六岁的汪静始终有好的感情，他时常抱他到街上去。他使得蒋淑珍很烦恼。他觉察到姐姐底烦恼，感到愉快；这种感情在他是特别自然的。

这个小孩在这个家庭底所处的地位，以及他自己底那种动人的自觉，使蒋纯祖感动地面对着汪卓伦，并且感动地面对着将来。住在父亲家里，傅钟芬嫌烦，常常打骂小孩们，对汪卓伦底小孩也一视同仁：对这个，她是毫不注意。蒋纯祖抗议了。某一天，傅钟芬打汪静底手心，因为他没有得到允许就打开她底抽屉。蒋纯祖推开了她底房门，抱开小孩，严厉地说："你没有权利打他。"但在听到了傅钟芬底生气的声音的时候，蒋纯祖又感到狼狈和羞耻。他抱着小孩走进自己底房间，他抱着小孩站在蒋淑华底照片面前。刚住进来的时候，他曾经把这张照片翻转了过去，因为它很使他不安。有一天，他坐在桌前，他听见了小孩底活泼的脚步声：汪静用力推开房门，他带一种惊异的热情，看着他。显然汪静喜爱他，对这个，他觉得幸福。他招手，小孩悄悄地走了进来，含着笑容抬头看他。然后看照片底所在。他站了起来，翻转照片，抱起小孩来。小孩那样严肃地看着照片，以至于蒋纯祖确信他认识他底母亲。但蒋纯祖始终没有向小孩谈到这个，他觉得，谈这个，对于大姐，是一种卑劣的行为，对于严肃的小孩，是一种冒渎。

"你几岁？"蒋纯祖问。

"六岁。"

"你会爬到桌子上来吗？从这里爬上来。"蒋纯祖快乐地说，挑拨着他。

小孩看着他，相信了他底诚实，笑了一笑，迅速地爬到桌子上面去。

"你看我比你高啊！"小孩快乐地锐声说，并且发出天真的、热情的笑声来。站在桌上，恰巧和他底母亲底照片一样高。

蒋纯祖转过身子去，为了不使小孩发现自己底眼泪。

在蒋纯祖来到的第三天，沈丽英带着女儿和未来的女婿过江来玩。沈丽英，像往常一样，进门便喊叫。蒋纯祖在楼上听见她底生动的声音，感到愉快。当他，蒋纯祖，披着大衣走下楼来的时候，她已经奔到楼梯口来了。

关于她们对他，蒋纯祖的挂念，关于她们内心底不安，以及关于她们这几年来的痛苦，沈丽英是怎样的唱着歌啊！

蒋纯祖没有来得及听清楚，她已经说得很远了；不知怎么一来，她说到了往昔的恐怖时代——在她年轻时，她目睹了这个时代底悲壮的场面——露出惊心动魄的表情来。显然她很感动；她不知道自己为什么感动：也许是因为女儿即将订婚，也许是因为未来的女婿坐在面前，也许是因为看见了为大家所关怀的、纯良而谦逊的蒋纯祖。恐怖时代底回忆，在她底心里突然变得那样鲜明，好像一切是昨天才发生的。她深信无疑，对蒋纯祖说恐怖时代，对不会说话的未来女婿表现她底说话的才能，有着重大的意义。

蒋纯祖洒脱地坐着——在沈丽英面前，他总是如此——在听话的时候观察着穿着美好而笨重的衣服的、皱着眉头的、鲜艳的陆积玉，和她底沉默而谦恭的爱人。

沈丽英，穿着半新半旧的绿绸的皮袍，在籐椅里转动着，做着热情的手势，睁大了她底美丽的、有些浮肿的眼睛，说到了恐怖时代。蒋纯祖严肃地打断她，问她事情发生在哪一年。

“我记不得了。”她回答，喘息着，好像女学生。

“是民国十六年罢？”蒋纯祖提示。

“不，还要早些，是十三年！”沈丽英热情地叫了起来。“在那个时候，你还只是那一点小！我们是看过多少啊！那时候是杀革命党！你记得严家桥和纱帽巷罢？就在十字路口砍头，一天平均有二十个，我们看见，可怜都是年轻的后生啊！一个个都是漂亮的、白白净净的后生啊！”她说，有了眼泪，显然的，这些年轻的后生，是惊动过她底青春的。“从我们底门口绑过去，可怜一个个还喊着万岁！他们都是刚刚加入的，他们哪里知道什么，他们都是无辜！都是好人家的儿女啊，我们都认得，又有女的，刚结了婚！在纱帽巷口有一家皮匠店，那个老皮匠你后来还看见过，那时候缝一个人头十块钱，他一天缝几十！收尸的，都假托是不相干的亲戚，哭都不敢哭一声！……这样一共有半个月，后来革命党打进城来了，没有死的，关在监牢里的，还有几百人，这一下他们就威风了，革命党用军乐队把他们迎出来，他们抱着哭，他们穿上了新衣服，他们在汽车上面游行！……活着的，是威风了，但是要是迟一天，死了呢？你想想，究竟为什么？"沈丽英含着眼泪雄辩地说。

蒋纯祖严肃地看着她。在沈丽英热情的表现里，蒋纯祖生动地看到了，他幼年时代每天来往的那条街，那些店家，那片阴沉的天空，那个皮匠。他是看了那个狂风暴雨的时代，以及他底那些被皮匠缝起来的，英雄的前辈们。

蒋纯祖沉思地笑着，看着沈丽英。他是这样的生动，洒脱，虽然他底身体又在发烧。他底那些英雄的前辈们，是震动了他：他在心里激情地呼唤着他们。但同时他在外表显得生动而洒脱。他希望知道得更多一点，但这时沈丽英已经走进了另一个热情了。

蒋淑珍问了一句什么，沈丽英就说起王定和、工业、商业、棉花等等来了。

"这些事情我是不懂！"她说，"据王定和说，现在政府对工业一点办法都没有！政府都没有办法，我们怎么办！那里头的事情复杂得很，一包棉花，半天功夫不到。就上当五百块钱你想这叫人家怎么办！四川，陕西，湖南，是产棉区，今年全国非要二百万担才够，但是无论如何总差七十万担！有的日本人抢去了；米涨价，四川人种稻子了，又是抽壮丁，又是这个又是那个——我跟王定和说，还是干脆做生意吧！但是其实呢，"她向蒋纯祖小声说，"只有五十个工人了，挂羊头卖狗肉，还不是做生意！要不然工业家吃屁——我就不相信！"她说，撅着嘴。显然她对王定和很不满。

"讲到去年那一批棉花啊，部里头派人来调查，整天请客——王定和把什么事情都推给牧生！但是他也竟然承担下来了。他隔几天要和老人家一道进城！"她说，流下了感激的眼泪。

“王定和答应给秀芳升一级!”沈丽英继续说,“牧生要她到课里来做事,但是要她每天练练小字。她现在小字写得比陆积玉都还好! 也是肯吃苦! 大家都欢喜她! 王定和好多次要她到淑媛那里去吃饭,她都不肯去! 她欢喜姑妈,常常到我们那里来! 这个丫头,可怜的……”她停住,因为发现了蒋淑珍底眼泪。

“大姐,我们后面去谈。”沈丽英站起来,小孩般看着蒋淑珍,说。

这样,她们就把陆积玉,她底爱人,和蒋纯祖留在房里了。陆积玉有些惧怕蒋纯祖,立刻就溜掉了。于是蒋纯祖就开始替面前的这个老实的男子感到痛苦了;他觉得,这个人坐在这里,一定是非常的痛苦。他想,要是他,恐怕早就溜掉了。

他想到,在这个男子面前,他定是非常傲慢的。他刚才的生动和洒脱,对于这个老实人,一定是傲慢的。他相信这个男子是善良的、正直的人,但他又不可抑止地嫌恶他底痛苦,从一种优越的感觉,他嫌恶这个人底痛苦,虽然在良心上他很觉得苦恼。在这一类人的面前,虽然他竭力谦逊,他总感觉到自己底傲慢,这种老实人,是特别鲜明地反映出他底优越来,使他感到良心底责备,因此他嫌恶他们。

坐在他底面前,这个老实的青年开始显出不安。蒋纯祖为他痛苦,看着他。

“我忘记了你底姓名。——她们刚才告诉我。”蒋纯祖说,希望显得亲切,但一说出来,就觉得这句话等于一个权威的命令。他感到嫌恶。

“敝姓王,小字升平。”这个老实人说,在桌子上欠着身。

蒋纯祖不安地沉默着。

“蒋先生以前在那里?”王升平说,谦恭地笑着,拉了一拉衣。

“我是在乡下教书。……是的,在乡下。”蒋纯祖说。同样的,他希望和平,但变成了命令。他替升平痛苦,同时嫌恶他,因为他映出了自己底优越,使自己陷入了良心底苦恼。

“请坐,我有点事!”他说,走了出来。

他发烧，昏沉，上床睡了。

晚饭后，王升平离去，沈丽英，在和蒋纯祖长谈之后，开始和女儿长谈。

“儿啊，和你像这样子说话的机会，已经很少了！你现在心里还有什么主意？痛痛快快地说！”沈丽英说。

陆积玉突然觉得母亲迂腐。在幸福中，陆积玉显得娇嫩，正如在悲苦中她显得顽强一样。

“算了吧，你一天到晚说，真是叫人心烦！……”陆积玉撒娇地说，摇动肩膀。因为觉得母亲爱她，她欢喜；她欢喜，因此撒娇。

沈丽英觉得欢喜。

“女儿啊，王升平是很好的人，自己又积了一点钱，但是……”

“妈，不许你说！”

“是啊，怎样？”

“我自己还要五百块钱，还有，我要你把那件衣料送我！真的，你一定要送我！她们用那种颜色做外衣，非常好看！我要，好不好，啊？”

“真是不知足的东西！你看你笨头笨脑地穿了一身，我自己可怜三四年都没有做一件衣服！”

“你还要做什么衣服！你有那么多首饰！”陆积玉生气地说。

“算了，我不跟你谈！蠢心眼！”沈丽英，惧怕悲伤，沉默了。她渐渐地越想越悲伤，她觉得女儿过于自私。她突然觉得抚育儿女毫无趣味，她底辛苦的半生毫无趣味——她站起来企图走开。但陆积玉追着她。陆积玉，第一次感到，有母亲，是怎样的幸福；在欢喜中陆积玉天真地放任，丝毫都没有觉察到母亲底心情。

“我不许你走！你休想逃开！我要嘿，啊——”她撒娇，跳脚，拦住母亲，说。

沈丽英沉默着，她明白，和说话同时，将是不可抑止的眼泪。

“买路钱;买路钱!啊——”陆积玉说。

“走开,积玉。”沈丽英严厉说。

陆积玉失望,委屈地看着母亲,然后突然地哭起来了。

陆积玉哭着说,她从小就受苦,在这个冷酷的社会上,心里是这样的凄凉。她说,她不应该太高兴,希望别人底帮助;她明白她底孤苦的命运,她将被所有的人轻视,一个人凄凉地生活着,好像在孤岛上。她哭着倒在椅子里。

她皱着眉头站着。于是在她底脸上,出现了痛苦哀情,她走向女儿。

“这才奇怪呀!”沈丽英被激怒了,叫。

“女儿,不哭,衣料我给你。”她说,同时悲伤地啜泣起来。但现在她并不是为自己而悲伤了;现在她是为女儿而悲伤。她觉得女儿,从出生以来,从不知道爱娇、幸福、华美,的确是非常的不幸。她底母亲的本能告诉她说,女儿到现在还是这样的天真,是值得宝贵的,但在这个冷酷的人间,这种天真,是一种不幸。

“女儿,从小就受苦啊,还有我底可怜的明栋!”沈丽英啜泣着,说,“我不怪你,要是我有钱,我恨不得替你把什么都,都买下来!你读书不多,这几年你自己努力,我心里知道!不过,我底情形,这几年,你也晓得……”沈丽英倚在桌上,支着腮;泪水不断地流下来,她啜泣着。“女儿,做人艰难啊!”

陆积玉已经安静,澄清了。她挺直地坐着,严肃地看着母亲,好像她要承担她所理解的这一切。在过份的欢喜里,她放纵了一下,招致了悲伤;在悲伤里,她底那种冷静的力量比以前任何时候都更鲜明地升了起来。

“妈,再不要说,我都知道。”她严肃地,轻柔地说。“我不能那样没有良心。我其实不需要什么,我已经够了,不过我刚才说得好玩。一个人穷,别人就总看不起。但是这也没有什么,世界本来荒凉。升平他劝我不要麻烦你,他觉得很不过意。……我们就这样了,妈,简单一点;我们简单一点,让别人势利好了。……将来,要是我这个女儿过得还好的话,我不会忘记你,妈，还有奶奶。”她掩住眼睛，但迅速地放开。她底眼睛严肃而明亮，看着沈丽英。

“女儿啊！”沈丽英幸福地叹息，说。“但是，真的，那个衣料，我送你。”她欢喜地说，好像小孩。

“妈，不要再把我当做小孩子。我要这些，有什么用呢？”陆积玉轻柔地说。

“我老都老了！你正当盛年，女儿啊！”沈丽英叫，流出了幸福的、悲伤的眼泪。

她们走出房间。她们在门边同时回顾，她们都突然明白，这个房间，使女儿成长，使母亲天真得像小孩，是怎样地值得纪念。陆积玉严肃地向桌上的那个插着枯萎的梅花的花瓶看了一眼，轻轻地带上门。

“在灯光之下，从此埋葬了我底过去！啊，这样短促的二十三年！”陆积玉想，于是望着走廊，痴痴地站住了。随后她推门进去，摘下了四朵梅花，心跳着，悄悄地包在手帕里。她决定，珍藏这四朵花，一直到她底暮年。

沈丽英在楼梯旁边喊叫陆积玉。她们上楼，走进了蒋纯祖底房间。蒋纯祖颓衰地躺在床上，以忧郁的、简短的声音招呼了她们。在沈丽英不停地说话的时候，蒋纯祖严肃地观察着陆积玉。蒋纯祖注意到，这个陆积玉，比起下午来，是完全不同了。在下午，陆积玉曾经不停地从房间里溜走，现在，陆积玉是沉静而庄严。

沈丽英刚走进房，便走到蒋淑华底照片面前。沈丽英看着照片流泪，然后用手帕按住眼睛。

“积玉，你记得吗？”她指着照片，问陆积玉。

“记得的。”陆积玉说，严肃地凝视着照片。

但她们底记忆是不同的。沈丽英记得出嫁时的蒋淑华，生病的、多愁善感的蒋淑华，陆积玉则记得蒋淑华底一些温柔的、怜爱的、迷人的动作。

"纯祖,你到底病得怎样了?你发热,是的!你怎么不找医生看呢?就要找医生看?叫人多耽心啊!你从此再也不能乱来了!乡下到底怎样呢?"

"有人放火,把我们底东西都烧光了!"蒋纯祖忧郁地笑着说。

"啊,这样混蛋!"

沉默了一下。沈丽英看着蒋纯祖;蒋纯祖看着陆积玉。

"哎。纯祖,我问你,你对积玉底事情有什么意见?你底头脑新,我们谈谈看!"沈丽英说,同时对这个"新头脑"摆出架势来。

蒋纯祖注意到了陆积玉底冷淡的表情。

"很好!"蒋纯祖温和地笑着说。

"那么,你自己准备不准备结婚呢?"

"不知道。"蒋纯祖说,温和地笑着,眼里有诚恳的谦逊的表情。

"其实你自己太不会照顾自己了。总是为别人。"陆积玉说,同情地看着他。

"并不。"蒋纯祖诚恳地、谦逊地、用力地说,笑着。在这个陆积玉面前,他本能地感到温良、诚恳、谦逊;感到自己对一切人,尤其是对孙松鹤,有错,但已被原谅。他为这个而觉得愉快。

"那么你究竟怎样办呢?"陆积玉焦急地问。

"到时候再看吧!"蒋纯祖说。"你们真好啊!真的!"他感动地说,快乐地笑着。

"呆瓜!"沈丽英叫,又流泪。蒋纯祖底这种样子,使沈丽英想到了汪卓伦。她觉得,和汪卓伦一样,蒋纯祖温良、诚恳、谦逊,坚韧地藏住了自己心里的某种冷酷的、孤独的、可怕的东西。在热情里,她叫呆瓜,并不光指蒋纯祖;呆瓜,也指汪卓伦。

蒋纯祖底这种温良、诚恳、谦逊,使沈丽英觉得,对他心里的那个冷酷而可怕的东西,他,蒋纯祖,是有着某种把握的。但当她稍稍冷静一点的时候,她便感到,蒋纯祖底这种把握,正是对于那个冷酷而可怕的东西的忠实的皈依——和汪卓伦一样，蒋纯祖将要做出什么一件事情来，使大家永远痛苦。

沈丽英本能地感到这件可怕的事情已不遥远了。

“呆瓜！呆瓜！”沈丽英叫，但突然心里惊动，有了严肃的、痛苦的情绪。“纯祖啊，你要好好地休养，你要结婚。我们大家都要帮助你。”她在床边坐下，说。

“当然的。”蒋纯祖温柔地说。“谢谢你们啊！”蒋纯祖流泪。笑着看着陆积玉。

陆积玉咬着嘴唇，痴痴地看着他，摇着头。她摇头，好像这是一个偶然的动作，好像她在思索什么不相干的东西，但蒋纯祖明白地看出来，她摇头，因为她不能同意他，蒋纯祖底感情、思想——不能同意他底命运。

蒋纯祖注意到，陆积玉走到门外便站下，揩眼睛，并且坚决地摇头。

“我并不是不知道感恩的人。”她们走出去，蒋纯祖关上门感激地想。“但是怎样呢？是的，‘他们结婚以后一直生活得很快乐——’但愿如此！”蒋纯祖想，露出了嘲讽的、悲苦的笑容来。

二

到重庆来以后，蒋纯祖发觉自己对万同华已经不忠实了。这或许是一种不正常的敏感，一种对背叛的畏惧，或许是，华美的声色，俘掳了他底年轻的理智。

到重庆来以后，他无时不想到万同华，但这些想念，包含着他觉得是恶劣的东西，并且包含着无情的分析、不满、和逃遁；这些想念，没有一次是伴随着纯净而新鲜的爱情，或者是亲切的依恋，或者是对未来的甜美的预期的。最初他对这觉得很恐惧，在恐惧里，他向万同华写了极热情的信，要她坚强、努力、看见“我们时代底理想”。这些信里充满了誓言，并且充满了热情的愤怒。在这些信里，隐隐地透出了他对万同华的不满。他不十分知道他究竟在哪一点上对万同华不满，但他在重庆所接触到的繁华的生活，以及他底华美而迷乱的热情，使他觉得万同华是黯澹的、枯燥的存在。他觉得，在乡下生活，万同华已经麻木。他隐隐地觉得万同华不美、缺乏才智——他相信他觉得万同华是缺乏一切进步观念，和“我们时代底热情”。在第一个月里，万同华来了两封信，写得很平淡，说，她们都平安。蒋纯祖，以那么多热情的誓言，换来了两张平淡的便条，痛恨起来，突然地对万同华冷淡了。

他底热情并不能替他装饰出一个动人的万同华来。他底热情，和随后的他底冷淡的、有些邪恶的信，是残酷地压迫了万同华。

在第三、第四个月里，他又狂热起来，向万同华写了请求饶恕的长信，在信里咒骂重庆底生活，剧场、音乐会，和他所遇到的朋友。他接连地写了很多封信。但万同华从此没有来信了。

有一封信里，他诚实而苦恼地说，他已经发觉了自己底对她的不忠实。万同华没有来信，他怀疑这封信产生了恶果，于是写了长信去辩白。在他说自己不忠实的时候，他是被自己底忠实感动着的；他隐隐地希望，由于这封信，万同华从此离去——或者追到重庆来。在以后的辩白的信里，说着自己底忠实，他是被自己底虚伪激怒了。万同华仍然没有来信，痛苦到极端之后，他决心不再虚伪——宁愿死，不愿虚伪。但无论怎样，在重庆底热闹的生活里，在他阴沉的病痛、冷酷的孤独、悲凉的激情里，他都不能亲切地感到万同华。他觉得万同华已经和他隔得很遥远了。

在最初的一两个月里，有了钱，他是奢华地过活着，俨如一个花花公子。他底作品被发表了出来，他结识了一些朋友，在他们里面迅速地得到了优越的地位。他从音乐会到剧场，从饭馆到酒店。在音乐会里，结识了所有的音乐家，并且轻视他们，他坐在远远的后面，显得洒脱、严厉、冷淡。他到剧场里去，更是为了批评和攻击。他相信，到了现在，高韵是再也不能惊动他了。但高韵仍然惊动了他，使他因他底万同华而有着可怕的痛苦，使他未终场便离去。

蒋纯祖现在是明白,在这个社会上,有保障,有朋友,有钱,并且有一点名誉,是怎样一回事了。他渐渐地有些迷胡了。他想,他将要起来反抗,但现在不必。某一天,他无端地快乐起来,买了手巾、内衣、牙刷、牙膏、帽子、雨伞、扑粉、口红——买了极多的东西回来,用去了两千块钱,使大家极端的吃惊,认为他将要结婚。

他自己也不明白他为什么要买这些东西。他似乎是用这种狂热来娱乐自己。走在街上,想到自己现在是有钱了,他突然非常快乐。他相信,他走进那家百货店,纯粹只是因为它陈列得很华美。它底光彩夺目的玻璃橱使他快乐,他觉得店铺里面的人一定是非常善良的,他走了进去。看见了内衣,他就指内衣;然后他指口红、雨伞。他沉默着,快乐地皱着眉头付了钱。他确信,付钱比任何人都爽快。他提着东西洒脱地走了出来,他觉得别人在他背后惊异而尊敬地看着他。热情未消失,热情更高,他走进第二、第三家。

他热情地玩弄金钱,因为,在过去数年,金钱使他受苦。他相信别人会把他看成值得尊敬的傻瓜,他相信别人会认为他是在企图取悦于这个世界上的某一个女人。他愿意取悦于某一个女人,她大概是万同华,——但她是谁并没有什么重要的关系,因为他很快乐。但热情、光明、华美迅速地消逝,到来了冰冷的痛苦。

他体会到,在他狂热地买东西的时候,他的确是爱着万同华的。在那种热狂里,买雨伞的时候,他想:“看吧,我要保护你底小小的脑袋!”对着口红他想:“心爱的啊,你底敏锐的嘴唇决不需要这个,但是这将使你快乐!”“好,亲爱的,我们去看另一家!”他说,走了出来,走进另一家。

到来了痛苦。痛苦是,他觉得,他底这种热望,污蔑了圣洁的爱情;他所感到的,是他所创造的某一个华丽的女子,他称她为万同华。他所感到的,不是真实的万同华。真实的万同华冷淡，并且反抗他底这种罪恶的热望。

他不能忍受万同华底冷淡和沉默，而想到他们中间的一切，是太痛苦了，于是他用虚华的游乐把它深深地埋葬起来。渐渐地他习惯了这种状况，感到愉快，并且觉得脱离了枯燥的爱情底束缚，他是自由了。他认为责任会在万同华，因为她用冷淡回答了他底盟誓，用沉默回答了他底热情。倾心于热情的世界，在壮快的发作里，他在四月初写了一封信给万同华，说，假如她不愿意有所束缚的话，她从此便完全自由。在短促的兴奋里，他觉得他能够承担这句话，但万同华没有回答，长久的疾病，难耐的生活，使他重新陷入可怖的痛苦。病痛沉重起来。他变得冷静，先前的那热情的、华美的、混乱的一切消逝了。

那热情的，华美的一切，那小小的虚荣，那些声音和颜色变成可憎的了。他底那些新结识的朋友们，变成可憎的了。他明白，仅仅为了骄傲的热情，他才结识他们；仅仅为了他们崇拜他，——到城里来，他是获得了小小的声名——他才爱好他们。他们都是善良的人，有的写诗，有的学音乐，有的指望剧坛上的出路；在他们中间，他很容易地便取得了优越的地位，这使他醉心。这些年青人，是给自己们造成了一个陶醉的世界。蒋纯祖，和醉心同时，冷冷地注意到，他们是信仰着公式的观念，毫不知道他们所生活的复杂而痛苦的时代的。这些公式的观念，蒋纯祖是早就超越了，石桥场底三年的生活，是使他走进了这个时代底冷静的深处；但对于这个冷静的深处，他底这些朋友们是毫无兴味。他们交游广阔，确信自己已经跳出了小的圈子；他们显得活泼而乐观；他们紧紧地依恋着城市，认为它是时代底中心。从深处来，蒋纯祖厌恶他们底乐观，他认为他是浅薄而无知。蒋纯祖跟他们说了乡下底情形，但他们一点都不能在里面感觉到什么；他们表示，他们愿意到一个离城很近的乡下去住一住，在那里写诗，并且观察农民。蒋纯祖对这个守着优越的沉默。

他们所尊敬的，蒋纯祖一点都不尊敬。在他们里面，是充满着年青人底快乐的空气：他们谈论恋爱、女人，互相开玩笑，高声叫嚣。他们评判女人底肉体底美丽和灵魂底美丽:"她有一个美丽的灵魂"或者"她底身材很有诗意"。对这个,蒋纯祖守着谦逊的,或者是绝顶高傲的沉默。

蒋纯祖轻视他们底痛苦,认为他们底灵魂浅薄。在每次的"小小的虚荣"之后,蒋纯祖他总觉得孤独和凄凉,决心和他们分手。他渐渐地对他们中间的某几个有了妒嫉的、仇恨的情绪,以致于到了后来,使他和他们留在一起的,只是这种仇恨的情绪。他们中间的有一个,在任何妇女面前都得宠;另一个,老成地对待着蒋纯祖,总使蒋纯祖觉得自己幼稚;第三个,崇拜着一些天才,这些天才,蒋纯祖认为是混蛋。——他们底漂亮的、交游广阔的生活姿态,带着一种确信的,乐观的神气,总使蒋纯祖觉得自己是非常的幼稚——在这种时候,优越的才能、甚至于骄傲的灵魂,都不能帮助他从幼稚逃脱,于是他就被激怒了。

在一切热情的题目上,蒋纯祖都要扰乱;他是用他底整个的存在去搏击。但在这些题目上他底朋友们浅薄、安静、体面,使他觉得自己幼稚,或者在平面上快乐地吵闹、飞翔,使他觉得自己不被需要。在最初,他觉得面前的世界是非凡的壮丽,但后来,疾病使他疲乏而冷静,他就甘于孤独了。

孙松鹤在四月初来看了他一次,然后到万县去找父亲。孙松鹤要蒋纯祖一路到万县去,因为有办一个中学的希望,但蒋纯祖回答说,他暂时不想去。这次的会面里充满了兴奋的谈话,蒋纯祖谦逊地谈到了他底歉疚,他底新结识的朋友们以及他对万同华的苦恼的感情。他们之间是那样的生动:他们觉得,在世界上,只有他们两个人是真正的知己。他们约好了一个月,或者两个月之后再见面,然后一同下乡,于是分了手。

孙松鹤离去后,蒋纯祖就怀着回到石桥场去的希望了:他觉得,不管怎样,他要回去一次。在他最痛苦的时候,赵天知出现了。赵天知说,张春田终于不愿进城,已经在附近的乡下的一个保国民小学里安定了下来。他说,胡德芳已经又添了一个男孩,因为穷苦和精神上的激励的缘故,不再赌博了,现在每天替别人洗衣服，并且到山上去砍柴。这个消息使蒋纯祖对胡德芳肃然起敬，并且歉疚，觉得自己有罪。

关于万同华姊姊，赵天知说他毫无所知；其实，他是知道一点的，但他不肯说。他对蒋纯祖异常的同情，时常劝他宽慰，但蒋纯祖并未觉察。赵天知详细底叙述了他们底流浪，使蒋纯祖快乐而惊动。蒋纯祖和赵天知在一起玩了四天，在这四天内，蒋纯祖生动而悲伤地怀念着石桥场。和赵天知过着亲切的、自然的、粗野的生活，对于他那些新结识的朋友们完全冷淡了。

赵天知穿得很破烂，但神情很兴奋。他仍然想铤而走险。他在城里的各个微贱的处所有着复杂的关系，有几天他想学算命，有几天他想拉黄包车；有几天，他想把自己卖给附近的乡场上的一个富户，代替这个富户底儿子去当壮丁。蒋纯祖事后知道，他果然去尝试了，因为价钱太低，没有成功。蒋纯祖替赵天知弄了一些钱，在四月底，他们一路下乡去看张春田。

张春田是在这个乡场上的一个保国民小学里当了校长，也是教师：全部只有他一个人。保国民小学穷苦不堪，有二十几个小学生，全部财产只有一间破烂的房子，十张破桌椅，和一块脱皮的黑板。张春田夜里就在课屋里搭铺睡觉，伙食，是附在附近的一个保长底家里。张春田是孤独而颓唐，但看见了赵天知和蒋纯祖，仍然像往常一样的幽默，生动。

对这个黑暗的，穷苦的角落，对他中间的幽默和生动，蒋纯祖觉得惭愧。当张春田在课室内和赵天知说话的时候，他走到外面去，靠在树上，望着田野，哭了。这个角落，使他忆起了石桥场，在他心里唤起了悲凉的情绪。石桥场底一切是浮显在他底眼前：在这荒凉而热辣的一切上面，在漫长难耐的夏日、奔腾的瀑布、冬季底风暴、炉火、以及微贱的人物、凶恶的事件、小儿女们悲伤的眼泪上面，纯洁的万同华静静地散布着她底感化力！但他，蒋纯祖，在最近几个月来的虚荣竞逐里，居然遗忘了它！并且，因为他底罪恶，他将永远失去它！

“我们都在那浮华的一切里面浮沉，我们不明白什么最宝贵！——亲爱的克力啊，我已经累到了，我底终点不远；但我要给自己选取一条道路，像我底光荣的前辈曾经选取的那样，以达到我底终点！人世底谦逊的、亲切的一切，帮助我啊！”

在他底悲伤里，他特别珍贵张春田底友爱。他看出来，在张春田底心里，是有着无可挽救的颓唐。张春田时常恍惚沉思，时常以迅速的、搜索的眼光看着他：显然对他存着某种戒备。他现在是决不会被这种戒备激起高傲来了，他现在是深深地明白了这种戒备，是怎样的，正当、必要：他，蒋纯祖，是会变得怎样的卑劣。张春田底眼光使他战栗。

“我觉得你很怀疑我。你底怀疑，”蒋纯祖看着桌面，低声说，“是对的。”

张春田沉默很久。然后他向赵天知小声说，依他看来，某人必定逃不出来了。

“蒋纯祖啊！”张春田突然向蒋纯祖大声说，生动地悲伤地笑着。“你怎么会想到这个，真是天真啊！我看你心思很重，你底身体又很坏，这个世界上有多少事情使你苦恼啊？……算了吧，走，我们吃豆腐去！”

蒋纯祖忧愁地笑了一笑。他注意到，在这种友爱、这种生动的表现之后，张春田即刻便重新有了恍惚的、失神的表情。张春田从失神的状态里冲了出来，生动地说话，然后又突然地回到失神的状态：每天都如此。蒋纯祖敬畏他，同时替他感到痛苦。

蒋纯祖在张春田这里住了一夜。晚上，他们喝了很多的酒，谈到深夜。他们谈到乡下、土匪、和王老夫子——王老夫子已经回到石桥场来了，每天坐茶馆骂人；最初是试探，后来就是慷慨激昂大骂了。——这蒋纯祖觉得是动人的、惊心动魄的一切，简直是震碎了他底神经，使他在夜里不能睡眠。他是燃烧着，在失眠中，在昏迷、焦灼、和奇异的清醒中，他向自己用声音、色彩、言语，描写这个壮大而庞杂的时代，他在旷野里奔走，他在江流上飞腾，他在寺院里向和尚们冷笑，他在山岭上看见那些蛮荒的人民。在他底周围幽密而昏热地响着奇异的音乐，他心里充满了混乱的激情。在黑暗中,他在床上翻滚,觉得自己是漂浮在波涛汹涌的大海上。他心里忽然甜蜜,忽然痛苦,他忽然充满了力量,体会到地面上的一切青春、诗歌、欢乐,觉得可以完成一切,忽然又堕进深刻的颓唐,恐怖地经历到失堕和沉没——他迅速地沉没,在他底身上,一切都迸裂、溃散;他底手折断了。他底胸膛破裂了。在深渊里他沉沉地下坠,他所失去的肢体和血肉变成了飞舞的火花;他下坠好像行将熄灭的火把。

他在床上咳嗽、呻吟、翻滚,喊着:"亲爱的克力啊,前进!"忽然他觉得他是和万同华同在一只汽船上,这只汽船迅速地倾覆,沉没了。最初,他在栏杆边发现了万同华;她在黑暗中显露了出来,和石桥场底那些昏沉的女人一样,衣裳敞开、苍白、浮肿、丑恶,使他恐怖而厌恶。然后,汽船倾覆,万同华奔向他。在周围的恐怖的骚动中,他们互相诀别了。他们底诀别完结,万同华发出美丽的,纯洁的光荣来,安静而勇敢地跳入波涛。他,蒋纯祖,跳入波涛,追随她。她在波涛里挣扎,沉没了;在沉没之前,她仰起了她底纯洁的脸,并且举起手来,叫:"再见!"——他,蒋纯祖,痛灼地喊了一声,向江边的一个悬崖泅去。

他在床上咳嗽、呻吟、翻滚,他叫:"带我一道去啊!"忽然,在他身边的浓密的黑暗中,出现了甜蜜的光明。张春田和赵天知站在他底面前,举着油灯。

他们发现他又吐血了,而且比以前猛烈。最初的一瞬间,他惊慌地企图向他们掩藏这个,好像做错了事情的小孩;然后,他放弃了这个企图,躺着不动,诚恳地、酸凉地看着他们,脸上有安静的、文雅的、柔弱的笑容。

"我不能睡着,怎样办呢?"他说,他底声音温柔而诚恳。

张春田扶他坐下来,给他喝开水。蒋纯祖感到,张春田和赵天知现在是完全地忘记了自己,为他而忧愁,痛苦。这是生病的人们常常要感到的。

"你们睡去吧。晚上很凉。我现在好了。"蒋纯祖说,诚恳地、快乐地笑着。蒋纯祖心里有谦逊的感激,因此快乐。他竭诚地希望免除朋友们底耽忧。

张春田严肃地看着他,突然皱眉,掉过头去。张春田,因为蒋纯祖底这种快乐的微笑,哭起来了。张春田,从他底友爱的心,本能地感觉到,在这种激烈的气质里,蒋纯祖是如何地濒危了。

张春田什么话也没有说,走了开去。

蒋纯祖,含着凄凉的温柔的微笑,垂着头。他确实觉得他此刻最快乐。

“在石桥场底美丽的土地上,应该有美丽的生活。”他小声唱,然后抬起头来,看着赵天知。

“天知啊,你终于不会想去做和尚的吧?”

赵天知羞怯地笑了一笑——不知为什么,蒋纯祖引起了他底羞怯的情绪——在床边坐了下来。蒋纯祖睡去了。赵天知靠在他底脚边,不时起来看他,一直到天亮。

第二天中午,蒋纯祖赶船回到城里来。赵天知坚持要送他来,但他无论如何不肯。最初,赵天知似乎对他屈服了,但在汽船离开囤船的那一瞬间,赵天知却突然奋力地从囤船跳过了两尺宽的水面,跳到汽船上来。蒋纯祖向张春田举手告别。他们都忧愁地笑着。他们都觉得他们从此是很难见面了,但蒋纯祖,由于感激和兴奋,很快地便忘记了这个痛苦和凄凉。

在路上,赵天知向蒋纯祖说,他应该知道自己底价值,他应该知道朋友们是如何地爱他,需要他,他应该从速地去医治,蒋纯祖感激地微笑着,他想,他很明白自己,并不如赵天知所说的那样有价值。

使蒋纯祖觉得意外,赵天知在突然之间向蒋淑珍说了一切。赵天知恭敬地在蒋淑珍身边盘桓着,兴奋着,找到了这个机会——蒋纯祖被弄得快乐而狼狈。赵天知陪着蒋纯祖到医院去检查,然后归去了。分手的时候,赵天知不停地回顾,这种友情和尽心,使蒋纯祖流下了感激的悲悔的眼泪,蒋纯祖检查过一次,打了一些针,吃了很多补品。但他对这个怀着强烈的厌恶;

赤裸裸地呈在医生底眼前，让他看出自己的缺陷，并猜出这缺陷底情热的根源来，裁判自己底生命，对于骄傲的蒋纯祖，是一种绝对的污蔑。蒋纯祖，厌恶这种病痛，更厌恶那些用权威的眼光审查别人底生命的医生们：对于这些生命的高贵的情热和梦想，蒋纯祖相信，这些庸碌的医生们，是毫无所知的。因此，蒋纯祖对医生们很不尊敬。他惧怕，并且厌恶他们，从他们逃到他底精神的王国里来。

这一次的检查底结果，使蒋纯祖完全颓唐了。医生说，左肺已经腐烂一半，必需有好的营养，好的休息，主要的，必需有平和的心境，才能有希望好转。必需平安地度过了今年，才能有较多的希望。于是，蒋纯祖冷静、颓唐下来，面对着死亡了。

但即刻就来了可怕的热情，他觉得，他必需和死亡游戏，战胜它。于是他和死亡交谈，向它明誓，唱歌。于是他，用他自己底话说，和死亡开始了残酷的游戏。这个游戏的确是非常的残酷，并且充满了奇异的哀痛和欢乐。整整半个月，蒋纯祖整天关在房里，写作着。他觉得，在他从人间离去的时候，他必需留下一个光荣的遗迹；他觉得，他必需惊动他底后代，使他们感激而欢乐；他觉得，在将来的幸福的王国里，必需竖立着他底辉煌的纪念碑；他觉得，他必需赶紧地生活，在一天之内过完一百年。在这种热烈而又冷静的状态里，逼近了真实的生命，并且逼近了真正的光荣，蒋纯祖就忘记了以前的一切仇恨，对这个世界，或者说，这个时代，怀着谦逊的尊敬和感激了。他所嫉恨过的那些当代的英雄们，他所咒骂过的那些场面，那些活动，因为他即将和它们告别的缘故，就在他底面前光辉地升了起来，教诲，并且感化着他了。他所爱恋、所追求、以至于在里面迷惑错乱的中国生活，远方的战斗，蠢动的人民，现在是光辉而亲爱底向着他，在他底心里低语、啼哭、欢乐、喊叫了。他是亲切地感到万同华了，他对她的爱情，有如新生的婴儿：一切恶劣的、自私的情热都暂时地离去，他感到了她，她底生命，她底呼吸，但不再害怕不幸的分离，并且不再急于见到她。……

伴着这一切，他敢于正直地凝视那个终点了。为了正直地凝视这个终点，他觉得，在短促的时日里——他不能确定它究竟还有多少——他必需完成一件巨大的工作，那就是，忠实于这个时代的战斗，并且战胜自己，这个自己包含着一切恶劣的激情，包含着自私、傲慢、愚昧、最坏的、怯懦。他呼唤一切亲爱的力量来帮助他。于是，他被爱，并且爱着。但这不是对女子的爱情和对荣誉的关怀。他是被整个的人类所爱。他是用亲切而愉快的声音呼唤着未来的人类，因为他自己曾经被呼唤，并且没有辜负。到了这里，那个终点，他先前所思索，所畏惧的那个黑暗的空无，便被欢乐和光明所照耀了。他觉得他必需忍受一件纯粹属于他个人底痛苦，而在这种爱情里面，这种个人的痛苦，是很容易忍受的。

他勤勉地写信给他底朋友们，安慰他们，并且等着他们的来信。他很怕他会等不到他们底来信便离去。他并不觉得孤独，并且毫不恐惧。有时候他在院落里晒太阳：院落里充满香气，槐花在微风里沿着堵墙头落，使他忧郁底感到，在不可思议的将来，会有欢乐的人们在这里生活着，接受了他底祝福，但毫不知道他，蒋纯祖，也曾在他底生活里。有时候，他扶着木杖走到附近的美国人底住宅旁去，痴痴地站在树木底浓荫里，听着里面的活泼的笑声，或甜美的、热情的钢琴声，这使他，一个音乐家，感到中国底僵硬和荒凉，他多么渴望不顾一切地走进去，推开那些胡闹的美国人，坐在钢琴底面前。有时，他艰难地走到江边的岩石上去，望着对岸的密集的房屋，烟雾、热闹的人群，望着奔腾的长江，群集的船只，以及在船只上飞扬着的破烂的旗帜。船只底繁密的来往，因江流声而显得遥远的城市底嚣闹，使他感到热烈的印象，有时他突然觉得人类是在发疯，但在他理解了每一个人，并且爱他们的时候，他为这一切而觉得喜悦。五月的辉煌的阳光，在江流、船只、城市、山峰上面夺目地闪耀着。天气是那样的辉煌，视野是那样的热闹、广阔，以至于蒋纯祖看见马匹便想跳上去向旷野奔驰。

但他心里一直有着一个冷静的、荒凉的东西。未满足的青春，未满足的他相信是神圣的渴望，往昔的痛苦，以及生活里面的各样的侮辱，各样的迫害——他明白，他不久便不再能和它们斗争了——造成了他心里的这种荒凉。他隐隐地觉得这个社会杀害了他，虽然蒋纯祖骄傲的心不愿意承认这个。他很懂得，目前的一般的生活，是怎样的低沉、黑暗，以及为什么如此的低沉、黑暗。他所盼待的光明的时日，是隐藏在不可思议的未来：他用他底心达到了这个未来，但他底永不安宁的、青春的躯体，却将在黑暗和荒凉中悄悄地埋葬。他很想知道，在不久之后埋葬他的，究竟是谁；假如他底姐姐埋葬他，假如他将在这种阴暗的、低沉的、封建的、迫害的空气里死去，他将不能忍受，虽然他已经正直地面对着死亡。

他强烈地拥抱了这个时代底痛苦、欢乐、光明，他更强烈地拥抱了这个国家底荒凉。在一些深夜里，他挣扎着坐在桌前，直到发烧、昏迷。他猛然抬起头来，看见死亡站在他底面前。他恐惧而骄傲地笑着，站了起来，于是它，死亡，消失了。他那样强烈，那样欢乐地笑着，举起了“我们时代底热情”，希望它，死亡，再来。但有一次，正当他这样的“游戏”，或者“发疯”的时候，他听见了隔院人家底寂寞的胡琴声，垂下手来，欢乐变成了荒凉，他哭了。他觉得，他能够战胜一切，但不能够战胜这个国家底僵硬和荒凉。

这个时代，以及那无数的勇敢的人民，他们底斗争、流血、死亡、和他，蒋纯祖，同在——这是一种难于描写的、切实的感觉。谁懂得这种感觉，谁便懂得这个时代。带着这种感觉蒋纯祖站起来，和死亡游戏，挑战。

是深沉的、晴朗的夜，窗户开着，一切都寂静着。蒋纯祖伏在桌上，望着蒋淑华底照片，低声唱着歌——唱着《圣母颂》。他发烧，昏迷，唱着“Ave maria——”他猛然抬头，看见了“死亡”。他刚刚低头，“死亡”便消逝了。他恐惧而骄傲地笑着，凝视着窗外：对面的山坡上，美国人底住宅有明亮的灯火。

他心里突然有纯净的欢乐，完全没有恐怖，这种欢乐、温柔、亲切、澄净。这种欢乐简单而奇异。差不多不可能在这个世界上的任何地方再出现一次。

“Ave maria……我底圣母啊！”蒋纯祖站了起来，走到窗口。他咳嗽着，扶着头，笑着。“你，那个叫做死亡的东西。再出现一次吧，我的确愿意结识你！”他说，叉着腰，骄傲而快乐地笑着，好像在和谁辩论。随后他轻蔑地摇头，走回桌前。“我们底亲爱的克力啊，我们底认识的和不认识的朋友，我们底心爱的人啊！”——“是的，我们在这里！”蒋纯祖向自己回答——“是的，你们在啊！要是我被谋害，你们就，复仇，并且——前进！”他说。“但是，无论怎样，年青的生命，——你们中间，谁愿意以欢乐的前进回答我底沉痛和凄凉？”他说，温柔地笑着。并且伸出手去，好像在和谁握手。

但他底美丽的幻想被打断了。从窗外传来了凄凉的胡琴声，这种声音，向蒋纯祖显示了另一种生活，这种生活封锁着这个国度，对他，蒋纯祖，冷淡而嫉视；这种生活为多数人所疲乏地经营着，形成了一个可怕的海洋，使他，和他底亲爱的兄弟们终生地在里面浮沉；这种生活为僵硬的机构所维系着，形成了无数的，暗礁和陷阱，使他，和他底亲爱的兄弟们跌蹶，流血，暴尸旷野。这种生活隔绝了他和他底亲爱的兄弟们，使他们不能够向他伸出手来。

他垂下了他底手。他听着胡琴声，他听着，他觉得是一个孤独的瞎子在黑暗中飘了过去。这个瞎子被人遗弃，不知道方向，嫉恨人世，唱着悲歌。一瞬间他恐怖地颤栗着，然后他突然啜泣了。

“克力，克力，我们是怎样的天真啊！”他哭着说：“我们底幻想，它是多么，多么愚蠢啊！克力，我们底朋友，他们已经被杀害、被幽禁、被流放、被隔离！我们盲目像瞎子，我底心爱的啊！”

他愤怒地猛力关上窗户，倒在床上。

他底年青的精神向别人掩藏了他底严重的病情。有时他故意地显得毫不介意，因为他惧怕别人底挂虑和嫌恶。他尤其惧怕姐姐底爱心和眼泪——从姐姐底爱心，眼泪里，他只能得到歉疚和恐惧。直到他睡倒了，完全无力起来的时候，他才真的觉得可怕。但在病床上，他仍然过着幻想的、丰富的生活。好像小孩，前一个钟点活泼地蹦跳，一点都不知道自己在发烧，随后，被父母逗着睡倒了，但听着同伴们底欢笑声，仍然想起来，在病床上仍然幻想着游戏。

睡到了，蒋纯祖就重新思念着万同华。这个思念是充满着痛苦。他觉得他什么都没有做成，他觉得他辜负了这个世界，辜负了万同华。他渴望孙松鹤来临，然后他们一路下乡去。不管生病不生病，他要和孙松鹤一路下乡去。但孙松鹤因事耽搁，要到六月下旬才能上来。

蒋纯祖觉得现在只剩下一件事了，那就是万同华：他再也不能忍耐了。

孙松鹤在六月中旬来信说，因为父亲底关系，中学已经办成功了，他希望他，蒋纯祖下半年一定去教书。孙松鹤说，他又有变更，要到六月底或七月初才能上来。他说他底父亲两个月前已经到重庆来会到了万家底大哥，婚事已无问题。他暧昧地提到万同华，他说万同菁来信讲，万同华最近在生病。

蒋纯祖突然有严重的怀疑，严重的渴望，严重的责任感，严重的痛苦。他永远没有安定，他现在又猛烈地燃烧了起来。他已经在床上躺了半个月，情形异常可虑，但现在他决定即刻就单独下乡。他觉得，他能够失去这个世界上的一切，甚至他底生命，不能失去万同华。情形很急迫了。接到孙松鹤底来信的第二天清早，他给姐姐留下了一个条子，跑掉了。

在他接到孙松鹤底前一封信的第三天，在他痛苦地觉得自己再也不能忍耐，但尚未想到要单独下乡的时候，蒋淑珍接到了蒋秀菊从昆明发来的电报：蒋秀菊，王伦，带着他们底孩子，已经到了昆明，正在等候飞机来重庆。接着蒋秀菊来了航空信。“你们一定要来飞机场接我们。我要看见哥哥，弟弟，都来了，而且都很健康，而且快乐地欢迎我，我要第一眼便看见我们的高贵的、快乐的家庭，我才会最快乐，最快乐。我带了很多东西来送你们。和你们接吻，祝福。”蒋秀菊在信里说。她和他们接吻，祝福，使蒋淑珍吃惊而耽忧。蒋秀菊大概还记着蒋少祖在她订婚的时候所给她的苦恼，所以她一定要蒋少祖来接她。她大概觉得，在这几年的别离里，她是懂得了世界，得到了尊严，和哥哥完全平等了，所以她丝毫都不放松蒋少祖。

蒋淑珍很快乐，但有些耽忧。她耽忧妹妹会穿着连胸部都露出来的衣服到来，她耽忧妹妹已经变成洋鬼子了。她给蒋淑媛和蒋少祖写了快信，她热闹地准备了起来。但蒋淑媛和蒋少祖都没有来。蒋淑媛因为身体不大舒服：她要妹妹到她那里去。蒋少祖则根本没有回信。

蒋纯祖也没有到飞机场去。蒋纯祖觉得蒋秀菊底信是过于天真——但现在这一切都与他无关，他非常冷静，虽然心底偶尔也因姐姐底到来而有温柔的感情。蒋秀菊到来的那一天，他恰好接到了孙松鹤底长信。上午他还相当的有兴致，下午，接到了信，他就逃上楼去了。

到飞机场去的，只是傅蒲生全家。傅钟芬也去了，并且紧张地装扮了起来。蒋秀菊底到来，使傅钟芬紧张了好几天。她异常妒嫉蒋秀菊，她觉得，蒋秀菊，所以会这样幸福，并不是因为聪明美丽，而是因为选到了一个良好的丈夫。她从母亲房里取出了蒋秀菊底照片来，偷偷地对着镜子拿它和自己比较，证明了这个。她感伤、悲苦、妒嫉，怜惜自己。但正是因为这个，她更崇拜蒋秀菊，并且对蒋秀菊怀着温柔的感情，她准备了很多话预备向蒋秀菊说，她预备向她叙述她底悲苦的命运，不幸的婚姻。她准备，假如说不清楚，就写一封长信给她。在蒋秀菊到来的前一天，她写成了这封长信。但她没有提到蒋纯祖。在感伤的热情中，她简直忘记了这个——她底最初的爱情和接吻——因为，这个，对于她，是太美丽，也太痛苦了。在她热情地写信的时候，她想到了童年时代的欢乐，和近三年来的悲苦，并且用巴金底小说底口吻写下来了，但始终没有想到这个。在她感伤地回顾的时候，她底生命在某一个时期有着一段甜美的空白；她想不出来有什么东西可以填补这一段甜美的空白，因为楼上的那个生病的、不可理解的蒋纯祖不可能填补这一段空白。

信写好了，悲伤的热情满足了，在安静里，她突然地想起了江汉关底钟声，武汉底合唱队，她和那个人底热情的接吻、哭泣。她咬着牙齿摇头。她严肃地觉得这个是无论如何不能够向任何人提起的，因为它是可羞的；她未意识到，她觉得它不能向任何人提起，不是因为它是可羞的，而是因为它是神圣的。感伤的热情遮盖了这个庄严的回忆，它从此在她心里深深地埋葬了。

蒋纯祖注意到了傅钟芬底热情，这种热情，他不确实知道它是什么，使他痛苦。傅钟芬穿了最好的衣服，并且卷起头发，打起口红来去迎接幸福的蒋秀菊。早上九点钟的时候，蒋纯祖睡在房间里，听见了飞机底吼声。十点钟的样子，蒋秀菊夫妇归来了，楼下的房间里传来了生动的笑声。

蒋纯祖睡在床上，用疲乏的、嘲笑的声音和幼小的汪静说故事。小孩们都去了，只有汪静留在家里：蒋纯祖给了他一些饼干。他站在床前，带着一种审美的表情咬着饼干底边缘，严肃地听着蒋纯祖。蒋纯祖告诉他说，有一只兔子，遇着了一匹狗。这匹狗一共有五颗牙齿……说到这里，蒋纯祖突然地颓唐了起来，痴痴地望着屋顶。

蒋纯祖痛苦地喘息着，使幼小的汪静恐怖。

“五颗牙齿怎样呢，舅舅！……舅舅，你吃饼干！”幼小的汪静说，带着那种丰富的表情。显然他已经不再注意五颗牙齿，显然他本能地企图打破恐怖，并且安慰蒋纯祖。他认为饼干可以安慰蒋纯祖。

这时蒋秀菊奔上楼来了，推开门，光采夺目地站在蒋纯祖底面前。

“啊，姐姐！”蒋纯祖坐了起来，喊；立刻垂下头，哭了。

他决未想到他会在这个姐姐面前啼哭，但这个姐姐底热情的出现告诉他说，在这四年内，他是失去了什么了。

“弟弟，可怜！”蒋秀菊说，哭起来，并且走到蒋淑华底照片面前。

幼小的汪静压抑地啜泣着，偷偷地走到门边。但蒋秀菊，以一种发疯般的热情，把他抱了起来。

“看妈妈！认识妈妈吗？”蒋秀菊哽咽着，说。

“姐姐！”蒋纯祖严厉地说。

“弟弟啊，原谅我太不安静，因为这么多年……”蒋秀菊坐了下来，说，但幼小的汪静仍然严肃地、怀疑而敬畏地看着照片。“哦，达利呀，进来！”蒋秀菊说，放下汪静，抱进她底美丽的女孩来。

女孩活泼而伶俐，穿着鲜艳的红衣。女孩完全不会说中国话。但懂得母亲底手势。女孩脱开母亲，敏捷地跑到床前。

“Morning，”女孩清脆地说。笑着。

“达利啊，这是中国，这是我们底家，这是我们底祖国，达利啊！”蒋秀菊说，流出了快乐的眼泪。

蒋纯祖惊异地听着她。

这时候蒋淑珍、王伦、傅钟芬走了进来。王伦尊敬而快乐地问候蒋纯祖，说，从此是回到祖国来了。看见了这种风度，听见了这个，蒋纯祖便明白，蒋秀菊，是如何地爱着她底丈夫了。傅钟芬从来没有进过蒋纯祖底房间。她刚刚走进来，便变得严肃，逃避着蒋纯祖底锐利的眼光。他们底眼睛互相吸引，接触了，在他们两个人底脸上，都有了严肃的、痛苦的表情。傅钟芬走了出去。

大家都不懂得她为什么要走出去，并且也不注意，但蒋纯祖懂得。

蒋纯祖请大家下面去坐，他说他即刻就下楼来。

“达利啊，这是我们底家，这是我们祖国！”蒋纯祖说，含着轻蔑的笑容，艰苦地穿着衣服。

“她是哪个？”幼小的汪静走到床前，怀疑地问，指小女孩。

“她是美国人。”蒋纯祖简单地说。

幼小的汪静思索着。

“那么,她……”他敬畏地小声说,指着照片。

“你长大了就知道。”蒋纯祖严肃地说。

“小静啊,这里不是你底家,这里不是你底祖国!”蒋纯祖低语,扶着栏杆吃力地走下楼梯。

蒋秀菊,并不如蒋淑珍所担心的,穿着袒胸的衣裳到来。她是穿着鲜明的、淡蓝色的布长衫,显得年青而贤良。但大家看出来,在这种贤良里,她是有了那种为那些教会的妇女们所有的尊严的派头。她在美国读了两年的书,现在回来,她预备到成都的一个教会女中去执教。一共有三处聘请她,她挑选了教会女中。她希望能够重温她底少女时代。

年青的、谦逊的、整洁的王伦,在外交部得到了一个颇为美好的位置。

没有看到蒋少祖,王伦有些失望,蒋秀菊,是生气了。但她毫未表现这个。她淡淡地向蒋淑珍问了一句,然后就热烈地向大家说话。从飞机场走出来,她最初挽着古板的姐姐底手臂,向她说到她底怀念,其次挽着快乐的傅蒲生底手臂,向他说到旅途底艰难,最后挽着她丈夫底手臂,给他指出重庆底伟大和缺陷来。她沿路不停地说话,这些话,为她所感动地说出来的,都使她显得贤明而尊荣。在姐姐忧愁地提到蒋少祖的时候,她就显得更贤明,更尊荣。她对傅钟芬同样的热诚,但取着长辈底关怀的态度,使傅钟芬感到烦恼。

蒋秀菊现在是深思熟虑地说话,即使在快乐里也不忘记自己底母亲的、妻子的、和公民的——社会的——地位,表现得温和而庄严。此外,她是有了一点点实在的忧郁,一点点实在的冷淡、烦恼;再不是从前的莫名其妙的大量忧郁和烦恼,她理智地控制着自己。从前她总是向姐姐诉苦、求助,现在,这个偶像不存在了,她对姐姐怀着怜恤和同情,姐姐向她诉苦,求助。

她向大家说，无论别人怎样说，她总是确定不移地喜爱中国，喜爱它底人情，风习，艺术和文化。她愉快而生动地说这个，表现了尊荣。傅钟芬痴迷地笑着看着她，找出了她底缺点来了——傅钟芬觉得，她有些虚伪，而且无知；她底头发烫得不美——但更希冀她。傅钟芬紧张地听着她底话，突然热情地批评说，她觉得，中国，在有些地方，是非常的不好。蒋秀菊温和地笑着向她点头。傅钟芬说，王桂英，出风头的明星，在重庆；前几天在什么一个地方唱歌替伤兵募捐。

傅钟芬带着喜悦的、热切的表情看着她。

“啊，她吗?”蒋秀菊轻视地说，淡淡地笑了一笑。随后她庄严地皱起眉头来：显然她又想到了蒋少祖。

“大姐，我们这些人，”蒋秀菊骄傲地笑着说，“对别人只是尽心！我们这些人有一个坏脾气，一点都不能虚伪——吃不住别人摆架子的。”她亲热地说。大家明白，她是在说蒋少祖。

蒋淑珍告诉她说，蒋秀芳，那个可怜的阿芳，逃出来了。现在在王定和底厂里做工。

蒋秀菊沉默着，想到苏州底诗情和苦难，对蒋少祖和王定和底行为感到悲凉，眼里有眼泪。

“大姐——一个人怎么能够这样没有良心啊!”她亲热地、骄傲地说。“居然让她做工——我们蒋家啊！我知道这不能怪你，大姐，但是有些人啊，心肠是多么狠毒！我一定要，”她含着眼泪说。“我一定要带阿芳到成都去念书——但是我要王定和拿出一部份钱来!”她愤恨地说。

“钟芬，你常常过江去玩吗？——你们都要陪我们玩一玩!”她愉快地说，改变了话题。

“我们希望知道重庆各方面的情形，这是很必要的。”王伦谦逊地向衰弱的蒋纯祖说。“达利，过来……你也要认识认识战时首都，懂吗？ABC!”王伦快乐地说，用手指敲女孩底手心。对着女孩，王伦是那样的快乐、灵活、自然。在大家底笑声里，王伦扬起了眉毛，皱着嘴唇，幸福地、无声地笑着，并且用力地搓手。他懂得，并且满意他自己底善良、幸福，他享受别人底祝福和赞美是这样的自然，因为他觉得别人是不得不祝福，并且赞美他的。

下午，蒋纯祖又下楼来坐了一会，虽然大家都反对这个。他勉强地坐在那里，含着愁苦的笑容，冷静地看着别人底幸福。他觉得这一切已经与他无关。他觉得，除了万同华，无论什么东西都不能使他欢喜，也不能伤害他。黄昏以前，他接到了孙松鹤底来信，离开了房间。

但他无力上楼。他在楼梯上坐了下来，靠在栏杆上，抓着信，以火热的眼睛望着前面，想着万同华。他想到了他底一切，但这一切都不能离开万同华。忽然他听见楼梯下面的小房间里有说话的声音。他从壁缝里看了进去，看见了王伦和蒋秀菊。

王伦抱吻蒋秀菊，然后快乐地摇头，跑了出去。蒋秀菊喜悦地、幸福地笑着，在房里走动。随后她在桌边坐下，皱着眉头，展开了一封信：在白纸上用钢笔写着密密的字。

这是傅钟芬底信。不管现实的一切是怎样地和她底浪漫的热望起着冲突，她仍然交出了这封信——交出了她底心。读着这封信，蒋秀菊有了眼泪。这封信使她难受，因为她底长辈的爱心的缘故——她现在是本能地站在这个立场上——她就更难受。

她决未想到，在她底幸福旁边，会有这样的悲苦存在；但她底长辈的立场使她不大愿意比较这个，虽然她底心比较了这个。她宁愿相信：她决未想到，在回来以后，她会在她们蒋家得到这样的一种热情和崇拜。她觉得幸福。但同时她歉疚，并且为傅钟芬而悲苦。虽然她底地位使她不愿承认傅钟芬是和她一样地在恋爱，但她底心已经承认了这个。虽然她不愿相信，但她底心已经使她和傅钟芬站在同等的地位上了：在这人间，幸福和悲苦不可分离。

傅钟芬推门走了进来。蒋秀菊把信压在膝上，严肃地看着她。傅钟芬，像人们在这种场合里常有的情形一样，因自尊心而显得冷淡。她假装她是为了找东西而进来的。她不看蒋秀菊。

她矜持地走到桌边，打开抽屉。

蒋纯祖，因为白天里的一些从傅钟芬得来的苦闷的印象的缘故，本能地紧张了起来，看着傅钟芬。

“钟芬，你底信我看了。”蒋秀菊严肃地、温和地说。

傅钟芬茫然地看着她。

“我没有想到……怎么办呢？你愿意离婚吗？”

傅钟芬不答，茫然地看着她。

“我们大家都是一样的……”蒋秀菊说，被自己底谦卑感动，有了眼泪；“你愿意跟我一路到成都去吗？”

傅钟芬痛苦地、迷茫地低着头。突然她哭了。

“小娘，我感激你啊！我觉得生活没有趣味……我感激你……我愿意跟你到成都去，你帮助我，我也愿意离婚……”她哭，蒙住脸，热情地说。

蒋秀菊站了起来，温柔地扶住了她底肩膀。

“可是不能操切行事……要好好地商量……钟芬，好钟芬，不哭！”

傅钟芬抬起了她底热烈的、悲苦的、美丽的脸来，并且靠在蒋秀菊底肩上。

蒋纯祖痛苦地站了起来。他疲弱，扶住了栏杆。他突然地想到了汉口，江汉关底宏亮的钟声，他们底歌唱，他们底年青而新鲜的哭泣、接吻。他好久没有想到这个了。他重新地听见了江汉关底钟声，想起了黄杏清，并且瞥见了，在五月的美丽的夜里，宽阔的长江里的悲凉的灯影和波涛。

“我们时代底英雄的号召！”他说，站在楼梯上。“我有错，但我始终没有辜负这个号召！并且我并没有在生活里沉没——好！”他说，好像听见了全世界的鼓掌声，他流泪。

他奋力地走上楼梯。

“好！好！好！”他叉腰站在房内，说。“我决定不再等待——我明天就回到石桥场！”他说。

第二天黎明时，他就跑掉了。他自己也怀疑，在这样严重的衰弱里,他究竟是凭着什么力量走动起来的:他走动起来,而且飞奔了。他底这个行动,是怎样地破坏了姐姐们底快乐并且从此是留给了她们以怎样的痛苦,这个,他是一点都不希望知道的。

第十六章

一

蒋纯祖动身下乡的当天，孙松鹤和他底经商的、善良的父亲一路来重庆。晚上，孙松鹤来找蒋纯祖。蒋纯祖底行动使孙松鹤感到情势底紧迫，于是孙松鹤第二天早晨就动身下乡了。他是去追赶蒋纯祖。

孙松鹤在几天前才从赵天知底信里详细地知道了蒋纯祖底严重的不幸，就是，万同华出嫁了。在这几个月里，由于双方的家庭底接触，万家底人们知道了孙松鹤底父亲很有钱，并且温厚而古直，对孙松鹤消释了一切怀疑。因此，万同菁就能够自由地和孙松鹤通信了。万同菁寄了照片、枕头套、和别的一些爱情底标志来，孙松鹤则烦恼地寄了一些书去。万同菁始终没有提到姐姐底事情。有一封信，用钢笔写的，但用墨笔涂去了四行，引起了孙松鹤底怀疑。孙松鹤企图用水洗去墨迹，但把纸头洗破了，结果只猜出了几个模糊不清的字，它们是："姐姐希望蒋先生从此……"现在，从赵天知知道了这个（赵天知悲痛地希望孙松鹤能够安慰蒋纯祖），孙松鹤就催促了他底父亲提早地赶到重庆来了。父亲，在暮年的寂寞里，迫切地希望儿子结婚：希望儿子能够从此脱离险恶的漂流。父亲底热烈的希望使孙松鹤颇为忧郁。下乡的前一天晚上，孙松鹤正直地向父亲说，他这次去，是为了他底一个最好的朋友。他底意思，他是为朋友，不是为爱情，他对爱情、结婚已经冷淡了。父亲虽然没有能够懂得他底意思，但他感到了安慰。

父亲在重庆等待他带着他底未来的贤良的妻子归来，他却抱着孤注一掷的、强烈而冷酷的心情去追赶他底不幸的朋友。在这几个月里，万同菁使他感到甜蜜、烦恼、伤痛、不满、动摇，但现在他底心情坚定了：他完全没有想到万同菁，他去追赶他底不幸的朋友。他觉得，在这个悲惨、险恶、荒凉的世界上，冀求幸福，是可耻的。他觉得，在这个充满着凶杀和迫害的世界上，在这个窒死天才，污蔑人类的世界上，放弃了冷酷的心愿、迷失了光辉的理想，贪图安宁、温暖、甜蜜，是卑劣的。他觉得，他必需追随着他底不幸的朋友，永远在这个黑暗的人间搏击，永远在这个险恶的地面上漂流。

他冷酷地希望，在他到达石桥场，在他遇见他底朋友的时候，万同华已经死去，或者已经出嫁。他竭诚地希望，在他到达的时候，万同华已经和蒋纯祖互相恋爱，他们已经奔向远方去了。

于是，他为自己底悲凉而流下了感激的眼泪。他害怕自私，他愿意为朋友牺牲，他严肃而单纯，在这些想像里惊动、流泪，好像小孩。

但有一个恐惧不停地袭击着他；他恐惧蒋纯祖已经在路上的什么地方死去了。这个恐惧是这样的强烈，以至于他在码头、乡场、道路上到处寻找蒋纯祖底尸骸。到了最后，他被自己底这个恐惧吓住了，他觉得，这是一种不幸的预感，是他，孙松鹤在诅咒着他底不幸的朋友。

他比蒋纯祖先到石桥场。他觉得他底预感实现了！

因为耽心会遇见仇人的缘故，他没有进场；他迳直地来到万家。他觉得一切都如故。因为他没有看见蒋纯祖，他就咀咒这如故的一切。

他咀咒万同华。他和万同华相见，好像仇人。

从赵天知被捕，孙松鹤和蒋纯祖动身逃亡的那个晚上以来，半年过去了。在这半年以内，万同菁经过了怀疑、畏惧、退缩，终于走进了浓郁的、迷胡的、纯洁的爱情和幻梦，切实而且明确地准备了她底未来；到了现在，就在家人们中间取了理直气壮的态度，等待着她底孙松鹤了。她底姐姐万同华则在险恶的风波里支撑、抗拒，堕进了悲惨的不幸。

万家的人们，那些姐姐嫂嫂们，是被蒋纯祖们底行为所震动，对万同华姊妹戒备了起来。她们拆阅蒋纯祖和孙松鹤底每一封来信。蒋纯祖底狂热的、凶恶的来信，是全部地落进了她们底手里。蒋纯祖和万同华之间秘密的关系，是被这些信暴露了，加上了石桥场底风波和谣言，她们便确信蒋纯祖是可怕的匪徒了。石桥场底风波平静了下来，赵天知重新出现了，同时，孙松鹤底有钱的父亲和万家底大哥在重庆见了面，她们就以爱重的、嘲讽的态度放过了孙松鹤底来信，并且告诉万同菁说，这个人很好，于是她们就用全部的力量来对付蒋纯祖。她们仅仅让蒋纯祖底那封信写着"假如不愿有所束缚，你便从此完全自由"的信到达万同华手里。大哥回来，强迫万同华和县政府底一个科长订婚。接着这个被大家所欢迎的科长出现了，沉默了两天之后，万同华豪爽地答应了。

万同华一共只接到蒋纯祖底三封来信。蒋纯祖在到重庆的第二天发的信，由于偶然的机遇，她是接到了的。第二封，冷淡的、怀着不满的、简短的信，是被万同菁从嫂嫂底枕头底下偷到的。再就是由姐姐交下来的那致命的一封。万同华很有理由怀疑蒋纯祖底忠实，她懂得他底可怕的热情。最初两个月，万同华心里是充满了可怕的感情，她常常深夜里开门出去，在田野里徘徊。她痛苦地怀念着她底蒋纯祖，同时她痛苦地感到自己卑微。在这些日子里，那个从爱情退缩了回来的万同菁紧紧地守护着她。在这些日子里，万同菁对孙松鹤感到陌生，退缩了回来，觉得爱情只是和某一个陌生的男子的某种苦恼的关系：她不可能想像她会和一个陌生的男子接近起来。她和万同华说了这个，她觉得，只要懂得这个，万同华便不会再苦恼。万同华诚恳地愿意懂得这个，因为，那个热烈而美丽的蒋纯祖，那些热情的回忆，是已经粉碎了她底心。她愿意唤回她底失去了的冷静，从此销沉地过活；她愿意忘却这个恶梦，从此冷静地坐在炉边；她愿意不曾知道爱情，从此伴随着她底劳苦的母亲，直到最后的时日来临。

觉得自己卑微，觉得蒋纯祖是在勉强地爱着她——蒋纯祖底来信是使她比先前更强烈地感觉到这个——她向蒋纯祖写了两封简短的回信。她热爱蒋纯祖，像一个朴素而纯真的女子所能爱的那样；她惧怕蒋纯祖，像一个诚实的学生对他底光辉的导师所能惧怕的那样。她始终为蒋纯祖底心里的那种高超的、冷酷的东西而痛苦，这种东西使她迷恋他，这种东西也使她和他游离，是这种东西唤起了她底爱情来的，也是这种东西使她在某一段时间里逃开了他。她愿意觉得蒋纯祖是天真的、活泼的、聪明的小孩：这个小孩酣睡在她底心里。她愿意这样地向自己描写他，她愿意这样地感觉到他，因为她不愿意想到那个冷酷的英雄。她能够驯服这个小孩，正如一个母亲一样；她不能够驯服那个英雄，他威胁着她。她底强烈的自尊心使她不再写信给他。

在她底悬念、焦灼、回忆——在她底可怕的热情里，这个英雄就更凶地威胁着她。她是这样地爱着，只要想到她底爱人是过着和她底生活全然不同的生活，她就要感到痛苦；只要想到她底爱人，由于丰富的热情，已经献身于她所不知道的那一切，不再感觉到她了，她就要感到妒嫉。深夜里她在门前徘徊，她来往地走着好像囚笼中的野兽，不停地想："他现在在哪里？是不是在朋友家里？是不是在戏院里？是不是在房间里？他底感觉是怎样？·是不是忘记了我？"

"是的，他忘记了我！"她回答。她看到了城市里的灿烂的灯光、奔驰的车马、妖冶的女人，这一切告诉她说，他忘记了她。

到了后来，大家就更紧地提防着她：大家认为她是深不可测的家伙，会在突然之间逃走。大家警告了万同菁，于是万同菁就寸步不离地追随着她。她现在无须再向她底家庭辩白什么了，她看出来，她底事情，大家都知道了。于是她就变得有些任性：在从前，她是有礼而谦逊的。当着嫂嫂底面，她向万同菁咒骂那些偷拆私信的人，并且咒骂万恶的石桥场。吃饭的时候，她会突然冷冷地讽刺一句，使大家都变得僵硬。但大家不敢和她争吵，因为，她底母亲底生命，是操在她底手里，就是说，假如她跑掉了的话，她底母亲便必定会立刻急死的。

大家更凶地逼迫着她。大家认为她是不名誉的，丑恶的女人，但她对这个很淡漠：坐在她们中间，她，万同华，显得高贵而安静。没有一个人知道她底内心底可怕的感情；万同菁也不知道。她是和这种感情做着凶恶的斗争，她希望能够对蒋纯祖冷淡下来。整整三个月，她底情形毫无进步。她坐在房里，望着门外，忽然觉得是听见了蒋纯祖底生动的声音，于是她跑到门边，看着道路——整整几个钟点地看着道路。或者，她站在路边，忽然觉得蒋纯祖是在她底房里，于是她跑了回去。失望，带来了眼泪。但任何人，甚至万同菁，都没有看见过她底眼泪：她是这样的顽强。

三月下旬的某天，她看到了那一封致命的信，突然地冷酷了起来。她突然地重新和母亲、妹妹说笑了。她说得非常的多，好像她很快乐，但母亲、妹妹看出来，她底这种状况，是很可虑的。她绝望而痛苦，像人们在这种情况里常有的情形一样，她抓住了某种冷酷的意识，觉得只有这个可以拯救她，于是她相信自己已经变得冷酷。她向母亲、妹妹，说到了石桥场的一些故事，快乐地笑着：在说话的时候，她确实感到内心底缓和，感恩的眼泪，多次地窒息了她底咽喉。说话一停，冰冷的痛苦便重新出现，于是她就说得更多、更多。晚上，大哥来家了，严厉地训斥了她一顿，但她沉默着，显得高贵而安静。必须记着，在大哥做着这种训斥的这间房里，是挂着婊子底照片，并且，那个婊子，是坐在旁边的。接着大哥，较为温和地向她提起了那个科长。最后，大哥给了她两条路，一条是出嫁，一条是死。

她没有去死；也没有想到要去死。她年青、健康，懂得人生，并且喜爱它，她从来不曾知道那种疯狂的、可怕的激情。这件事情不能责怪她，她对蒋纯祖再没有权利——小儿女们底爱情啊——因此也就没有义务。孙松鹤，因为对万同华怀着戒备的感情的缘故，在给万同菁的来信里很少提到蒋纯祖——有一次提到，说，蒋纯祖又生病了——因此万同华一点都不知道蒋纯祖底情形。她也想到过姐姐嫂嫂们底封锁（姐姐嫂嫂们，是和邮政代办所联络了起来），但她始终在怀疑，并畏惧蒋纯祖底热情。到了现在，她更相信蒋纯祖是毫不需要她。她爱，但她底健全的理智告诉她说，爱情不能勉强。

她轻视哥哥底为人，轻视他底仇恶，轻视他底道德的教诲。她从哥哥房里走了出来，因痛苦而昏迷，想，她也不出嫁，也不死，她要活着等待，某一个万恶不赦的东西底下场。她不十分知道这个万恶不赦的东西是谁：哥哥，还是蒋纯祖。她在房里睡了一会，冲了出去。她走过田野：她底儿时和青春都在这里消磨。发现妹妹在跟随着她，她便走了回来。

她沉默着，没有言语，没有眼泪。第二天那个科长来了，受到了全家的欢迎。在某一个机会里，大家把他单独地和万同华留在一起。他殷勤地笑着，向万同华谈到为什么，中国底教育办不好。万同华很知道中国底教育为什么办不好：她想到了可怜的张春田。万同华冷冷地观察了这个科长：他有三十几岁，老练、谄媚。万同华啊，她怎么能够拿这个人和她底美丽的蒋纯祖比较！

晚上，大哥重新叫去了万同华，要她回答。

"人家早就知道你不是处女了，这是我底面子！"野蛮的大哥说。

在这个侮辱下，万同华屹然不动：她沉默着。深夜里她打开了门，像以前多次一样，在门前徘徊。是晴朗的、温暖的春夜。一匹狗吠叫着奔到她底面前来，认出了她，就喜悦地蹦跳着，绕着她打转。万同华，从人间受到创伤，因狗底友情而流了感激的眼泪。

万同菁，披着长衫，追了出来。

"姐姐！"她可怜地喊，站在姐姐底面前。

万同华继续地徘徊着。

“姐姐，我们都不出嫁，我们到庙里去——姐姐！”万同菁可怜地说。她诚恳地愿意这样做，假如这样做能够安慰姐姐的话。

但万同华继续徘徊着。于是万同菁哭了。

“姐姐，你不理我！你看不起我，啊啊！我晓得……”

“妹妹，不哭。”万同华说，走到她底前面来。“你写信给孙先生，托他告诉蒋纯祖，”她静默。“告诉他说，他叫我自由，”她用急迫的声音说，“我接受了，我也从此让他自由。”

“你自己写，我来抄，好不好？”万同菁诚恳地说。

万同菁底这种天真，使万同华猛然感到自己底孤零。万同华突然哭了，转过身子去。自从脱离蒙昧的儿童时代以来——在不幸的境遇里，这是非常的早——万同华这是第一次哭泣。她哭泣，为了她底孤零，为了她底残破的青春；她哭泣，为了她底可怕的自尊心，它阻碍了通到蒋纯祖那里去的道路——又为了那个不义的蒋纯祖，并且为了面前的这个静静的、温暖的春夜。

“我，微贱的乡下女子，我祝福你啊，蒋纯祖！”她哭着说，走了两步，靠到树上去。

第二天晚上，万同华骄傲而简单地给了哥哥以肯定的答覆。

结婚以后，万同华随着丈夫住在县城里。他底丈夫异常地宝贵她，她也暂时地恢复了她底冷静。然而，一想到蒋纯祖，她就对目前的生活有了厌恶的、恐惧的情绪。她惧怕蒋纯祖会在妹妹结婚的时候出现——她想他做得到——因此她决定不参加妹妹底婚礼。渐渐地她相信一切都过去了，她相信，命运，是不可挽回的：她底自尊心在她底里面强烈地抬起头来。

孙松鹤来到的时候，她恰好回到妈妈这里来。在漫长的、难耐的夏日，她帮助妹妹缝制嫁衣。孙松鹤火焰一般地冲进门来的时候，他们正面对面地坐在桌子上，堆着未完工的枕头套、新裁的鲜艳的衣料、白布、旧的拿来做样子的长袍、和针线。看见了孙松鹤，万同华站了起来。

也许是由于孙松鹤底凶猛的样子，万同华脸上短促地有恐怖的表情。但即刻就恢复了，在她底灰白的、憔悴的脸上，露出了勉强的笑容。

万同菁同样的恐怖：她是替姐姐恐怖。她难受地看着孙松鹤，她一点都不因他底突然的到来而惊动，虽然，到了现在，她底心里是充满了新鲜的爱情。

孙松鹤走了进来，下颔打颤，以凶猛的、仇恨的眼光看着万同华。他打颤，凶猛地盼顾。万同菁请他坐下，他冷淡地看了她一眼。

“没有人来么?”他问，好像火焰，看着万同华。

万同华战栗了一下。她不知道应该怎样回答。孙松鹤说，他还有一点事，下午，或者明天，再来。他说话时不看任何人，显然他嫌恶这里底一切。说完，他转身冲了出去。万同华奔到门口，孙松鹤已经跑上了通往县城的石板路。

走了五里路的样子，孙松鹤遇到了可怕的蒋纯祖。

蒋纯祖是搭船到一百里以外的一个码头，走到县城，然后再从县城下乡的；孙松鹤则是走了另外的一条路，这条路近些，但是需要较多的步行。蒋纯祖在县城里住了一夜，今天早晨四点钟就动身向石桥场走来了。可以说，他是挣扎着，沿路爬来的。他明白自己走不快，因此起得绝早。

蒋纯祖，被可怕的激情焚烧着，被不幸的预感锤击着，愈来愈明白，支持着自己走这一段路，是什么东西了。他明白，支持着他的这种热望一离去，他便要倒下，并且从此不会起来了。对于这一段路，他是有着绝对的把握，但到达以后，他明白，那只有听候命运底判决了。

在这样沉重的病势里，在这种衰弱里，是一步都不能够走的，但他在三天之内走了一百五十里，并且坐了七十里路的汽船。现在，除了奇迹，没有什么能够拯救他了。他憎恶地在自己身上嗅到了尸体底气味，他觉得是一具尸体，被什么一种力量引诱着，在行走。

他底样子是多么可怕！孙松鹤看到了他，欢乐而恐怖地叫了一声，向他奔去。他露出惨痛的微笑来，昏倒在孙松鹤底手臂里。

“我完结了。”他醒转，吃力地说，流出了感激的眼泪，并且柔弱地、幸福地微笑着。

这是这样的明白，确实：他完结了。感激的眼泪、幸福的笑容，是这样的明白，确实，它们证明：他完结了——他底丰富的青春，他底短促的生涯。孙松鹤，不感到同情，不感到悲哀、痛苦，但感到严肃的尊敬。他尊敬地看着蒋纯祖。

孙松鹤扶着蒋纯祖走到五十码外的一个小的寺院里去：他们都认识这个小的寺院底年老的看守。孤独的、年老的看守人对他们有好的感情，他尤其高兴善良的、矜持的、喜欢开玩笑的蒋纯祖。现在这个垂死的蒋纯祖出现在他底面前了。他是那样的惊吓。于是他紧张了起来，迅速地为蒋纯祖弄好了床铺和开水。

他站在床前，痛苦地搓着手，有时严肃而凝神，有时愁苦地、天真地笑着。显然他觉得他底感觉无法和目前的情况适合，他觉得，蒋纯祖和孙松鹤是和他不同的人，他们用他们底思想，感情忍受苦难，这种思想，感情，于他是陌生的。是值得尊敬的、优越的。从他们底表现，他相信他们一定会良好地处理一切——突然间他觉得自己渺小，他忘记了自己是健康的人。仅仅因为蒋纯祖在微笑，他便在感情上整个地依赖着蒋纯祖了。蒋纯祖在微笑着，这微笑感激、柔弱、幸福。蒋纯祖躺在床板上，在最初，他是沉重地、可怕地呻吟着；后来，当他说了什么的时候，他脸上便出现了这种微笑——使痛苦的、失措的、觉得自己有错的别人觉得他能够拯救他们。常常的，垂危的人用他底微笑、坚定，拯救了站在他底旁边的被罪恶的意识折磨着的另外的人们。

孙松鹤想到，他遇到蒋纯祖，拦住了他，是错了。他觉得，假如他不拦住蒋纯祖，蒋纯祖便必定能够走完剩下的五里路——他绝对相信这个——而倒在万同华底手臂上。他觉得，这样，对于蒋纯祖，是幸福的。他觉得自己有罪。但蒋纯祖底微笑安慰了他。

蒋纯祖没有想到会碰见孙松鹤;碰见孙松鹤的时候,他觉得幸福,他倒下了。他突然觉得,他底目标不是万同华,而是孙松鹤,这个最爱他,最关切他,向他指示了理想底光明的孙松鹤。他觉得很满足。露出那种笑容。

有了孙松鹤,万同华便不再是他底激情,他底痛苦底对象了。一切突然变化了,觉得他能够忍受万同华底离去——他相信她已经从此离去——,他底可怕的激情变成了他幸福的情绪。他觉得,在这个时代,他是得到了一切了。

他觉得他对万同华有了把握。他心里有了温暖的光明,他觉得,他爱她;这便是一切;他爱她,他已经领了一切。他向孙松鹤说到他为什么来,现在觉得怎样——他请孙松鹤不要欺骗他——他说他要见万同华。

孙松鹤痛苦地犹豫着。

"我知道了——她从此离开了我,是不是?"蒋纯祖艰难地说,笑着。

他底安静的表现使孙松鹤不得不点头。他看着孙松鹤,他露出了失望和痛苦。但即刻他便又笑了起来。孙松鹤不连贯地,笨拙地向他说了一切,他听着,有时严肃,有时露出温柔的、凄凉的笑容。孙松鹤把一切都推给了万同华,他说,他不能原谅她。他认为这样说就可以安慰蒋纯祖。但蒋纯祖已经得到了安慰。从这个时代,从他自己底温柔的谦逊,蒋纯祖得到了安慰。

恶劣而可怕的激情——高贵而罪恶的激情消失了,他谦逊地爱,因此他懂得了万同华。

"你请她来。好不好?"他说。说了这个,他便昏迷了。

孙松鹤走到外面的破旧的殿堂里去,激烈地徘徊着。然后他坐了下来,从身上找了一张纸,写了一个字条。他请那个自觉渺小的看守人把纸条秘密地送给万同华。他给了他一些钱,请他购买鸡蛋、面条、和其他的东西。然后他坐下来,靠在布满灰尘的桌上,支着头,痛苦地望着门外。他可以看见那个他所熟悉的山坡，以及坡顶上的那个古旧的石塔。这个石塔，是某一家富户用来镇压另一家富户底祖坟底风水的；因为大家相信这家祖坟底风水是财富底根源。为这个，两家不停地起着械斗，每次总使那些农民们流血。孙松鹤和蒋纯祖目睹过一场械斗；孙松鹤记得，在械斗最激烈的时候，蒋纯祖曾经冲到凶恶的、流血的人群中间去。他记得他当时很不满，他明白，蒋纯祖冲进去，纯粹是因为骄傲。——在山坡下面，是一个美丽的、阴暗的水塘；从岩石里终年地滴出泉水来。在去年的夏季，他们常常在泉水旁边歇凉，并且唱歌；孙松鹤记得，那个赵天知，是异常的胡闹，那个万同菁，是特别的笨拙、羞怯。他记得，他常常对蒋纯祖底骄傲发怒，在激怒中他发誓永不饶恕他；他记得，蒋纯祖快乐地轻视他底愤怒，奔上岩石，从那两棵桐子树中间显出来，发出嘹亮的，美丽的歌声；他记得，歌声怎样使他流泪，爱情怎样惊动他。但愿他能够有更多的回忆，但愿他发过更多的脾气，流过更多的泪！现在，这一切是不可复返了！

六月的酷烈的阳光，在山坡、石塔、水塘、岩石、田野上面辉耀着。周围是深沉的寂静，门外的田地里的绿色的、茂盛的稻子在微风里摆荡着，散发着暖香。孙松鹤突然地听到了清脆的歌声。一个衣裳破烂的、荷着锄头的少年通过稻田外面的石板路。少年用激越的、清脆的声音唱：“在石桥场底美丽的土地上，应该有美丽的生活。”

孙松鹤在激动中跳了起来，奔到门口。

“不，不要喊他！他生活、工作、歌唱——不要使他知道不幸！”孙松鹤说，含着泪水激怒地抬起头来，凝视着远处的蓝灰色的，雄伟的山峰。

“我们要前进，像兄弟一般地亲爱，前进！”少年快乐地唱，走上山坡。

二

在昏迷里，蒋纯祖有着恐怖的、厌恶的情绪。他觉得自己是被抛弃在什么肮脏的地方，他厌恶这种肮脏。他觉得他是走在荒野里，荒野上，好像波浪或烟雾，流动着一种混浊的微光，周围的一切都肮脏、腐臭，各处有粪便，毛发，血腥。他怀着厌恶和恐怖，急于逃脱；但他明白，他暂时还不能逃脱，因为，将有一种无比的、纯洁而欢乐的光明要升起来，——必需这种光明照耀着他底道路，他才能逃脱。

他厌恶他底腐烂了的躯体。他不是恐惧那个抽象的、不可思议的死亡；他是恐惧他底腐烂了的肉体。他刚刚醒转，这种黑暗的、可怕的情绪便离去；在迷胡中他听到了少年底歌声，他确实地知道自己是醒着，他浮上了感恩的眼泪。

随即他又昏迷。这次，在厌恶中，他觉得他所确信的那种光明已经从地平线上升起来了。远处的大海底波涛——他渴望着这个——闪着美丽的磷光。他还渴望，见到另外的一些美丽的东西。但因为这些美丽的东西，他就更厌恶自己，更厌恶那些粪便，毛发，血腥。他觉得他对大家有罪，他希望能够说明，但随即他知道，大家已经原谅了他。

他痛苦地挂念着大家——所有的人，他希望他不至于已经不幸到不再能够替大家做一点事的地步。他希望他能够替蒋淑珍拿一个茶杯。他希望他能够替赵天知买一件衣服，替万同华买一本书，替孙松鹤唱一只歌。他希望他能够走过去，告诉那个不认识路的小女孩说，她应该向这里走。他希望他能够替那个龙钟的老太婆提一提东西，并且把路边的那个跌倒的小孩扶起来。他希望做这一切，希望大家原谅他。

黄昏的时候，孙松鹤点上了蜡烛，坐在他底旁边，他醒来了。他呻唤了一声，随即温和地、宽慰地笑了一笑：也许是向孙松鹤，也许是向桌上的烛光。孙松鹤，感染了他底情绪，向他笑了一笑，同时拿扇子轻轻地替他驱赶蚊虫。他严肃地看着门：万同华轻轻地，迅速地走了进来。

万同华姊妹向母亲说，有一个朋友邀她们去玩，从家里跑了出来。她们迅速地跑完了这一段路程。万同菁替姐姐恐怖，多次地站下来,想向姐姐说什么。但姐姐沉默着,显得坚决而严厉。她不能饶恕她自己,也不能饶恕蒋纯祖。但在走进庙门,看见内厢底烛光的时候,她就突然感到尊敬。这种情绪镇压了其他的一切。万同菁走到门边便恐怖地站了下来,恳求地看着她。但她毫未停留,迅速地走了进去。她觉得已经不是她自己在行动,而是一个巨大的、庄严的东西在行动。她清楚地感觉到这个。她走到那张破烂的床前,看着蒋纯祖。

先前,他们互相怀念、愤恨,一个用骄傲,一个用自尊心,互相猛烈地撑拒,觉得有无穷的话要说。他们都想说明责任不在他们自己。现在,他们不想说明责任是在他们自己,他们觉得一切都庄严、确实、明白,他们不能说什么,他们严肃地互相看着。

这种严肃的神情,在衰弱的蒋纯祖底脸上停留了很久。他看着他底万同华,希望证明自己是真正地在爱着她。证明了这个,他内心有了真正的骄傲,他柔弱地、温和地笑了。

他抓住了万同华底手。

"我回来了,同华。"他用柔弱的声音说。"看到你,我很快乐。"他说。

万同华严肃地看着他,企图从混乱的情绪逃脱,企图懂得他。万同华无需向自己证明她是否真正地爱着蒋纯祖。但觉得需要懂得他:在他底心里,是否还怀着某种可怕的感情。突然地,她懂得了他失去了什么了,抑制地、轻轻地哭了起来。

他含着凄楚的微笑看着她:他同情她,感到了她底全部的生活,并且懂得了她底失望和悲苦。他意识到他底这种感情是纯洁而高贵的,这个意识使他浮上了感激的眼泪。他从前殊死以求,而不能得到的,他现在都得到了。他比以前任何时候都更爱着自己,他所期待,所确信的那个光明在他底眼前升了起来,给他照明道路:海水,闪着波光。

他忘却了他底腐烂的、可憎的肉体,他觉得他是在轻轻地漂荡着——他是在轻柔地、迷胡地漂荡着。他看见了他所生活的英雄的时代,并且知道感恩。

“我底克力啊，我们底冒险得到报偿了！假如我还有痛苦——我确实痛苦呢——那便是在以前我浪费了那么多的时间，没有能够整个地奉献给我们底理想！克力啊，我们很知道感恩呢！是的，前进！”他在心里轻轻地说。他幸福地笑着。

“纯祖，纯祖啊！”万同华低声啜泣着，轻轻地说。

“怎样？我在这里。”蒋纯祖说，喘息着，抓紧她底手。

“你，究竟怎么样，对于我？”万同华坚决地、动情地说。她准备接受一切，甚至死去，假如她底蒋纯祖吩咐她这样的话。

蒋纯祖静默很久，看了万同菁、孙松鹤、和那个自觉卑微的老看守人。然后他怜惜地看着万同华。

“我始终爱你？”他低声说，意识到朋友在旁边，他显得有些羞怯。

来了大的静默。蜡烛发出燃烧的声音来。从敞开着的破窗户里，吹进了夏夜的甜美的凉风。大家听到田地里的嘈杂的蛙鸣，但忽然这种声音变得遥远，在静默中，大家感到悲凉。蒋纯祖看着他们，替他们痛苦；他明白，假如他自己站在他们底地位上，他会怎样地经历到复杂的感情，而感到痛苦。他希望大家原谅他底自私：他由衷地希望解救他底朋友们。但同时他想到了他所关心的这个时代，以及这荒漠的世界上的一切：这一切对他怎样想？

“你，”他吃力地说，看着孙松鹤。孙松鹤走近来，下颌颤栗着。“有什么事情？”他问。

“我有什么事情？”孙松鹤说，看了万同菁一眼，觉得自己有罪。

“我是说，这几天发生……发生了什么事情？我觉得一定是发生了什么，我一点都不知道。”蒋纯祖了解地笑着，说。

孙松鹤突然地记起了什么，从衣袋里掏出一份报纸来。孙松鹤在突然之间变得好像火焰，他愤怒地说，希特勒德国进攻苏联了。

蒋纯祖显出了轻蔑的、痛苦的表情来，看着前面：他轻蔑这个希特勒德国，并轻蔑他底一切仇敌。他底手颤抖着，使万同华恐怖了起来。蒋纯祖觉得，这个战斗和抵抗，正是他所等待的；好久以来他便等待着什么，现在他明白他所等待的是什么了。

他明白他所等待的是什么：他在阴霾中等待暴风雨；他等待着那给他以考验，并给他解除一切苦恼的某一件庄严的东西。于是他快乐地觉得他底一切问题都不存在了。

但他立刻就恐怖了起来。他长久地静默着，含着那种痛苦的表情。“当一切正在开始的时候，我完了吗？”他恐怖地想，“人们为了保卫，并且发展一件伟大的东西而生存，可是我底一生都在完全的黑暗里面了，这能够吗？”他想。“这个时代有更多、更多的生命！更大的热情，更深的仇恨，更深、更大的肯定！可是我却忘记了，我是罪恶的，我要罪恶地死去吗？”他想。

“读给我听，老孙。”他说，希望知道他是不是罪恶的。他底眼光落在万同华底身上，于是他改变了主意。感应着这个时代，这是他底最后的恶斗或自私了：他请万同华读给他听。他底这个要求底意义是：她，万同华，或实际的、中国的、日常的冷静和麻木，必得在他，或这个时代底热情和斗争下面屈服，以证明他并不是罪恶的。

他要使万同华知道，在现在读这个，对于她，有什么意义。他要使她知道，她是麻木、自私的：背叛了他和这个时代，而他不是罪恶的。他压迫万同华，重新地有了热烈的妒嫉和骄傲。他看见万同华已经属于别人，属于了那个致他死命的中国，属于了他底死敌的那种生活，那个“胡德芳”。他看见，记忆被时日消磨，万同华将要哺育儿女，操持家务，终于成为“胡德芳”，而遗忘了他，和“这个时代”。

他觉得，既然他不是罪恶，或错误的，那么，凭着英雄的苏联人民底名，凭着他底兄弟们底名，他要复仇：现在就复仇。由于他底这种热情，生活底空气——这种空气和人们底热情、意志同在——是回转来了，使大家严肃地感到了希望。但同时，万同华底耻辱的心，她底自尊，本能地起来反抗了。

蒋纯祖先前希望解脱大家，解脱一切，但现在他突然觉得，他底朋友，爱人，正在希望着他底解脱：他们已经准备埋葬他，去过明天的生活了。先前他异常的谦逊，但现在，感应着这个世界底英雄的事变，他变得快乐而冷酷。他渴望着生活了。

“即使苏联人民失败了，即使这样，我，我们，也不能失败！”他想。

万同华接过报纸来，显然很扰乱，她底手腕战栗着。蒋纯祖怜恤着她，但又感到快慰。她坐了下来，接近烛光——但她突然扑在报纸上，冤屈地哭了。

“请你读，为了我。”冷酷的，但又因悲悯而快乐的蒋纯祖说。

万同华读斯大林底文告。

“苏联公民们，劳动人民们，红军，红海军兄弟们，从昨天，六月二十日开始，我们底祖国受到了严重的威胁！”万同华，含着眼泪，用冷淡的声音，念。

蒋纯祖听着她，但后来便不再听着她，而随着这些庄严的言词走进了一个雄壮的、庄严的世界。他有些迷胡，他显著地软弱下去了，这些言词，以及对照着这些言词的他自己底一生的荒废和自私震撼着他。在迷胡中他明白自己底软弱，有着恐怖，同时他看见了无数的人们。他看见了朱谷良和石华贵，蒋少祖和汪卓伦，看见了高韵，陆积玉，万同华和孙松鹤。他们消失了，而他在哪里见过的、无数的人们在大风暴中向前奔跑，枪枝闪耀，旗帜在阳光下飘扬。他听见有雄壮的军号的声音。最初，这些人们底奔跑显示了他底软弱，卑怯和罪恶。他告诉自己说：他一直忘记了这些人们。这是卑怯和罪恶。他继续听见嘹亮的进行曲，觉得空间是无限的。

“我为什么不能跑过去，和他们一道奔跑、抵抗、战斗？”蒋纯祖想，“我记得我在哪里完全见过他们，哪里？”忽然他觉得是温柔的、忧伤的、春雨的夜，他在唱歌。忽然是更雄壮的进行曲，兵士们成单行地、冷淡地摇摆着，走进了旷野。他渴望跑上去，但他自己底罪恶和卑怯，沉在他底心里有如磐石，赘住了他。“这里是动摇、罪恶、自私，我去？我不能？我看见，我恐怖！我不能从心里挖出这个来，我恐怖——他们遗弃了我！”

万同华念完了。蒋纯祖突然想起来，在安徽底那片旷野底末尾，他见到过这些遏于冷淡的、摇摆着的人们。

“悲苦的，中国啊！”蒋纯祖，用他底整个的力量喊了出来，同时他哭了：他有罪，至少是有错，他惧怕死亡。

同时万同华愤怒地，冤屈地、伤心地哭了，她不能忘记他给她的创伤，她不能让蒋纯祖觉得她是对他不忠实的，她不能让他带着这样的感觉离去。她扑倒在他底床前，激烈地抓住了他底手，让她底头埋在他底手腕里。

“你不能冤屈我啊！”她说，“我并不曾，从来不曾对你不忠实！并不曾忘记你！更不曾忘记，你说过的这些话！”她痛苦地，激动地说，“在这一生里，你假如是爱我的——天啊！——你就不应该到这种时候还要仇恨我！”她拼命地，抓住了蒋纯祖底手，并且摇着它，“我用不着说，我怎样一直地想念你，不能生活；我不希望生活啊！”她重新埋下头去，哭着。“纯祖，我知道人生，”她抬起头来，坚决地说，“我也知道痛苦，我知道我们底这种生活！”她用缓慢的、沉痛的声音看着他说。“我知道，纯祖，对你我有罪。但是我不愿意虚伪的。我已经饶了你，因为……我希望你也饶了我！”

蒋纯祖软弱了，但他觉得她是对的，他点了一下头。万同华底声音是显得遥远了，然而清楚，他突然觉得宽慰。万同华底热情的声音，生活的、爱人的、他底“胡德芳”底热情的声音，解除了他底罪恶底负担了。他重新看见那一群向前奔跑的、庄严的人们，他抛开了他心里的那一块沉重的磐石了。他觉得，他被那件庄严的东西所宽容，一切都溶在伟大的，仁慈的光辉中，他底生与死，他底一切题目都不复存在了。

“有一次，我倒在沟里，”他说，幸福地记起了这个，含着眼泪，“因为我想到了你，听见了你底声音，我才又站起来向前走。”

但接着他又想起了苏德战争。他想到，假如他能够活下去，该是多么好。“但这已经很好！”他想，沉默很久，好像生命已经离开了。但他忽然睁开眼睛来，和什么东西吃力地挣扎了一下，向孙松鹤温柔地笑着。

“我想到中国！这个……中国！”他说。

他清楚地意识着他所有的一切，一直到最后。痛苦的、飘浮的状态继续得并不久，他离开了，大家寂静着，夏夜和旷野，一切都寂静着，他，蒋纯祖，从此不再起来了。

孙松鹤昏迷地走出了房间，站在正殿的桌旁。万同菁，低声地哭着，走了出来，看见了万同菁，发现她底存在，孙松鹤感到悲苦。他几乎是愤怒地走到门前，打开了大门。已经夜里三点钟了。温柔的、和平的微光照耀了进来，凉风在门前的深厚而黑暗的稻田上活泼地吹着。孙松鹤站着，看见了三里外的石桥场底残余的灯火。他哭了，但没有声音。

他发现万同菁站在他底身边。

“你近来好吗?”他疲乏地问，清楚地听着自己底声音。他希望自己能够安慰她：这是他今天向她说的第一句话。

万同菁停止了啜泣，悲伤地看着他，希望能够安慰他，并希望他能原谅姐姐；姐姐，是这样的不幸。

他们互相看着。他们，在经过了那么多的斗争和痛苦之后，爱着了。

“我愿意跟你走到无论啥子地方去，无论过啥子生活！”她说，流下泪来。

孙松鹤激动地抓住了她底手。但即刻他就丢开了她，奔进房来，在黯澹的烛光下，站在悲哭着的万同华底旁边，站在他底死去了的朋友底床前，低下头来。

一九四四年五月

图书在版编目(CIP)数据

路翎全集. 第五卷. 下,长篇小说. 1948/路翎著;
张业松主编. --上海:复旦大学出版社,2025. 2.
ISBN 978-7-309-17727-5

Ⅰ. I217. 2

中国国家版本馆 CIP 数据核字第 20250R2N35 号

路翎全集. 第五卷. 下,长篇小说. 1948
路　翎　著
张业松　主编
责任编辑/方尚芩

复旦大学出版社有限公司出版发行
上海市国权路 579 号　邮编:200433
网址:fupnet@ fudanpress. com　http://www. fudanpress. com
门市零售:86-21-65102580　团体订购:86-21-65104505
出版部电话:86-21-65642845
上海盛通时代印刷有限公司

开本 890 毫米×1240 毫米　1/32　印张 31. 5　字数 816 千字
2025 年 2 月第 1 版
2025 年 2 月第 1 版第 1 次印刷

ISBN 978-7-309-17727-5/I · 1429
定价:150. 00 元